CLAUDIA AYRES DE ALMEIDA
DITADO PELO ESPÍRITO PEDRO

ACONTECEU NA Galiléia — O Despertar

Capivari-SP | 2021

© 2021 Claudia Ayres de Almeida

Os direitos autorais desta obra foram cedidos pela autora para a Editora EME, o que propicia a venda dos livros com preços mais acessíveis e a manutenção de campanhas com preços especiais a Clubes do Livro de todo o Brasil.

A Editora EME mantém o Centro Espírita "Mensagem de Esperança" e patrocina, junto com outras empresas, instituições de atendimento social de Capivari-SP.

1ª edição – novembro/2021 – 5.000 exemplares

CAPA | André Stenico
DIAGRAMAÇÃO | Victor Benatti
REVISÃO | Letícia Rodrigues de Camargo

Ficha catalográfica

Pedro, (Espírito)
   Aconteceu na Galileia, volume 1 – O despertar / pelo espírito Pedro; [psicografado por] Claudia Ayres de Almeida – 1ª ed. nov. 2021 – Capivari-SP: Editora EME.
   352 pág.

   ISBN 978-65-5543-063-9

1. Romance mediúnico. 2. Romance dos princípios do cristianismo. 3. Passagens do Novo Testamento. 4. Personagens históricos.
I. TÍTULO

CDD 133.9

Solicite nosso catálogo completo, com mais de 400 títulos, onde você encontra as melhores opções do bom livro espírita: literatura infantojuvenil, contos, obras biográficas e de autoajuda, mensagens espirituais, romances, estudos doutrinários, obras básicas de Allan Kardec, e mais os esclarecedores cursos e estudos para aplicação no centro espírita – iniciação, mediunidade, reuniões mediúnicas, oratória, desobsessão, fluidos e passes.

E caso não encontre os nossos livros na livraria de sua preferência, solicite o endereço de nosso distribuidor mais próximo de você.

Edição e distribuição

EDITORA EME
Avenida Brigadeiro Faria Lima, 1080 – Vila Fátima
CEP 13360-000 – Capivari-SP
Telefones: (19) 3491-7000 | 3491-5449
Vivo (19) 9 9983-2575 ☺ | Claro (19) 9 9317-2800
vendas@editoraeme.com.br – www.editoraeme.com.br

Nota de esclarecimento:

Pela amplitude desta narrativa, a Editora optou por dividir o livro em dois volumes, o primeiro com o subtítulo *O despertar*, e o segundo com o subtítulo *O nazareno*, que podem ser lidos separadamente, mas que também se complementam, formando assim esta história, narrada com o título *Aconteceu na Galileia*.

Nota

A palavra *D-us*, ou *D'us*, é uma das formas utilizadas por alguns judeus lusófonos para se referirem a Deus sem citar seu nome completo, em respeito ao terceiro mandamento recebido por Moisés, pelo qual Deus teria ordenado que Seu nome não fosse invocado em vão. O judaísmo então cumpriu o mandamento não escrevendo o nome de Deus em nada que se consuma; exemplificando: ao se escrever o nome de Deus em um papel, o fogo pode consumi-lo. Outra forma utilizada pelos judeus para o mesmo fim é *HaShem*.

Por outro lado, muitas pessoas entendem "erroneamente" que a razão pela qual um judeu escreve o nome D'us desta forma seja para não O pronunciar em vão! Mas esta é uma questão de escrita e não de fala; a razão é outra: "tratar o nome de D'us com reverência é uma maneira de mostrar respeito a D'us. Este respeito adicional não reside no temor de infringir um mandamento e sim no amor pelo seu Criador".

Sumário

1. Uma nova vida 7
2. Cafarnaum, a cidade de Simeão 18
3. O funeral 24
4. O veneno 32
5. O precursor 48
6. O enlace de Mia 63
7. Corazim, Betsaida e Cafarnaum 70
8. O batismo 91
9. O aborto 102
10. O Messias 119
11. A moléstia 146
12. O assassinato 158
13. O segredo de Dan 176
14. A trama 193
15. O mal se volta ao malfeitor 208
16. O perseguidor das sombras 229
17. Bondade desconhecida 237
18. As pregações 246
19. A pretensão de Elisha 256
20. O sermão do amor 272

21. O pacto 291
22. A tragédia familiar 297
23. Astúcia e destemperança...303
24. Tormento e dor 319
25. Desencontros 328
26. Misérias e ilusões 337
27. O encontro 345

1. Uma nova vida

Encontraremos os personagens de nossa história em uma doce e agradável cidade, Betsaida[1], sob o sol escarlate da Palestina, a cidade no seu ir e vir de moradores, um povo que transita à beira do lago de Genesaré, onde seus vales férteis frutificam.

Betsaida da pesca, das brisas cálidas, suas ruas formadas por pedras brutas fincadas ao solo, suas casas em grande maioria de pedras com telhados de palha. Adentremos nesta cidade por suas vielas até a parte alta.

Por entre as ruas, uma casa nos convida a atenção, muro baixo, ornado por pedras rústicas e pátio amplo; à esquerda, um local para os animais; no pátio, árvores frondosas exalam o cheiro de sândalo, e vegetação rasteira cobre parte do muro, ornamentando a casa singela. Figura pálida transita pelo pátio; parece aflita, o rosto fita o céu no azul extenso, percorre com o olhar a figueira, prefere sentar-se à beira das flores em pequeno banco de pedra; em suas feições jovens podemos notar certa preocupação; seus cabelos estão cobertos pelo véu, e suas roupas não conseguem disfarçar a gestação avançada no oitavo mês.

É Marta. Ali se encontrava preocupada com a indisposição que sentia. Pousa as mãos sobre o ventre tentando sentir o bebê, que não mexia. Era o filho que Elisha esperava (queria muito que fosse um menino); ela sentia uma dor desagradável, tentou acomodar-se mais. Deveria ter acompanhado o marido à sinagoga, afinal era shabat[2] e, pela tradição, as mulheres grávidas têm que ocupar os ouvidos com a leitura da Torá – é bom para que seus filhos sejam abençoados com a tradição. Sentiu-se tonta, uma dor mais forte ao pé do ventre a fez gritar por sua serva.

– Mia! Mia!

Rapidamente uma jovem esguia, de pele morena, contando seus vinte anos, se apresentou.

– Senhora, o que posso fazer? – perguntou a jovem, percebendo sua palidez.

– Vá buscar a mãe de Efrat. Não me sinto bem, ajude-me a entrar.

Fazendo um esforço para erguer-se, sentiu um líquido escorrer de suas pernas; era chegado o momento; aflita por se sentir só, disse:

---

[1] *Betsaida* ("casa da pesca", em hebraico) era uma povoação piscatória a nordeste do Mar da Galileia, situada a alguns quilômetros de Cafarnaum. Um cataclismo, entretanto, erguendo-a, afastou-a do lago. De acordo com o Evangelho de João, os apóstolos Pedro, André e Felipe eram naturais desta povoação (João 1:44). (Wikipedia)

[2] *Shabat* (do hebraico תבש, shabāt; shabos ou shabes na pronúncia asquenazita, "descanso/inatividade"), também grafado como sabá (português brasileiro) ou sabat (português europeu), é o nome dado ao dia de descanso semanal no judaísmo, simbolizando o sétimo dia em Gênesis, após os seis dias da Criação.

– Mia, vá rápido ter com Reina, o bebê vai nascer. Mande alguém chamar Elisha.

– Está bem, senhora, fique aqui – disse Mia, após deixá-la em seu leito – que em breve retorno.

Mia retirou-se a passos rápidos dos aposentos de sua senhora, foi até o pátio e chamou por Abed.

– Abed, Abed.

Rapazola de baixa estatura se apresentou, olhos negros, pele queimada do sol, parecia alerta a qualquer movimento.

– Sim, Mia.

– Vá até a sinagoga e diga ao senhor Elisha que a senhora dará à luz hoje, vá rápido.

Abed retrucou:

– Eu não entro na sinagoga, sabe disso.

– Não importa. Chame alguém, e rápido!

Logo o rapaz saiu e Mia partiu pelas vielas descendo até a altura do mercado. No movimentado mercado de Betsaida encontramos de tudo um pouco, especiarias, peixe fresco, frutas, azeites, enfim, era o comércio local. A certa altura adentrou em uma modesta casa de tecidos; eram várias as estampas coloridas que ali ficavam expostas. Efrat a recebeu, percebendo que algo acontecia; não havia ido à sinagoga, pois neste dia tivera que receber as mercadorias vindas de Jop.

– *Shalom*, Mia. O que faz aqui? – disse ele polidamente.

– A senhora Marta precisa de sua mãe, o bebê vai nascer.

– Por D'us! Não está na hora? Elisha ainda não sabe? Entre, entre – disse ele aflito.

Reina, a mãe de Efrat, era uma bondosa matrona que tinha sessenta anos; com suas mãos pequenas, sempre auxiliara as jovens esposas nos momentos de dar à luz. Ela estava sentada a coser quando Mia chegou e, se ajoelhando, disse:

– Mãe de Efrat, venho pedir-lhe que me acompanhe. Minha senhora a chama, o rebento está por vir.

Reina olhou-a com a serenidade de quem já realizara muitos nascimentos e disse:

– Pelas luas e pelos sóis contam-se oito meses, um bebê pequeno por demais para sobreviver. Ah! Oremos.

Erguendo-se com dificuldade, pegou uma vela e acendeu-a. Com seu minúsculo corpo bem curvado pelo sofrimento do tempo, acendeu junto à vela um incenso e orou ao D'us de Israel.

Após a oração, buscou os seus apetrechos em uma sacola de tecido muito rústico; eram as ervas, os óleos, as mantas.

Mia a acompanhou pelas vielas empedradas, segurando-lhe o braço para que não escorregasse. Ao sair, o filho a observara, elevando as mãos ao céu em sinal de boa ida.

Não demorou muito para que Abed percorresse as vielas calorentas de Betsaida; era como uma seta, não parava um segundo a não ser para respirar, enquanto os transeuntes reclamavam dos esbarrões que o pequeno jovem provocava com seu ritmo célere.

A sinagoga era um edifício de profunda beleza, com suas colunas e suas escadas de pedra. Suave brisa balançava a vegetação que sobre as paredes cresciam como a bordar a entrada. As pilastras e o piso eram de uma pedra muito lisa e bela. Abed parou diante da sinagoga como que a esperar o término, sentindo-se mal por não poder entrar. Resolveu pedir auxílio a um dos assistentes do templo, que transitava naquele momento, para que chamasse Elisha, que não tardou a comparecer. Após ouvir o que ocorria, o varão pôs-se a caminho com Abed, porém, quando se aproximaram da primeira viela após saírem do templo, Elisha pediu que o jovem fosse à frente, pelo outro lado da cidade, na expectativa de que alcançasse Mia e Reina. Abed pôs-se a caminho sem nada falar; entrementes, Elisha rumava sob sol firme.

Ao deixar Abed, Elisha ia preocupado. Marta havia se queixado pela manhã, mas ele não dera a devida atenção, respondendo ser queixume natural ao seu estado. Agora, que subia pela viela, não conseguia atentar para mais nada a não ser no pensamento para sua querida esposa. O percurso parecia longo, as sandálias machucavam seu pé, tudo o incomodava; pensou em D'us, orou fervorosamente:

"Ergo meus olhos para o monte: de onde virá meu socorro? Meu socorro vem do Eterno, o Criador dos céus e da Terra, Ele não permitirá que meus pés vacilem, pois jamais se omite aquele que me guarda. O guardião de Israel jamais descuida, jamais dorme, D'us é minha proteção, como uma sombra me acompanha sua destra. De dia o sol não me ferirá, nem de noite a lua. D'us me guardará de todo o mal, guardará a minha alma. D'us guardará a minha saída e a minha entrada, desde agora e para sempre."[3]

Ao final da oração, sentiu que uma tênue energia lhe revigorava, agora já avistava o muro de sua singela moradia. Não demorou a entrar em seu lar. Lavou as mãos e os pés e foi ao seu quarto. Sobre a cama simples, feita de madeira entalhada, Marta suava e tremia, contorcendo-se. Elisha ajoelhou-se e depositou um beijo em sua destra, e olhou ao redor como que a procurar por algo valioso – sim, o pequeno baú onde guardava os pergaminhos sagrados. Segurou um deles e entregou o outro nas mãos da esposa. Ela, olhando-o com afeto respeitoso, beijou a escritura do salmo e apertou-o em suas mãos como que a pedir proteção e forças a D'us. Neste instante, duas entidades suaves e luminosas se prostraram ao lado de seu leito, como a emitir vibrações sutis para o pequeno ser que iria nascer.

Reina, a mãe de Efrat, e Mia subiam pelas vielas quando foram interpeladas por Abed. O rapazola viera na frente para avisá-las que o seu senhor as aguardava impaciente em sua casa. Reina, pressentindo que algo errado pudesse ocorrer, avançou pela viela apressadamente. Ao chegarem em frente à casa, ouviram débil

---

[3] Salmo 121.

choro, como de um ser frágil e pequeno que acabava de nascer. Mia apressou-se com Reina, e a cena que viram foi comovente – Elisha segurava o filho enquanto Marta, pálida no leito, parecia se exaurir. Ao perceber o que ocorria, Reina apressou-se a pedir para Mia seus utensílios e bandagens novas com água morna e uma de suas ervas, que trazia já amassada, com mirra e alecrim. Pegou o pequeno bebê, enrolou-o e o depositou no colo de Marta, que gemia baixo. Ao olhar para o filho, seu coração se enterneceu por gratidão a D'us, mas logo ela desmaiou de fraqueza. Elisha, preocupado, disse:

– Ela irá morrer, oh D'us!

– Não, Elisha, ela vai viver, pois D'us proverá a sua reabilitação. Chame Mia para me auxiliar e vá descansar.

A tarde caía, as bandagens eram trocadas, Marta estava mais calma, porém demasiadamente fraca; a febre que se iniciara estava branda, mas Reina, à cabeceira do leito, lhe ministrava uma porção medicamentosa misturada ao vinho. Mia adentrou o aposento para revezar com a velha matrona, que se retirou para ir ter com Elisha.

– Ela ficará bem se conseguir vencer esta noite. Ore, Elisha. Somente D'us tem o dom de curar.

Elisha, abalado, prostrou-se ao chão para suas orações e, clamando a D'us, com toda sua fé orou por aquela que era um pedaço de sua alma, a luz do seu coração, embora não a tivesse desposado por amor.

Toda a noite transcorreu sob expectativa. O pequeno e frágil bebê adormecera junto ao leito de sua mãe, envolto em uma espécie de cesto com mantos alvos. Nem sequer chorou. Parecia compreender o transe difícil que sua mãe passava.

Alta madrugada, quando Marta percebeu, através da fraca luz, a figura de sua própria mãe junto ao seu leito. Acreditou ser um sonho e se deixou levar pelas emanações de paz de sua mãe, que lhe disse[4]:

– Filha, D'us é misericordioso, proveu-lhe de bênçãos, você tem um bom esposo, tem também seu primogênito. Tenha fé e confiança n'Aquele que tudo sabe, pois o dia do seu julgamento virá em breve sob sua tenda. Não esmoreça, nem se revolte; será chamada ao testemunho juntamente com muitos outros que poderão adentrar o manancial do Éden. Confie e siga seu coração. Sua salvação não tardará.

Sem compreender o porquê de sua mãe estar ali, volveu os olhos para o lado e, percebendo o filho amado, adormeceu.

A bela entidade lançou os olhos ao alto como a clamar para o silêncio da noite pelo auxílio maior. Neste instante, centenas de micropartículas luminosas envolveram o leito, provocando uma sutil harmonia em todo cômodo.

---

4 "A visão de espíritos ocorre em estado normal ou somente em estado de êxtase? Pode ocorrer em condições perfeitamente normais; no entanto, as pessoas que os veem, na maior parte dos casos, se encontram num estado especial, próximo ao êxtase, o que dá a elas uma espécie de dupla vista". (*O Livro dos Médiuns*, cap. VI, "Manifestações visuais")

Após a noite, à primeira hora do dia, a idosa matrona, que em tudo auxiliou, buscou a companhia de Elisha e, sem muitas delongas, começou a conversa.

– Elisha, sei que hoje é um dia de grande alegria, mas tenho que lhe pôr a par da situação em que sua esposa se encontra. Ela não poderá mais conceber; pela delicadeza de seu estado, não suportará outra gestação. Será primordial que ela se abstenha, em qualquer hipótese. Cuide de seu filho e honre sua casa.

Elisha, que tudo ouvia em silêncio, compreendeu que naquele momento sua esposa morrera para ele.

Após alguns dias, e embora se sentisse muito fraca, Marta resolveu participar da primeira cerimônia que antecede o *brit milá*[5].

No primeiro sábado após o nascimento do filho, foi com seu esposo à sinagoga. A noite dos cânticos de amor ao Pai enchia todo o ambiente. Após os louvores, Elisha leu a Torá. Todos os vizinhos e amigos compareceram desejando felicidades ao novo membro da família. O pai encerrou a cerimônia cantando e exultando a D'us. Marta, sentindo-se cansada, retornou, enquanto Elisha prosseguiu na cerimônia, que durou toda noite. Pela manhã, Elisha dirigiu-se à sua residência para o preparo do *brit milá*. Caminhava pelas vielas estreitas cheio de uma felicidade que há muito não sentia. Desde a morte de seu mestre, nunca pensara que teria tantas alegrias. Enviaria convite a todos, sem esquecer-se dos parentes de sua esposa em Cafarnaum. Seria um fato memorável. Ele, como um dos doutores da sinagoga, não poderia deixar que o seu filho fosse esquecido na primeira aparição pública – teria a melhor cerimônia, a melhor festa.

Marta sentiu-se feliz, embora seu esposo parecesse distante – talvez pela alegria ou por todos os preparativos, ele não mais a procurara para palestrar sobre os assuntos de sua família; Marta acreditava que, talvez por ela estar muito frágil, seu esposo quisesse poupá-la. Ela sentia saudades de sua meia-irmã e prima, afinal, havia bastante tempo que não iam a Cafarnaum. Como estaria seu tio Aristóbulo e seu pai Barnabé? Estava divagando quando ouviu passos no pátio. Era Elisha, com sua túnica alva e seu corpo forte, adentrando os pátios da casa. Ele era um homem belo para seus quarenta anos, possuía a tez morena, olhos castanhos e uma barba longa bem trançada; era um estudioso da Torá, um verdadeiro rabino de sua cidade. Marta sentia certo afeto pelo esposo. Elisha, após lavar os pés e as mãos, pôs à mesa uma decantadeira de cerâmica que era usada para servir o vinho; o pão ázimo e o azeite também estavam dispostos. Marta observava o esposo de longe, quando ele lhe chamou:

– Senhora, venha à mesa, por favor – chamou-a erguendo a sua mão.

– Sim, meu esposo – disse Marta, com os olhos baixos, não querendo desrespeitar o esposo.

---

5 *Brit milá* (em hebraico הלימתירב, literalmente "aliança da circuncisão"), também chamado de *bris milá* (na pronúncia asquenaze), é o nome dado à cerimônia religiosa judaica na qual o prepúcio dos recém-nascidos é cortado ao oitavo dia, como símbolo da aliança entre D'us e o povo de Israel. Também é nesta cerimônia que o menino recebe seu nome. Costuma-se realizar o *brit milá* em um café da manhã festivo.

– Estou pensando em convidar sua meia-irmã Orlit e o esposo Dan para fazer as honras do *kvater*[6] na cerimônia.

– Isso muito me alegrará, senhor Elisha.

Percebendo que sua esposa estava feliz, Elisha sorriu, proferindo *Jeová shamá*[7], e voltou a comer com grande apetite, enquanto Marta, em pé, observava.

* * *

A SEMANA TRANSCORRERA com um movimento amplo no pátio da casa; animais foram sacrificados para o evento, peixe, vinho, frutas e especiarias eram requisitadas no mercado. Apenas a chegada de Orlit e Dan havia quebrado a rotina dos servos, que, abnegados, se revezavam para os preparativos.

– *Shalom*, meu querido amigo Dan, *shalom*, Orlit – clamou aos seus convidados Elisha, sorrindo feliz. Chamou Mia, que logo se apresentou. – Prepare os aposentos, Mia. Por favor, entrem, como foi a viagem?

– Como sabe, cansativa, mas chegamos com a graça de D'us.

– Onde está Marta? – inquiriu Orlit.

– Aqui estou minha irmã, *shalom*.

E abraçaram-se.

– Onde está papai?

– Ele chegará na caravana em que vêm Zimra e Simeão. Sabe como ele é, quer vir conversando com tio Aristóbulo.

– E Zimra, como ela está?

– Depois do nascimento de sua filha, está mais calma, principalmente porque Simeão aumentou sua frota de barcos. Dizem que agora ele é um grande pescador – sorriram ambas. – Mas me mostre o seu primogênito, queremos muito conhecê-lo.

Enquanto se retiravam, Elisha convidou Dan para cear. Sentando-se à mesa, começaram a dialogar.

– Como está Cafarnaum? Ainda sob a forte influência do jugo romano?

Dan, rindo, replicou:

– Ora, meu caro, não esqueça que é uma cidade de comércio, importante vila de pescadores, e onde todo o azeite é fabricado.

– Isto não justifica – aduziu Elisha.

– Como não? Também não esqueça que tem um posto alfandegário e possui uma rota para o Egito e outra para Damasco.

– Creio, Dan, que isso apenas movimente a cidade, demasiadamente.

– Sim, é verdade, o ir e vir é intenso, mas nada que nos ponha em risco. Afinal,

---

6 *Kvater*: o papel de padrinho(s) na cerimônia.
7 *Jeová shamá*: "O Senhor está presente".

nossa localização é um privilégio. Estamos entre o Ocidente e o Oriente, próximos ao lago de Tiberíades; é natural este alvoroço.

E, sorrindo, prosseguiram no diálogo a respeito de Cafarnaum e sua localização.

Mais tarde, todos se reuniram na sinagoga para a cerimônia. A sinagoga estava repleta de membros e convidados.

Ao chegarem, Marta e Elisha foram recebidos pelos *kvater*, que vieram em sua direção. Orlit, com um doce sorriso, segurou o bebê e levou-o até Dan, que o guiou à cadeira do profeta[8]. Elisha, aproximando-se, pôs seu filho no colo do *Sandec*[9]. Apesar de muito emocionado, o próprio Elisha executou a circuncisão, não havendo a necessidade de um *mohel*[10] fazê-lo. Depois, anunciou o nome de seu filho, Job. Todos se rejubilaram por mais um membro na grande família hebraica. Após a cerimônia, rumaram para a casa do varão.

A casa de Elisha estava repleta de convidados, a música suave enchia o ambiente de doçuras, a mesa, repleta de boa comida. Era servido a todos pão ázimo, vinho e peixe fresco. As doces vozes enchiam o ambiente e a um canto o lindo sol se encontrava com a paisagem do grande lago de Genesaré, que podia ser visto do pátio. A brisa era suave, e Marta segurava seu rebento, feliz por ter a seu lado a prima Zimra. Ambas pareciam transbordar de alegria, afinal, era o reencontro depois de um longo tempo. Zimra era esposa de Simeão, filha de Aristóbulo, descendente de uma família aristocrata, à qual Marta também pertencia. Após o seu casamento com Simeão, fora morar em Cafarnaum, na Vila Romana. Eles possuíam uma bela casa e Marta sentia imenso prazer em rever a prima, com quem tinha muitas afinidades.

— Ora, ora, Marta, que o D'us de Israel lhe dê muitas alegrias com seu Job. Agora será chamada de mãe de Job.

— Ah, estou agradecida a nosso D'us, pois já estava me achando infértil... Afinal o senhor ouviu minhas preces, ele me fez fértil e encheu de luz minha vida. Agora é só educá-lo junto a Elisha. Tenho certeza que seguirá o caminho do rabinato, ao qual o pai foi chamado, afinal, é o que Elisha espera.

— Eu não posso dizer o mesmo — disse Zimra —, afinal, Sara não poderá pegar peixes — riram.

— Ouvi dizer que seu esposo fez um bom negócio.

— Sim, Marta, André e Simeão resolveram aumentar a frota.

— Seu pai deve ter ficado feliz.

— Sim, claro, tudo em Cafarnaum gira em torno da pesca e do azeite. Mas diga-me: Elisha está mais calmo?

— Creio que sim, apesar de não falar.

---

[8] *Cadeira do profeta*: o lugar principal da sinagoga. (Wikipedia)
[9] *Sandec*: é um membro de responsabilidade, um doutor da lei – fariseu. (Wikipedia)
[10] *Mohel*: é aquele que realiza a circuncisão. (Wikipedia)

– Sabe, Marta, todos ficamos apreensivos com a demora de seu filho, mas D'us é bondoso. Sabe quem sempre pergunta por você? – disse Zimra.

– Não. É alguém que eu imagine?

– Acho que sim. Lembra-se de nosso primo Caleb?

– Como não me recordaria? – e seu rosto enrubesceu. – Como ele está? Desposou alguma boa moça hebreia?

– Não, minha querida, ficou muito abalado quando soube de seu enlace. Todos já sabiam que ele ficaria triste, mas devo dizer-lhe...

Zimra respirou como que meditando se deveria falar.

– Diga-me, Zimra.

– Somos como irmãs. Ainda sente algo por Caleb, Marta?

– Não convém sentir, mas não devo mentir. Crescemos juntos, ele sempre me compreendeu. Afinal, todos esperavam que nós nos casássemos, mas não foi assim.

Marta baixou os olhos como que entristecida.

– Já sabemos desta história. Após a morte de sua mãe, seu pai não quis que você ficasse desamparada e lhe deu em casamento para Elisha. Acredito que meu tio não desejava a solidão para você. Bem, Caleb não é mais o mesmo, está mudado. Todos esses anos no Egito o tornaram outro homem.

Marta não pôde continuar a palestra, pois foi chamada ao aposento pelo choro de seu pequeno Job. Erguendo-se, pediu licença e rumou para lá com o coração apertado pelas lembranças de Caleb. Sentia-se vacilar diante das recordações.

A festa transcorria harmoniosa, o vinho, a música; no centro, um pequeno grupo de senhores se destacava – era Elisha com seus convidados de Cafarnaum. Seu sogro, homem austero, estava trajando uma túnica em tecido alvo, decorada com fios brilhosos; era um aristocrata, ao lado do seu irmão Aristóbulo. Ao lado destes estava Dan, um homem simples, mas extremamente culto, estudioso das leis, um rabino admirado em Cafarnaum. Ouvindo o diálogo, encontramos um homem forte, alto, aparentando trinta e poucos anos; sua firmeza e postura nos convida a um exame melhor: era Simeão, um homem de personalidade impulsiva, mas muito agradável. Os risos vinham animados pelas palavras de Simeão.

– Ora, quando compramos nossa nova frota de barcos, percebemos que fomos agraciados por Zebedeu, que, além de nos fornecer as embarcações, nos brindou com a presença de Tiago e João.

– E André? – inquiriu Elisha.

– Estava com receio – dizia Simeão –, mas, creia, não demorou a me agradecer pela ideia de unirmos nossas forças. E agora veja a multiplicidade de peixes! E poderemos render muito mais – ria, feliz com os bons negócios.

Aristóbulo, que a tudo observava, ponderou:

– Bem, agora já é hora de poupar Zimra da tarefa de vistoria do pescado. Ela é muito jovem para isso, e depois, não devemos confiar em mulheres. Não merecem dirigir negócios, não têm talento, são falsas. Falo, pois, mesmo sendo minha filha, é mulher![11]

Simeão, tomando a palavra, disse:

– Senhor meu sogro, sua senhora, minha sogra, acredita que Zimra deva tomar parte nas tarefas de seu esposo. Ajuda nunca é demais, e depois, eu não possuo tantos servos que me possibilitem tal coisa.

Dan aduziu:

– Afinal, percebo que Simeão é um homem inteligente. Quem mais poderia ser a pessoa de confiança de um homem a não ser sua esposa? Ademais, não lhe furtará em nada, e você não lhe pagará nem uma moeda em troca de tal feito.

Os risos se notaram no semblante de todos diante da colocação de Dan.

Embora tudo transcorresse bem durante a festa, havia alguém que estava exausta: era Mia, a serva. Esquecida pelos convidados, sentia-se desprezada, mas quando estes começaram a se despedir, no final da tarde, pousou sua atenção em alguém.

Embevecido pelo ambiente maravilhoso de Betsaida, Elisha se dirigira ao pátio onde uma pequena sacada fora erguida para visualizar o grande lago de Genesaré. Sentiu a brisa refrescante e as primeiras estrelas a salientar-se no céu. Queria poder estar com seu mestre e pai, partilhar das alegrias que ele lhe dera durante todos os anos em que estudara as leis ao seu lado. Fechou os olhos e, como se pudesse sentir sua presença, orou a D'us com gratidão por tudo que recebera. Sem ser notada, Mia percebeu o momento de reflexão do seu senhor e, ao longe, o observava. Na verdade, Mia sentia seu coração pulsar de forma bem diferente por Elisha, afinal ela fora recebida naquela casa quando era uma menina e crescera alimentando o sonho de ser a dona daquele lar, que guardava tantas recordações de sua infância. Fora Elisha quem lhe ensinara muitas coisas; ela sempre o admirara, e não esperava que ele fosse desposar Marta, afinal, qual a diferença entre elas? Mia era judia, não tinha seus pais, mas crescera dentro das tradições, graças ao afeto de seu protetor, que a acolhera naquela casa. Ainda se recordava de quando viu Elisha pela primeira vez: sentiu desde o primeiro olhar uma ternura, um sentimento de paixão e ao mesmo tempo temor... Porém, o tempo passou, ela sempre foi vista como uma serva, uma irmã da casa. Na verdade, guardava mágoa: ela era bela, e ele escolhera Marta. Por que tinha que ir pregar em Cafarnaum? Se não fosse por isso, jamais teria se encontrado com ela... Estava pensativa quando, sem notar, Elisha a chamou, despertando-a de seu estado reflexivo.

---

11 A mulher, entre grande parte dos judeus, no passado aqui descrito, era não mais que um objeto pertencente ao marido, como seus servidores, suas edificações e demais posses legais. Ela devia ao esposo total lealdade; no entanto, era considerada como naturalmente infiel, desvirtuada e falsa. Por esta razão, sua palavra diante de um juiz praticamente não tinha valor.

Era comum na família judaica o pai dar ou vender sua filha a partir dos seis anos. Naquele tempo, não se via a mulher com "utilidade" a não ser a procriação. Os casamentos eram precoces; a partir dos 12 anos já se podia casar. (Nota do autor espiritual)

– Mia?... Mia! Você está bem?

– Sim, senhor, o que posso fazer para o senhor?

– Prepare o meu aposento, eu não irei mais dormir no mesmo quarto que minha esposa. Quero que o quarto ao lado seja preparado para mim – e, olhando-a, concluiu: – Mia, não conte a ninguém, compreendeu?

– Sim, meu senhor, sim.

E, saindo com o coração esperançoso, pensava: será que ele já se cansou dela?

Era noite calma, o pequeno Job dormia, Marta estava ansiosa para palestrar com seu esposo, não compreendia a demora do seu recolhimento. Soube que os hóspedes partiram após a festa, alegando necessidade de regresso ao lar, porém, quando ouviu o movimento no quarto ao lado, pensou que teriam mudado de ideia. Abrindo a porta que separava as salas, encontrou Mia arrumando os aposentos.

– O que está fazendo, Mia?

– É que o senhor seu esposo pediu-me que trouxesse os pertences dele para cá.

– Mas por quê?

O silêncio fez com que Marta se sentisse tonta... Tantos pensamentos lhe ocorreram, o coração descompassou-se. Com as pernas trêmulas, retornou ao seu leito. Elisha não a queria mais como esposa, com certeza desposaria outra... O que ela teria feito de errado? Havia lhe dado o filho que tanto desejara, isso não era suficiente? Chorou, chorou tristemente até adormecer.

Na bela manhã que sucedeu à festa na casa de Elisha, as notícias corriam por Betsaida. Afinal, havia sido um evento memorável para a comunidade local, que possuía certa condição elevada na sociedade da época.

No mercado, era o ir e vir de todos os dias. Estrangeiros chegavam e saíam, e pessoas de todas as redondezas se amontoavam nos pórticos de Betsaida. A cidade era linda e majestosa; a entrada era feita por duas colunas de pedra e, ao centro, os portões incrivelmente firmes se erguiam em madeira maciça. O viajor que por ali passava podia ver o mercado livre, com suas tendas, onde se encontrava todo tipo de iguaria e mercadorias de toda espécie. Passando pelo mercado encontrávamos a tenda de vinhos. Podia-se adquirir o vinho em sua essência pura para festas, ou o mais utilizado no dia a dia, em que era misturada água para diluí-lo. Acima do mercado existia a casa do tecelão, comércio de todo tipo de adornos para as donzelas e mulheres de Betsaida. Era no comércio do jovem Efrat que o supérfluo servia ao útil. Sua doce e boa mãe, Reina, era a parteira local e, por já estar em idade avançada, desejava ver seu único filho casado com uma boa moça. Naquele dia, resolvera encorajar Efrat:

– Meu filho, não acha que já está na hora de sua mãe ter netos? Afinal, você já vai fazer trinta anos.

– Ora, minha mãe... Tenho pensado nisso, e, sabe, já tenho a pessoa certa para esta casa, para lhe auxiliar e servir, e para ser minha companheira, se a senhora concordar.

A mãe, sentindo-se melhor, disse:
— Fale logo quem é esta que lhe ocupa o coração?
— Bem, mãe, é Mia.
A mãe olhou com um ar de satisfação. O filho escolhera bem, uma judia, criada segundo as tradições, segundo as leis; embora fosse serva, daria uma boa esposa, e, ademais, já estava acostumada com o serviço pesado.
— Que boa escolha, filho. Quando pretende levar ao conhecimento dos patrões dela?
— Mãe, sabe muito bem que Mia é como uma irmã para Elisha. Creio que ele não vá concordar de pronto, mas irei hoje se a senhora me abençoar.
— E por que não abençoaria? Tem a bênção de D'us, e, na hora de suas palavras com Elisha, *Jeová jiré*[12] sua conversa.
Efrat estava entusiasmado com as palavras de estímulo de sua mãe. Ele iria, ao cair da tarde, ao encontro de Elisha, fazer o pedido de corte a Mia. Já se sentia o homem mais feliz de Betsaida, afinal Mia era perfeita, bela, esguia, a mulher desejada dos seus sonhos masculinos.

---

12 *Jeová jiré*: "O Senhor proverá". (Wikipedia)

2. Cafarnaum, a cidade de Simeão

O RETORNO A Cafarnaum foi lento e cansativo, mas necessário. Aristóbulo e Barnabé vinham à frente, acompanhados de Dan e Simeão; as mulheres e crianças iam na comitiva mais atrás, e estavam cansados e ansiosos para chegar a Cafarnaum. Quando já tinham caminhado sessenta estádios[13], aproximadamente, perceberam que estavam próximos; já se podia avistar um pequeno vilarejo na Galileia, situado às margens do lago de Genesaré. Cafarnaum[14], o vilarejo dos pescadores, a indústria do azeite; Cafarnaum, a cidade Romana do posto alfandegário, onde se cunhavam moedas; Cafarnaum, cidade importante de caminho para o Egito e Damasco, trânsito de várias mercadorias. Na bela Cafarnaum, sob os raios ensolarados, a arquitetura das casas se destacava, as ruas em sua maioria eram de pedra; as casas rústicas eram elevadas, com amplos muros colados por uma massa uniforme de barro; as pedras se uniam, elevando-se. À chegada, frondoso portão de madeira maciça se impunha na entrada principal. A arquitetura permitia que as casas fossem bem divididas, garantindo um espaço confortável aos seus moradores – isto para os que possuíam condições privilegiadas.

Ao chegarem a Cafarnaum, dirigiram-se para a casa de Simeão, onde todos residiam, exceto Dan, Orlit e seu pai Barnabé, que pararam para breve repouso. A casa de Simeão era confortável e ampla. Após entrar pelo portão, havia um amplo pátio com jardim e a moenda de azeite. A casa possuía quatro alas onde eram subdivididas as outras residências, já que todos moravam juntos, mas em alas diferentes. O

---

13 *Estádio*: medida (aparece, por exemplo, em Lucas 24:13); cerca de 185 metros. O *stadium, stadion*, era a oitava parte da milha romana, tendo a equivalência de cerca de 125 passos ou 185 m. Era uma medida grega. A aldeia de Emaús distava de Jerusalém 60 estádios, ou mais de 10 km (Lc 24:13). Quando Jesus andava sobre o mar (Jo 6:11), os discípulos o encontraram após remarem 25 estádios, algo como 4,5 km.

14 *Cafarnaum* (em grego Καφαρναουμ, transliteração *Kapharnaoum*; em hebraico: מוחנ רפכ, transl. *Kephar Nachûm*, "aldeia" ou "vila de Naum"): cidade bíblica que ficava na margem norte do Mar da Galileia, próxima de Betsaida (terra natal de Simeão Pedro) e de Corazim. Muito perto passava a importante Via Maris (Estrada do Mar), que ligava o Egito à Síria e ao Líbano e que passava por Cesareia Marítima. O fato de possuir uma alfândega (Mateus 9:9) e uma guarnição romana sugere que se tratava de cidade fronteiriça entre os Estados de Felipe e Herodes Antipas. Um centurião mostrou-se particularmente amistoso para com os judeus, construindo-lhes a sinagoga (Mateus 8:5-13; Lucas 7:1-10). Atribui-se a Jesus a realização de milagres em Cafarnaum (o servo do centurião, a sogra de Pedro, um exorcismo ao pôr do sol e outro na sinagoga, a cura de um paralítico e do filho de um oficial) e aí ensinou frequentemente (João 6:24-71; Marcos 9:33-50). Ficou conhecida como seu quartel-general durante o ministério na Galileia e foi chamada "sua cidade" pelo fato de aí ter fixado residência (Mateus 9:1; Marcos 2:1). Contudo, apesar do real impacto do seu ministério entre o povo, ele acabaria por se afastar; por isso, Cafarnaum, juntamente com Betsaida e Corazim, foi amaldiçoada por Jesus, que predisse a completa destruição das três. (Pesquisa baseada na Wikipedia)

perfume das oliveiras, o cheiro de comida e peixe invadiam o ambiente. Ao entrarem, os servos logo chegaram para auxiliar a desmontar a comitiva. As mulheres se dirigiram aos aposentos, enquanto Simeão buscou André, partindo em direção ao porto, onde os barcos esperavam pelo seu comando e pela rota de trabalho.

Zimra procurou logo se inteirar do estado de sua mãe, que não fora por se encontrar indisposta. Seu pai, Aristóbulo, pôs-se em descanso; Barnabé e Dan também.

À tarde, quando já refeita e descansada, depois da partida de Orlit e seu esposo Dan, Zimra sentou-se junto a sua mãe para lhe contar os acontecimentos. Era uma senhora forte que, com seus cabelos grisalhos, já estava beirando os 65 anos, com rosto redondo e pele morena. Conservava ainda um pouco da beleza que sua filha havia herdado. Zimra possuía os grandes olhos de sua mãe, mas a melancolia estava presente em suas faces de jovem senhora, cabelos lisos e enrolados nas pontas como os de seu pai. Era muito bela a esposa de Simeão. Já disposta a relatar como estava Marta, sua prima que muito amava, foram interrompidas por uma visita inesperada. A serva viera anunciar que Caleb chegara à residência e a aguardava no pátio junto ao jardim para conversar.

Caleb era um homem respeitado em toda a cidade, possuía o dom de a todos cativar; estudioso, se isolara no Egito por seis anos a fim de aprender com aquele povo, que um dia escravizara o seu. Caleb não conseguia compreender a profunda fascinação que desde pequeno sentia pelo Egito, pelos seus costumes, pelo seu povo. Ele tinha uma aparência robusta, olhos profundamente negros, pele morena e um sorriso claro e sincero; era alto e forte, porte aristocrático, e, embora muito simples, possuía o dom da simpatia.

Zimra o recebeu com alegria; era seu primo também, e, embora seu esposo não estivesse em casa, ela o recebia de forma acolhedora, pois o amava como a um irmão.

– *Shalom*, Zimra! – saudou Caleb.

– *Shalom*, primo! Que bons ventos o trazem? – perguntou Zimra, percebendo o brilho em seu olhar; logo viu que era Marta o motivo de sua visita.

– Ora, Zimra, venho saber notícias de nossa querida Marta, afinal, muito me preocupo com ela.

– Caleb, sabe que não deve alimentar nenhuma intenção com relação a Marta. Ela está muito bem, agora tem um filho.

– E como se chama? – inquiriu sorrindo.

– Job, ele é um belo garoto.

– Fico feliz só em pensar que ela está bem.

Caleb falara com sinceridade. Amava Marta, mas não esse amor que nos motiva ao egoísmo. Era o amor legítimo que quer o outro feliz.

– Caleb, apague Marta de seu coração. Procure uma boa moça e case, seja feliz. Seu pai o deixou em situação abastada, nada lhe falta a não ser um pouco mais de fé nas nossas tradições.

Zimra falava com total liberdade com Caleb. Cresceram juntos, ele sempre se revelou rebelde com as leis da Torá. Quando não era tido (por muitos) como um homem de pouca fé, um místico que procurava a luz fora das tradições judaicas, era realmente incompreendido, só sendo entendido por Marta, sua prima, por muito tempo a mulher que desejara como esposa. Na realidade o pai de Marta não queria que sua filha se unisse a Caleb por crer ser ele um homem duvidoso na sua crença, apesar de rico; não podia entregar sua filha aos cuidados de Caleb, por mais que ele se mostrasse digno.

Caleb abaixou o rosto, olhou nas flores que margeavam o jardim.

– Não posso, por mais que eu queira me sinto cativo do coração de Marta, me culpo por tê-la deixado. Se eu não tivesse adoecido, estaria casado com ela. Diga se ela me esqueceu, Zimra, você sabe, ela sempre foi sua amiga.

– Para que você deseja alimentar isto? Ela lhe tem afeto, é só o que posso dizer, mas está feliz com Elisha.

– Eu duvido, ele é um homem tradicional demais para Marta.

– Você acha que ele a maltrataria, Caleb?

– Não, esqueça o que eu disse. Diga-me, e Simeão como está? E meu querido tio Aristóbulo? Trago notícias de nossos parentes distantes – tentou mudar o rumo da conversa; afligia-lhe sentir que não mais teria a doce companhia de Marta.

– Ora, papai vai adorar saber notícias da corte. Venha, vou pedir a Minar para trazer um pouco de vinho. Sente-se, papai já está vindo.

Naquele tempo, Herodes Antipas gastara vasta riqueza a presentear os romanos, na expectativa de que Roma o reconhecesse como rei. Aristóbulo era de linhagem herodiana, e ficava extremamente preocupado com o rumo que os fatos tomaram. Passados alguns minutos, Aristóbulo veio ter com ele, ávido por notícias boas.

– *Shalom*, Caleb.

– *Shalom*, meu querido tio.

– Que bom revê-lo na casa do meu genro. Agora que deixou o Egito, pretende ficar?

– Na realidade, tio, venho alimentando a ideia, mas não sei, afinal, tudo que planejei... Bem, o senhor sabe.

Caleb não negara a tristeza em seu coração por saber que Marta havia sido desposada. Seu tio, percebendo o que lhe ia ao coração, disse-lhe:

– Meu querido, não deve alimentar o passado, o que passou não retorna, é como as areias quando se movem, o vento espalha e outra direção tomam. D'us tem seus propósitos, não devemos desafiá-lo, afinal Barnabé buscou o melhor para Marta, que lhe esperou por cinco anos; quando chegou a notícia de sua enfermidade, todos já lhe acreditaram morto.

– Sei, tio, mas ainda estou perdido. Tudo o que conquistei foi para Marta, não consigo imaginar de outra maneira. Desde meninos juntos, eu a ensinei a ler as escrituras sagradas, mesmo contra os costumes, para que ela me acompanhasse. Marta é singular, é um ser dotado de talentos, os quais nosso povo prefere não ver nas mulheres, nem reconhecer seu valor, que vai além do cuidado com o lar e da educação dos filhos.

Caleb era um homem diferente dos costumes do seu povo, via as coisas sob uma ótica diferente e chegava a chocar a comunidade com suas ideias e pensamentos que não condiziam com os costumes. O fato de seus pais terem morado no Egito, e de ele ter ficado por muito tempo após a morte deles sob tutela de um mestre das artes milenares do autoconhecimento, fez dele um homem muito diferente de seu povo. Por esse motivo, Caleb passara a não ser visto como um bom noivo para Marta, pois incentivava as mulheres ao conhecimento; ele acreditava em uma igualdade de pensamentos, e isso era inconcebível para o pai de Marta, que resolveu dar a mão de sua filha a Elisha, homem tradicional e cumpridor das leis.

– Caleb, foi por suas ideias que Barnabé fez esta escolha para Marta.

– Sei, sei – disse Caleb impaciente –, mas vamos às novidades – continuou, como que desejoso de mudar o rumo da conversa, pois em seu íntimo tinha seus planos.

– Sabe, tio, o povo de Jerusalém está convicto da chegada do Messias, e este novo profeta, João, anda dizendo muitas coisas a respeito deste homem, deste salvador.

– A realidade, Caleb, é que está escrito: "Um ramo surgirá do tronco de Jessé, e das suas raízes brotará um renovo".

– Sem dúvida, tio. O profeta Isaías descreveu as qualidades com as quais o Messias será santificado: "o Espírito do Senhor repousará sobre ele, o espírito que dá sabedoria e entendimento, o espírito que traz conselho e poder, o espírito que dá conhecimento e temor do Senhor", e em todas as qualidades o Messias será maior que qualquer judeu.

– A verdade, Caleb, é que já temos muitos rumores, mas este João só desafia a corte; creio que ele não é o Messias e nem sabe quem é.

A conversa transcorria harmoniosa até a chegada de Simeão, que se fez notar pelo alarido dos criados. Simeão adentrou o pátio residencial apressado, Zimra veio ao seu encontro sobressaltada.

– Simeão, o que demanda com tanta pressa?

– Não se assuste, apenas devo partir com André; uma de nossas embarcações não retornou ao porto, talvez esteja à deriva, ou necessitando de um auxílio para retornar; desde a primeira hora que André me aguardava com a notícia.

Caleb não pôde deixar de notar o espírito de comando daquele homem, que, embora rude, sabia se utilizar de bom-senso. Foi quando, resoluto, aproximou-se e disse:

– Não pude deixar de ouvi-lo, Simeão. Posso auxiliá-lo? Gostaria de cooperar com esta busca.

– Todos são bem-vindos se for para auxiliar. Vamos.

Simeão se despediu de Zimra e sua filha Sara, depositando um ósculo na fronte de ambas, enquanto Caleb se despedia do tio.

* * *

Era fim de tarde quando Efrat bateu na porta de Elisha. Foi atendido por Mia, que não demonstrou qualquer suspeita com relação à sua visita. Ela o acomodou na sala, em meio aos tapetes e flores da residência. Elisha não demorou a recepcioná-lo, estranhando muito a visita inesperada; julgou ser algum problema relacionado à mãe dele, um tanto idosa.

– *Shalom*, Efrat, a que devo a alegria de sua presença em minha humilde casa.

– *Shalom*, Elisha, venho pedir-lhe com todo respeito a mão de sua serva Mia, para que dentro de doze luas o nosso casamento possa ser concretizado.

Mia, que adentrara a sala com o jarro de vinho, deixou-o cair, tamanho o susto. Percebendo o estado de surpresa, Elisha exclamou:

– Muito me alegra que Mia possa ter sua casa e alguém tão bom para cuidar dela – disse ele, erguendo as mãos a fim de saudá-lo.

Ao pronunciar estas palavras Elisha não sabia que deixara Mia extremamente infeliz e nervosa. Querendo disfarçar sua angústia, ela recolheu os cacos do jarro de barro e saiu como quem nunca tivesse visto Efrat.

– Está bem. Agora, sente-se, podemos passar para o dote da noiva. Sabemos que Mia não possui pais, e por bondade sua foi acolhida. Estou muito feliz, e tudo correrá conforme os costumes e tradição.

Mia correra para seu quarto tentando não chorar, tamanha dor que sentia diante da indiferença de Elisha. Ela seria a esposa de Efrat. Pensou e compreendeu que as mulheres não decidiam e sim obedeciam. Sendo Elisha como seu irmão mais velho, cabia a ele desejar o melhor para ela, e o melhor era Efrat. Mesmo assim, orou pedindo a D'us forças para aquele momento em que o abandono era o maior sentimento do seu coração. Era um misto de abandono e raiva, uma ira que passou a ocupar o lugar do amor secreto que tinha por Elisha. No quarto, sob a luz de lamparina, Mia pedia a D'us que algo mudasse o destino que a vida estava lhe traçando; não queria ser a esposa de Efrat, mas parecia que não era mais útil naquela casa. Talvez, se pedisse a Marta, quem sabe ela como esposa convencesse Elisha a não aceitar o casamento... Levantou-se e correu até o aposento onde Marta embalava o pequeno Job.

Enquanto Mia tenta desesperadamente mudar o rumo da situação, Elisha aceita Efrat como parte da família, e fica marcado o casamento de Mia para aquela data, contando doze meses, segundo a tradição. Feliz por finalmente ver que sua irmã adotiva iria ter um lar, uma família, agradeceu a D'us intimamente, não supondo que Mia odiava toda aquela situação.

Após todo o acerto, Efrat se retirou extremamente feliz. Caminhava pelas vielas de Betsaida, as pedras da rua pareciam não existir diante da leveza de seu coração jovem e afortunado. Efrat era alto, robusto, possuía uma longa barba, cabelos castanhos encaracolados, olhos vivos e profundos que externavam uma melancolia e uma força misteriosa; era um homem habituado ao comércio, astuto, mas afetuoso para com todos; seguidor das leis de Moisés, jamais cogitou que Mia não pudesse desejá-lo, afinal possuía bens, uma casa própria, uma tenda de vendas famosa pelas belas peças trazidas de outras cidades – era um homem próspero, e queria uma esposa que pudesse lhe dar filhos e as alegrias de um lar, para ele e sua mãe.

Ao entrar no aposento onde Marta se encontrava, Mia o fez com certo temor, mas decidida a não ser a esposa de Efrat. Ao olhar para Mia, Marta notou sua inquietação e, preocupada, inquiriu:

– O que foi, Mia, está se sentindo mal?

– Não, Marta, apenas estou...

Quando Mia ia revelar o motivo de sua inquietação, Elisha entrou no aposento exclamando:

– Que as bênçãos do profeta se multipliquem em sua vida, Mia! Marta, Mia foi abençoada com o pedido de casamento de Efrat – disse Elisha, eufórico.

– Ora, então é por este motivo que está a chorar. Que alegria, Mia, não fique triste. Eu e Elisha a ajudaremos com seu dote, com suas roupas de núpcias e bodas. Você verá, tudo dará certo, como deu para mim – e abraçou-a com ternura.

Mia desabou a chorar, pois sabia que seu destino havia sido selado.

3. O funeral

Em Cafarnaum, após a partida de Simeão na busca pela embarcação que estava perdida, Zimra fica em seu lar na expectativa do regresso do esposo, embora continue com receio pela impetuosidade de Simeão, homem que nada teme e muitas vezes a deixa preocupada pelo seu futuro e de sua filha. Zimra, na ausência de seu esposo, prepara o peixe junto com os servos, administra todo o pescado, bem como a sua casa, afinal é dela a responsabilidade de a mercadoria chegar ao mercado com aspecto saudável. Neste ir e vir, seu pai, Aristóbulo, amanhece não se sentindo bem; sua mãe, Hanna, vem lhe pedir auxílio, pois não sabe o que fazer.

– Zimra! Zimra! – chama Hanna.
– Sim, mamãe, o que houve? Por que me chama com tanta aflição?
– É seu pai. Hoje não levantou, está com muita febre.

Zimra então vai até onde seu pai está. Naquele tempo as casas eram todas dispostas no pátio, cada qual com seus aposentos, embora a cozinha fosse compartilhada por todos. As casas eram dotadas de um portão central de entrada logo seguido de um pátio com outra saída pouco utilizada e cozinha. Nos dois lados da casa os demais ambientes eram distribuídos formando ambientes interligados pelo pátio, mas independentes. A casa de Simeão era adornada com muito jasmim e sândalos, sendo os cedros plantados em seu redor. Ao caminhar para o final do pátio, onde se situava a moenda de azeite, Zimra ouviu os gemidos de seu pai; apressaram o passo e ao chegar encontram-no a expelir quantidade de sangue significativa pela boca. Zimra observou que era grave, pediu a Minar para ir até o porto, na esperança de que Caleb não houvesse embarcado, pois muito entendia de doenças e dos remédios de seu povo. Foi até o átrio e pediu a outra serva que lhe trouxesse compressas; elas deveriam aliviar o mal que se instalara. Já era alta manhã quando Minar retornou. A serva não trouxe notícias boas, afinal o primo partira na embarcação com o propósito de auxiliar o esposo de Zimra.

O que ela poderia fazer? Talvez se fosse até a sinagoga conseguiria auxílio, mas as horas estavam passando e ela deveria ser prática como Simeão. Pensou em ir, mas temendo se ausentar resolveu ficar; porém, o caso de seu pai se agravava, por isso decidiu não sair de perto de sua mãe. Ela estava extremamente aflita, chamou seu servo Omar e lhe disse para chamar o médico com urgência.

Omar levou cerca de duas horas até encontrar o médico, que se dispôs a segui-lo. A tarde caía quando o médico deixou o lar de Zimra; seu pai não reagira e falecera de forma rápida, sem que o médico tivesse chance de reverter a situação. Zimra deveria ser forte e providenciar tudo para que o pai tivesse as honras em um lugar junto aos justos.

* * *

O RETORNO DE Barnabé e seus familiares para Corazim[15] correra sem grandes problemas. Afinal estavam em sua bela cidade. Corazim era situada em um belo vale, ficava a 13 estádios de Cafarnaum, na direção do mar da Galileia, também intitulada de "a cidade dos grãos". Haviam-se passado dois dias de sua chegada. Quando a mensagem chegou a Corazim, Aristóbulo havia feito a grande viagem ao mundo dos justos. Barnabé ficou lívido diante do passamento de seu irmão amado; Orlit, sua filha não conseguiu crer que tal fato houvesse ocorrido, afinal há dois dias estavam todos felizes a conversar, a desfrutar das alegrias de D'us. Quando Dan informou a notícia que um mensageiro trouxera, Orlit estava dando ordens ao servo no preparo do banho matinal de seu pai. Agora que Dan havia relatado todos os fatos, se preparavam para o funeral, ou para pelo menos tentarem estar com Zimra e seus familiares.

Em Betsaida a notícia chegou a Elisha, que preferiu não contar para Marta, temendo que seu leite secasse diante da grande tristeza que isto lhe causaria, afinal não tinham nenhuma ama de leite para Job, e não seria correto fazer com que o pequeno sofresse. Ao sair da sinagoga, pensava em uma forma de se ausentar de Betsaida sem que Marta desconfiasse, para prestar seu concurso fraterno a sua prima e ao esposo Simeão. Fora meditando no caminho e, quando chegou em casa, não percebeu que sua esposa o esperava ansiosa para ter uma conversa com ele. Era sobre Mia, que estava extremamente modificada após o pedido de casamento de Efrat.

Mia passara a ser indiferente a todos, estava disposta a qualquer coisa que a livrasse deste casamento. Não desejava ser a esposa de ninguém, a não ser de Elisha. Foi aí que uma ideia funesta passou a lhe percorrer o coração e a mente. Sem perceber, Mia estava sendo envolvida por forças trevosas que a incitavam ao assassinato e à cobiça de tudo que Marta possuía. Planejava e pensava em como seria maravilhoso se Marta não existisse; talvez então Elisha a poupasse do casamento e a deixasse ficar com o pequeno Job e com a casa, e ela poderia conquistá-lo através do pequeno. Sem perceber que as entidades maldosas se ligavam a ela pelo pensamento, infundindo enorme satisfação na ideia do assassinato de Marta, passou a acreditar que essa com certeza seria a solução. Um sorriso maldoso esboçou-se em seu semblante quando Elisha retornou e disse para ela que se ausentaria por alguns dias, e que ela auxiliasse Marta no que fosse possível.[16]

---

15 Corazim foi uma vila ao norte da Galileia, a cerca de 2,5 km de Cafarnaum, acima da costa norte do Mar da Galileia, uma cidade judaica de produção de trigo de boa qualidade, denominada, junto com Betsaida e Cafarnaum, nos Evangelhos de Mateus e Lucas, como "cidades" (mais do que pequenas aldeias), nas quais Jesus realizou a maior parte de seus prodígios; contudo, como essas cidades "não se arrependeram" (Mateus 11:20), foram posteriormente amaldiçoadas. (Nota baseada na Wikipedia)

16 "Os espíritos influem em nossos pensamentos e ações? Muito mais do que imaginais. Influem a tal ponto que, muitas vezes, são eles que vos dirigem". (*O Livro dos Espíritos*, questão 459)

"Os maus, ao contrário, apegam-se àqueles em quem encontram presa fácil; se conseguem se apoderar de alguém, identificam-se com o espírito deste e o conduzem como a uma criancinha". (*O Livro dos Médiuns*, cap. XXIII, "Da obsessão", item 237).

Mia começou a planejar o que deveria fazer para que tudo corresse da melhor forma.

Marta, que nada percebeu, ficou entristecida pelo fato de seu marido ter que se ausentar; não entendeu por que ele deveria ir a Cafarnaum, mas se ele dissera que era para visitar o rabino da vila, que necessitava de uma assistência especial, não se preocupou; orou a D'us para que Elisha tivesse a proteção do Todo-Poderoso, sem cogitar que quem estava em perigo era ela. Quando Marta orou, forte luz se fez presente em seu quarto; era sua mãe, que, através da prece, se fazia presente como que a distribuir luzes e equilíbrio para todo o ambiente; era uma chuva dourada que descia sobre Marta e seu pequeno, que aos poucos ia se associando à casa como um forte jato que percorria em ondas sutis o ambiente. À medida que a vibração era percebida pelos irmãos das trevas, eles saíam como que apavorados pela doce luz da oração, embora do lado de fora da casa duas entidades se mantivessem ligadas ao lar, principalmente a Mia, que alimentava as ideias de inveja, ódio e assassinato de Marta.[17]

* * *

Elisha partiu para Cafarnaum levando somente uma leve bagagem, não pretendia se demorar.

Após a notícia da morte de seu pai, Zimra deu início aos preparativos do funeral, afinal Simeão não se encontrava, e seria necessário que ela fosse forte para realizar tudo, apesar da grande dor que sentia em seu coração. Hanna não acreditava que seu esposo fora chamado ao reajuste com D'us. Estava em estado de paralisia completa, com seus olhos sempre perdidos no horizonte, cabeleira caída nos ombros, que mais parecia um véu cinza criado pelos fios brancos que já cobriam boa parte do cabelo negro que possuíra; ela apertou as mãos de sua filha, o único tesouro que possuía no momento, Zimra, a filha amada, abraçando-a pela perda do esposo; gritou e chorou convulsivamente.

Zimra pediu que todos fossem avisados do passamento do seu pai.

Quando Elisha chegou ao mercado de Cafarnaum, todos já sabiam do acontecido. Dirigiu-se à residência de Simeão, onde foi recebido e pôde reconfortar Zimra, que explicou a ausência de seu esposo:

— Meu esposo teve que se ausentar devido a um problema em uma das embarcações, por isso eu mesma quero agradecer por você ter vindo Elisha. E Marta como está?

— Marta está ótima. Mas diga-me como poderei ser útil a você neste momento difícil?

---

17 "Através da prece, o homem atrai o concurso dos bons espíritos, que vêm apoiá-lo em suas boas resoluções, e inspirar-lhe bons pensamentos. Adquire, assim, a força moral necessária para vencer as dificuldades e reentrar no caminho reto, se dele se afastou; e também assim pode desviar de si os males que atrairia por sua própria falta". (*O Evangelho segundo o Espiritismo*, cap. XXVII, "Pedi e obtereis").

– Sim, Elisha, me auxilie com os rituais na sinagoga. Não sei muito bem como devo agir, afinal Simeão sempre cuidou disso tudo.

– Fique tranquila, Zimra, eu providenciarei tudo, afinal você está só.

E rumou para os preparativos do cadáver.

Não demorou muito para que Orlit e Dan também chegassem à residência. Barnabé parecia não crer no que estava acontecendo, afinal seu irmão estava bem; com certeza já deveria estar a caminho de uma nova vida, pensou consigo.

Havia a crença, entre alguns judeus, de que ao morrer o espírito logo iria para outro corpo; Barnabé acreditava que seu irmão já estava a nascer.

Após Elisha ter ordenado que lavassem o corpo de Aristóbulo, este foi envolvido em um *talit*[18], o qual foi cortado em uma das pontas. Depois de envolto no *talit*, nenhum parente poderia mais desenrolar o corpo ou olhar para ele. Elisha encaminhou o corpo para a sinagoga, onde foi lido o *kadish*[19]. Todos ficaram comovidos diante da cena de mãe e filha que, em prantos, se despediam de Aristóbulo, que fora envolvido por uma luz tênue, a qual lhe subtraiu o espírito, que estava ainda ligado ao corpo, em estado de confusão mental[20]. Diante da luz azulada, nosso irmão foi levado ao socorro merecido após uma vida de lutas terrenas.

Ao saírem da sinagoga, mãe e filha se amparavam diante da dor que a partida do esposo e pai causara. Foram providenciadas comidas e esmolas para que fossem depositadas em doações a todos os necessitados, para que a memória de Aristóbulo fosse honrada, como era costume. Nos trinta dias seguintes, sua memória seria honrada por seus familiares com doações de toda espécie.

Barnabé parecia imerso em pensamentos tristes, temia a morte e não queria que D'us o levasse. Foi quando Elisha se aproximou.

– Caro sogro, é muito triste tudo isso, mas cremos que em breve seu irmão estará entre nós. D'us é justo e bom.

– Sim, Elisha, somente o Salvador, o Messias, poderá vencê-la, e nos libertar de tudo.

– É verdade, mas creio que o grande profeta demorará a nos libertar. E afinal, este João Batista, o que pretende?

– Creio que é mais um lunático que se aproveita do povo. Sabe como é, ele não é o grande profeta, mas o povo o adora, diz que todos devem ser batizados e devem se arrepender. Nós, que somos o povo de D'us, como podemos blasfemar? Não concordo com este homem.

– Compreendo suas ponderações, mas D'us sabe o que é melhor, não julguemos, creiamos na palavra. É o melhor a fazer.

---

18 *Talit:* xale, estola ou manto sacerdotal, com franjas.
19 *Kadish:* do aramaico שידק, "sagrado", é o nome dado à prece feita em enterros de entes falecidos. (Nota com base na Wikipedia)
20 É comum que equipes espirituais estejam presentes em processo de desenlace, chegando a ser visualizadas, pela forte impressão magnética que deixam no local. (Nota dos espíritos)

— E a minha doce Marta, como reagiu diante de tudo isso?

— Eu não pude contar a ela sobre Aristóbulo, temi que Job sofresse a perda do leite. Demais, em que ela poderia ser útil? Só seria mais um peso na viagem.

— Está bem, Elisha, está bem.

Ao entrar em seu lar, Zimra sentia imensa falta de seu esposo. A casa parecia mais do que vazia, parecia que ninguém existia. Sua serva Minar aproximou-se.

— Senhora, deseja se alimentar?

— Não, Minar. Você também sabe que a partir de hoje não beberemos vinho, nem comeremos carne por sete dias. Providencie tudo para que corra como os costumes e, por favor, despeça todos aqueles que trabalham na casa e no mercado. O luto deve ser seguido pelos próximos sete dias.

* * *

NAQUELA TARDE EM que Simeão rumou para o porto com Caleb, André os aguardava junto a Zebedeu. André era um homem simples que tinha uma calma profunda e uma simpatia nata, a qual contagiava a todos. Nada realizava sem antes informar a Simeão, que, como irmão mais velho, assumia a direção de todos os problemas. Passavam por uma época de estiagem da pesca, ela estava difícil, nem sempre retornavam com bom pescado para ser salgado e repassado no mercado. Era Simeão quem comandava os homens, juntamente com Zebedeu, e eles tomavam todas as atitudes mais importantes do grupo que administravam – eram proprietários de uma excelente frota de barcos, com homens firmes no propósito do trabalho.

— *Shalom*! – Zebedeu saudou Simeão naquela tarde.

Homem de estatura mediana, cabelos grisalhos e olhos vivos, tez morena, um homem forte com seus trajes alvos, externava uma alegria em seu semblante.

— *Shalom*, Zebedeu – retrucou Simeão. – Este é Caleb – apresentou com toda simpatia que cabia em seu coração simples.

— *Shalom* a todos os irmãos.

— Parece-me que tem problemas por aqui? – falou Simeão.

— Ora, Simeão, estes homens querem navegar pelo mar como se conhecessem todas as armadilhas, mas acabam trazendo-nos prejuízos. Veja, não retornaram, e se algo aconteceu por certo perderemos embarcação, homens e mercadorias.

— Não pensemos desta forma, antes peçamos a D'us que os proteja, e que nos mostre o caminho para chegarmos até eles – disse André.

— Este é meu irmão, André – disse Simeão. – Devemos sim perceber as perdas que teremos, mas devemos também ter confiança de que D'us tem um propósito para tudo isto. Melhor subirmos nesta embarcação e rumarmos pelo mar até visualizá-los. A partir de agora eu não irei permitir que nem uma única embarcação vá às águas mais profundas, é demasiado perigoso.

Caleb, que a tudo observara, preferiu deixar que eles decidissem.

– Você nos acompanha, Caleb? – disse André.

– Lógico, será um prazer ajudá-los. Apenas não tenho experiência, mas tenho boa vontade.

– Antes assim – retrucou Simeão.

Logo zarparam sem um rumo, apenas foram como que pelo instinto nato de quem lida com as águas havia muitos anos. Procuraram aproveitar a profundidade para alçar as redes em busca do peixe que por dias estava cada vez mais escasso, obrigando as embarcações a se afastarem cada vez mais dos embarcadouros. O lago era de profunda calmaria, como um mar azul a conduzi-los, a brisa e o sol faziam voltar os pensamentos para o passado. Caleb deixou-se conduzir a Marta. Como Caleb pensava em sua amada! Como sentia em seu peito a falta daquela que amara boa parte de sua infância e adolescência, que o fez descobrir o sentimento do amor! É verdade que teve de se isolar em casa de amigos no Egito, mas jamais deixou de amá-la e de desejar ter um lar com rebentos. E eles sempre se entenderam.

Os olhos de Caleb voltaram ao firmamento, recordou-se de seu mestre essênio, que o fez muitas vezes rever uma vida passada no Egito. Não compreendia por que seu mestre lhe falava que por sua culpa não estaria com quem ele mais amava, não sabia o porquê disso... Queria compreender por que perdera seus pais ainda jovem, por que seu tio o conduziu a uma escola de terapeutas, tipos tão distantes do meio judaico, embora fossem judeus e pertencessem ao mesmo povo. Eram tantas perguntas, e precisava de respostas.

E este profeta que libertaria o seu povo? Sabia que ele estava próximo, mas não compreendia como surgiria, como ele libertaria o povo do jugo dessa escravidão romana. Suspirou quando André de repente gritou:

– Embarcação! Embarcação!

Caleb levantou-se para olhar. Graças ao bom D'us, eles acenavam.

Ao chegarem próximos, perceberam que só havia alguns homens. Eram três ao todo, pareciam febris, embora estivessem em pé, estavam extremamente queimados pelo sol. Simeão logo perguntou o que aconteceu; um deles respondeu:

– Senhor, Jonas veio a se acidentar, e infelizmente D'us o levou. Ficamos só nós, e não temos a mesma habilidade de ler o caminho, acabamos nos afastando da costa, mas D'us nos salvou, enviando-nos vocês.

Simeão, tomando o comando do barco, ordenou a todos o retorno a Cafarnaum, e Caleb, que muito entendia da medicina que aprendera no Egito, cuidou dos homens que estavam desidratados e famintos. Ao chegarem a Cafarnaum, Simeão, Caleb, André e o restante da tripulação amarraram no porto as embarcações e começaram o retorno para seus lares. André, deixando a embarcação, pensava ir para casa de um de seus companheiros prestar contas a Zebedeu, no entanto encontrou-se com Tiago, que os aguardava próximo ao porto. Após os cumprimentos, quando Simeão se preparava para falar, Tiago lhe dirigiu a palavra:

– Simeão, vai ter com os seus, pois não terá boas notícias do seu lar.

Simeão franziu a testa como quem não compreendia, mas não perguntou a Tiago o que se passava; angustiado, marchou para o mercado, a fim de saber notícias. Foi rapidamente pelas ruas sem sequer dar tempo para qualquer explicação. Caleb, que presenciou a cena, pegou a bolsa onde se encontravam as roupas e objetos pessoais de ambos, seguindo-o sem também nada dizer. Parecia que as tendas do mercado, o ir e vir, os risos e as conversas atrapalhavam a marcha; era o cheiro forte de ervas, de comida, que se misturava às vozes e ao intenso calor; o colorido das tendas, as joias, os tecidos e os mercadores no alvoroço da oferta; as moedas a tilintar nas bacias; o povo se aglomerando; e Simeão como que empurrava os transeuntes, nem parava para os cumprimentos habituais.

André, após inteirar-se com Tiago do que ocorrera, despediu-se do amigo e rumou na mesma direção, aflito pelo passamento do sogro de Simeão. Precisava estar próximo a Zimra; com toda certeza a família estava chocada, e ele, como cunhado, não poderia deixar de lá estar prestando o auxílio solidário.

Simeão, ao entrar em sua rua, percebeu um número expressivo de pedintes. Sabia que algo estava errado. Coração aflito, pensou em sua filha e em sua esposa, as pernas como que tremeram, mas, em sua aspereza, suspirou profundamente e, empurrando o povo humilde que se aglomerava, percebeu a figura de Omar, o servo leal da família, que a todos atendia com solicitude. Ele estava com um pedaço de tecido negro preso à roupa – era o luto, costume quando algum membro falecia: o tecido negro é posto sobre a roupa. Compreendeu que o motivo de as pessoas estarem ali era referente às honras ao morto. Entrou como que aflito, por acreditar que poderia ser sua filha, mas para alívio de seu coração Sara brincava no pátio junto aos pés de jasmim; mais adiante Zimra estava em pé junto à sua mãe, como que a amparando.

Sua filha, ao vê-lo, correu:

– Papai, papai!

Sara agasalhou-se, e o abraçou forte, com o cheiro do lago, era como um bálsamo para ambos. Zimra veio ao encontro com a alegria que seu coração oprimido lhe permitia. Ele abraçou-a e, notando a ausência de seu sogro, logo compreendeu o que havia acontecido. Zimra chorou ao abraçar seu esposo. Com tudo o que havia acontecido, ela não tivera tempo de desabafar, de demonstrar a dor do seu coração. Simeão apiedou-se de sua esposa, entendendo o motivo de seu pranto. Amava-a com profundidade e respeito. Devia ter sido extremamente difícil para ela.

Caleb, ao penetrar na casa, observou tudo, sempre muito perceptivo. Sentia a ausência de seu tio e de imediato constatou a presença de Elisha na casa. Ele aparecera no pátio acompanhado de Dan e Barnabé. Todos estavam emocionados, mas Caleb pensava em Marta. E se ela estivesse ali também? Seu coração pulsou aceleradamente, uma onda violenta de ciúmes o assolou. Como seria revê-la com Elisha? A mulher amada, a companheira de infância, a amiga e irmã que se tornara a mulher perfeita para o seu coração... E aquele homem, intruso que se apoderara de sua alegria, de seu sonho...

Parou, percebendo que estava sendo egoísta naquele momento, pensando em si quando a dor assolava aquele lar. Tratou de se corrigir e parou de pensar nisso. Melhor ignorar, fazer de conta que nada acontecia. Elisha, que estava sempre muito bem trajado, aproximou-se do grupo e logo percebeu Caleb.

– *Shalom* a todos.

Zimra falou:

– Simeão, se não fosse Elisha, não teria conseguido providenciar tudo. Foi D'us que o trouxe aqui.

– Obrigado, Elisha, serei sempre grato a você – disse Simeão, apertando-lhe a mão.

– Nada deve me agradecer, não fiz mais que meu dever – retrucou ele com falsa modéstia.

Caleb, aproximando-se, saudou-o com um aceno, retirando-se para um dos aposentos da casa grande. Encontrando-se com Minar, pediu-lhe que providenciasse algo para se alimentar (falou diretamente a ela porque sua prima parecia demasiadamente alheia a tudo). Minar, que sempre sentira uma simpatia por Caleb, logo o advertiu:

– Sabe, meu senhor, que nos abstemos da carne e do vinho. Portanto, lhe levarei figos e tâmaras, bem como o pão para todos.

– O que você fizer será bem feito, mas conte-me tudo Minar, não quero incomodar os outros. Sinto-me melhor aqui nesta cozinha com você.

– Senhor, deste jeito sinto-me honrada.

– Não tem por que se sentir honrada. Aprendi junto aos essênios que somos todos iguais.

– Como pode isso, doutor? Não está a blasfemar?

– Esqueça, Minar, esqueça. Será que eu poderia me banhar e trocar minhas roupas antes de ir para minha estalagem?

Foi quando Zimra entrou e, encontrando-o a palestrar com Minar, lhe disse:

– Você continua o mesmo, sempre a providenciar o que precisamos. Já percebo que não devo me preocupar. Minar, providencie o banho perfumado para todos, para que mais tarde possam se reunir.

Caleb aproximou-se de Zimra e perguntou-lhe:

– Marta veio com Elisha?

– Não, ele a poupa pelo filho.

– Pelo menos não é um homem severo.

– Ora, Caleb, não fale do que não sabe. Ele é um doutor da lei, não iria querer que o filho ficasse impuro diante da situação. Você não entende das coisas, nem parece que passou tantos anos na escola judaica do Egito.

– Prima, eu sei muito mais do que possa supor – e calou-se, pensativo.

4. O veneno

EM BETSAIDA, MARTA sentia-se só, afinal seu esposo, após o nascimento do pequeno, quase não ficava em sua companhia. Sempre buscava a sinagoga e, quando dava atenção a ela, era para falar do filho. Ele sonhava em ver o filho seguindo seus passos, sendo como ele. Nesses instantes, sentia-se feliz por ter proporcionado ao esposo essa alegria, mas não compreendia o motivo de seu afastamento. Apenas resignava-se, na esperança de que ele voltasse a ser o mesmo esposo afetuoso e gentil que era. Elisha era muito diferente de seu querido Caleb, um homem que tinha a alegria e a sensibilidade unidos, era simpático e sempre simplificava tudo à sua volta. Ah, Caleb! Às vezes ela se perguntava como teria sido se ele a tivesse desposado; com certeza seria menos rigoroso, afinal Elisha era metódico e exigente com tudo, nada podia estar fora da ordem, das leis, das regras; eles eram uma família pura, seu esposo era um homem voltado ao sacerdócio, à vida religiosa, e ela tinha que cumprir todos os dispositivos da lei.

De repente percebeu um vulto do lado de fora da casa; aproximou-se da janela para melhor observar. Era Mia. Estava tão diferente... Será que ela estava ansiosa pelo casamento, pela nova vida que teria ao lado de Efrat? Como sabê-lo? Ela estava muito fechada, andava sempre pensativa, nem parecia aquela Mia de antes, alegre e prestativa.

No pátio, diante das frondosas árvores, Mia estava pensando em como poderia se ver livre de Marta e tomar seu lugar. De repente as sombras começaram a tomar formas humanas ao seu lado e, sem que ela percebesse, duas entidades embrutecidas pelo ódio foram tecendo tênues fios ao redor de sua nuca, emitindo pensamentos maléficos que logo surgiram como ideias para ela. Em sua tela mental fora lançada a semente do mal, bem recebida devido à sintonia que a desavisada Mia criara para si[21].

"Lógico", pensava consigo mesma, ela iria ao mercado no dia seguinte bem cedo; ali havia uma senhora que vendia ervas de toda espécie; ela pediria algo que pudesse matar os ratos que assaltam a cozinha, mentiria, haveria de conseguir algo que pudesse pôr na bebida de Marta, e aí conseguiria ficar na casa sem ela. Elisha não a desprezaria, ele iria precisar de sua companhia, e ela o conquistaria. Começou a rir. Da janela do quarto Marta a observava e, crendo que a moça sonhava com seu casamento, abençoou-a com a prece do final do dia.

Em casa de Efrat, Reina, sua mãe, estava feliz por saber que seu filho havia conseguido o consentimento para o casamento. Ela também auxiliaria, providenciaria

---

21 *Mecanismos da mediunidade*, Chico Xavier e Waldo Vieira, pelo espírito André Luiz, cap. IV, "Matéria mental", item "Formas pensamentos", FEB.

uma nova decoração para a casa e uma reforma no aposento do seu filho, para que Mia sentisse que aquela casa pertenceria a ela. Pela manhã, iria à casa de Elisha tratar com ele a respeito de tudo, juntamente com Marta. Aquela moça era realmente a mulher ideal para seu filho. Estava ela a divagar, quando Efrat penetrou na sala.

– Senhora, minha mãe.

– Sim, filho.

– Poderia me auxiliar com as tecelãs amanhã? Sabe que os novos tecidos demorarão a chegar. Preciso entregar novas mercadorias na tenda. Tenho encomendas de duas damas da cidade, pois suas filhas irão viajar para Damasco.

– Meu filho, tudo correrá a contento. Hoje mesmo irei conversar com nossas primas, afinal, todos irão ganhar pelo trabalho. Vai pagar quantos denários a elas?

– Com a pressa que estou, vou pagar em *shekel*[22]. Preciso dessas peças.

– Está generoso, pagando por quatro dias de trabalho. A propósito, eu irei à casa de Elisha amanhã. Pretendia ir na primeira hora, mas já que me requisita irei na terceira hora do dia, assim o auxilio, e depois tenho que tratar da reforma da casa, do seu aposento. Estou muito feliz, filho amado.

Efrat ficou jubiloso, aprovando a conduta de sua mãe com um largo sorriso.

– Está bem, minha mãe. Agora devo voltar à tenda.

A casa de Efrat possuía uma oficina de tecelagem que ficava nos fundos da casa, portanto parte da sua mercadoria era também fabricação própria de sua família, de suas primas, que ali teciam várias peças, utilizadas por todos.

Já era tarde quando Reina sentiu um arrepio percorrer seu corpo e uma estranha sensação de tristeza lhe angustiar o pensamento. Era uma mulher de fé, e às vezes tinha pressentimentos. A noite chegara e com ela o sono reparador para os justos.

Mia, porém, não conseguia dormir; a ansiedade lhe corrompia a paz. Ao raiar do novo dia, Mia levantou-se e procurou se ocupar dos afazeres normais do dia a dia, e logo chamou o rapazola Abed; estava agitada e rápido Abed se apresentou.

– Sim, Mia.

– Preciso de você.

– Diga, Mia.

– Vá até o mercado e veja se a velha das ervas está lá. Pergunte se ela tem algum veneno que possamos utilizar nos ratos que estão entrando na cozinha.

– Nossa! – exclamou Abed. – Eu nunca vi nada disso por aqui.

– Pois saiba que eles estão entrando na casa, e não posso deixar que cheguem até os quartos. São uns monstros que tudo devoram – exclamou ela.

Abed, sem nada suspeitar, retirou-se rumo ao mercado de Betsaida, a cidade mais bela, mais doce que já existiu. Descendo as vielas estreitas, foi para o mercado, com seus cheiros típicos; passando pelas tendas coloridas, achou a da velha senhora que vendia ervas para todos os males.

---

22   *Shekel:* uma das mais antigas unidades de peso, utilizada como nome da moeda em Israel.

– Senhora, senhora! Possui acaso algo que mate ratos?

A velha sorriu e pegou um pequeno frasco.

– Veja, jovem, aqui neste pequeno frasco tem o pó de uma raiz rara, que elimina ratos, cobras e tudo que tiver vida. Tenha cuidado! A morte é rápida; é só pôr um pouco em comida de isca, que eles não sobreviverão. A propósito, está com o melhor preço, apenas um denário – disse a velha, com ar astuto.

O jovem Abed pagou-a e retornou a casa. Mia havia pensado em tudo: o veneno, sendo comprado por Abed, implicaria suicídio, e sobre ela não ficaria nenhuma suspeita. Isso ainda mostraria a Elisha que Marta o odiava, desprezava os costumes do D'us de Abraão. Quando Abed entrou, puxou um pequeno frasco e entregou-o nas mãos de Mia, que o agradeceu. Pensava: hoje seria o dia da decisão. De repente, um lampejo de angústia emergiu em seu coração – para que fazer isto, afinal Marta a acolhera como uma irmã... Deveria parar com esses pensamentos e pedir a D'us forças para combatê-los em seu coração... Melhor seria fazer uma oferenda no templo. Em seu seio, neste instante poderia observar tênue luz, provinda de bondoso senhor que se aproximara fluidicamente de Mia – tratava-se de seu pai há muito desencarnado, que pedia que ela reavaliasse sua decisão. Ele orava fervorosamente a D'us[23], quando bruscamente percebeu dois filamentos espessos implantados na parte frontal da cabeça da filha, que desciam à nuca e a envolviam, como se fosse um freio utilizado em alguns animais. Era um entrelaçamento que se imantava em todo seu campo mental. Ao contato com a tênue luz, foram como que ativados a emitir intensa vibração, que vertia um fluido intoxicante, espargido com rapidez pela região da sua cabeça; esse fluido era alimentado pela mágoa, e associado à inveja; logo Mia retornou ao estado mental de antes[24].

---

23 "Todos temos um bom espírito que se liga a nós a partir de nosso nascimento, e nos toma sob sua proteção. Cumpre junto de nós a missão de um pai junto a seu filho: a de conduzir-nos ao caminho do bem e do progresso através das provas da vida. Fica feliz quando respondemos à sua solicitude; sofre quando nos vê sucumbir." (*O Evangelho segundo o Espiritismo*, cap. XXVIII, EME)

24 Fato comum em casos de obsessão, quando o obsidiado se compraz com o algoz, fornecendo fluidos compatíveis aos do obsessor para o selamento fluídico, promovendo uma ligação mais rígida, onde a troca energética acaba por desenvolver perturbações de cunho psíquico. (Nota dos espíritos)

"Temos pensamentos que nos são próprios e outros que nos são sugeridos? – Vossa alma é um espírito que pensa. Não deixeis de considerar que vários pensamentos vos ocorrem ao mesmo tempo sobre um mesmo assunto, e que, muitas vezes, eles são contraditórios entre si. Pois bem! Neles há sempre um pouco de vós e um pouco de nós. É isso que vos deixa na incerteza, pois tendes em vós duas ideias que se entrechocam."

"Como distinguir os pensamentos que nos são próprios dos que nos são sugeridos? – Quando um pensamento é sugerido, é como uma voz que vos fala. Os pensamentos próprios são em geral os que ocorrem num primeiro impulso. Além disso, essa distinção nem é tanto de vosso interesse, e muitas vezes é útil não sabê-la: o homem age mais livremente. Se decide pelo bem, ele o faz com maior boa vontade; se tomar o mau caminho, terá apenas mais responsabilidade." (*O Livro dos Espíritos*, questões 460 e 416, EME)

Pensava: "não, ela roubou todos os meus sonhos, merece morrer; se não fosse por ela, eu seria a dona desta casa. D'us não é justo. E depois, quem poderá me julgar? Faço o que é correto, luto pela minha felicidade".

Pobre Mia, seu pai orava em pranto... quando uma voz branda o consolou:

— Esperemos em nosso querido Messias que a libertação do amor divino possa mostrar-lhe o caminho, mesmo que seja o caminho de espinhos que nossa irmã escolheu. Amparemos Marta e o pequeno – e, amparando-o em um abraço fraterno, rumaram para dentro do lar, na espera dos acontecimentos.

O dia transcorreu normalmente. Mia procurava fazer tudo a contento, evitando que qualquer suspeita recaísse sobre ela. A terceira hora do dia talvez fosse a melhor para pôr em prática o seu plano; mandaria o recado para Elisha após o acontecimento; daria tudo certo. Marta adorava sorver o chá de alecrim. Não seria diferente neste dia.

* * *

Em Cafarnaum, após a chegada de Simeão ao lar, as coisas não mudaram. Hanna estava triste e passava o dia todo abandonada aos próprios pensamentos, divagando com a época em que conhecera o esposo, com o casamento, com a chegada dos filhos... A vida passava rápido para Hanna, que revivia cada instante de sua vida como se dessa forma pudesse fazer com que seu esposo revivesse, pelo menos em seu coração, apesar de se tratar do terceiro dia após a morte de seu esposo.

Zimra notava a apatia da mãe e também procurava não desanimar, afinal tinha Sara, Simeão, o esposo rude que com sua simplicidade lhe enchia o coração de alegrias – não poderia viver sem a presença dele, fora ele que ensinara tudo que precisava saber a respeito dos negócios, e não era apenas isto: estimulava-a a ser independente em tudo, até mesmo no serviço da casa e na criação de Sara. Ela se sentia segura; absorta em seus pensamentos, pensava em uma forma de cativar a atenção de sua mãe; talvez se conversasse com Caleb... Dirigindo-se ao pátio, percebeu que Caleb estava próximo à moenda onde se fabricava o azeite da casa.

— Caleb – disse Zimra –, que bom que aceitou ficar aqui nestes dias difíceis.

Caleb virou-se e sorriu para Zimra:

— O que posso fazer por você?

Sentia a preocupação de Zimra.

— Ora, querido primo, será que porventura, com todo seu conhecimento, poderia auxiliar minha mãe? Ela está muito triste, e pressinto que esse estado não lhe fará bem.

— Tem razão. Mas creio que minhas práticas causariam constrangimento aqui, diante de um doutor como Elisha.

— Eu não compreendo, Caleb.

— Eu vivi no Egito por muito tempo, fui ensinado em uma escola judaica que tem a influência de Fílon de Alexandria. Minha prima, os terapeutas, assim como os essênios, foram meus mestres. Depois, na escola judaica, pude compreender muito sobre a mente humana.

– Não entendo como isto comprometeria você.

– Não me importo, apenas não quero causar constrangimento, já que Elisha é um homem tradicional. Mesmo dentro das escolas há uma profunda divergência. Eu não deveria falar a este respeito, mas alguns mestres pensavam e nos ensinavam de forma diferente... Não "errada", mas eu diria "mais abrangente".

– Por isso demorou tanto lá.

– Sabe que estive doente, e ali tive o que procurava: a cura não só do corpo, mas um pouco de cura para a alma.

– Você então crê no Messias?

– Sim, e eu diria que ele está próximo, muito próximo de nós.

– Você já o viu?

– Não, apenas às vezes sinto que algo irá mudar nossas vidas.

Zimra sorriu e abraçou Caleb, dizendo:

– Acredita que esse Messias possa mudar o meu esposo, fazê-lo mais manso, menos impulsivo e, diria eu, menos rude?

– Tudo é possível, mas depende de cada um. Vamos conversar com sua mãe. O que minha doce tia precisa é falar.

– Ela precisa de um pouco mais que isso... – disse Zimra.

E ambos se dirigiram ao local onde Hanna estava.

Reunidos em sala separada estavam Simeão, André, Barnabé, Dan e Elisha. A conversa girava em torno dos acontecimentos da época.

Barnabé falava.

– A verdade é que antes dos romanos fomos subjugados por assírios, babilônios, persas. Quando teremos um monarca forte como foi o rei Davi?

– É – retrucou, Elisha –, o que percebemos é a resistência que o povo faz. Esse bandidismo em nada nos auxilia. Esses criminosos atacam os comerciantes ou qualquer pessoa que seja da classe mais favorecida, e levam todos os bens valiosos. Pelo menos não fazem parte da trupe de João Batista; esse profeta instiga o povo a crer que Israel será libertada pela intervenção de D'us.

– Não vejo problema quanto a isso – disse Simeão –, afinal D'us sabe o que é melhor para o povo.

– Concordo – declarou André. – Creio neste homem – referindo-se a João Batista.

– Ora, temos adeptos desse homem por aqui? – perguntou Elisha, assustado.

Dan interveio.

– Não podemos dizer que sim ou que não, apenas que refletimos sobre a situação. Eu, por exemplo, sou às vezes partidário das ideias dos zelotes, afinal, devemos nos armar para lutar contra os romanos. Com certeza D'us estará ao nosso lado.

— É melhor deixarmos as coisas como estão — disse Barnabé, que provinha de uma linhagem aristocrática[25]. — Para nós, é melhor que tudo fique desta forma.

— Também concordo — declarou Elisha. — Vejamos que com a ajuda de Roma conseguimos manter os impostos sendo coletados da população sem grandes problemas; ademais, o nosso templo do monte de Jerusalém foi reconstruído por Herodes, o Grande, demonstrando que temos uma aliança com Roma. A cidade, após a construção, floresceu; o comércio também; vende-se de tudo; não neguem que ainda continuamos indiretamente organizados e dirigindo o povo.

Todos se calaram. Elisha, sentindo-se triunfante em suas colocações, ergueu-se a fim de se despedir dos demais, alegando que deveria partir naquele mesmo dia para Betsaida, pois já demorara o bastante. Levantou-se agradecendo a hospedagem. Ao sair da sala na qual se encontrava, observou que Caleb se achava em conversa franca junto a Hanna e a Zimra. Olhou com desdém, pensando em como um homem com o conhecimento que ele dizia ter perdia tempo com mulheres; elas não possuíam nenhum talento, não eram confiáveis; ele realmente não respeitava as leis e, pelo que percebeu, Simeão deixava sua esposa muito à vontade. Como pode? Divagava quando Omar, o servo, veio solícito informá-lo que a montaria estava pronta. Sem querer ser indelicado, dirigiu-se a Zimra, depositando um ósculo em suas mãos em sinal de respeito e gratidão.

— Elisha, por favor, nós é que lhe devemos. Mande um forte abraço a Marta, e qualquer necessidade de auxílio que ela tenha, irei o mais breve possível para servi-la.

— Direi tudo, Zimra. Agora devo ir-me. Tenho saudade de meu lar e de minha adorável esposa.

Olhou propositadamente para Caleb, pois sabia ser ele o preferido para casar com Marta. Caleb nada comentou, fez apenas leve reverência com a cabeça, mas o olhar traduziu bem o quanto o desprezava.

Ao sair de Cafarnaum, Elisha sentia-se vitorioso em todos os sentidos. Ele era orgulhoso, impiedoso com todos que tentassem burlar os costumes, as tradições que seu mestre tanto lhe ensinara. Ia divagando pelo caminho na certeza de que estaria em Betsaida antes de anoitecer.

* * *

REINA SE PREPARAVA para ter com Marta. Levaria para ela um tecido, para que agradasse a seu esposo, e para Mia, uma linda tiara que pertencera a sua mãe, como prova de que o seu casamento era aprovado por ela. Com certeza ela usaria tal relíquia, que passou de geração em geração na família; no casamento de Mia, ficaria maravilhoso sobre o véu.

---

25 Como já observamos, a linhagem de Barnabé tinha como descendência a família de Herodes; eram primos de terceiro grau. (Nota dos espíritos)

Chamou Débora, uma das primas, que muito auxiliava na oficina. Débora era uma flor, com seus 15 anos. Tinha a meiguice de um lírio, era muito comportada e sempre acompanhava Reina pelas ruas, afinal as mulheres não podiam sair sozinhas e nem sem o véu; naqueles tempos, todas saíam acompanhadas e costumavam caminhar por um dos lados da rua, onde os homens não transitavam. Débora veio solícita.

– Sim, minha tia.

– Débora, avise a sua irmã para que não lhe espere o retorno. Você dormirá em minha casa, para que não fique perigoso o seu regresso para casa. Agora vá, pois já me encontro preparada para ir à casa de Elisha; ah, e pegue o meu cajado.

Era na realidade um suporte de madeira na qual Reina se apoiava quando sentia-se cansada. Após a jovem voltar:

– Vamos, não pretendo chegar lá à noite.

E, pondo-se a caminho, com seu véu verde esmeralda e suas vestes de cor negra, foram pelas ruas movimentadas de Betsaida. O aroma era divino, os cedros e o doce cheiro de sândalo eram trazidos pela brisa na tarde que começava a cair. O céu estava azul em tons de rosa e alaranjado. Era um espetáculo a brisa doce a tocar nos véus que as moças seguravam, enquanto ocorria o ir e vir de todos que já se preparavam para o recolhimento, que não tardaria a chegar. Próximo à casa de Marta já se sentia o cheirinho de jasmim misturado ao delicioso aroma de chá de alecrim. Elas foram recebidas por Abed, que logo as conduziu à sala onde Marta, sentada, observava o ir e vir da cidade e o grande lago de Genesaré ao fundo. Ela sentia seu coração tomado por uma agonia: queria não estar ali, queria fugir, voltar ao passado e não se casar; estava com pensamentos conflitantes quando se surpreendeu com a presença de Reina e Débora.

– Que alegria recebê-las. A que devo a honra desta adorável visita? Sentem-se.

E logo a mãe de Efrat pronunciou-se:

– Venho, querida Marta, compartilhar das alegrias de ter Mia como minha filha – sorriu largamente, abrindo os braços.

– Sim. Elisha está muito feliz por Mia, e eu também. Mas acomodem-se.

Abed ficara ali; encantado com a meiga Débora, não conseguia sair do local. Foi quando Marta, dirigindo-lhe a palavra, falou:

– Abed, peça a Mia para trazer o chá, e que ela venha rápido, pois tem uma surpresa para ela.

O rapaz, sem querer sair, sentia-se como que encantado com a beleza de Débora. Ao chegar à cozinha, topou com Mia, trêmula, a preparar o chá da tarde.

– O que foi, Mia? – inquiriu ele. – Por que está assim?

Mia se assustou e replicou como que num impulso nervoso:

– Fale, Abed. Fale logo, não vê que estou atrasada?

– Bem, tem uma surpresa para você na sala; a senhora Marta pediu pressa no chá.

– Surpresa? Que surpresa, Abed? Diga.

– Isto não digo não – e saiu correndo pela porta do fundo.

— Estorvo — proferiu Mia, que, agitada, acabara de pôr o veneno no copo que serviria a Marta. "A surpresa será dela", pensou; bem, vamos lá. E, pondo tudo em uma bandeja, dirigiu-se para a sala sem perceber o que ocorria.

* * *

A viagem de Cafarnaum até Betsaida transcorrera rapidamente. Elisha se sentia em casa, e já se aproximava da entrada de sua morada quando visualizou Abed à entrada. O rapazola, percebendo tratar-se de Elisha, correu a saudá-lo.

— Senhor! Senhor! Seja bem-vindo!

Elisha gostava de Abed. Era um servo fiel, embora viesse de uma linhagem samaritana, mas seu mestre o recolhera criança, por piedade.

— Vamos, Abed, ajude-me a entrar.

— Senhor, tem visitas. A bela Débora e sua tia estão aqui, chegaram de surpresa.

Elisha ficou feliz:

— Então devo me apressar e completar a surpresa para Marta. Como estão as coisas por aqui?

— Bem, senhor... se não fosse pela notícia de que a casa está com ratos, estaria tudo normal.

— Ratos? Ora, Abed, que despropósito.

— É, doutor, foi Mia que me disse; me mandou comprar um veneno hoje no mercado, disse que os bichos podem invadir os quartos. O senhor acredita?

— Isso jamais aconteceu nesta casa. Vamos, guarde o animal, dê comida e água, vou me lavar e entrar na casa.

Mia chegou à sala com a bandeja e o chá. Ficou lívida... afinal, o que Reina fazia ali?

— Ora, minha querida, venha ficar junto a nós — pronunciou Marta. — Veja que lindo tecido Reina me trouxe, e para você ela tem uma linda surpresa.

Depositando a bandeja na mesa, sentiu um calafrio no corpo — e agora, o que fazer?

Reina começava a falar quando um choro forte e sentido se fez ouvir — era Job; o belo rebento de Marta requisitava sua presença. Marta levantou-se e se dirigiu ao quarto onde o pequeno chorava. Mia, que depositara o chá na pequena mesa, estava aflita: como deveria fazer para que Reina não tomasse o chá? Afinal, ela não era o alvo. Começou a ficar inquieta, torcia as mãos, quando foi surpreendida com a entrada de Elisha.

— Senhor! — disse Mia com expressão nervosa.

— Ora, que alegria! — Reina olhou para a porta onde Elisha estava de pé.

Este, aproximando-se, cumprimentou a todos. Mia se levantou quando Reina começou a falar:

— Caro Elisha, venho aqui para conversar com Mia e oferecer um presente que há muito se encontra em minha família.

Elisha, sentindo a garganta seca, pegou o chá; Mia ficou perplexa, não sabendo o que fazer, pois tantos pensamentos passavam ao mesmo tempo em sua mente. Elisha sorveu pequena porção e Mia, em um ato de angústia e aflição, esbarrou a mão no copo, entornando todo o conteúdo. Pedindo desculpa, muito aflita, levantou-se na direção da cozinha, orando a D'us, sabendo que ele bebera uma quantidade do veneno.

– D'us, ajuda-me – dizia Mia.

Mas um grito aflito cortou o pensamento de Mia, que correu em direção à sala e encontrou Elisha convulsionando no chão.

* * *

Após a partida de Elisha, Simeão, André, Dan e Barnabé continuaram a conversa, agora em tom mais ameno. Barnabé saiu em defesa de seu genro.

– Ora, vamos, Elisha é um grande conhecedor da lei, ele sabe que o povo precisa de orientação, da nossa ajuda para que tudo fique em ordem.

Simeão diz:

– Ele pode ser um grande doutor, mas é preciso compreender as necessidades do nosso povo. Não podemos nos apoiar em nossa condição de sermos uma minoria privilegiada.

– Concordo com você, irmão – diz André. – Devemos, portanto, confiar nos profetas, e acima de tudo orar.

– Acho que ambos estão certos, mas devemos tomar uma atitude mais estratégica – acrescenta Dan.

Caleb, que acabara de deixar Hanna entregue aos cuidados de Minar, entrou no recinto.

– Ora, Caleb – proferiu Simeão –, diga-nos como você se posiciona diante da condição de nosso povo.

Caleb sentou-se e, pensativo, respondeu:

– Acredito no poder da oração.

Dan, como que não compreendendo, falou:

– Como assim, caro Caleb? Explique-nos.

– Veja, Dan, é bem simples – e se pôs a falar: – A oração é a maneira de buscar a D'us. A oração que vem do fundo do coração é chamar a D'us da profundidade de seu esconderijo, como o salmista diz, *"das profundezas do abismo clamo a Ti, Oh! Eterno"*[26]. É, portanto, através da oração que nos ligamos a D'us.

– E em que isto pode nos auxiliar?

– Vivemos em um tempo em que o povo necessita do D'us vivo, necessita da orientação e sabedoria, irmãos.

– Compreendo o que você fala, Caleb – pronunciou André.

---

26 Salmo 130:1.

— Pois discordo — disse Barnabé. — De onde você retira tais ideias?
Disse Caleb:
— Está escrito[27] *"tão somente tende cuidado de guardar com diligência o mandamento e a lei que Moisés, o servo do Senhor, lhes mandou: que amem ao Senhor seu Deus, e andem em todos os seus caminhos, e guardem os seus mandamentos, e lhes acheguem a Ele, e O sirvam com todo o seu coração, e com toda a sua alma"*.
— Agora nos diz que não servimos a D'us? Ora, Caleb.
— Estou de acordo com Caleb — proferiu Dan —, afinal, de uma forma ou de outra nós nos distanciamos de D'us. Precisamos meditar nisso.
— É verdade — disse Simeão —, mas é bom que fique claro que nós não oramos a D'us para lembrar a D'us de nossa necessidade e sim para lembrar a nós mesmos da dependência que temos d'Ele.
— Bem lembrado, Simeão, afinal está escrito[28]: *"despejo minha alma diante do Senhor"* — completou Caleb.
— Vejo que seus conceitos evoluíram bastante, Caleb. Por que não fica em Cafarnaum e prega em nossa sinagoga? — disse Barnabé como que para provocá-lo.
Caleb, percebendo que Barnabé queria ter a certeza de onde ele viria a fixar residência, respondeu:
— Não, caro tio, tenho mesmo é a intenção de adquirir uma propriedade em Betsaida.
Barnabé ficou em silêncio, até que Dan disse:
— Pois creio que você daria mais certo rumando para Corazim. Temos belas moças por lá, quem sabe não se casa.
— Não, caro amigo, sinto-me como uma fruta sem casca, não quero ferir a outros corações. Se me permitem, vou me retirar para o aposento, estou muito cansado, amanhã devo ir visitar uma propriedade nas redondezas de Betsaida.
— Vai mesmo adquirir alguma por lá? — inquiriu André inocentemente.
— Creio que sim — respondeu Caleb, olhando para Barnabé, que intimamente transpareceu preocupação.
Zimra estava mais tranquila ao ver sua doce mãe mais calma, repousando em seu aposento. Junto a sua cama estava Minar; acabara de depositar uma leve refeição para a matriarca, que, após a conversa com Caleb, deixara-se tomar por uma doce calmaria, que ele lhe transmitira através da imposição das mãos. Ela parecia nunca ter sentido tanto bem-estar; estava leve, o coração parecia-lhe menos pesado. Zimra observava sua mãe, sentindo intensa curiosidade pela forma que seu primo adotara — apenas erguera as mãos e orara. Nunca havia imaginado que tal coisa daria resultado. Onde ele aprendera tanto? Como sabia que sua mãe necessitava de uma longa conversa e uma singela oração? E por que Caleb se negava a utilizar

---

27 Josué 22:5.
28 Samuel 1:15.

vestimenta comum? Por que estava sempre de roupas claras, com o mesmo manto? Sempre fora um homem abastado... Por que não se permitia um pouco do luxo que adquirira de sua família? E agora, como ele se portaria em relação a Marta? Por que desejava comprar terras próximo a Betsaida? Estava divagando quando ouviu a voz de Simeão lhe chamar.

— Zimra, Zimra!

E com leve toque nos ombros ela se virou.

— Sim, meu esposo. Desculpe, estava refletindo.

— Percebo, mas e minha sogra?

— Venha, vamos conversar fora desta sala. Ela precisa descansar.

Saindo, foram para a parte externa da casa, entre as flores coloridas. Simeão inquiriu:

— E sua mãe, Zimra?

— Ela está mais calma após o valioso auxílio de Caleb.

— Dá-me grande satisfação sabê-lo, porém devo confessar-lhe estar muito temeroso com as atitudes de seu primo — e, franzindo a testa como um ato de reprovação, Simeão continuou: — não consigo compreender por que Caleb insiste em ficar próximo de Betsaida. Será que não percebe que todos estão notando sua atitude desmedida em querer de alguma forma estar perto de Marta? O que ele pretende? Ela será apedrejada e também Elisha poderá apresentá-la ao juiz, caso seja motivo de ciúmes, ou, pior, poderá vendê-la a outro, privando-a do convívio do filho.

— Também me oprime o coração as atitudes de Caleb. Creio que ele não se dá conta do que faz. Tenta negar o tempo todo o sentimento que o aflige, mas as atitudes o revelam, mesmo que ele se negue a admitir. Como poderemos demovê-lo dessas ações perigosas?

— Acho que somente Marta poderá fazê-lo, deixando bem explicado que não comunga de tais ideias, afinal cabe à mulher a preservação dos bons costumes. Agora venha, vamos nos recolher. A noite já chega, e o nosso dia foi extenuante.

Entrelaçado em um só coração, rumaram para os aposentos na expectativa de uma noite tranquila ao lado de sua filhinha Sara.

* * *

Marta, ao entrar em seu quarto, percebeu que o pequeno Job estava com fome. O choro forte e sentido de quem necessitava não só de colo, mas do alimento materno, colocou o pequeno ser em seus braços; com todo amor passou a amamentá-lo; o pequeno sugava-lhe o seio com satisfação, pondo-se a dormir logo que sua barriguinha ficava satisfeita. A emoção de ter seu filho em seus braços era tanta que aquele ser lhe parecia conhecido, amado de outras existências, tamanho o amor que os unia. Neste divagar materno, Marta se deixava tocar pelas sutis vibrações de seu coração, as quais se transmutavam em jatos de luz ao pequeno Job, que os recolhia com profunda aceitação, sentindo-se protegido pela mãe. Quando o alarmante grito atingiu seus ouvidos, aguçando suas emoções aflitivas, deixou o pequeno rebento em seu cesto e rumou para a sala, aflita de que algo tenebroso houvesse ocorrido. A cena que se descortinou para Marta foi dolorosa: Elisha, caído, convulsionava e se agitava, com os olhos arregalados, em estado de profunda dor; como se seu estômago estivesse se rompendo, urrava. Reina, olhando-a, disse:

– Corra até a cozinha e me traga azeite – ele foi envenenado.

Marta estava paralisada, não conseguia coordenar qualquer pensamento; foi preciso que Abed corresse até a cozinha para providenciar o azeite. Reina, elevando a cabeça de Elisha, com dificuldade derramava grande porção de azeite em sua boca, e pediu para Débora ir até Efrat e buscar as ervas que ela trazia em seu cesto de medicamentos.

– Senhora, como poderei ir, está escuro.

– Está bem, Débora. Você, Abed, vá ter com meu filho, explique-lhe tudo e chame Mia para me auxiliar. Mas antes, ajude-me a colocá-lo no leito.

Mia permaneceu escondida quando viu que Elisha tomou o chá. Recolheu-se apressadamente para seu aposento, que ficava próximo à cozinha, pensando assim não despertar suspeitas.

Logo que ingeriu um bom volume de azeite, Elisha passou a expelir, em grande quantidade, um líquido amarronzado.

– Graças a D'us ele vai se restabelecer – disse Reina. – Vá, meu filho, ajude.

E transportando-o até o quarto, trocaram-lhe as vestes, enquanto Elisha perdia a consciência. Adormeceu sob forte alucinação. Marta, que a tudo assistira, continuava como que inerte. Reina pediu a Débora para preparar um pouco de vinho e trazer para Marta. Débora rumou apressada para a cozinha, à procura de Mia, que estava em seu cômodo chorando e orando para que Elisha não morresse; ao ouvir passos, limpou os olhos e retornou à cozinha, na esperança de que ele sobrevivesse.

– Mia, por favor, nos ajude. O senhor Elisha está passando muito mal.

Mia estava trêmula, mas conseguiu se controlar.

– O que houve? Diga-me.

– Bem, não sei, estávamos sentadas quando o senhor começou a se contorcer, caindo no chão. Nós gritamos por você, mas somente Marta e Abed apareceram.

– Mas como? Eu só vim limpar os cacos do copo da bandeja e não ouvi nada.

– É, mas Abed já saiu à procura do senhor meu primo, Efrat. Ele trará os remédios de minha tia. Agora o senhor Elisha está em seu leito, parece dormir, mas minha tia diz que é efeito de alguma alucinação. Acredita que ele foi envenenado?

– Que horror! – disse Mia, controlando-se para não se trair diante do pavor que sentiu em seu coração.

– O que veio buscar?

– Vinho e água, muita água.

— Está bem. Vamos, vou limpar tudo e ajudar no que for possível.

Reina, aproximando-se de Marta, a fez voltar para a realidade:

— Marta, seu esposo precisa de sua presença. Filha, acorde!

Marta parecia petrificada, não conseguia organizar e coordenar as atividades, respirou profundamente e disse:

— Ele vai morrer?

— Não sei, minha querida, acho que ele foi envenenado por algum inimigo. Já cuidei de todo tipo de malefício, e se ele resistir nas próximas horas, viverá. Fiz o que pude, não deixei o mal se alastrar.

Elisha, no leito, gemia, como que preso a um pesadelo. Mia entrou no recinto, trêmula, com uma bacia com água, bandagens e o vinho, que logo foi servido a Marta. Reina perguntou a Mia:

— Você colocou alguma outra erva naquele chá, Mia?

Mia, num lampejo de angústia, respondeu-lhe:

— Não, mas no quintal espalhei um pó de erva para matar os ratos que assaltam a cozinha à noite.

— Você poderia me mostrar esse veneno?

— Creio que não, pois utilizei tudo hoje.

— Sei. Então está explicado. Sua planta estava contaminada, por isso fez mal a Elisha, mas não é sua culpa, doce criança. Ainda bem que ele só tomou pequena porção.

— Mas ele vai ficar bom?

— Sim, se ele resistir a esta primeira hora.

— Diga-me, Mia, qual foi a erva que utilizou como veneno.

— Não sei, apenas comprei na tenda da velha.

— Ah, sim, da velha Ruth... É uma raiz perigosa, mas creio que ele sobreviverá. Conheço a raiz da qual Ruth se utiliza. Assim que Efrat trouxer minha cesta de remédios, prepararei uma porção para minimizar os danos – e, parando um pouco para refletir, ponderou: — Marta, sei que tudo isso lhe trouxe amargo transtorno, mas Mia não o fez propositalmente. Creio que o melhor a fazer é não comentarmos este incidente nem mesmo com Elisha.

— Como assim, Reina? Devemos mentir?

— Não, Marta, apenas poupar aborrecimentos maiores a você e a seu esposo, e, claro, a esta pobre criança que não soube medir as consequências de seu ato. Ou você irá querer que ela seja julgada pelo conselho?

De repente Marta sentiu um grande incômodo, mas concordou com Reina, afinal Mia não teria tal intenção em seu coração. Não poderia... mesmo porque fora criada junto a Elisha – eram como irmãos. Mia a tudo ouvia cabisbaixa, o coração aflito, mas ao mesmo tempo odiava Marta, odiava aquela velha tola que queria somente poupá-la para o filho. Lágrimas quentes começaram a escorrer de seus olhos, lágrimas amargas, não de gratidão, mas de raiva e tristeza. Débora, percebendo a aflição de Mia, aproximou-se e, amparando-lhe docemente, pôs as mãos em seu ombro. A senhora Reina emendou:

— Então fica decidido que este assunto passará a todos como mal súbito e jamais deixará os portões deste lar.

E, olhando com piedade para Mia, concluiu:

— Farei tudo para que o senhor Elisha se recupere e, assim feito, logo realizaremos o casamento, bem no prazo que foi pedido.

Marta sentiu imenso alívio, pois temia que Reina não quisesse levar Mia para a companhia de seu filho, e concordou plenamente.

Mia nunca sentira tanto dissabor, tanta desolação. Queria ver-se livre de Marta, e a única coisa que conseguiu foi ir mais rápido para os braços de Efrat. Isto lhe causava um profundo desespero. Pediu licença e foi para o pátio providenciar os aposentos de Reina, que passaria a noite na casa, juntamente com Débora. Ao sair do aposento, sentiu-se tonta, porém, percebendo o movimento no portão, foi até a porta para recepcionar.

— *Shalom* — disse Efrat. — Como está Elisha? — perguntou a Mia.

Mia, baixando os olhos, recolhendo-se ao máximo, disse:

— O senhor me acompanhe, vou levar-lhe até sua mãe.

Abed adentrando logo se dirigiu para a cozinha, a fim de ver Débora.

Efrat sentiu seu coração pulsar ao segui-la; aquela bela mulher tão recatada o dominava, seu ser todo a desejava; era tão doce, tão meiga, como um lírio silvestre, como um anjo; mil pensamentos afloraram em seu ser.

— Mia, não precisa me tratar com tanta reverência. Você será minha esposa, e quero que saiba que não a desposarei para ser minha escrava e sim minha companheira.

Olhou-a com ternura e entrou na sala onde Marta, já refeita, confabulava com Reina.

— Minha mãe, senhora Marta, o que houve? — disse Efrat.

— Filho amado, creio se tratar de um mal súbito. Elisha chegou de longa viagem, portanto, acreditamos que deve ter pego algum malefício em outra cidade, e só aqui se manifestou.

— Mas Abed me disse que ele foi envenenado! Se for o caso, devemos levar isso ao conhecimento do conselho.

— Não! — disse Reina. — Não pronuncie isso, filho, é uma acusação severa e implicaria nossa querida Mia, além de envolver a família. Tal coisa jamais ocorreu neste recinto e em qualquer local por onde Elisha haja passado.

— É verdade, Efrat — concluiu Marta. — Elisha retornou de uma visita à sinagoga de Cafarnaum, mas não o esperávamos hoje. Como percebe, não teria motivos para essa coisa ocorrer, seria incriminar o rabi de outra localidade.

— Sendo assim, fico mais aliviado, pois já me proporia a conclamar o conselho para o julgamento desse ocorrido.

— Creio que o que importa neste momento é a saúde de meu esposo.

– Tem razão, Marta. Vamos prover o necessário para que ele se reabilite. Sabe que seu estado é delicado; ainda está sob o efeito das toxinas que ingeriu – disse Reina, aproximando-se de Marta para que Efrat não ouvisse.

Elisha gemia, estava em estado de sonolência causado pela forte raiz, que lhe trouxera grande dor; em estado de confusão espiritual, mantinha-se ligado ao corpo como em um pesadelo. Ouvia vozes que o chamavam; eram duas entidades sombrias que se aproximavam sorrateiramente de seu campo mental, mantendo-o em estado hipnótico[29], imprimindo-lhe uma imagem há muito esquecida. Era como se ele entrasse em uma cena, revivendo cada detalhe; no seu "sonhar", visualizava uma mulher de aparência egípcia que de joelhos clamava a ele, entre lágrimas, enquanto dois homens fortes a levavam a um local afastado, onde seria como que emparedada. Ao lado de Elisha estava outro homem de aparência egípcia, mas trajava uma roupa como se fosse alguém importante[30]; junto a este homem, uma criança de mais ou menos nove anos chorava, enquanto Elisha ordenava o fechamento da saída de um fosso onde a mulher fora colocada, deixando-a naquele local sombrio; ela gritava, suplicando em outro dialeto, mas compreensivo a ele.

– Não fui eu! Não sou ladra, não sou traidora. Meus filhos... Misericórdia!

Até que os gritos foram cessando, enquanto a figura imponente ao lado de Elisha, com aparência abatida, agradecia a ele. Uma angústia o atormentava. Em outro momento, estava junto ao mesmo homem, falando-lhe mentiras, cobiçando sua riqueza, planejando a morte dele e de seus filhos. Sentiu, porém, a presença de uma bela mulher que lhe oferecia uma taça; pôs-se a bebê-la, fora de si; ficava como enlouquecido, gritava, e a cena se repetia até que ele sentisse o peso de suas vítimas. As entidades de aspectos lúgubres ali permaneciam, rindo e sentindo-se vingadas; ambas possuíam nas mãos amarras, as quais os ligavam à sua vítima.

Elisha gemia neste pesadelo, suava fartamente. Marta, ao seu lado, segurava em suas mãos firmemente, enquanto Reina preparava bandagens. Seria uma noite difícil. Mia se revezava junto a Débora, que em tudo auxiliava, enquanto Efrat, na antessala, observava em silêncio.

Já era alta madrugada quando Elisha despertou de sua sonolência; fraco, pedia água, porém logo começou a expelir sangue pela boca. Mia, apressada, chamou

---

29 *Nos bastidores da obsessão,* Divaldo Pereira Franco, ditado pelo espírito Manoel Philomeno de Miranda, cap. 4, FEB.

30 "Dissemos que os espíritos se apresentam vestidos com túnicas, com longos tecidos ou mesmo com suas roupas do dia a dia. Os tecidos parecem ser de uso geral no mundo dos espíritos." (*O Livro dos Médiuns,* cap. 8, item 126)

Os espíritos que se encontram sob o jugo da vingança geralmente se apresentam com as mesmas características que tinham quando encarnados; alguns reproduzem com perfeição o momento exato em que foram lesados ou agredidos por seus inimigos; é uma forma de reforçar no campo mental de suas "vítimas" as culpas do passado, dando acesso mental a ligações fluídicas mais ostensivas. (Nota dos espíritos)

Reina, que, não querendo despertar Marta, que adormecera com o pequeno Job, dirigiu-se vagarosamente ao aposento, dizendo:

– É hora de dar-lhe as ervas que irão agir de forma a estancar esta hemorragia. Oremos, Mia, para que seja só leve sangramento – e, segurando Elisha firmemente, ministrou-lhe a beberagem.

Mia, confusa, não sabia como orar. Estava se sentindo por demais impura... Apenas baixou os olhos, sentindo o peso da culpa lhe devassar.

5. O precursor

NAQUELE TEMPO os judeus perguntavam-se "quando viria o rei". Todos ansiavam pelo fim do domínio das nações gentias; havia uma expectativa em todo mundo judeu, uma esperança viva de libertação, pois por quase cem anos toda Israel estava subjugada a soberanos gentios. Não eram o povo escolhido de D'us? Como explicar por que o trono de Davi jazia vazio... Todos queriam um novo rei para a Palestina, queriam um sucessor do rei Davi, o Messias que os libertaria e governaria. Quem poderia ser esse Messias?

Eis que surge uma figura.

Era um rude pastor. Seu nome era João. Usava sempre vestes de pele e um cinturão de couro. Esse rude pastor tinha predileção pelos escritos do profeta Daniel, e também se fora impressionado pelas escrituras do profeta Elias. Foi a influência destes profetas que o levou a adotar sua forma de pregação, e desejava ardentemente cumprir as escrituras que lera em Malaquias: *"Cuidai, eu lhes enviarei Elias, o profeta, antes da vinda do Grande e terrível dia do Senhor, e ele fará os corações dos pais irem contra os filhos e os corações dos filhos irem contra os pais, para que eu não venha e golpeie a terra com uma maldição".*[31]

João havia sido preparado para este momento. Crescera sabendo que seria chamado a servir, e foi no rio Jordão acima, do lado oposto ao de Jericó, na parte rasa do rio, que ele se estabeleceu para pregar ao povo que atravessava o rio em um sentido e outro. Encontraremos ali mesmo André, absorvido pela pregação de João, sem medos, mas com o coração pulsante pelas palavras daquele homem. André, coração afetuoso, deixou-se batizar e ali mesmo decidiu segui-lo; antes, porém, deveria comunicar isso ao seu irmão Simeão. André não conseguira realizar tal intento, pois, diante das circunstâncias pelas quais a família passara, achou que isso não convinha. Mas, deitado em seu leito, na casa de Simeão, pensava que não poderia deixar que o tempo passasse – deveria seguir aquele profeta que em tudo que proclamava penetrava sua alma, como gotas de verdade que o preenchiam para um momento que ele sentia não tardar a chegar: o grande Messias, o libertador. Suspirou e deixou-se embalar pelas brisas da linda noite de Cafarnaum. Ao desprender-se de seu corpo, André foi envolto em ardente luz, que o conduziu ao campo celeste, onde espíritos sutis e amorosos palestravam[32].

---

31 Malaquias, 4:4-5.
32 "O espírito encarnado permanece voluntariamente em seu envoltório corporal? – É como se perguntasses se o prisioneiro gosta de estar atrás das grades. O espírito encarnado aspira incessantemente à libertação, e quanto mais grosseiro é o envoltório, mais deseja desprender-se dele.
"Durante o sono, assim como o corpo, a alma também repousa? – Não, o espírito nunca está inativo. Durante o sono, os laços que o unem ao corpo se afrouxam, e como o corpo não tem

"Meus irmãos, a hora celeste avança. Nosso querido Mestre em breve despontará no cenário das lutas terrenas. Não esmoreçam diante da tarefa de apoio a nossos irmãos encarnados. Tenhamos firmeza na luz do Pai, que espera o nosso concurso junto à grande gleba de desencarnados que se arrastam no orbe terrestre. É chegado o momento da renovação do homem, da grande promessa de um reino de luz, a verdade que nenhuma guerra destroça, de que nenhum homem encarnado se privará, pois esse conhecimento será estabilizado através da voz da consciência da luz, implantando no seio deste planeta a verdade divina." O orientador espiritual, à medida que falava, era banhado por intenso influxo de luz azulada, que por vezes se transfigurava em verde safira, e o ambiente, envolto em tanta harmonia, preparava os corações que se dispunham a acompanhar Yeshua em sua divina jornada. O orientador finalizou sua fala banhando o público de espíritos presentes em uma luz púrpura, que cada um recebia em sua fronte como ósculo de D'us. Finda a palestra, os espíritos encarnados voltaram, amparados pelos espíritos que, zelosos, os acompanhavam, passando as instruções.

* * *

ÁUREO ERA UM espírito que, muito simpático, dialogava com uma senhora[33].

– Cara irmã, não deixe que seus instintos maternos atrapalhem a evolução do presente caso. Sabemos que os irmãos envolvidos neste processo devem resgatar suas dívidas de forma dolorosa, mas tenhamos paciência, afinal, o grande advento poderá infundir mudanças profundas nesses corações.

– Temo pela minha Marta, temo que não consiga, diante destes fatos, resgatar os débitos que contraiu – falava Ester, preocupada.

– Irmã, tenha fé na transformação da criatura e não tema. Os irmãos que lá estão causando influência perniciosa também são nossos irmãos, necessitam de amparo, e não se esqueça de que foi ela mesma quem fez esta escolha: partilhar a senda encarnatória com os desafetos. Tenhamos fé e aguardemos confiantes nas leis de D'us, que não desampara.

Ester, que tudo ouvia, tratou de conformar-se e orou pedindo forças para junto da filha permanecer. Mesmo ali sentia as vibrações dela, que absorvia devido às ligações afetuosas que tinha. Naquele instante, como que atraída pela força fluídica que a ligava àquele lar, transportou-se ao aposento onde Elisha parecia sucumbir. Percebendo as entidades que ali estavam, emanou amor e paz àqueles irmãos em uma oração singela, que logo se fez sentir pelas entidades, as quais, percebendo a luz que as atingia, sentiram mal-estar e resolveram abandonar o irmão enfermo por algumas horas.

---

necessidade de sua presença, o espírito percorre o espaço e entra em relação mais direta com os outros espíritos." (*O Livro dos Espíritos*, cap. 8, "Emancipação da alma", item "O sono e os sonhos", questões 400 e 401).

33 *Áureo:* um dos espíritos orientadores das esferas superiores; no diálogo que segue, o orientador se refere à encarnação anterior de Marta, na qual sua mãe a acompanhara. (Nota do autor espiritual)

A doce entidade, aproximando-se de Elisha, ministrou-lhe influxos energéticos que reorganizaram suas funções psíquicas, libertando-o da torturante hipnose e reorganizando suas funções patológicas. A nobre senhora prostrou-se junto ao enfermo em oração constante, até que dois espíritos de luz sutil e brilhante se tornaram visíveis.

– Irmã Ester, você nos solicitou?

– Sim, Jeshel, auxilia a este irmão com seus conhecimentos, pois ainda não é o momento da desencarnação.

O espírito, aproximando a destra, fixou o olhar no campo fisiológico afetado, estancando a hemorragia que se espalhava no abdômen; as luzes que irradiavam de suas mãos eram como que potencializadas pelo doce irmão que ao seu lado mantinha-se ligado ao seu campo mental, colhendo fluidos medicamentosos da região e transpondo ao enfermo[34].

Após o auxílio, Elisha parecia tranquilo, a dormir em sono profundo nos braços de Ester, que se recordava das orientações recebidas naquela noite.

* * *

CALEB ESTAVA DISPOSTO a visitar Betsaida naquela manhã. Embora sentisse que não deveria se estabelecer lá, queria de uma forma direta ou indireta estar junto a Marta; não conseguia desviar seus pensamentos dela. "Estaria ela doente?", pensava, quando se aproximou do pátio e ouviu a conversa de André.

– Irmão, ouça-me, este homem é um sábio, sinto meu coração impulsionado a segui-lo.

– Nada tenho contra, apenas lhe pergunto se peixes dão no deserto.

– Não, mas parece o Messias, se você o visse me entenderia.

– Eu entendo que temos negócios, que devo dirigir e necessito de seu auxílio, irmão.

Caleb sentiu que era talvez aquele o momento de se renovar, e externou:

– Desculpem, mas não pude deixar de ouvir. Porventura você fala do profeta que a todos escandaliza?

– Não, Caleb, ele escandaliza os que têm o coração petrificado; ele é um sábio.

– Ora, então me apresente a este homem, tenho muita vontade de conhecê-lo.

– Vocês realmente não têm o que fazer. Eu preciso cuidar dos meus negócios – disse Simeão aborrecido.

– Simeão! Volte – disse André ao perceber que seu irmão partia aborrecido com suas colocações.

---

[34] A ação magnética da prece realizada auxiliou Elisha, mas não foi suficiente para sanar as lesões, necessitando de um auxílio maior. A irmã, através de seu campo mental, pediu mais auxílio, que se fez presente. Os irmãos que ali trabalhavam atuaram de forma coesa e única; enquanto um fazia a transfusão energética necessária ao doente, o outro era como o manipulador dos fluidos curadores. (Nota do autor espiritual)

– Ele é sempre assim? – perguntou Caleb.

– Não, ele só está tendo mais uma de suas atitudes impensadas. Mas você não iria para Betsaida?

– Não mais, quero conhecer este profeta.

– Então se apresse, peguemos as provisões e partamos.

Viajaram dali rumo ao Jordão, onde João pregava próximo ao lago de Hula[35]. Não demorou muito até perceberem o grande movimento de pessoas que se acumulavam em volta do rio, na sua parte rasa, no Vau da Betânia. João erguia sua voz, com seus longos cabelos ao vento, e pregava. Aproximando-se mais, Caleb e André notaram a presença de alguns sacerdotes e levitas que estavam no local e que foram logo inquirindo de João.

– Você, de nome João – disse um sacerdote –, com que autoridade prega para esta multidão de pessoas? Porventura é o Messias?

E João replicou-lhe:

– Vá e diga aos seus senhores que vocês escutaram a voz de alguém que grita no deserto; como diz o profeta: "Prepara o caminho do Senhor, fazendo uma estrada plana e reta até nosso D'us. Cada vale deverá ser preenchido, cada monte e colina deverão ser cortados, o chão acidentado deve-se tornar plano, enquanto os locais encrespados devem tornar-se vale plano, e toda carne verá a salvação de D'us".

E olhando-se, os sacerdotes entre si falaram:

– É um lunático, nada fará. Vamos, é um tolo.

E retiraram-se como que ofendidos daquele local.

João continuou sua pregação, e, ao término, Caleb se aproximou; tocado por um impulso, dirigiu-se àquela figura que a todos batizava; olhando-o com profunda admiração, pediu-lhe:

– Eu me arrependo dos meus pecados.

E João o batizou dizendo: "Se quer, será limpo". Naquele momento Caleb sentiu não só as águas cristalinas do Jordão, mas um intenso fluxo de luz percorrer sua alma – não era mais o mesmo, deveria ficar com aquele sábio e aprender com seus ensinos.

André, aproximando-se de João, que já o conhecia, apresentou Caleb.

– João, este é Caleb, a quem batizou.

– Sim – disse João.

E o olhou com profundidade.

– Eu estou aqui, sábio, para o seguir e aprender com você, assim como André aprende.

---

[35] O Vale de Hula (em hebraico: קמע הלוחה‎, Emek HaHula) é uma região agrícola no norte de Israel com água abundante, local também propício a aves migratórias que transitam ao longo da fronteira sírio-africana do Vale do Rift, entre a África, a Europa e a Ásia. (baseado na Wikipedia)

— Se tem fé na vinda do Messias, segue-me — André, satisfeito, disse como a brincar.

Caleb sentiu que aquele era o momento e, sorrindo para André, o seguiu.

* * *

EM BETSAIDA AS coisas transcorriam de forma mais tranquila. Mia, após o incidente que provocou, parecia aceitar a sua situação, embora a única coisa que lhe passava pela mente era que Elisha se curasse. Nas primeiras horas da noite, Elisha abriu os olhos; parecia ter despertado de um pesadelo, clamava por Marta.

— Marta, Marta!

A esposa, que se recolhera no quarto ao lado, ouviu-o e, sentindo o coração mais leve, foi ao seu encontro.

— Oh, graças a D'us, Elisha! Como você está?

— Sinto-me doído... O que houve?

— Você passou mal, mas agora está melhor.

— Recordo-me do chá, e depois a dor... Espíritos me perseguindo, sonhos... Que bom que está aqui, Marta, dê-me sua mão.

E, segurando nas mãos da esposa, pediu-lhe água. Marta dirigiu-se à jarra que estava próxima à cama, depositando a água em um copo e ofertando ao seu esposo, que, enfraquecido, tentava se erguer. Reina dormia numa grande almofada em cima dos tapetes, tão exausta estava a velha matrona, que não despertara nem mesmo com as vozes de Marta e seu esposo. Vendo-a ali, Elisha inquiriu os detalhes do acontecido a Marta, que, sempre solícita, narrou-lhe os acontecimentos.

— Devemos punir Mia. Vou vendê-la.

— Não, Elisha, ela não fez por mal. Depois, melhor não lhe comprometer o futuro.

Elisha parecia muito aborrecido, no entanto, após Marta pedir-lhe, resolveu considerar que seria um escândalo para ele, um sacerdote da sinagoga. O melhor a fazer era esquecer este caso por hora.

Reina, então, acordou, e logo disse, erguendo as mãos ao céu:

— *Jeová jiré*, o senhor proverá sempre todas as coisas! E eis que Elisha está salvo!

Aproximando-se, percebeu que Elisha estava muito pálido.

— Bem, o pior já passou. Agora, Marta, providenciemos um belo desjejum para este senhor, pois todos necessitamos muito de sua presença — e, sorrindo, completou: — Vou-me embora com Efrat, pois não faz bem o noivo pernoitar na casa de sua prometida.

Apoiando-se em seu cajado, rumou para o pátio acompanhada por Débora que em tudo lhe era solícita; esta, ao encontrar-se com Efrat, ficou ruborizada, pois em seu coração sentia uma imensa timidez, não ousando sequer olhar o primo.

Mia despertara cedo para as obrigações da casa, embora não tivesse conseguido de fato adormecer; recostara-se em uma cadeira, para tentar refazer-se da terrível noite em que seu amado Elisha quase partira; foi quando percebeu o movimento na casa, aproximando-se do corredor que ligava a cozinha às demais dependências; ouviu as vozes de contentamento e deduziu que Elisha estava salvo; suspirou profundamente, no entanto, foi surpreendida por Efrat, que, aproximando-se, veio cumprimentá-la, dizendo:

— Assim que Elisha se recompor plenamente nós casaremos. Comece seus preparativos o mais breve possível, pois tudo já foi acertado com Marta — e, sorrindo, ergueu seu queixo para olhar firmemente em seus olhos, mas a única coisa que percebeu neles foi o pavor que toda aquela situação lhe causava.

— Com o tempo, Mia, saberá que sou um homem generoso com quem me serve — e, saindo, foi-se pensativo.

Mia, trêmula, sentia profundo desgosto, e ao mesmo tempo raiva, ódio por tudo, principalmente por Marta; foi apenas pensar isso e os irmãos menos felizes que se ligavam a ela lá estavam a influenciá-la e a lhe ditar procedimentos menos dignos. Mia preparou a bandeja para servir Elisha; havia figos, tâmaras, pão e geleias com queijo de cabra; a despeito de tudo, foi feliz levar-lhe a bandejola; ao entrar no quarto sentiu o coração apertado.

— Elisha, seu desjejum está aqui. Precisa que eu ajude?

— Nunca mais se refira à minha pessoa pelo meu nome. Para você, serei sempre *senhor* a partir de hoje, e não me diga que não sabe por que lhe trato assim.

— Senhor... não foi minha intenção — desculpou-se Mia com os olhos repletos de lágrimas.

— Só não a vendo por consideração à memória daquele que a acolheu, e que me ensinou a ter misericórdia. Saiba que o seu consórcio com Efrat se dará em vinte dias, para o seu alívio e o meu.

— Senhor, me poupe! Me venda, me deixe ser escrava, mas não me case com ele — ajoelhada, em prantos, Mia rogava.

— O que pretende com isto? — disse asperamente Elisha. — Não passa de uma sombra nesta casa. Deve agradecer por Efrat tê-la percebido; você é feia e não tem atrativo algum.

— Pois se me permite, senhor, devo confessar que amo a outro, e que Efrat jamais terá lugar em meu coração.

Elisha estava aborrecido por demais.

— Pois saiba que esse amor é proibido, e que dei minha palavra em seu enlace. Pouco me importam os seus sentimentos. Faço como me aprouver, e retire-se — disse ele visivelmente alterado.

Mia sentia-se a pior de todas as criaturas; erguera-se, sentindo-se humilhada.

— E não se esqueça: se me envergonhar, eu mesmo a apedrejarei — disse Elisha.

Mia retirou-se apressada para o pátio, e ali, diante do grande lago, pensou: Elisha, você me pagará, você me desejará e eu lhe retribuirei da mesma forma. O ódio a corroía. Sem perceber, as mesmas entidades que assediavam Elisha se aproximaram; com influxos de um ódio violento, alimentavam os pensamentos de Mia, estimulando ideias criminosas: "ele não merece viver, é um ser desprezível, acabe com ele, use a sua esposa para atingi-lo, seja inteligente, somente assim conquistará um lugar naquele coração"[36].

Mia parecia tudo ouvir, crendo que talvez fosse melhor aguardar e organizar seus planos. E assim, em meio a um turbilhão de pensamentos, foi o seu dia.

Abed estava próximo ao portão quando viu a doce e calada Débora partir com Reina e Efrat, e suspirou.

– Quem me dera... Se ela não fosse uma filha de Israel, poderia desposá-la.

– Ora, ora – disse Mia. – Vejo que aquela gazela encantou seu coração! Mas que tolo você é, não passa de um miserável samaritano, que D'us, em sua bondade, permitiu que viesse servir aqui nesta casa.

– Não posso pensar? Tenho que ser amargurado como você? – retrucou o pobre.

– Olha como fala, é mesmo muito atrevido. Só não lhe dou umas boas punições por que...

– Porque não pode, é serva como eu – e, sorrindo, retirou-se.

– Mas você não perde por esperar.

Dirigindo-se ao portão que guardava os animais, abriu-o e espantou todos; logo em seguida, em sua raiva recalcada, chamou por Marta.

– Senhora Marta! Senhora Marta!

Logo Marta, com Job nos braços, atravessou o pátio, indo ao encontro de Mia.

– O que foi, Mia?

– É o Abed, senhora, veja: deixou o portão aberto e os animais fugiram.

– Oh D'us! Onde está este menino? Por favor, Mia, não deixe que Elisha perceba. Chame-o rápido, quero lhe falar.

E, rindo de sua maldade, foi até a pequena horta chamá-lo.

– Abed, a senhora Marta quer vê-lo.

Abed, sem nada perceber, compareceu ao pátio central.

– Como foi que você deixou os animais fugirem? Como pode ser tão irresponsável, Abed? Como faremos para recuperar os animais?

Marta, aflita e não querendo levar aborrecimentos a Elisha em um dia de tantas preocupações, pedia ajuda aos céus para resolver tal questão. Esperava que o meninote tivesse as respostas:

---

[36] "Como distinguir se um pensamento sugerido vem de um bom ou de um mau espírito? – Estudai o assunto; os bons espíritos só aconselham o bem; cabe a vós distinguir.

Com que objetivo os espíritos imperfeitos nos induzem ao mal? – Para fazer-vos sofrer como eles." (*O Livro dos Espíritos*, cap. IX, questões 464 e 465).

— O portão estava fechado, eu juro, senhora!
— Se estivesse, eles não teriam fugido.
— Vou agora mesmo procurá-los.
— Faça isso, pois se Elisha souber, vai vender você.

Mia se divertia, a tudo assistindo, rindo do pobre Abed, que, lívido, correu à procura dos animais.

— Isto é para você nunca mais me enfrentar.

E, altiva, voltou a seus afazeres.

Ao chegarem a sua residência, Reina logo pediu para Débora preparar a refeição e, antes que Efrat fosse para a tenda, disse:

— Meu amado filho, posso lhe falar em segredo?
— Sim, minha mãe.

E, chamando-o com a mão, tirou o manto e rumaram para um aposento confortável, amplo e arejado, com tapete e almofada, uma pequena mesa e algumas banquetas que se misturavam a enormes plantas que ornamentavam o ambiente.

— Sente-se, meu filho. Bem, o que tenho a dizer é que você deve se casar o mais rápido possível, vejo um lampejo de ruína sobre a casa de Elisha se você se demorar mais.

— Como assim, minha mãe?

— É simples, meu filho, a sua doce Mia está apaixonada pelo irmão de criação, o bom e reto Elisha. Ela é apenas uma tola criança, mas muito astuta; não pode permanecer lá; aliás, já era para ter se casado.

— Minha mãe, então melhor seria não me casar, já que ela não me quer.

— Não seja tolo, ela nunca conheceu homem algum, é natural que assim proceda. Seja firme com ela e ela cederá. Ouça-me: visite-a todos os dias, seja ousado.

— Mas poderei ser punido.

— Punido por quem? Elisha com certeza a venderia se não fosse por você. Crê que ele tenha algum sentimento por ela? Lógico que não. Mas, se você demorar, poderá ter, afinal Marta não poderá conceber mais.

— Agora entendo. Vou fazer como me pede, e a partir deste dia irei visitá-la até o casamento.

* * *

Após o diálogo com André, Simeão ficou muito pensativo. Não queria que o irmão se envolvesse em confusão... Por que ele queria seguir aquele homem que todos falavam que era o profeta Elias? Será que estava perturbado, logo agora que estavam com uma sociedade lucrativa? Onde nasceu essa necessidade? Por quê? E Caleb era um homem culto, cheio de esquisitice, mas bom; será que também o seguiria? Não tinha tempo para pensar sobre essas coisas, tinha filha e mulher, empenhava sua palavra a outras pessoas... e depois, esse profeta não era o Messias;

se fosse, seria diferente. Simeão estava absorto nesses pensamentos quando doce voz o chamou.

– Papai, papai.

Era Sara, a luz de sua vida.

– Sim, filha.

Como uma flor do deserto, Sara era dócil e meiga, uma linda menina que a todos encantava.

– O senhor vai embora? – disse com sua meiga voz.

– Não. Vou trazer grandes peixes para todos comerem.

E, com gestos, fez um peixe que parecia querer pegá-la. Sara ria, cabelos ao vento, correndo em redor do pai. Zimra, ouvindo o barulho, observava pai e filha como que encantada; sabia que Simeão estava aborrecido, mas não tivera coragem de lhe perguntar o porquê; apenas notava que seu semblante estava carregado. Ah, como sentia falta de Orlit! Ela era uma companheira com quem desabafava. Às vezes Simeão era tão duro, tão impulsivo... será que brigara com André? Desde a manhã não notara mais sua presença. E Caleb? Por que não retornara? Teria ido realmente comprar as terras em Betsaida? Aproximando-se e sorrindo, abraçou Sara, que ria feliz, brincando com o pai.

– Está na hora de banhar-se.

– Não quero, mamãe – disse a pequena, cruzando os braços.

– Mas deve. Ou quer ficar com odor dos peixes?

– Não, minha mãe.

– Então vá com Minar, vá.

A boa e velha Minar esperava a doce Sara, levando-a até o lavatório para banhar-se.

– Simeão, você pode dizer-me se partirá hoje?

– Sim. Devo retornar somente ao sexto dia. E não espere por seu primo Caleb.

– Por quê? Ele vai com você?

– Não, ele foi com André seguir esse novo profeta.

– Mas como? Ele disse que iria comprar terras nas cercanias de Betsaida.

– Creio que mudou de planos, para sorte de sua prima Marta.

E, pegando os apetrechos, caminhou para o grande portão, descendo para o mercado rumo ao porto. Zimra ficou ali pensativa, sem compreender o porquê de tudo aquilo, porque Simeão sequer se despediu dela.

Após o primeiro encontro com João Batista, Caleb deixou-se ficar no Vau da Betânia. O que o impressionava era a forma daquele homem pregar. Ele pregava com paixão, com heroísmo. Sentado ali, em meio àquele local, ouvia a voz de João a falar, como que a encantar a todos que o seguiam. Caleb, curioso por aquela figura, cabelos longos, alto, magro, pele morena, traço profundo, resolveu inquiri-lo. Aproveitando o momento em que todos estavam sentados em círculo, disse:

– João, diga-nos de onde vem este seu saber? De qual cidade você é?

– Venho da aldeia de Judá, nasci lá. Quanto ao meu saber, deve conhecer a Lei. Sou um nazarita vitalício.

– Sim, compreendo que você é um homem santo, tão santo que é o único que, depois do sumo sacerdote, pode penetrar no local "Santo dos Santos de um Templo"[37].

– Pois então você conhece bem as tradições – disse João. – Pois bem, fui educado pelo meu bom pai e por minha mãe; depois de maior, fui para a Engedia, à beira do mar morto. A irmandade fica lá, e ali aprendi o que sei.

– E você, de onde vem seu saber? – inquiriu João.

– O meu saber vem do Egito – disse Caleb secamente.

– Sim, mas também percebo que algo o inquieta?

O olhar penetrante daquele homem às vezes parecia ler a sua alma.

– Talvez.

Caleb calara-se, não desejava falar das dores de sua alma.

– Pois saiba, seus pecados foram perdoados, e o reino dos céus está a seu alcance. Pense nisso – disse João.

E enquanto ali as primeiras estrelas apareciam no céu doce e rosado, o rio em seu bramido manso soava uma canção triste que fazia Caleb divagar: o que seria esse reino? Absorto, pensava em Marta, em quanto seria maravilhoso dividir aquele momento com ela.

O regresso de Dan e Orlit se deu tranquilo, apesar de Barnabé estar bastante agitado com as notícias dos viajantes que vinham do Vau da Betânia. Corazim ficava a quatro quilômetros de Cafarnaum, e pela jornada encontravam com grupos que divulgavam os feitos de João Batista; muitos, maravilhados, diziam que ele pregava como Elias, outros diziam que era o sinal do fim dos tempos romanos, e que o povo seria liberto.

Barnabé se inquietava com todo aquele alvoroço. Acreditava na realidade de que os romanos beneficiavam a classe elevada, composta por sacerdotes do templo.

---

37 *Santo dos Santos ou Santíssimo Lugar* era uma sala do tabernáculo, e mais tarde se transformou em uma sala do templo de Salomão de 10 cúbitos x 10 cúbitos (cerca de 5m x 5m), onde ficava guardada a Arca da Aliança. Era ali que se realizava anualmente a cerimônia de sacrifício expiatório de um cordeiro sem mácula (Êxodos 12:5) pelos pecados do povo (Levítico 4:35), e era este o único momento em que o sacerdote podia falar diretamente com D'us. Esta sala ficava separada do Templo por uma cortina de linho (se estivesse em pecado ao entrar ali, o sacerdote morreria). E como o lugar era santíssimo, outros não poderiam entrar, somente ele.

Arão, o irmão de Moisés, foi o primeiro sumo sacerdote de Israel. Ele foi sucedido por seu filho mais velho (sobrevivente), Eleazar. O sumo sacerdote (do hebraico *hakohen*, "o sacerdote", *hakohen hagadol*, "o grande sacerdote") tinha a posição mais alta na hierarquia israelita; era ungido assim como um rei na sua coroação. Ele usava vestes especiais, tinha uma coroa, e um peitoral que continha o urim e o tumim (pedras sagradas); entrava no Santo dos Santos para fazer expiação pelos pecados de sua própria casa, como também pelos pecados da nação. Para adentrar ao lugar santíssimo, havia também a cerimônia do incenso, em que o sumo sacerdote tinha um ritual a cumprir, para só então poder entrar.

Temia pela sua condição social e por seus parentes. Neste clima de revolta, entraram em Corazim.

– Os romanos deviam aniquilar essa serpente do caminho. Esse povo adora pretextos para não ver o que já está escrito – disse Barnabé.

– O que pode estar escrito, meu sogro? – disse Dan.

Dan era um homem culto, refinado, estatura média, cabelos encaracolados, longa barba. Adorava se vestir com túnicas listradas e com franja nas bordas. Era um nobre em seus gestos e palavras.

– Ora, Dan, o que está escrito é que este homem que dizem que batiza não é o Messias.

– Certo, meu sogro, se ele não o é, o senhor não deve se preocupar com coisas tão pequenas.

– Tem razão, tem razão, acho que estou por demais velho.

A casa em que Dan residia era cercada por cedros silvestres. No pátio, brotavam jasmins, figueiras e outras plantas que embelezavam e moldavam o lindo chafariz natural que ali havia. Uma casa suntuosa, bem arrumada pelos inúmeros servos que ali residiam e trabalhavam. O bom gosto se espelhava pelas cortinas, tapetes e almofadas revestidas de cetim, seda e púrpura; tinham também copos e objetos de prata cravejados de rubi, que enfeitavam a bancada onde vinho era depositado. O luxo revestia aquele local, que era amplo e arejado por benéfica luz. O espaço encantava a todos – faltavam apenas crianças. É que Orlit não concebera – eles nunca conseguiram ser abençoados neste aspecto de suas vidas. Dan deixou-se abater pela ausência de herdeiro, atendo-se às obrigações de sacerdote da sinagoga local; embora soubesse que poderia desposar outra mulher, tinha sentimento de amor demasiado pela esposa, de longa data. É nesse clima que a família vivia os dias de mudança que iriam surgir em suas vidas.

Orlit desembarcara e rumara para casa sem nada falar; estava absorta pelos pensamentos que lhe ocorriam; sentia-se alegre com o surgimento daquele novo profeta, quem sabe o Messias lhe desse o privilégio de ter seu maior desejo realizado, um filho. Sua meia-irmã Marta, que era feliz com seu Job e Elisha, fazia-a uma ponta de inveja.

As notícias corriam céleres pelas ruas de Corazim. Muitos queriam ir de encontro ao profeta que limpava os pecados do povo para o novo reino, outros diziam que deveriam se preparar para o Messias... O ir e vir corria.

* * *

APÓS AS PRIMEIRAS semanas do incidente com Elisha, a casa se preparava para o evento das bodas de Mia. Efrat se afastou para que se cumprisse como a tradição mandava. Mia estava exaurida pelas angústias que trazia em seu coração. Encontramo-la em seu quarto, no seu dia a dia.

— D'us, por que tenho que me casar com esse homem desprezível? Por que Elisha não me vê como eu sou?

Naquela amargura, tinha também suas doses de fúria.

— Eu odeio Marta, odeio-a.

Nesses instantes, sentia vontade de cometer uma loucura, depois se controlava; foi quando ouviu o chamado de Marta, e rumou para o salão onde ela se encontrava.

— Veja, Mia, o seu véu e o seu vestido estão prontos, e a propósito, foram presentes de Reina. E não se esqueça da linda joia com que ela a presenteou para que usasse em suas bodas. Está ficando tudo tão lindo — disse Marta, docemente sorrindo —, e sua casa está uma beleza. Reina me contou que reformaram o quarto só para lhe receber. Está feliz?

Mia esboçava um sorriso apagado; quase que completamente sem ânimo, disse:

— O senhor Elisha me prometeu para quando?

Marta olhou com afeto e nada respondeu, deixando Mia mais aflita.

Os dias seguiam, Elisha se recuperara bem, embora não agisse mais da mesma forma; tornara-se um homem sombrio, calado, só se alegrando na presença do seu filho Job. Marta percebera sua mudança súbita; sentia-se só, pois o esposo não compartilhara mais o mesmo quarto, porém percebia que, quando alta madrugada, ele vagava pela casa qual fantasma. Às vezes o encontrava lendo a Torá; nessas horas, oferecia-lhe um chá calmante, pois sabia que algo estava errado. Certa noite, porém, a casa estava em pleno silêncio, quando uma palavra foi violentamente proferida em tom alto, angustiante. Marta, que amamentava Job, assustou-se e ouviu um diálogo sombrio.

— Não! Não! Parem de me perseguir, demônios. Deixem-me! — era a voz descontrolada de Elisha.

Pondo seu filho no cesto, cobriu-o adequadamente e seguiu em prece até o quarto do esposo com a candeia acesa, empurrando levemente a porta. Marta não conseguia compreender o que se passava.

Elisha, estando de pé, falava asperamente, com os olhos semicerrados, como que em transe profundo. O fato era assustador do ponto de vista do encarnado, mas era muito mais doloroso visualizado no plano espiritual. As mesmas entidades lúgubres estavam ali, com suas mãos atadas, com seus trajes egípcios, ligados à psique do nosso irmão atormentado, que se tornara uma presa fácil a esses irmãos; por hipnose, eles o dominavam, imprimindo nele a visão do passado cruel. As entidades egípcias pareciam sorver suas forças, imprimindo-lhe a dor da culpa de um passado esquecido. Elisha via-se em uma câmara discutindo com uma bela mulher. Esta lhe dizia:

— Se fizer desta forma, você a incriminará, e eu poderei ser a esposa, a dona da casa. Vamos, não se deixe envolver pelos sentimentos nobres. Você sabe que será mais fácil matá-la desta forma.

De repente, via-se sendo esfaqueado por um homem que, ao lhe desferir o golpe, dizia:

— Isto é pela única joia que realmente me tomou.

O horror do sangue, as visões tenebrosas de vozes a gargalhar, o vale tenebroso, o rosto daquela que ele matara, tudo se misturava em sua mente espiritual, hipnotizando-o e retirando qualquer possibilidade de socorro.

Marta, assustada, entrou no aposento dizendo a prece do salmista[38]:

— "Aquele que habita no esconderijo do Altíssimo, à sombra do Onipotente descansará. Direi do Senhor, Ele é o meu D'us, o meu refúgio, a minha fortaleza, e n'Ele confiarei".

Neste momento, jatos de luz foram projetados da boca e do peito de Marta, que, não percebendo, envolveu Elisha, despertando-o do transe, imprimindo nos irmãos obsessores um choque que os fez sentir imensa dor. Diante da luz, repeliram as energias e foram-se, assustados, como almas penadas, clamando[39]:

— Infeliz, aguarde que retornaremos para lhe ferir – diziam as infelizes entidades.

Elisha, desperto, parecia completamente alienado, não conseguia coordenar as atitudes e o raciocínio; era como se uma névoa o entorpecesse e de repente a luz o ofuscasse. Caindo sobre a cama, apoiou-se com as mãos entre a cabeça, dizendo:

— Ah! Estou doente! D'us, não suporto mais estes tormentos.

Marta, solícita, continuava trêmula, mas, em oração fervorosa, achegou-se de seu esposo e, com respeito, o tocou.

— Elisha, deve conversar com o sacerdote sobre isso. Sabe que o mal existe, é um homem de D'us, deve oferecer seu sacrifício para que tenha paz.

Elisha segurou firmemente nas mãos dela e, como uma criança rebelde, disse:

— Você não entende, sou um sacerdote, não possuo pecados. Talvez o meu pecado tenha sido desposar você.

E, olhando-a profundamente nos olhos, completou com certo alívio:

— Marta, carrego um fardo em meu coração: saiba que seu tio Aristóbulo jaz morto; sei que sofre pela perda de seu tio.

Marta, como em choque, olhava-o, e Elisha, prosseguindo em sua agonia exasperada, falava em tom alto:

— Mas de agora em diante não poderá ser minha esposa na intimidade – e exclamava, andando de um lado para o outro: – Minha culpa! Minha culpa!

Parando, olhou para ela e apontou:

— Não, por sua culpa. Como vê, D'us está nos punindo. Estou confuso e abalado. Saia, saia.

Marta retrucou chorosamente:

— Meu esposo, não fale assim.

---

38 Salmo 91.
39 A força magnética da oração fez com que os fluxos energéticos dos irmãos obsessores fossem rompidos pela força superior da fé e do amor, a fé que fortifica e o amor que salva. Do tórax vinham fluxos provindos do chacra cardíaco, e da boca vinham fluxos provindos dos chacras laríngeos. (Nota do autor espiritual)

E, tentando tocá-lo, com as mãos trêmulas e com o peito doendo, tentava amenizar o desditoso momento:
— Posso trazer-lhe um chá, ou um vinho... — dizia entre lágrimas amargas.
— Não, saia.

E, retirando-se, sentiu um imenso vazio dentro do seu coração, dirigiu-se vagarosamente para o seu quarto, onde, pousando os olhos em Job, sentiu seu coração pulsar; ele era a única alegria de sua vida; chorou, chorou, até exausta adormecer.

* * *

Após a partida de Caleb com André, Simeão entendeu-se com Zebedeu e providenciou sua partida para o grande lago na certeza de que traria quantidade de peixe suficiente para uma boa venda no mercado. Outros dois barcos foram junto. João, filho de Zebedeu, estava em um deles, o outro foi acompanhar a embarcação de Simeão para águas mais profundas. Simeão, na proa de sua embarcação, respirava o ar puro, enchendo-lhe o peito, que estava por demais oprimido pelas decisões de André, o qual parecia obcecado por encontrar o Messias. Será que ele se esquecera da palavra empenhada junto a seu novo sócio? Como largar toda a tarefa para se enfiar atrás desse homem chamado João? E o que dizer de Caleb? Não o compreendia. À medida que a embarcação se aprofundava nas águas, as redes eram jogadas; Simeão a tudo comandava, mas os pensamentos iam longe; de repente, parte das redes se prenderam. Simeão, sem pensar e num impulso natural, jogou-se nas águas nadando com desenvoltura, soltou a rede e retornou satisfeito com o resultado. Olhando o céu azul, límpido, o sol a bater-lhe na face, disse aos companheiros:
— D'us nos dará um dia farto.

E todos, confiantes, sorriam, mas Simeão retornou a mais divagações. Será que André teria razão? Esse Messias estaria próximo? Mas como identificaria tal homem, como ter a certeza? E este João já não seria ele?

Em casa de Simeão, Zimra recebeu o convite do casamento de Mia com Efrat, ficou feliz e deu a notícia a sua mãe.
— Mãe, veja que beleza, Mia irá se casar.

A mãe de Zimra, sentada no jardim, no banco, a tomar seu banho de sol, olhou para a filha, entristecida, esboçando fraco sorriso.
— Sim, filha, que boa notícia, mas creio não poder ir.

Sara, no pátio, brincava com pedrinhas e bonecos feitos de barro. Hanna olhou a neta com afeto e suspirou.
— Se ao menos seu pai aqui estivesse.
— Mãe, não diga isto, D'us o levou na hora certa. Sei que estamos de luto, mas anime-se. Quero enviar algum presente ao futuro casal, além da quantia em *shekel*, que Simeão com certeza despenderá para eles. A senhora me auxilia?

– Sim, minha boa filha. Você merece isso, por tudo que tem feito por sua pobre mãe.

– Então está acertado. Amanhã iremos ao mercado comprar o presente da noiva – e, olhando para a doce Sara, falou: – E você, gazela, irá se banhar para poder se alimentar. Veja como está suja de terra a sua roupa... Uma donzela não anda assim – e pôs-se a correr buscando a filha.

* * *

Caleb permanecia no Vau da Betânia. A cada dia mais pessoas paravam, como que famintas pelo saber, pelos discursos de João Batista. Ele mesmo, Caleb, a cada pregação se deixava deslumbrar com a forma que aquele homem falava; sua autoridade era notória, era magnetizante, ele dizia: "Arrependei-vos, pois o Reino dos céus está ao alcance das mãos"; "E escapem da ira que está por vir, pois eu vi nas visões noturnas, e eis que alguém, como o filho do homem, veio com as nuvens dos céus, e foram dados a ele o domínio, a glória e um reino"; "Está chegando ao fim este reino de devassidão romana e de esterilidade moral de Herodes; é chegado o momento".

E neste momento, enquanto João Batista pregava e batizava, Caleb a tudo observava, mas notou que um grupo de fariseus e saduceus estavam ali observando e se aproximaram de João; Caleb, que observava, também se aproximou do grupo, que ali mesmo disse a João:

– Nós queremos nos batizar.

João, voltando seus olhos profundos a eles, pronunciou estas palavras:

– Quem lhes avisou para partir como víboras diante do fogo da ira que virá? Eu batizarei vocês, mas previno que lhes será necessário produzir frutos do arrependimento sincero se quiserem receber a remissão de seus pecados.

Eles se entreolharam, porém João prosseguia:

– Não é suficiente dizer-me que Abraão é seu Pai. Eu declaro que dessas doze pedras aqui diante de vocês, D'us pode fazer surgir filhos dignos para Abraão, e agora mesmo o machado já está derrubando as árvores até suas raízes; cada árvore que não dá bom fruto está destinada a ser cortada e jogada ao fogo.

Caleb, que a tudo ouvia, não conseguiu conter-se... Como aquele homem falava com tanta verdade, com heroísmo e sem temer a nada nem a ninguém? Sentiu que em seu coração muitas coisas deveriam ser transformadas, aquelas palavras haviam lhe despertado para sua forma de vida. Afinal, o que ele pretendia? Que fruto ele estava dando? E, recordando-se de Marta, refletiu: não posso mudar o passado, mas posso transformar o futuro.

6. O enlace de Mia

ERA UMA BELA manhã ensolarada, a cidade estava festiva como sempre; Betsaida era pura alegria, o mercado colorido, o ir e vir dos transeuntes. Efrat não cabia em si de tanta felicidade; era naquele dia que consolidaria o seu maior desejo: Mia finalmente seria sua esposa. Reina preparara o filho, sua túnica estava impecável; preparara ela mesma o banho de ervas perfumadas para o filho; havia também honrado a promessa de reformar os aposentos do casal, que estavam cheios de flores, com tons azuis e violetas nos tecidos que revestiam a cama, com almofadas e tapetes; em tudo, um toque de acolhimento e amor daquela mãe, que procurara enriquecer a casa com vasos e arranjos de pedras e prata, tudo para o recebimento da querida Mia. Reina mesma havia separado as joias da família que o filho entregaria a Mia naquela noite de núpcias; ela estava irradiando felicidade, crendo que em breve teria netos a correr pela vasta casa que abrigava aquela família, e dizia:

— Efrat, tenha paciência com esta moça. E não se esqueça de que as moças que a anunciam, suas acompanhantes, devem ir à frente, para avisar a todos de sua chegada.

— Pode deixar, minha mãe. Parece que está mais nervosa que eu.

— Filho, eu só tenho você. Desejo que tudo corra bem, dentro dos preceitos de nossa tradição. E também tenho um pedido a fazer-lhe, filho.

— Diga, minha mãe. Apesar de que hoje eu é que deveria fazer os pedidos...

— Bem, é que quero que Débora fique com Marta. Não acho justo privá-la de uma companhia. E depois, tenho percebido que elas se dão muito bem.

— Por mim está ótimo, mas e por titia? O que ela acha?

— Ela concorda, pois teme que Débora fique só, sem conseguir um bom casamento, e, sendo Elisha um homem influente, mais fácil será se ela agradar aquela família.

— Sendo assim, creio que não teremos problemas, somente soluções. E ela, concorda?

— Não só concorda como já mandei que ela prepare suas coisas a fim de que vá para a casa de Elisha conosco, e para ficar.

— Bem, isso é bom.

Em casa de Elisha o movimento era intenso; uma grande quantidade de servos tratava de fazer os preparativos do banquete; o vinho chegara, o carneiro era assado, exalando um aroma adocicado no ar; frutos frescos, figos, tâmaras, uvas, peixes e bolinhos de carne com ervas aromáticas eram preparados; o grão de bico não podia faltar. Marta se desdobrava para que tudo ficasse em ordem. Com o pequeno Job em seu colo, preparava os adornos de flores, colocando-os em jarros de prata, e ia espalhando-os pela casa. No pátio, Elisha auxiliava na montagem da *suka* (uma espécie de tenda de ramos), que era confeccionada com ramos de pinheiro e cedro, pois quando nascia uma menina plantava-se um pinheiro, e quando nascia um menino plantava-se o cedro; a união das duas plantas na formação da tenda simbolizava que, apesar de terem crescido separadas, D'us os unia, e neste preparo a *suka* ia sendo formada de forma harmoniosa.

Elisha estava feliz pelas bodas de Mia. Menos ela, que a tudo observava sem nada falar. Abed, passando ao seu lado, e percebendo seu olhar vago, estranhara; após a confusão que Mia provocara soltando os animais e culpando-o, ele não mais conversara com ela, mas, naquele momento, se apiedara dela; devia estar muito nervosa; foi quando uma voz o chamou, quebrando seu pensamento:

– Abed, Abed!.

– Sim, senhora Marta.

– Diga a Mia que as moças que serão suas companhias já estão aqui, requisitando sua presença. Vá avisá-la.

– Sim.

Saindo vagarosamente, rumou para o local onde Mia a tudo observava sem o mínimo entusiasmo.

– Mia! Mia! A senhora Marta lhe chama.

Olhando para Abed, ela se retirou com profunda tristeza. O que seria agora?

Sorrindo, Marta lhe disse:

– As damas, as companhias da noiva, já estão aqui.

Tratava-se de moças da região que ainda não haviam se casado e que participavam da cerimônia; estavam eufóricas e felizes. Cada qual a cumprimentava, dizendo:

– Que D'us lhe dê muitas alegrias – e sorrindo falavam: – Vamos arrumá-la! Marta disse que suas vestes estão postas; vamos preparar seu banho, seus cabelos, sua pele. Venha, Mia, venha – e, pegando Mia pelas mãos, a levaram.

A noite caía. Mia estava belíssima com sua roupa nupcial. A casa exalava um odor de flores, mirra e saboroso aroma da comida típica; o carneiro preparado se destacava sob a mesa farta, pronto para a degustação dos convidados; tinha queijo, coalhada, pasta de grão de bico, uvas, tâmaras, damascos, peixes assados, bolinhos de carne com ervas finas, pães, figos cristalizados, iguarias de toda espécie regadas ao vinho. Flores davam o toque harmonioso, e o céu repleto de estrelas se somava às lamparinas acesas da casa. O altar bem posto, e Elisha, em seu traje mais elegante, lembrava um príncipe, com belo anel de safira a enfeitar-lhe o dedo, a barba bem trançada, não escondia a felicidade de receber tantas pessoas. A música suave auxiliava a deixar o átrio mais charmoso; as cítaras e flautas como que encantavam Marta. A singela Marta possuía o dom de surpreender, com sua pele morena enfeitada pelo véu verde que se derramava pelo belo corpo esguio, a ressaltar sua beleza, com seus lábios em tom rosado, e seus olhos, agraciados pela bela maquiagem de sua época, como ônix encantadores.

Ao perceber a beleza de sua esposa, Elisha intimamente se lamentou por não mais procurá-la; sentia uma chama ardente por ela. Por que tudo isso? Deveria seguir ao grande templo e consultar o sacerdote; talvez necessitasse se purificar, para poder adorar ao Senhor, com a Sua bênção em sua casa. Os olhos de marido e esposa se cruzaram e, por um momento de lucidez da alma, sentiu que aquela mulher se assemelhava muito ao olhar da egípcia de seus pesadelos. Um arrepio percorreu seu corpo. Será que algo assim seria possível? Como? Não querendo estragar a noite, dirigiu-se aos músicos, solicitando que se iniciasse mais uma melodia e, tentando ocupar seu pensamento, retirou-se para o grande portão; a lua banhava sua face, e o grande lago, no seu silêncio, parecia ser sua única testemunha.

Mia torcia as mãos, sentindo um medo do seu porvir; queria fugir, mas sabia ser inútil. Fora tola tentando envenenar Marta; deveria ter esperado, tramando algo melhor, afinal Elisha já estava se cansando dela e logo procuraria outra esposa, e então ela estaria viúva – não toleraria aquele homem de forma alguma...

Às 23h30, os acordes de uma trombeta anunciaram a chegada do noivo; as damas que acompanhavam Mia acenderam as lamparinas, a cerimônia iria começar. As quatro jovens solteiras se colocaram ao lado da *suka*, cada qual segurando-a de um lado; os primeiros padrinhos trouxeram para o altar o pão, símbolo da união entre duas famílias; o vinho, símbolo da alegria; e o azeite, que simboliza a pureza do casal. A esta altura, Efrat, com seu belo traje de bodas, estava no portão principal; logo adentrou um padrinho com o trigo, símbolo da prosperidade e da abundância, vindo logo outro padrinho levando o leite, que representa o crescimento da família com saúde, beleza e vigor; Mia estava extremamente aflita, mas tentava manter-se de pé, não queria decepcionar Elisha; logo entrou outro padrinho levando o mel, símbolo dos momentos de prazer da família, e em seguida entrou o casal levando o sal, que representa a aliança de D'us com a família, onde o marido é o sacerdote (do lar). As damas entraram com a mirra, e a noiva depois; Efrat, nervoso, sentiu seu coração pulsar descompassadamente quando o *shofar* o anunciou. Efrat entrou com sua túnica azul celeste, revestida de fios de ouro; sua pele fora adornada com óleos e essências perfumadas; ele resplandecia diante de todos os convidados, e Mia quase não o reconheceu, com a mudança que lhe imprimiram os novos trajes.

Então a cerimônia começou. As alianças foram entregues ao sacerdote, que, levantando as mãos, ungiu-as com azeite, entregando aos noivos. O céu estrelado, os convidados ali, diante de Mia, faziam-na sentir-se confusa; jamais imaginara ver aquele momento mágico, em que todos a olhavam; sentiu-se quase jubilosa, não fosse pela dura visão de ter ali, Elisha, tão próximo e ao mesmo tempo tão distante; era o fim do seu sonho. O sacerdote fez o pacto do sal, chamou os noivos para que o colocassem em duas vasilhas, e Mia e Efrat uniram uma vasilha à outra, simbolizando uma só carne; em seguida, o sacerdote ofereceu o pão ao casal, e o vinho, que Efrat e Mia beberam na mesma taça; diante de todos, Efrat quebrou a taça com o pé, simbolizando e afirmando para todos o rompimento com a vida passada – este ato representava que na vida do casal nenhuma outra pessoa poderia interferir. Reina estava emocionada, chorava comovida diante da nova realidade que seu filho iria vivenciar. Após a cerimônia, Efrat e Mia saíram com uma cesta onde os convidados depositavam uma bela oferta para os noivos, que, ao receberem, a agradeciam. Elisha reaproximou-se, depositando sua oferta, e Efrat lhe respondeu:

– Nós o abençoamos com a bênção do D'us de Abraão!

E assim Mia tornou-se a esposa de Efrat, sem querer, temendo sua nova vida. A música reiniciou alegre, enquanto Reina se aproximou de Marta e disse:

– Querida amiga.

– Sim, Reina – respondeu Marta, feliz com o acontecimento.

– Tenho um presente para lhe dar.

– Ora, que isso! É Mia quem deve ser presenteada.

– Engana-se, querida. É você, por ter-me cedido essa jovem; aceite a presença de Débora em sua casa, não queremos que fique só, ainda mais com o pequeno Job.

– Ora, que alegria me dá!

– Então aceita?

– Sim, onde ela está?

– Aqui mesmo, e suas coisas estão no pátio, próximo ao portão.

– Então mande-a buscá-las; estará comigo daqui por diante.

E, diante da bela lua, Débora pegou seus apetrechos, rumando para o interior da casa sem saber o que lhe aguardava. A casa em festa ocultava Abed de todos, que a tudo observara, suspirando de contentamento; finalmente Débora viria compartilhar daquela casa junto a ele; o som da festividade o fez feliz, animado com os sonhos do seu coração.

* * *

CALEB NÃO CONSEGUIA conciliar as coisas que aprendia com João Batista com o que sentia em seu coração. Devia regressar, mas não conseguia visualizar o que fazer. Às vezes a cabeça ia longe, não estava ali. Naquela noite em especial sentia-se distante, confuso, um tanto melancólico. O burburinho do rio e as estrelas fizeram-lhe adormecer, porém seu espírito foi surpreendido por uma figura aureolada, de luz amarelada, que vinha a seu encontro.

– Meu mestre – reconheceu Caleb –, me auxilie.

E, sentindo forte luz envolvê-lo, silenciando seu murmúrio, foi tocado de um lampejo de lucidez, como que em segundos se viu no Egito a sacrificar a vida de uma mulher junto de outro homem... Aquela personagem o fez como que acordá-lo para as palavras silenciosas do seu mestre: "Sofra sem nada reclamar, auxilie sem corromper os corações que há muito você feriu e prejudicou;

não se inquiete, acredite nas verdades deste sábio que segue; encontrará a resposta na sua fé"[40].

E, esvaindo-se como fumaça tênue, o seu mestre se foi. Acordando assustado, Caleb pôs-se em oração, temeroso pelas atitudes que pudesse tomar. Não conseguia conciliar o sono, mil ideias lhe absorviam o pensamento. O que seu amigo sábio queria lhe dizer quando falara para não corromper os corações que há muito ferira e prejudicara? Sabia que os homens viviam outras vidas, mas por que aquela lembrança dele apunhalando outro ser? Jamais ocorreu em sua consciência que ele cometesse um ato tão violento. Sentiu-se mal, talvez fosse apenas um sonho, um mau presságio, mas por quê? Seu mestre falou para ele crer nas verdades de João Batista. Tantas dúvidas... de repente Marta invadiu seus pensamentos, depois viu Elisha... odiava-o[41]; na verdade, era isso o que sentia. Encolheu-se. Não se conheciam, ele não sabia o porquê daquela inveja, daquele tormento. Sentou-se saindo do abrigo onde estava; era uma caverna à beira do Jordão, que ele havia improvisado; todos em sono profundo, menos João Batista. Ora, onde estaria aquele estranho homem? Nesse momento observou em uma elevação que João se encontrava ajoelhado, cabeça baixa, como que em prece; não quis incomodá-lo, mas eis que a voz dele se ergueu.

– Elisha, Elisha. Este é o nome daquele que não deve ferir, embora seu coração tenha sido ferido por ele; não seja como a serpente que a tudo espreita antes do golpe. Receba em seu coração o batismo da água que tudo limpa, e prepare-se para o Justo, que irá batizar a todos com o fogo.

Falara com autoridade, sem titubear; olhou profundamente em seus olhos.

– Caleb, o reino que procura é a sua paz, e ela começa na batalha de sua alma. Você chama a D'us dos lábios para fora. Onde está sua fé? – e, erguendo-se, João rumou na direção do rio, perdendo-se na aurora do novo dia.

Caleb ficou em estado de choque – como aquele homem proferiu o nome do esposo de Marta! Como sabia todas as coisas que o afligiam? E, resoluto, decidiu voltar para Cafarnaum, mas, sentindo-se só, ajoelhou-se e ali mesmo deixou o pranto banhar sua alma, que estava angustiada com as batalhas do seu coração. Era o raiar dos primeiros dias para Caleb, que começava a se perceber e a sentir a necessidade de mudar. Ali mesmo, diante do novo dia que se iniciara, Caleb decidiu: "Irei para Betsaida, devo procurar Marta, explicar-lhe tudo, dizer que jamais a esqueci, que se ela desejar poderemos partir para o Egito, ou quem sabe terras longínquas". Sentindo o orvalho e a brisa suave, voltou para o abrigo, à

---

40 "Há espíritos que se ligam a um indivíduo em particular, a fim de protegê-lo? – Sim, o irmão espiritual; o que chamais de bom espírito ou bom gênio.

"O que se deve entender por anjo guardião? – Espírito protetor de uma ordem elevada.

"Qual é a missão do espírito protetor? A de um pai em relação aos seus filhos: conduzir seu protegido pelo bom caminho, ajudá-lo com seus conselhos, consolá-lo em suas aflições e manter sua coragem nas provações da vida". (*O Livro dos Espíritos*, questões 489 a 491)

41 "De onde vem a repulsa instintiva que se tem por certas pessoas à primeira vista? – Espíritos antipáticos que se percebem e se reconhecem sem se falar". (*O Livro dos Espíritos*, questão 389)

espera de que todos despertassem; no seu recolhimento o sono benfazejo foi lhe entorpecendo o pensamento e aos poucos seu espírito foi se libertando; neste momento, sentindo-se envolto em uma neblina, sentiu seu ser flutuar; não sabia dizer como fora transportado àquele belo local onde cálida fonte com águas cristalinas vertia, envolta de majestoso jardim florido; podia sentir o aroma das flores, porém percebeu uma sombra que ali estava, próxima, como que a se banhar; aproximando-se, visualizou a figura doce de Marta, que nos braços segurava frágil ser; não precisou proferir nenhuma palavra, ela compreendeu sem ele mover os lábios, e respondeu:

— Aquiete seu coração, nós ainda temos muito que resgatar; procure amar aqueles que nos feriram, não se demore nas tolas aflições do mundo. Meu coração lhe pertence. Ouça-me, Caleb, ouça-me!

Neste momento, André o despertara chamando-o.

— Caleb, Caleb!

Abrindo os olhos, assustado, ergueu-se de sobressalto:

— Sim.

— Ora, amigo, desculpe se lhe assusto.

— Eu estava sonhando, e você me despertou.

— Espero que não tenha interrompido nada importante – e, sorrindo: – venha, vamos nos alimentar, pois João Batista pensa em ir para outras paragens.

— Como outro lugar? Estamos aqui há pouco mais de 15 dias...

— Para você ver... E ele, há quanto tempo já não se encontra aqui? Diga-me: irá conosco?

— Não sei, André... Penso em ir a Cafarnaum, e você deveria fazer o mesmo. Creio que Simeão está preocupado.

— Tem razão, amigo.

Porém, outros seguidores de João aproximaram-se, interrompendo e dizendo:

— Vamos para o norte do Jordão, vamos subindo; não tardemos, a caravana já vai partir.

E, sentindo o seu coração fragilizado, decidiu prosseguir. Talvez não fosse o momento de retornar, afinal o sonho com Marta lhe fizera pensar. André, estranhando sua atitude, questionou:

— Você vem ou não?

E Caleb, erguendo-se, seguiu o pequeno grupo. Todos partiram para o norte do Jordão, subindo. À medida que caminhavam, João falava:

— Aos homens que ensinam na sinagoga, aos que buscam o saber, devem ensinar sobre o espírito, tanto quanto sobre as letras; e aquele que busca o saber antes de tudo, deve buscar o conhecimento da alma.

Suas palavras eram como lampejos de luz naqueles homens rudes, que o compreendiam. Continuava em sua palestra junto aos discípulos.

— Os homens de grande riqueza só poderão ser verdadeiramente ricos se alimentarem aos pobres; os coletores de impostos não devem extorquir mais do que lhes é devido, pois o reino dos céus está ao alcance das mãos.

André andando junto a Caleb, ouvia a tudo sem nada comentar, enquanto Caleb, por mais que o compreendesse, mantinha sua mente presa a Marta e aos estranhos sonhos que tivera.

7. Corazim, Betsaida e Cafarnaum

EM CORAZIM a vida prosseguia. Encontraremos em formoso templo da cidade, em uma bela sinagoga, Dan a ministrar os ensinos na *Bimá*[42]. A sinagoga estava repleta, os anciãos estavam próximos à área de frente para a plateia; alguns membros distintos estavam à frente, os mais jovens logo atrás, e as mulheres em acentos diferenciados, longe dos homens; Orlit ali se encontrava ouvindo atenta seu esposo falar.

– "A terra se encherá de conhecimento do Eterno, como as águas abrem o mar", está escrito em Isaías, meus irmãos. A época messiânica está próxima, o poder do mal será aniquilado, é o que o profeta anuncia, "porque esta aliança que farei com a casa de Israel, depois daqueles dias", diz o Eterno, "na mente lhes imprimirei as minhas leis, também no coração lhes escreverei... não ensinará jamais cada um ao seu irmão dizendo: conheça D'us, porque todos me conhecerão, desde o menor até o maior deles". O profeta também diz em nome de D'us: "dar-lhes-ei um novo coração e porei dentro de vocês o espírito novo; tirarei de vocês o coração de pedra e lhes darei coração de carne"; ou seja, Ezequiel e Jeremias nos conduzem em direção do bem, pois o homem se fortalecerá tanto no bem, que não cederá às tentações da carne. Ao contrário: se fortalecerá e seguirá a D'us servindo e seguindo a Torá. Esta será a época do novo reinado. Este é o significado da promessa dos profetas da Torá: "E selará o Eterno D'us seu coração e o coração de sua descendência para amar o Eterno, seu D'us, com todo o coração e com toda a sua alma, para que viva". Está escrito em Deuteronômio, todos os mandamentos estarão ligados a esta época em que o povo de D'us dominará e vivenciará, sendo reverenciado como povo eleito de D'us.

Falava calorosamente, e todos, com rostos jubilosos, em seu íntimo esperavam que essa época chegasse, que Israel saísse do domínio dos gentios e vivesse como uma nação soberana; a sinagoga tornava-se pequena diante da atenção que todos votavam a Dan. Após a cerimônia e as bênçãos finais, Dan saiu cumprimentando a todos e buscando a doce presença de sua esposa, Orlit. Formavam um belo casal, de harmonia, embora não tivessem sido agraciados com um rebento. Barnabé, com um dos anciãos, veio ao encontro deles, reclamando com Dan.

– Não devia ter mencionado o Messias. Já não chega a turba deste profeta que convida a todos pelo batismo? O que espera com isso? Crê que os sacerdotes o achem valoroso, seu tolo? – e pondo-se à frente com passadas apressadas, deixou Dan sem respostas.

---

42 *Bimá*: o pódio do orador na Grécia antiga. Na arquitetura de sinagogas, é chamado de *bimá* a plataforma elevada utilizada para a leitura da Torá durante os serviços religiosos. Na antiguidade, era feita de pedra; hoje, em geral é uma plataforma de madeira à qual se acede por degraus. (Adaptado da Wikipedia)

– Não se importe, esposo, ele não faz por maldade – disse Orlit.

– Eu sei, eu sei.

No íntimo Dan sabia que Barnabé o culpava pela filha não ter filhos.

Tentando desvanecer o pensamento de seu esposo, Orlit falou:

– Esposo, Mia e Efrat agora desfrutam de uma nova vida. Sinto tanto não ter ido ao casamento... Gostaria de ficar com Marta por uns tempos, quem sabe se o anjo tocar nas águas, e eu...

Ia prosseguir, quando Dan a interrompeu bruscamente.

– Pare, Orlit, já lhe disse que D'us tem seus planos. Confie, pois nosso filho ou filha virá de forma diferente.

– Por que fala isso? Por que não me conta o que D'us de Abraão lhe revelou?

– Pois ainda não é o momento.

Todos que passavam acenavam com a cabeça. Mais à frente perceberam certo tumulto; alguns viajores comentavam da sabedoria de João Batista, e que através de sua palavra mudara os corações.

Dan passou e, percebendo que muitos elogiavam João Batista, sentiu em seu ser a necessidade de conhecer de perto este homem, ao qual o povo começava a devotar imensa adoração. Orlit, que se sentia deslocada, pediu-lhe para que se retirassem, pois não era bem-vinda a presença de mulheres em círculos de conversa masculina.

* * *

As bodas transcorreram seguindo a tradição. Agora Mia sentia o frio percorrer sua alma; era a esposa de Efrat, e devia-lhe obediência. Em meio à festa, todos os cumprimentavam. A música era alegre, as comidas típicas eram servidas e teriam que ser renovadas, pois a festa das bodas duraria por sete dias; muitos já estavam fartos de bebida e iguarias; algumas mulheres já demonstravam cansaço, e Mia buscava uma saída para o momento de sua partida, quando Marta se aproximou e em secreto lhe chamou:

– Mia – disse Marta –, de agora em diante deve obedecer seu esposo, ser-lhe fiel; nunca, jamais contrariá-lo; ele sempre estará com a razão. Jamais olhe em seus olhos querendo desafiá-lo; seja paciente e mansa, satisfaça os desejos dele se quiser ser sua esposa, nunca permita que ele sinta a necessidade de outra esposa; seja encantadora; a ele tudo deve ser permitido, especialmente hoje; não se negue a seu marido, pois por direito ele poderá lhe ter da forma que bem lhe aprouver; sei que está assustada, mas logo você se acostumará – e, segurando nas mãos de Mia, disse: – sentirei sua falta, e o pequeno Job também, mas tenho certeza de que você será muito feliz – e, retirando de um pequeno baú uma peça de seda belíssima, azul celeste, lhe entregou dizendo: – Use-o nesta noite, seu esposo com certeza será dócil com você.

Mia não imaginava o que poderia ocorrer, mas agradeceu, pois percebeu naquele momento que Marta era sincera e não lhe desejava mal, embora Mia no fundo da alma lhe tivesse ódio. Após despedir-se de todos, Efrat solicitou sua retirada para a nova residência. Mia seguiu muda durante toda a viagem, sem ousar dizer uma palavra. Na nova casa, Efrat levou Mia a seus aposentos e, retirando-se, deixou-a a sós, para que pudesse se preparar. Mia, resoluta, olhou para aquela saleta onde flores foram colocadas, uma linda bandeja de frutas e vinho, e adentrou o quarto, onde vasta cama estava repleta de mirra e lençóis de puro linho com grandes almofadas de cetim; as cortinas bem alinhadas formavam espesso véu branco, que não deixavam que a cama fosse visualizada por completo. Aproximando-se, percebeu que nela havia uma pequena caixa; pegando-a, abriu e deparou-se com gracioso colar de esmeraldas; retirando aquela bela joia, sentiu-se feliz, porém percebeu que a porta do aposento fora aberta e que Efrat talvez a observasse.

– Gosta? – inquiriu uma voz rouca e romântica.

Virando-se, deparou com aquele que seria seu dono.

– Sim, é muito belo.

– Que bom, pois de hoje em diante será sua – e, aproximando-se, pegou em suas mãos, olhou-a com ternura e beijou-lhe a fronte em sinal de respeito.

O coração de Mia parecia congelar, diante de tudo que não queria, mas não podia correr da responsabilidade. Efrat estava fascinado com a beleza daquela que agora era a sua esposa. Sem querer ser grosseiro para não a assustar, tentou se conter, porém seus instintos foram mais fortes e, tomando-a num abraço forte, nem notou que lágrimas lhe rolaram na face; enlanguescido com o seu amor, tornou-a sua legítima mulher naquela noite, não lhe restando nenhuma dúvida de que ele a amaria para toda a vida.

* * *

O MAR ESTAVA agitado. Simeão, preocupado com o rumo que o vento tomara, decidiu voltar para a bela Cafarnaum, porém, as ondas se agitaram e as embarcações balançavam; os tripulantes se assustavam, mas Simeão, tomando o leme e o curso da nau, ordenou que as velas fossem erguidas para que, aproveitando a mudança do vento, pudessem chegar o mais breve possível à terra. Todos o admiravam. Simeão era homem resoluto e enérgico. Embora a agitação fosse grande, Simeão sabia como conduzir em situações de risco; sendo assim, todos conseguiram se acalmar e logo começaram a perceber que o tempo os favorecia; dentro de algumas horas chegaram ao porto. Simeão, preocupado com a escassez da pesca, pediu para que fossem desembarcados os peixes daquela empreitada.

O salgamento desse alimento tinha formas diferentes; alguns gostavam dele mais curtido, cortado em tiras e que eram secadas ao sol, para depois serem cozidas; outros gostavam dos peixes em estado natural, frescos; e por último havia aqueles que preferiam os peixes maiores. O trabalho de conduzi-los até o espaço adequado era realizado em cestos grandes; alguns dos peixes eram levados direto para as bancas dos mercadores de Cafarnaum, onde já tinham a freguesia certa; os menores eram doados aos mais pobres, e os médios eram salgados; quanto aos peixes de porte muito grande, eram cortados, e tudo deles era aproveitado, até mesmo as vísceras eram utilizadas em iguarias da época.

A agitação no porto de Cafarnaum era grande; vários comerciantes, os quais se abasteciam do fornecimento do peixe para as bancas do mercado, se acotovelavam em busca do melhor pescado; alguns queriam para levar às tendas em que comercializavam alimentos, outros para a estalagem, e os menos favorecidos queriam os menores para se alimentar.

Simeão dispensava atenção a todos de forma coerente; organizava filas para o atendimento aos mercadores; aos menos favorecidos, já conhecia seus rostos macerados pelo sofrimento da miséria. Simeão sentia prazer em dividir o que sobrava com eles; alguns cestos eram conduzidos ao pátio de sua casa para a devida secagem antes da comercialização. Neste ir e vir, um rosto vislumbrou-se no porto – era Omar, o servo da família. Sentindo que algo pudesse ter acontecido, chamou Tiago. Tiago era um dos filhos de Zebedeu e Salomé, homem jovem e prestativo que em tudo auxiliava o pai e a Simeão, pessoa por quem nutria extrema simpatia.

– Sim, Simeão, pode deixar que termino e organizo tudo. Vá! Percebo que seu servo está agitado.

– Obrigado, Tiago, fico lhe devendo este favor, que com uma bela jarra de vinho quitarei – e sorrindo foi em direção a Omar.

– Diga-me, Omar, o que o traz aqui?

– Senhor! É que sua esposa está aflita, não sabe notícia de seu irmão André, há quinze dias, e pediu-me para que aqui viesse saber se o senhor havia retornado.

Franzindo a testa em sinal de descontentamento, Simeão falou:

– Ora, o que esperar deste meu irmão? Parece que quer me deixar arruinado diante dos outros. Vamos, vamos.

E pensando em como ele poderia conduzir os negócios sem a presença de André por tanto tempo, afinal, Simeão fazia as viagens, desembarcava as mercadorias e retornava ao mar por vários dias, sem ir para sua casa; antes contava com André, que auxiliava Zebedeu... Simeão sentira-se triste e irritado diante das notícias.

No mercado, não se falava em outro assunto a não ser sobre o profeta João Batista e a sua forma de falar, alguns já diziam ser ele Elias. Simeão ouvia o murmúrio, preocupado. Caminhavam, quando de repente veio um homem em sua direção, barba longa, negros olhos profundos, pele muito queimada: era Caleb. Simeão quase não o reconheceu; fixou o olhar nele e sentiu que algo errado estava acontecendo.

– Ah! Simeão, que bom encontrá-lo. Ia mesmo até o porto. Estou exausto.

– Vejo que acaba de regressar; mas onde está meu irmão?

– André está ocupado organizando a multidão que se aglomera a cada dia na busca do profeta João Batista. Tem aprendido muito com ele.

– E você, por que regressou? – inquiriu Simeão.

– Bem, acho que nem tudo que aquele sábio fala penetra em meu coração, e preciso descansar um pouco. Estou muito cansado. Você estava indo para casa?

– Sim, acabo de retornar da minha jornada.

– Que bom! – e, abraçando o amigo, rumaram para a casa de Simeão.

Zimra na verdade não esperava o retorno do esposo, mas sabia que não tardaria.

As mercadorias eram entregues todos os dias, e no fundo do pátio de sua casa, em uma área reservada à fabricação de azeite, Zimra as organizava. Limpava e salgava as peças, deixando expostas com o auxílio de Minar e Omar. Este ir e vir era constante, e ali Zimra passava grande parte do dia. Sua mãe nunca mais fora a mesma após a desencarnação de seu pai; Hanna estava sempre com o semblante triste, olhar vago; envelhecera, pois não se alimentava corretamente e também enfraquecera; só se alegrava diante da sua neta, que a cada dia lhe parecia mais encantadora.

Foi Sara quem recepcionou o pai.

– Papai, papai! – saudou a pequena, correndo ao encontro de Simeão. O abraço o fez se sentir feliz. – Olá, tio Caleb – disse Sara com ternura em sua voz.

– Ora, ora, está maior a cada dia, Sara? E onde está minha prima? Mamãe saiu? – inquiriu Caleb em tom ameno.

A pequena sorriu.

– Ela não é sua mamãe, é minha.

E, puxando-o pelas mãos, levou-o até o local onde a mãe estava.

Zimra assustou-se ao ver como Caleb estava mudado, mas ficou aliviada por vê-lo de regresso; quando Simeão apareceu, seu coração se alegrou ainda mais; parou o que estava fazendo e ofertou aos dois uma refeição, porém Caleb logo falou:

– Prima querida, alegro-me aqui, porém sinto necessidade de banhar-me antes de qualquer refeição.

– O mesmo digo eu – disse Simeão.

Zimra, olhando para Minar, chamou-a e pediu-lhe:

– Faça um banho perfumado para Caleb e meu esposo. Ambos necessitam de refazimento para depois se alimentar – seguindo a serva idosa, cada qual foi para sua tina de banho.

A casa possuía uma área reservada ao banho; era uma piscina natural na qual Minar utilizava seus conhecimentos, adicionando naquela espécie de pequena piscina ervas, flores e essências que faziam o relaxamento de todos.

Após o banho, Caleb sentiu-se refeito; voltara para Cafarnaum a fim de se estabelecer e finalmente recomeçar a sua vida. Não ignorava que João Batista era um homem especial, mas ele, Caleb, ainda não se sentia preparado; havia coisas em sua vida que deveriam ser revistas e acertadas; sabia que mais dia menos dia surgiria o Messias; sentia que sua vida mudaria, mas a ausência de Marta era doída. Parou de refletir; com certeza Simeão e Zimra ansiavam por notícias de André. Vestiu-se e rumou para a sala onde costumeiramente faziam as refeições; um perfume agridoce pairava no ar – era o carneiro assado que estava aromatizando o ambiente; frutas, damascos, figos e uma jarra de vinho aguardavam os convidados. Sentando junto a Simeão, Caleb começou a falar, enquanto Zimra, em pé, a tudo ouvia, limitando-se a sorrir.

– Caro Simeão, devo dizer-lhe que João Batista possui o dom do saber, pois tudo que vi e ouvi é pouco para falar do quanto aprendi junto a este profeta. Estávamos no Vau de Betânia, ali mesmo senti-me compelido a segui-lo. Aquele homem tem um encanto que nos atrai e nos faz pensar sob várias formas, creia; fui batizado e após este batismo senti-me renovado; era como se realmente ele me limpasse.

– E quanto a André, por que não veio? – disse Simeão, impaciente.

– Ele virá, ele disse que é para você não se preocupar.

– Onde eles estão?

– Bem, em um vilarejo chamado Adão. Eu os deixei após o anúncio de João Batista.

– Que anúncio?

– Como eu estava falando, fomos do Vau da Betânia para o norte, subindo o Jordão; muitos vieram ter conosco, da Judeia, da Pereia e da Samaria; chegavam viajantes até da Galileia para ouvir o profeta João Batista... Bem, quando chegamos a este vilarejo de Adão, estávamos todos reunidos, quando um dos nossos perguntou-lhe: "É o senhor o Messias?".

– E o que ele disse? – perguntou Simeão.

Caleb tomou um pouco de vinho e prosseguiu:

– Ele disse a todos as seguintes palavras: "Depois de mim virá um que é maior do que eu, de cuja sandália não sou digno de afrouxar e desatar as correias. Eu lhes batizo com água, mas ele irá batizá-los em espírito[43], e com sua pá na mão irá cuidadosamente limpar esse chão das ervas daninhas. Ele recolherá o trigo no seu celeiro, mas o refugo ele o queimará com o fogo do julgamento".

E, parando a narrativa, ficou em silêncio profundo.

– Então existe outro, e este será o Messias... E como saberemos?

– Não sei, Simeão, mas creio neste profeta, e só não permaneci com ele porque meu coração está angustiado, e meus pensamentos estão soltos como as folhas de uma figueira quando chega a hora da troca das folhas.

– Então não poderia ter retornado, deveria ter ficado e aprendido a conter-se – disse Simeão.

– É difícil, eu preciso resolver certas questões e, depois, sim, me sentirei disposto a ir com este homem justo onde ele for, até que o Messias apareça.

– Conte-me mais, Caleb, estou ansioso. Diga-me: de onde vem este profeta?

– Bem, o que sei é que ele nasceu em Judá, que fica próximo a Jerusalém; também nos contou que seu pai era um sacerdote de nome Zacarias; disse que seu pai era bastante instruído e que sua mãe se chamava Isabel, que também possuía conhecimento maior que as mulheres judias.

– Como pode isso? – inquiriu Simeão.

---

43 Em espírito, pois as mudanças começam na alma, centelha divina que desperta para suas responsabilidades ao contato com as leis eternas. (Nota do autor espiritual)

— Bem, eu lhe fiz esta pergunta certa noite, e ele me respondeu que sua mãe pertencia ao sacerdócio, sendo uma descendente das "filhas de Aarão". Disse-me que foi esta sua mãe e seu pai que lhe deram instrução, pois não havia nenhuma escola de sinagoga em sua pequena aldeia, e como seu pai tinha pouco período de serviço no templo em Jerusalém, ficara mais fácil educá-lo.

— E como eles viviam? E onde? — perguntou Simeão.

— Bem, isso ele não nos disse, mas tinham uma pequena fazenda na qual moravam, e depois creio que seu pai, como sacerdote, recebia um soldo do templo.

A noite começava já a cair e Caleb, entusiasmado, narrava a Simeão todos os acontecimentos em torno do profeta João Batista. Ao final de sua conversa, disse:

— Após acertar minha vida, pretendo retornar ao encontro deles, pois sinto-me feliz em acompanhá-los; o conhecimento é sempre bem-vindo.

— Amanhã, o que pretende fazer?

— Vou a Betsaida adquirir a propriedade de que lhe falei.

— Será que ainda estará à sua disposição? — perguntou Simeão.

— Creio que sim, ninguém teria recurso necessário para adquiri-la.

Naquele instante Zimra sentiu que Caleb jamais esquecera Marta e que aqueles corações nunca deveriam ter sido separados; sentiu uma imensa tristeza pelo primo, que, com o passar do tempo, começava a se assemelhar a uma videira seca. Tentando ser acolhedora, disse-lhe:

— Bem, já que necessita de um local para viver, é melhor que descanse para que seu amanhã seja repleto de júbilo.

Caleb, olhando-a surpreso, disse:

— Agradeço, prima, a hospitalidade de todos; que D'us lhes dê bênçãos infinitas. Agora, se me permitem, vou recolher-me.

— Primo, sei que ficou afastado por um bom período; sabia que Mia foi desposada?

— Mia! Quem é esta?

— Ora, a jovem serva de Marta, que também é irmã adotiva de Elisha. Creio que você não chegou a conhecê-la, uma bela filha de Israel.

— Bem, que seja feliz. Talvez eu visite nossa prima amanhã.

E, entrando para o quarto, ficou cheio de esperança de rever aquela que sempre amou e guardou em seu coração; seria um bom pretexto para visitá-la, pensou.

* * *

Após sua núpcia, Mia tornara-se um tanto frívola e indiferente com todos; na realidade, detestava tudo naquela casa, não suportava Efrat, que em tudo se desdobrava para satisfazer os caprichos de sua esposa. Sentada em sua cama, Mia recordou da noite terrível de seu casamento; sentia-se mal todas as vezes que Efrat a tocava, chorava em segredo, não deixando que ele notasse, pois se soubesse que ela o desprezava logo colocaria outra esposa em seu lugar, e ela seria rejeitada por todos. Sentindo que exercia certo domínio sobre sua personalidade apaixonada, Mia procurava pedir-lhe presentes caros, joias de alto valor, vestidos caros. Era a forma como se satisfazia diante da sua vida infeliz. Estava enfadada daquela rotina; exigira de Efrat mais servos para que ela pudesse cuidar de sua beleza; era assim sua vida de casada. Chamou sua serva para que ajeitasse seus longos cabelos e lhe trouxesse a refeição daquela manhã. Ao entrar na saleta onde recebia suas visitas, encontrou sua sogra, que agora não achava que o filho tivesse feito uma boa escolha, diante dos gastos que a nora impunha a seu filho; Reina percebia que a cada dia Mia parecia ter um controle ainda maior sobre Efrat.

– Bom dia, minha sogra. O que a traz aqui nesta bela manhã – disse Mia se sentando para tomar sua refeição matinal.

Começava a comer uma tâmara na expectativa da resposta de Reina.

– Bem, vejo que está disposta. Vou à casa de Marta saber notícias de Débora, e queria saber se lhe apraz ir comigo, afinal faz um bom tempo que não a visita.

Comendo lentamente, Mia, com suas mãos repletas de anéis e pulseiras brilhantes, se inclinara; depois de alguns minutos, respondeu:

– Acho que vou, afinal me arrumei tanto nesta manhã. Quero que Marta veja como a antiga serva se tornou uma bela dama.

– É verdade, Mia, mas não se esqueça de que um lar sem herdeiros não lhe confere a posição de dama. Veja: Marta é esposa de um homem importante, mas não anda pelas ruas de Betsaida ostentando joias, sedas e riquezas.

– No entanto, minha sogra, seu filho gosta de que eu assim o faça, para que todos percebam e invejem sua casa.

Reina estava angustiada, porém achou melhor não retrucar; apenas pensava que talvez Marta conseguisse dizer à sua nora que uma mulher deve ser quieta e casta em todos os sentidos.

Em casa de Marta, a singeleza dera lugar a doces risadas do pequeno Job, que já com seis meses encantava sua mãe, lhe enchendo o coração de alegrias. A banhar-se no sol, o pequeno, em uma manta que cobria o chão, brincava junto a Débora e a Marta, que se tornavam a cada dia mais amigas. Marta jamais tratara Débora como serva, sabia que ela gostava de Abed e que este convívio os aproximava ainda mais; queria que ambos fossem felizes, mas temia que sua tia descobrisse e a levasse dali pela impossibilidade de tal união – pertenciam a classes diferentes. Porém, embora tivesse o convívio de Débora, sentia-se cada dia mais só; Elisha a desprezava, não a procurava nem mesmo para conversar; estava sempre com semblante fechado, não dormia, perambulava pela casa e, às vezes, Marta tinha que "acordá-lo", pois ficava como que hipnotizado, falando coisas sem sentido; nesses momentos Marta orava, lia uma das escrituras e tudo voltava ao normal; Elisha nem sequer agradecia, ao contrário, gritava com ela, chamando-a de traidora e lhe dizendo para sair, eram dias difíceis, mas Job preenchia a vida de Marta. Naquele dia em especial, passara pensando em Caleb – o que será que teria acontecido a ele? Zimra, em segredo, dissera que ele tinha ido com André seguir o novo profeta. Ah! Como gostaria de saber tudo a respeito daquele profeta que deixava Elisha nervoso a ponto de blasfemar. Queria muito se preparar para a chegada do Messias, e deste reino de que todos falavam... De repente, Abed lhe aparece.

— Senhora, senhora! Temos visita. Devo permitir a entrada? É um senhor que se diz seu primo, de nome Caleb.

Marta sentiu o corpo gelar. Não era permitido que uma mulher recebesse um homem em sua casa, mas ela não estava só, Débora estava com ela; e depois, Caleb era seu primo...

— Sim — sorriu —, sim, conduza-o ao pátio central. Débora, leve Job para o banho, que irei receber meu primo.

Marta colocou seu véu e dirigiu-se à sala de recepção, tudo naquele local era aconchegante: as plantas bem-cuidadas, as almofadas, os tapetes, tudo bem ornamentado e simples, sem nenhum excesso.

Caleb adentrou na casa com o coração cheio de esperanças; sabia que Elisha não se encontrava, e não queria mesmo vê-lo; suas mãos suavam — depois de tanto tempo, como estaria ela? Abed fez com que Caleb se dirigisse ao local onde Marta se encontrava. Tudo naquela casa lembrava a dona. Caleb ia como que temendo sua própria reação. Coração acelerado, de repente seus olhos se encontraram com os dela; quem pudesse estar ali não teria dúvida do brilho do amor daquelas almas. Marta sorriu ao vê-lo. E Caleb foi em sua direção, cumprimentá-la. Pegando em suas mãos, sentiu imensa vontade de abraçá-la, mas se conteve.

— Sente-se, Caleb. Quer um vinho ou água? O que deseja? — disse Marta.

— Nada. Apenas vim vê-la.

Marta corou, sabia que Caleb nutria o mesmo sentimento que ela, porém procurou conter-se.

— O que mais o motivou a vir em minha humilde casa?

— É que acabo de comprar um belo sítio nas cercanias do grande lago e pensei: por que não visitar minha vizinha?

— Estou surpresa — disse Marta. — Afinal irá desposar alguma boa moça de Betsaida?

— O meu coração pertence a outra pessoa, Marta, você sabe; ele nem está mais comigo. Nenhuma mulher poderá me interessar.

Querendo desviar o assunto, Marta disse:

— Já conhece o meu filho, Job?

— Não, mas se for formoso como a mãe, já serei seu amigo.

— Caleb, não me faça galanteios. Sou casada. Esqueça-me, por favor. Você não veio aqui para isso, ou veio?

— Não só para isso, mas para partilhar com você o meu coração, o meu conhecimento, a minha amizade, se você permitir.

Marta estava estupefata, mas não via no ato de Caleb nenhuma maldade ou fato que a fosse ofender.

– Está bem, Caleb, contanto que você respeite minha casa e meu esposo.

– Não creia que vim aqui estabelecer a discórdia, apenas quero ser seu amigo. Não tenho intenção de prejudicá-la.

– Então está bem – disse Marta feliz.

– Agora conte-me: fiquei sabendo que andou com João Batista. Diga-me: ele é o Messias?

Caleb sorriu.

– Marta, ele não é o Messias, mas um homem muito sábio.

– Você se batizou?

– Sim, eu me batizei – disse ele sorrindo pela curiosidade dela.

– E então? Sentiu algo diferente, está limpo?

– Estou limpo, e devo confessar que aquela água me deu muita coragem para estar aqui hoje.

– Como? Por quê?

– É difícil rever, reviver o passado, Marta... Percebermos nossas faltas... Mas deixemos isto de lado.

Quando iam prosseguir, Débora apareceu com o pequeno Job nos braços. Débora sabia que não podia deixar Marta a sós com seu primo – era o costume. Então Caleb ergueu-se e, aproximando-se daquele ser, sentiu um aperto no coração – poderia ser seu filho, tocou nas mãozinhas que seguraram as suas firmemente. Sentiu-se um intruso; o pequeno parecia muito com Marta, em seus olhos expressivos, mas com aquela melancolia doce que ele já conhecia; eram como os de sua mãe. Marta ficou enternecida com o gesto de seu filho.

– Ora, vejo que meu príncipe gostou de você, Caleb.

– Sim, é um belo garoto, parece muito com a mãe.

– Sim, eu sei, se não fosse Job, minha vida não teria sentido.

– Como assim? E Elisha, não é um bom esposo?

– Não foi o que pretendia dizer. Ele é um bom marido, só está por demais cansado – e, querendo mudar o rumo da conversa, acrescentou, corada: – Mas diga-me: como está Zimra e Simeão.

Olhando-a como que desejando saber a verdade, Caleb sentou-se próximo e, segurando-lhe uma das mãos, disse:

– Marta, você não está mentindo? Elisha trata-a bem? Lembre-se, você não está só, eu sempre estarei aqui para auxiliá-la no possível e no impossível.

Marta sentia uma onda de várias sensações em seu coração, mas não poderia permitir que Caleb a tocasse, mesmo que apenas em uma das mãos. E, retirando-a, disse terminantemente:

– Meu primo, não se preocupe.

* * *

DÉBORA A TUDO observava sem nada falar, enquanto que no pátio, Abed, cuidando dos animais, logo ouviu as batidas costumeiras avisando da chegada de alguém; rumando ao portão principal, recebeu Mia e Reina.

– Abed, Elisha se encontra? Ou Marta? – disse Reina.

– O senhor Elisha está na sinagoga, e a senhora está ocupada.

– Então o que está esperando? Vá, vá chamá-la – disse Mia.

Reina a tudo observava, indignada com os modos da nora. Abed sentiu-se constrangido, mas obedeceu sem nada falar. Abed apareceu na porta da sala em que Marta confabulava com Caleb.

– Senhora, devo avisá-la que a mãe e a esposa de Efrat a aguardam no pátio.

Erguendo-se, Caleb disse:

– Marta, estão todos bem em Cafarnaum. Eu não desejo comprometer sua honra, portanto creio que devo ir. E depois, deve dedicar seu tempo a seu filho. Espero que tenha gostado de saber que dentro em breve me terá como vizinho.

– Sim, Caleb, sua presença é bem-vinda nesta casa. Vamos, Débora nos acompanhará para que não haja conflitos.

E caminharam vagarosamente até o pátio.

Mia observava a casa que agora a recebia como visita. Sentia-se triunfante até notar a presença de Caleb junto a Marta; ele era fascinante, seus olhos brilhavam e seu sorriso a encantou.

– Desculpem tê-las feito esperar – disse Marta. – É que meu primo veio visitar-me e já estava se retirando.

Caleb percebeu o olhar de inveja de Mia, porém não compreendeu por que aquela bela jovem olhava Marta com tanto desdém.

– Este é Caleb, senhora Reina. Esta é Mia, Caleb, minha antiga serva.

– Senhoras, estou atrasado, mas muito prazer em conhecê-las – e abaixou a fronte em sinal de respeito. – Agora devo partir.

Mia o achou atraente, parecia um príncipe. Por que aquele homem parecia encantado com Marta? E por que ela o recebera na ausência de Elisha? Talvez este fosse um sinal de que Marta não era tão sincera, pensou, já começando a criar situações que a favorecessem.

– Marta, em breve lhe convidarei para ir com Elisha a minha casa.

– Está bem, primo – disse Marta, sorrindo por dentro e por fora.

Caleb partiu. Agora, mais do que tudo possuía um conflito dentro de si: amava Marta, mas com que direito poderia lhe estragar o lar e o pequeno Job? Sentiu um vazio dentro de si, mas também uma alegria. Sentira as mãos dela, o doce sorriso, seu olhar triste; uma vontade de amá-la instalou-se em seu coração; compraria a bela casa, não desistiria de ter Marta perto de seus olhos, sabia que ela estaria distante de seu coração, de suas mãos, mas poderia ao menos vê-la. Enquanto rumava para o local, ouviu alguém chamá-lo.

– Senhor! Senhor! – era Abed que o chamava.

Parou e olhou.

– O senhor esqueceu seu pertence.

Tratava-se de uma bolsa de couro onde Caleb depositava pequena fortuna.

– Como foi que pude esquecer?

– Senhor, a minha senhora percebeu a tempo que o senhor deixou esta bolsa na cadeira. Graças ao Senhor que consegui alcançá-lo! Precisa de algo mais?

– Obrigado, rapaz. Sim, eu talvez precise de seus serviços.

– Ora, o que posso fazer?

– Bem, você poderia me avisar caso Marta necessitasse de algum auxílio. Será bem recompensado.

– Por quem devo procurar?

– Por Caleb, e eu estarei na casa às margens do grande lago de Genesaré.

– Ah, sei, a bela propriedade que foi de um dos anciãos da sinagoga.

– Sim, eu a comprei – e, retirando da sacola pequena quantia, entregou-lhe.

– Está bem, senhor – e voltou, rumo à casa de Elisha.

Pobre Abed, parecia feliz, ganhara dois dinares. Quem sabe poderia comprar algo para Débora.

* * *

As visitas foram acomodadas na sala à espera do chá que Débora fora providenciar. Reina sentia falta de Débora e de sua meiga solicitude, que em tudo a acompanhava; Débora não demorou a chegar, depositando a bandeja com as guloseimas à mesa, pegando logo em seguida Job, que estimava muito o seu colo. Marta pediu para que Débora levasse o pequeno para o quarto, estava na hora de seu sono.

Entreolharam, Reina e Marta, e esta, olhando docemente para Reina, disse:

– Então, o que me conta, Reina? Como está Mia em sua nova casa? Já faz sessenta dias que se casaram.

– Bem – disse Reina – me parece que você, Marta, não explicou a Mia o que é o dever de uma esposa.

– Como assim? – disse Marta, contrariada e olhando para Mia, que, altiva, continuava sem se importar com Reina, afinal odiava aquela velha tola.

– Bem, eu vou falar o que está ocorrendo, Marta. Mia é muito fútil e acaba se esquecendo dos deveres de uma esposa.

– Sim, Reina. A que deveres você se refere? Prossiga – disse Marta.

– Uma esposa não se deita antes de seu marido e antes de sua sogra, não gasta excessivamente o dinheiro de seu esposo, não entrega a casa nas mãos dos servos, e nem dorme até a nona hora, à espera de que a sogra providencie tudo. Ela deve servir-me, Marta! – disse Reina em desabafo. – E não é tudo: uma esposa lava os pés de seu marido e não o deixa só todas as noites.

– Seu filho tem se queixado, Reina? – perguntou Marta.

– Não, meu filho é um tolo, mas eu estou no comando, e, se Mia continuar assim, irei pedir para que a devolva. Ela é uma péssima esposa.

Mia a tudo ouvia, pouco se importando; queria ser mesmo devolvida.

Marta pegou nas mãos de Reina e disse:

– Deixe que eu converso com Mia. Tenho certeza de que isso tudo é uma questão de tempo. Por que não vai até o meu jardim ver as novas ervas aromáticas que Abed plantou?

– Sim, minha querida.

E a senhora saiu chorosa, mas na expectativa de que Marta a auxiliasse.

– Mia, o que há com você? Se Elisha descobre isso não irá aceitá-la, ele a expulsará pela vergonha. Recorde-se de que você não é parente de verdade desta casa. Por D'us, o que pretende? Arruinar conosco? Veja Efrat: vai se desgostar de você, e você não terá nada nem ninguém para lhe abrigar. É o que quer?

Mia não havia pensado nisso. Na realidade, não desejava cumprir com seu papel de esposa. Odiava a tudo e a todos e se pôs a chorar.

– É que não consigo me deitar com Efrat, eu não o amo.

– Não seja tola, Mia, o amor vem com a convivência. Acha que foi fácil para mim saber que era prometida a outro (no coração) e ter que me casar com Elisha, sem sequer o conhecer? Agora estou aqui com um belo filho e aprendi a gostar de meu esposo e a honrá-lo.

Mia ficara surpresa com a confissão de Marta. Então ela não amava Elisha, não como ela o amava, e sem querer ser ousada disse:

– Mas Elisha a ama, e ele é tão doce para você, Marta.

– Não diga tolice, Mia. Elisha é um bom homem, ele apenas cumpre suas obrigações. Desde o nascimento de Job não me tem como sua esposa. Temo até que já tenha outra.

E, Mia sentindo um forte ciúme, disse:

– Como outra? Não vai fazer nada?

– Fazer o quê? Ele é o meu senhor. É a ele que sirvo, e depois, creio que não está bem de saúde. Por tudo isso, não o desgoste mais, lhe peço – rogou Marta.

– Está bem, farei o possível, mas é difícil – disse Mia, confusa.

– Mia, dê um filho a Efrat e seja a esposa que ele deseja. Faça como eu. Entregue o restante nas mãos de D'us, ele é o Senhor de nossas vidas. Seja sábia, como uma boa esposa. E não envergonhe esta casa que tão bem a abrigou.

– Está bem – disse Mia, segurando as mãos de Marta, e, fingindo fragilidade, perguntou-lhe: – E seu primo? Ele é maduro e belo. Já é casado?

– Não, mas espero que se case com uma boa moça.

— Entendo.

— Agora fique aqui que irei me entender com a mãe de Efrat.

Levantando-se, rumou para o jardim. Lá, sentada em um banco, Reina se deixara ficar.

— Ora, Reina, não se amofine com Mia, ela é impetuosa e deseja se enfeitar para seu filho. Se esquece dos afazeres é por muito ter trabalhado nesta casa.

— Sei, Marta, mas mesmo assim.

— Reina, você não iria desejar um escândalo para nossa família, ou iria?

— Não, de forma nenhuma.

— Pois bem, conversei com ela. E depois, seu filho está satisfeito. Logo virão os netos, não exija tanto de Mia – disse Marta tocando-lhe as mãos a fim de apaziguar a situação.

— Tem razão, Marta, tem razão – disse Reina.

— Agora me diga de qual erva gostou mais? – disse Marta, tentando pôr fim ao assunto.

— De todas, minha amiga, de todas – e pôs-se a sorrir.

* * *

CALEB, APÓS RETIRAR-SE da casa de Marta, seguia feliz rumo à propriedade da qual se fizera dono. Fora antes à casa de Marta para ter a certeza de que não estaria cometendo um ato por impulso; agora se certificara, queria ficar naquela região, quem sabe poderia se tornar amigo da família, frequentar a casa de Marta, vê-la, ter sua companhia, para seu coração bastava, afinal não queria que sua amada fosse apedrejada por sua culpa. Estava próximo à propriedade, da estrada já vislumbrava a casa: era toda de pedra, ficava em uma elevação isolada, cercada por cedros majestosos; passou pelo portão principal, encontrou-se no caminho florido e multicolorido, que se lhe descortinava; era um caminho feito de cascalho, enfeitado por perfumadas flores da região. A casa continha um pomar onde lindas frutas jaziam no solo, para que pássaros se alimentassem; estava vazia – seus antigos moradores tinham ido para a Judeia, na cidade de Hebrom; eram conhecidos de Caleb, e por isso se tornara certa a compra entre eles; apenas o velho servo do casal permanecera, à espera do novo dono; afinal, Caleb comprara a casa e também o antigo servo, que já não tinha possibilidade de acompanhar o casal. Caleb ficara indeciso, por isso custara a enviar a primeira parte da pequena fortuna, que por um mensageiro de confiança chegaria ao seu destino. Chegou ao portão principal, feito de madeira nobre, onde se via entalhado o emblema da estrela de Davi.

Dror o recebeu com entusiasmo. Dror era um senhor de sessenta e cinco anos, cabelos grisalhos, mãos calejadas pelo trabalho forte e paciente; esperava pelo novo patrão, a quem serviria. Segurando o animal para que Caleb desmontasse, deu-lhe boas-vindas.

— Senhor, D'us lhe dê vida longa e aos seus. Seja bem-vindo à sua nova casa.
— Olá. Você deve ser Dror. E sua esposa, ela está aqui também?
— Sim, meu amo, vou chamá-la.

E, correndo, foi ao encontro de sua esposa, uma senhora de olhos vivos e uma expressão de alegria, pele queimada pelo sol, baixa e roliça; era Nur.

— Seja bem-vindo, senhor. Posso lhe servir? O que deseja?
— Desejo conhecer a casa. Mostre-me tudo, a começar por este excelente pátio.

O pátio possuía uma visão magnífica – dali via-se a beleza da região de Betsaida; o belo pátio possuía um mirante onde se via o mar da Galileia, também chamado de lago de Genesaré; a ventilação era ótima; a casa possuía colunas feitas de pedras, eram cinco grandes colunas. Caleb encantou-se com o chafariz, ornado pela imagem de uma bela samaritana de cujo jarro vertia água cristalina. Adentrando a casa, viu imenso salão coberto por tapetes árabes, almofadas acetinadas, belas cortinas de cetim que cobriam as janelas, todas em tom azul celeste; havia uma ampla mesa entalhada e grandes vasos ornamentais dourados; passando pelo corredor, havia varandas cobertas por ternas flores e bancos de pedra. O seu aposento era majestoso, composto por uma confortável cama elevada, em frente à qual uma imensa janela possibilitaria a visão do lago de Genesaré; havia grandes baús, onde castiçais eram espalhados, lembrando mais o aposento de um rei; havia ainda mais cinco quartos, todos luxuosos, com vistas para o jardim. Aquela casa era linda; na cozinha havia o fogão, a ampla mesa e, ao fundo, a moenda. Algo lhe chamou a atenção: era um portão ao fundo da casa, no muro feito com pedras; a porta, coberta por uma vegetação rasteira, parecia há muito não utilizada. Caleb perguntou:

— Diga-me, que porta é esta?
— Senhor, é o portão que conduz ao grande lago, e um caminho particular ao qual só os donos têm acesso e podem abrir.

E, puxando a tranca, Caleb mal acreditou: era uma escada entalhada de pedra no meio da vegetação, que descia, calma e sinuosa. Resoluto, seguiu-a, descendo degrau a degrau; flores, pássaros e a doce brisa. Não demorou, estava ele em frente ao lago; andou mais um pouco e o mar se abriu largamente, convidando-o a uma breve caminhada. Nur, que o acompanhava, disse:

— O nosso antigo dono gostava de caminhar próximo ao lago, então construiu esta passagem isolada pela vegetação, e também dos curiosos. Até mesmo à noite é possível vir aqui. O senhor reparou nas lamparinas do caminho? É só acendê-las, ninguém nunca vem a este lado do grande lago.

E Caleb, satisfeito, retornou com sua serva.

— Pois bem, Nur, irei dormir aqui. Amanhã bem cedo parto com Dror a fim de buscar meus pertences em Cafarnaum. A propósito, onde está o mensageiro, para que eu possa emitir o restante do pagamento?

— Senhor, ele em breve retornará. Foi ao mercado se munir de provisões para a viagem.

– Está bem. Agora me prepare um banho.

– Senhor, não lhe mostrei, mas seu quarto possui uma piscina natural, onde poderá refrescar-se. Siga-me, por favor.

E, abrindo uma pequena porta pela parte lateral, Caleb mal acreditou na visão convidativa que teve: era uma fonte natural que brotava límpida por entre pedras, enchendo uma piscina feita de pedras rústicas, que retinha a água; fora construída para aquele fim, ao lado uma ampla cobertura, com bancos e uma extensa bancada repleta de óleos aromáticos, e uma tina de madeira para banhos quentes; na parte descoberta via-se o céu infinitamente azul. Caleb estava entusiasmado com a arquitetura daquela casa.

– Nur, por favor, me deixe a sós.

– Está bem, senhor. Se precisar de algo é só chamar – e, saindo, deixou Caleb com seus pensamentos.

Tantos planos tinha em mente... Não contaria a ninguém sobre a passagem para o lago de Genesaré, a não ser a Marta; ela poderia saber, quem sabe poderiam passear ali. Sentiu que não deveria nutrir estes pensamentos, que o que ele estava fazendo não era correto; estava infligindo um dos mandamentos: cobiçava a esposa de Elisha. Não era digno isso, e, sentindo-se culpado, pensou, enquanto a água cristalina lhe refrescava.

– D'us, ajude-me a não ter ímpetos que possam comprometer Marta.

E começou a chorar. Eram lágrimas de angústia, brotavam como um desabafo, pelo sentimento reprimido. Não podia, não devia atrapalhar a vida de sua prima. Recordou-se de seu mestre no Egito, pensou nas palavras que ele lhe dissera enquanto discípulo: "estará longe de quem ama por sua própria culpa". Depois João Batista apareceu em seus pensamentos: "não deve ferir Elisha". Estava vivendo um conflito, não queria impor sua vontade, deveria apenas oferecer sua amizade e calar seus sentimentos.

* * *

EM CAFARNAUM, SIMEÃO ficara realmente encantado com as descrições que Caleb havia lhe feito acerca de João Batista. Afinal, quem seria aquele homem que muitos afirmaram ser o profeta Elias? Havia grande comentário entre os mercadores, muitos o encontraram nas viagens pelo Jordão. Será que seu irmão André estava certo? Tantas dúvidas o assaltavam... Eles viviam uma época difícil, não podia se dar ao luxo de largar tudo e ir atrás de um profeta, afinal, empenhara sua palavra a Zebedeu e seus filhos e, depois, muitos companheiros dependiam de seu comando; mas sentia em seu coração uma inquietação.

Parou diante da janela, observou o céu repleto de constelações, olhou para suas mãos calejadas pelo trabalho duro de todos os dias, sentiu o cansaço, retirou-se para seu aposento. Ao entrar encontrou Sara adormecida em uma pequena cama; Zimra também dormia; ele tinha família, não deveria se deixar levar pelo ímpeto de suas ideias. Deixou-se adormecer. Logo que se desprendeu do corpo físico foi acolhido por dois irmãos que emitiam intensa luz azulada; foi envolvido, sendo levado a uma seleta assembleia; no recinto amplo, cerca de cem espíritos estavam acomodados junto a entidades luminosas que, em sintonia, cantavam um coro de dulcíssima música. Neste instante, divina luz se fez resplandecer e começou a tomar proporções de forma física; era uma luz de intenso fulgor, que emitia ondas de paz e jatos de vibrações amorosas; logo se tornou visível a presença do Mestre, que, sem palavras, saudou a todos que ali estavam, emitindo de forma individual e ao mesmo tempo coletiva as instruções que cabiam a cada irmão no palco da encarnação presente. Ao término da assembleia, uma chuva de intensa luz banhou a todos como um ósculo do nosso Pai, refazendo de ânimo todos os que ali estavam e imprimindo mais harmonia a todos que já se recolhiam ao campo predestinado. Foi assim que, após aquele dia de contato espiritual, Simeão desejou ir ao encontro de André[44].

* * *

João Batista continuava sua peregrinação pelo Jordão acima, parando em várias localidades e vilarejos, semeando a boa nova pelo batismo e a renúncia aos pecados. Mas João Batista, às vezes, se questionava quanto à natureza deste reino, que mais se assemelhava a um reino espiritual; não duvidava, mas tentava compreender se Yeshua, seu primo, seria mesmo o Messias deste reino. Na verdade, se ele pudesse, iria discutir este assunto com Yeshua, mas, após o último encontro que tiveram, quando seu pai falecera, fora visitar Maria, e Yeshua naquele momento o aconselhara a retornar a sua casa e tomar conta de sua mãe, e esperar pela hora do Pai, pois aquele não era o momento de ele iniciar sua jornada como profeta. Recordando disso, lembrou-se de que talvez não mais reconhecesse o primo, tanto tempo já havia se passado. À medida que João Batista viajava para o norte, mais ele pensava em Yeshua; João ainda tinha ideias confusas sobre o reino que iria vir... Podia estar confuso em sua mente, mas nunca em seu espírito; lembrava-se das escrituras de Daniel; ele lera: "Eu vi nas visões noturnas, e eis que alguém, como filho do homem, veio com as nuvens do céu, e foram dados a ele o domínio, a glória e um reino"[45].

Contudo, as palavras de Daniel não eram como as que seus pais haviam ensinado a ele, nem a conversa que tivera com seu primo Yeshua, na época em que o visitara, correspondia àquelas afirmações. Diante disso tudo, sua mãe, Isabel, havia afirmado a ele que seu primo, Yeshua de Nazaré, era o verdadeiro Messias, que

---

44 Como podemos julgar a liberdade do espírito durante o sono? – Pelos sonhos. Saibas que, quando o corpo repousa, o espírito dispõe de mais faculdades que no estado de vigília; ele tem a lembrança do passado e, algumas vezes, a previsão do futuro; adquire mais força, podendo entrar em comunicação com os outros espíritos, tanto deste mundo, como do outro. (*O Livro dos Espíritos*, questão 402)

45 Daniel 7:13-14.

tinha vindo para se assentar no trono de Davi, e que ele se tornaria o seu arauto. Desta forma, João prosseguia em suas pregações.

"Arrependei-vos, colocai-vos limpos diante de D'us, estai prontos para o fim, preparai-vos para o aparecimento de uma nova e eterna ordem de assuntos sobre a terra, o reino dos céus."

André estava entusiasmado com as sábias palavras daquele homem e em tudo se dispunha a auxiliá-lo. Foi assim, organizando a multidão, ajudando os idosos, que André tornou-se um dos mais solicitados junto aos pequenos viajores que paravam para serem abençoados pelo profeta.

* * *

Em Corazim, os dias transcorriam céleres. Barnabé, cada dia mais taciturno, e a doce Orlit mais entristecida pela condição de sua esterilidade. A casa tornara-se por demais vazia, todas as suas amigas casadas tinham filhos, e ela estava ali, à margem de todas as alegrias que os filhos propiciam.

"Por quê?", questionava-se.

A brisa matinal lhe tocara a fronte, retirando o véu azul de seus cabelos, deixando-lhe à mostra toda a beleza do rosto delicado. O sol irradiava luz intensa, e Dan, diante da bela visão, decidiu aproximar-se da esposa, que estava por demais entristecida.

– Doce flor de lótus, diga-me o que vai em seus pensamentos.

– Ah, Dan, gostaria tanto de lhe dar filhos – as palavras saíam cheias de dor e angústia de um coração feminino.

Dan recebera a palavra também entristecido; sabia que a esposa ansiava por filhos, mas o que dizer?

– Orlit, não seja dura demais para conosco. Temos um ao outro, e depois... existem tantas crianças necessitando do seu zelo no templo.

– Não posso auxiliar a estes pequenos. Não é justo ajudar a filhos que não provêm de meu ventre.

– D'us fala conosco através de nossas ações, Orlit. Aqueles pequenos são desamparadas criaturas que acolho encaminhando a seus familiares. Muitos gostariam de ter uma mãezinha.

– Chega – disse Orlit saindo a chorar pelo pátio, sem querer dar chances a Dan de continuar.

Barnabé, que ao longe visualizava a conversa, balançou a cabeça indo na direção do genro; aproximando-se, notou que Dan estava aborrecido e disse:

– A última palavra em uma casa cabe ao esposo. Você está deixando Orlit controlá-lo.

– Não é isto, senhor Barnabé – disse Dan. – Apenas não temos filhos, e, por D'us, sua filha quer, e eu não sei mais o que fazer.

Barnabé baixou os olhos e disse:

– Despose outra mulher, assim os filhos seus com outra esposa preencherão o vazio de minha filha.

Dan sentiu uma dor no peito. Não queria ferir Orlit, mas sua esposa parecia não lhe dar outra opção. Talvez fosse a melhor saída.

Orlit estava muito aflita, chorava convulsivamente quando de repente pensou: "Vou a Betsaida, irei ao templo, com a permissão de Dan ou não, eu irei e implorarei ao bom anjo, tocarei nas águas e conceberei um filho. Farei da seguinte forma: pedirei que um servo leve o recado a Marta, me hospedarei em sua casa e lá tudo dará certo. Marta não se negará a me receber". Enxugou as lágrimas e desceu ao encontro de Dan, que permanecia no jardim.

– Dan! Dan! Meu esposo – e pôs-se de joelhos: – Por favor, perdoe-me – disse, pondo a cabeça no colo do marido.

– Está bem, Orlit, eu a perdoo se você me prometer não ficar mais triste.

– Então me alegre, marido!

– O que quer? – indagou ele pondo a mão em seu queixo, elevando-o.

– Deixe-me ficar com Marta por algumas semanas.

– Mas, Orlit... nós acabamos de retornar.

– Oh!, marido, eu quero ficar próxima de Job.

– Está bem, mandarei um mensageiro avisá-la que você partirá.

– Quando? – perguntou Orlit.

– Em três dias, está bem?

– Sim.

E, erguendo sua esposa, abraçou-a.

Orlit, olhando para seu esposo, disse:

– Quero ir só.

– Está a delirar, Orlit? Só, não permito. Eu irei com você. Elisha enviou-me uma mensagem solicitando minha presença em sua sinagoga, para que ele possa ir a Jerusalém.

– Fazer o quê?

– Bem, a única resposta que tenho para você é que assuntos de homens não competem às esposas.

– Ora, Dan! – e, cruzando os braços como uma criança, bateu os pés.

Dan, sorrindo, disse-lhe:

– Você é uma menina muito indisciplinada – e a puxou contra o peito, abraçando-a firmemente.

Amava-a por demais para preteri-la por outra mulher.

* * *

Em Betsaida, Elisha estava cada dia mais aflito. Não conseguia conciliar o sono, às vezes amanhecia o dia em oração. Estava ali na sinagoga diante do altar; deveria rumar o mais breve possível a Jerusalém, falaria com um dos sacerdotes; estava impuro: tudo aquilo que se abatia sobre sua casa, as visões que tinha, o seu mal súbito, e Marta, a esposa bela que ele não podia tocar – o que fez ele para merecer aquela desventura sob seu teto? Será que Marta era a culpada? Mas por quê? Não devia tê-la desposado, o fizera por ela ser de família nobre, por ser bela e porque ele precisava de uma esposa, mas agora, com tudo aquilo acontecendo... Primeiro, não conseguira conceber; depois, o nascimento prematuro, e não poder tocá-la, e agora isto, estes demônios que invadiam seu sono... Talvez ele não estivesse fazendo e seguindo a lei de forma correta; tentou orar, mas não conseguia; é que duas figuras sombrias atadas à sua tela mental inclinavam-se emitindo influxo viscoso que confundia sua mente, evitando que a menor luz se expandisse pelo seu campo mental. Riam-se, gargalhavam por conseguirem desvirtuar seu pensamento. As entidades ficavam como que cada dia mais próximas a Elisha, iam trançando fluidos, ligando-os ao seu pensamento, fazendo-o sentir-se mal, doente e culpado[46]. Sentindo sua cabeça doer, parou com a oração, ergueu-se e retirou-se para sua casa.

Ia pelas ruas sentindo o ar quente, o perfume de especiarias que emergia das residências. Pensou em Marta. Ainda não havia comunicado a ela que partiria para Jerusalém. Talvez fosse melhor contar-lhe para que se preparasse. Será que Dan recebera sua mensagem? Afinal, o amigo lhe seria peça prestimosa. Gozava de influência no templo de Jerusalém, e depois poderia lhe ser útil no caminho.

As entidades o acompanhavam, engalfinhadas nos pensamentos de Elisha. Não aprovavam sua partida, queriam detê-lo. Ao entrar em seu lar, as figuras espirituais o acompanhavam; não gostavam de Marta. Ela possuía o dom do amor, e isso as incomodava, principalmente porque conheciam Marta.

– Veja, Elisha – disse Marta –, recebo notícias de que minha irmã, Orlit, vem para Betsaida. Isso não é bom?

Elisha, olhando como que espantado, retrucou:

– Pensei que somente Dan viesse.

Débora já trazia a bacia para que Marta lavasse os pés e as mãos de Elisha.

Após o procedimento, Marta pediu a Débora para trazer a refeição. Pondo a mesa, Débora se retirou, enquanto Marta permanecia de pé, afastada da mesa na qual Elisha saboreava seu almoço. Marta, percebendo a satisfação do marido durante a refeição, achou que seria um bom momento de lhe falar da visita de Caleb.

– Meu esposo, posso lhe falar? – disse Marta em tom baixo.

– Sim, quem veio ter com você em minha ausência, Reina e Mia?

---

[46] Sintoma comum em estados de obsessão por subjugação. Geralmente os processos obsessivos se estabelecem através de sintonias simpatizantes ou antipatizantes. Os fluxos energéticos ligam o algoz à vítima de tal forma que nem que esta tentasse rompê-los bruscamente isso seria viável, necessitando de auxílio externo para criar fontes energéticas capazes de anular os efeitos nocivos da corrente interligadora entre a vítima e o algoz. (Nota do autor espiritual)

– Não, foi o meu primo.

– Seu primo? Diga-me, que primo? – disse Elisha completamente espantado.

– Caleb. Ele veio nos convidar para em breve conhecermos a propriedade que adquiriu aqui próximo à cidade.

– Era só o que faltava! Agora este primo que é completamente estranho aos costumes será nosso vizinho e ainda adentra nesta casa em minha ausência? Está querendo me arruinar, Marta? – disse Elisha já demonstrando descontrole.

– Senhor, ele é da família, não posso simplesmente lhe fechar a porta – disse Marta com o coração acelerado.

– Pois devia, este lunático trará ruína a todos nós – e, erguendo-se, segurou nas mãos da esposa.

– Diga a ele que você é casada, e que quem decide tudo nesta casa sou eu. Portanto, só poderá ir em sua nova casa comigo.

Marta, com os olhos baixos, não compreendia a atitude de Elisha.

– Senhor, não posso me afastar dos meus. Repense, não será bom para o senhor se opor a Caleb. Ele é um homem com conhecimento e tem influência.

– Que influência, Marta? O que você sabe, infeliz?

– A casa que ele adquiriu é de um dos anciãos do templo – disse ela com temor.

– Espere! Está me dizendo que Caleb comprou aquela imensa propriedade que fica próxima ao lago de Genesaré?

– Sim, pelo que disse, sim.

– Então ainda é pior. Não posso destratá-lo.

E, batendo com as mãos à mesa, falou:

– Deixe-me, Marta! Deixe-me, você só me traz dissabor.

Marta retirou-se sem compreender o motivo pelo qual o esposo ficara enfurecido.

Elisha sentiu que poderia perder seu cargo na sinagoga. Sentiu-se mal, e não demorou muito para que as entidades que estavam junto a ele o atormentassem com pensamentos de intriga e ciúmes. De repente, sentiu-se um homem inferior a Caleb e a suas posses; aborrecido, buscou se refrescar no jardim.

Marta não compreendia o que havia feito de errado. O que afinal estava acontecendo? Nunca soubera que Elisha tinha antipatia por Caleb... Afinal, de onde viria este sentimento ruim?

Elisha tinha se acalmado, porém a antipatia por Caleb era profunda, e ainda iria ter que conviver com isso.... Não poderia simplesmente ignorá-lo. Marta tinha razão, ele era influente, ninguém nas redondezas conseguiria pagar a quantia que haviam pedido pela propriedade, e com certeza o antigo proprietário deveria ser amigo dele. Agora não era o momento de se opor a este homem. Afinal, melhor agir com cautela. Certamente ele lhe serviria em algum momento, refletia Elisha.

8. O batismo

Após o sonho que tivera, Simeão estava resolvido a seguir os passos de André; levantou-se, buscou meditar por alguns momentos e arrumou uma pequena bagagem – viajaria rumo ao Jordão, encontrar-se-ia com seu irmão e com este homem de que os viajores tanto falavam. Desceu ao encontro de Zimra, que o esperava para a refeição matinal.

– Bom dia, meu esposo, posso lhe servir?
– Sim.
Simeão não sabia como lhe falar.
– Vai para o porto? Irá embarcar? – perguntou ela.
– Não, Zimra, irei ter com André. Preciso trazê-lo de volta.
– Já era tempo, afinal já passa de quatro semanas.
– Bem, creio que você me compreende. Portanto, não fique contando os dias. Retornarei em breve. Não posso deixar as embarcações.
– Está bem, vá com D'us – disse ela resignada.
– Cuide de tudo.
E deixou uma pequena sacola de moedas com ela. Depositou um ósculo em sua fronte e rumou com pequenas provisões para o Jordão.
Zimra olhou para o marido sentindo que algo mudaria para sempre suas vidas. Foi ao encontro de sua mãe, encontrou-a chorando no jardim.
– Mãe, por que chora?
A matrona respondeu-lhe entre soluços.
– É seu pai, sinto muito a falta dele.
– Isto irá passar, vamos hoje até o túmulo, vamos visitá-lo.
– Não há nada lá, não quero ir.
– Então se esforce mãe, vamos tomar sua primeira refeição; não vai querer adoecer.
– Não, filha, você é muito boa para mim, não quero lhe dar mais trabalho.
Zimra amparou-a, e seguiram para a sala onde a refeição estava pronta. Foi quando Omar veio avisá-la da inesperada visita de Caleb. Zimra foi recebê-lo, pois ansiava por notícias. Caleb surgiu eufórico; parecia outro homem, mais leve, mais feliz. Hanna, sentindo-se só, retirou-se da mesa sem nada comer.
– *Shalom*, Zimra! – exclamara Caleb, sorrindo ao vê-la.
– Caleb! Que bom que retornou. E então, adquiriu a propriedade? – inquiriu Zimra, muito curiosa.

– Prima.... Não me oferece um pouco de sua hospitalidade? Gostaria de sentar-me e de refazer-me... – disse, sorrindo.

Zimra, sentindo-se grosseira, desculpou-se.

– Sim, por favor, Caleb: venha, sente-se. Aceita uma jarra de vinho? Água, frutas? Eu estava ceando com minha mãe.

Após sentar-se e já se sentindo refeito, começou a narrar para sua prima todos os acontecimentos, dizendo-lhe que fora primeiro à casa de Marta para vê-la, e, sentindo-se acolhido como amigo que sempre foi, decidiu ir ver a propriedade.

– Confesso, Zimra: é um palácio às margens do lago de Genesaré. A visão é belíssima, e o mais incrível: possui uma saída secreta para o lago, um caminho feito especialmente para nos guiar até lá.

– Então você não ouviu a voz do bom pensamento, deixou-se guiar pela sua paixão. Caleb, o que está a fazer? Se ama Marta, deixe-a, procure viver do seu presente, Caleb. De que adianta essa proximidade? Quer que ela seja apedrejada, ou que Elisha a leve ao juiz, ou será que quer vê-la infeliz?

– Se você me diz que ela ficará infeliz, é porque ela já está. Então tem o mesmo sentimento por mim.... Não posso deixá-la à mercê de Elisha.

– Caleb, você perdeu o bom-senso? Ouça-me, pois lhe quero como a um irmão: as únicas pessoas a serem prejudicadas serão Job e Marta. Será que isso que você sente é amor? Não aprendeu nada com este João Batista?

Caleb, calando, recordou-se do seu encontro com João, de suas palavras, do batismo, do quanto se sentiu revigorado. Porém, Marta lhe era preciosa por demais para deixá-la.

– Você não me entende, eu nunca vou feri-la ou permitir que alguém o faça. Eu a amo!

– Espero que honre sua palavra – disse Zimra olhando fixamente para Caleb, que, procurando disfarçar sua angústia, mudou de assunto.

– E Simeão, está no porto?

– Não, ele foi ao encontro de André. Antes de você chegar ele partiu.

– Então o bom Simeão se convenceu de que João Batista é um homem de D'us.

– Creio que sim – disse Zimra um tanto indecisa.

– E sua mãe, minha tia, como está? Melhor?

– Ah!, Caleb. Temo pela saúde de minha mãe. Às vezes pego-a murmurando, chamando pelo nome de meu pai. Creio que não está bem.

– Zimra, tenha paciência, já passei por esta experiência. É difícil esquecer aqueles que amamos. Acha que não sei? Sinto falta de meu pai, mas em meu coração confio em D'us.

– Tudo que peço a D'us é que ela melhore.

– Posso vê-la?

– Sim, Caleb – disse Zimra –, ela está no pátio; fica assim a maior parte do tempo.

E caminharam para o pátio. Hanna estava sentada próxima às flores; ficava horas e horas ali a conversar com seu falecido esposo, que ali permanecia também, em estado de sofrimento, no outro plano; a sutileza dos fluidos mentais de tristeza que Hanna foi emitindo iam ao encontro de Aristóbulo, que, apegado em demasia ao mundo terreno, não conseguiu permanecer no campo de refazimento ao qual fora conduzido, sendo chamado irresistivelmente para o lar através das emissões lamuriosas de sua esposa. Ficavam assim ligados pelas emanações fluídicas que ela emitia de tristeza, e ele, de apego. Confuso e, às vezes, irritado, Aristóbulo mais se parecia a um cadáver andante. As deformidades foram sendo plasmadas pouco a pouco pelo seu campo mental; estava doente e fragilizado, sua esposa não o deixava se desligar um só momento, requisitando sua presença a cada instante. Em tudo recordava o infeliz, imprimindo-lhe vigoroso influxo de angústia e dissabor, ao qual o pobre ficava preso por crer ser indispensável a convivência com a esposa. Andavam assim juntos. De nada adiantava o esforço dos irmãos espirituais, já que a viúva, desorientada das virtudes espirituais, lançava esse influxo intenso, impossibilitando o auxílio ao moribundo desencarnado[47].

Caleb se aproximou de repente, e logo sentiu um mal-estar; um arrepio lhe sobreveio, aliado a uma intensa angústia. Achou estranho, pois estava sentindo-se muito bem até então, mas nada comentou.

– Minha tia, como tem passado?

E a idosa matrona, ao vê-lo, logo começou a se lamuriar.

– Como posso estar? Teria sido melhor D'us ter me levado. Quero ir com Aristóbulo – e chorava.

O pobre infeliz, recolhendo suas emoções, se desesperava, dizendo:

– Estou aqui, não morri. Veja-me, Hanna.

Nessas horas a crise passava, ela se aquietava, para logo reiniciar a ladainha. Zimra a amparava, sempre solícita.

– Mãe, não chore, estamos com você.

– Sim, tia, é preciso aceitar os desígnios do D'us de Abraão – falava Caleb como que tocado por uma luz: – ou quer que seu lar caia em desarmonia? Sugiro, prima, que leve sua mãe ao templo e faça uma oferta. Faça por ela. Sabemos como são as tradições, converse com seu esposo, para que sua mãe tenha paz. Compreende, tia? – disse Caleb docemente à sua tia, que se aquietara.

Erguendo-se do local onde se sentara, a matrona se dirigiu ao seu aposento, enquanto Zimra e Caleb a observavam.

– Ela está muito frágil – disse Caleb.

– Ela não quer se alimentar, está cada dia mais difícil.

Aristóbulo permanecia ali, parecendo compreender o que se passava, porém

---

47 *Nos domínios da mediunidade*, Chico Xavier, pelo espírito André Luiz, cap. 20, "Obsessão mãe e filho".

o influxo energético que o ligava a Hanna era maior, obrigando-o a permanecer ligado a ela.[48]

— Prima, conte com minha ajuda no que for necessário. Agora devo me retirar; pretendo regressar ainda hoje com todas as provisões necessárias e com o resto de minha bagagem.

— Que D'us lhe cubra de alegrias e sorte em seu novo lar — disse Zimra.

E, depositando um ósculo nas mãos da prima, foi-se Caleb da casa de Simeão para as ruas movimentadas de Cafarnaum.

* * *

RETORNANDO A BETSAIDA, encontraremos Mia olhando-se inquieta; é que após a conversa que tivera em casa de Marta refletiu sobre seu comportamento, resolveu tolerar o marido e servir a matrona Reina com desvelo falso a fim de poder obter futilidades que lhe preenchiam os dias infelizes; mas algo de anormal a estava preocupando: sentia náuseas e, às vezes, parecia que algo se mexia dentro de si... "será que estaria doente ou algo pior?", pensava. Um filho deste homem era o desejo que não tinha. Alisava o ventre tentando perceber algum sentimento, mas sentia somente tristeza. O que Elisha pensaria? Ela ficaria deformada. Lágrimas começaram a brotar de seus olhos. Não queria deixar de ser bela, não queria aquele filho. Tinha que haver uma forma de tirar aquele ser dali, teria uma forma. Como fariam as outras mulheres que serviam aos homens sem serem maridos? Ouvira falar que usavam ervas, remédios, mas como fazer sem que aquela velha intrometida soubesse? Odiava a sogra, estava sempre a se meter em tudo. Neste instante, duas sombras pérfidas se aproximaram sussurrando ao seu ouvido o nome da idosa Ruth, mercadora de todos os tipos de ervas e poções. Como que assimilando o sopro das trevas, Mia recordou-se da velha Ruth. Iria ao encontro dela. Buscou pequeno baú e de lá retirou belíssimo anel cravejado de pedras e ouro. Com toda certeza aquilo pagaria o preço e o silêncio da velha mercadora. Enfeitou-se de forma discreta, cobriu-se com um véu gasto e sombrio, saiu do quarto sem que os demais percebessem e rumou, sorrateiramente, pela porta dos fundos, ao mercado de Betsaida; não demorou a encontrar a tenda, e a velha Ruth, com um sorriso falho e olhos astutos, notou a presença de Mia, que a chamou discretamente com a mão. Aproximando-se, Ruth a reconheceu.

— Senhora! — exclamou a velha. — O que deseja?

---

[48] Estados de lucidez acompanhados de estados de ausência de consciência dos processos vivenciados é comum em espíritos desencarnados. Aqui encontramos uma obsessão que parte do encarnado para o desencarnado; observemos que os processos, embora invertidos, são os mesmos, tendo somente um maior agravo do encarnado, já que este tende a lesar seus centros de força. A sintonia vibratória nos vincula à influência de espíritos de todas as tendências; o comportamento humano, o sentir e as atitudes do encarnado é que definirão as influências que ele se permitirá receber. (Nota do autor espiritual)

– Fale baixo – pediu Mia –, necessito conversar em segredo.

E a velha, percebendo que poderia ser algo lucrativo, mandou que entrasse e fosse para um canto mais escuro aguardar, que ela logo lá estaria. Mia foi para o fundo da tenda, junto às ervas secas e potes de remédios caseiros; um odor forte a envolvia, provocando-lhe ânsia. Logo Ruth se aproximou.

– O que deseja, senhora?

– Sabe muito bem quem sou, mas lhe pagarei bem pelo seu silêncio se me auxiliar.

A velha logo sorriu. Vivia na mais pura pobreza, muitas vezes faltava-lhe até o necessário.

– Acho que estou grávida, mas não desejo esta criança. Pode dar um jeito?

A velha olhou-a espantada, mas, imaginando o lucro, perguntou-lhe:

– Há quanto tempo não fica impura?

– Creio que há três meses. Tem jeito? Diga-me!

– Olhe, a senhora terá que ser forte. Tem certeza de que quer mesmo fazer isto?

– Sim, diga-me o que fazer.

– Bem, primeiro diga-me o que tem a me oferecer.

Mia, retirando o precioso anel, mostrou à velha, que, encantada, logo falou "está bem". Passou as mãos enrugadas em um pote empoeirado e disse:

– Hoje, antes de dormir, tomará destas ervas. Elas farão que este pobre ser seja expelido do seu corpo, mas lembre-se: deve tomar tudo, e não diga a ninguém que lhe vendi. Depois retorne aqui que lhe darei um fortificante para limpar o que ficar aí dentro. Agora me dê a joia.

Mia, pegando o pote, deixou o anel com Ruth. Rumando para sua casa, apressada, ia pensando: graças a D'us não teria que tolerar aquele incômodo. Sentia-se aliviada. Entrou pelos fundos e subiu sem ser percebida, para seus aposentos; estava cansada, deixou-se envolver pelo sono da tarde. Foi lentamente se soltando do corpo e, já retirada do invólucro carnal, percebeu que alentava pequeno ser... Não compreendia como se sentia daquela forma... Como em um sonho real, olhando em sua volta viu uma luz intensa da qual saiu seu pai; recordou-se dele, do quanto era bom para ela, e começou a chorar[49].

– Mia, minha filha, não se deixe envolver pela treva da vaidade, nem pelo medo das responsabilidades que lhe cabem. Você recebeu do Alto a mais sublime dádiva. Irá sorver as alegrias de ser mãe.

Olhando para o pai, ela disse:

– Mas não quero, não quero. Não desejei isto para mim.

---

[49] "Todos os espíritos protetores pertencem à classe dos espíritos superiores? Podem encontrar-se entre os da classe mediana? Um pai, por exemplo, pode transformar-se no espírito protetor de seu filho? – Pode, mas a proteção supõe certo grau de elevação, e, além disso, um poder ou uma virtude a mais concedida por Deus. O pai que protege seu filho pode, ele próprio, ser assistido por um espírito mais elevado". (*O Livro dos Espíritos*, questão 507)

— Filha, o que você tem é com certeza o melhor que merece no momento. Seu esposo é bom, não a deixa só, compartilha da alegria com você, trata-a com zelo.

— Mas não é ele que quero, quero Elisha.

— Quer o vínculo do passado delituoso. Quer sorver o fel da decadência se deixando levar pelas paixões funestas que nada acrescentam a não ser a dor. Olhe para este ser junto a seu ser. É sua mãe abnegada que lhe vem socorrer os dias com as lições do amor e do dever das leis de D'us.

— Não! Está mentindo. Eu quero ser bela para ser desejada, para ser feliz. Esta criança acabará comigo e com meus planos de vida.

— Que planos poderão lhe devolver a dignidade diante de D'us?

— Acabarei com Marta, dissolverei o seu casamento, serei a mulher de Elisha.

— Filha, já acabou com Marta quando a separou de afetuoso esposo em outra existência. Já se apoderou de tudo que ela tinha e viveu a sua delituosa paixão, atraiçoando-o depois. Resigne-se e aceite o seu hoje, para que não venha a sofrer no seu amanhã.

Mia, sentindo-se coagida, refugiou-se no corpo. Despertando aborrecida, recordava-se apenas da imagem de seu pai, confundida com Elisha e uma criança.

* * *

SIMEÃO RUMARA PARA O Jordão. A jornada era lenta, mas proveitosa; os viajores lhe forneciam preciosa informação, estava no caminho certo. Rumando Jordão acima, ia para o norte em busca de André. Soubera por uma caravana que João Batista havia passado em um pequeno vilarejo de nome Adão; estava perto, só caminharia por mais algumas horas.

João Batista prosseguia em sua peregrinação pelo Jordão acima; muitos achegavam movidos pela pregação do profeta nazarita. Estando ele próximo ao vilarejo de Adão, e reunido com seus discípulos, falava ao povo:

— Arrependei-vos e sede batizados, está chegando o dia em que uma nova época virá, a época da justiça, está escrito.

E apontando o dedo para o céu dizia:

— O reino dos céus irá estabelecer um reino que nunca será destruído. Este reino não será entregue a outro povo, mas partirá em pedaços e consumirá todos os outros reinos e permanecerá para sempre.

As palavras efusivas e magnetizantes de João Batista enchiam de esperança o povo que ansiava pelo fim de seu jugo. André ali estava, convicto que fizera a escolha certa; nem suspeitava que Simeão vinha ao seu encontro. Foi quando sentiu um toque em seu ombro e, virando-se, viu diante de si, Simeão. Tocado de intensa emoção, abraçou seu irmão, agradecendo a D'us por ele estar ali.

— Irmão! D'us seja louvado, veio ver de perto o que o grande profeta nos diz?

Simeão, comovido pela recepção calorosa, não deixou que seu irmão André ficasse sem resposta.

– Sim, André, agora lhe compreendo e sinto em meu peito que João Batista prepara-nos para o momento de nossa libertação. Apresente-me a ele. E ali, no meio da multidão, que se dobrava na direção do batismo purificador, Simeão conheceu João Batista, sob intenso sol, sob as esperanças de um novo tempo que surgiria para todos.

* * *

Após Caleb tomar as ruas escaldantes de Cafarnaum, entre a confusão do mercado, ouviu repentinamente seu nome ser chamado.

– Caleb, Caleb!

Parando, logo identificou a figura do helenista Felipe, homem simples, de pouca cultura, mas extremamente simpático. Aproximando-se, Caleb o cumprimentou.

– *Shalom*, Felipe, o que faz por aqui?

– *Shalom*, Caleb. Venho das cercanias de Adão. Tive que me ausentar do grupo, preciso rumar para Betsaida.

– Bem, então venha comigo, também vou seguir para lá. Estou comprando as provisões necessárias.

Felipe sorriu satisfeito, pois agora teria a companhia de Caleb. Felipe era discípulo de João Batista e conhecia Caleb da época em que ficaram no Jordão.

– Diga-me, Felipe, como andam os movimentos em torno do nosso mestre João Batista?

– Ah! O número de seguidores triplicou. Muitos têm vindo de Decápolis e da Galileia, mas eu não tenho como me ausentar por tanto tempo. Tenho duas filhas, um velho pai e o meu trabalho.

– E em qual ramo você trabalha? – perguntou Caleb, andando apressadamente.

– Só posso ser pescador, Caleb, é o que sei fazer.

– Então você deve conhecer André e Simeão.

– Sim, conheço o André, afinal somos discípulos de João Batista; quanto a Simeão, conheço do porto de Cafarnaum.

O diálogo seguia animado e já estavam com todas as provisões prontas para a viagem de regresso a Betsaida.

* * *

Orlit se pôs a preparar a sua bagagem. Estava eufórica por idealizar uma solução para o seu problema. Acreditava que o tempo que passasse em Betsaida poderia curá-la de sua esterilidade. Com certeza buscaria o tanque de Betesda[50]. Faria o

---

50 Evangelho segundo João, capítulo 5:1-14.

possível e o impossível para ter seu filho! Pondo em sua mala a última peça de roupa, chamou o seu servo para que levasse a bagagem enquanto aguardava seu esposo Dan, absorto em seus pensamentos.

– Dan, por favor, vamos. A viagem é lenta e não devemos preocupar Elisha e Marta.

– Sim, tem razão. A propósito, seu pai ficará para tomar conta de nossa casa e dos negócios.

– Que bom! Vejo que vocês se entenderam.

– Sim, mas eu tenho que lhe dizer algo, Orlit.

– Claro, marido.

– Veja e ouça: eu irei com você até Betsaida, mas devo seguir viagem com Elisha até Jerusalém. Por favor, não me faça perguntas, que não tenho como lhe responder.

Orlit o olhou compreendendo que não deveria aborrecer o seu esposo, baixou os olhos e confirmou um sim balançando a cabeça, afinal, pensava ela, seria melhor assim. D'us estava com ela e tudo ocorreria da melhor forma. Pondo o véu negro sobre a cabeça, saíram para se acomodar no transporte. O sol ia alto e a paisagem lhes era agradável; deveriam chegar a Betsaida ao anoitecer.

* * *

MARTA ESTAVA ENTUSIASMADA com a provável chegada de sua irmã e de seu cunhado. Mandara Abed ao mercado comprar especiarias e ordenara a Débora que preparasse os aposentos para os hóspedes, com tudo: toalhas de linho, lençóis de cetim, flores, óleos para banho, bacias e jarros de água, uma bela cesta com frutas frescas posta na antessala; para o jantar, preparara um peixe fresco assado ao molho de azeite e ervas aromáticas; o pão estava assado, a casa fora limpa e preparada para acomodar a todos.

Elisha estava também inquieto, não fora à sinagoga. A inquietude passara a fazer parte do seu comportamento diário. Ele queria resolver o seu problema, não parava de pensar no que ocorreria depois que eles fossem a Jerusalém. Será que finalmente ele se veria liberto dos constantes pesadelos? A brisa cálida balançava as flores do jardim enquanto o aroma da comida perfumava a casa de Elisha, a mansuetude do lago de Genesaré o envolvia em pensamentos duvidosos, mas ao mesmo tempo uma luz parecia surgir-lhe: não deveria duvidar do poder de D'us, ele seria curado.

Foi quando a comitiva chegou. Abed já estava alerta, não fora difícil reconhecê-los ao final da rua. Correu para o portão central e avisou o senhor Elisha. Quando finalmente adentraram o pátio, a noite chegava mansamente com seu manto de estrelas a cobrir Betsaida.

Após desmontarem e retirarem a bagagem, foram recepcionados por Elisha, que, abatido, tentou esboçar alegria com a chegada de Orlit e Dan.

– Que D'us seja louvado – disse, erguendo as mãos; foi na direção de Dan e o abraçou, enquanto Marta abraçava sua irmã.

– Como foi a viagem? Tudo transcorreu a contento?

– Sim – disse Orlit, olhando para Marta com os olhos cheios de alegria.

– Diga-me, onde está meu querido sobrinho?

– Bem – sorriu Marta – creio que somente amanhã poderá brincar com ele.

– Ah, que lastimável.

– Mas terá duas semanas junto ao meu pequeno príncipe – replicou Marta feliz.

– Agora vamos todos adentrar, a nossa casa está cheia de alegria! – disse Elisha.

E naquela noite, após todos se acomodarem, ocorreu algo inesperado.

Durante a ceia, as mulheres se afastaram, ficando em um canto reservado, à espera de que seus esposos degustassem o alimento, para que logo após elas o pudessem fazê-lo.

Débora fora escolhida para servir a ceia, e a jovem moça, ao entrar na sala, causou perturbadora emoção a Dan, que a olhou com profundo interesse. Sua pele exalava um odor adocicado, seus olhos cor de mel deixavam que a quietude traduzisse emoções antigas, como faíscas de uma brasa que jamais se apagara, esperando somente o momento do destino para se reacender. Os gestos tímidos aos poucos foram revelando aos olhos de Dan uma sensualidade provocadora, que somente ele percebia. Por acidente, a doce Débora deixou sua mão esbarrar delicadamente na de Dan, que em um impulso a segurou pelo braço, perguntando-lhe:

– Não lhe conheço de algum lugar?

O evento causou mal-estar e espanto em Orlit, que observou a atitude intempestiva de seu esposo.

– Creio que não, senhor – replicou Débora, de olhos baixos e voz trêmula.

Elisha, percebendo o interesse de Dan, logo falou:

– Esta é Débora, prima de Efrat, esposo de Mia. Está conosco auxiliando Marta, até que um bom homem possa desposá-la, não é, Débora?

– Sim, senhor – disse Débora, encabulada.

– É uma boa moça, de boa família – interveio Marta. – Tenho certeza de que terá todas as bênçãos de D'us.

E ele, percebendo a falta de cautela, tirou a sua mão do braço de Débora, não mais lhe perguntando nada.

Orlit sentiu um forte ciúme, mas não deixou transparecer. Pensava que não tardaria para Dan se cansar dela, isto era um fato inevitável.

Após Elisha e Dan se saciarem da boa ceia, Marta e Orlit sentaram-se para também cear. Marta percebera o sofrimento e a preocupação na face de Orlit e, não querendo lhe forçar a falar, deixou que a irmã abrisse o coração.

– Querida Marta, sabe o quanto a invejo pelo seu rebento e por toda alegria que sinto nesta casa.

Marta olhou, quase que se apiedando dela, mas interrompeu os elogios, falando:

— Não sabe o que diz, Orlit. Não suportaria beber do amargo cálice que sorvo.

— Está louca? Devaneia. Seu esposo é um bom homem e tem um belo filho. O que mais anseia?

— Tem razão. Mas nem tudo é como parece. Eu tenho minhas dores, creia-me, mas não apraz a D'us lamúrias.

— Querida Marta, não sei o que a aflige, mas se quiser pode confiar-me seu coração. O meu desejo, bem sabe, é um filho. Já estou ficando velha e, bem..., logo Dan buscará o conforto de uma mulher mais jovem. Por isto vim para Betsaida para me tratar, me curar.

Orlit falava com convicção, não querendo duvidar das graças que receberia no templo.

— Tudo ficará bem, Orlit, sei que Dan não se cansará de você; e depois, é uma bela mulher. Quanto a mim, Elisha nem conversa de forma íntima comigo. Já não é mais o mesmo desde o nascimento de Job. Creio que meu esposo não me rejeita por bondade.

— O que está a dizer é muito grave. Se por acaso Elisha a dispensar, saiba que terá abrigo em nossa casa. Não suporto todo este sofrimento a que somos impostas, se não procriamos não servimos, se envelhecemos também não, só nos toleram pelos filhos, é muito triste vivermos assim – suspirou Orlit. – Às vezes penso que nos tratam como seres que não pensam. Veja você: Caleb lhe ensinou toda Torá, e não foi só a Torá da fala, mas a escrita. Sabe interpretá-la como um rabi, e esconde isto de seu esposo, pois não seria bem-vinda se demonstrasse seu saber. Como os homens são criaturas estranhas, não acha, minha irmã? Se geramos filhas mulheres, somos as culpadas; se geramos filhos homens, somos boas. Ah! Às vezes me sinto presa.

— Ora, Orlit, você sempre foi impetuosa – disse Marta sorrindo –, mas quero lhe confessar algo – e, abaixando a voz, narrou-lhe o fato de Caleb tê-la visitado.

Orlit ouvia, encantada com a coragem de seu primo.

— Marta, ele não a esqueceu, é amor mesmo, quem sabe de outras vidas – e sorriu.

— Não fale isto, Orlit, pois, se for, sofreremos juntos por esta separação, e é justamente o que não suportaria: vê-lo infeliz. É como se meu coração estivesse com o dele. D'us, eu tenho que me purificar, sou uma imunda, tenho marido e tenho esses sentimentos. Elisha tem razão em me tratar desta forma – e calou-se, triste.

Orlit falou mansamente:

— Marta, Elisha tem o que merece, é o que colhemos quando interferimos nos sentimentos alheios.

— Como assim, Orlit?

— Bem, eu não deveria lhe relatar este fato, pois ouvi tudo em segredo, mas já é tempo de você saber, apenas lhe peço não se revolte e nem comente com ninguém, prometa-me.

Marta sentiu um arrepio interno como se fosse descobrir algo ruim, mas desejou saber o que de fato ocorrera.

– Está bem – disse Marta.

– Era fim de tarde quando papai recebeu Elisha em nossa casa. Eu estava na sala ao lado fazendo os devidos trabalhos de tapeçaria que muito me aprazem, por isso, e talvez pelo silêncio, creio que papai não me ouviu, ou pelo menos achou que ninguém ouviria a conversa.

– Prossiga, prossiga.

– Bem, o fato é que papai pediu para que Elisha a desposasse. Explicou-lhe ser o melhor para a família a sua união com Elisha, por ele ser um homem honrado. Elisha apenas perguntou-lhe se poderia conhecê-la, pois não iria desposar uma mulher sem atrativos, e logo em seguida ele falou: "Sua filha tem algum pretendente oficial, ou esse primo nunca lhe pediu em casamento?". Foi quando papai leu em voz alta uma mensagem enviada por um servo de Caleb: "Creio que estou muito doente, porém não dê o dote de sua filha em casamento, pois logo regressarei a fim de cumprir minha promessa". Papai jamais comentou sobre isto, pois Elisha pediu-lhe que, se você o agradasse, ele destruísse aquela mensagem, afinal, "ela poderia ter sido desviada", sugeriu Elisha.

– E por que Caleb não o interrogou? – disse Marta.

– Creio que ficou óbvio para Caleb a preferência de nosso pai.

Marta sentiu-se atraiçoada por seu pai e por seu esposo. Ninguém questionara a respeito de seus sentimentos; sentindo-se magoada, retrucou:

– É melhor não revirar o passado, se D'us assim permitiu é porque merecemos. Vamos ao jardim olhar as estrelas, conversemos sobre fatos alegres, o passado para mim está morto.

E Orlit, notando a tristeza de sua irmã, concordou.

9. O aborto

Em casa de Reina os fatos transcorriam quase que normais, mas a velha matrona desconfiava que Mia estivesse grávida e, querendo confirmar tal fato, chamou em sua presença Itti, a serva que cuidava zelosamente dos aposentos de sua nora. Itti era uma senhora de aproximadamente cinquenta anos, estava na casa havia bastante tempo. Este foi um dos motivos que fez Reina lhe pedir que só servisse aos caprichos de sua nora, afinal, ficaria bem mais fácil controlar suas atitudes. Reina não confiava em Mia; ao contrário, a achava volúvel, traiçoeira. Quando Itti se aproximou, Reina perguntou-lhe:

— Diga-me, Itti, há quanto tempo você não percebe sinais de impureza nos lençóis de Mia?

— Senhora, já há muitos dias. Diria que ao menos há sessenta sóis não percebo.

Reina sorriu, feliz; ela estava grávida, até que enfim.

— Agora vá, vá, Itti, e não fale nada.

"Esta Mia acha que sou tola. Será que crê que todos são cegos? Vou agora mesmo dar a notícia a Efrat", pensou Reina. Pôs o véu, retirando-se apressada para a tenda do comércio.

Efrat estava absorto com as mercadorias, separando as novas peças; nem notou a entrada de sua mãe.

— D'us nos abençoa, Efrat – disse Reina entrando.

— Como assim, minha mãe? Acalme-se.

— Venho lhe trazer alegria, filho, tenho uma bela notícia. Bem, primeiro me responda, há quanto tempo a sua esposa não se isola por estar impura?

— Bem, creio que há sessenta dias.

— E você sabe o que isto quer dizer?

— Não, o quê?

— Efrat: você irá ser pai; eu, avó.

Ele ficou extremamente feliz, não tinha palavras.

— Minha princesa Mia, minha esposa irá dar-me um rebento, um herdeiro! Isto é maravilhoso. Devo recompensá-la escolhendo um véu de cetim perolado – olhou para a mãe como a pedir-lhe aprovação.

— Sim, meu filho, ela ficará bela com este véu, mais bela ainda por ter meu neto em seu ventre. Vamos, Efrat, vamos parabenizá-la. Ela não deve saber que carrega meu neto, é uma tola menina.

E rumaram para a residência. Efrat já fechava o comércio e a noite cintilava com as primeiras estrelas. Mia, em seus aposentos, estava aborrecida; decidira pedir a Itti que lhe trouxesse um pouco de água e alguns figos; estava com desejo de comer figos; levantou-se e já ia para a antessala aguardar a sua refeição, quando seu esposo chegou no quarto.

— Mia — disse ele. — Mia!

E ela, virando-se, viu que trazia pequeno embrulho.

Efrat aproximou-se da esposa e lhe entregou o embrulho; Mia pegou-o e, acreditando ser mais um mimo, abriu-o; achou belíssimo o véu em tom de pérola e perguntou-lhe:

— Para que este presente, marido? Vamos a alguma festa?

— Sim, vamos festejar muito.

— E qual é o motivo?

— É o filho que espera.

E, puxando Mia para seus braços, apertou-lhe ternamente, dizendo-lhe:

— Que D'us nos abençoe com um herdeiro varão.

Mia sentiu-se tonta. Como Efrat ficara sabendo do filho que estava carregando? Uma súbita raiva tomou conta de seu ser. Não queria dar nenhum filho a Efrat. Desvencilhando-se do abraço do esposo, disse:

— Quem lhe contou?

— Foi minha mãe. Não está feliz? Quando você iria me falar, Mia?

— Sim, estou muito feliz. Eu ia fazer-lhe uma surpresa, mas você descobriu... — e, sorrindo, disfarçou a raiva que a consumia.

— Venha, vamos falar com mamãe. Ela está em júbilo pelo neto que irá chegar.

E foram ao encontro da matriarca, que, emocionada, aguardava Mia. Esta maldizia aquele momento; tentando aquietar os pensamentos, pensou no frasco de remédio e sentiu alívio.

— Querida Mia, agora posso dizer-lhe que me esqueço de todos os mal-entendidos que tivemos. A vida agora se inicia nesta casa. Você me fez muito feliz, e tenho certeza de que ao meu filho também. Irá nos conceder um herdeiro! Que venha cheio de saúde e forças para ser um verdadeiro filho de Judá. Agora sente-se nesta banqueta, Itti irá trazer-lhe os figos e tudo que desejar. Amanhã iremos até Marta para lhe dar as boas notícias. Não acha bom, minha filha?

Mia não tinha palavras. A voz sumira, apenas a angústia de saber que seus sonhos e planos mais uma vez eram sufocados. Aquela criança que não era bem-vinda, iria atrapalhar seus planos, e, não querendo parecer estranha, disse:

— Sim, minha sogra, como desejar. Nós iremos visitar a casa de Elisha.

— Que bom, filha. Sabe que deve se alimentar muito bem, e que deve sempre repousar para que tudo ocorra de forma a não termos problemas na sua gestação. Estarei sempre por perto para lhe auxiliar, de agora em diante não quero que se aborreça, não é mesmo, filho?

— Sim, minha mãe, tem toda razão. Irei providenciar a vinda de mais um servo para esta casa amanhã mesmo.

– Faz bem, Efrat, faz bem – dizia Reina.

Após os diálogos efusivos e o entusiasmo de Reina, todos foram se recolher. Mia, fingindo estar demasiado cansada, recolheu-se aos seus aposentos; Efrat abraçou a esposa, provendo-lhe de carinhos. Mia deixou que o esposo acreditasse que ela estava dormindo; após algumas horas, certificando-se que Efrat dormira, levantou-se, rumou até outra sala ao lado do quarto, onde guardara o frasco de veneno que comprara, e sem titubear ingeriu a beberagem sem perda de tempo[51]. Não queria e não iria conceber nenhum filho daquele odioso homem. Voltou para o quarto e deitou-se. Não tardou para que fortes dores se alastrassem pelo corpo. Atormentada pelas dores, começou a contorcer-se e a gemer fortemente; Efrat despertou e, notando seu estado, correu até o corredor ordenando que alguém viesse lhe socorrer. Reina foi despertada e, assustada com a ordem que o filho emitira em tom alto, pensou ser um fato trágico que estava ocorrendo; locomoveu-se o mais rápido que pôde e deparou-se com a cena: Mia na cama contorcia-se pálida; gritava:

– D'us, vou morrer! D'us, vou morrer!

Reina, aproximando-se, pediu para que erguesse a vestimenta; foi quando percebeu que Mia sangrava. Horrorizada pelo estado de sua nora, sabia que se tratava de um aborto, mas não imaginava de forma alguma que Mia o provocara.

No plano espiritual, o pai da moça estava ali em oração, percebendo o estado lastimável em que sua pobre esposa (o espírito que ali reencarnaria) regressava à pátria espiritual: sofria as consequências do envenenamento pelas toxinas que circulavam em seu corpo fetal em formação. Não demorou muito até que duas irmãs da espiritualidade se fizessem presentes; ambas se puseram próximas à mãe, a emitirem sutis vibrações de tons azulados, removendo o espírito que ali se encontrava, dispersando, através de suas energias, todos os liames que ligavam o espírito ao feto em formação e à sua mãe. Enfim, recolheram e levaram esse espírito a uma câmara apropriada, para o tratamento de recomposição. O pai de Mia, que a tudo assistia, permanecia em firme oração, porém, após as irmãs recolherem o espírito de sua esposa, notou que um espaço enegrecido surgira em Mia, como uma ruptura doentia que se alongou no seu perispírito, desorganizando todo o seu campo uterino. Infelizmente ele não poderia intervir a fim de beneficiá-la, Mia teria que colher os frutos de sua ação egoísta e assassina[52].

Reina, dirigindo-se a Efrat, pediu-lhe para providenciar a vinda da serva Itti, para que lhe auxiliasse naquela dolorosa noite.

---

51 "O homem tem sempre o livre-arbítrio? – Uma vez que tem a liberdade de pensar, tem a de agir. Sem o livre-arbítrio, o homem seria como uma máquina."

"Não constituem obstáculos ao exercício do livre-arbítrio as predisposições instintivas que o homem já traz consigo ao nascer? – As predisposições instintivas são as do espírito antes de encarnar. Conforme seja este mais ou menos adiantado, elas podem arrastá-lo à prática de atos repreensíveis, no que será secundado pelos espíritos que simpatizam com essas disposições. Não há, porém, arrastamento irresistível, uma vez que se tenha a vontade de resistir. Lembrai-vos de que querer é poder". (*O Livro dos Espíritos*, questões 843 e 845)

52 *No mundo maior*, Chico Xavier, pelo espírito André Luiz, cap. 10, caso sobre Cecília.

* * *

Após a partida de Cafarnaum, Caleb fora para Betsaida no início da noite; separara-se de Felipe, que continuou a viagem até a cidade, enquanto Caleb rumou para sua casa, que ficava nas cercanias, tendo sido recepcionado por Nur e Dror, que em tudo o auxiliavam. Agora estava em seu leito, percebendo as lindas estrelas que cintilavam naquele céu divino de Betsaida. Pensava em como faria para se aproximar de Marta; não poderia ser de forma direta, teria que ganhar a confiança de Elisha, a fim de poder ter acesso livre à casa, sem causar prejuízo a Marta e ao pequeno Job. Talvez pudesse participar da escola rabínica, ministrar seus ensinos; seria muito prazeroso, porém não queria de forma alguma causar escândalo, teria que usar de muita cautela. Talvez no dia seguinte fosse anunciar o convite para a celebração que realizaria em sua magnífica casa; pensou em Marta: será que ela gostaria da casa, da visão que teria do pátio, do pomar, de tudo ali? Suspirou, querendo não mais pensar a respeito.

Enquanto Caleb se sentia feliz, projetando estar em contato com Marta, em Betsaida os fatos não transcorriam sob o mesmo aspecto na casa de Efrat. Mia se esvaía em intensa hemorragia; Reina utilizava de todos os recursos cabíveis ao seu conhecimento na tentativa de auxiliá-la. Eram compressas e mais toalhas sendo postas a todo momento, Mia chorava trêmula, gritava, mas de forma nenhuma em sua dor se arrependia, ao contrário, sentia-se até feliz por notar que aquele ser logo seria expulso de seu ventre. Seu pai, que a tudo assistia, lastimava sua ignorância, chegando mesmo a orar intensamente para que sua filha acordasse daquele tormento ilusório ao qual se apegara. Neste momento de intenso fervor, Ester resplandeceu no ambiente; veio em socorro do seu antigo companheiro de outras encarnações, e disse:

— Josheu, não se inquiete. Você está abalado demais, deve se recolher a campo de refazimento interno. Nada poderá fazer em benefício de sua estimada filha neste momento. Farei o que for possível por ela, mas sabe que a colheita é dela.

E neste momento ministrou-lhe passes imprimindo forças vitalizadoras aos órgãos reprodutores, espargindo-as no campo energético, a fim de acelerar o processo de expulsão dos despojos do pequeno invólucro que se abrigara no ninho materno do campo físico de Mia. Feito isso, não demorou muito para que Mia sentisse que as dores paravam, e para que os pedaços do que seria um bebê fossem sendo expulsos em meio ao sangue. Porém, o desequilíbrio tornara-se evidente em seu campo espiritual, a extensa ruptura dera vazão a elementos deletérios que se assemelhavam a larvas doentias e corrosivas que iam se nutrindo e se abrigando no plano perispiritual de Mia[53]. Ester permaneceu em oração, compreendendo que a ela não cabia interferir, já que fora a imprudência de Mia que provocara tal malefício; apenas orou por aquela que um dia fora sua filha[54].

---

53 *Missionários da luz*, Chico Xavier, pelo espírito André Luiz, cap. 4, "Vampirismo".
54 Toda ação positiva ou negativa gera uma reação no campo magnético mental e físico do ser en-

Reina, no aposento, estava desalentada. O mal se abatera sobre aquele lar; após trocar todas as roupas, preparou um forte chá para Mia e disse para que ela o ingerisse a fim de repousar. Mia, que se sentia fraca e ao mesmo tempo aliviada, sorveu o conteúdo sem nada questionar. Reina retirou-se do quarto; na antessala, em uma banqueta, Efrat parecia extenuado e triste. Não podia avaliar a situação, mas compreendia que seu sonho fora embora.

— Filho, D'us sabe o que faz. Tenha fé. Mia é forte, com certeza outros rebentos lhe virão. Agora repousemos, amanhã será um novo dia.

— Creio que vou me recolher a outro aposento, será melhor para Mia — disse Efrat se levantando e rumando para a outra ala da casa onde ficavam os aposentos dos visitantes.

* * *

APÓS O ENCONTRO com Caleb em Cafarnaum, o helenista Felipe rumou célere para Betsaida. Afinal, fora providencial o encontro com este irmão. Felipe estava muito preocupado com a saúde de seu pai; tinha duas filhas e não deveria se ausentar por muito tempo. Ficara surpreso por Caleb ter adquirido uma propriedade nas cercanias de Betsaida. Ia meditando nas palavras de João Batista. Também não poderia se ausentar da comitiva de João por muito tempo, afinal estava próximo o dia em que o Messias apareceria, e com certeza o Batista o revelaria a todos os seus discípulos.

Demorou algumas horas para que finalmente entrasse na cidade, onde o rutilar das estrelas era intenso e a brisa tinha o frescor das flores; caminhava pelas ruas com suas pedras e casas muito simples, o cheiro de comida misturado ao movimento do mercado, o tilintar das escassas moedas. Pensou em como estariam todos. Chegara próximo a um portão, o muro feito de pedras, a casa, essencialmente rústica, o chão batido e o doce aroma do pequeno jardim. Entrou. Estava exausto da longa viagem; ansiava ver o pai e as filhas, saber o que havia ocorrido em sua longa ausência. Sua filha mais velha, ao vê-lo, tratou de auxiliá-lo, pegando a bagagem, preparando uma bacia para que pudesse se lavar; reconhecendo todo o carinho de sua filha, abençoou-a e perguntou-lhe:

— Meu pai?

— Está acamado o meu avô, não está nada bem. Chegamos a pedir a visita de um médico, mas infelizmente não foi possível; não temos dinheiro para pagá-lo.

Após a refeição da noite, rumou para o aposento onde seu pai enfermo repousava, junto à delicada jovem, que em oração velava pelo repouso do avô; a luz de lamparina, fraca, tremulava com a brisa cálida da noite. Felipe ajoelhou-se, segurando com suavidade a mão de seu pai, e fervorosamente orou, pedindo a D'us a

---

carnante. Nós somos responsáveis por nossas dores e alegrias, somos nós que plantamos saúde ou doença através de nossas ações mentais e físicas. (Nota do autor espiritual)

proteção e o amparo para seu humilde pai calejado pelas dores da vida rude, um homem honesto e austero que ao toque do filho olhou enternecido por revê-lo ali. Felipe, percebendo a alegria de seu pai, deixou-o com um respeitoso beijo na fronte, bendizendo a D'us por ter-lhe guardado. Era assim a vida de Felipe; no porto, consertando redes; pescando nas embarcações que o solicitavam, auxiliado pelas duas filhas. Ele se mantinha na mesma expectativa de todos os judeus: a vinda do Messias. Não se arrependera de fazer parte da comitiva de João Batista, ao contrário, aprendera mais; ele não era um homem de cultura, mas as dificuldades que a vida lhe impunha o fizeram lógico no pensar, prático no agir, por isso estava sempre disposto a enfrentar a vida colhendo o que fosse de melhor para o seu aprendizado. Suas filhas lhe eram um tesouro à parte, as quais o acompanhavam e compreendiam seu ministério de busca e aprendizado; suas mãos eram calejadas pelas redes sob os ventos, pela rude vida que ele vivia; porém, seu coração era cheio de esperança, de dias de ventura.

* * *

ANDRÉ, APÓS O reencontro com Simeão, continuou com seu irmão junto a João Batista, colhendo aprendizado daquele sábio profeta, que em tudo os fazia meditar e ter a certeza de que o reino estava ao alcance de suas mãos.

Após algumas semanas, porém, Simeão chegou próximo a André e lhe disse:

– Irmão, não convém que continuemos aqui, pois sabe que temos de prover as necessidades dos nossos. Já se passaram mais de três semanas que aqui me encontro, e quanto a você, creio que já se somam mais de seis meses. É necessário que comigo regresse; sabe de nossos compromissos com Zebedeu; creio piamente em nossa amizade, e muito me agradaria com ele desfrutar destas novidades.

– É, tem razão, irmão. Avisarei João Batista de nossa retirada, e rumaremos para casa, a nossa Cafarnaum – e sorrindo abraçaram-se para selar o entendimento entre ambos.

* * *

APÓS O INCIDENTE que acometeu a casa de Efrat, Mia despertou para o novo dia muito fraca. As servas que se revezavam em lhe velar a noite não deram conta de quantas mudas de roupa tiveram que trocar, pela excessiva perda de sangue. Mia se encontrava extremamente debilitada, não conseguindo sequer se erguer do leito. Reina, que não conseguiu conciliar o sono, logo foi vê-la a fim de ter certeza de que tudo transcorrera em paz. A cena que a senhora viu a preocupou ainda mais: montes de roupa se acumularam na câmara, e sua nora estava extremamente fragilizada. Melhor seria alimentá-la e aguardar por algumas horas. Achegou-se de Mia, que, muito pálida, lhe disse:

– Estou sentindo calafrios, é assim mesmo, minha sogra?

— Não, Mia. Se perceber que você está com febre, terei que lhe dar mais remédios, pois isto quer dizer que ainda tem partes do seu filho dentro de si — disse a matrona idosa com tom de lamúria. — Vou pedir que Itti lave você e lhe dê alimento. Ninguém virá a este aposento até que se recupere, está bem, Mia?

— Sim, minha sogra — disse Mia sentindo-se fraca e com frio.

Ao sair do aposento, desceu até a sala onde se fazia a refeição na expectativa de conversar com seu filho. Efrat alimentava-se; ao perceber que sua mãe queria lhe falar, aproximou-se dela:

— Minha mãe... E Mia?

— Bem, está muito fraca, temo que tenha febre, o que seria um sinal muito perigoso. Oremos por ela, oremos, meu filho — repetia Reina, triste.

* * *

JÁ NA CASA de Elisha, naquela manhã, o sol parecia mais encantador. Marta sentia-se feliz sem saber qual o motivo e preparou-se para mais um dia; pôs uma túnica azul, perfumou-se e delineou seus olhos; seus cabelos, prendeu-os com uma bela trança, pondo o véu azul preso às belas madeixas. Sentia um frescor em seu seio, um sentimento de alegria sem explicação, e foi ao encontro do pequeno Job, que a esperava nos braços de Débora; esta já o havia preparado. Ambos rumaram para a sala, que se encontrava organizada para a primeira refeição; com habilidade, Marta pôs o pequeno Job sobre o tapete, com alguns brinquedos de madeira. Enquanto auxiliava Débora a preparar o ambiente, acendia incensos; enchera de flores duas jarras, pedira a Débora para ela trazer os pães, geleias e frutas, alguns potes de coalhada de leite de cabra. Estava tudo pronto; Marta pegou o pequeno Job e se pôs a andar pelo jardim. Ele adorava banho de sol. Elisha já se recompunha da noite maldormida e ia para a saleta alimentar-se com Dan, que o esperava. Débora ficara encarregada de servi-los.

A brisa matinal deixava a casa arejada e fresca. Débora observou que Dan não parava de olhá-la; sentia-se até envergonhada, mas, como tinha que permanecer ali, baixou os olhos, recostando-se na parede da saleta. Dan sentia um forte desejo por ela e não sabia como explicar; ela mexia com sua essência, nenhuma mulher conseguira fazer isso. Resolveu perguntar sua idade:

— Quantos anos você tem?

— Senhor, eu tenho dezesseis.

— E pretende ficar aqui auxiliando Marta até quando?

— Até o momento em que me casar.

— E sua família permitiria que a desposassem agora?

— Sim... — disse Débora um tanto receosa.

Ao chegar ao recinto, Elisha observou o olhar inquieto de Dan e, sem compreender, o saudou.

— Bom dia — disse tentando aparentar entusiasmo.

— Caro Elisha, eu o aguardava.

E Débora começou a servi-los. Finda a refeição, um criado entrou trazendo uma mensagem, que Elisha leu um tanto apreensivo. Dan perguntou do que se tratava. Disfarçando o seu mau humor, Elisha respondeu-lhe:

— É Caleb, primo de Marta, nos convidando para um jantar hoje em sua casa.

— Veja que maravilha — disse Dan —, estou estupefato: Caleb morando em Betsaida!

— Bem, pelo que ele nos diz, é bem antes da cidade, próximo ao lago de Genesaré. Parece ser uma grande propriedade.

— Folgo em sabê-lo. Será que poderemos conhecer? Estou um tanto saudoso dele, é uma inteligência excêntrica. Isto, se não lhe trouxer dissabor; afinal, amanhã poderemos partir para Jerusalém, e depois me sentiria tranquilo avisando-o para visitar Orlit, se me permite, Elisha.

Este, olhando para Dan, perguntou-lhe:

— Ele é de confiança?

— A família de Caleb descende de uma elite de saduceus. Seu próprio pai foi auxiliar direto do templo. São extremamente honrados e ele é um homem de influência, não pelo que prega, mas pela ascendência que carrega.

Elisha então achou por bem adiar a viagem.

— Está bem, Dan, vamos a este jantar. Vou responder.

E enviou a resposta através do mesmo servo.

Finda a refeição matinal, Elisha e Dan puseram-se a caminho da sinagoga, enquanto Orlit e Marta faziam sua primeira refeição. Orlit acordara bem alegre, logo se pôs junto a Marta, falante, entusiasmada para conhecer a propriedade de seu primo.

— Que bom, Marta — exclamou —, seremos as primeiras a conhecer a casa de Caleb, o que acha?

Marta estava feliz, seu coração era só alegria, até mesmo o semblante estava radioso.

— Eu estou achando muito bom — sorriu, mordendo um pouco do queijo fresco.

— Bem, eu trouxe uma belíssima túnica. E você, tem roupa adequada?

— Sabe que não sou vaidosa, mas tenho algumas peças em linho. Você me ajudaria?

— Claro! Você, como esposa de um fariseu, deve comparecer impecável — e, sorrindo, acrescentou: — Assim que nossos maridos rumarem para Jerusalém, você me levará ao templo. É preciso que eu me prepare.

— Está bem, Orlit, embora não concorde. Sabe que este não é um evento que ocorre sempre.

— Mas você, Marta, irá me ajudar — e, dando-lhe a mão, a irmã sorriu.

— Claro, claro.

Para Caleb, a resposta de que Elisha e os seus iriam até sua residência foi uma vitória. Pediu à serva:

— Nur, quero que tudo nesta casa esteja a contento. O vinho, a comida. Claro, tudo dentro da tradição, me compreende?

— Sim, senhor Caleb. Só temo uma questão — arriscou a serva.

— E qual seria?

— É que temos que contratar os músicos. Meu esposo Dror tem um primo que toca cítara e flauta. Se o senhor pagar, ele o buscará; é um homem de confiança.

— Está bem. Mulheres sempre pensam em detalhes. Agora mande seu esposo chamá-lo.

Nur, apesar de estar em idade avançada, sabia dar conta de todos os detalhes que envolviam uma boa recepção; não poderia faltar nada. Caleb pediu para que preparasse uma mesa reservada às mulheres próximo à saída, para que Marta desfrutasse da bela visão que a casa proporcionava.

Enquanto o dia transcorria, Elisha e Dan conversavam acerca dos acontecimentos. Dan ouvia Elisha e de repente lhe ocorreu fazer-lhe uma pergunta.

— Caro Elisha, porventura você honrou o templo com o sacrifício dos trinta dias de nascimento de seu filho?

Elisha olhou como que espantado e respondeu:

— Como pude esquecer-me deste precedente... Eu, que sempre me cobrei os detalhes, esqueci o sacrifício dos trinta dias!

— Pois bem, meu amigo, está explicado parte dos seus problemas. Como foi que se esqueceu deste fato essencial? Nem parece que é um doutor.

— Pois foi realmente D'us que lhe fez me recordar de minha falta. Farei não só este sacrifício, mas outros.

Elisha sentia-se aliviado; com toda certeza este era um dos motivos pelos quais se via atormentado. De repente, Dan resolveu mudar o rumo da conversa:

— Elisha, percebo que tem uma bela serva em sua casa. Esta moça estaria disposta a ser desposada?

— Como assim? Pretende devolver Orlit?

— Não, é que na verdade preciso de herdeiros, e minha esposa é uma mulher infértil, me é vergonhosa esta situação.

— Entendo. Eu, no seu lugar, faria o mesmo. Se uma esposa não nos serve, devemos nos livrar de tal peso.

— Sim, mas tenho afeto por Orlit, afinal. Gostaria de conviver com ambas sob o mesmo teto, se Orlit consentir, pois meu sogro me aconselhou a fazê-lo.

— Creio que posso conversar com a tia dela, a senhora Reina, que é a responsável. Não vai ser difícil, se você se interessar.

— Sim. Ela me despertou um desejo ardente, como há muito não sinto por nenhuma mulher.

— Caro Dan, os desejos costumam ser passageiros. Não convém abrigar uma jovem apenas por isso.

— Sim, mas é algo que nunca senti, é desejo e outro sentimento, não sei explicar.

— Bem, terá tempo para pensar, se quer mesmo me deixar sem serva.

— Ah! Mas isto não será agora, vai demorar. Não sou homem imprevidente, falarei com Orlit e depois tomarei minhas providências.

* * *

No JARDIM DE Elisha, Débora, sentada, cuidava de Job; o pequeno adorava ficar ali, próximo às plantas. O sol matinal e a brisa suave refrescavam-nos, quando uma sombra se fez presente, assustando-a. Olhou sobressaltada, era Abed. Débora corou, pois tinha simpatia pelo rapazola.

— Bom dia, bela gazela.

Débora sorriu. Abed falara em tom galanteador.

— Bom dia, Abed. Não pode me cumprimentar — disse ela com timidez.

— Posso, pois sou servo e não temo represálias. Vim lhe dar um presente.

E, estendendo uma pequena caixa com suas mãos calejadas e ásperas, tocou nas mãos de Débora, dando-lhe o presente.

— Abra, é de coração — disse Abed, depositando todo seu sentimento nas palavras.

Ao abrir, Débora ficou maravilhada: era um delicado pingente em forma de flor.

— Que lindo, Abed!

Respirou fundo e disse:

— Não posso aceitar, não é correto.

E ergueu as mãos a fim de devolvê-lo.

— Por favor, Débora, eu quero que aceite.

— Você é um samaritano, eu não devo.

— Por bondade, aceite, me fará feliz.

Débora, sentindo forte simpatia e atração por Abed, aceitou, pedindo-lhe:

— Por favor, não conte a ninguém que aceitei seu presente.

Abed, olhando-a, respondeu:

— Claro, não quero lhe causar problemas.

E saiu correndo para seus afazeres. A felicidade em seu coração era tanta que Abed gostaria de abraçar o mundo e gritar o mais alto que pudesse o nome de Débora, afinal ela aceitara o presente. Intimamente recordou-se de Caleb e abençoou-o por ter-lhe gratificado, possibilitando a compra daquela bela peça. Débora, por sua vez, segurou o pingente, encantada; era o primeiro presente que ganhara de um homem; pensou em quando poderia usá-lo e o guardou em sua túnica; Job começava a choramingar, e a moça, solícita, pegou-o no colo, levando-o na direção de Marta, que estava no pátio sentada junto a Orlit.

— Senhora, creio que o pequeno deseja mamar — disse Débora.

— Ora, meu pequeno príncipe, venha.

E, pegando o pequeno Job, que já se jogava em sua direção, Marta falou:

— Débora, deve separar os utensílios de Job. Faça uma pequena bagagem com o que for essencial ao pequeno. Hoje, ao cair da nona hora iremos visitar Caleb e cear em sua casa. Portanto, separe tudo que utilizamos com Job; não quero que meu pequeno fique desconfortável. E quanto a você, ponha-se bela, afinal nunca se sabe quando surgirá um pretendente — e Débora, ficando vermelha, baixou os olhos e saiu.

— É uma doce menina, não acha, Orlit?

— Sim, você tem sorte, mas não sabia que pretende casá-la tão cedo.

— Bem, eu não pretendo, mas creio que a sua tia, quando a deixou aqui, pretendia.

— Compreendo — disse Orlit pensativa.

* * *

A SITUAÇÃO DE Mia se complicava. Agora a febre aparecera para castigar seu corpo. Reina e a serva Itti se revezavam na assistência de que a pobre precisava. Às vezes gemia como que cansada pelas dores incômodas que sentia; as compressas eram trocadas de hora em hora. Reina de tudo se utilizava, até que lhe ocorreu que talvez Mia não tivesse expulsado todas as partes do bebê que esperava.

Chamou Itti e mandou-a ao mercado comprar raiz para preparar um remédio específico para Mia. A bondosa serva partiu em busca da raiz, não demorou e trouxe o que Reina solicitara; esta ralou a raiz, fazendo uma infusão com sal, pediu para Itti aquecer água em uma tina e preparou um banho quente para Mia; fez com que ela bebesse toda a infusão e a deixou no banho por trinta minutos, mantendo-lhe a cabeça resfriada. Mia foi logo sentindo o alívio e se deixando acalmar pelos cuidados de sua sogra.

Após o banho, acomodou-a em seu leito e passou a ministrar-lhe a porção de uma em uma hora; Itti revezava com Reina, até que a febre foi cedendo, e tudo o que havia ficado retido em seu corpo foi aos poucos sendo expelido, deixando a todos mais tranquilos. Porém, vultos sombrios permaneciam em volta de Mia, retendo seus pensamentos e alimentando as larvas deletérias que se acumulavam na brecha perispiritual que ela mesma provocara.

* * *

A NOITE CAÍA serena quando os convidados chegaram ao portão principal da casa de Caleb. A visão era encantadora; a pequena entrada que os conduziria ao portão principal estava iluminada por lamparinas, que sob a luz do luar deixavam transparecer as flores e a tênue beleza do pomar.

Ao chegarem ao portão principal, a bela casa com seu estilo imponente muito impressionou a Elisha e a Dan, que se entreolharam admirando a arquitetura luxuosa das colunas. Orlit e Débora ficaram fascinadas com a fonte onde a bela estátua vertia água límpida; Marta, em sua simplicidade, se mantinha calada; o que mais a atraiu foi a visão que ao longe se podia ter do lago de Genesaré sob as primeiras estrelas a rutilarem em Betsaida. Caleb, aproximando-se, saudou calorosamente aos homens, reverenciando apenas com um breve olhar as mulheres, e notando a linda joia que Marta trazia em sua cabeça, uma tiara de safira que a tornava mais doce e realçava a melancolia de seu olhar. Convidou todos para entrar. Nur, a serva, tratou de acomodar as mulheres em mesas separadas, mas próximas aos homens, para que pudessem aproveitar o som da cítara que enchia o ambiente de harmoniosa melodia.

Após todos se acomodarem na mesa, Dan resolveu iniciar a conversa.

– Então, Caleb, você decidiu mesmo se estabelecer em Betsaida?

– Sim, a beleza deste lugar me fascina, e depois, esta propriedade é de um antigo amigo do meu pai. Foi fácil adquiri-la.

– Compreendo – disse Elisha –, é muito bela realmente, mas creio que carece da companhia de uma esposa.

Caleb sorriu, sentindo-se provocado.

– Na verdade, não tenho pretensão de desposar ninguém no momento.

E, olhando para Marta, sentiu que ela prestava atenção em cada detalhe da casa.

– Mas a vida de um homem não pode ser solitária, meu caro amigo – disse Dan.

– E quem disse que estou só?

– Ah! Então tem alguém em vista.

– Quem sabe! Mas conte-me o que o fez vir para Betsaida. Fiquei surpreso e feliz em revê-lo – inquiriu Caleb.

– É que, como tenho de ir a Jerusalém, achei por bem que Orlit fizesse companhia a Marta, já que Elisha também irá para lá.

– Claro, como pude esquecer-me: estamos próximos da festividade da colheita.

– É verdade, mas tenho contas a prestar ao templo – disse Elisha. – E você, vai ao templo?

– Sim. Pago meus dízimos em dia. Mas seu sogro não os acompanha?

– Não, meu sogro não nos fará companhia, embora seja saduceu.

– Soube, através de minha esposa, que o senhor esteve com João Batista.

– É verdade – disse Caleb, olhando firmemente para Elisha.

– E o que achou?

– É um homem santo, um profeta, aprendi muito com ele.

– E por que não ficou com ele? – perguntou Dan.

– Creio que embora ele seja um homem de D'us, meu coração não está lá. Talvez não fosse o meu momento. Resolvi retornar, pôr minha vida em ordem.

– E o que pretende fazer aqui? – inquiriu Elisha, aflito pela resposta.

– Trabalhar é o que quero, aplicar os meus conhecimentos como doutor da lei ou quem sabe como um mestre na sinagoga, isto se você, Elisha, permitir.

Fingindo amizade e interesse, Elisha retrucou:

– Claro, quando decidir, procure-me.

– Caleb, como sabe, partiremos amanhã. Muito me tranquilizaria se você, com a permissão de Elisha, visitasse nossas esposas, para não ficarem desamparadas em nossa ausência.

– Farei o possível, se o nobre fariseu concordar.

E, sentindo-se constrangido a aceitar o pedido que Dan fizera, Elisha concordou, afirmando com a cabeça.

A noite transcorria calma. Marta e Caleb se mantiveram afastados, mas os olhares se deixaram atrair, transparecendo o verdadeiro sentimento que ia nos corações de ambos.

Elisha, na realidade, fora ali somente para especular a vida de Caleb, e não estava gostando do que via: ele era um homem de posses; o pior: parecia ser mesmo de uma linhagem influente. Não aprovava o pedido que Dan fizera de inopino, contudo tivera de aceitar para não deixar exposta a antipatia que nutria por ele.

Ao fim da ceia, quando ia se retirar para a viagem de retorno, Dan reiterou o pedido feito à mesa, e Elisha, mais uma vez constrangido, não querendo se indispor, com cautela, confirmou que Caleb, em sua ausência, seria bem-vindo, o que deixou Marta e Orlit encantadas com a possibilidade de tornar a vê-lo.

* * *

EM CAFARNAUM os dias transcorreram céleres e difíceis para Zimra, que assumira as tarefas da casa. Passava por momentos de apreensão, com sua mãe que a cada dia ficava mais e mais introspectiva e lamuriosa; além das atividades que fazia em sua casa, o comércio com o peixe lhe absorvia grande parte do tempo, que muitas vezes partilhava com Maria Salomé, esposa de Zebedeu. Maria Salomé era uma matrona solícita, mulher de temperamento determinante, e todas as tarefas realizava com disposição, no auxílio ao esposo, e com extremo zelo pelos filhos. Já havia avançado alguns anos na idade madura, era alegre, com sua pele morena castigada pelo sol intenso, seus traços profundos já davam indícios de ser mais velha; baixa e roliça, estava sempre que podia no auxílio a Zimra; falava muito da preocupação de seu esposo em como Simeão fazia falta na liderança das embarcações, na administração das redes; em verdade, era Simeão que tudo organizava, e que estimulava nos mais jovens o desempenho das funções de pescador.

O retorno de André e Simeão era aguardado por todos, e foi em um desses dias que Zimra foi surpreendida com a chegada do seu esposo e de seu cunhado. O dia transcorria na labuta habitual, quando intenso burburinho lhe chamou atenção. Sara, alegre, gritava seu nome; percebendo a euforia da pequena, Zimra deixou os afazeres e se dirigiu ao encontro do abraço que muito ansiava – Simeão voltara. Era como a visão do Éden; sentia muita falta de seu esposo, que lhe era o porto seguro de todas as horas; percebendo seu abatimento nos olhos, o rosto mais magro, tratou de providenciar uma bela e farta refeição. Chamou Minar, para que preparasse o banho de que Simeão e André com certeza tanto necessitavam, assim como roupas novas para o conforto de ambos.

Após o banho e já refeitos, sentaram-se para ceia, Zimra servia-os e permanecia em pé, próxima a seu esposo, que se alimentava com alegria e apetite.

– Zimra, este homem, João Batista, é como se fosse o Messias – disse Simeão.

– E ele não é?

– Não, mas ele é o arauto deste que virá.

– Como assim, marido?

– Bem, virá o verdadeiro, e ele nos prepara para a vinda deste outro homem.

– Agora compreendo.

– É bom que compreenda, pois necessitamos partilhar desta verdade com os nossos.

– Que bom! – disse André. – Então poderei hoje mesmo falar com João e Tiago que você aceitou o nosso ingresso na caravana de João Batista.

– Claro, André. Eu falarei com Zebedeu sobre o que se passou nestes últimos dias.

– Agora, conte-me as notícias, Zimra.

– Bem, não vai crer, mas após a sua partida recebi a visita de Caleb.

– Sim, fale – dizia Simeão comendo e gesticulando com as mãos.

– Ele comprou uma bela propriedade nas cercanias de Betsaida.

– Não creio – disse Simeão.

– Por que não? – inquiriu André.

– Nunca imaginei que Caleb fosse para Betsaida.

– Pois saiba, irmão, que ele me disse que queria organizar a sua vida. Não conseguiu seguir João Batista, dizia não estar pronto.

– É, meu cunhado, mas a intenção de Caleb muito me preocupa – disse Zimra.

– Por quê, Zimra?

– Marido, ele afirma que quer ficar próximo a Marta.

– É então uma situação delicada. Por que você não intervém, Simeão? – disse André.

– Há situações, meu irmão, que nem mesmo um camelo conseguirá transpor.

– De fato, Simeão tem razão, André. Eu tentei fazê-lo ver o quanto pode comprometer Marta, e ele prometeu que jamais a poria em situação de risco, pois não fará nada sem a permissão dela ou de Elisha.

– Espero que ele cumpra com isso, disse André, olhando para Simeão, que apenas balançava a cabeça em sinal negativo.

* * *

NA MANHÃ SEGUINTE ao evento na casa de Caleb, Elisha e Dan partiram rumo a Jerusalém, na bagagem todas as provisões necessárias. No coração de Elisha o desejo de se tornar um homem liberto das agonias que vivia. A viagem transcorria lenta, pois Jerusalém era longe para quem saía de Betsaida. Despediram-se de suas esposas e rumaram para o grande templo. Orlit sentiu alívio, pois somente assim poderia pôr em prática seus pensamentos de cura e de ter fertilidade; faria o possível para tudo modificar.

* * *

ENQUANTO EM CASA de Efrat, Mia acordava melhor, já não estava mais queixosa, apenas sentia-se fraca, muito fraca. Efrat procurou inteirar-se do estado de sua esposa e ficou tranquilo ao saber que o perigo passara; foi ao quarto vê-la; mesmo sabendo que não poderia tocá-la, pois ela estava impura, ele adentrou. Mia visualizando-o com sua túnica verde, sentiu um mal-estar; desprezava aquele homem, ele era a pior de todas as maldições que poderiam se abater sobre ela; pensou em Elisha e suspirou. Efrat, crendo que o suspiro se referia a sua pessoa, saiu do quarto quase completamente feliz, se não fosse pela perda do filho. Mia, em seu luto, se amofinou, não queria falar, não queria ver ninguém. Sentia que o peso de seus atos lhe caía sobre o véu da consciência; de repente sentiu um calafrio, um medo se apoderou de seu ser: e se o D'us de Abraão a punisse? E se ela fosse amaldiçoada? Repudiou o pensamento recordando-se de Elisha; com certeza ele a desprezaria se soubesse o que ela fez: sujou as mãos com ato atroz. Começou a chorar; eram as lágrimas do vazio deixado em seu ventre.

Reina tentava, enquanto isso, consolar o filho e comunicar que levaria as notícias da infelicidade de Mia aos seus parentes.

– Sim, minha mãe, quem sabe se Mia recebesse a visita de Marta, não se alegraria.

– É verdade, filho, talvez Marta a console. Hoje mesmo enviarei mensagem para que aqui compareçam; em meio ao turbilhão de tristeza, D'us há de aliviar as nossas dores, confiemos – disse a idosa matrona se preparando para levar a primeira refeição de Mia.

* * *

ORLIT ESTAVA EUFÓRICA após a partida de Dan e começou a planejar.

– Marta! Marta! – chamou ansiosa –, venha cá me auxiliar.

– Sim, Orlit – disse Marta, mexendo na terra fofa do jardim.
– Olhe para mim – disse Orlit aflita.
– Não posso. Estou plantando novas sementes e devo usar de delicadeza com a terra.
– Está bem, se gosta mais de sementes que de sua irmã.
– Deixe de mimos, Orlit, diga o que quer.
– Bem, quero que você envie um recado a Caleb.
– Está louca? Quer arruinar comigo?
– Não, quero que ele me auxilie a chegar a Jerusalém. Ou você quer ir comigo?
– Não posso crer que você quer envolver Caleb nisso. Sabe que uma mulher casada não pode falar com outro homem, nem mesmo sendo nosso primo, e quer viajar com ele, na ausência de seu esposo.
– Será tudo realizado em segredo.
– Não posso concordar, Orlit. Tenho filho e sou esposa de um fariseu, não posso me expor desta forma, e nem você; afinal, não disse que seríamos só nós?
– Você, minha doce irmã, esqueceu-se dos perigos desta viagem? Sabe que se Caleb for conosco será muito mais seguro.
– Não posso, por dois motivos: meu esposo está ausente e tenho um bebê que necessita de cuidados.

Orlit parecia decepcionada com as palavras de Marta, mas sabia que ela estava com razão, porém desejava ir a Jerusalém mesmo com todos os riscos; era lá que existia, junto à porta das ovelhas, um tanque milagroso de nome Betesda, o qual tinha cinco alpendres e no qual descia um anjo e agitava as águas, e o primeiro que ali entrasse ficava curado.

Sentindo que havia sido dura com Orlit, Marta falou:
– Irmã querida, posso pedir que Débora a acompanhe, ou quem sabe Mia, para que se realize seu desejo, se D'us assim o desejar.

Orlit abraçou Marta e começou a bater palmas e agitar o lindo véu de seus longos cabelos negros.
– Que bom! Que bom!

Quando Débora aproximou-se e disse meio que sem jeito:
– Senhora! Trago uma mensagem de Reina.

Ambas pararam e então Marta, sorrindo, disse:
– Diga, Débora.
– É Mia, ela está acamada, Reina solicita a visita da senhora.
– Sim, claro, diga que hoje mesmo, na segunda hora, iremos visitá-la.

E, se retirando, Débora enviou a mensagem através do servo, que aguardava a resposta para logo em seguida partir.

* * *

Em casa, Caleb mal se continha de tanta alegria. Finalmente estava ganhando a confiança de Elisha, poderia ficar próximo de Marta. Será que ela havia gostado da propriedade? Não via a hora de lhe falar novamente. Iria à sua casa no outro dia saber se necessitava de algo, afinal, fora Elisha que autorizara, não podia ser melhor. Fechou os olhos recordando de seu olhar, sua boca rosada, seu jeito tímido de sorrir; ela era perfeita para seu coração, se pudesse tê-la, como seria bom. Mas de repente arrependeu-se de tê-la desejado; ela era de outro, não podia ter esses pensamentos; sentiu um nó na garganta: como a amava. Por quê, D'us? Por que sofria tanto? Será que seria justo isso? E se ele quisesse comprá-la, será que Elisha a venderia? Ele lhe daria tudo, todo afeto de seu coração. Daria a Elisha todos os seus bens em troca daquela que ele amava.

Suspirou. Melhor deixar que tudo transcorresse da forma que D'us desejasse; não tinha o direito de interferir, mas no dia seguinte iria visitá-la. Não podia simplesmente negar o que sentia em seu íntimo. Ergueu-se e chamou Nur que logo veio, solícita.

— Nur, quero que amanhã, logo nas primeiras horas, prepare um cesto com todas as frutas do pomar e com as mais belas flores, que levarei para minha prima.

— Está bem, senhor — disse a matrona abaixando a fronte em sinal de respeito.

Deverá ser agradável. Com certeza Marta ficará surpresa com as frutas e flores de sua propriedade.

10. O Messias

Em casa de Simeão, após os momentos de euforia com sua chegada, o sábio varão decidiu ir à casa de Zebedeu, com André, inteirar-se dos negócios e falar-lhe a respeito de João Batista, o profeta que o fizera refletir mais a respeito do Messias que viria. Em seus pensamentos, ficava se perguntando: como seria este homem? Que maravilhas faria pelo povo oprimido sob jugo romano?

Estava assim parado a meditar quando Zimra o interpelou:

– Simeão, Simeão!

– Sim, Zimra – disse Simeão olhando-a nos olhos.

– Estou muito temerosa pelo estado de minha mãe. Quase não se alimenta, não tem dormido bem, às vezes acorda chamando pelo meu pai. Ouço sua voz entrecortada... O que fazer?

– Não sei, Zimra. Talvez se Caleb estivesse aqui poderíamos consultá-lo, e com certeza teríamos respostas, mas não compreendo o comportamento de Hanna.

– Estou pensando em levá-la ao grande templo... O que acha de fazermos um sacrifício? Talvez resolvesse este problema – falou Zimra.

– Pode ser. Melhor aguardarmos, vou à casa de Zebedeu hoje, quem sabe o amigo não me dá alguns conselhos, é um homem sábio.

Em casa de Zebedeu, Maria Salomé preparava a ceia, aguardando o retorno de seu esposo do mercado. Era uma casa singela, onde a brisa entrava deixando um suave aroma de sândalo. Maria Salomé se desdobrava com os afazeres de sua ceia. Era uma mulher ágil, fazia de tudo em seu lar, requisitando, às vezes, o auxílio de uma jovem serva que ali permanecia; gostava de preparar o peixe cozido com ervas, depois fazia pequenos bolinhos que, fritos no azeite e servidos com vinho e pão, satisfaziam o apetite de seu esposo e filhos.

Era assim dedicada à sua família; seus cabelos longos estavam trançados, enquanto o véu lhe moldava a face corada e arredondada. Já havia passado dos quarenta anos, mas conservava a jovialidade em suas expressões, que sempre revelaram uma personalidade alegre e ao mesmo tempo enérgica. De baixa estatura, andava da cozinha ao salão com suas sandálias trançadas, onde a mesa já estava quase toda posta.

Estava a meditar em Maria, sua irmã. Havia algum tempo que não se falavam. Não compreendia por que Zebedeu quase nunca dispunha de tempo para eles viajarem. De repente, franziu a testa recordando-se de que Simeão e André haviam deixado quase todo o negócio nas mãos de Zebedeu e da delicada Zimra, que definhava a cada dia no labor diário de seus afazeres; a mãe nunca mais fora a mesma e Simeão não era homem de dar regalias à esposa. Suspirou, sentindo que ela também não tinha regalias, apenas o labor de todos os dias... quando um barulho mais brusco a despertou: eram seus filhos João e Tiago, junto com Zebedeu, que chegavam afoitos, com mais uma voz que ela não tardou em identificar: era o esposo de Zimra, Simeão. Logo entraram no salão onde Maria Salomé terminava de pôr a mesa para a ceia. Simeão, percebendo a presença de Maria Salomé, cumprimentou-a com respeitosa reverência, sem dirigir-lhe sequer um olhar, enquanto João e Tiago beijavam-lhe a fronte em sinal respeitoso.

Após todos se acomodarem, a jovem serva trouxe-lhes água para que pudessem se refrescar.

Simeão, tomando a palavra, logo falou:

— Eu tive que ir ao encontro deste profeta, somente assim pude compreender meu irmão André.

— Sim, compreendo — disse Zebedeu um pouco impaciente.

— Na verdade, já o conhecemos — disse João.

— Como assim? — inquiriu Simeão.

— É que em uma de suas idas e vindas fui com André até o Jordão, e logo percebi que este homem é um sábio ou, quem sabe, o próprio Elias.

— Não fale o que não sabe — disse Tiago, tomando um copo de vinho.

— Você também o conhece, não vai dizer nada?

— O que posso dizer é que temos que aguardar, não quero me comprometer, sei de minhas obrigações junto aos negócios de meu pai.

Refletindo um pouco, Simeão inteirou:

— Conheço essas aflições, Tiago, pois também são as minhas, principalmente depois que este sábio homem nos disse que depois dele virá outro, o Messias.

— Então não devemos nos preocupar — disse Zebedeu, que não gostava de muita conversa acerca do assunto.

— Pois eu ouvi dizer que existe um rabino aqui em Cafarnaum que fala com maestria sobre a Torá — disse João impensadamente[55].

Enquanto Maria Salomé punha mais peixe, mais azeite e mais pão à mesa, ouvia o diálogo, curiosa, quando Simeão perguntou a João:

— Quem é este rabino que prega em Cafarnaum, nossa própria cidade, e que nós desconhecemos?

— Isto eu não sei, apenas que é marceneiro.

E Maria Salomé, olhando-o com ar de repreensão, retirou-se.

* * *

---

55 *Torá* (do hebraico הָרוֹת, "instrução, apontamento") é o nome dado aos cinco primeiros livros do *Tanakh*, o Velho Testamento.

A VIAGEM A Jerusalém transcorria lenta, Elisha se impacientava, chegava a ser grosseiro com Dan, que com calma lhe dizia:

— Caro Elisha, sabe que com certeza deverá passar pela natural purificação, e tudo será solucionado.

— Sei, Dan, mas minhas angústias são muitas.

— Diga-me uma delas. Compartilhe comigo. Ora, nós somos amigos.

— É sobre Marta. Desde que teve o pequeno Job não tenho contato nenhum.

— Por quê, Elisha? Marta é uma mulher atraente.

— É que ela não poderá conceber mais, e depois.... Bem sabe das minhas dificuldades. Adoeci, e estes pesadelos. Acredita que ela é amaldiçoada?

— Por quê? – questionou Dan.

— Por não poder conceber – prosseguiu Elisha.

— Então, se fosse assim, eu deveria devolver Orlit.

— Tem razão, estou sendo duro com Marta. E depois, posso desposar outra.

— Se você desejar, pode devolvê-la – disse Dan.

— Não, mas poderia vendê-la – falou Elisha.

— Seria lucrativo? Ela é estéril. Quem iria querê-la? – perguntou Dan.

— É mesmo, acabaria no prejuízo. Melhor mantê-la até que resolva os problemas.

— Quem sabe tudo se resolva nesta viagem – disse Dan. – Agora, amigo, tenho que abrir meu coração: estou muito entusiasmado com sua serva Débora; penso em levá-la para Corazim e começar uma nova vida, junto com Orlit.

— Como assim? – disse Elisha.

— É que meu sogro Barnabé disse que o melhor seria prover filhos com outra esposa, para consolar Orlit, e desde que conheci sua serva me encontrei – penso em falar com Orlit.

— E ela aceitará tal fato?

Dan retrucou após breve silêncio.

— Caro Elisha, você parece esquecer que as mulheres não têm opinião alguma em nossa sociedade. Portanto, ela aceitará, sim. Caso contrário, ficará sem o lar e sem o apoio do seu pai. Nunca em toda a minha existência senti algo tão forte como senti por Débora, parece um fogo que arde em meu ser.

Continuaram a viagem até que Elisha falou:

— Dan, melhor buscarmos o refúgio apropriado para pernoitarmos; amanhã seguiremos viagem.

Prosseguiram por mais algum tempo até avistarem pequeno recanto onde flores e vegetação cobriam o solo e as pedras que disfarçavam pequeno córrego natural.

— Parece perfeito – disse Elisha.

Pararam, Dan desceu de sua montaria, buscou amarrar os animais em uma frondosa árvore, enquanto Elisha sorvia aos goles a água. O céu mais parecia revestido de véu, pontilhado de luzes brilhantes. Dan suspirou e providenciou o fogo para se aquecerem na friagem da noite, que já se reclinava sobre eles. Após o fogo começar a crepitar, sentaram-se. Na bagagem havia pão, frutas, bolinhos de carne que degustaram sem nada comentar. Dan, olhando Elisha, sentiu-se incomodado e perguntou:

– Você confia em Caleb?

– Não – respondeu Elisha.

Meditando um pouco completou:

– Acho que ele possui ideias em seu coração; não é um homem de liderança, é um homem sem metas.

– Creio que você não o conhece o suficiente. Na verdade Caleb é um homem muito inquieto, Elisha. Ele perdeu seus pais muito jovem, e depois... bem, começou a buscar um motivo para sua vida...

– Se não tivesse sido criado fora de nossas tradições...

– Como fora de nossas tradições? Sua família não é de origem nobre? Não goza de privilégios?

– Sim. Contudo seu tio e mestre, que o pegou sob sua tutela, era partidário dos essênios, sabe? Não concordava com certas formas institucionais do templo, nem com o comportamento de certos membros. Acho que ele representa um perigo para nossa cidade – disse Elisha.

Dan sorriu:

– Não seja tolo. Caleb antes de tudo é perigoso para consigo mesmo. Veja bem, Elisha, um homem jovem, rico e cheio de privilégios da elite a que ele pertence, e se nega a usufruir disso, é muito perigoso para si mesmo. Não se dá o devido valor. Na realidade, não se enxerga. Por isso meu sogro o preteriu, e bem, hoje você é o esposo de Marta.

Elisha meditou e depois falou:

– Concordo e discordo de você. Ele é um tolo em não usufruir de seus privilégios, mas é perigoso, pois só se prende àquilo em que acredita.

– É, você talvez tenha razão.

E, olhando a imensidão do infinito que os cobria, adormeceram.

* * *

Após cuidar do jardim, Marta rumou para sua casa a fim de iniciar os preparativos do almoço, quando Orlit, com Job ao colo, se aproximou.

– Querida irmã – disse Orlit –, sei que me entende e sei que se pudesse me auxiliaria. Por favor, olhe para mim, eu me sinto como uma aleijada, uma mulher disforme que não pode conceber a descendência de meu esposo. Me sinto inútil e temerosa. A qualquer momento Dan poderá me trocar.

– Não seja tola – disse Marta –, Dan a ama, e, veja bem, vocês estão juntos há quase sete anos. Se tivesse que devolvê-la, já teria feito.

— Mas sei que outras podem conceber e lhe dar filhos, eu não.
— Orlit, eu a quero bem, não fique assim, tenho certeza de que Caleb a levará até Jerusalém e você ficará curada, está bem? Vamos prover o nosso alimento para visitarmos Mia. Ela está acamada e deve ser algo grave.
— Será? — disse Orlit.
— Temo que sim. Reina não costuma me solicitar em vão.
E, erguendo-se, passou a chamar sua serva.
— Débora, Débora! Por favor, leve o pequeno Job para o quarto, ele precisa descansar antes do seu alimento.
— Ela parece tão boa para Job.
— Sim, ela é muito boa — disse Marta sorrindo. — D'us queira que consiga um bom casamento — acrescentou, inocente.
— Ah! Ela está à espera de um esposo? — disse Orlit, incomodada.
— Sim, como um dia nós já ficamos, Orlit.

* * *

EM CASA DE Reina, Mia parecia recuperar-se. Já voltara a esboçar seu mau humor, associado a suas birras costumeiras.
— Quero sentar-me, não posso ficar neste quarto o tempo todo deitada.
— Calma — dizia Reina. — Você quer que a hemorragia retorne?
— Não, mas quero me enfeitar. Afinal, vou receber visitas, não vou? Não quero estar feia e despenteada.
— Você dá importância demais à sua aparência.
— Minha sogra, faço tudo para agradar ao seu filho.
— Deveria estar triste por perder seu filho.
Mia, olhando-a com ódio, proferiu:
— Pois bem: não é porque perdi um filho que tenho que morrer junto com este filho. Ou minha sogra não quer outros netos? — disse, fingindo carinho.
— Sim, desejo a felicidade de meu filho — e suspirou, com o coração apertado.
Quando Itti chegou, trazendo-lhes a notícia de que Marta e sua irmã Orlit estavam em sua casa à espera dela, Mia, quase aos gritos, falou:
— Não disse, esse bando de abutres já veio rir de minha desdita.
Reina cortou sua fala descabida, dizendo:
— Não diga tais tolices! Eu as convidei achando que lhe seria agradável companhia, mas pelo que vejo agi mal pensando em lhe agradar.
— Não, minha sogra — disse Mia chorosa, não querendo perder a confiança da bondosa Reina. — Apenas peço um tempo até que Itti me auxilie.
— Está bem, vou recebê-las — após Reina retirar-se, Mia, olhando para Itti, disse com aspereza:

— O que espera? Vai ficar igual a um vaso me olhando, sua tonta?

E a humilde serva, baixando os olhos pôs-se a servi-la.

Reina dirigiu-se até o salão onde Orlit e Marta já haviam sido acomodadas. Reina nutria verdadeira simpatia por Marta, e ambas sentiam afinidades uma pela outra.

— *Shalom* — disse Marta, erguendo-se e abraçando a idosa matrona, que não conseguiu conter o pranto daquele abraço, de afeto sincero.

— Desculpe-me, Marta, mas não consigo conter a dor de meu coração.

E Marta, olhando-a, compreendeu que algo muito grave ocorrera.

— É Mia, Reina?

— Sim, filha, é Mia, ela estava grávida, mas infelizmente perdeu o bebê e quase morreu.

— Mas que horror — disse Orlit.

— Mas ela está bem agora, não está? — disse Marta, aflita.

— Graças a D'us, sim, mas não sei o que teria ocorrido se D'us não houvesse posto sua mão sobre esta casa.

— Podemos vê-la? Eu trouxe as frutas que ela tanto aprecia.

— Que bom, você sempre pensa em tudo. Mas aguardemos a serva sair, ela está se arrumando.

— Compreendo — disse Marta.

— Sei que vocês farão um grande sacrifício, afinal ela está impura.

— Não me importo com isso, Reina — disse Marta.

— Eu também não — concordou Orlit.

— E como está Elisha?

— Está viajando, foi a Jerusalém com Dan, esposo de minha irmã Orlit. Recorda-se dele? Foi ele quem levou Job no rito da circuncisão.

— Sim, me recordo dele — disse Reina. — Vocês aceitam um chá?

— Sim, eu aceito — disse Orlit. — Ervas frescas sempre fazem bem.

— É verdade, moça — disse Reina, olhando-a. — Bem, vejo que Itti já saiu do aposento, vamos, subam.

Ao entrar no aposento de Mia, Marta ficou surpresa: Mia estava sentada entre as almofadas de sua cama; seus cabelos presos deixavam à mostra seus traços delicados e sedutores; parecia não estar abatida; ao contrário, estava até bela, com a suave maquiagem que aplicara nas bochechas e lábios; só os olhos estavam profundos, resultado das noites insones.

— Veio me visitar, Marta, que bom — disse Mia, com falsa modéstia.

Em seus pensamentos, sentia raiva da bondade de Marta. "Ela é mesmo muito atrevida em vir aqui tripudiar de mim", pensava Mia olhando para Marta.

— Sim, eu soube do triste acontecimento, Mia. Trouxe-lhe frutas frescas.

— É, verdade Mia, são belos figos e tâmaras, como você gosta — disse Reina.

– Que bom. E você, Orlit, o que faz aqui? – disse Mia com tom de desdém e curiosidade.

– Eu vim trazer minha solicitude, pois sei como é difícil para uma esposa não dar filhos ao esposo.

– Ah, você é estéril. Que pena. Pois eu não sou, apenas D'us percebeu que eu não deveria ficar deformada, e me deu esse triste benefício.

– Não diga isso – falou Marta –, D'us nunca tiraria uma vida por tola vaidade sua, Mia. Sei que está triste, mas não precisa agredir-nos desta forma.

E Mia, percebendo que perdera o bom-senso, disse:

– Tem razão. É que estou revoltada com tudo isso que me aconteceu – e, fingindo tristeza, pôs as mãos no rosto, simulando um choro.

– Deixe-me, por favor, não sou boa companhia.

E Marta, aproximando-se, a abraçou:

– Isto vai passar, querida. Assim que Elisha retornar voltaremos aqui para contar-lhe as boas novas.

Olhando para Marta, Mia falou:

– Retornar de onde? Ele foi embora?

– Não, apenas foi a Jerusalém e logo retornará.

– Ah, sim, compreendo. Mas qual é a boa nova, pelo menos me deem alegrias.

– Bom, a boa nova é que meu primo Caleb comprou uma bela propriedade e que fomos lá conhecer, e tenho certeza que você, com seu esposo, também serão bem-vindos em casa de Caleb – sorrindo, afagou sua fronte.

Mia ouvia a tudo calada. Sentia uma incrível inveja de Marta, não conseguindo se desvencilhar dos pensamentos de revolta que afloravam em seu íntimo. Percebendo o brilho que Marta demonstrava quando falava de Caleb, perguntou-lhe astutamente:

– Parece-me que este primo seu lhe é como um irmão, Marta.

Orlit, tentando desembaraçar Marta, respondeu-lhe:

– Sim, nós fomos criados juntos, mas creio que não convém a incomodarmos mais, não é Marta, afinal Mia está convalescendo.

– Tem razão, que D'us a proteja, querida Mia. Reina, por favor, deixe Mia escolher as frutas que lhe trouxemos, ela precisa se alimentar.

– Com certeza Itti já depositou na sala ao lado – e saíram.

Após deixarem o recinto Mia logo chamou a serva.

– Itti! Itti! – exclamou impaciente.

– Sim, senhora.

– Deixe que eu veja as frutas.

E trouxe-lhe uma bela bandeja ornada de figos, damascos, tâmaras, apetitosas uvas. Mia perguntou a Itti:

– Serva, você gosta destas frutas?

— Sim, são belas — respondeu Itti.

— Pois são suas, vá, suma com elas daqui.

— Mas, senhora, o que dirá a senhora Reina.

— Não seja tola, leve para a cozinha e compartilhe com as outras criadas. Diga que eu as presenteei. Não quero nada de Marta, nem mesmo sua amizade.

E a velha serva foi-se, entristecida pela dureza de Mia.

* * *

ERA ALTA MANHÃ quando Elisha e Dan cruzaram os pórticos de Jerusalém; a cidade crescera muito, o comércio corria célere, as bancas coloridas, o ir e vir do povo que se amontoava nas vielas. Eles estavam exaustos com o calor excessivo e a noite maldormida que haviam passado. Elisha e Dan se dirigiram à estalagem em que sempre ficavam quando iam à cidade; era uma estalagem simples, mas com refinado atendimento. Ao chegarem foram saudados pelo dono. Tibeio era um homem baixo, gordo e calvo, em seus cinquenta e três anos; era hospitaleiro, possuía dez quartos amplos, camas sólidas e criados sempre aptos a servir; tudo era muito limpo, ele não permitia que qualquer pessoa se hospedasse em sua estalagem, somente doutores e mercadores de renome; a estalagem era cara, dificultando o acesso aos menos aquinhoados.

— Sejam bem-vindos — saudou Tibeio.

— *Shalom* — disse Dan.

— Bom homem, providencie para nós bons quartos e um bom vinho, temos sede e fome.

— Sim, sim acompanhe o meu servo.

Logo surgiu um rapazola de 15 anos, o qual não falava, era mudo de nascença, mas a bondade de Tibeio o fez deixar que o rapazola lá trabalhasse carregando bagagens, levando mensagens escritas ou limpando quartos. Era esperto e tinha olhos grandes. Logo os conduziu a largo corredor, subiram sinuosa escada feita de pedras, que ligava a um corredor com grandes janelas, deixando a brisa fresca perfumar o ambiente e a luz do sol a tudo iluminar; eram dois quartos, um ao lado do outro; as portas feitas de madeira maciça eram difíceis de abrir; deu a chave a cada um e foi-se embora.

Elisha, abrindo a porta de seu quarto, deparou-se com larga cama, revestida com lençóis de linho; ao lado, pequena mesa com uma jarra de água; a janela trancada fazia-o parecer escuro; trancou a porta e foi em direção à janela de madeira; abriu-a, deparando-se com a visão do templo ao longe; próximo, via-se o movimento da rua e o pequeno jardim bem cuidado da estalagem; pensou em Marta, sentiu um aperto em seu coração, saudades dela; ela era sempre tão dócil, nunca o contrariava, sempre lhe cedia as vontades; recordou-se de suas núpcias; era pura, nem sequer sabia o que ele faria com ela... mas permitiu-lhe o toque sem sequer repudiá-lo; sempre estava ali servindo-o, nunca perguntou-lhe nada. De repente, pensou que ele estava sendo egoísta com ela: ela era sua esposa, ouvia-o sem dar-lhe opiniões, só se pronunciava quando ele permitia, cuidava da casa, era zelosa..., mas não sentia que ela lhe tinha paixão, era fria. Ele já tivera outras mulheres, e Marta mais se assemelhava a uma irmã; isso, às vezes, o irritava; nunca fora atrevida ou sequer lhe tocara na intimidade. Suspirou; para que se importar com Marta, era apenas uma mulher... Sentiu vontade de ser amado apaixonadamente, como era pela cortesã que, às vezes, visitava; porém, agora que era casado não podia. Coçou a barba, olhou para a cama; deitou-se, fechou os olhos, sentindo o corpo relaxar, deixou que a sonolência o envolvesse. De repente se viu em um campo verde; junto, crianças corriam, e uma luz brilhante veio em sua direção; ouviu a voz de seu mestre, o coração vibrou; ele se mostrou saindo da luz, vindo em sua direção. Elisha beijou-lhe a fronte e perguntou: "Mestre, será que estou sonhando ou isto é real?"[56].

"Que importância tem isto Elisha, o que importa é que você se modifique, meu filho."

"Mudar o quê, Rabi? Não sou eu um bom pai? Um bom esposo, um bom servo de D'us?"

"Pergunte a você mesmo se é. Apenas guarde uma promessa: que quando o grande Rei chegar, ouça-lhe as palavras e beba nas fontes da renovação."

De repente sombras espessas envolveram Elisha, que foi transportado a um local escuro e sufocante onde o chamavam de "assassino!, assassino!". Acordou suado, trêmulo, lavou o rosto e olhou para a janela; parecia que havia dormido por algumas horas. Procurou refazer-se; havia tido mais um pesadelo, mais uma agonia; recompôs e bateu à porta de Dan, que a abriu sorrindo:

– É, amigo, creio que estava cansado.

– Sim, acho que sim.

– Vamos nos alimentar e rumar para o templo, pois enquanto descansava fui agilizar seus processos. Sabe que terá de trocar o dinheiro? Vamos, vamos descer.

Descendo, foram para a sala onde serviam as refeições. Alimentaram-se rapidamente e partiram em direção ao templo. Foram juntos. Antes de chegar, pararam em uma tenda; é que não era permitida a entrada de moedas no templo; as moedas correntes eram consideradas impuras, sendo trocadas por *shekel*, moeda que possuía também um valor maior. Após terem sido trocadas, foram para o templo.

Dan havia conversado com um auxiliar do sumo sacerdote; este havia lhe falado que Elisha deveria passar por três rituais de purificação. O primeiro seria o sacrifício de uma pomba pelo filho dele, o segundo seria um carneiro pela esposa, e o terceiro seria um boi pela purificação de sua casa e por ele mesmo, que ele sacrificaria em um rito único.

---

[56] "Os espíritos exercem alguma influência sobre os acontecimentos da vida? – Certamente, uma vez que vos aconselham". (*O Livro dos Espíritos*, questão 525)

– Elisha – disse Dan –, o auxiliar me informou de todo o processo, portanto devemos comprar os animais que o templo nos oferece; é mais seguro, já que é exigido rigor para o sacrifício.

– Sim, eu compreendo que nenhum animal pode estar deformado ou impuro. Conheço as regras dos levíticos.

Ao entrarem no templo foram recebidos por um levita que os conduziu ao pátio principal. O templo, com suas colunas imensas, mais parecia um mercado. Em um dos pátios principais tinha uma mistura de incenso e animais, o tilintar de moedas e um generoso número de transeuntes que iam e vinham. Muitos escribas, fariseus e levíticos também se revezavam no atendimento do templo. Dan e Elisha se dirigiram à entrada, onde realizavam a compra de animais. À esquerda ficava localizado um pátio para os gentios, pois eles eram proibidos de entrar no templo, assim como as mulheres, que ficavam em outro pátio, separadas dos homens. Muitos sacrifícios eram realizados. Elisha deveria passar por três rituais de purificação.

Naquela época, o templo era muito mais que um local destinado ao culto; ele era o centro de toda vida religiosa e política da nação judaica.

Suas atividades contribuíam com a economia e revelavam a divisão de classe daqueles dias; os homens que não eram circuncidados nunca entravam no templo, como as mulheres. Os sacerdotes gozavam de vários privilégios e o comando do templo estava sob as famílias mais fortes e influentes da época e era passada de geração a geração, como a família à qual Caleb pertencia.

Elisha foi conduzido ao interior do templo; as colunas imensas davam-lhe o aspecto de importância e exaltação. Foi lentamente subindo as escadas que o conduziriam a amplo corredor ornado por grandes lamparinas que alimentavam o fogo. O forte odor de incenso dominava quase todo o recinto; a luz tênue do dia banhava o chão, véus espessos surgiam do alto, envolvendo várias câmaras que se seguiam separadamente.

Elisha fora conduzido a uma câmara posterior; ao entrar percebia-se o altar rústico, ornado por grandes labaredas suspensas, duas bacias estavam postas para o início do ritual; a luz penetrava neste local através de extensa abertura onde se visualizava o céu. O sacerdote que conduziria o ritual adentrou o ambiente.

Elisha ajoelhou-se em oração e as oblações se iniciaram; à medida que Elisha orava, tênue luz fora se mostrando presente. Entidades que não eram perceptíveis ao olhar humano se transpunham com sutileza no recinto, observando a oração que Elisha realizava. Neste momento, pequena luz começou a envolver o campo mental de Elisha, se intensificando no tórax; as sutis entidades, recolhendo suas energias, transmutavam-nas em flores perfumadas que emergiam na direção do altar, sendo absorvidas como uma oferta de amor.

O animal sacrificado, ao toque da luz, libertou-se de seu invólucro, sendo recolhido em um voar celeste, devido à intensa luz que ali se apresentou; em seguida, suave chuva brilhante caiu sobre Elisha, propiciando bem-estar. Os irmãos galhofeiros que o perturbavam sentiram, ao contato daquela luz forte, um grande mal-

-estar, fomentando neles a revolta pelas bênçãos concedidas à sua vítima. A oferta realizada para seu querido filho fora aceita e as bênçãos foram compartilhadas com todos. Sentindo seu coração mais leve, o nobre fariseu compreendeu que o D'us de Abraão o abençoou.

* * *

Em sua ansiedade desmedida, Caleb, no dia seguinte, rumou para Betsaida; em sua bagagem, iguarias apetitosas para Orlit e Marta, frutas, flores e um discreto presente para sua querida Marta. Ia pelo caminho pensando que o dia seria o mais proveitoso possível; faria de tudo para ganhar a confiança de todos; pegou o pequeno embrulho, onde podia sentir a chave – este seria o presente surpresa.

A alegria parecia banhar sua alma, estava jovial, leve, entusiasmado por poder compartilhar de algumas horas com todos aqueles que lhe prezavam. De repente, pensou em Elisha e sentiu-se um pouco incomodado; talvez sua atitude não fosse a mais correta, mas era a única forma de estar próximo de sua amada; não conseguia ficar longe, havia tentado, D'us sabe o quanto, mas não podia. E foi assim, neste lento diálogo consigo, que entrou em Betsaida; passou pelo mercado barulhento, o ir e vir, e logo avistou a casa de Elisha. Abed, reconhecendo-o, veio abrir o portão.

– *Shalom*, senhor.
– *Shalom* – retrucou Caleb em sua simplicidade.

Desmontou de sua montaria e foi ao encontro de Abed.
– Meu bom rapaz, as senhoras se encontram?
– Não, meu senhor, mas Débora está na casa, vou chamá-la. Por aqui, venha. Quer que recolha sua bagagem?
– Ah, sim, por favor. São presentes para minhas primas.
– Mas antes me diga, tudo corre bem por aqui?
– Sim, senhor – retrucou Abed.
– Então continue a vigiar.

E retirando pequena moeda deu ao rapaz, que, sorrindo, o conduziu.

Quando Caleb entrou na sala aconchegante, deparou-se com enternecedora cena. Job brincava com Débora. Eram bonecos de madeira que o pequeno garoto segurava, balançando no ar com suas mãos gordas e graciosas; seus olhos lembravam os da mãe, e por um breve momento Caleb sentiu já ter vivido aquele momento – era como se estivesse se repetindo aquela cena da sua vida.

Débora ergueu-se respeitosamente e foi na direção de Caleb.
– Senhor, devo informar que minha senhora não se encontra. Ela não deve demorar. O senhor irá aguardá-la?
– Sim, apenas diga-me onde foram.
– Foram à casa de Efrat. Posso servi-lo. Deseja beber alguma coisa? Vinho ou água?

– Traga-me vinho.

E, retirando-se com Job nos braços, foi providenciar o devido acolhimento a Caleb.

A brisa era refrescante e a casa aconchegante, embora não tivesse o luxo ao qual Marta fora acostumada; recordou-se dos tempos da juventude, de como eram felizes; as brincadeiras escondidas, a alegria de estarem sempre juntos; mesmo às escondidas sempre arrumavam tempo para de alguma forma se comunicarem; recordou-se da primeira vez que lhe beijou as mãos, da emoção que sentiu, dos sonhos que teceu; desde aquele momento buscou ensinar-lhe tudo para que fosse uma companheira em todos os momentos. Ela era esperta, mas muito teimosa; não concordava com ele. Riu sozinho, até que notou um barulho no pátio; seu coração disparou; pensou, "é Marta".

Ao retornarem da casa de Efrat, Orlit e Marta vinham despreocupadas, conversavam sobre a desventura de Mia e como ela estava mudada.

– Nem parece a mesma. Às vezes vejo no olhar de Mia uma dureza, acho que ela não gosta de Efrat – disse Marta.

– Será, Marta? Como não gosta? Ele parece muito apaixonado por ela... E você, minha irmã, é por seu esposo? – questionou Orlit.

– Não faça perguntas tolas, Orlit, sabe que tenho apreço por Elisha. E eu não sou tão impulsiva assim como você pensa.

– Sei, só se isto for agora, pois me recordo muito bem de como você se comportava com Caleb, se encontrando às escondidas, e o pior: usando sua irmã como mensageira – e pôs-se a sorrir.

– Orlit, este tempo não volta mais.

Quando entraram no pátio notaram a montaria. Abed, como sempre, foi ao encontro das duas senhoras.

– É seu primo, Caleb. Está aguardando.

Orlit não se conteve e disse:

– Venha, Marta, vamos lhe dar boas-vindas. Ajeite seu véu, ele não pode nos ver sem ele.

Marta sentiu um frio percorrer seu corpo, uma sensação de medo e alegria.

Ao entrarem na sala, Caleb já estava à espera de pé. Cumprimentou Orlit com um sorriso e olhou profundamente para Marta, que, desviando do olhar dele, o cumprimentou.

– Vejo que nos trouxe presentes – disse Orlit.

– Sim, são frutas de minha propriedade, e as flores são para encher esta casa de luz.

– Não precisava, Caleb – disse Marta.

– Ora, irmã, não desdenhe da oferta de nosso primo.

– Está de passagem, Caleb?

– Não, Marta. Vim, se me permite, passar o dia com vocês. Afinal, foi o desejo de seu esposo.

O coração de Marta batia descompassado. Ele ficaria o dia ali? Não tinha como ignorá-lo o tempo todo... E, respirando profundamente, disse:

– Bem, espero que Débora tenha lhe servido.

– Sim, me trouxe vinho e água para lavar-me.

– Então devo providenciar as acomodações necessárias para você, se me permite.

– Claro, fique à vontade, a casa é sua. Vim apenas como um viajor – e sorriu.

– Continua o mesmo, sempre brincando – falou Orlit, animada.

– Não se alegre, irmã, pois hoje temos que conversar com Caleb sobre a viagem – disse Marta como que sentindo que Caleb poderia decepcioná-la.

– Está bem – disse Orlit.

E Marta retirando-se da sala, logo seguiu para o quarto. Não suportaria a presença de Caleb, não conseguiria ignorá-lo. Era uma tortura. Olhou para seu filho, que repousava, se sentiu culpada por nutrir fortes sentimentos por Caleb. Estava trêmula; orou a D'us pedindo forças para suportar, mas apenas conseguiu ficar mais ansiosa.

* * *

Após a ceia na casa de Zebedeu, ficou acertado que logo ao iniciar o dia, Simeão, André, Zebedeu e alguns outros pescadores iriam para o porto remendar as redes para a nova empreitada. Antes, porém, de se retirar, Simeão chamou Zebedeu em segredo e confiou-lhe os últimos acontecimentos que ocorriam em sua casa, o quanto sua sogra estava abatida com a morte do esposo, e o quanto vinha definhando a cada dia. Zebedeu, após breve silêncio, ponderou:

– Amigo, sabe que assim como os anjos celestes existem, os gênios do mal também atuam; não será acaso que a sua estimada sogra esteja sendo assediada por espíritos impuros? Neste caso, só o sacrifício aliado à grande fé em nosso D'us poderá salvá-la. Tenho ouvido falar de casos tristes de pessoas que são fortemente atormentadas por esses gênios, que nem mesmo os rabinos conseguem expulsar; nosso povo sofre um constante ataque do mal, os gentios nos dominam, e a precariedade se instalou em nossos lares; vários homens adoeceram, crianças menores e jovens ficaram doentes pela pestilenta lepra; tempos de dificuldades! Aconselho a procurar o templo, quem sabe esta pobre mulher se cure.

Retirando-se para casa, Simeão ia pensativo, as estrelas rutilavam no céu límpido de Cafarnaum; a cidade, banhada pelo lago de Genesaré, se tornava agradável ao cair da noite; nas ruas, quase ninguém; apenas a brisa benfazeja; o silêncio parecia encobrir as palavras que ecoavam nos pensamentos de Simeão. Sentia compaixão de sua sogra, Hanna, e imaginava o quanto sua esposa estava abalada. André, ao seu lado, não percebia a angústia de Simeão, estava absorto com a possibilidade de regressar ao convívio de João Batista; não conseguia se ocupar muito tempo com o comércio de peixe, seu coração ansiava por seguir o Mestre, que viria a servir neste novo reino. Ao chegarem à casa, apenas Minar os aguardava; a serva, solícita, estava à disposição para qualquer serviço que seus donos desejassem. Simeão, dispensando-a, rumou resoluto para seus aposentos, enquanto André meditava em uma forma de dizer a Simeão que não poderia ficar perto por muito tempo.

André foi sentindo seus olhos pesarem, como se inesperado sono o envolvesse. Quando completamente envolto no sono, um influxo luminoso o envolveu, despertando-lhe a alma; a luz intensa trouxe-lhe a presença de Simeão, que, desprendido do corpo físico, aproximou-se de seu irmão; sem que nada dissessem, a suavidade de uma doce voz se fez presente em seus corações; como que tocados pela magnitude desta luz amorosa, ajoelharam-se, guardando apenas as palavras: "Não se inquietem, apaziguem seus corações; a hora está próxima, preparem-se para o serviço, pois os servos do Senhor já estão prontos".

Na manhã seguinte, quando o sol despertava na bela cidade, Zebedeu conversava com seus filhos, Tiago e João.

– Acho que já é hora de retornarmos ao convívio com João Batista. Irei hoje mesmo, junto com Tiago, levar notícias da pregação de nosso primo na sinagoga – disse João.

Maria Salomé, que a tudo ouvia, permanecia em silêncio junto aos seus, enquanto Zebedeu, que ainda não se inteirara claramente da situação, concordava sem muito alarde, por acreditar que eram apenas simples notícias do primo dos filhos, concordando sem muitos questionamentos. Zebedeu não supunha que Yeshua[57] fosse o Messias. Tiago e João se entreolharam e, buscando o olhar compreensivo de sua mãe, após organizarem as provisões, juntos seguiram rumo ao Jordão.

Quando Simeão chegou com André ao porto, notava-se pouco movimento; foram logo retirando as redes e começando a providenciar os procedimentos a serem feitos. Logo nas primeiras horas de trabalho estranharam a ausência de Zebedeu e seus filhos, porém, como o trabalho era muito, deixaram-se envolver, só se dando conta quando o bondoso Zebedeu chegou ao porto onde estavam reunidos os pescadores. André afetuosamente o saudou, enquanto Simeão, percebendo-o só, inquiriu:

– Onde estão os seus?

– Bem – disse Zebedeu em tom natural –, foram ao encontro de João Batista, creio que inspirados pela sua palestra de ontem.

Sorrindo francamente, Simeão lhe respondeu:

– Graças a D'us minhas palavras foram de fato esclarecedoras.

André, aproveitando da oportunidade, respeitosamente falou:

– Creio que daqui a três dias devo retornar para o grupo a fim de auxiliar nas tarefas junto a João Batista; se desejar, levo algum recado para eles.

Simeão, olhando, permaneceu em silêncio.

---

57 *Yeshua* é a forma que aparece em vários pontos dos evangelhos em aramaico o nome que em português é *Jesus*. Yeshua (עושי / עוּשִׁי) é uma forma alternativa do nome Yehoshua ("Javé salva"), que por sua vez vem do hebraico Josué (עשוהי).

* * *

APÓS A PARTIDA de Cafarnaum, João e Tiago não demoraram muito até chegar ao local da pregação de João Batista; ambos estavam ansiosos para contar a João sobre as pregações de Yeshua na sinagoga e como ele falava da pregação do próprio João. Não demoraram a encontrá-lo; a multidão já se aglomerava, o sol alto do meio dia não desanimava as dezenas de arrependidos que se punham na fila à espera do reino divino. João Batista mal começara a batizá-los quando percebeu a chegada dos filhos de Zebedeu; olhou-os e continuou com o batismo, enquanto Tiago e João se punham junto aos demais, auxiliando a organizar a multidão que ali se encontrava.

* * *

APÓS O PRIMEIRO rito de sacrifício, Elisha retirou-se do templo para a estalagem; sentia-se mais leve; ficou em oração em seu quarto, meditava acerca de tudo o que vinha ocorrendo, não conseguindo encontrar uma causa plausível para os tormentos que o abatiam. Ficou assim, revendo os acontecimentos sem os compreender, até que ouviu algumas batidas em sua porta; ergueu-se e foi nesta direção; abrindo-a, deparou-se com Dan, que, sorrindo, lhe falou:

— Caro amigo, percebo que já faz horas que se encontra nesta quietude. Isto tudo é efeito do sacrifício?

— Talvez sim.

— Como assim?

— É que tudo começou quando desposei Marta.

— Ora, você está pondo a culpa em Marta?

— Não, mas veja: se eu não a tivesse desposado, talvez os fatos fossem outros. Fiquei aqui, orei e comecei a pensar sobre minha vida; sempre fui um homem reto, cumpridor de meus deveres, mas após meu casamento com Marta as coisas passaram a não se encaixar.

— Como assim, Elisha?

— Primeiro, foi difícil sentir que Marta não era uma mulher apaixonante, não que me importe, mas ela é fria, não me satisfaço. Depois, a demora em ter filhos, e agora, se a toco, corro o risco de deixar meu filho órfão de mãe, e eu com outra criança para cuidar... Sem contar os pesadelos que me atormentam... Me diga, Dan, não é muita coincidência?

— Creio que tudo tem um propósito, mas devo adverti-lo de que, quando desposou Marta, sabia ser ela a prometida de Caleb. É natural que não lhe tenha paixão, você era um desconhecido. E depois, ela deveria ter por ele algum sentimento, sendo então compreensível o fato de não ser tão ardente. Quanto a não poder conceber mais, ora, meu caro, ela lhe deu um varão. Olhe para mim, nem mesmo uma filha D'us me permitiu ter. E quanto aos pesadelos, talvez você esteja cansado.

– Será que eu não teria sido um mau homem em outra vida e trouxe estes gênios do mal para esta?

– Que tolice, Elisha, pare de blasfemar e venha comigo. Desçamos para alimentar-nos; hoje terei uma reunião no templo, gostaria que você me acompanhasse, afinal sua opinião é valiosa.

Elisha, olhando-o, concordou em acompanhá-lo. Após alimentarem-se, foram subindo para o templo; ao entrarem, um levítico veio informar que seleta assembleia se reuniria em uma sala diferenciada do templo; chegaram ao ambiente e encontraram sacerdotes e fariseus sentados em assembleia. Um sacerdote falava:

– É importante que comecemos a repreender este profeta que incita o povo a um novo reino. Todos sabemos que esta agitação poderá nos comprometer diante dos romanos.

Erguendo a voz, um dos fariseus presentes conclamava:

– Nós devemos ter a devida certeza se este profeta se trata de Elias, ou quem sabe é o próprio Messias.

Um saduceu interpelou-os, ríspido:

– É um farsante, um biltre enganador.

Outro fariseu notando a confusão levantou-se de seu assento e erguendo as mãos em sinal de silêncio pronunciou:

– Para que colocarmos a massa popular contra nós, não devemos esquecer que é o povo que nos paga os tributos.

Dan e Elisha a tudo ouviam sem se manifestarem, alguns fariseus e saduceus falavam com exaltação, sem chegarem a uma conclusão de qual atitude deveriam tomar.

Elisha então, erguendo-se de seu assento sob o olhar espantado de Dan, se fez pronunciar em alto e bom tom diante dos escribas, fariseus e saduceus presentes naquela assembleia:

– Varões de Israel, percebo que muitos de vocês aqui presentes se encontram na mesma condição de insatisfação que também me encontro, na verdade não podemos comungar com as ideias deste homem que levianamente propõe a vinda de um novo reino ao qual parece que nossa casta não fará parte. Vejo também que ele tem certa influência permissiva junto ao povo fanático, diria adeptos fanáticos que creem serem purificados por um batismo fantasioso, quando as leis de nosso povo se referem a sacrifícios realizados neste templo. Não podemos permitir que este homem dilapide o patrimônio desta casta, sugiro então que não causemos alarde, ao contrário busquemos nos aproximar de forma sutil, sondando qual a finalidade do profeta lunático e aí, sim, poderemos nos precaver e tomar as devidas atitudes.

– E o que o senhor sugere? – perguntou um ancião que gozava de influência.

– Sugiro que formemos uma comitiva e que passemos a espreitá-lo a fim de saber qual sua intenção.

Todos na assembleia concordaram e começaram a discutir quais seriam os homens à frente deste feito. O nobre ancião que questionara Elisha aproximou-se de Dan a fim de conhecê-lo, sabendo ser-lhe um parente e tendo em conta que Dan pertencia a uma das famílias de grande influência, se fez pronunciar:

— Senhores doutores, já que o nobre fariseu se fez presente e nos deu uma sugestão esclarecedora, coloquemo-lo como um dos líderes deste grupo.

Grande alvoroço de vozes se fez, mas conhecendo bem o ancião e dado tratar-se de um homem assaz maduro e sábio, todos concordaram. Após a dissolução da assembleia Deoclécio chamou Dan e lhe convidou para que no dia seguinte viesse com Elisha para uma conversa em particular.

À saída do templo, Dan comunicou Elisha que Deoclécio era um dos auxiliares do sacerdote e que havia se interessado muito por sua pessoa. Elisha, envaidecido, sentia que finalmente o futuro abria-lhe uma porta onde seus interesses ambiciosos poderiam se concretizar.

* * *

Após o lamentável acontecimento em sua casa, Efrat passou a sentir-se angustiado, ele esperava encher a casa de sua mãe de alegrias e tinha certeza que havia feito a escolha certa, embora Mia tivesse se modificado um pouco, mas era natural, ela já não era mais serva e sim sua esposa e como tal ele proporcionara-lhe uma vida cheia de mimos, com certeza ela lhe tinha apreço, ele era amado por sua esposa, fazia-lhe todos os desejos, qual seria a mulher que não o amaria? Recordou-se das palavras de sua mãe quando sugeriu que ela fosse apaixonada por Elisha, com certeza sua mãe exagerara. Estava assim nesse devaneio quando foi interrompido por uma idosa.

— Senhor, senhor, porventura é o filho de Reina?
— Sim – disse Efrat secamente.
— Então sua esposa salvou-se e o bebê também?
— Como sabe de minha esposa?
— Sou Ruth, fui eu quem enviou o remédio para sua mãe preparar.
— Ah!, sim, minha esposa está bem, mas a criança infelizmente não se salvou.
— Que pena – disse Ruth com um brilho no olhar.
— É! D'us sabe o que nos reserva.
— Poderia visitar sua esposa e ver sua nobre mãe?
— Sim, tenho certeza que agradaria minha mãe.
— Que bondoso o senhor é, amanhã voltarei, é que por hoje tenho que retornar, não posso deixar a tenda por muito tempo.
— Está bem, boa senhora. *Shalom*.
— *Shalom* – disse Ruth prosseguindo em seu caminho.

Ruth ia pelo caminho analisando os fatos. Bem, aquele anel lhe renderia vários denários, já estava cansada daquela vida de lutas, precisava descansar, sempre lutara solitária, não tinha filhos e o único parente que possuía falecera na mais completa pobreza, ela não passaria por tal experiência, faria o possível para arrancar o máximo de dinheiro daquela tola mulher, retornaria na manhã seguinte.

* * *

MARTA EM SEU quarto tentava se recompor, não era natural o que sentia quando estava próxima a Caleb, nunca ficava assim na presença de seu esposo; Caleb possuía o dom de lhe despertar os sentimentos secretos, os desejos ocultos; olhou para seu filho, poderia ser dele, se repreendeu por ter este pensamento, respirou fundo, jamais esqueceu Caleb, havia tentado, mas Elisha era bem diferente, era como um irmão, gostava apenas de seu esposo, não lhe tinha o mesmo afeto que nutria em seu peito por Caleb, estava fria, inquieta, pôs as mãos no rosto tentando equilibrar-se quando a porta se abriu e a jovem Débora entrou.

– Senhora, sua irmã lhe requisita a presença. Está se sentindo bem?

Aproximando-se pegou nas mãos de Marta.

– Senhora, está fria, quer que chame Orlit?

– Não, isto irá passar, só permaneça aqui comigo por algum tempo.

Débora já observara como Caleb olhava para Marta e o quanto ele parecia admirá-la, e também observou como Marta retribuía os olhares; não querendo ser precipitada falou:

– Senhora, não quero lhe ofender, mas está assim por causa de seu primo?

E em sua fragilidade emocional Marta lhe respondeu:

– É tão perceptível assim?

– Não, senhora, é que vejo amor nos olhos de ambos, por favor, me desculpe, mas não consigo me calar.

– Não tem problema, Débora, só não comente com mais ninguém.

– Jamais faria tal coisa, lhe quero bem.

E Marta, sentindo a sinceridade de coração, começou a falar:

– Houve uma época da minha vida muito feliz, eu era prometida de Caleb desde criança, fomos criados juntos, ele me ensinou muitas coisas, cresceu em nosso coração o amor, porém, após a morte de seus pais o destino nos separou, e hoje sou casada com Elisha, por isto tenho que me comportar, tenho um filho que necessita de meus cuidados, por ele devo calar qualquer sentimento, compreende-me, Débora?

– Sim, minha senhora.

– Agora me diga, seu coração conhece o amor?

E baixando os olhos com muita timidez, Débora respondeu-lhe acanhada.

– Sim, mas é impossível, senhora.

– Nada é impossível, Débora, conte comigo, diga-me, é alguém que conheço?

– Sim, é o Abed.

– Abed! Ora que alegria, não compreendo por que isto seria impossível – disse Marta sem pensar.

– A senhora esquece que ele é de origem samaritana? Minha família nunca permitirá.

– Não fale assim, eu prometo que tudo farei por vocês.

E Débora, olhando-a com ternura falou:

– Senhora, se fizer isto por mim, onde eu estiver a servirei.

Marta sorriu feliz por ter em Débora muito mais que uma serva, tinha uma irmã. E levantando-se pediu a Débora que olhasse Job, pois deveria retornar aos convidados, mas Débora segurando-lhe as mãos falou:

– Senhora, faça o que seu coração manda, eu a auxiliarei.

Ouvindo isto Marta sentiu-se melhor, retornando à sala encontrou Orlit que empolgada palestrava com Caleb.

– Venha, Marta, sente-se aqui junto a nós, Débora nos trouxe mais vinho e nosso primo não se importa de conversar conosco, ele é realmente diferente dos demais homens, estamos conversando sobre sua propriedade, ele me falou que é possível ir até o lago de Genesaré, não é magnífico ter uma propriedade assim?

– Sim, creio que o lago é o local mais belo que já vi.

– Pois sendo assim, convido-as a se hospedarem em minha casa, partimos amanhã bem cedo para que possam desfrutar do meu paraíso.

Orlit nem consultou Marta, afirmou sem muito pensar.

– Ótimo, amanhã iremos.

– Não podemos, Orlit, o que nossos esposos falarão?

– Não se preocupe, Marta, não se recorda que Dan e Elisha pediram a Caleb que ficasse junto a nós?

E Marta, olhando-o, sentiu o seu coração acelerar.

– Por favor, Marta, muito me apraz a sua companhia, diga que aceita – falou Caleb.

– Se é assim, aceito, mas só se o meu Job for.

– Ele é tão bem-vindo quanto a mãe em minha casa.

– Pronto, tudo resolvido. Agora, primo, gostaria de solicitar sua ajuda em um novo intento – disse Orlit tentando ser auxiliada por Caleb na viagem que desejava empreender.

– Se estiver ao meu alcance, farei.

– Bem, é que vim para Betsaida a fim de buscar ajuda de Marta para ir ao tanque de Betesda em Jerusalém, o primo deve saber que muitos milagres ocorrem ali quando o anjo agita a água, e eu tenho um grave problema, não consigo dar um filho a Dan, fico grávida, mas os meus filhos não ficam em meu ventre, devo ser doente.

Caleb tudo ouvia tentando compreender as aflições de sua prima, Orlit.

– Orlit, talvez não fosse o seu caso ficar exposta desta forma, recorda-se que o tanque é utilizado por irmãos muito enfermos, existem vários que ali permanecem por dias, meses, até que as águas se agitem, são homens cegos, paralíticos, enfermidades atrozes que levam aqueles pobres a se exporem daquela forma. Veja, você não é uma cega, nem paralítica, graças a D'us, concebe, mas seus filhos não permanecem em seu ventre, está enferma, mas já buscou o auxílio de um médico ou de algum sacerdote?

– Não, nunca busquei tal auxílio.

– Pois bem, preste atenção, se desejar posso conduzir-lhe até o Egito, lá tenho grandes amigos que lhe auxiliariam e quem sabe ficaria curada.

Orlit ficou jubilosa com a proposta de Caleb, mas preocupou-se.

– Para isto Caleb, meu esposo deverá consentir.

– Sim, ele deverá ser informado e deverá partir com você para tal intento.

E Marta olhando para Orlit completou:

– Creio que Caleb está certo, você não tem necessidade de ficar dias ali no tanque de Betesda, pode e deve buscar outros recursos, e tenho certeza que seu esposo concordará.

Orlit suspirou na esperança de que tudo ocorresse como eles falaram.

Abed permanecia no pátio cuidando dos animais quando um mensageiro chegou trazendo notícias de Dan e Elisha. O rapazola o recepcionou e levou a notícia até sua senhora, entrando na sala onde discorria o diálogo.

– Senhora, tenho uma mensagem e é escrita.

– Não há problema, Abed, eu sei ler.

Abed ficou espantado já que era quase impossível uma mulher ler.

Marta olhou com cumplicidade para Caleb, já que fora ele que a ensinara a fazê-lo. Leu a mensagem em voz alta para que Orlit pudesse inteirar-se da mesma:

"Querida esposa, chegamos a Jerusalém, tudo transcorreu bem, não devemos regressar esta semana, mas somente após os quinze dias de purificação ao qual venho me propondo fazer, fui agraciado com um cargo pelo templo, sendo possível que me demore por mais dias. Dan deverá regressar após os quinze dias, fique em paz, Elisha."

– Por favor, Abed, diga ao mensageiro que está tudo bem por aqui, nada tenho para enviar-lhe, e pegando uma moeda pediu que Abed o entregasse.

– Bem, vamos ficar aos cuidados de nosso primo por mais tempo que supúnhamos – disse Orlit, olhando para Marta que desviou o olhar.

Caleb, tentando ser agradável, disse:

– Farei o possível para auxiliá-las e preencher o tempo vazio que tiverem.

* * *

Tendo João Batista encerrado os batismos naquele dia lá pela sexta hora, aproximou-se de seus discípulos retirando-se para o descanso. Os filhos de Zebedeu acercaram-se de João Batista sentando-se próximo a ele, que notando o espírito de inquietude perguntou:

– O que me trazem de novidade do velho mundo?

João respondeu:

– Mestre, é sobre Yeshua, ele prega na sinagoga e fala de sua pregação com entendimento.

João, que já havia ouvido falar das pregações de Yeshua estava à espera de ver começar a sua vida pública, a missão que sua mãe Isabel lhe contara que seu primo tinha. Recordou-se da história do anjo Gabriel, de sua visita a Maria, antes de seu nascimento. O pensamento vinha-lhe à mente, a certeza de que este reinado não seria de um líder militar ou de um rei davídico e sim de um reinado espiritual. Permaneceu ali meditando enquanto os filhos de Zebedeu se misturaram aos demais discípulos, havia um total de trinta discípulos que o seguiam e conviviam com ele.

Todos aguardavam o surgimento do Messias e sabiam que João Batista o revelaria a eles. Os discípulos não supunham que João Batista tinha ciência de que Yeshua era o Messias, acreditavam que ele também não sabia quem era o Salvador.

* * *

EM CASA DE Simeão, Zimra a cada dia mais se inquietava com sua mãe. A idosa matrona não conseguia retornar às atividades que sempre exercera, era difícil para Zimra ter que admitir que sua mãe estava muito doente. Até mesmo Sara, que era a alegria da casa, já não lhe cativava a atenção.

Havia passado do meio dia e Simeão e André não retornaram, pois o serviço com as redes levava, às vezes, todo o dia. Zimra fitava sua mãe, Hanna, que mal havia tocado no alimento, ficava assim remexendo a comida, como se não tivesse nenhuma necessidade de ingeri-lo. Carinhosamente, Zimra falara:

– Mãe, por favor, alimente-se, desta forma ficará doente.

– Estou me sentindo fraca, não tenho forças para me alimentar, quero ficar deitada, por favor, me ajude a ir para o quarto, minha filha.

E Zimra, apoiando sua mãe, conduzia-a ao seu quarto. O que Zimra não podia perceber era a triste e enegrecida figura de seu pai, Aristóbulo, ligado a sua mãe, como que a lhe sorver as energias vitais, deixando-a extenuada e cada dia mais apática. Era a forma que Aristóbulo encontrava de saciar suas necessidades perispirituais, as quais o mantinham vinculado a Hanna e a casa, que um dia fora seu lar[58].

Quando Zimra colocou Hanna em seu leito, ouviu sua mãe reclamar.

– Às vezes parece que estou doente, sinto fortes dores em minha cabeça, às vezes dói-me o estômago, o que será isto, minha filha?

---

58 Devido ao forte vínculo energético estabelecido pelo encarnado sob o desencarnado, fluxos energéticos foram se firmando sobre os centros de força do perispírito e do corpo físico, tornando fácil o acesso através do vampirismo. (Nota do autor espiritual)

– Minha mãe, hoje mesmo quando Simeão retornar pedirei que ele envie uma mensagem a Caleb para que aqui compareça a fim de nos auxiliar, tenho certeza que a senhora não está doente. Posso pedir a Minar que lhe traga umas frutas a fim de auxiliá-la?

– Sim, filha, peça para ela me fazer companhia, ultimamente tenho tido medo de ficar só.

– Está bem, minha mãe.

E retirando-se foi ao encontro da serva pedindo-lhe que fizesse companhia a sua mãe. Chamou Omar e pediu que ele avisasse Simeão da necessidade de se enviar uma mensagem a Caleb, não suportaria esperar até o seu retorno à noite, e se ele enviasse a mensagem ainda hoje, quem sabe Caleb retornasse a Cafarnaum o mais breve possível. Seu coração estava por demais angustiado, sua mãe não parecia melhorar, ao contrário, a cada dia definhava mais.

Omar era um servo obediente, e não tardou a encontrar Simeão no porto junto aos demais pescadores, a conversa ia animada enquanto a agilidade de suas mãos em manusear a linha no remendo das redes era grande. Percebendo a presença de Omar ali, parou com o que fazia e foi ao encontro do servo, com sua impulsividade, logo o inquiriu:

– O que faz aqui?

– Venho trazer um recado de sua esposa, senhor, ela pede que o senhor ainda hoje envie uma mensagem para Caleb, a fim de que ele compareça aqui para auxiliar a sua sogra.

– Está bem, agora retorne e diga a ela que enviarei André até Betsaida neste exato momento para que traga Caleb aqui.

Simeão sabia que sua esposa não o incomodaria por motivos tolos, e aproximando-se de André falou:

– Necessito de sua ajuda.

– Sim, Simeão, o que ocorre?

– Quero que vá a Betsaida agora mesmo procurar Caleb, necessito da presença dele em minha casa. Diga que Hanna está muito fraca e que Zimra só confia nele, está me entendendo?

– Sim, vou agora mesmo, só tem um contratempo, onde Caleb mora?

E, refletindo por alguns minutos, Simeão falou:

– Vá até Marta, ela sabe onde fica a casa de Caleb.

– Farei isto.

Deixando partes da rede que remendava, procurou arrumar algumas provisões e colocou-se a caminho de Betsaida.

* * *

Felipe, junto a seu pai, conversava com suas filhas, explicando-lhes da vinda de um novo reino no qual nenhuma vicissitude os perturbaria mais, gostava de falar de João Batista, do que aprendia junto a ele, seu pai bebia suas palavras, compreendendo-as sem grandes esforços, e suas filhas embora não conseguissem compreender a tudo, agradavam-se de também conhecer o Messias, o libertador de seu povo. Felipe já havia avisado que no dia seguinte rumaria para o porto a fim de conseguir trabalhar em algum barco, precisava deixar certo valor com suas filhas, livrando-as de passar por necessidades desnecessárias. Pediu para que sua filha mais velha falasse o que faltava na casa para que pudesse repor. Explicou que após reabastecer sua casa rumaria junto de João Batista. Elas concordavam já que nada poderiam fazer para que ele não partisse, sabiam que seu pai se dedicava a busca de dias melhores para todos.

* * *

Após os diálogos na parte da manhã e o almoço, Caleb e Marta passaram alguns momentos no jardim, desfrutando da brisa da tarde e compartilhando ideias, revivendo os bons momentos que tiveram na juventude. Em certo momento nem parecia que Orlit ali estava. Caleb olhava para Marta com tanta ternura que se podia perceber a delicadeza das emoções que entrelaçavam aqueles corações.

Foi assim, quase no fim daquela tarde agradável, que André chegou na casa de Marta, foi fácil encontrar-lhe a moradia, todos na redondeza conheciam Elisha e sua esposa. Foi Abed que o recepcionou, pedindo que o aguardasse no pátio; foi até o jardim onde todos se encontravam e acercando-se de Marta, notificou-lhe que um jovem de nome André estava a procura de Caleb. Marta pediu que Abed retornasse e o conduzisse ao interior da casa, pois tratava-se do cunhado de Zimra. Caleb nada suspeitou, Marta pediu para que ele fosse até a sala de visitas, pois André o aguardava e pedindo desculpas pelo fato inusitado, Caleb foi atendê-lo.

— Bom, amigo, folgo em revê-lo — disse Caleb entusiasmado.

— Que bom que o encontrei, venho pedir-lhe que vá até Cafarnaum o mais breve possível, Caleb.

— Mas o que ocorre?

— É que Hanna não está bem, parece que a cada dia se definha, não se alimenta e Zimra teme por sua saúde.

— Irei assim que puder, no momento tenho que atender pedido de Dan e Elisha, viajaram e me rogaram que fizesse companhia a suas esposas, a fim de preservá-los.

André, sem muito compreender falou:

— Então não retornará agora comigo?

— Não, meu amigo, partirei para Cafarnaum daqui a um dia, e você, por favor, nem pense em retornar ainda hoje, a estrada é perigosa e a noite já vem caindo, conversarei com Marta para que você pernoite conosco esta noite.

E buscando Marta no jardim, falou-lhe:

— Marta, trata-se de um pedido de Zimra, devo ir a Cafarnaum daqui a um dia.

— É algo grave?

– Não, apenas Hanna não passa bem, e Zimra me pediu para auxiliá-la.
– Mas ela está doente?
– Creio que sim, mas gostaria de lhe pedir que deixasse André e eu pernoitarmos aqui.
– Sim, claro, pedirei a Débora que prepare os quartos e quanto a André, que lhe ofereça o que for necessário.

E deixando o jardim foi ao encontro de sua serva requisitando-lhe os devidos aposentos ao novo visitante.

* * *

Ao cair daquela noite, Ruth fazia planos para o dia seguinte, estava ansiosa para conversar com Mia. A velha tinha expectativas ambiciosas e escusas em relação a Mia, ela agora sentia que teria uma oportunidade de se dar bem; sempre trabalhara e sempre fora humilhada, vivendo de favores, agora já era tempo de descansar e aquela tola menina lhe propiciaria isto. Olhou para o valioso anel e sorriu cinicamente, ela iria até o fim com aquela história, ou o marido a recompensaria pela verdade ou a esposa a pagaria pelo silêncio. O que a velha não percebia eram as sombras enegrecidas que lhe incitavam os pensamentos inescrupulosos[59].

O dia desabrochara belo e caloroso em Betsaida. A velha Ruth levantara cedo e já se preparava para ir à casa de Reina levar ervas múltiplas para agradar a mãe de Efrat, pois sabia que ela gostava muito de utilizá-los em seus pratos. Andava pela rua sentindo que a partir daquele dia sua vida pobre e miserável acabara. Bateu à porta e logo foi atendida por Itti que estranhou a visita. Fingindo humildade, a velha astuta falou:
– Bom dia, minha filha, a senhora Reina se encontra?
– Sim – respondeu-lhe a serva – queira entrar.

E logo que entrou naquela casa começou a admirar o luxo que se espalhava pelo ambiente, tão diferente de sua casa vazia e miserável. Foi acomodada na sala onde Reina costumava receber suas visitas, achou tudo muito belo, os vasos, as almofadas, a mobília, tudo lhe enchia a imaginação de ambição desmedida, os olhos enrugados chegavam a brilhar na expectativa de também poder ter uma vida assim. Reina não compreendeu quando Itti falou que Ruth, a mulher que vendia remédios se encontrava ali, mas resolveu atendê-la. Entrando na sala arrumada, encontrou Ruth vestida humildemente, com uma sacola de tecido nas mãos de onde exalava um forte odor de ervas frescas.

---

59 Toda emissão mental fornece atração ou repulsão ao qual nos vinculamos por afinidade. (Nota do autor espiritual)
Mecanismos da mediunidade, Chico Xavier e Waldo Vieira, pelo espírito André Luiz, cap. IV, "Matéria mental", item "Formas pensamentos", FEB.

– Bom dia, Ruth!

E Ruth erguendo-se com dificuldades lhe saudou:

– Bom dia, Reina, venho lhe trazer ervas e saber notícias de sua nora, já que depois que sua serva comprou o remédio para hemorragia, não mais retornou. Ela está bem?

Reina ficou encantada com a bondade daquela idosa, além de lhe trazer ervas frescas sem nada lhe cobrar, queria notícias de Mia que não passava de uma estranha para ela.

– Bem Ruth, – disse Reina – gostaria que você fizesse a primeira refeição do dia comigo, já que meu filho foi para a tenda. Você aceita?

E a velha mal acreditou, "refeição de ricos, como seria?", pensou e sem pestanejar aceitou. Foram então para uma ampla sala com uma bela mesa ornada com queijos, pães, frutas e leite de cabra. Ruth, que quase nunca se alimentava daquela forma, sentou-se e tratou de aproveitar a mesa farta, enquanto Reina relatava todos os detalhes da desdita que havia se abatido sobre sua casa. Ruth, com sua astúcia, fingia solidariedade, ouvia a tudo, até que falou:

– Senhora, será que poderia visitar sua nora e fazer uma oração por ela? Sabe D'us ela não se abre comigo, expondo também a dor que lhe vai à alma, isto com certeza muito lhe ajudaria, como ajudou a senhora neste momento.

E Reina mais admirada ficou da sabedoria daquela criatura.

– Tem razão, Ruth. Creio que seja isto que Mia necessite, de alguém estranho a quem ela possa falar sem ter que medir as palavras de sua dor.

E chamando Itti, pediu para que avisasse a Mia que receberia a visita de uma amiga sua. A serva foi ao aposento de Mia que se encontrava, como sempre, contrariada, estava enfadada de tanto ficar ali naquela cama, queria sair, caminhar, andar pelas ruas de Betsaida. Ao ver a serva em pé no quarto logo se sentou:

– Que quer, vai ficar me olhando?

– É que a senhora vai receber a visita de uma amiga de sua sogra.

– Era o que faltava – disse Mia com profundo suspiro.

– Vá logo, diga que estou pronta, quero terminar com isto.

Não se passaram quinze minutos para que Reina adentrasse no quarto de Mia com a velha Ruth.

Ao vê-la, Mia sentiu um pavor tomando-lhe o corpo e a alma. Esta era a amiga de sua sogra, D'us ela estava perdida, afinal a velha lhe vendera o veneno que a libertara da gestação odiosa. E Reina, aproximando-se de Mia e Ruth, falou:

– Veja Mia, esta foi a bondosa senhora que me forneceu a raiz que lhe salvou a vida, o nome dela é Ruth, é muito conhecida na cidade, creio que você já ouviu falar dela.

– Sim – disse Mia tentando organizar as ideias.

– Que bom, pois vou deixá-la com ela por alguns minutos, tenho que ministrar algumas ordens às criadas, tenho certeza que gostará de conversar com Ruth.

O aspecto de Ruth repugnava Mia, queria gritar para que ela saísse de seu quarto, porém não podia. Ruth, aproximando-se, sentou-se em uma banqueta.

— Vejo que se recuperou e que também fez uso do meu remédio.

— Sim — disse Mia secamente.

— E por que uma mulher casada iria querer se livrar de seu próprio filho? Talvez porque ela seja adúltera, não é mesmo?

— Do que você está falando?

— Estou lhe dizendo que aquele anel é pouco para pagar meu silêncio, eu desejo mais.

— Está louca, ponha-se daqui para fora — disse Mia tentando controlar a voz.

— Creio que você não está em condições de me dizer isto. Não se esqueça que tenho em minha posse o anel que me deu em troca do elixir abortivo, sei que é uma adúltera e que por isto renegou o seu filho, se quer que eu permaneça calada me dê algo mais valioso, ande, tenho pressa, não quer que sua sogra me veja recolhendo seus bens, não é?

Mia não podia acreditar, estava vivendo um terrível pesadelo e sabia que aquela repugnante velha não a deixaria em paz. Melhor satisfazer-lhe até que pudesse se ver livre dela.

— Se quer dinheiro não possuo, mas joias tenho várias.

— E onde estão? — disse Ruth, movida por indiscutível ambição.

— Abra aquele baú, e me traga a caixa preta que está nele.

Ruth ergueu-se e foi ao baú, pegando a caixa que Mia havia falado entregando-a. Mia recolhendo o objeto retirou de seu pescoço um colar onde pequena chave era ornada e enfiando na fechadura da caixa abriu-lhe e valioso colar de safiras reluzentes brilhou diante dos olhos de Ruth, que sorriu:

— Isto é suficiente? — disse Mia. — Não possuo mais nada.

— Sim, isto está bom por ora.

E surrupiando a joia guardou-a no seu vestido, erguendo-se e deixando o quarto sem dizer mais nenhuma palavra ameaçadora. Mia suspirou aliviada, mas ao mesmo tempo sabia que deveria ter uma atitude mais enérgica com aquela velha repugnante e atrevida, não poderia ficar nas mãos dela. E começou a tecer ideias sombrias a respeito de como se veria livre dela. Após sair do aposento de Mia, Ruth sentiu que deveria se ver livre das joias, afinal aquela mulher poderia usar de má ideia e levantar suspeitas de que ela a havia roubado, foi caminhando na direção da sala de visita, quando Reina a interpelou.

— Senhora Ruth, já está de saída?

— Sim, fiz a oração por sua nora, mas agora devo retornar ao meu comércio, como sabe sou humilde, dependo do que vendo.

— E eu agradeço-lhe a visita, e as portas da minha casa estarão sempre abertas para a senhora.

— Que bom — exclamou Ruth sorrindo-lhe.

— Vou acompanhá-la até a saída.

Logo que saiu, Ruth tratou de ir a uma discreta casa onde um homem de aspecto lúgubre comprava peças, joias, tecidos e objetos sem querer saber-lhe a procedência, passando-as adiante. Quando Ruth mostrou-lhe a peça que queria lhe vender, ele não perguntou nada, apenas analisou cada detalhe do belo colar, pagando a quantia de trinta denários a Ruth pela joia e dez denários pelo anel.

A velha estava feliz, acreditando-se afortunada, passou a mão na sacola de moedas e diante do tilintar, seu semblante se iluminou, a época de dificuldade passou, tinha um bom motivo para comemorar e hoje não trabalharia, compraria um belo peixe, vinho e frutas, agora teria a vida que sempre desejara, nada faria e quando terminasse, retornaria à tola mulher exigindo-lhe mais dinheiro. Assim, ia rindo pelas ruas.

11. A moléstia

EM JERUSALÉM, APÓS a reunião em que ficou estabelecido que Elisha iria comandar um grupo que especularia as atividades de João Batista, os fatos pareciam se acalmar dentro das grotescas pretensões de Elisha. Dan, naquela manhã, despertara sentindo-se mal. Embora houvesse concordado em enviar uma mensagem à esposa e a sua cunhada relatando que tudo estava tranquilo, ele na verdade se inquietava com relação aos grupos que estavam sendo estabelecidos, sentia uma sensação angustiosa, como se algum novo fato fosse modificar a vida de todos. Resolveu aguardar Elisha no salão da estalagem, assim também se refrescaria e saborearia a refeição matinal. Não demorou a metade de uma hora para que Elisha surgisse no ambiente reluzente, estava orgulhoso, sentia-se galante diante do convite, finalmente estava se destacando. Cumprimentou Dan.

– Bom dia, amigo, vejo que está desperto há tempo.

– Sim, caro Elisha, vejo que está entusiasmado nesta manhã.

– É, começo a colher as bênçãos de D'us.

– Então prepare-se, pois após o seu segundo sacrifício, terá um encontro com Deoclécio, ele deseja conhecê-lo e falar-lhe.

– As bênçãos estão chegando – exclamou Elisha visivelmente feliz.

Dan estava incerto quanto ao rumo que esta conversa pudesse levar, sentia também o corpo doer, era como se um mal súbito fosse querer dominá-lo.

Após a refeição ergueram-se e puseram-se a caminho do templo. Nas ruas as pessoas os reverenciavam por tratar-se de fariseus, eram respeitados e cumprimentados de forma diferenciada por onde passassem.

O templo mais se assemelhava a uma feira livre, o tilintar do dinheiro, os animais e o forte odor de incenso dominavam o pátio e o local.

Dan chamou um levita para que levasse Elisha ao local apropriado à escolha de um novo animal que seria entregue em sacrifício. Elisha acompanhava o levita que lhe mostrava belos animais, estes não poderiam ter nenhum defeito de ordem física, deveriam ser belos e fortes, ter aparência impecável para poderem ser sacrificados.

Após a escolha, Elisha foi levado a outro pátio onde enorme altar foi erigido, em um lado uma bacia feita de pedra onde o sangue do animal ficava recolhido, em outro, água, e no centro o altar para a oblação e oferta. Prostrou-se de joelhos em oração pela sua casa e esposa, embora orasse, do seu coração não lhe saía nenhum tipo de energia ou luz.

Elisha parecia não sentir a prece, nem mesmo quando pensava em Marta, seu coração estava obscuro, voltado para as aquisições do imediatismo. Duas entidades bondosas se posicionaram diante do altar a fim de colher o perfume da oração que não se manifestara. Percebendo que Elisha não abrira seu coração, as entidades trataram de recolher o fluido do animal que iria ser imolado em sinal de gratidão e pedido de proteção pela casa e esposa que necessitavam de purificação.

Quando desferiram o golpe mortal no animal, determinado grupo de espíritos infelizes se aproximaram na tentativa de sorver suas emanações, o que não foi possível mediante a presença das entidades bondosas que forneciam uma barreira fluídica, evitando o assédio dos irmãos vampirizadores[60].

Percebendo a necessidade das pessoas envolvidas no sacrifício, partes dos elementos foram transformados em energia sutil que, ao influxo dos seres bondosos, foi espargida em Marta e no ambiente de sua casa por ser merecedora dos créditos celestes, a outra parte foi recolhida e absorvida pelo ambiente sob forma de pequenas partículas douradas que harmonizavam a todos. Elisha não recebeu as emanações por estar preso ao seu cotidiano, não se permitindo sentir a prece que ele mesmo realizara naquele momento.

Erguendo-se tratou de se recompor para a palestra que teria naquele momento. Muitas ideias o assolaram, mas sabia que deveria usar de inteligência e esperteza junto a Deoclécio. Sempre fora seu sonho ali chegar e trabalhar. Retirando-se da câmara onde estava rumou ao encontro com Dan que o aguardava no interior do templo em uma área restrita aos sacerdotes e fariseus. Quando entrou no ambiente deparou-se com uma sala ornamentada com luxuoso bom gosto, joias incrustadas em ouro, mesas entalhadas, poltronas confortáveis que eram cobertas por peles de couro de animais, tapetes em arabescos e um doce odor de incenso de mirra.

Deoclécio era um homem de aparência astuta, madura, cabelos grisalhos, sorriso desconfiado e um ar de autoridade. Cumprimentou a Dan com reverência e o mesmo fez com Elisha.

– Os senhores devem estar se perguntando o porquê desta seleta reunião, explicarei melhor, antes, porém, gostaria de averiguar certo ponto de vista. Vivemos em uma época de incertezas, nosso povo aguarda por um Messias que nem mesmo eles sabem quem será, uns querem a guerra aos gentios, outros o retorno de um reinado dravídico, eu, porém, lhes digo que o templo não pode ser prejudicado, assim como as famílias que há anos vêm conduzindo esta sociedade chamada muitas vezes de privilegiada. Somos responsáveis pelo povo, é daqui deste templo que muitas decisões importantes são tomadas e não desejamos que o povo se ponha contra nós, isto seria uma grande tragédia. E desta forma gostaria que o senhor Elisha se colocasse, ou melhor, nos dissesse o que pensa a respeito.

– Penso que nada deveria ser modificado, creio que incitar nosso povo contra os gentios nunca será a forma correta de restabelecermos o comando, nada de protestos, veja o que os zelotes[61] têm conseguido, apenas prejudicar os homens que pos-

---

60 *Missionários da luz,* Chico Xavier, espírito André Luiz, cap. XI "Intercessão".

61 O termo zelota ou zelote (do grego antigo ζηλωτής, transl. zelotés, "imitador", "admirador zeloso" ou "seguidor"), em hebraico קנאי, kanai (frequentemente usado na forma plural, קנאים, kana'im) significa literalmente alguém que zela pelo nome de Deus. Apesar de a palavra desig-

suem alguns bens. O povo não deve ser iludido, e creio que o Messias descenderá de um de nós, daqueles que servem neste templo.

Elisha sabia como colocar as palavras, deixou claro o que não lhe agradaria, mas nem por isso ele se tornara um fariseu de confiança aos olhos de Deoclécio, que por sua vez não desejava, também como ele, nenhuma mudança no rumo das situações estabelecidas no que dizia respeito ao templo e às inúmeras vantagens que as famílias que o regiam tinham.

– Muito bem colocadas as suas ideias Elisha, pois bem, além de verificar a situação real do que é realizado por João Batista no Jordão, quero lhe fazer uma pergunta, a última:

– Poderá o sinédrio contar com você e sua fidelidade?

Elisha respondeu sem titubear:

– Claro, o sinédrio poderá contar comigo sempre.

– Então brindemos a este feito de fidelidade, meu jovem.

Servindo-lhe um copo de vinho, todos sorveram a bebida que mais tarde lhes amargariam os dias.

* * *

ABED SELARA OS animais naquela manhã, estava feliz em poder acompanhar a comitiva, e estava mais contente ainda por poder ficar próximo a Débora que se encontrava com o pequeno Job no jardim. Débora trocava olhar carinhoso com ele que, percebendo o seu interesse, mais feliz ficava. As bagagens estavam acomodadas, era momento de avisar a senhora Marta e ao seu primo que poderiam partir. Caminhando até o interior da casa deparou-se com Marta e Orlit conversando.

– Senhora, a bagagem está toda acomodada e os animais estão prontos para a partida.

– Está bem, Abed – disse Marta – peça para Débora se acomodar com Job, pois partiremos.

E olhando para Orlit disse:

– Melhor chamarmos Caleb.

Abed rumando ao encontro de Débora sentia seu coração descompassar, sim, isto só podia ser amor. Chegou próximo com os olhos úmidos de emoção e com palavras trêmulas disse:

– Débora, a senhora lhe diz que deve se acomodar.

E Débora olhando-o com timidez disse:

– Sim eu irei, auxilia-me.

---

nar em nossos dias alguém com excesso de entusiasmo, a sua origem prende-se ao movimento político judaico do século I que procurava incitar o povo da Judeia a rebelar-se contra o Império Romano e expulsar os romanos pela força das armas, que conduziu à primeira guerra judaico--romana (66-70). Wikipedia

E dando-lhe a mão para que pudesse se apoiar com Job sentiu imenso prazer e alegria. Abed, então preocupado, retirou a moeda que Caleb lhe dera e entregando-lhe disse:

— Fica com isto, caso venha precisar.

E olhando-o timidamente Débora aceitou sem nada perguntar, sabia que ele se preocupava com ela.

Caleb encontrava-se em franca conversa com André.

— André, por favor, diga a Zimra que amanhã sigo para Cafarnaum, mas devo primeiro zelar pela segurança de Orlit e Marta, já que seus esposos não se encontram, eu as acomodarei em minha casa e quando retornar de Cafarnaum as trarei para Betsaida de novo.

— Entendo, Caleb, faz bem, nos dias de hoje não podemos deixar nossos parentes sem companhia, eu irei para Cafarnaum e partirei rumo ao Jordão, sinto em meu coração que já é hora de retornar.

Marta aproximou-se com quietude e ao olhar para Caleb ele percebeu que tudo estava pronto para a partida.

A comitiva partiu, André rumou para Cafarnaum enquanto Caleb e suas primas se dirigiam lentamente para sua propriedade que ficava próximo ao lago de Genesaré.

O caminho era belo, a vegetação, os pássaros, o barulho do rio que cortava o vale e desembocava no lago de Genesaré. Orlit ia tagarelando, falava o tempo todo, enquanto Abed seguia atrás da comitiva e Caleb à frente. Demoraram cerca de duas horas até chegarem à propriedade de Caleb. O caminho florido e o pomar deixavam um cheiro adocicado no ar. Job, nos braços de Débora, a tudo olhava encantado, enquanto que Marta sentiu seu coração bater descompassado com a possibilidade de ficar tão próxima de Caleb, temia os próprios pensamentos. Ao entrarem no pátio principal Dror veio saudá-los enquanto desmontavam. Job estava agitado e Marta aparentava certa apreensão. Nur surgiu com um largo sorriso cumprimentando a todos. Caleb logo se fez ouvir dizendo para a serva:

— Nur, Marta e Orlit se hospedarão aqui até o próximo *shabat*, portanto providencie para elas quartos confortáveis e separados, também providencie para Débora e o pequeno Job, quanto a Abed, ele regressará amanhã para que a propriedade de Elisha não fique ao abandono. Nem preciso pedir para que nada seja comentado a este respeito na vila, para todos, elas continuam na propriedade em Betsaida, está bem, Abed?

— Sim, senhor! Não quero causar intrigas.

— Ah! Providencie Nur uma bela refeição, quero muita fartura para todos.

A casa, à luz do dia, parecia mais bela, as janelas amplas possibilitavam a visão perfeita do lago de Genesaré, era muito lindo.

Marta estava encantada, Nur tratou de acomodar Orlit primeiro, que ficou em um quarto na ala próxima ao pátio. Tratava-se de um belo aposento com visão ampla da frente e dos jardins e pomar, as flores eram encantadoras e se espalhavam ao redor da varanda do quarto, os lençóis brancos e o véu que descia sobre a cama deixaram-na com a aparência de uma tenda. Logo depois foi a vez de Débora e Job, ficaram em um quarto onde se via a beleza do lago, era um aposento confortável, possuía duas camas, era todo em tom verde e a janela era voltada para o jardim, tendo ao fundo a beleza do grande lago de Genesaré. O último quarto era o de Marta, era próximo ao quarto de Caleb, um amplo aposento, com uma linda sacada que só tinha a visão do lago, a cama alta e o véu branco davam-lhe a sensação de estar nas nuvens, o quarto era fresco e agradável. Podia se ouvir o barulho das águas. Após ter acomodado a todos, Nur foi providenciar alimento aos convidados e quanto a Job ela queria se inteirar do que o pequeno se alimentaria.

Marta sentiu-se em casa, adorou o aposento, deitou na ampla cama, mas ficou curiosa com o barulho da fonte. Notou que havia uma porta no quarto além da porta de entrada, aproximou-se e percebeu que estava aberta, empurrou e deparou-se com algo diferente, era o barulho da fonte, era uma piscina com uma fonte natural, havia toalhas e uma tina, ficou maravilhada, podia ver o céu, notou que havia outra porta, caminhou até lá, curiosa certificou-se de que estava aberta, entrou, era um luxuoso quarto, com uma cama repleta de almofadas e elevada, as janelas amplas mostravam a linda paisagem, observou que havia roupas na cama, aproximou-se tocou e sentiu o cheiro, eram as túnicas de Caleb, aquele era o seu quarto e como era belo. Foi subitamente surpreendida pelo abrir da porta. Não sabia o que falar, Caleb ficou surpreso de vê-la ali, um instante sem palavras, parecia que o tempo lhe fugira dos pés. Marta, a sua Marta, ali em seu aposento, como? Será que estava sonhando?

– Você está perdida? Este é meu aposento.

– Eu sei, peço desculpas, mas o barulho da fonte me chamou atenção e meu quarto fica ali, apontando para a porta de onde saíra.

Caleb sorriu, Nur havia pregado uma peça, mas não comentou.

– Você está no quarto ao lado, é isto? Não há problema, se quiser se refrescar. Gostou do meu aposento?

– Sim, sua casa é muito bela!

– Ela agora também é sua casa, não se acanhe, muito me alegra a sua presença, Marta. Venha, chegue mais perto, quero lhe mostrar algo.

E Marta se aproximando um pouco receosa falou:

– O que é?

– Tome, pegue isto, trata-se de uma pequena sacola de tecido. Abra – disse Caleb.

– É uma chave, para que serve?

– Bem, eu irei mostrar-lhe mais tarde, guarde com você, é uma surpresa.

– Caleb, sabe que sou curiosa.

– Sei, mas não posso lhe dizer agora, bem, se me permite gostaria de me trocar.

E Marta, sentindo vergonha, pediu desculpas, retornando ao seu aposento pelo mesmo local que entrou no dele. Estavam tão próximos, sentiu um frio no abdômen, o que faria, não conseguiria suportar a presença de Caleb, sentiu tristeza, orou, pedindo a D'us que lhe tirasse aqueles pensamentos invigilantes.

* * *

André chegou a Cafarnaum por volta do meio dia, a viagem foi lenta, mas proveitosa; entrou na casa de Simeão e Zimra, estava exausto. Omar abrindo-lhe o portão principal ajudou-o a desmontar, alimentou e deu água ao animal. Perguntou por todos, Omar informou que Simeão não se encontrava, somente Zimra estava, Sara logo apareceu para recepcioná-lo.

– Tio André, tio André – falara docemente a filha de Simeão.

Ouvindo o barulho, Zimra não tardou em comparecer.

– André, veio com montaria?

– Sim, vim pelo caminho mais longo, mas trago notícias.

– Que bom! – disse Zimra.

– Caleb virá amanhã, mas não pernoitará, pois, sua prima Orlit encontra-se na cidade sob os cuidados dele, ela e Marta.

– Como assim?

– É que Elisha e Dan foram a Jerusalém e pediram a ele para cuidar de ambas, parece-me que eles vão se demorar em Jerusalém. Agora vou descansar, pois vou para o Jordão ainda hoje.

– Mas não irá esperar pelo retorno de Simeão?

– Não posso, algo em meu coração diz para que eu vá hoje, e a propósito, sua mãe Hanna, como está? Melhorou?

– Está quieta, mas ainda continua desanimada e com dores, o de sempre, mas fico tranquila por saber que Caleb virá, confio nele e no que ele traz de conhecimento.

– Que bom que você pensa assim – disse André.

Naquela época grande influxo do plano espiritual envolvia a Terra, espíritos de hierarquia variada se encontravam à disposição do apostolado divino, possibilitando o encaminhamento de vários irmãos sofredores que se vinculavam aos encarnados, causando-lhes obsessões e doenças múltiplas. As falanges eram organizadas por vários espíritos, entre eles Mert'us, que era responsável por parte do apostolado que acompanharia o Mestre, cabendo-lhe enviar espíritos socorristas e magnetizadores para o desempenho das grandes tarefas que já se iniciavam sob a égide do Mestre Divino.

Sendo assim, aproximava-se o momento para as revelações divinas, o momento da libertação e o conjugar do verbo Divino, do amor ao próximo como a si mesmo.

Nestes dias de luz encontraremos junto ao rio Jordão, João Batista em mais um dia de intensa pregação, dezenas de arrependidos se aglomeravam para o batismo.

Absorvido pelo rápido batismo que ministrava ao povo, nem percebeu a presença de Yeshua até o momento em que ele se colocou a sua frente. Quando João Batista reconheceu Yeshua, as cerimônias foram suspensas, enquanto João perguntou ao seu primo:

– Para que veio até dentro da água me ver?

E Yeshua respondeu:

– Para submeter-me ao seu batismo.

João replicou olhando-o:

– Mas eu que tenho a necessidade de ser batizado por você, e por que veio a mim?

Yeshua respondeu:

– É para que o povo saiba que é chegada a minha hora.

João Batista tremulava de emoção diante de seu primo e se preparava intimamente para batizá-lo. Junto a Yeshua encontravam-se seus primos, Tiago e João, ele os batizou e quando ali estavam em pé dentro da água, eis que uma voz se fez ouvir, dizendo aos quatro:

– Este é o meu filho adorado, em quem eu muito me comprazo.

E Yeshua transfigurando-se deixou-os, retirando-se da água em silêncio, indo para a direção do leste. E nenhum homem o viu por quarenta dias.

Quando João Batista olhou para os seus discípulos, pediu para que o povo fosse dispensado, pois só retornaria à tarefa do batismo na manhã seguinte.

Todos estranharam, mas após dispensarem a multidão se reuniram em uma sincera conferência. Conversavam sobre o que havia ocorrido após o batismo daquele homem. João Batista, compreendendo que chegara a hora, aproximou-se e contou a seus discípulos a história que sua mãe Isabel lhe contara a respeito do anjo Gabriel, sobre Maria, e o nascimento seu e de Yeshua, depois acrescentou:

– Agora sei com certeza que ele é o libertador.

Naquele momento muitos discípulos perguntaram-lhe aonde ele havia ido e quando eles o veriam de novo. João não soube responder, mas tinha certeza que a partir daquele dia pregaria com mais perseverança. A partir deste dia, os discípulos de João Batista percebendo-lhe as mudanças, passaram a pregar para as multidões que aumentavam a cada dia.

* * *

EFRAT ESTAVA CANSADO quando recebeu a visita de um homem estranho, era o comerciante que havia comprado as joias de Ruth. O homem, de aspecto lúgubre, sabia que Efrat era um bom comerciante e que tinha apreço por peças caras, principalmente joias, que vendia também em seu comércio. Era fim de tarde quando ele chegou e saudou respeitosamente:

– *Shalom*!

— *Shalom*! – respondeu Efrat.

— O senhor não me conhece, mas possuo um comércio na minha casa, compro peças e joias, venho para lhe mostrar algumas peças que trago aqui, gostaria de vê-las?

Efrat, como bom comerciante e aceitou olhá-las, pois caso achasse algo interessante compraria. E o senhor abrindo a caixa que trazia foi lhe apresentando as peças, até que Efrat reconheceu o colar de Mia e o anel que ele mesmo lhe dera de presente. Conhecia aquelas peças, mandara confeccioná-las especialmente para presentear a esposa, sentiu um mal-estar súbito. Por que aquelas peças estariam ali? E desejoso de não assustar o homem lhe perguntou:

— E estas joias, onde o senhor as adquiriu?

— Bem, foram vendidas por uma senhora de cabelos grisalhos, bem idosa.

— O senhor sabe o nome dela?

— Creio tratar-se de Ruth.

— E quanto o senhor quer nestas peças?

— Bem, a quantia de cem denários.

Efrat, buscando o local onde guardava o dinheiro, pagou-lhe e pediu que nada revelasse a respeito de sua compra.

Após a saída dele, ficou intrigado com o fato, o que Ruth fazia com as joias de Mia? Teria que se certificar a respeito, afinal, o que se passava? Como aquela mulher conseguira as joias? Estava inquieto. Pensava em perguntar diretamente a Mia, mas e se ela estivesse ocultando algum fato, ele jamais saberia, seria melhor agir com cautela até descobrir toda a verdade, não seria conveniente alarmar os envolvidos. Logo depois, Efrat pôs-se a fechar a tenda, estava aborrecido, mas havia traçado uma meta em sua mente a fim de descobrir toda a verdade. Rumou para casa desalentado. Reina estava na sala, absorta em pensamentos múltiplos, estava tecendo quando seu filho se fez notar, sentiu que algo o incomodava e tratou de se aproximar para auxiliá-lo.

— Filho, – disse a matrona – percebo que está apreensivo, algum fato lhe inquieta? Abra seu coração.

E Efrat olhando-a falou:

— Minha mãe, quero que responda com sinceridade, nossa serva Itti é de confiança?

E Reina, olhando-o ainda mais espantada, retrucou:

— Itti está nesta casa antes de seu nascimento, muito me auxilia, é da família e jamais furtou uma fruta.

Efrat passou as mãos pelo rosto, estava ansioso.

— Está bem, agora vou ver Mia.

— Você não deveria, ela encontra-se impura.

— Eu sei, mas preciso falar-lhe.

— É algo importante, meu filho?

— Sim, é muito importante – e erguendo-se foi para o aposento onde sua esposa se encontrava.

Bateu à porta, a voz de Mia fez-se ouvir:
— Entre.
E ele simplesmente empurrou a porta se pondo frente a frente com Mia. Olhando-a sentiu que a amava mais do que deveria, apesar de tudo o que acontecera ela continuava bela, seus cabelos jogados nos ombros, a face abatida não a deixava menos bela, a boca entreaberta como a convidá-lo, seus olhos em expressão de inquietação, havia um fogo naquele olhar que o cativava, que o dominava, tentou concentrar-se, mas Mia percebendo-o quieto e reflexivo o interrompeu:
— Meu marido deseja falar-me?
Efrat percebeu naquele tom que se ele pretendia descobrir a verdade deveria ser frio, sem demonstrar emoções, tentando recompor-se falou:
— Vim saber como está.
— Estou bem – disse Mia, inquieta pela forma como seu esposo falara.
— Esposa minha, quero fazer-lhe uma pergunta, recebeu visita hoje?
E Mia não compreendendo a pergunta se afligia, "será que aquela velha tola a havia entregue?"
— Sim, recebi a visita de uma senhora conhecida de sua mãe.
— Está certo.
E começando a andar em círculo, prosseguiu:
— Gostaria que você abrisse o local onde guarda suas joias.
Mia sentiu o pavor invadir seu peito, o coração acelerava, as mãos tremiam, a voz saiu como que entrecortada.
— Guardo no baú.
— Poderia me dizer qual?
E Mia esforçando-se, apontou para o local.
Efrat pegou a caixa e entregou nas mãos de Mia, que estava trêmula. Efrat percebendo o tremor falou.
— Sente-se mal?
— Não, é apenas fraqueza.
— Então abra esta caixa – disse com firmeza.
— Mas por quê? O que deseja? – inquiriu ela a fim de ganhar tempo.
Efrat nada respondeu, apenas dizendo-lhe:
— Abra.
E Mia abrindo-a entregou-lhe.
Efrat jogou as joias em cima da cama, como que procurando o colar e o anel que havia presenteado a esposa. Mia apavorada a tudo assistia, sem nada falar.
— Mia, onde está o anel e o colar de safira que lhe presenteei?
— Não sei, deve estar em outra caixa.
— Qual caixa?

E buscando outra caixa revirou-lhe o conteúdo não o encontrando. Então, falou:
– Você deu estas joias a alguém?
– Não – disse Mia firmemente.
– Tem certeza?
– Sim.
– Então acredita que haja um ladrão entre nós?
– Não sei – disse Mia de cabeça baixa.
Efrat em um impulso segurou-lhe o queixo, olhando-a nos olhos.
– Eu vou descobrir o que houve e espero que você não esteja mentindo, para o seu próprio bem – e largando-lhe o queixo saiu intempestivamente do quarto.

Lágrimas brotaram-lhe nos olhos e um medo profundo se apoderou dela, de repente dera-se conta de que gostava dos privilégios que Efrat lhe proporcionava, não fazia nenhum trabalho em sua casa, tinha uma vida de princesa, não lhe faltava nada, ao contrário, tinha tudo o que necessitava e até o que não precisava. Não poderia perder tudo. Começou a pensar o que estava acontecendo, porque sem motivo seu esposo procurava pelas joias, a tola velha com toda certeza não lhe disse nada, pois senão ele a teria expulsado, o que estaria ocorrendo? Sentiu um medo terrível, o que ele faria caso soubesse toda a verdade, como ela justificaria o aborto que causara, sua cabeça girava. Poderia perder tudo e nunca mais Elisha a olharia, sentiu medo e não conseguiu mais repousar. Ergueu-se da cama, estava bem, tinha que descobrir o que se passava, saiu do seu quarto, não havia ninguém na sala ao lado, sentiu-se um pouco tonta, segurou-se em uma porta quando ouviu a voz de Efrat conversando com sua mãe.

– Efrat, tente se acalmar. Sente-se, não fique tão nervoso, não sabe o que está ocorrendo.
– Minha mãe, é grave o que está ocorrendo, temos uma ladra em nossa casa.
– Isto é improvável – disse Reina calma, sem saber do assunto na sua totalidade.
– Está bem, minha mãe, não posso lhe contar os detalhes, mas quero lhe pedir algo.
– Se for para lhe acalmar, pode pedir.
– Bem, amanhã bem cedo tenho que resolver um assunto e gostaria que a senhora ficasse na tenda.
– Ficarei filho, é só isto?
– Não, diga-me como posso encontrar a idosa que visitou Mia esta manhã, sabe onde mora?
– Fala de Ruth? Ora ela mora na própria tenda, nos fundos, em um quarto, é uma criatura miserável, não possui família, mas o que deseja com Ruth?
– Nada, minha mãe, somente averiguar certos fatos. Bem, vou me recolher, amanhã devo despertar mais tranquilo, boa noite.
– Tem certeza que não deseja cear?
– Sim.

E Mia ouvindo o diálogo sentiu suas pernas fraquejarem, respirou e retornou para o quarto, precisava fazer algo, não podia permitir que ocorresse o pior. Aquela velha tola comprometeria a sua vida. Teria que ir lá antes de Efrat, não podia deixar que ele descobrisse o que ela havia feito, aguardaria todos se recolherem e mesmo impura sairia, era a sua vida que estava em jogo, a sua posição não devia ser sacrificada, perder tudo, para se tornar uma rejeitada, uma adúltera, lutaria pelos seus direitos, não seria serva de ninguém, nunca mais.

* * *

EM JERUSALÉM APÓS o diálogo com Deoclécio, Elisha sentia-se mais seguro e convicto de suas ideias, porém, percebera que Dan estava calado, nada falara, ao contrário, estava retraído, saíram do templo e Elisha animou-se a perguntar.

– Dan, está tudo bem, meu amigo?

E Dan disse:

– Não me sinto bem, estou em calafrios e todo meu corpo dói.

– Sendo assim, creio que deva ir para estalagem até que melhore.

Dan sentia o corpo febril, ficou aliviado quando deitou em seu quarto para o devido repouso, os ossos pareciam estar sendo comprimidos e a febre agora lhe castigava o corpo sem piedade. Elisha, notando sua enfermidade, chamou o dono da estalagem. Tibeio veio ao seu encontro.

– Senhor, temo pela saúde de meu amigo, porventura conhece alguém que possa auxiliá-lo em sua enfermidade? Como sabe, não somos daqui.

E Tibeio, que conhecia Dan, chamou o seu servo mandando-lhe ordem para que chamasse um mestre de nome Ananias. As horas corriam céleres e Elisha já estava extremamente preocupado com Dan que ardia em febre, delirando chamando por Orlit.

O mensageiro da estalagem saiu imediatamente pelas ruas movimentadas de Jerusalém até ficar em frente a um suntuoso portão, bateu à porta, quando uma figura simpática o recebeu. Tratava-se de Ananias, antigo mestre essênio, conhecedor das verdades ocultas, estudioso das leis imortais. Lendo a mensagem pediu para que o rapaz aguardasse, reunindo o que necessitaria rumou para a estalagem. Ia reflexionando, "quem seria o doutor enfermo?" Ao chegarem, Ananias foi levado até o quarto do doente.

Elisha, preocupado ao lado de Dan, se inquietava, já pensando em chamar o dono da estalagem a fim de pedir-lhe que procurasse outro médico, quando um senhor calvo adentrou na cena do quarto, os poucos cabelos que possuía eram grisalhos, era magro e franzino, porém simpático. Olhou para Dan que delirava, cumprimentou Elisha:

– *Shalom*, sou Ananias de Hebrom, soube que seu amigo está passando mal.

– *Shalom* – respondeu Elisha.

– Diga-me o que ele sente.

– Bem, queixou-se de dores no corpo e tem febre.

– Sim, vou examiná-lo.

– O senhor é médico?

– Digo que pratico a arte da cura desde quando era bem jovem, isto já vai muitos anos, não me considero médico, mas instrumento da lei de Abraão.

E tocando nas vestes de Dan passou a examiná-lo para logo em seguida falar:

– Creio que seu amigo pegou a peste.

– Que peste é esta?

– Trata-se de uma doença que cega e deixa pessoas surdas, isto quando não lhe tira a vida, melhor seria que ele fosse para outro local onde pudesse ficar sob cuidados constantes.

– Eu não conheço nenhum local aqui.

– Meu rapaz, se me ajudar a transportá-lo até minha casa cuidarei dele até que se recupere.

– E quanto isto custará?

– Por enquanto nada.

– Está bem, mas digo que não o abandonarei.

– Sim, claro, pode ficar em minha casa como hóspede, mas sinto que preciso salvá-lo – disse Ananias pensativo.

– Está bem, – disse Elisha, que se adiantou e logo quitou os débitos de sua estadia com Tibeio, agradecendo-lhe por tudo. Pediu para que o servo mudo o auxiliasse no transporte de Dan, o que ocorreu sem demora já que Ananias fez Tibeio perceber a gravidade da situação.

Foram-se os três, caminharam por trinta minutos em meio aos transeuntes de Jerusalém até chegarem a uma casa que tinha um amplo portão. Ao entrarem foram recepcionados por uma serva, que parecendo ser acostumada a tratar de doentes os conduziu a uma ala onde havia cinco quartos lado a lado, como se fosse uma enfermaria, cada quarto possuía uma cama. Ananias acomodou Dan e passou a ministrar-lhe os remédios que ele mesmo fazia. Elisha se instalou em outra parte da casa, estava preocupado com Dan e pôs-se a orar para que o amigo se recuperasse. Infelizmente ele não poderia permanecer ali por muito tempo, pois deveria partir em comitiva até o local onde encontrava-se João Batista.

12. O assassinato

A NOITE CAÍA sorrateira e Mia em sua cama aguardou todos repousarem, estava aflita, pôs um manto negro que lhe escondeu o corpo e o rosto, desceu com dificuldade as escadas e rumou para fora da casa sem fazer alarde. Ganhou as ruas de Betsaida, ninguém a interpelou, pois, o silêncio era profundo e poucos transeuntes andavam àquela hora. Buscou a companhia das sombras para que ninguém a percebesse, estava resoluta, faria o que fosse preciso para que nada lhe ocorresse, caminhou com lentidão até chegar próximo à tenda. Observou que havia uma porta estreita, bateu nela, uma voz rouca se fez ouvir.

– Quem é?
– Sou eu, Mia.

Ruth acabara de degustar sua ceia e se assustou quando ouviu a voz de Mia. Levantou-se da mesa onde se via os restos de sua alimentação que sempre fora precária, mas naquela noite fora farta, abriu uma parte da porta.

– Que quer?
– Deixe-me entrar.

E abrindo a porta, Ruth deixou que Mia penetrasse em seu quarto sujo. O odor era sufocante, um misto de mofo com comida e ervas exalavam no ambiente. A luz de lamparina deixava o local menos agradável. Mia olhou-a e logo falou.

– Tem de partir velha, o mais rápido possível.

Ruth sorriu sorrateira.

– Veio aqui dizer-me para fugir? Está em devaneios?
– Não, mas saiba que meu esposo amanhã aqui estará lhe pedindo contas das minhas joias.
– Pois que venha, eu as vendi e nada tenho a lhe falar.

Mia sentiu um alívio.

– Porém, isto lhe custará caro, moça.
– Como assim?
– Acredita que vou fazer isto por bondade, quero dinheiro ou já esqueceu que você está em minhas mãos, quer que seu esposo amanhã saiba que é uma adúltera, uma mulher sem casta?
– Não tenho dinheiro – gritou Mia em desespero.
– Pois então não me deixa alternativa, a não ser contar a mulher que você é.

Mia sentiu profunda raiva, o ódio revirou-lhe a mente, e num impulso avançou sobre a velha lutando com ela, jogou-a de encontro à mesa, empurrando-a, querendo sufocá-la com as mãos. Percebendo que a velha ia lhe escapar, alcançou a faca que ali se encontrava desferindo um golpe mortal no pescoço.

– Morra, morra velha maldita – gritava Mia, enceguecida pelo ódio, pela raiva.

Enquanto o sangue se espalhava em grande quantidade pela mesa, a pobre Ruth não tendo forças tombou ao chão para não mais retornar ao mundo dos vivos. Mia vendo-a morta, jogou a faca no chão, lavou as mãos e saiu do quarto sujo correndo, deixando a porta recostada.

A idosa que ainda se debatia na ilusão da vida fácil, foi se desligando do corpo, sentindo que suas energias eram trançadas às de Mia, sem que para isto ela fizesse qualquer esforço. Mia arrastara consigo o espírito Ruth que despertara atado a ela no mundo espiritual. Correndo pelas ruas tropeçou, ralando os pés. Correu, correu até se dar conta de que não podia fazer força. Retirou o manto que estava sujo de sangue jogando-o fora, respirou e foi para casa. O sangue começou a brotar de seu vestido, então percebeu que estava tendo uma hemorragia, abriu a porta de sua casa e quando chegou ao corredor desmaiou[62].

---

62 O homem encarnado é responsável pelas consequências de suas ações. E toda ação gera um efeito magnético de atração ou repulsão; no caso relatado notemos que o algoz arrasta consigo a sua vítima, atraindo com a energia imantada em sua consciência (culpa, ódio, medo). São manifestações tangíveis que causam elos magnéticos nos ligando às nossas vítimas ou aos nossos algozes. No caso em questão já existia um pré-requisito energético, o ódio e o medo, que unidos formaram o incidente, que em sequência fortaleceu o processo de vinculação. É assim que o homem acorrenta sobre si mesmo o peso dos grilhões. (Nota do autor espiritual)

155. Como se opera a separação da alma e do corpo?

– Quando os laços que a retinham se rompem, ela se desprende.

155. a) A separação se opera instantaneamente e por uma transição brusca? Há uma linha de demarcação nitidamente traçada entre a vida e a morte?

– Não; a alma se desprende gradualmente e não escapa como um pássaro cativo subitamente libertado. Esses dois estados se tocam e se confundem de maneira que o espírito se desprende pouco a pouco dos laços que o retinham no corpo físico: eles se desatam, não se quebram.

Nota de Kardec: Durante a vida, o espírito se encontra preso ao corpo por seu envoltório semimaterial ou perispírito. A morte é apenas a destruição do corpo e não do perispírito, que se separa do corpo quando nele cessa a vida orgânica. A observação demonstra que, no instante da morte, o desprendimento do perispírito não se completa subitamente; opera-se gradualmente e com uma lentidão muito variável, conforme os indivíduos. Para uns é bastante rápido e pode-se dizer que o momento da morte é ao mesmo instante o da libertação, quase imediata. Mas, para outros, aqueles cuja vida foi extremamente material e sensual, o desprendimento é mais demorado e dura algumas vezes dias, semanas e até mesmo meses. Isso sem que haja no corpo a menor vitalidade nem a possibilidade de um retorno à vida, mas uma simples afinidade entre corpo e espírito, afinidade que sempre se dá em razão da importância que, durante a vida, o espírito deu à matéria. É racional conceber, de fato, que quanto mais o espírito se identifica com a matéria, mais sofre ao se separar dela. Por outro lado, a atividade intelectual e moral, a elevação de pensamentos, operam um início do desprendimento mesmo durante a vida do corpo, de tal forma que, quando a morte chega, o desprendimento é quase instantâneo. Esse é o resultado de estudos feitos em todos os indivíduos observados no momento da morte. Essas observações ainda provaram que a afinidade que em alguns indivíduos persiste entre a alma e o corpo é, algumas vezes, muito dolorosa, visto que o espírito pode sentir o horror da decomposição. Esse caso é excepcional e particular para certos gêneros de vida e certos gêneros de morte; verifica-se entre alguns suicidas. (*O Livro dos Espíritos*)

* * *

Em casa de Caleb todos desfrutavam de grande paz e alegria, o ambiente fizera imenso bem a Job que se encantava ao ver as flores do jardim, as aves e principalmente a fonte. Orlit palestrava animada com Marta que, após o incidente com Caleb, nem lhe dirigia o olhar.

Nur havia preparado o banquete com alegria e boa vontade, para que todos desfrutassem da alimentação com prazer. Preparou a mesa com requinte e logo convidou a todos para fartarem-se.

Caleb não se importava em sentar-se com as mulheres, ao contrário, acreditava que elas eram iguais aos homens, portanto, Marta e Orlit se acomodaram junto a ele sem constrangimento, todos sentiam-se a vontade e após o almoço Caleb se retirou para o descanso que sempre fazia, enquanto as mulheres palestravam. Em dado momento Marta falou para Orlit:

— Irmã, estou preocupada.

— Com o quê?

— É que estamos em casa de Caleb e creio que isto não é o correto.

— E o que seria correto? Permanecer em sua casa à mercê do destino, afinal nossos maridos irão demorar.

— É que, bem, o meu quarto possui uma passagem para o dele.

Orlit começou a sorrir freneticamente.

— Pare, Orlit, pare.

— Você não acredita que Caleb a insultaria, né?

Falou baixando o tom da voz e depois explodiu em riso. Diante do sorriso frenético de Orlit, Marta começou a sentir-se ridicularizada e amofinou-se até que sua irmã parasse. E olhando-a com ternura, Orlit falou:

— Desculpe, irmã, é que fiquei nervosa com tal possibilidade e como sabe começo a rir, mas creia, eu não acho que Caleb tenha trazido você aqui justamente para lhe desrespeitar.

— Mas por que estamos assim tão próximos?

— Acho que foi uma situação inusitada, você mesmo não disse que ele ficou surpreso?

— É, achei que sim.

— Então o que teme? Seja sincera, você se entregaria a Caleb?

— Que pergunta absurda, Orlit, de onde você tira tais conclusões?

— Da sua preocupação, se não pensasse em tal fato, não se incomodaria — e olhando-a de forma interrogativa completou: — Se cair neste pecado, não me deixe do lado de fora, quero saber dos detalhes e começou a sorrir.

Marta enrubescera de irritação e se erguera indignada pela brincadeira de sua irmã. Estava confusa e ao mesmo tempo feliz em poder ficar tão próxima a Caleb, mas temia suas emoções e, mais ainda, os desejos ocultos de seu coração. Buscou o conforto do belo jardim, a paisagem era exuberante, flores multicoloridas e ao fundo o lago de Genesaré, viu que seu pequeno brincava com Débora não muito distante e que Abed a observava. Ficou assim meditando até que Nur veio ao seu encontro.

– Senhora.

E Marta virando-se disse.

– Sim.

– Venho perguntar se tudo está do seu agrado. E se precisa de algo especial para seu filho.

– Está tudo bem, não preciso de nada para Job.

– Então aguardo a sua ordem do que deseja para a ceia da noite.

– Como assim?

– É que o senhor Caleb disse que tudo deve estar conforme o seu gosto enquanto aqui estiver.

– Bem, se assim for, faça algo leve, de preferência peixe.

– Está bem, senhora – e retirou-se.

O que Caleb pretendia com aquilo, sentiu-se lisonjeada, mas ao mesmo tempo triste, não era a dona daquela casa.

Elisha em Jerusalém se preparava para mais um ritual, o terceiro e último a fim de partir na comitiva que o levaria até João Batista, antes, porém, foi até onde Ananias estava. O idoso franzino olhou-o:

– Fique à vontade – disse Ananias.

– Como sabe, devo ir ao templo, espero que Dan fique bem, pois vou e volto.

– Vá com D'us, bom fariseu, não se inquiete pelo seu amigo, eu cuidarei dele até que D'us decida o que é melhor para ele.

– Então está bem, *shalom*.

– *Shalom* – disse o velho Ananias.

Ganhando as ruas de Jerusalém percebeu que o movimento era intenso, parecia que algo de novo pairava no ar. Foi resoluto, embora preocupado com Dan, não podia deixar a oportunidade passar, caminhava. Chegando ao templo, um levita o levou ao local para escolher o animal a ser sacrificado, tratava-se de um boi, ele não podia ter nenhum defeito. Elisha pagou um preço elevado, mas tinha certeza que seria liberto, já sentia as mudanças. Rumou para a parte baixa do templo, o altar era exposto e o pátio amplo possibilitou a visão do céu. As orações começaram, Elisha prostrou-se ao chão em oração que lhe saía dos lábios mecanicamente, ele não tinha nenhuma emoção ou sentimento, novamente as entidades bondosas se apresentaram recolhendo os fluidos do animal, que transmutavam em elementos sutis que revestiam o salão. Porém, nada atingia Elisha, que envolto em enegrecida nuvem plasmática[63] não absorvia o remédio essencial à sua alma.

---

63 Elemento produzido pelo próprio espírito do encarnado, que dificulta o acesso às impressões mais sutis do mundo espiritual.

Não demorou para que os irmãos menos felizes se manifestassem no ambiente puxando-o através dos fluidos energéticos, perturbando e misturando suas ideias que não eram mais serenas e, sim, aflitivas. Erguendo-se, rumou para fora do amplo pátio crendo ter resolvido as questões. Ia relativamente preocupado com a caravana que partiria no dia seguinte. As entidades ligadas a Elisha absorviam-lhe os pensamentos e os nutria com formas deletérias de conflitos e de ambição, riam-se felizes tendo-o sob controle[64].

Conversou com outros fariseus que o acompanhariam na peregrinação até João Batista e ouvindo-os, decidiu arrumar as provisões para a jornada a fim de que nada faltasse. Rumou para fora do templo, foi para o mercado do lado oposto e enquanto aguardava as provisões ouvia os comentários.

– É verdade, – narrava alguém – aconteceu que um homem foi se batizar e o próprio João Batista pediu para que ele o batizasse.

– Creio ser ele o Messias.

– Será? – aduziu outro.

Elisha ficou espantado e interferindo na conversa inquiriu:

– E como é este homem?

– Não sabemos, havia mais ao lado dele, e o profeta encerrou o batismo daquele dia após isto.

E Elisha instigado, desejoso de esclarecer tudo, rumou para o templo a fim de compartilhar com os outros a descoberta.

* * *

A NOITE COMEÇARA a cair e a visão do manto celestial era mais bela da casa de Caleb, a brisa trazia um cheiro de cedro adocicado pelas flores.

Débora acabara de alimentar Job e o pequeno já dormia tranquilo. Orlit sentia que a beleza daquele local lhe enchia o espírito de melancolia e ao mesmo tempo de saudades de Dan. Marta estava em êxtase diante da beleza daquele céu, o rutilar das primeiras estrelas lhe confortava os pensamentos, tudo corria de forma harmoniosa, a ceia fora servida e todos estavam satisfeitos, as primeiras luzes da lamparina já eram acesas. Dror encarregava-se de fazê-lo e Caleb estava em seu aposento. Depois da ceia recolhera-se cedo, pedindo desculpas, pois no outro dia teria que viajar.

Aos poucos todos foram para seus aposentos e o silêncio foi ficando maior. Marta, em seu aposento, observava a lua bela que seguia na direção do lago iluminando-o, procurou recostar-se em seu leito e fechou os olhos. O incômodo era forte, Caleb vinha à sua mente e ela tentava não pensar, sentiu um frio percorrer seu corpo e ao mesmo tempo um calor, estava de olhos fechados quando ouviu um

---

[64] Processo obsessivo onde a vítima é quase sempre dominada pelos elementos energéticos dos algozes que fornecem alimentos negativos deletérios e se nutrem dos mesmos. Um dos fatores que produzem a obsessão é a vida desequilibrada e a má conduta. (Nota do autor espiritual)

barulho, era como se a porta de seu quarto se abrisse, permaneceu em silêncio, porém não suportou e abriu os olhos se deparando com Caleb em sua túnica branca, seus olhos profundos pareciam ler a alma.

– Assustei-a? – disse ele mansamente.

– Não, mas que faz aqui agora?

– Perdoe-me a intromissão, mas preciso lhe falar.

– Então diga a que veio, Caleb.

E aproximando sentou-se em seu leito e pegando-lhe as mãos disse:

– Venha comigo, quero lhe mostrar algo.

O coração de Marta descompassava-se, queria não ceder aos seus impulsos, mas ao ver nos olhos de Caleb o brilho intenso de outrora, ergueu-se e saiu do leito de mãos dadas com Caleb. Sentia uma emoção forte como nos velhos tempos, sentiu que não resistiria se Caleb insistisse, teve medo, mas preferiu confiar nele, saíram mansamente do aposento. O silêncio era completo. Do lado de fora da casa Marta perguntou:

– Onde está me levando?

E Caleb disse:

– Confie em mim, não vou lhe ferir.

– Eu sei – disse Marta.

Caleb aproximando-se da porta que dava acesso ao lago de Genesaré, pediu que Marta colocasse a chave, e quando ela abriu, Caleb viu que as tochas estavam acesas como ele havia pedido a Dror. Marta encantou-se com a visão da escada em meio à vegetação, as luzes das tochas e a luz do luar, olhou para Caleb, e ele, puxando-a contra o peito, sentindo sutilmente sua respiração, falou:

– Quero que veja algo maravilhoso, não tema.

Marta afastou-se e disse:

– Por favor, eu irei, mas não me abrace desta forma.

– Desculpe, foi um impulso.

Desceram em silêncio, as flores iam se abrindo ao longo do caminho, as árvores, tudo era tão belo, não demoraram a deparar-se com o lago de Genesaré. Marta mal conseguia falar, o céu estrelado, a lua banhando o lago, a delicadeza da terra, tudo tão belo, a areia esbranquiçada. Correu até o lago sentindo a água morna banhar seus pés, sentiu-se livre, respirou profundamente e rodopiou olhando as estrelas, como era lindo.

Caleb a observava, seu coração não se continha de tanta alegria, sua vontade era abraçá-la, beijá-la, amá-la, tentou conter-se, mas não sabia até quando conseguiria, seus cabelos sem o véu, soltos, pareciam mais belos. Fascinado pela mulher amada aproximou-se, queria poder compartilhar daquele momento. Marta virou-se e deparando-se com ele, disse:

– Este lugar parece o éden, é tudo tão maravilhoso – disse eufórica.

– Eu sei, e queria que você soubesse que sempre que quiser poderá desfrutar dele, por isto deixo-lhe a chave.

– Então ninguém aqui vem?

– Não, é uma área reservada da casa, ninguém possui acesso a não ser eu e agora você.

O coração acelerou ao olhar para Caleb, sentia ainda amor por ele e receou estar ali, não era correto.

– Caleb, fico feliz por compartilhar sua vida comigo, mas não é certo, sou casada, tenho filho.

– Não fale mais, Marta – e aproximando-se pôs os dedos em seus lábios. – Não vou fazer nada que possa desonrá-la, apenas fique comigo, sinto falta de sua conversa, do tempo em que éramos felizes. Venha – falou puxando-lhe as mãos – veja o que preparei para nós. Em uma parte mais reservada, uma lamparina estava acesa, enquanto um manto fora estendido ao chão, ao canto uma jarra de vinho e frutas – sente-se, conversaremos.

– Caleb, você pensou em tudo! Como pode fazer isto comigo? – exclamou Marta.

– Eu te amo! Não consigo viver longe de você, sua presença é tudo para mim.

– Não percebe que me compromete, e se Elisha souber?

– Nunca isto irá acontecer, eu jamais permitiria que ele lhe machucasse, não fique brava, eu lhe tenho amor.

Marta sentiu as pernas trêmulas, queria correr, sumir do local, mas sentia-se presa pelo coração.

– Eu prometo não lhe desrespeitar, sente-se, por favor.

E cedendo-lhe as vontades Marta sentou-se. Caleb sorriu pegando em suas mãos, como a queria, mesmo que fosse por breves instantes.

– Agora vamos conversar, diga-me, sente falta do tempo em que conversávamos?

– Sim – disse Marta timidamente.

– Pois então hoje será a oportunidade de falarmos sobre tudo, está bem?

– Sendo assim, Caleb, gostaria que me explicasse algo.

– Se eu puder.

– Se você diz me ter amor, por que permitiu que eu me casasse com Elisha? Por que não voltou como havia prometido? Por quê? – falou Marta deixando a mágoa que sentia vir à tona.

– Eu nunca a deixei, e se você se casou foi por conta de seu pai que jamais me tolerou, olhe para mim Marta, você crê que eu a abandonaria?

E erguendo seu queixo, percebeu que lágrimas rolavam.

– Não chore, não chore por D'us, eu nunca quis feri-la ou decepcioná-la, você ainda me ama?

– Não faz sentido esta conversa, é melhor retornarmos.

– Talvez seja mais fácil para você me ignorar, fazer de conta que nada vivemos, que você não me ama, deve ser feliz com Elisha, ele deve lhe propiciar momentos melhores.

– Cale-se, Caleb, como ousa se comparar ao meu esposo, você não faz ideia de quanto eu sofri.

E ele puxando-a junto de si, disse:

– Acabou, eu não vou lhe perder de novo, não vou, eu estou aqui, e mesmo que você não seja minha esposa legítima, será em meu coração, nunca mais ficarei sem você.

Marta sentia-se protegida e confortada, seu coração sentia paz, mas não poderia continuar, olhou para Caleb que lhe acariciava a face.

– Minha vida está com você – disse Caleb.

– Não posso continuar, pare, Caleb – disse Marta aflita.

– Não posso parar – e sem pensar, beijou-lhe com o ardor de um sentimento reprimido.

Marta, que trazia em seu seio o mesmo sentimento, correspondeu-lhe sem se dar conta da gravidade daquele beijo diante da sociedade judaica. Ficaram ali, se olhando, se abraçando, como se aquele momento nunca fosse terminar. Caleb mal cabia em si de alegria e Marta sentiu-se transportada a outro mundo, a outra vida que não aquela, acariciou a face de Caleb, enquanto buscava palavras que pudessem exprimir o quanto o amava, o quanto sonhara com seu retorno. Ficaram parados sem nada falar, Caleb abraçando-a, queria permanecer ali o tempo todo quando ela falou:

– Eu sou uma vergonha para minha família.

– Não diga isto, Marta, nós nos amamos e D'us sabe que se não fosse pelo seu pai você seria minha esposa.

– Caleb, não podemos continuar nos vendo, hoje foi um beijo, amanhã, D'us! Não quero me sentir culpada, não conseguirei olhar para meu filho, para meu esposo.

– Não olhe para ninguém, olhe para este momento, eu não vou lhe tocar além deste abraço, além deste beijo, lhe respeitarei e acariciava sua face.

– Como conseguiremos se o que você sente eu também sinto?

– Não sei, mas sinto que D'us nos auxiliará.

– Caleb, nós somos pecadores, estamos ferindo corações alheios.

– Não, Marta, a história é outra, corações alheios nos feriram – e abraçando-a, beijou-a.

– Por favor, pare, não posso! – disse Marta tentando se afastar, porém Caleb a segurava suave e firmemente.

– Confie em mim, não vou lhe magoar, – olhando-a nos olhos com ternura prosseguiu – vamos conversar, tenho muitas histórias para partilhar.

Marta, sentindo que Caleb estava sendo sincero, aquietou-se recostando a cabeça em seu ombro, deixando-se envolver pela doce voz de Caleb que lhe narrava a sua vida no Egito. No céu as estrelas rutilavam embevecidas com o amor daqueles corações.

* * *

QUANTAS HORAS MIA permanecera ali desmaiada ela não sabia, sentia-se tonta, enfraquecida pela luta que travara, pela fuga rápida, tentou erguer-se, o silêncio era profundo, sentiu-se tonta, pensou que fosse cair, apoiou-se nas paredes, procurou esforçar-se ao máximo, sentia as lágrimas do arrependimento invadir sua alma, como tudo ocorrera tão rápido, sentiu que não conseguiria ir para seu aposento, recordou-se do esposo, pensou em chamá-lo, mas como explicaria o fato de estar com aqueles trajes, melhor não, respirou fundo, conseguiu chegar ao quarto, jogou-se no leito com fortes dores no baixo ventre, sentou-se, retirou a roupa ensopada de sangue da velha Ruth e do dela, jogou a roupa em um cesto, guardou-o em um canto, sentiu-se tonta, gritou pelo esposo, um grito cortante que ecoou como um grunhido de um animal ferido.

Efrat em seu leito acordou assustado, saltou de súbito, rumando para o aposento de sua esposa. Deparou-se com a cena de sofreguidão de Mia, que caída a um canto do quarto se debatia com fortes dores.

Abaixou-se comovido, colocando-a em seu colo.

— Minha princesa, minha querida Mia, por favor, o que tem? Está trêmula.

E Mia, sentindo-se amparada, enlaçou-lhe o pescoço como a demonstrar algum sentimento por ele, que percebendo as lágrimas e o tremor, colocou-a no leito, e buscou o auxílio de sua mãe. Reina foi desperta pelo chamado aflito de seu filho, ao vê-lo com angústia no olhar ergueu-se de seu leito sem titubear, só podia ser Mia.

— Minha mãe, Mia está mal.

— O que ela tem?

— Está trêmula e com fortes dores, não sei o que fazer.

— Calma, chame Itti para me auxiliar, vá despertar a serva.

E pondo-se rumo ao quarto verificou que seu filho tinha motivos de sobra para se preocupar, Mia gemia, aproximando-se viu que sua palidez era grande, tomou-lhe as mãos frias, isto não era um bom sinal, observando-a ergueu o lençol percebendo o sangramento, apalpou seu ventre, Mia contorcia-se, tentou tranquilizá-la.

— Você vai ficar bem, é só uma breve indisposição.

A serva Itti chegara ao aposento, ainda sonolenta, não compreendia todo o alvoroço. Reina percebendo sua presença falou:

— Vamos, Itti, preciso que prepare um banho bem quente para Mia, enquanto isto prepararei um chá.

Mia deixou-se aos cuidados de sua sogra, estava aflita e perturbada pelos últimos acontecimentos, sentia angústia por ter sujado suas mãos com o sangue daquela velha tola. Após o banho e o chá Mia sentiu-se sonolenta e começou a repousar.

Reina permanecia ao seu lado, vigilante, enquanto Efrat no aposento ao lado tentava se acalmar, porém alguém estava ali presente, era a figura fantasmagórica de Ruth que presa pelos fluidos de culpa de Mia permanecia ali atrelada a ela.

Ruth sentia-se como que amarrada a Mia, sentia ódio dela, seu pescoço doía-lhe e ela não compreendia como estava ali sem que ninguém a notasse, queria ferir Mia, quando olhando-a no leito notou que do seu corpo algo se desprendeu, era Mia em espírito. Ruth avançou em sua direção e gritou.

– Assassina, maldita.

Venenoso fluxo energético expelido de Ruth se alojou em Mia, nas partes mais fragilizadas de seu ventre; Mia, horrorizada, sentiu o influxo lhe penetrar como que a corroê-la internamente.

– Eu venho levá-la para a morada da dor, – dizia Ruth, que mais se assemelhava a um ser de outra espécie, o ódio transformara-lhe a face.

Mia apavorou-se e fugiu do contato retornando ao corpo.

Acordou assustada, sentiu medo, mas se confortou ao perceber que Reina ali se encontrava. A noite transcorria célere, embora para Mia ela parecesse lenta.

* * *

ELISHA, APÓS O sacrifício, partira de Jerusalém em sua caravana deixando Dan aos cuidados de Ananias, como o bom mestre essênio havia proposto, pois em sua casa possuía os recursos necessários à recuperação de Dan. Ananias, desde quando começou a examiná-lo, sentiu estranha simpatia por Dan.

Elisha observara tal fato, só por isto confiou Dan a ele, agora sentia que este seria um momento importante em sua vida. Como fariseu estava acompanhado de outros seis fariseus que com ele subiam ao Jordão na direção de João Batista a fim de saber a verdade e averiguar os boatos de que o Messias já se encontrava ali entre eles. Analisava a paisagem e também divagava acerca de Marta, agora seria quase impossível retornar para Betsaida, ele tinha que zelar pelos interesses do sinédrio e quem sabe se mudaria para Jerusalém.

Estava assim viajando em devaneios de ambição, mas pensava em como Caleb estaria se portando em sua ausência, não gostava deste convívio, odiava-o. Enquanto meditava, o calor escaldante fazia com que todos se sentissem mais cansados, a viagem prosseguia lenta, até que após o meio dia chegaram à localidade onde João Batista estava pregando. Encontraram grande número de pessoas que se acumulavam ao redor de João Batista. Foi então que se fizeram notar, a multidão dava lugar para que passassem. Elisha, liderando o grupo, logo perguntou diretamente a João Batista:

– Você, homem, é o profeta que Moisés prometeu?

E João Batista olhando-o com firmeza disse:

– Não sou eu.

Então um deles tomando a palavra inquiriu:
— Você é o Messias?
E João novamente respondeu com calma e firmeza:
— Não sou eu.
Então Elisha irritando-se disse:
— Se você não é Elias, nem o profeta, nem o Messias, então por que batiza o povo e cria todo este alvoroço?
E João replicou:
— Cabe àqueles que me ouviram e receberam o meu batismo dizer quem eu sou, mas eu digo que enquanto eu batizo com água, esteve entre nós um que retornará para batizar em espírito e verdade.
Sentindo que a multidão o apoiava, Elisha achou melhor calar-se, retirando-se para só ficar a observá-lo. O povo continuava a se batizar e a ouvir o que João Batista falava.
Muitos rumores acerca do Messias haviam se espalhado, chegaram a Jerusalém e até Tiberíades, muitos vinham de longe, para ver se o Messias ali estava, alguns não encontrando o Messias na comitiva de João Batista começavam a não acreditar.
Elisha permanecera na localidade acompanhando o movimento até o outro dia, quando retornaria a Jerusalém. Classificou João Batista como enganador, como um homem fanático. Porém, para João Batista, cada minuto, cada hora, cada dia tornava-se mais duro, os discípulos antes calmos se impacientavam na expectativa do retorno daquele que seria o Messias, todos haviam notado após o advento do batismo de Yeshua, a mudança na pregação de João Batista, alguns mais afoitos queriam ir à procura do Messias, mas João os advertia "os novos tempos estão nas mãos de D'us, Ele guardará seu filho escolhido, tenham calma", e prosseguia com a pregação e o batismo.
Dan, em Jerusalém, permanecia sob os cuidados do bondoso Ananias, a febre já dava sinal de ceder, porém Dan não conseguia ver a luz, seus olhos pareciam querer pregar-lhe uma peça, tudo parecia turvo e embaçado, às vezes tinha medo e chamava por Orlit. Percebendo sua aflição, Ananias vinha ao seu encontro.
Dan, ouvindo a sua voz, falou:
— Quem é você e onde estou?
— Eu sou Ananias, médico, e você está em minha casa sob os meus cuidados.
— Então diga-me, por que vejo tudo embaçado, por que não consigo ver a luz?
Ananias parecia temer o pior, sem querer abalá-lo disse:
— É a febre, meu bom homem, tome um pouco mais deste remédio — e erguendo sua cabeça, ministrou-lhe o remédio. — Agora repouse, seu amigo Elisha regressará amanhã, confie em D'us, Ele tudo sabe, agora durma, estarei aqui.
Ananias fazia o possível, sem compreender havia simpatizado com o jovem doutor, temia que a doença lhe furtasse a visão.

* * *

Na manhã seguinte, após a noite que conversara com Caleb, Marta despertou sentindo-se muito mal, não queria permanecer ali, e decidiu que o melhor a fazer seria retornar o mais rápido possível para Betsaida. Caleb era agora o maior tormento de sua vida, ainda sentia o gosto de seus lábios e a ternura de suas palavras. Procurou se recompor, não passaria mais esta situação, não podia magoar seu esposo, seria apedrejada, ergueu-se do leito, iria pedir agora mesmo para Débora arrumar Job e falaria para Orlit se arrumar para a partida.

Estava pronta a fazê-lo quando alguém bateu em sua porta, tremeu, será que Caleb teria coragem de desrespeitá-la ali diante de todos, ouviu diversas batidas, respirou e foi até a porta abri-la, deparou-se com Orlit em sua túnica vermelha e seu véu branco, sorrindo.

– Bom dia, irmã.

– Ah! É você? – disse Marta.

– Por que, esperava outra pessoa? – e pôs-se a sorrir.

– Não, claro que não.

– E aí, como foi a noite, descansou, pelo que percebo nem trocou de roupa, costuma dormir com túnica?

– Não – disse Marta aborrecida, e tentando disfarçar: – adormeci sem perceber.

– Bem, então troque esta roupa e vamos aproveitar para ir até o lago, Caleb me disse que tem uma passagem para lá.

– É mesmo? – disse Marta, tentando parecer surpresa. – Mas acho melhor retornarmos, não é bom permanecermos aqui.

– Está brincando? Vamos partir hoje, por quê? Não podemos.

– Por que não? – disse Marta.

– Muito simples, Caleb já partiu.

E surpresa Marta falou:

– Para onde?

– Ora, para Cafarnaum, foi até Zimra, esqueceu? Hoje seremos a dona desta casa, Caleb disse para fazermos tudo a nosso gosto.

Sentando-se na cama Marta falou.

– Não pode ser.

– Ora, Marta, o que tem? Caleb é bom, não lhe desrespeitou, será que é isto que lhe incomoda? – falava Orlit zombeteira.

– Pare, Orlit – retrucou Marta.

– Vamos sair para degustar a primeira refeição e depois vamos ao lago, caso você queira – falou Orlit. – Ah! Ia me esquecendo, Caleb pediu que lhe dissesse que ao cair da noite estará de volta, que é para você não se preocupar com sua ausência, estranho, né?

– Não vejo porque, ele está apenas sendo educado.

E saíram do quarto rumo ao local onde as refeições eram servidas.

* * *

Em casa de Efrat a noite transcorrera agitada, Reina, porém, agora observava Mia deitada, estava pálida, tivera vários pesadelos, mas dormia tranquila. Itti entrou no quarto para revezar com a bondosa matrona que estava cansada; Itti sentiu um arrepio lhe percorrer o corpo, algo estranho parecia estar ali. Olhou para os lados, para a janela e continuou ao lado de Mia. É que o espírito Ruth estava ali, ligado pelos elos do ódio a Mia que, sentindo toda a culpa de sua morte, facilitava a presença do espírito vingativo.

Logo que Efrat abriu a tenda, o murmúrio local já estava intenso, encontraram a velha Ruth morta em sua casa. Efrat, curioso, deixou o seu comércio e foi até o local, muitas pessoas se aglomeravam vendo o corpo da idosa estirado ao chão em uma poça de sangue. Muitos se perguntavam como fizeram aquilo com a velha Ruth, será que foi vingança, o local demonstrava que havia se seguido uma luta feroz, copos quebrados, pratos ao chão e a faca estava jogada no local a uma certa distância.

Efrat sentiu um horror à cena, o sangue, o cheiro forte e até alguns insetos, o povo aglomerava-se empurrando-se. Efrat pensara agora, como saberia o motivo daquela velha estar com as joias, sentiu-se mal, resolveu retornar, ficou pensando em como tudo aconteceu, o porquê de tudo aquilo, tentava encaixar os fatos, porém nada conseguia, teria que comunicar a sua mãe, preferiu fazê-lo ao regressar a sua tenda. Chamou sua mãe que logo se fez presente na ampla tenda de Efrat no mercado.

– Minha mãe, tenho que lhe dar uma notícia.

– Fale, Efrat.

– É Ruth.

– Diga, ela veio aqui?

– Não, ela foi morta.

– Como, Efrat?

– Ninguém sabe, o fato é que nada levaram de sua casa, e a pobre foi assassinada.

– Que notícia horrível, meu filho, vou acender uma vela e fazer a prece por ela. Meu filho eu sei que ela não tinha parentes, portanto encomende a cerimônia para que seja sepultada como manda a tradição, os mais aquinhoados devem auxiliar os necessitados.

– Está bem, minha mãe.

Efrat retirou-se enquanto Reina fora realizar uma oração, ajoelhando-se fez a prece comovente para a velha Ruth, que naquele momento foi ali atraída para receber o magnetismo benfazejo do perdão. Ruth ouvia a oração e sentia ondas de luz invadir seu corpo como minúsculos corpos luzentes a penetrar-lhe no coração e na mente, aliviando suas dores, sua angústia, então, começou a chorar e teve a nítida impressão de que D'us lhe convidava a uma nova etapa, sentia a leveza, começou a flutuar, como imersa em uma onda magnética, foi quando a figura do pai de Mia se fez presente e ali, sendo visto por ela, falou:

– Vamos, minha irmã, é hora do repouso, o Senhor lhe chama.

E Ruth, sentindo-se confortada, foi, porém, sentiu-se presa por extenso cordão que a prendia a Mia, irritou-se, mas o espírito bondoso falou:

– Você a perdoa, minha irmã?

E ela, revoltada, disse:

– Não.

Neste momento sentiu ainda mais forte o fluxo que a prendia a Mia chegando a lhe causar certa dor. O bondoso espírito falou:

– Perdoa, minha irmã, esquece o que passou.

E Ruth, compreendendo que a cada negativa mais se distanciava da luz, falou:

– Sim – então fechou os olhos.

Uma nova vida lhe seria proposta e utilizando de ondas magnetizantes rompeu os liames fluídicos que a prendiam a Mia, recolhendo-a a um local de refazimento[65].

* * *

CALEB PARTIRA BEM cedo de sua propriedade, mal cabia em si de tanta felicidade, finalmente sentia-se leve, feliz como há muito não ficava, observava a paisagem, não demoraria em Cafarnaum, retornaria a tempo de ficar próximo de sua amada, ainda pensava em como foi bom tê-la em seus braços, no doce beijo que lhe dera e como ela o correspondia com amor, sim, Marta o amava, ele a queria para sempre junto de si, não conseguiria viver sem tê-la por perto, sem sentir a sua doçura, sua voz, seu calor, mas não poderia expô-la. Quem sabe Elisha a venderia, ele pagaria o preço que ele pedisse, como a amava, ela seria sua, mesmo que ele tivesse que fugir com ela.

Ia assim entusiasmado pelo caminho, sem perceber que a viagem transcorria rápida. Ao chegar a Cafarnaum procurou o mercado, queria dar algo especial a

---

[65] Quando o ser encarnado ou desencarnado toma consciência de suas ações, de suas consequências e se permite aprimorar a essência espiritual, se liberta dos influxos aos quais se aprisiona. (Nota do autor espiritual)

"Os maus espíritos só vão aos lugares em que podem satisfazer a sua perversidade; para afastá-los não é suficiente pedir nem mesmo mandar, é necessário que tiremos de nós aquilo que os atrai. Os maus espíritos pressentem as chagas da alma, como as moscas pressentem as do corpo. Assim como se limpa o corpo, para evitar os insetos, limpemos também a alma das suas impurezas, para evitar os maus espíritos. Como nós vivemos em um mundo em que os maus espíritos existem em grande número, as boas qualidades do coração não nos colocam livres das suas investidas, mas nos dão forças para resistir a elas." (*O Evangelho segundo o Espiritismo,* cap. 28, item 16)

Marta, uma joia, algo que ela guardasse para sempre, algo que quando ela olhasse lembrasse sempre do quanto ele a amava. Procurou até que encontrou um objeto delicado, em metal precioso, carregado de pedras, um pequeno porta-joias em formato de rosa, tratou de comprá-lo e ao invés de pôr uma joia dentro colocou uma linda rosa. Recordou-se de seu anel de família, colocou dentro, era uma parte de sua história familiar e Marta fazia parte desta história, desta família. Agora mais tranquilo rumou para a casa de Simeão. Não demorou muito a chegar, foi recebido por Omar, o servo fiel que a tudo obedecia. Omar o recepcionou calorosamente e logo que se viu no interior da casa, sua prima Zimra veio ao seu encontro.

– *Shalom,* Caleb – saudou afetuosa.

– *Shalom*, Zimra, como tem passado, e minha tia?

Zimra disse:

– Entre, Caleb, vamos conversar. Sara está muito bem e Simeão como sabe, envolto com o negócio da pesca, mas minha mãe, desde aquele dia que conversamos, só piora.

– Zimra, você seguiu as recomendações que lhe fiz?

– Não, primo, na verdade aguardei Simeão para que tomasse as devidas providências, porém meu marido foi consultar Zebedeu, você o conhece.

– Não tem importância, diga: o que ele falou?

– Que minha mãe pode estar sendo vítima de seres do mal.

E calando-se entristecida prosseguiu:

– Você sabe, Caleb, que não há cura para tal tragédia, as pessoas que possuem esses demônios nunca têm paz, sabe o que falo.

– Sei, mas diga-me, ela tem tido pesadelos, fica alheia à vida?

– Não, apenas não quer se alimentar e, bem, tem sonhos ruins, pois chama muito por papai.

– Então vou modificar esta situação, permita que eu converse com ela.

– Sim, venha.

E levou Caleb até o aposento de Hanna. Caleb sentiu-se mal, o aposento parecia abafado, o ambiente não era bom, escuro e sua tia ficava horas olhando para o vazio. Caleb aproximou-se.

– Tia, – disse mansamente – como a senhora está?

– Nada bem, você não vê que o meu Aristóbulo tem adoecido e está conosco?

– Não vejo o tio Aristóbulo, onde ele está? – disse Caleb.

– Ele está aqui ao meu lado, veja.

– Sim, bem agora minha tia vou lhe fazer uma pergunta, a senhora sabe que o tio foi embora?

– Sim, mas ele volta, e não vai me deixar. Agora me deixe descansar junto a ele, pois está muito abatido.

Caleb compreendeu a gravidade da situação, chamou Zimra em secreto dizendo:

– Tem que tratá-la o mais rápido possível, ela está muito envolvida, tem que fazer algo logo, querida prima.

– Mas o que de fato está ocorrendo?

– Eu ainda nada posso afirmar, mas creio que minha tia está sendo envolvida por algum gênio do mal.

– Então o que Zebedeu sugeriu é um fato, Caleb? Minha mãe pode ser vítima de um gênio mau? E como fazer? Você sabe que é muito difícil a cura para isto.

– Não tema, irei fazer uma oração e mais tarde conversarei como você e Simeão.

Caleb retornou ao aposento, Hanna estava prostrada na cama, não queria falar nem se alimentar, ficava assim em estado hipnótico, parada, olhando o vazio.

No plano espiritual Aristóbulo, que sem perceber era o causador do malefício, se apegara a Hanna criando fluxos energéticos que se espalhavam pela nuca e coração, eram como linhas magnéticas que o prendiam em uma troca maléfica de energia, ela doava o fluido que ele necessitava e ele sem perceber doava a ela emanações doentias que se acumulavam em seus órgãos vitais, físicos e perispirituais[66].

---

66 "Acerca dos fenômenos de obsessão, convém acrescentar algumas notas alusivas à dominação magnética, para compreendermos, com mais segurança, as técnicas de influência e possessão dos desencarnados que ainda padecem o fascínio pela matéria densa, junto dos companheiros que usufruem o equipamento fisiológico na experiência terrestre. Quem assiste aos espetáculos de hipnotismo, nas exibições vulgares, percebe perfeitamente os efeitos do fluido magnético a derramar-se do responsável pela hipnose provocada sobre o campo mental do paciente voluntário que lhe obedece ao comando. Neutralizada a vontade, o *sujet* assinala, na intimidade do cosmo intracraniano, a invasão da força que lhe subjuga as células nervosas, reduzindo-o à condição de escravo temporário do hipnotizador com quem se afina, a executar-lhe as ordenações, por mais abstrusas e infantis. Aí vemos, em tese, o processo de que se utilizam os desencarnados de condição inferior, consciente ou inconscientemente, na cultura do vampirismo.

Justapõem-se à aura das criaturas que lhes oferecem passividade e, sugando-lhes as energias, senhoreiam-lhes as zonas motoras e sensórias, inclusive os centros cerebrais, em que o espírito conserva as suas conquistas de linguagem e sensibilidade, memória e percepção, dominando-as à maneira do artista que controla as teclas de um piano, criando, assim, no instrumento corpóreo dos obsessos as doenças-fantasmas de todos os tipos que, em se alongando no tempo, operam a degenerescência dos tecidos orgânicos, estabelecendo o império de moléstias reais, que persistem até a morte.

Nesse quadro de enfermidades imaginárias, com possibilidades virtuais de concretização e manifestação, encontramos todos os sintomas catalogados na patogenia comum:

– da simples neurastenia à loucura complexa,

– do distúrbio gástrico habitual à raríssima afemia estudada por Broca.

Eis por que, respeitando o concurso médico, através da clínica e da cirurgia, em todas as circunstâncias, é imprescindível nos detenhamos no valor da prece e da conversação evangélica, como recursos psicoterápicos de primeira ordem, no trabalho de desobsessão, em nossas atividades espíritas.

O círculo de oração projeta o impacto de energias balsâmicas e construtivas, sobre perseguidores e perseguidos que se conjugam na provação expiatória, e a incorporação mediúnica efetua a transferência das entidades depravadas ou sofredoras, desalojando-as do ambiente ou do corpo de suas vítimas e fixando-as, a prazo curto, na organização fisiopsíquica dos médiuns de boa vontade para entendimento e acerto de pontos de vista, em favor da recuperação dos enfermos, com a cessação da discórdia, do desequilíbrio e do sofrimento.

Assim sendo, enquanto a medicina terrestre aperfeiçoa os seus métodos de assistência à

Caleb, impondo as mãos, começou a orar mentalmente, para que sua tia não se assustasse, orava com fervor ao D'us de Abraão. De suas mãos começaram a sair fluxos de energia que iam auxiliando a limpar as energias acumulativas. Hanna recebera como um remédio para o seu campo psíquico, foi ficando desperta como que recobrando sua lucidez até que falou:

— Caleb, você está aqui, que bom, meu filho.

E Caleb aproximando-se disse:

— Minha tia, ainda há pouco conversamos.

— Não me recordo, estou cansada.

— Melhor repousar, tia.

— É verdade, mas onde está minha filha? Tenho fome.

— Vou chamar Minar.

E saindo do aposento chamou a serva que logo foi ao seu encontro. Caleb, aproximando-se de Zimra, disse:

— Faça sempre oração com ela Zimra, fale um trecho da Torá, ore com ela.

— Está bem, Caleb, agora diga-me é um mau gênio?

— Como saber, Zimra, creio que não, mas ainda é cedo para falarmos, tenhamos fé.

— E o sacrifício, é preciso fazê-lo?

— Agora não, e depois ela está frágil, melhor poupá-la de uma viagem.

— Tem razão, agora me diga, e sua casa, tem notícias de minha prima?

Caleb sorriu e disse:

— Elas estão em minha casa.

— Como assim? – questionou Zimra, a fim de inteirar-se da situação.

— É que Dan e Elisha seguiram para Jerusalém.

E narrou-lhe tudo o que havia acontecido. Zimra ouviu tudo perplexa, até que perguntou.

— Você está respeitando Marta?

— Ora, prima, isto seria injusto me perguntar.

---

saúde mentofísica da Humanidade, aprimoremos, por nossa vez, os elementos socorristas ao nosso alcance:

— pela oração e pela palavra esclarecedora,

— pela fé e pelo amor,

— pela educação e pela caridade infatigável.

Lembremo-nos de que o Evangelho, por intermédio do apóstolo Paulo, no versículo 12, do capítulo 6, de sua carta aos Efésios, nos informa com justeza: "Não somos constrangidos a guerrear contra a carne ou contra o sangue, mas, sim, contra os poderes das trevas e contra as hostes espirituais da maldade e da ignorância nas regiões celestes".

Não nos esqueçamos de que a Terra se movimenta em pleno Céu. E todos nós, em nossa carreira evolutiva, nas esferas que lhe constituem a vida, estamos subordinados a indefectíveis leis morais."

Instruções psicofônicas, Chico Xavier, espíritos diversos.

— Caleb, sabe que ela é casada, não faça coisas de que poderá se arrepender.

— Parece que você não me conhece, jamais eu colocaria Marta em situação perigosa.

E o dia transcorria, as horas passavam e Caleb se impacientava, pois prometera que regressaria ainda naquele dia, não podia ficar mais uma noite longe de Marta, não agora que poderia usufruir de sua companhia.

Simeão, no porto de Cafarnaum, lavava as redes e se preparava para o regresso habitual a sua casa quando uma notícia lhe chamou a atenção. Um homem baixo, de longa barba, conversava com os demais alegremente.

— Pois bem, irmãos, o Messias já está entre nós, ele foi visto no agrupamento de João Batista durante um batismo, o povo agora tem um novo líder.

Simeão, ouvindo aquilo, recordou-se que André ainda não regressara, ficou alegre, pois com toda certeza seu irmão estaria próximo a este homem, e quem sabe ele o apresentaria. Chegou próximo ao viajor e perguntou:

— Isto que diz é verdade?

E o homem, olhando-o, repreendeu:

— O senhor crê que eu seja um homem de palavra falsa? Conhece-me?

— Não, meu senhor, apenas estou curioso.

— Pois então vá e veja.

E retirou-se deixando Simeão para trás aborrecido pela forma que o homem o havia interpretado, rumou para casa, ia meditando, a tarde caía, o doce barulho do lago, a multidão que se aglomerava no mercado, foi passando despercebido de tudo, pensava em Zimra, em sua sogra, em Sara, era feliz. Ao entrar em casa deparou-se com Zimra conversando com Caleb que já se preparava para seguir viagem.

— Simeão! *Shalom,* bom homem.

— Caleb, que bom que você veio! Mas já vai?

— Sim, é preciso, expliquei tudo a sua esposa, agora devo regressar antes que a noite fique alta.

A brisa invadia o caminho de regresso e Caleb só pensava em Marta.

* * *

ELISHA NÃO TIVERA o que desejava, mas conseguira demonstrar diante dos saduceus e fariseus que era um homem de liderança e isto o agradava. Agora ali, residindo naquele acampamento, já gozava de certo privilégio, notara que os outros o ouviam e concordavam com ele, com certeza o sinédrio o elegeria para a perseguição a qualquer membro que ameaçasse os interesses do templo. Olhou para as estrelas, estava feliz, talvez não regressasse em quinze dias, talvez ficasse para sempre gozando de boa função, a sua ambição fazia sentir-se poderoso, quando regressasse, sua vida mudaria.

13. O segredo de Dan

Enquanto Dan em Jerusalém se consumia na luta pela sobrevivência, Ananias ao seu lado o auxiliava, ministrando bandagem, os olhos queimavam, não conseguia ver com nitidez, às vezes algumas imagens tremulavam ou simplesmente caía na escuridão, nesta hora se desesperava e chamava pelo bondoso médico.

A noite transcorria como um pesadelo, ele não podia imaginar o que faria caso a visão fosse embora, o terror era tanto que ele chegava a delirar. Ananias a tudo assistia, comovido pela dura realidade que aquele coração teria que aceitar, já havia passado inúmeras situações dolorosas e este rapaz lhe chamara a atenção, não sabia o porquê, mas sentia que teria que auxiliá-lo, queria ajudá-lo, mas como? Ficou em silêncio meditando naquela noite.

Os sinais da fatalidade não tardaram a aparecer, ao final daquele dia o fato já estava consumado, Dan perdera a visão. Ao perceber-se cego, o jovem fariseu enfureceu-se, blasfemou e foi preciso que Ananias estivesse lhe segurando as mãos para que não se machucasse.

— Homem tolo, por que me tratou, melhor seria ter me deixado morrer, mil vezes melhor estar morto do que estar vivo preso neste vale de escuridão, o que vou fazer, tenho mulher, tenho um cargo e agora o que terei?

Ananias, condoendo-se, falou:

— Continuará sendo amado pela sua família, pelos que o amam, nada mudará para eles, bom homem.

E Dan, exclamando em sua revolta, disse:

— Não compreende, sou um inútil, e não quero que minha família me veja assim.

— Filho, eu sei que é difícil, mas terá que aceitar, é D'us que quer.

— Se é assim, tenho o direito de escolher, você me matará.

Ananias, espantado com isto, falou:

— Está enganado, cuido de pessoas, não as mato.

E Dan, em sua revolta, insistiu:

— Não matará meu corpo, mas minha essência.

— Como assim?

— Para todos, a partir de hoje, estarei morto, e você, se sente em seu coração alguma piedade por mim, auxilie-me.

Ananias, sentindo a dor daquele homem, terminou por concordar.

* * *

Caleb não regressara e a noite se fazia obscura para Marta que se preocupava. Não conseguia acalmar seu coração, procurou não pensar, recordando-se do dia tranquilo que tivera em casa de Caleb, tudo transcorrerá bem, Job amava os jardins, Orlit se encantou com a passagem para o lago, pensou na noite anterior quando ficara a ver a lua e as estrelas com ele, sentiu-se feliz, então orou a D'us:

"Pai de amor, D'us de Abraão, estende sua proteção sobre Caleb, não permita que nenhum mal o fira, que nada lhe ocorra, guarda-o no Seu amor, na Sua proteção".

Sentiu-se mais tranquila e adormeceu.

O manto da noite se estendeu em Betsaida e Caleb resoluto seguia viagem em meio à escuridão, queria chegar em casa, não temia os tropeços da noite, confiava em D'us e em si mesmo.

A viagem seguia mais lenta, não se deteve nas horas, pois elas passavam céleres. Quando a aurora já ia anunciar um novo dia, Caleb avistou os portões de sua propriedade, passara a noite numa viagem longa, era o caminho mais reto para casa, agora não lhe ocorreu outra coisa senão ver Marta, não pensou, seus impulsos eram mais fortes do que sua razão, não queria ficar longe, mesmo sabendo que não deveria ir tão perto. Desceu de sua montaria, entrou silenciosamente em sua casa, respirou profundamente, os primeiros raios do novo dia se anunciavam. Foi para seu aposento, a porta que ligava o seu aposento ao quarto de Marta era um convite, num ímpeto de amor resolveu vê-la, passou pela fonte e abriu cautelosamente a porta do quarto dela. Marta dormia, seu rosto parecia de um anjo, podia ver-lhe através do véu da cama. Sentiu o coração pulsar fortemente, como explicar todo aquele sentimento. Aproximou-se mais, ergueu o véu, ela estava linda, seus cabelos soltos se espalhavam pela cama, sua face bela, serena, adormecida, foi quando ela abriu os olhos e assustada gritou:

– Caleb!

– Calma, Marta, sou eu, não vou lhe fazer mal.

– Por favor, não me veja, vire-se.

– Está bem eu só quero dizer que cheguei.

– Não poderia ter esperado?

– Sim, mas veja, eu quero mostrar-lhe algo.

– O quê?

– Saia do leito – disse Caleb.

– Espere, deixe eu me cobrir.

E pondo uma túnica, ergueu-se.

– Venha – disse Caleb.

Puxou-a pelas mãos até a janela do seu quarto, onde podiam deslumbrar o espetáculo do nascer do sol sobre o lago exuberante de Genesaré. Os olhos de Marta se encheram de luz, era linda aquela paisagem, verdadeiramente deslumbrante. Caleb abraçou-a com ternura e disse:

– Viajei a noite toda só para vê-la.

— Caleb, não fale isto.

E Caleb, pondo as mãos em seus lábios, abraçou-a fortemente até o dia clarear completamente.

Olhando-o nos olhos, Marta teve a certeza de que se continuassem a se ver, ela não suportaria muito tempo. Caleb era um homem especial para seu coração, não estava conseguindo se desvencilhar das emoções que ele despertava nela e ele inclinando-se, pegou as mãos dela e beijou-as, depositando o presente que comprou para ela em Cafarnaum. Marta então falou:

— Não posso aceitar.

— Por favor, é de coração, é seu, comprei para você.

Marta achou o presente encantador, guardaria para sempre em seu coração. Caleb, olhando-a com ternura, disse:

— Marta, eu preciso de você, não posso ficar longe.

— Por favor, Caleb, eu já decidi.

— Decidiu o quê?

— Tenho que regressar para minha casa, não é certo agirmos assim, como adúlteros.

— Você nunca será uma adúltera, você será minha.

E Marta, interpelando-o:

— Minha o quê? Sou compromissada.

E baixou os olhos, não queria olhar para Caleb, que segurando seu queixo continuou:

— Minha mulher, minha irmã, minha noiva, minha amada. Marta, D'us sabe que nunca terei paz sem você; sem você meus dias jamais serão de alegria, se isto ocorrer é que D'us me pune.

— Não diga blasfêmias — murmurou Marta.

— Você sabe que é assim, somos um só coração, o meu coração é o seu, e o seu é o meu, tudo que vivemos e sentimos, eu a amo.

E puxando-a para si beijou-a. Marta, sem conseguir se desprender, deixou-se tocar pelo fogo daquela paixão.

* * *

Após o batismo de Yeshua, João Batista prosseguia em sua peregrinação, seus discípulos estavam bastante cansados. João, entretanto, permanecia esperando o momento de sua aparição.

Foi em um dia, quando o sol estava a brilhar e João Batista preparava-se para pregar, que o fato que mudaria para sempre a vida daqueles homens ocorreu.

Os discípulos, naquela manhã, estavam entretidos em conversas múltiplas, quando João Batista, ao olhar para o norte, vislumbrou a figura do Messias. Subindo em um rochedo João Batista sentiu as emanações de seu primo tocar-lhe a alma, os discípulos, diante do movimento de João Batista, interromperam o diálogo, percebendo que algo se passava, então João Batista apontando para o norte falou:

— *"Este era aquele de quem eu dizia: O que vem após mim é antes de mim, porque foi primeiro do que eu. E todos nós recebemos também da sua plenitude, e graça por graça, porque a lei foi dada por Moisés; a graça e a verdade vieram por Jesus Cristo"*[67].

E os discípulos entreolharam-se percebendo se tratar do Messias. João prosseguia com sua voz elevada em tom de sabedoria e autoridade.

— *"D'us nunca foi visto por algum homem, mas o filho unigênito que está no seio do Pai, este O fez conhecer"*.

E os discípulos, compreendendo as palavras de João Batista, contemplavam Yeshua que por ali passava, muitos quiseram acompanhá-lo, mas compreendendo que ainda não era o momento aquietaram-se.

* * *

Elisha regressara para Jerusalém, o resultado obtido pela sua comitiva não foi tão elogiado, mas o desempenho pessoal foi elogiado por vários fariseus que lhe teceram comentários de significância, sendo de grande peso para que o sinédrio resolvesse deixá-lo comandar uma comitiva de especulação e eleito como tal.

Elisha não cabia em si de júbilo, sua mente ambiciosa não percebia que atraía para si próprio o convívio de maléficas entidades das sombras que o incitavam na ambição desmedida.

Neste intercâmbio sombrio Elisha sentia sede de prazer, paixão pelo poder, pela lisonja desmedida esquecera-se dos seus. Visualizava os privilégios como se os já conquistados pela sua posição não fossem suficientes. Pensava em como poderia permanecer por mais tempo em Jerusalém. Tinha compromissos com a sinagoga de sua cidade, ponderou e ao seu pensamento surgiu-lhe a figura de Caleb; sim, ele ofereceria o cargo a ele, seria proveitoso citar o nome de Caleb junto aos outros fariseus, eles com certeza reconhecendo a linhagem de Caleb veriam nele também um homem de influência hierárquica. Pensou em Marta, como ficaria, teria que trazê-la para seu convívio, mas agora não poderia, já que sempre estaria em viagem, melhor seria que por um tempo permanecesse em Betsaida, ele não a traria para Jerusalém, não naquele momento. Agora pensara no amigo Dan, balançou a cabeça, deveria se preocupar com seu filho, não com Dan, mas continuou com suas reflexões.

Decidiu suas escolhas, agora o empecilho era a saúde de Dan. Coçou a barba, pensou sobre o que aconteceria com o amigo. Erguendo-se, tratou de ir ter um diálogo esclarecedor com Ananias, o estranho homem que o acolhera. Demorou muito no trajeto até a casa do bom homem. Ao chegar foi recepcionado por ele que logo falou:

---

67 João 1:15-17

– Meu bom Elisha, nobre fariseu, não tenho boas notícias, seu amigo encontra-se muito frágil, não convém que o senhor o veja, poderá contrair o malefício dele.

Elisha, horrorizado, se afastou e disse:

– Mas o que há? Eu o deixei aqui há dois dias e o senhor me disse que ele se curaria.

– Creio que não foram estas as palavras, eu disse que ele se curaria ou poderia vir a morrer.

– Eu quero vê-lo.

– Se o senhor pegar a peste poderá ter o mesmo fim ou pior, ficar cego ou surdo.

Elisha, paralisado e horrorizado, concluiu:

– Então terei que regressar a minha cidade para informar da situação do amigo a seus familiares.

– Está bem, porém, caso ele venha a morrer será melhor enterrá-lo o mais rápido possível, pois poderá trazer doenças a outros.

– Está bem, apenas diga a ele que eu estive aqui, vou pegar minhas bagagens.

– Não precisa, eu as enviei à estalagem.

E olhando o homem que parecia preocupado, Elisha perguntou:

– Quanto lhe devo?

– Nada, D'us irá me retribuir o favor.

– *Shalom*, meu senhor.

E, saindo daquela residência, Elisha nem imaginava o drama que ali se iniciava.

Após a saída de Elisha, Ananias retornou ao aposento onde Dan convalescia, a febre o havia deixado e ele encontrava-se em recuperação, porém o mal súbito havia levado sua visão. Dan sentia-se humilhado e punido por D'us, em seu orgulho intelectual não conseguia achar uma justificativa para tudo aquilo, afinal ele sempre fora um homem reto, seguidor das leis, pensou em Orlit, na vergonha que seria para ela, pensou em seus planos para um novo consórcio com a serva Débora, envergonhou-se, como pudera tripudiar sobre o coração de sua esposa, não era digno, lágrimas começaram a lhe banhar a face, ninguém deveria saber dele. Ananias, entrando no quarto e percebendo seu estado d'alma, falou:

– Fiz o que me pediu irmão, asserena seu coração.

– Não posso, sinto uma revolta, um ódio por este D'us que me abandonou.

– Não blasfeme contra D'us, Ele é o Senhor de toda a verdade, se o pune e o abandona, é para provar-lhe.

– Como D'us pode nos provar a fidelidade nos causando dor?

– Será, meu irmão, que esta dor não é o fruto que devemos saborear para firmar nossa fé em D'us? Recorda-se de Moisés e de nosso povo nas privações do deserto, recorda-se da nossa escravidão? D'us não nos libertou? E se Moisés não tivesse sido fiel, se tivesse desistido diante das dificuldades.

Dan ouvia-lhe as palavras, porém seu coração ferido pelo orgulho não queria compreender a lição.

– Percebo que você, meu jovem, é um homem de posse, não estará agindo de forma errada, magoando a todos de sua casa, fazendo que lhe creiam morto?

– Para que sirvo a não ser para atrapalhar e ser motivo de piedade, viver sendo amparado pela minha esposa, sendo ridicularizado como um réprobo, que é o que me tornei.

– Se pensa assim, que ferindo os que lhe amam conseguirá viver, siga seu caminho. Seu amigo foi de encontro aos seus levar a notícia, com o dinheiro que me deu comprarei o seu sepulcro e todos irão lhe crer morto, reflete bem para que não se arrependa, daqui a dois dias deverá partir de minha casa e desta cidade.

– Não posso partir, não percebe que em Cafarnaum me reconheceriam e em Corazim e Betsaida também, aqui é o melhor local, só me arrume um lugar onde possa repousar.

– Amigo, sem seus bens será apenas um pedinte, se quiser poderá aqui ficar.

E Dan, sentindo-se humilhado em seu ego, retrucou:

– Se serei um pedinte não quero dever favores.

E Ananias, percebendo seu orgulho, se retirou sem nada dizer.

Toda aquela situação deixou Elisha constrangido, perderia o amigo e como Orlit ficaria? Sentiu pena de sua cunhada, sabia que ela e Dan tinham grande afinidade, teria que ser firme, rumou para estalagem. Como o homem havia dito, sua bagagem ali se encontrava, nada comentou com o dono da estalagem, apenas pediu-lhe que à segunda hora do dia o avisasse para que pudesse partir, enviaria ao templo uma singela mensagem comunicando o motivo do regresso, deveria seguir o mais breve possível a fim de providenciar tudo, sentiu um aperto no coração, orou a D'us por Dan, mas não conseguiu orar muito, sua cabeça começou a doer fortemente.

* * *

Mia recuperou-se da noite fatídica que tivera. Estava preocupada em seu leito, temia que seu esposo descobrisse seu ato assassino, sentiu-se mal, ela havia feito algo ruim, ainda lhe vinha à mente o momento em que ferira Ruth, ficava nervosa, não sabia como esquecer tal feito. Gritou por Itti, a serva logo compareceu.

– Serva inútil, por que demorou? Estou com fome, prepare-me o que comer.

– Sim, senhora – disse Itti nervosa.

– Por que está assim, com este olhar espantado?

– É que a velha Ruth foi morta.

– E eu o que tenho com isso? Saia daqui.

Mia estava descontrolada, gritara, Reina que vinha ao seu aposento ouvira os gritos e percebera o seu estado, acreditava que sua nora estava ficando doente dos nervos. Quando Itti estava se retirando Reina falou:

– Prepare uma erva calmante, ela está abalada.

– Está bem.

Reina entrou no quarto, sorriu e falou:

– Mia, sente-se melhor?

– Sim – disse Mia secamente.

– Estive pensando, minha nora, que seria aprazível para sua saúde que se ausentasse de Betsaida por uns tempos.

– Como assim? – perguntou Mia com interesse.

– É que precisa de auxílio para sua saúde, necessita respirar outros ares, uma viagem com seu esposo seria ideal.

Mia sorriu, seria a oportunidade perfeita para esquecer tudo aquilo.

– Concordo, minha sogra, – disse aliviada – mas para onde?

– Bem, tenho parentes em Jerusalém, o que acha?

E pensando em Elisha que lá estava concordou de bom grado.

– Sim, ótimo – exclamou.

E Reina percebendo-a mais tranquila falou.

– Precisa se alimentar, não deve viajar fraca, está bem?

– Sim, o que disser, farei.

– Agora vou comunicar seu esposo.

E retirando-se, deixou Mia com seus pensamentos.

Efrat encaminhara o corpo de Ruth para os rituais necessários, embora achasse muito estranho a forma como aquela mulher morrera. Andava calmamente pelo mercado quando olhando para seu comércio percebeu a presença de sua mãe, caminhou apressadamente pensando se tratar de algum malefício que ocorrera a Mia. Ficou surpreso quando viu sua mãe tranquila a esperá-lo.

– O que houve com Mia?

– Com Mia nada, mas temos que mudar as atitudes em relação a ela.

– Como, minha mãe?

– Mia precisa de ar fresco, precisa viajar.

– Doente como está?

– Ela não está doente, Efrat. Mia só passou por uma indisposição, ela está abalada com a perda do bebê, você compreende?

– Sim, então a senhora sugere que fiquemos um tempo fora, em casa de que parente?

– De seu tio, em Jerusalém, sei que ele sentirá alegria em lhe receber.

– Quer que eu envie um mensageiro?

– Sim, avise de sua partida.

– Quando poderei partir?

– Espere pelo menos quatro dias, ela estará melhor, lembre-se, Mia precisa de alegria e distração.

– Está certo – disse Efrat animado.

Reina retirou-se, enquanto Efrat planejava a viagem com sua esposa, sonhava poder oferecer a Mia todo conforto possível.

* * *

ORLIT ACORDARA ANGUSTIADA, seus pensamentos estavam turvos, não estavam alegres, parecia que algo de errado estava ocorrendo. Dan veio a sua mente, ergueu-se de seu leito, a manhã já era alta, vestiu-se, saiu do seu aposento, não viu ninguém a não ser Nur que se retirava para seus afazeres diários, ela a interrompera:

— Bom dia Nur, você viu Marta?

— Bom dia, senhora, não vi, sei que Débora cuida de Job.

— E Caleb?

— O senhor retornou, mas está repousando, pois chegou pela madrugada, está desejosa de alguma coisa?

— Não, pode ir.

Orlit estava angustiada, precisava conversar, sentou para alimentar-se, tomou chá, saboreou o queijo e algumas frutas, mas o coração descompassava como se algo ruim fosse ocorrer, resolveu conversar com Débora, talvez soubesse de sua irmã. Débora estava no amplo jardim quando Orlit chegou.

— Débora, sabe de Marta, ela foi a algum lugar? Nur me disse que ainda não a viu, só me falou que Caleb retornou, mas eu quero saber de Marta, estou aflita.

Débora, ouvindo-a, disse:

— Aconteceu algo, senhora?

— Não, apenas quero saber de Marta.

E percebendo que sua senhora pudesse estar com o primo falou:

— Senhora, algo aconteceu?

— Mas por que me pergunta se algo aconteceu?

E Débora utilizando-se de astúcia disse:

— Senhora, é que sua irmã me pediu que lhe fizesse companhia na madrugada, pois estava preocupada com seu primo, tendo se tranquilizado só quando ele regressou e pediu-me para que a deixasse repousar até mais tarde.

Orlit, aborrecida, falou:

— Ora, Marta não perde este hábito de se preocupar com tudo, quando ela acordar diga que preciso lhe falar.

— Está bem, senhora.

Débora esperou que Orlit se afastasse, temendo que alguém comprometesse sua senhora, foi até o seu aposento, certificando-se que ele estava vazio, trancou a porta por fora para que ninguém entrasse e a difamasse, sorrindo intimamente, pegou o pequeno Job e entrou para o jardim.

Aquele dia jamais seria esquecido por Marta e nem por Caleb. Deixando-se envolver pelo amor que nutriam, esqueceram-se de tudo, entregando-se à paixão. Marta não podia crer que estava nos braços de seu amado, o coração parecia estar no céu, não conseguia explicar o que sentia por Caleb, era forte, intenso, sabia que era amor, um amor que a fizera se esquecer de sua posição, sentiu-se triste, havia desonrado seu lar, sua família, merecia a morte, mas sentia-se feliz.

Caleb a abraçara como se jamais quisesse perdê-la, não poderia perdê-la, não depois de tudo. Marta sentiu que não poderia continuar ali, não devia permitir que se envolvessem novamente. Reuniu toda coragem de seu coração, não queria ferir Caleb, mas devia, para seu bem e para o dele, não queria que nada acontecesse para ele, no fundo de seu coração também o amava, também o desejava.

– Caleb, sabe que devo partir.
– Não, não pode.
– Caleb, eu preciso.
– Marta, eu não deixarei.
– Caleb, você quer que eu seja apedrejada?
– Não, eu vou comprá-la.
– Eu não estou à venda – começou a chorar.
– Não chore, por favor.
– Veja a que chegamos, eu desonrei meu esposo, meu lar, me sinto impura, você não percebe, você não me ama.
– Pare de falar tolice, eu te amo, mas não posso permitir que você volte para aquele homem.
– Ele é meu esposo, meu dono.
– Se ele fosse, você não teria olhos para ninguém, seu coração é meu.
– Caleb, eu não te amo.
– É mentira, você só quer fugir.
– Não, eu não te amo, percebo isto agora, você não entende que eu estou triste? Se o amasse estaria feliz.

Caleb ficou confuso, não queria crer que Marta não o amasse, seu coração se tornou sombrio, a possibilidade dela não o amar o feriria.

Marta, com o coração amargurado se ergueu do leito, havia apunhalado o coração dele, mas o seu sofrimento era maior, vestiu-se e saiu do aposento sem olhar para trás.

As palavras de Marta caíram no coração de Caleb como dardos venenosos, pois ela o fizera refletir. Realmente, se o amasse se entregaria, não ficaria triste, ao contrário iria querer ser comprada, iria desejar ficar com ele. Sentiu-se um tolo, erguendo-se do leito atravessou o quarto na direção do dela, ela não o faria de tolo. Entrou em seu aposento, Marta estava sentada chorando, puxou-a erguendo-a sem delicadeza, seus olhos estavam vibrantes.

– Olhe para mim e me diga que ama seu esposo, que tudo o que aconteceu hoje não foi importante.

Marta tremia, sua respiração ofegava, Caleb não iria desistir, estava ferido em seu orgulho, apertou-a com firmeza.

– Fale, Marta.

Em seus olhos havia lágrimas que não lhe banhavam a face, mas mostravam dor no seu coração. Marta pensou em Job, sabia que estaria morta para Caleb e disse:

– Eu amo meu esposo e tudo que aconteceu quero esquecer.

Seu coração se fechara, a dor era demasiada, pois o amava. Caleb não compreendia, mas largou-a e serenamente falou:

– Não lhe molestarei mais, você deve ter razão, tudo o que aconteceu deve ser esquecido.

Seu rosto estava de pedra.

– Se desejar pode partir ainda hoje, não me importo.

Marta se deixou ficar ali sentada, chorando, sem perceber as horas, sua vida mudara, não poderia ser a mesma, sua paz havia se ido, seu coração estava ferido. Tocou no presente de seu amado, guardá-lo-ia, olhando a chave, depositou na cama com tristeza.

Caleb não conseguia aceitar, aquela mulher que se entregara a ele com doçura e paixão, não podia ser, não podia amar seu esposo, se o amasse não teria se entregado, não teria sido doce e correspondido a ele com tanto amor. Mas não iria procurá-la, ele iria mostrar a ela que também não a amava, se casaria e a sepultaria.

Orlit não compreendeu quando foi comunicada da partida. Marta parecia abatida e Caleb nem havia aparecido para as despedidas, o que acontecera não sabia, apenas notara a imensa tristeza no olhar de sua irmã.

* * *

No dia seguinte João Batista viu Yeshua que vinha em sua direção, e sentindo o cortejo de espíritos benevolentes que envolviam o Messias e as emanações de amor de seu coração, percebeu que era chegado o momento para seus discípulos, e diante deles falou, clamando em alta voz para que todos ouvissem:

– Irmãos, o filho de D'us que veio libertar o mundo, eu vi o Espírito de Verdade descer do céu, está aqui e repousa sobre ele, pois ele será manifestado a Israel, eu por isto batizo com água, mas ele vem batizar com o Espírito de Verdade.

E os discípulos, ouvindo-o, puseram-se a adorá-lo e alguns o seguiram.

Aquela tarde jamais seria esquecida por João e André que, ao ouvirem João Batista, se encheram de graça e adoração pelo Messias prometido, pondo-se a segui-lo.

Ao olhar de Yeshua, André sentiu intensa vibração de paz que lhe convidava, João (evangelista) apenas sentiu a sua aproximação, tocou-se de profunda emoção, era como se já conhecesse Yeshua, sem nunca tê-lo visto.

Iam juntos, seguindo o Mestre, a brisa cálida envolvia o ambiente no qual vasto cortejo de espíritos se revezavam no auxílio.

Vários irmãos da espiritualidade caminhavam junto do Mestre promovendo um forte cordão de isolamento e socorro a todos os espíritos perturbadores e doentes que se aproximavam atraídos pelas emanações do Mestre, espíritos estes que eram recolhidos e socorridos, o magnetismo do Mestre era um convite de paz e amor. A luz era tão intensa que se propagava a distância, à frente de pequena comitiva parecia expandir as emanações de harmonia ao redor de todos.

André estava com seu coração descompassado, foi quando Yeshua, notando-lhe a companhia, virou-se e perguntou com um doce sorriso em seus lábios:

– Que busca?

André falou:

– Rabi, onde mora?

Olhando-o com brandura, respondeu-lhe:

– Venha e verá.

André, olhando para João, sentiu intenso júbilo em sua alma e atraídos pelo amor de Yeshua eles foram. A tarde caía, a brisa cálida perfumada pelos odores do cedro inebriava a casa simples de chão batido, o jardim florido enfeitava o recanto com a doçura própria do seu dono. André a tudo observava, atento a cada gesto do Rabi. João nada falava, deixou-se apenas ouvir a doce música da oração que o Rabi fazia no fim de mais um dia.

Após a partida dos discípulos João continuou batizando, batizava agora em Emon, junto a Salim, muitos eram batizados, houve então um judeu que se aproximou de João e perguntou-lhe:

– Aquele que estava com você no Jordão, que você deu testemunho, vejo-o e todos vão com ele.

E João, olhando-o, disse:

– Não pode receber coisa alguma se lhe não fora dada do céu, você mesmo é testemunha do que disse, eu não sou o Messias, mas sou enviado adiante dele. Pois aquele que tem esposa é o esposo, mas o amigo do esposo, que lhe assiste e ouve, alegra-se muito com a voz do esposo, assim, pois, a minha alegria está cumprida, é necessário que ele cresça e que eu diminua.

E o judeu calou e retirou-se.

* * *

Elisha retornou a Betsaida, em seu semblante a tristeza jazia, seria duro para ele dizer a sua cunhada que Dan havia morrido, pensava na forma mais branda de contar-lhe, porém sabia que Orlit se desesperaria. Já conseguia avistar o portão de sua casa, ao se aproximar, Abed visualizando-o, correu a abrir-lhe o portão, cumprimentando-o.

– *Shalom*!

Elisha, absorto em tantos pensamentos, nem sequer respondeu-lhe. Atravessou o pátio ganhando a largas passadas o interior da casa. Ao entrar dirigiu-se à sala principal. Orlit estava fazendo companhia a Marta, que ao ver o esposo ergueu-se de súbito, assustando sua irmã.

– Elisha, meu marido, *shalom*, – disse Marta – vou providenciar a água.
– Não, Marta, – disse Elisha – necessito conversar com Orlit, fique.
E Orlit notando que Dan não estava sentiu o coração apertar.
– Diga o que houve – disse Orlit trêmula.
– Dan adoeceu.
– Meu D'us, o que ele tem?
– Ele está morto.

Um segundo e Orlit caiu de joelhos no chão, batendo em seu peito, rasgando o véu e clamando a D'us de Israel. Marta ajoelhando-se tentava conter-lhe os gestos dolorosos. Elisha que a tudo assistia resolveu dirigir-se para seu aposento, não havia muito mais o que conversar a não ser tratar de assuntos pendentes para o retorno. Chamou Abed enviando através dele um recado para que Caleb o acompanhasse a sua casa, assunto de urgência. Abed partiu em direção de sua casa com rapidez, enquanto Elisha já preparava o retorno.

A cidade se movimentava, os boatos já haviam ganhado proporções em Jerusalém, o Messias estava entre eles.

* * *

DAN ESTAVA PRONTO para ganhar as ruas de Jerusalém. Ananias com sua bondade o convencera a aceitar pelo menos o local para o repouso, pois ele viveria ao relento. Dan, na verdade, sentia-se humilhado em seu orgulho, não compreendia o porquê de tudo aquilo, sempre fora correto com o templo, com suas contribuições e agora nem sombra do que ele fora estava ali, era um aleijado, um inútil humano.

A caridade de Ananias não tivera precedente, ele se preocupava com Dan e arranjara uma bengala para auxiliá-lo. Dan sentiu o orgulho mais ferido, mas no fundo aceitou e partiu daquele local ganhando as ruas de Jerusalém, estava magro e abatido, não mais as roupas pomposas de um fariseu, não mais os elogios ou as facilidades em meio ao povo, agora Dan era um simples e mísero cego. Caminhou com sofreguidão, a bengala o auxiliava, esbarrando nas pessoas que o empurravam; caiu, ninguém o auxiliou, lágrimas banharam sua face, o sol causticante, a boca seca, teve sede, mas não tinha coragem de esmolar, o orgulho impedia-o. Ergueu-se e tateando parou em um beco, deixou-se sentar no chão, os transeuntes o chutavam, ergueu-se e foi caminhando até uma praça onde em uma fonte encontraria água. Tentou aproximar-se para beber a água, sequioso, foi impedido, vozes o ofendiam, cansado, caminhou sem rumo, sem saber se era tarde ou cedo, apenas o calor a lhe dizer que ainda era dia.

* * *

APÓS A PARTIDA de Marta, Caleb passou a sentir-se muito só, não conseguia aceitar a separação, não queria perdê-la, rumou para o quarto, em seus lençóis podia sentir o doce perfume de sua amada, sofria em seu íntimo, não queria admitir o amor que o dominava, que o fazia sentir-se preso àquela mulher. Foi para o aposento que ela ficara, a dor foi maior ao perceber na cama a chave que lhe dera com tanto amor, pegou-a, apertou-lhe nas mãos, sufocaria este amor que lhe doía a alma, nunca mais deixaria que este sentimento o dominasse, mas a dor era profunda, não conseguia ficar sem a doçura de Marta. Estava assim absorto em sua dor, em seu conflito, quando sua serva lhe avisou da chegada de Abed que foi recepcionado por ela, que logo levou o recado a seu senhor, que compareceu ao pátio.

— Diga-me, servo, a que veio? – inquiriu Caleb.

— Senhor Caleb, trago uma mensagem urgente de meu senhor.

— Fale, estou atarefado.

— Meu senhor chama-lhe com urgência, pois Dan morreu.

Caleb recebeu a notícia e ficou lívido.

— Como Dan morreu?

— Ele adoeceu, e meu senhor o chama.

— Espere, partirei com você para Betsaida – e sem demora Caleb colocou-se a caminho.

Orlit estava extremamente triste, nada calaria a dor em seu coração. Marta a consolava, preparando-a para a partida com Elisha. Ordenava a Débora que fizesse uma pequena bagagem, quando foi ter com seu marido. Elisha, em pé no seu quarto, observava que Marta também se preparava para a partida rumo a Jerusalém, o que não lhe agradava, pois teria a responsabilidade de esposa e filho em uma terra na qual ele precisava estar livre. Marta, ao vê-lo de pé, falou:

— O que foi, Elisha?

— Marta, você não partirá – disse ele firme.

— Como assim?

— Você ficará em Betsaida, não pode acompanhar sua irmã, tenho um novo posto em Jerusalém e até que tudo se acerte você deverá permanecer aqui com Job.

— Mas senhor meu esposo, Orlit precisa de mim.

— Ela ficará bem, já solicitei a presença de seu pai em Jerusalém e chamei seu primo Caleb para assumir o meu cargo na sinagoga e aqui permanecer na minha ausência.

Marta sentiu um frio percorrer seu corpo, a palidez envolveu seu ser, sentiu as pernas fraquejarem. Elisha, notando seu súbito mal-estar correu ampará-la

— O que há? O que foi? D'us eu não aguentarei outra perda.

Marta respirou profundamente e disse:

— Já estou melhor, mas creio que não é bom Caleb permanecer nesta casa, as pessoas podem falar.

— Não se preocupe, já providenciei tudo, o conselho será avisado, e tem criado nesta casa, ou ele poderá faltar-lhe com respeito?

— Não, apenas não desejo que nada abale nossa família.

— Está certa, está certa, mas no momento esta viagem não é cabível a você, e não esqueça que quem deve cuidar de seu zelo sou eu, seu esposo, portanto, o que eu decidir você deverá fazer – e retirando-se deixou Marta a sós.

Não demorou muito para que Caleb se fizesse presente. Elisha o recepcionou.

– *Shalom*, Caleb!

– *Shalom*, Elisha, o que ocorre? Diga-me – disse Caleb impaciente.

– Bem, creio que já sabe da fatalidade que se abateu sobre Dan, mas quero lhe fazer um pedido em nome da amizade que tinha a ele.

– Sim, se eu puder auxiliar.

– Veja bem, Caleb, eu estou à frente das caravanas do templo e não posso me ausentar por muito tempo de Jerusalém, portanto, quero confiar-lhe o meu cargo na sinagoga e deixar minha família sob seus cuidados, Marta e Job, já que Orlit partirá comigo amanhã.

Caleb ficou mudo, não podia estar ouvindo aquilo, Marta sob sua tutela, Marta, a sua doce Marta, o seu coração descompassou-se, não conseguiria, mas tentando disfarçar o que ia em seu coração falou:

– Aceito o cargo da sinagoga, mas a tutela de sua esposa não poderei, afinal a comunidade veria de outra forma.

– Não se preocupe, avisarei ao conselho que lhe confio a tutela dos meus.

Caleb sentia-se confuso. Elisha visualizando mais uma possibilidade ambiciosa não conseguia vislumbrar nos olhos de Caleb a paixão que nutria por Marta.

– Agora fique conosco, pernoite aqui – disse Elisha.

Caleb em meio ao turbilhão de sentimentos decidiu:

– Caro Elisha, bem sabe que possuo minha própria propriedade, seria de aprovação que eu levasse minha prima junto e alguns servos para se abrigar em minha confortável casa.

Elisha, olhando-o, meditou e depois falou:

– Sim, confesso que seria melhor, evitaria comentários desnecessários pela cidade, conversarei com Marta e amanhã partiremos todos.

Caleb foi ao encontro de Orlit, que estava com os olhos vermelhos, o pranto era tanto que ela não percebeu a aproximação de seu primo e as palavras de conforto que ele dizia.

Elisha retirando-se para o local onde Marta se encontrava falou:

– Marta, seu primo chegou.

Marta sentiu o coração apertado e olhando para Elisha esperou que ele prosseguisse.

– Conversamos e ficou acertado que para evitar comentários você deverá partir junto conosco amanhã cedo.

– Que bom, marido! – exclamou Marta esperançosa em ir para Jerusalém.

– Mas você irá ficar na propriedade de Caleb sob sua tutela até que tudo se resolva.

Seus olhos se entristeceram, não poderia ser, seria castigo de D'us, não podia reclamar, baixou os olhos enquanto Elisha prosseguia.

– Sei que gostaria de compartilhar com sua irmã a dor deste momento, mas entenda, vai ser melhor assim. Mesmo que eu não confie em Caleb, devo fazê-lo e depois tem a companhia de Débora. Caleb não permanecerá em casa, se ocupará das tarefas da sinagoga, verá que tudo se ajeitará, agora repousemos, a viagem amanhã será longa e Caleb permanecerá nesta casa por esta noite, você partirá com ele e Job amanhã.

Marta, olhando para Elisha incrédula, suplicou-lhe:

– Marido, por favor, nos leve com você.

Elisha não compreendia a inquietude de Marta.

– O que quer? Desobedecer-me? Está rebelando-se contra os meus desígnios?

– Não, senhor meu esposo, não.

– Então faça como eu mando.

E saiu aborrecido deixando Marta a sós. A tristeza parecia doer-lhe tão intimamente que se jogando ao chão clamou ao D'us de Israel.

"Senhor, apieda-se de mim, não tenho forças em minha alma para vencer este sentimento, cala minha alma, feri-me senhor, para que meu coração seja como a rocha, para que minha alma não deseje o proibido".

Orava com fervor e com tanta dor que sobre si atraía a vibração daqueles que lhe acompanhavam a marcha. Logo sua mãe se fez presente diante do clamor de sua filha. Da fronte de Marta surgiu uma luz intensa, sua mãe, compreendendo seu pranto, pensou em Débora, que foi atraída para o local tocada pelas emanações de Ester. Débora, aproximando-se de Marta, disse em tom suave:

– Senhora, em que posso auxiliar?

Marta chorava e olhando-a, disse:

– Sou uma fraca, uma indigna, uma impura.

– Não diga isto senhora, onde está seu pecado?

– Caleb é meu pecado.

– Senhora, onde está o erro? D'us é sábio, creia.

– Sou uma adúltera!

– Senhora, onde haverá maior adultério? Em uma união sem amor ou entre dois corações que se unirão por lealdade de sentimentos?

E Marta olhando-a, parou.

– Mas estou ferindo corações.

– Senhora, onde estão os corações feridos? Só vejo o seu, cala sempre seu amor e vontades, nunca ousou repudiar seu esposo, cumpre todas as ordens, onde fere?

– Talvez tenha razão.

Débora, abraçando-a, enxugou seu pranto sob as doces emanações de sua mãe.

Após a ceia que transcorreu sob forte melancolia, Caleb se recolheu ao seu aposento, quando encontrou Débora retirando-se do aposento ao lado. Curioso perguntou-lhe:

– Orlit repousa aí?
– Não, senhor, o aposento é do senhor Elisha.
– Como assim?
– Bem não deveria comentar.
– Diga-me! – insistiu Caleb.
– O senhor Elisha não tem a senhora Marta como esposa.
– Desde quando?
– Senhor, desde quando vim para esta casa.
– E quando foi?
– Quando Mia casou-se, agora se me permite preciso me recolher.
– Sim! Sim!

Caleb começou a sorrir, então Elisha não a amava, ele nem mesmo a queria, mas porque a mantinha como esposa? O que ocorria por ali? Estava confuso. Mas Marta disse que amava o esposo, só de pensar em suas palavras doía-lhe a alma, sentia raiva, deveria esquecê-la. Mas como? Recordava de seus momentos de ternura, de sua doçura, irritou-se consigo mesmo. Andou pelo aposento, sentou-se, esperaria, se ela o amasse não iria suportar ficar longe, não tardaria a voltar ao seu convívio, seu coração encheu-se de júbilo e esperança.

* * *

O ENCONTRO COM Yeshua fez tudo mudar para André, tinha certeza de que ele era o Messias. Sentiu seu coração mover-se de íntima alegria, a paz que sentiu, a compreensão que o preencheu naquela tarde, deveria falar com Simeão, não poderia esconder-lhe isto. Rumou para Cafarnaum, o sol causticante castigava-o, não demorou até chegar ao mercado, atravessara as ruas apressadamente, chegou ao porto, avistando Simeão, que lavava as redes.

– Simeão! – exclamou André, caminhando na direção de seu irmão.

Simeão apressadamente foi ao encontro do irmão, abraçou-lhe.

– *Shalom*, irmão, *shalom*.

André logo falou ofegante, a alegria e suas palavras eram imensas:

– Encontrei o Messias!

– Como assim?

– Pois venha irmão e eu lhe levarei até ele – disse André eufórico partilhando a verdade de seu coração.

Os dias transcorriam, o Mestre sabia que deveria regressar para Galileia, sua fama já corria por todas as terras ao redor, seu dom com as palavras era reconhecido pelo povo, ensinava nas sinagogas.

Foi em um dia de sábado que estando em Nazaré, a terra onde fora criado, que Yeshua se dirigiu à sinagoga. O ambiente fora previamente preparado, o cerco magnético que se fazia no salão da sinagoga era sentido por todos. A leveza e a sutileza das emanações ali fluíam para que o Mestre pudesse falar. E levantando-se do assento, o nosso querido Nazareno, com seu meigo olhar, dirigiu-se à plateia, o assistente deu-lhe o livro do profeta Isaías para ler, a sinagoga repleta de encarnados e desencarnados, que atraídos pela luz, se prostravam em sinal de adoração. As emissões de Yeshua começaram a se expandir do tórax e pelo fluxo magnético das palavras da leitura que ele começava a fazer. Disse, olhando calmamente para todos:

– "O Espírito do Senhor está sobre mim, pois que me ungiu para ensinar aos pobres, enviou-me a curar os quebrantos do coração, a apregoar liberdade aos cativos, dar vistas aos cegos, a pôr em liberdade os oprimidos, a anunciar o ano aceitável do Senhor"[68].

E fechando o livro entregou-o ao assistente, e toda a sinagoga o observava. E tomando para si a palavra falou, expandindo o magnetismo necessário ao entendimento:

– Hoje se cumpriu esta escritura em seus ouvidos.

E muitos maravilhados pela impressão magnética que expandia de suas palavras lhe davam testemunho. Porém, seleto grupo onde a luz não penetrara por estarem absorvidos nas trevas do orgulho cristalizado começaram a blasfemar e a lançar a dúvida no seio dos menos felizes.

– Este não é o filho de José?

E ele percebendo o espírito de inquietude falou:

– Diga-me que médico cura a si mesmo? Faz também aqui na sua pátria tudo que ouvimos ter sido realizado em Cafarnaum. Em verdade lhes digo que nenhum profeta é bem recebido na sua pátria. Em verdade lhes digo que muitas viúvas existiam em Israel nos dias de Elias, quando o céu se cerrou por três anos e seis meses, de sorte que em toda a terra houve grande fome, e a nenhuma delas foi enviado Elias, senão a Serepta de Sidom, a uma mulher viúva[69].

A assembleia se inquietava, alguns já se ergueram na tentativa de expulsá-lo. E o Mestre prosseguia:

– E muitos leprosos havia em Israel no tempo do profeta Eliseu e nenhum deles foi purificado senão a Naamã, o Sírio[70][71].

E motivados pela ira dos menos escrupulosos pediram para que ele se retirasse.

---

68 Lc 4:18-19

   Esta parte revela a íntima ligação de Yeshua com D'us, quando coloca que D'us o ungiu, isto é, que D'us o consagrou pelo amor. Para ensinar aos pobres, ou seja, aos ignorantes das leis do Pai; os quebrantados são os que sofrem; os cativos são os espíritos encarnados e desencarnados que presos às desvirtudes e às paixões se arrastam na decadência; aos cegos, os que têm as leis, mas não as praticam, pois não conhecem o amor. E pôr em liberdade é permitir que aquele que conhece, tenha a sabedoria na prática do conhecimento novo.

69 1 Reis 17:1–16

70 2 Reis 05:1–27

71 Esta parte revela que nem todos estão aptos ao conhecimento do reino do Pai, que D'us nem sempre se manifesta a todos, mas somente àqueles que tiverem um grau de maturidade espiritual no coração. (Nota do autor espiritual)

14. A trama

Passaram-se cinco dias da partida de Elisha de retorno a Jerusalém. Orlit havia confirmado a sua triste situação de viúva e refugiara-se em Corazim. Os rumores do Messias se multiplicaram e Elisha assumira em definitivo sua posição nas caravanas da sinagoga que iria observar Yeshua.

Enquanto isso triste figura perambulava pelas ruas de Jerusalém, era o cego de nome Dan, nada mais lhe recordava a vida de regalias que tinha, a fome era sua companheira, a maldade seu algoz, motivo de chacota de todos.

Nas ruas, Dan vagava de viela em viela, sede, dor, saudade, a barba crescida, as roupas maltrapilhas, calor e frio, medo e coragem. Ouvira falar do Messias, mas seu coração estava duro, não acreditava que D'us pudesse reservar-lhe a cura. Em seu orgulho se fortaleceu para nas madrugadas recordar dos doces momentos com sua esposa, da vida pública que adorava ter, privilégios vários, cultura, poder e hoje em dia um aleijado, um mísero homem de rua. Pouco dinheiro que conseguia gastava com bebidas, procurava embriagar-se não compreendendo o que se passava.

Estava sempre caído pelas ruas, nada mais tinha sentido para ele, nestas horas queria ter coragem para tirar sua vida, sentia-se um fracassado. "E Orlit, será que se casaria novamente? Será que ela o esqueceria?", pensava ele e uma lágrima rolara. Neste momento de dor lembrou-se de D'us.

* * *

Logo que chegaram em Jerusalém, Mia sentiu-se aliviada, embora sentisse um certo temor pelos últimos acontecimentos, adaptou-se logo à bela chácara do tio de Efrat.

Mia não demorou para notar que era admirada, para tal conclusão começou a observar os movimentos do admirador e a planejar suas atitudes com fins de proveito da situação.

Sendo assim, para Mia, a estadia em Jerusalém fora de ótimo proveito, estava acomodada em bela casa que mais se assemelhava a um palácio, o luxo era o que a encantava. O tio de Efrat era um homem interessante, e ela notara o desejo em seu olhar, sentia-se poderosa, ela saberia tirar proveito de tal situação, afinal não passava de um velho rico e viúvo, ria quando imaginava que poderia ter mais.

Estava arrumada para passear pelo extenso jardim da bela casa. Efrat fora visitar o comércio à procura de peças para o negócio da família, e ela resolvera permanecer, talvez agora fosse o momento, olhou a maquiagem, as joias, a roupa, sim, ela estava encantadora. Rumou para os jardins, olhou a linda fonte e resolveu sentar-se próximo a uma oliveira, não demorou muito para que o tio de seu esposo se aproximasse. Mia encolheu-se tampando o rosto com o véu.

– Senhora – disse Elad.

– Sim – retrucou Mia fingindo-se surpreendida.

– Permita me aproximar, devo dizer que sua beleza muito me encanta, perdoe-me pelo atrevimento.

– Senhor, sou esposa de seu sobrinho.

– Sim, o que posso fazer se me sinto cativo de seu semblante fascinante.

E aproveitando-se da situação simulou um choro pondo as mãos no rosto.

– Ora, não chore doce criança, o que se passa? Meu sobrinho a faz sofrer?

E ela balançando a cabeça respondeu com um sim.

– Então devo conversar com ele.

– Não – disse Mia, segurando as mãos de Elad – ele é um homem cruel, obriga-me a fazer coisas que não suporto.

– D'us! Então é um covarde, conte-me tudo, jovem.

E Mia, não temendo as consequências, contou-lhe o que lhe ia na alma: disse que Efrat a fizera perder o bebê, que ele a obrigara a beber o remédio, que Efrat a obrigara dar-lhe as joias para pagamento da velha Ruth e que depois ele mesmo a matara. Ouvindo tudo, o tio horrorizado caiu na trama de Mia, e prometeu tomar as devidas atitudes, mas antes teria que se certificar, enviaria uma mensagem até a cidade, contava com conhecidos que não demorariam a investigar o que havia ocorrido. Mia sentiu-se triunfante, com certeza aquele velho tolo a livraria de Efrat e de toda aquela situação em que ela se envolvera.

Elad, após o colóquio com Mia, ficou extremamente perturbado, na verdade nunca tivera muito contato com a família, sempre preso às questões de seu interesse em Jerusalém, mas sempre no seu desejo secreto, ambicionava o comércio lucrativo de Reina e agora ali estava a oportunidade de tê-lo.

Escreveu aflito a um amigo para que apurasse tudo a respeito de Ruth e das joias que ela havia recebido como pagamento, com certeza se tudo se certificasse, Efrat seria o culpado e aí, sim, ele entregaria o infame ao conselho para que pagasse o que havia feito. E quanto à bela esposa, esta ele queria, era bela, jovem e frágil e sua irmã, bem, esta poderia viver sob sua tutela, não tinha ninguém por ela. Sorriu levianamente, enfim, D'us parecia honrar seus desejos íntimos.

* * *

ORLIT AGORA EM sua casa passava horas em profunda melancolia, a solidão se fizera maior, sem filhos, sem Dan, chorava, sentia que sua vida jamais teria a alegria de outrora.

Sentada em seu jardim, não sabia o que fazer. Seu pai Barnabé estava abalado, quase não conversavam, apenas disse que teria que casá-la com um parente próximo, pois a família teria que se manter e ele estava idoso e cansado.

Orlit não queria ninguém e seu pai bem sabia de sua posição. Recordou-se de Marta, sua irmã também passava por momentos de solidão sob a tutela de Caleb, sem o esposo e pior, tinha certeza que ela ainda amava Caleb, pobre Marta, que vida triste, mas ela tinha ao menos Job e depois, mesmo que amasse Caleb poderia vê-lo, fato que ela não tinha, pois Dan não mais existia, sentiu uma dor profunda no peito, não queria crer que Dan se fora.

* * *

João Batista continuava com sua pregação, denunciava com exatidão a corrupção dos governadores, dizia ele:

– Herodes, não lhe é lícito possuir a mulher de seu irmão.

Herodes Antipas ficara alarmado com João Batista que pregava em sua região, temia que João, junto com seus discípulos organizasse uma rebelião.

Foi então que, estando João Batista na Pereia em uma bela manhã de sol, os soldados de Herodes vieram para prendê-lo. Antes que a multidão que o acompanhava chegasse ao local, João Batista foi levado para a prisão da fortaleza de Macabeus. Herodes governava sobre a Pereia e a Galileia e mantinha residência em Macabeus, pois na Galileia a casa oficial foi levada para Seforis, nova capital de Tiberíades.

Os discípulos de João Batista permaneciam na localidade aguardando o seu regresso, mas Herodes não desejava libertá-lo, pois sabia que ele poderia promover uma rebelião. Muitos acreditavam que João Batista era um homem santo, então Herodes preferia não o condenar por medo da multidão, achava mais prudente mantê-lo preso.

E como as semanas seguissem seu curso, alguns discípulos de João Batista espalharam-se pela Palestina e outros foram seguir Yeshua, na expectativa de que o Messias o libertasse.

* * *

Certa tarde, estando Mia sentada no jardim observou que um homem de porte elegante conversava com Elad e o assunto parecia-lhe importante, resolveu escutar, procurou aproximar-se sorrateiramente sem que ninguém notasse sua presença, e abaixada perto de um enorme cesto postou-se.

– Elad – dizia o homem – está aqui o fruto do trabalho de ontem.

– Já lhe disse para não vir aqui – falou Elad.

– Mas se você mesmo me convidou – retrucou o homem.

– Sei, mas agora não posso falar – disse Elad.

– Então pega o dinheiro, o grupo dos zelotes já estão fortalecidos – continuou o homem.

– Preciso parar com estes assaltos, não posso me comprometer mais – afirmava Elad.

– Está bem, se necessitar dos serviços é só me falar – finalizou o homem.

Mia, com sua astúcia, compreendeu que Elad estava envolvido com os zelotes, – grupo de saltimbancos das redondezas – o que muito lhe agradou. Em seguida pensou: "vai ser mais fácil do que imaginei me ver livre de Efrat sem muitos comprometimentos". Rumou para o aposento, em seu quarto separou delicada peça de roupa cravejada de pedras a qual usaria para seduzir Elad no encontro da noite e ter o que desejava. Naquela noite, após a ceia, Mia retirou-se de seu aposento após Efrat dormir, foi ao pátio e atravessando o jardim encontrou Elad a esperá-la.

– Senhor, sabe que não posso vir aqui.

– Sei, minha doce gazela, mas trago boas notícias. Meu amigo mandou-me, esta manhã, mensagem confirmando o ocorrido que me revelou, e ainda confirmou que a velha esteve com as joias, pois ele próprio as comprara e revendera a seu esposo.

Mia ficou lívida, então foi desta forma que as joias foram parar nas mãos de Efrat.

– Agora o que crê que devo fazer? Entregar seu esposo?

– Não – respondeu Mia suavemente – sei que deveria relatar tal fato, mas devemos evitar o escândalo, pensemos em Reina, minha bondosa sogra ficaria por demais decepcionada, por que não agimos de outro jeito?

E Elad como que envolto pela energia mesquinha de seu coração falou:

– O que me daria em troca?

– O que deseja?

– Uma esposa jovem e o comércio.

– Não, não desejo me casar, pode ter-me se quiser, mas sem casamento, e quanto ao comércio, posso vendê-lo se ficar viúva.

Os olhos de Elad brilharam, sua falta de escrúpulos era evidente, puxando Mia para junto de si, beijou-a com força.

– Então quando regressar não terá marido, mas cobrarei a noite de núpcias com antecedência, um dia antes de sua partida.

– Está bem – disse Mia enojada.

E no silêncio daquela noite Mia traçara mais uma trama dolorosa para sua vida.

* * *

O DIA COMEÇAVA sempre alegre em casa de Caleb. Débora habituara-se aos longos passeios com Job e Marta, a casa estava cada dia mais parecendo com Marta, pois Caleb havia lhe entregue o comando. Marta se ocupava do jardim, da organização de tudo, até mesmo da alimentação. Era a forma que encontrara em seu coração para dizer a Caleb que o amava. Não conversavam como antes, pois Caleb em seu orgulho ferido evitava-lhe a companhia, deixando-a sempre a sós, preferia olhá-la de longe, onde contemplava-lhe os gestos, sem que ela notasse.

Marta sentia-se muito só, e sofria dia a dia, andando pelo jardim. Podia ver a hora que Caleb saía todas as manhãs, suspirava por ele e a noite recolhia-se cedo para que não o encontrando não se atirasse em seus braços rogando-lhe perdão. Já havia quinze dias que estava ali, sentia que estava sendo punida por Caleb. Certa tarde buscou sua companhia, estava aflita, confusa, queria retornar para sua casa. Caleb estava em pé na pequena sala onde guardava seus escritos. Sem medir as consequências Marta entrou, e Caleb olhando-a friamente falou:

– O que deseja?

– Caleb, por favor, me leve para minha casa.

– Esta é sua casa agora, afinal seu esposo disse que eu deveria cuidar de sua integridade.

– Caleb, o que deseja de mim, ofender-me?

– Por que diz isto?

– Veja como me trata, entregou a casa em minhas mãos, e não fala comigo, não ceia comigo, não se refere a minha pessoa, a não ser por terceiros – desabafou Marta.

– O que esperava, que eu me jogasse a seus pés, que lhe implorasse amor, quer um admirador?

– Está louco? Sabe que sou casada.

– Então por que se incomoda comigo? Tenha o comportamento de uma mulher casada. Ama seu esposo, não foi isto que me disse?

E aproximando-se de Marta olhou em seus olhos, Marta desviou o olhar, não queria falar.

– Olhe para mim, Marta, pois ainda não terminei, você mentiu para mim, você não tem mais nenhum contato com seu esposo, ele não lhe quer, nem mesmo lhe toca, nem divide o aposento com você.

– Você, Caleb, não pode me falar assim.

– Posso sim – gritou – pois estou em casa e posso falar o quanto quiser, pois sei que você está sentindo minha falta, sei que está fugindo de mim, até quando? Até quando? D'us você me faz sofrer.

– Caleb, pare, pois eu não desejo lhe ferir, eu não suporto mais viver aqui com você.

– Por que Marta? Por quê? Seja verdadeira apenas desta vez.

– Por que você me pune? Diga-me, Caleb, por que me trata desta forma? Não compreende meu coração? Só pensa em seu sofrer, em seu sentir, e eu? Está sendo mesquinho comigo, com Job, se tudo tento suportar não é por Elisha e sim pelo meu pequeno, se quer a verdade eu lhe darei, eu tenho amor por você, eu tenho muito amor, mas não posso viver longe de meu Job, não posso ser julgada e apedrejada. Não posso permitir que Elisha o fira, pois você é tudo para mim – e com lágrimas em seus olhos saiu da saleta sem nem olhar para trás.

Caleb mal podia crer, as palavras de Marta cortaram seu coração, ela estava certa, ela o amava e ele estava sendo mesquinho, não pensara no sofrimento que ela tinha em seu coração, sentou-se, agora sabia a verdade, agora sabia que era amado.

Marta não conseguia conter seu pranto, doíam-lhe na alma as atitudes de Caleb, não suportaria aquela situação, sentia ímpetos de correr para ele, de abraçá-lo, de não se importar com nada, ajoelhou-se e orou: *"Senhor, tem sido nosso refúgio de geração em geração antes mesmo que as noites nascessem ou que se formassem a Terra e o mundo, sim de eternidade a eternidade o Senhor é D'us. Reduz o homem à destruição e diz: volvem filhos dos homens. Porque infinito são Seus olhos, como o dia de ontem que passou e a vigília da noite que passou"*[72].

E em prantos Marta recitava a oração de Moisés, como que a pedir forças ao D'us de Israel, para suas fraquezas.

Caleb, erguendo-se, rumou apressadamente para o local onde Marta encontrava-se, não titubeou, entrou no aposento onde ela fazia sua súplica com sofreguidão, ajoelhou-se junto a ela, tocou em sua mão:

— Marta, — disse Caleb — Marta, perdão por ter sido tão mesquinho com você.

E Marta olhando-o calou-se, de seus olhos lágrimas vertiam em abundância.

— Saiba que a partir de agora não lhe pedirei o que não pode me dar, mas quero partilhar com você cada minuto de minha vida, esperarei o tempo que for preciso para tê-la.

E erguendo-a do chão, abraçou-a com ternura e compreensão, secando suas lágrimas com amor e dor por tê-la ferido.

* * *

ESTANDO YESHUA EM Cafarnaum, André levou Simeão até ele. Era fim de tarde quando próximo ao porto se encontrara com Simeão que, embora sentisse que era chegada a hora, estava duvidoso acerca de tudo que André falara.

Pequeno grupo se acercara do Mestre. Onde Yeshua estivesse, doce cortejo de espíritos sublimes o acompanhava emitindo junto com o Mestre as vibrações de paz e harmonia, tecendo nos corações humanos as alegrias e esperanças de dias melhores.

Simeão, que em seu íntimo sentia as doces vibrações de paz, se inquietara com o olhar do Mestre que parecia conhecer-lhe a alma. Disse Yeshua a ele:

— Você é Simeão, filho de Jonas, venha após mim e eu farei que seja pescador de homens.

E Simeão e André puseram-se a caminhar junto a Yeshua. Não tardaram a encontrar Tiago e João que estavam sentados em um barco consertando redes. A brisa cálida e os raios do sol no entardecer propiciavam uma paisagem de imortal plenitude, pois Yeshua com sua simples magnitude transformava a todos que dele se aproximassem. Tendo visto Tiago e João e reconhecendo-lhes o espírito, logo

---

[72] Salmo 90.

os chamou, e eles, deixando seu pai Zebedeu no barco com os empregados, foram após ele. Ali reunidos, juntos iniciaram as primícias do despertar para a tarefa que lhes aguardavam.

* * *

As SEMANAS CORRIAM céleres, e já estava próximo da partida de Mia, que ansiava o retorno para Betsaida. Naquela noite seu destino seria selado, não mais tinha dúvidas, já havia conquistado a confiança de Elad, tudo estava certo, seria como um acidente e sem vestígio para que fosse o fato dado como uma tragédia.

Jerusalém estava barulhenta, o murmúrio a respeito do Messias crescia a cada dia. A prisão de João Batista corria de boca em boca. Mia assistia a tudo com calma, aqueles fatos em nada modificaram sua vida, o que ela desejava era Elisha, o dinheiro lhe compraria a liberdade de decidir sobre sua vida.

Efrat estava contente, havia comprado variadas peças para seu comércio, quase não ficava em casa e quando saía era sempre a negócios. Mia o fazia feliz, estava bastante compreensiva.

Efrat comprara mais presentes para ela, a cada dia mais bela se tornava. Agora que o período de impureza havia passado Efrat sonhava em regressar, em fazer com que ela lhe desse o filho esperado. Já havia enviado uma mensagem para sua mãe a fim de prevenir-lhe o regresso. Seu tio Elad o auxiliara muito, não sabia como agradecer, afinal ele tinha tudo, não havia presente que pudesse ofertar.

Tratou de arrumar toda a bagagem, eles retornariam e era importante que nada ficasse para trás. Naquela noite seu tio prepararia uma ceia especial de festividade. Resolveu ir ter com a esposa. Mia estava cada dia mais exuberante. Em uma túnica vermelha com rubis no pescoço, estava bela e pensava quando Efrat lhe dirigiu a palavra:

— Mia, sabe que hoje meu tio oferecerá uma ceia especial para nós?

— Não, creio que ele não me avisou! – exclamou Mia queixosa.

— Pois saiba que esta manhã, na primeira hora, ele me comunicou que gostaria que nós nos preparássemos para tal banquete.

— Entendo, meu esposo, tenha a certeza de que não o envergonharei.

— Eu sei, minha esposa, eu sei.

E aproximando-se de Mia pegou-lhe as mãos dizendo calorosamente:

— Logo estaremos regressando e poderei tê-la como minha mulher, como antes – beijou-lhe a testa e retirou-se.

Mia limpou o beijo, sentia desprezo por Efrat, odiava seus modos, sua fala, sua boca, ele lhe causava náuseas, e pensando em voz alta disse:

— Você jamais me terá.

* * *

EM BETSAIDA a rotina transcorria tranquila. Reina, a mãe de Efrat como era conhecida, tomava conta do comércio de seu filho, já havia recebido a mensagem de Efrat avisando-a que dentro de dois dias ele e sua amada esposa estariam em Betsaida. Ficara alegre, enfim, tudo retornaria ao normal para aquela família. Sentada em uma confortável cadeira dava as ordens a Itti, sua serva.

– Pois bem, Itti, estou feliz com o retorno de meu filho amado, que D'us possa protegê-lo. Agora vamos promover uma limpeza naquele quarto, limparemos os baús, forraremos algumas almofadas e por fim muitas flores e um lençol novo para o casal – ria, sentindo-se feliz.

A serva bondosa partilhava da alegria de Reina, ficara extremamente entusiasmada com a nova oportunidade que a vida dava àquela família, procurou os apetrechos que necessitava para a limpeza do quarto.

* * *

NAQUELA NOITE MUITOS convidados chegavam à propriedade a fim de desfrutar da bela festa que Elad promovia para seus hóspedes.

A residência era uma chácara nas redondezas de Jerusalém, dotada de belos jardins, pomar, belas fontes, a casa era uma edificação suntuosa.

O banquete era regado com muito vinho, peixe, carneiro e iguarias de toda espécie, a elite judaica fora convidada, pois Elad era um comerciante tradicional e influente no círculo social.

Em seus sessenta anos, a cabeça branca, a barba trançada, dava-lhe a aparência de um homem leal, singular, de bons costumes, porém Elad era um homem astuto e ambicioso, e não media as consequências para ter o que desejava.

A música envolvia o ambiente e dançarinas foram especialmente contratadas para entreter a todos.

Mia estava em seu aposento, trajara uma bela túnica verde, seu véu especialmente bordado em pedras lhe moldava a bela face de menina que cativara Elad. Sabia que teria que honrar seu compromisso se desejasse se ver livre de Efrat. Assim que entrou no recinto junto com Efrat, Elad os saudou à frente de todos.

– Aos meus hóspedes ilustres e à mais bela donzela de toda Jerusalém.

Elisha mal reconhecia Mia, tamanha a transformação de sua pessoa, ela estava sedutora e ele sentiu-se atraído por sua beleza.

Efrat logo reconheceu Elisha entre os convidados exclamando:
– Elisha, meu bom amigo.

Elisha saudou-o aproximando-se.

Mia também reconheceu a face de Elisha no meio dos convidados de Elad, seu coração passou a pulsar. Pensou: "Ele está aqui, como? Por quê? Será que Elad o conhecia?".

Tantas dúvidas, baixou os olhos para que ele não a notasse, queria observá-lo, retirou-se para um local reservado às mulheres.

Efrat então começou a dialogar com Elisha, que logo perguntou:

— São os hóspedes homenageados por Elad?

— Sim, Elad é meu tio, — falou Efrat sorrindo — e você, o que faz aqui, Elisha?

— Isto é uma longa história, não sei se soube, mas tive que comparecer ao templo com Dan.

— É verdade, recordo-me de algum fato, mas e Dan onde se encontra?

— Não quero lhe dar notícias tristes, mas é preciso, Dan adoeceu gravemente e morreu.

— Oh, D'us, que fato triste para nossa família, por que não nos avisaram?

— Desculpe, Efrat, mas tudo foi muito rápido.

— Compreendo, mas quanto a sua esposa, encontra-se aqui? Mia apreciaria sua companhia.

— Não, infelizmente está sob a tutela de Caleb, o primo.

— Mas por quê?

— É que agora faço parte do sinédrio e ainda não pude trazê-la para perto.

E prosseguiram conversando durante todo o banquete. Mia a tudo ouvia e olhava, escondendo a sua satisfação em vê-lo ali.

O banquete durou até a primeira hora da madrugada quando aos poucos os convidados se retiravam. Efrat se pronunciou extremamente cansado e um tanto alcoolizado, se retirando para o devido descanso ao lado de sua esposa.

Mia aguardou o silêncio se manifestar em toda casa. Efrat dormiu profundamente, então retirou-se de seu quarto sorrateiramente, indo na direção do aposento de Elad que a aguardava impaciente para lhe cobrar a dívida, o pagamento do acordo que realizara há algumas semanas passadas. Mia estava trêmula, porém convicta de não desejar para si o convívio do esposo que em tudo lhe desagradava. Respirou profundamente e entrou no aposento de Elad que não teve boas medidas, puxando-a para si disse:

— Está pronta?

E Mia, olhando-o, respondeu tentando contê-lo com as mãos:

— Antes me diga como será.

— Dei ordens para que só ataquem a caravana assim que estiverem próximos a Betsaida, para que não tenha que caminhar muito, eles nada lhe farão, roubarão as peças e mercadorias de valor.

— E Efrat, o que acontecerá?

— Morrerá como combinamos.

— Agora me pague com seus carinhos — disse Elad tocando-lhe.

E na penumbra daquela noite Mia perdia-se na escuridão das tramas de sua alma, edificando para si dores maiores.

Ao limpar o aposento de Mia e Efrat a boa serva Itti encontrou o inesperado atrás de um baú, as roupas sujas de sangue da noite do assassinato de Ruth. Recolhendo as roupas notou que algumas partes estavam rasgadas, achou estranho o fato e nada revelou, ocultando o achado de Reina, porém outro fato foi verificado pela serva, este ela levaria ao conhecimento de Reina, o frasco do elixir abortivo estava oculto entre lençóis e toalhas de linho, o odor forte da erva quando o frasco foi aberto não deixava dúvidas do que se tratava. A serva, achando ser algum remédio que Mia ocultava por estar doente, rumou aflita até sua dona, estava trêmula, com receios. Reina, que na sala cosia alguns tecidos, foi surpreendida pela chegada de Itti que falava nervosa:

– Senhora! Senhora!

– O que foi, Itti? – disse Reina assustada pelo comportamento da serva.

– Senhora, encontrei um frasco no quarto de seu filho, creio que sua nora está doente.

Reina estendeu a mão e pegou o frasco, sabia exatamente do que se tratava, havia visto muitas mulheres se utilizarem daquele remédio, começou a tremer de nervoso, não podia ser. Mia, aquela víbora assassina, enganara a todos. O seu coração começou a descompassar-se, sentiu uma súbita tontura. Itti, percebendo a gravidade da situação, correu até a cozinha trazendo-lhe uma dose de vinho a fim de auxiliá-la a recuperar o ânimo. Reina então caiu de joelhos e ao D'us de Abraão clamou em pranto convulsivo.

– Raça de víbora que pus em minha casa, D'us sustenta-me para que sua mão faça justiça a este ser que está imundo, molestou seu ventre.

Itti então compreendeu a dor de Reina.

* * *

A CASA DE Yeshua era arejada, o jardim exalava o frescor de aromas doces, em sua casa a rosa perfumada era Maria, sua mãe, que em tudo se desvelava para atender o filho. Maria já era uma jovem senhora com belos olhos expressivos que a todos cativava pela simplicidade de seu olhar, pela palavra acolhedora e sábia que sempre ministrava no convívio com os seus.

Naquela manhã fora Maria surpreendida por sua irmã, Maria de Cleófas, esposa de Cleófas, irmão de seu esposo José, que era falecido.

Maria de Cleófas viera de Caná trazer-lhe o convite das bodas de seu filho Judas Tadeu, primo de Yeshua e irmão de Tiago Menor. A família possuía uma pequena propriedade na qual se realizaria as bodas por apenas três dias, já que os recursos eram poucos, sendo-lhes muito difícil honrar com uma festa de sete dias como pedia a tradição. Maria ficou feliz pelas bodas de Judas Tadeu e prometeu que iria comparecer com sua família.

Enquanto teciam considerações a respeito das bodas e como seria a festa, Yeshua chegou a seu lar retornando de Cafarnaum; vinha acompanhado de seus novos discípulos, Simeão, André, Tiago e João, que ao penetrarem no recinto saudaram respeitosamente as matronas.

Maria, erguendo-se, foi preparar água para os convidados de seu filho, enquanto Maria de Cleófas narrava o motivo de estar ali.

Yeshua a tudo ouvia, alegre pela notícia das bodas de seu primo. Ficou estabelecido que todos compareceriam às bodas em Caná, pois João e André também eram amigos do noivo, que junto a eles acompanhara as pregações de João Batista, que permanecia preso.

* * *

PARA DAN a vida havia perdido o sentido, já não se queixava de sua triste sorte, apenas deixava as horas passarem sem que se desse conta de como seria o seu futuro. O que esperar? Não sabia por onde andava nem em que parte de Jerusalém estava. Não sabia nem mesmo se estava em Jerusalém.

Ananias, o homem que cuidara dele e o auxiliara a esquecer o passado, o procurava por Jerusalém, ele não conseguiu aceitar o fato de Dan ter abandonado a sua casa daquela forma entregando-se a todas as vicissitudes da vida pública.

Ananias todos os dias percorria as vielas de Jerusalém, desde o primeiro dia em que Dan o havia deixado, nunca mais retornara, nem mesmo para desfrutar da cama que ele lhe cedera de boa vontade.

Pelas vias os transeuntes só comentavam a respeito da prisão de João Batista, e do aparecimento do Messias que alguns já haviam visto pregando.

O velho Ananias sentia em seu coração que poderia devolver a Dan sua vida de antes. E todos os dias procurava por ele, até que em certo momento avistou um homem que se assemelhava a Dan, estava sujo, com mau cheiro, barbudo e cego; enquanto muitos o empurravam, correu ao seu encontro amparando-o, olhando em seu semblante reconheceu Dan.

– Dan! – disse o bom homem – que D'us o proteja e que bom encontrá-lo.

– Quem é você, homem? – dizia Dan agitando as mãos.

– Sou eu, seu amigo Ananias.

Dan enrubesceu diante da apresentação, tinha vergonha de sua falta de gratidão, mas Ananias, abraçando-o, conduziu-o até sua casa para que ele pudesse se trocar, alimentar-se e dormir. Após os primeiros cuidados ele falou:

– Meu amigo, sua teimosia poderá custar-lhe a vida.

– Por quê?

– Falo por seus familiares, eles sofrem, sua bela esposa muito se abateu, tem que reconsiderar as suas atitudes diante de sua nobre mulher.

Dan ouvia-o, sentindo a alma pequena.

– Agora é tarde, não posso mudar o que fiz a ela.

– Mas pode e deve crer neste homem que chamam de Messias.

– O que ele fará por mim?

– Esquece as escrituras, tenha fé homem, D'us costuma testar os seus.

E naquele momento Dan sentiu que as palavras do nobre Ananias tinham sentido, quem era ele para querer questionar a D'us e Seus desígnios? E, sentando-se na cama, deixou-se envolver pela suavidade do ambiente. Ananias, percebendo o que lhe ia na alma, deixou-o a sós, o amanhã seria uma longa caminhada.

* * *

CALEB SE DEDICARA cada vez mais ao convívio com Marta e Job, tudo mudara, já não se importava com a situação que viviam e sim desejava vivê-la a cada dia mais e melhor.

Caleb acordava Marta convidando-a a passear, sempre pelo jardim ou pela margem do lago de Genesaré. Eram momentos em que se deixava envolver pela beleza do dia. Passara a viver cada momento sem se importar com nada, sabia que era uma forma de desfrutarem da presença um do outro.

O tempo passava e à medida que os dias se iam, mais unidos Caleb e Marta ficavam, era quase impossível não compartilharem os fatos de suas vidas.

Em uma dessas manhãs Caleb foi ao jardim encontrar Marta com Job, desejoso de falar-lhe. Ao olhá-la sentia seu coração doer, amava-a, mas respeitava-a, não a tocando, apenas convivendo com ela, porém já não suportava mais essa situação e decidiu conversar com ela.

Marta vendo Caleb sentiu seu coração feliz e foram caminhar pelo jardim. O sol doce e a brisa balançavam as folhas das árvores deixando um perfume adocicado no ar. Caleb segurou sua mão e disse:

– Marta, sabe que a respeito e que nunca faria nada para feri-la, mas devo confessar, não consigo mais conversar com você sem desejá-la como minha mulher.

Marta corou, seu coração ficou descompassado, recordou-se dos momentos de paixão junto a ele.

– Quero dar-lhe algo – e retirando pequena sacola entregou-lhe.

– O que é isto?

– Abra.

E abrindo certificou-se de que era uma chave, olhando com curiosidade perguntou:

– Que chave é esta?

– É a chave que nos conduz ao lago.

– Mas para quê?

Sabia que se tratava da mesma chave do último encontro, mas queria ter certeza da atitude de Caleb.

– Quero conversar com você ali, todas as tardes me espere no lago, não desejo comprometê-la na presença dos servos, e sim ficar mais próximo de você.

– Caleb não podemos, sabe que não irei.

– Marta, lhe peço, vá ao meu encontro, só desejo estar com você, só desejo poder tocar em seus lábios, em seus cabelos, – e olhando-a com amor continuou – hoje estarei esperando-a, quando regressar de Betsaida não voltarei para casa, mas a aguardarei no lago, desça até lá pela porta, ninguém nos verá, agora devo partir – e beijando-lhe as mãos retirou-se.

Marta sentiu o coração apertado, queria muito estar com Caleb, desejava-o, mas sentia-se impura, estava confusa.

O dia transcorreu lento, ela sabia que Caleb a esperaria no lago, mas não havia decidido.

Em Betsaida Caleb se ocupava das atividades da sinagoga, gostava de ensinar os jovens, de transmitir os ensinamentos da Torá[73] falada, ninguém achava escândalo o fato de Caleb cuidar da esposa de Elisha, ele era bem-visto pelos anciões. Apesar de estar empenhado nas tarefas da sinagoga, Caleb estava curioso quanto aos boatos do Messias, muitos falavam a respeito e o povo se agitava pela prisão de João Batista, em seu coração ele queria conhecer este Mestre, mas o apego que sentia por Marta o impedia, temia perdê-la.

Ao cair da tarde Caleb estava impaciente e pensava o tempo todo se Marta o esperaria. Foi lentamente caminhando para casa, demorou cerca de duas horas até pegar outro caminho que o conduzia ao lago. Ia pela margem meditando, a brisa, o lago esplêndido, o pôr do sol, onde estará Marta? Olhou o céu, as primeiras estrelas começavam a surgir, estava próximo a sua casa. Seu coração se entristecera, ela não estava ali, olhou ao redor sentindo-se só, abaixou a cabeça, o que ele poderia esperar, Marta não o queria, melhor seria não insistir, talvez ela tivesse razão. Seu coração estava oprimido quando ouviu o seu nome ser chamado.

– Caleb! Caleb!

Era Marta que com sua túnica e seu véu esvoaçante corria em sua direção, ele não conseguia traduzir a alegria de sua alma, abraçaram-se mutuamente, sentindo alegria de estarem unidos outra vez.

– Caleb, Caleb, pensei que não o veria.

– Eu estou aqui esperando-a como sempre, Marta – disse Caleb passando as mãos pela face de sua amada, beijando-a com ardor.

– Não suporto mais, – disse Marta – não suporto mais ficar longe de você.

E deixaram-se vencer pela doce magia daquele momento e se entregaram às doces carícias do coração.

---

[73] Torá (do hebraico הָרוֹת, significando instrução, apontamento, lei) é o nome dado aos cinco primeiros livros do Tanakh (também chamados de Hamisha Humshei Torah, הרות ישמוח השמח – as cinco partes da Torá) e que constituem o texto central do judaísmo.

* * *

Caná ficava em região montanhosa a sessenta estádios aproximadamente de Nazaré. Era o refúgio de muitos rebeldes que se opunham, à época de Yeshua, ao governo e aos romanos.

Encontramos, em modesta moradia Maria, mãe de Yeshua, junto a Maria de Cleófas se ocupando dos preparativos das bodas de seu filho.

Maria de Cleófas era uma mulher solícita, de olhar enternecedor e voz mansa, mas enérgica, possuía a força da resignação em seu coração. Sabia que eram humildes e não dispunham de recursos suficientes para uma festa de sete dias, mas a casa simples estava crivada de flores e a comida, também simples, ficara ao encargo do chefe de cerimônia, ela seria suficiente para os três dias. No entanto, Maria de Cleófas se preocupava que nada faltasse para que não fosse motivo de vergonha. Os convidados já se achegavam e os noivos estavam demasiados felizes desejando que a cerimônia ocorresse alegre e tranquila.

Após o ritual do casamento, a música suave se fez ouvir no recinto. Os discípulos de Yeshua ali se encontravam junto a ele. Ao cair da tarde do segundo dia, Maria de Cleófas nota que o vinho está no fim e aproximando-se de Maria fala, com temor, que o vinho não será suficiente, sendo motivo de vergonha para a família. Maria, em seu coração generoso, recorre a Yeshua, e aproximando-se de seu filho, chama em secreto:

– Não temos vinho.

E Yeshua diz:

– Mulher, que tenho eu com você? Ainda não é chegada minha hora[74].

E Maria, solícita, pede-lhe com seu olhar. Yeshua compreendendo o momento fala:

– Onde estão as talhas.

E Maria o conduz a um local onde suas talhas de pedra estavam postas para purificação dos judeus, nelas cabiam duas a três metretas[75].

E Maria chamando os poucos servos lhes diz:

– Façam tudo o que ele mandar[76].

E Yeshua fala:

– Enche de água estas talhas.

E os servos as encheram até em cima, depois Yeshua disse:

– Tira a água e leva ao mestre sala.

E este chamou o esposo falando:

– Todo homem põe primeiro o bom vinho e quando já tem bebido bem o vinho, oferece o que é inferior, mas você guardou até agora o bom vinho.

---

74 Yeshua se refere ao seu supremo sacrifício. (Nota do autor espiritual)
75 Duas ou três metretas – cerca de 100 litros (1 metreta era aproximadamente 40 litros).
76 A palavra de Maria se refere não só ao casamento, mas a nossas atitudes perante o Cristo. (Nota do autor espiritual)

E o esposo, olhando para Yeshua, compreendeu, assim como os discípulos, o primeiro sinal de sua glória. André e João reconheceram nisto o Divino Reino que seria ali estabelecido, enchendo o coração de júbilo e esperança.

* * *

Após os momentos de afetuoso carinho, Marta e Caleb conversaram:
— Sabe que corre célere a notícia da prisão de João Batista? – disse Caleb.
— Sim, Dror nos falou.
— Então Marta, sabe do Messias?
— Sei muito pouco, mas confesso que quero conhecer este homem.
— Ora, Marta, para quê?
— Para servir ao Rei de Israel.
— Acredita que ele libertará nosso povo?
— Sim, creio nisto, D'us é fiel ao nosso povo.
— Sendo assim, deverei ir saber notícias sobre este homem.
— Deve, e também deverá levar-me até ele.
— Sabe que mulheres não são bem-vindas.
— Caleb, desejo mesmo conhecer o Libertador, o nosso Salvador, sei que estarei sendo impura, mas D'us sabe o quanto sofremos, – e olhando-o com os olhos cheios de lágrimas disse – eu te amo.
Caleb não cabia em si de alegria, e abraçando-a falou:
— Eu também te amo.
— Tenho medo, Caleb, temo que alguém descubra, temo por mim e pelo Job.
— Não tema, eu sou com você, nada lhe sucederá, agora precisamos repousar, venha, me dê a chave.
— Está aqui.
E subiram as escadas rumo à casa, a noite já caía, as estrelas enchiam o céu de pontos luminosos. Marta e Caleb seguiram para seus aposentos. Caleb puxa-a para seu peito abraçando-a com ternura, deixando-se envolver pelo amor, por fim adormeceram entrelaçados em um só coração.

* * *

Em casa de Elisha, Abed tem planos para ele e Débora, agora sente que seu amor é correspondido, sabe que tem o auxílio de Caleb, pensa em pedir a Marta o consentimento para desposá-la. Olha o céu, as estrelas, sente-se feliz, nunca sentira algo assim, nunca pensou que algum dia uma jovem gazela o notaria, sim, era chegado o momento, mas antes conversaria com ela, a doce Débora, ela teria que aceitá-lo, aí sim, pediria a seu amigo oculto para lhe auxiliar.

15. O mal se volta ao malfeitor

A CARAVANA PARTIRA cedo de Jerusalém. Mia acordara sentindo-se impura devido à noite de núpcias que fora obrigada a ter com Elad, que se despediu dos convidados sem muitas delongas, sabia o que ocorreria.

A viagem transcorria vagarosa, o sol já ia extenuante, estavam bem próximos a Betsaida quando sombrio grupo se aproximou, tratava-se do bando de homens que compunham a trama que Elad tratara com Mia, eram zelotes, acostumados ao bandidismo. Logo cercaram o grupo, eram cinco homens que rendendo Efrat, Mia e os servos, puseram-se a torturá-los. Mia foi amarrada enquanto os servos eram cruelmente decapitados na frente de Efrat. Mia a tudo assistia em pânico, um deles que parecia ser o líder falava.

— Agora aproveitemos a oportunidade com esta meretriz.

E puxando-a rasgou seu véu para ver melhor seu rosto.

Efrat, em sua tormenta, lançou-se à frente empurrando o homem com a energia de quem queria salvar o seu bem mais precioso. Logo os dois outros do grupo o seguraram e o líder falou.

— Homem tolo, crê que esta meretriz o ama, pois saiba, não passa de uma mulher de má vida — e arrastando-a pelos cabelos falou: — confesse sua culpa mulher do mal.

E Mia, empurrando e dando socos no ar, falava:

— Solte-me, este não foi o combinado.

— E qual o combinado? — inquiriu o homem sarcástico.

— Que ele tem que morrer — disse Mia em tom elevado e autoritário.

Os olhos de Efrat se encheram de ira e dor.

— Por quê, Mia? Por quê? — questionava Efrat em desespero.

E Mia, sendo segura pelo líder, falou com toda dor de seu coração:

— Porque o odeio, você é um tormento, prefiro ser a meretriz de qualquer homem do que ser sua esposa.

E virando-se, o líder falou:

— Você morrerá, pois recebemos de sua esposa para tal.

Efrat, em sua luta pessoal, sentiu seus sonhos esfacelarem ao vento pelo copioso desejo de Mia.

E o líder do grupo, empurrando-a para o chão, falou:

— Vê mulher, como você é pequena, hoje mesmo não terá mais quem lhe dê abrigo.

E erguendo a espada desferiu um golpe cruel que transpassou o pescoço de Efrat até a altura de sua nuca e outro no coração.

Mia como que enlanguescida, ria-se, gargalhava, dizendo:

– Morra! Morra! Estou livre.

– Ainda não – disse o obscuro líder – você deve a minha pessoa.

– Nada devo, homem. Elad já lhe pagou.

– Mas eu quero mais.

E rindo, rasgou sua roupa possuindo-a sem escrúpulos, esbofeteando-a até que perdesse a consciência. A trupe de bandidos recolheu toda a mercadoria, deixando os cadáveres e Mia desacordada, com vários ferimentos, ao sol.

* * *

As NOTÍCIAS A respeito do líder messiânico apavoravam os doutores da Lei que desejavam inteirar-se dos boatos que já corriam por toda a região.

Elisha fora designado para ir a Cafarnaum, Corazim e Betsaida colher maiores notícias a respeito deste homem.

Partira em caravana seleta, ele e mais três fariseus. Arrogante e orgulhoso, Elisha punha-se à frente do grupo, achava-se melhor do que todos. Ia meditando, ao chegar próximo das cidades dividir-se-iam, assim ficaria mais fácil de controlar as notícias e de fato saber se este Messias era real.

Estavam vagando há quase dois dias quando avistaram a caravana de Efrat. Os animais da região já estavam a satisfazer-se dos corpos putrefatos. Seu coração apertou-se, cavalgaram com mais velocidade a fim de prestar socorro aos infelizes. Ficou horrorizado com o que viu. O cadáver de Efrat jazia sem os olhos, completamente desfigurado, os servos tinham sido esquartejados e os pedaços espalhados, os animais estavam próximos. Ouviu um gemido, procurou em meio à bagagem que fora revirada e próximo a um baú, seminua estava Mia, entre a vida e a morte. A visão causou-lhe angústia, sua pele ressequida, sua boca estava sangrando e o rosto com fortes hematomas que se estendiam pelo pescoço, seios e o abdômen.

– D'us, Mia! Mia!

Elisha ajoelhou-se e retirando seu manto cobriu seu corpo, pegando-a no colo, ergueu-a como se faz a uma criança desprotegida. Havia um ferimento do lado esquerdo de sua cabeça que sangrava. Elisha chamou os outros integrantes que, perplexos com a barbárie, auxiliaram-no. Pondo Mia em uma montaria improvisada partira para casa de Caleb, que era o ponto mais próximo, chegaria quase à noite, mas não desistiria. Os outros doutores e os servos que traziam, ficaram para sepultar os corpos.

Mia, às vezes, abria os olhos, gemia como se estivesse em um terrível pesadelo, é que as entidades obscuras que a acompanhavam já se encarregavam de tecer-lhe fios de influxos viscosos que permitia ligar Efrat a ela, rindo-se da situação que iriam desencadear[77].

* * *

EM BETSAIDA CALEB se fizera mestre adorado por todos na sinagoga, ministrava a Torá com facilidade aos jovens filhos de doutores que se espelhavam na conduta sempre centrada e simples de seu mestre. Os anciãos o respeitavam e em tudo lhe pediam a explanação, como forma de meditar nas leis faladas e escritas.

Era Caleb o ponto de referência para todos, estava feliz em poder infundir nos jovens um pouco do seu conhecimento, gozava de uma felicidade há muito esquecida, sentia que tudo deveria ser daquela forma, sua casa, sua amada Marta, o pequeno e doce Job, a sinagoga, mas no fundo se inquietava com a possibilidade de perder tudo aquilo a qualquer momento. Não sabia se suportaria.

Pensou em Elisha, não lhe era amigo, na verdade nunca fora, sentiu o coração apertar. E se ele fugisse com Marta? Talvez fosse a solução. Recordou-se do pedido de Marta a respeito do Messias, sim ela estava certa, deveria se empenhar em conhecê-lo. Estava atravessando o pátio central da escola de aprendizes quando um assistente veio ao seu encontro.

– Senhor, um dos anciãos pede-lhe uma audiência.

Sempre solícito, rumou para a pequena sala, era um tanto aconchegante, e um simpático homem de cabelos brancos o aguardava sentado em uma cadeira. Caleb o cumprimentou com uma referência respeitosa, o homem de nome Tarciano olhou-o e disse:

– Caro Rabi, tenho uma grave denúncia que me foi feita esta manhã, e gostaria de compartilhá-la, trata-se de uma situação de família e bem, não nomearei os envolvidos, mas necessito meditar na questão para que a senhora que me veio em busca de socorro possa ser orientada.

– Sim, compreendo, pois então relate-me o ocorrido.

– Trata-se de jovem esposa que provocou a morte de seu próprio filho, sendo casada e tendo toda condição em tê-lo, enganando seu esposo e sua sogra.

---

[77] "Pululam em torno da Terra os maus espíritos, em consequência da inferioridade moral de seus habitantes. A ação malfazeja desses espíritos é parte integrante dos flagelos com que a Humanidade se vê a braços neste mundo. A obsessão, que é um dos efeitos de semelhante ação, como as enfermidades e todas as atribulações da vida, deve, pois, ser considerada como provação ou expiação e aceita com esse caráter." *A Gênese*, de Allan Kardec, 14ª ed., FEB, cap. 14, "Obsessões e possessões".

"A obsessão, mesmo nos dias de hoje, constitui tormentoso flagelo social. Está presente em toda parte, convidando o homem a sérios estudos. As grandes conquistas contemporâneas não conseguiram ainda erradicá-la. Ignorada propositadamente pela chamada Ciência Oficial, prossegue colhendo nas suas malhas, diariamente, verdadeiras legiões de incautos que se deixam arrastar a resvaladouros sombrios e truanescos, nos quais padecem irremissivelmente, até à desencarnação lamentável, continuando, não raro, mesmo após o traspasse, isto porque a morte continua triunfando, ignorada, qual ponto de interrogação cruel para muitas mentes e incontáveis corações."

Nos bastidores da obsessão, Divaldo Pereira Franco, pelo espírito Manoel Philomeno de Miranda.

Caleb parou, caminhou pela pequena sala, meditou brevemente e concluiu:
A lei é clara, esta mulher não passa de adúltera e assassina vulgar.
– Então, – disse Tarciano – devo executá-la?
– Sim, qual motivo levaria uma jovem mãe a matar ainda em seu ventre o fruto de seu enlace matrimonial?
– Mas, claro – disse Tarciano – deve ser de outro homem.
– Mas, contudo, – disse Caleb – devemos escutá-la para que não deixemos de ter misericórdia, pode ser que a sogra tenha tramado tal fato a fim de se ver livre da nora por ciúmes.
– É, devemos ter cautela, porém, creio que o senhor deva conhecê-la, pois trata-se de pessoa ligada à família de nosso venerável amigo Elisha.
Caleb espantou-se diante da revelação e perguntou:
– Quem é a tal mulher?
– É a nossa irmã Reina, mãe de Efrat, casado com a irmã adotiva de Elisha, entende agora a gravidade dos fatos?
– Sim – disse Caleb um tanto quanto perturbado.
– Se tomarmos qualquer atitude tem de ser em secreto para evitar escândalos.
– E Elisha concordará? – disse Caleb.
– Caro Caleb, Elisha é um homem duro, não titubeará em sentenciá-la à morte.
– Então creio que devemos analisar os fatos sob outro ângulo, a fim de não sermos injustos.
– Pode deixar, eu como membro desta sinagoga nada farei até que tenha a convicção da culpa desta mulher.
– Se puder ser útil, por favor, estarei ao dispor, agora posso retirar-me?
– Sim, mas diga-me, como vai Marta e Job?
E Caleb, controlando a euforia que lhe ia à alma, falou de forma seca e formal.
– Creio que estão bem, não tenho muito tempo para ficar com diálogos com eles.
– Entendo – disse Tarciano, não esperando outra resposta senão aquela.
Ao sair do templo, Caleb rumou pelas ruas de Betsaida aflito para dialogar com Marta a respeito do que se passava. Recordou-se da noite que ficaram juntos olhando as estrelas, ainda sentia o perfume de sua amada, como sentia-se feliz. Repentinamente um lampejo passou-lhe à mente, e se esta criatura odiasse o esposo, não desejaria ter o filho do marido, mas logo pensou, não poderia ser isto, se fosse assim, Marta não teria Job e caminhou a passos firmes até o lago. Ia meditando.
Marta estava mais bela, suas feições antes tristes haviam tomado o brilho do amor, seus olhos brilhantes, seu sorriso mais alegre e seus gestos suaves lhe davam o aspecto de um anjo sedutor.
Às margens do lago brincava com Job e Débora que com ela compartilhava da alegria de seu coração. Era Débora a única a saber do amor proibido dos dois.

Não demorou para que Marta avistasse Caleb. Como sempre fazia, pediu a Débora que se recolhesse com Job, que já andava, enquanto ela ia feliz ao encontro de Caleb. Retirou o véu dos cabelos, pois sabia que assim ele preferia e correu como uma criança feliz ao seu encontro. Caleb ia tão pensativo que não notou a formosa figura de Marta, sendo surpreendido com o abraço generoso de sua amada que ofegante caíra em seus braços sorrindo. Caleb não conseguia descrever as emoções que guardava em seu coração, era um misto de prazer, amor e alegria quando sentia Marta em seus braços. Cheirou seus cabelos, olhou para sua face rosada e alegre, seu sorriso, beijou-a com ternura, sim ela lhe pertencia, nunca deixou de ser sua, abraçados caminhavam pelo lago.

Caleb então falou:

— Minha amada, como foi o seu dia?

— Triste sem sua presença – e sorriu como a brincar com as palavras.

Olhando-a com afeto Caleb retrucou:

— Pois bem, estou aqui e mereço sua companhia por toda a tarde e toda a noite – falou seriamente.

— Sim, merece como sempre, porém só terá minha companhia se me pegar.

E correu para longe como que a esperar por ele. Caleb balançou a cabeça como a recordar-se do tempo de criança quando ele ganhava sempre das brincadeiras intempestivas que compartilhavam às escondidas. Não demorou para que a agarrasse fortemente.

— Agora, doce gazela, sabe que lhe sou superior, portanto não me desobedeça.

Passaram a tarde quase toda com brincadeiras e diálogos infantis, como que a se transportar para um mundo só deles, entretanto, após o último enlace, Marta falou:

— E você, não tem nada a me dizer?

— Sim, tenho, venha vamos para nossa casa que na trilha lhe narrarei, mas antes quero lhe fazer algumas perguntas.

Marta, olhando-o, falou:

— Faça, se eu puder, responderei.

— Qual é o nome da nora de Reina?

— Ora, é Mia.

— E quem é essa Mia?

— Mia é irmã adotiva de Elisha, me auxiliou muito em minha casa – disse timidamente, recordando-se que era comprometida.

— Ela é uma boa moça?

— Sim, mas depois que se casou mudou muito.

— Como?

— Ficou distante, arrogante, ela é muito vaidosa e, bem, não consigo compreendê-la, acho ela muito tola, é uma menina mimada.

— Ela demonstra amor pelo esposo, casou-se por amor?

— Eu não sei, mas Efrat é muito apaixonado. Por que tantas perguntas, o que houve?

— Veja, Marta, confio em você, só por isto compartilho assuntos da sinagoga com você.

— Fico feliz por isto — retrucou Marta.

— Tarciano chamou-me e disse que Reina denunciou Mia de matar seu neto ainda no ventre.

— Que horror! Não creio nisto! — exclamou Marta.

— Então crê que a sogra é impostora?

— Não, Reina é adorável, não faria tal coisa, ela tem provas? Algo que a delate?

— Isto não sei, mas você, doce e amada, deu-me a melhor das ideias.

— Qual?

— A denúncia tem que ter fatos que a comprovem, como não? Toda denúncia deve ter testemunho, como me esqueci — e olhando-a com ternura aduziu — o que seria de mim sem sua presença?

E Marta, corando, pôs-se a rir.

* * *

EM CASA DE Zebedeu, Maria Salomé estava ansiosa com as notícias acerca do filho de sua irmã, queria muito participar deste reinado, apesar de saber pouco a respeito do que se tratava, nunca tivera oportunidade de ouvir as pregações de Yeshua, apenas contentando-se com o que seus filhos lhe contavam. Pensou em Maria, a respeito dos fatos que envolviam o nascimento de Yeshua, sabia apenas o necessário, seus pais proibiam-lhe qualquer participação e agora tudo parecia se revelar em seu coração. Sabia que Yeshua era um bom filho e o quanto cuidava de Maria. Quando José se foi, fora ele, filho varão a assumir a responsabilidade da casa, a cuidar de todos com o ofício que José lhe ensinara[78].

Pensou em Zimra, com toda certeza ela deveria ter notícias novas. Na manhã seguinte iria a sua casa, seus filhos estavam ausentes e eles pouco falavam a respeito do Rabi; Zebedeu não se manifestava, estava quieto, como no aguardo de algum fato.

* * *

APÓS OS DIAS e as semanas que se seguiram à prisão de João Batista, o precursor encontrava-se isolado em sua cela, a prisão o fizera forte em sua fé, apesar de muitas vezes ter duvidado de sua capacidade de cumprir com sua tarefa. João sabia que era chegado o momento de seu testemunho, não via a luz do sol. Na prisão úmida e escura passava horas em oração, recordara-se de seu pai e de sua mãe, tinha a lem-

---

78 *Boa Nova*, cap. II, "Jesus e o precursor".

brança de sua infância, de quanto fora preparado para aquele momento, dormia pouco, alimentava-se menos. Às vezes Herodes vinha ter com ele, e com paciência ele lhe falava do reino celestial, do Messias e da justiça de D'us, outras vezes sentia que estava sendo testado por D'us.

Por que Yeshua não o libertara, por que nada ocorria? Nestas horas de fragilidade se angustiava, não percebia, no entanto, a suave presença de sua mãe, Isabel, naquele local, ela ali se encontrava junto ao seu filho, acalentando-o até o momento derradeiro. Foi assim que nos últimos dias João foi visitado pelos poucos discípulos que lhe permaneciam fiéis.

— Mestre, — disse um deles — aquele que você batizou, prospera e recebe todos que vêm a ele. O senhor, mestre, fez um testemunho de verdade para ele e ele nada faz para libertá-lo[79].

— Este homem nada pode realizar sem que o Pai do céu queira — disse João Batista.

E calando-se, entreolharam-se. João prosseguiu:

— Lembre-se bem de minhas palavras, não sou eu o Messias.

E os discípulos calando, se foram.

João Batista sentia que sua hora chegara. Na noite que antecedia o aniversário de Herodes, João foi transportado a um local de sublime luz na qual sentiu emergir. Seu espírito buscava forças para o desfecho final, preparando-se para o seu desenlace.

Foi assim que Herodes, para comemorar seu aniversário, realizou grande festim em sua casa, tendo convidado os principais chefes, bem como os homens de elevada posição do governo da Galileia e da Pereia. No decorrer das festividades, Herodias apresentou sua filha, que dançou para os convidados com grande graça, agradando a todos e em especial a Herodes que, tomado de euforia pelo vinho que já havia ingerido, falou:

— Pede-me o que desejar que lhe darei, até mesmo a metade do meu reino — disse gargalhando.

A jovem donzela envaidecida, sob a influência de sua mãe, mulher de extremo desequilíbrio e profunda subjugação dos planos inferiores, pediu a cabeça de João Batista. Herodes, percebendo a astúcia de sua esposa, ficou cheio de medo e tristeza, mas havia dado a palavra, selando o destino de João Batista, que envolvido por sua mãe, Isabel, transpôs os pórticos do sepulcro amparado, qual criança, por um vasto cortejo celeste a lhe dar as boas-vindas de regresso.

* * *

Dan habituava-se a ficar em silêncio, o paciente Ananias estava conseguindo transformar sua forma de pensar e ver os fatos que lhe haviam acontecido, de buscar a

---

79 Refere-se ao início da pregação de Yeshua, quando seus discípulos batizavam, Yeshua nunca batizou. (Nota do autor espiritual)

fé dos seus antepassados, do seu povo, embora o orgulho o dominasse, sabia que o abrigo de Ananias, sua tolerância e profunda simpatia lhe salvaram a vida de episódios de extrema amargura que passava nas ruas de Jerusalém. Estando, certo dia, em profundo pensamento, o bondoso amigo lhe falou:

— Caro Dan, é tempo de buscarmos um lenitivo para sua dor.

Dan, ouvindo-lhe, ergueu a cabeça como que a buscar a orientação.

— Sabe que o rabi Yeshua é um homem bondoso, convém partirmos para Cafarnaum a fim de solicitarmos seus cuidados para com você.

Dan sentiu um frio percorrer seu corpo, tinha medo de nunca mais voltar a ver, tinha medo que os seus descobrissem, calou-se, o silêncio era total, não queria se expor.

— Filho, se é que posso chamá-lo assim, sei que tem medo de que o descubram, mas recorde-se da bondade de D'us e recorde do esforço de nosso povo ao ficar tantos anos vagando pelo deserto. O que deseja? Será que ainda não emergiu de sua alma o homem novo? Será que se compraz nesta dor orgulhosa e mesquinha do seu ser? Observe as oportunidades ao seu redor e busque o melhor.

As palavras do sábio caíam na alma como gotas serenas a lhe abrir o coração, sentindo o pranto rolar por sua face, recordou-se de Orlit.

* * *

ERA TARDE E no jardim Orlit vagava, seu pai havia se inteirado de certo comerciante abastado que residia nas cercanias de Jerusalém, o qual era viúvo e necessitava de uma esposa. Barnabé já se aproximava para notificar a sua filha. Orlit parecia alheia a tudo, sentia-se frágil e infeliz, quando notou que o pai lhe acenava para o triste colóquio que se seguiu. Barnabé, em sua túnica pomposa, chamou Orlit com autoridade e falou:

— Orlit, você é minha filha, sabe que lhe quero todo bem, e por não querer que os bens de nossa família venham a cair em mãos menos dignas lhe dei em casamento a um senhor nobre, de grandes posses, chamado Elad. Ele prometeu visitar-me ainda por estes dias, portanto, prepare-se, já se passaram meses de seu triste pesar, agora é hora de erguer-se e quem sabe me dar uns netos.

Orlit ouviu tudo sem entusiasmo, sabia que não adiantaria se rebelar, aceitou calada os desígnios de seu pai, pois seu bem mais precioso D'us havia lhe tirado. Rumou para o aposento com lágrimas nos olhos, o coração doía-lhe, pensou em sua meia-irmã, Marta, que falta lhe fazia, pensou no sofrimento que ela deve ter passado quando obrigada a casar-se com Elisha. Ela não veria mais Dan, pensou em Marta que via Caleb, que tristeza, meditava ela.

* * *

As primeiras estrelas cintilavam em Betsaida, a brisa invadia o amplo quarto de Caleb, Marta deitada ao seu lado sentia a imensa necessidade de falar, sentou-se como que desejosa de encorajar-se, Caleb percebendo sua inquietação falou:

– Marta, sabe que é minha vida, que aconteça o que for de pior, eu com você estarei.

E olhando-o com ternura e temor disse:

– Sei, meu amado.

– Então sabe que mesmo que o tempo passe, mesmo que os dias se façam longos entre nós, estarei sempre com você em meu coração.

– Eu lhe carregarei por toda a minha vida, Caleb, jamais lhe deixarei, nunca.

E olhando-o com os olhos entristecidos continuou, com as mãos seguras uma na outra como a tentar achar as palavras:

– Caleb, sabe que te amo e que jamais lhe serei infiel.

– Sei, Marta, nunca duvidei de nosso amor.

– Então ouça-me – e respirou profundamente.

Caleb ergueu o seu queixo e olhando-a com firmeza e ternura disse:

– Fale, não tema, eu sou com você.

A brisa neste momento invadia o quarto que já se fazia escuro, a lua bondosa se erguia lentamente como a querer ser uma testemunha destes corações. E Marta, pegando as mãos dele, pousou-as em seu ventre e de olhos baixos disse:

– Creio que dentro de mim uma parte viva sua ficou, e sinto que cresce a cada dia.

O silêncio parecia infinito, Caleb não querendo ouvir mais Marta, pousou sua mão com delicadeza sobre seus lábios e disse-lhe:

– Eu sei o que está acontecendo, e apesar de toda esta circunstância, estamos juntos, nós três, agora mais que antes pensarei em vocês e puxando-a contra o peito em lágrimas orou:

– *D'us de Abraão, D'us de bondade e vida, abençoou minha amada com o fruto da vida, liberta-nos D'us, põe Sua misericórdia sobre nós, guarda-nos com sabedoria para que unidos possamos sempre estar honrando esta dádiva, este rebento que nos confiou...*

Forte pranto brotou neste momento da alma de Marta, luzes multicoloridas invadiam o ambiente, Caleb muito emocionado continuou sua súplica.

– *Perdoa-nos, Senhor, perdoa-nos e aceita o nosso amor como dádiva eterna de gratidão.*

Ao terminar sua oração, voltou-se para Marta e disse:

– Não se inquiete, amada, D'us conosco está, se assim não fosse não teria este fruto de vida em seu ser, eu te amo.

E Marta, sentindo-se protegida, repousou a sua cabeça nos braços de Caleb e se deixaram envolver pelo céu de estrelas e pela brisa suave que perfumava o aposento.

* * *

Elisha viajava apressado, sabia que Mia estava muito ferida, segurando-a com firmeza sentia que já estava próximo à entrada da casa de Caleb, Mia gemia.

Visualizou o portão, atravessou o pórtico da entrada para o pátio, estava angustiado e logo o alarido se tornou forte. Dror foi o primeiro a auxiliá-lo, chamando Nur para que providenciasse o local onde repousar a moça ferida.

Débora, que ao longe assistiu o momento da chegada, conturbada se pôs apressada na direção dos aposentos de Marta, penetrou em secreto trancando-o por dentro. Utilizando-se de astúcia dirigiu-se pela fonte até o quarto principal, sabia que Marta e Caleb ali se encontravam, bateu fortemente, era um momento delicado e Caleb precisava ser avisado.

Ao ouvir as batidas Caleb ergueu-se e disse:

– Repouse, minha amada, logo retornarei – e retirou-se.

Ao abrir a porta, Débora aflita relatou os acontecimentos. Sem titubear e com o raciocínio rápido ele falou:

– Traga Job para o aposento de Marta e tranque-o com todos os apetrechos que o pequeno precisa, não abra a porta, pois direi a Elisha que todos repousam por estarem com indisposição, vá rápido.

E retornando ao seu aposento se dirigiu a Marta com cautela e paciência:

– Minha doce amada, não se assuste, quero que aqui permaneça, trarei frutas e água para que não saia deste aposento.

– Mas por quê?

– Marta, Elisha retornou.

– Não, D'us não – e aflita abraçou Caleb.

– Preste atenção, ele não lhe molestará, farei o que puder para afastá-lo de você e do nosso filho.

– Mas Job?

– Ele ficará com Débora no quarto ao lado, ele também é o filho de meu coração, tranquilize sua alma, eu retorno em breve, não saia daqui, compreende?

– Sim, eu não sairei.

– Ótimo.

E saindo apressado rumou para o pátio, Elisha já se encontrava na sala à espera de Caleb.

– Ora já era tempo, achei que não havia ninguém nesta casa.

E Caleb, olhando-o com desprezo, disse mansamente:

– *Shalom,* Elisha, o que passa em minha casa, o que ocorre com você?

– *Shalom,* Caleb, – disse Elisha irritado – antes de lhe responder gostaria de ver os meus, minha esposa e meu filho, estão onde?

— Estão todos bem, estão repousando, pois, seu filho e sua esposa estão um pouco indispostos, pelo que me foi dito por sua serva Débora.

— Ah, fico mais tranquilo em saber, mas o que me traz aqui é a tragédia que se abateu sob minha irmã de criação, Mia.

E Caleb, associando à conversa que tivera com o ancião no templo, ponderou:

— Mas como soube?

— Foi uma surpresa desagradável, eu vi a caravana desfeita, os corpos, D'us um horror, e ela estava com vida, apesar de muito ferida.

Caleb não compreendeu, mas percebeu que se tratava de assuntos diferentes e disse:

— Bem, me diga se posso ajudar, onde está sua irmã?

E Nur, aproximando-se, falou:

— Senhor, tentei acomodá-la, mas está muito ferida, deve chamar um mestre curador.

— Onde repousa tal criatura?

— No aposento ao lado do de Débora.

E, caminhando para lá, Caleb não se conteve diante da triste cena que viu.

Mia, que antes era bela, estava desfigurada pelas agressões que sofrera, sua pele estava cheia de bolhas e onde não havia bolhas eram os hematomas que lhe cobriam a face e o tórax. Caleb condoeu-se de tal situação, examinando-a mais próximo recordou de sua face da primeira vez que esteve com Marta, um súbito arrepio percorreu seu corpo, como um sinal de repugnância e mau pressentimento. Olhou-a e sentiu uma aversão daquela que ele nem conhecia. Sentindo-se mal, falou:

— Elisha, pedirei a meu servo que vá até Jerusalém buscar um velho amigo médico que me é de confiança para que cuide dela, seu estado é lamentável, oremos por ela, agora pedirei a Nur que fique em vigília, o melhor a fazer é repousar.

— Não! – disse Elisha – ficarei em vigília por ela, amanhã eu necessitarei ir ao mercado para informar Reina de tais fatos, peço que avise Marta que regressei e que em breve voltaremos para nossa casa – disse Elisha em tom cínico.

— Sim, eu farei, agora se o amigo me permite vou me recolher, qualquer providência peça a Nur e ela conduzirá tudo da forma mais correta.

E rumou apressadamente para o seu aposento atônito com tudo que aconteceu. Desejava ardentemente que Elisha ali não ficasse, como se livrar de sua intolerante presença? Como entregar a mulher amada e o filho que em seu ventre crescia a este mísero homem? Tudo estava tão difícil, talvez o melhor fosse fugir. Marta não poderia esconder a gravidez, quanto tempo eles teriam? Adentrou o aposento com mil pensamentos, Marta à janela olhava as estrelas, estava bela, sentiu um aperto no coração, ele havia feito tudo errado, com seu amor egoístico acabara por comprometer-lhe a vida, porque não calara seus anseios? "E agora D'us, ajuda-nos!" E aproximando-se mansamente tocou seus cabelos, Marta virando-se e notando seu olhar angustiado questionou:

— O que foi?

— É que estou confuso, não consigo coordenar os pensamentos e buscar uma solução que não prejudique a você e aos nossos filhos.

— Fala como se Job fosse seu.

— E ele é, me pergunto por que estamos separados, por quê?

Marta, olhando-o, disse:

— Porque fizemos escolhas erradas, você e eu deveríamos ter nos casado antes de sua partida para o Egito, sei que em nada isto nos auxiliará, mas não culpe a D'us pela nossa infelicidade.

— Não culpo, apenas não desejo perdê-la, não vou permitir que Elisha a tenha, nem a você nem ao meu filho.

E Marta, tomando a palavra, disse:

— Caleb, se meu marido souber que espero um filho, serei julgada como adúltera e você nada poderá fazer.

Caleb pondo as mãos em seus ouvidos como que não desejando ouvir as duras palavras que Marta tentava falar, disse:

— Iremos fugir, iremos para o Egito e de lá partiremos para cidades mais distantes, onde ninguém nos molestará, agora diga-me, com quanto tempo nosso filho está.

— Creio que poderei esconder por mais três meses, depois ficará muito difícil.

— Por que não me disse antes?

— Não tinha certeza e tive receios.

— Não confia no que sinto?

— Tive medo que me rejeitasse.

— Como? Se tudo que mais desejo é você? Agora preste atenção, não devemos ter segredos nem dúvidas, sabe que te amo e sei que seu coração é meu, mas precisará agir de forma a não levantar suspeitas, me compreende, amada?

— Sim.

— Pois bem, a irmã de Elisha foi assaltada e tiraram-lhe a vida do esposo.

— Que horror! Mia, pobre Mia, posso vê-la?

— Não faça isto, Elisha vela por ela, eu disse que você e Job estavam indispostos e se recolheram cedo.

— Entendo.

— Ela ficará bem. Preste atenção, Marta, amanhã Elisha irá ao mercado, ele pretende levar você para casa, não recuse, vá, eu tudo farei para que retorne, providenciarei a nossa fuga, amanhã mesmo enviarei mensagem a antigo e confiável amigo meu, ele nos hospedará até que consigamos ir para um local seguro.

— E Job? Eu não vou sem ele.

— Ele é meu filho do coração, não partiremos sem ele. Débora nos auxiliará, sei que posso contar com ela e com Abed.

— Como sabe de Abed, ele já falou algo a respeito?

— Não, mas eu sempre o paguei para que me informasse de qualquer atitude grosseira de Elisha, agora procure repousar, amanhã será o início de nossa libertação — e abraçando-a disse —, que D'us nos abençoe.

* * *

NA SIMPLES CASA de Felipe, o pior acontecera, seu pai fora tragado pelo sepulcro, suas filhas estavam inconsoláveis e ele, embora possuísse a certeza de uma vida imortal, sentia o peso da tristeza dentro de si. De sua jornada, como homem sedento de saber, tantos fatores haviam acontecido. Pensava sobre eles, sentia-se confuso, a prisão de João Batista o abatera fortemente. Ele permanecera fiel junto a poucos discípulos na expectativa de vê-lo liberto. E agora com este novo Rabi, todos haviam partido para junto dele e ele sentia o desejo de também fazê-lo.

Estava assim meditando quando forte alarido se fez ouvir pelas ruas de Betsaida, a multidão passava apressada, muitas pessoas se aglomeravam, ele, atraído pelo movimento intenso, foi como que conduzido; mulheres, crianças, idosos e multidões de todos os matizes se acotovelavam para ouvir o Mestre; começou a sentir uma forte emoção, já reconhecia alguns discípulos que ali se encontravam, foi se aproximando quando indescritível onda de luz tocou-lhe a alma, o sol era intenso, a brisa e as árvores faziam que o cenário fosse mágico e o olhar de paz daquele homem o tocou. Yeshua disse:

— Você, segue-me.

E Felipe respondeu:

— Senhor, deixe-me sepultar meu pai que lhe seguirei.

E o Mestre, olhando-o com profundidade, disse:

— Deixe os mortos enterrarem os mortos, você vai anunciar o Reino de D'us.

Felipe, sentindo-se irresistivelmente atraído, foi ao seu encontro.

* * *

EM CORAZIM o dia amanhecera belo e iluminado pelos fortes raios solares que aqueciam toda a cidade, mas em suntuosa residência a tristeza era constante. Orlit estava infeliz, embora o alarido pela casa fosse intenso ao comando de seu pai que esbravejava em tom alto para que tudo estivesse em ordem mediante a chegada do noivo da sua estimada filha.

O luxo e a exuberância deveriam preencher os olhos do noivo. Sua dama de companhia trouxera-lhe as vestimentas adequadas, o banho fora especialmente perfumado e os longos cabelos recebiam enfeites para que ornasse o seu belo e triste rosto.

Barnabé não queria transparecer que sua família pertencia a uma casta esquecida, eles eram descendentes da linhagem de Herodes e como tais deveriam impor sua presença. Os pratos foram sendo preparados e a casa, por volta da segunda hora, já estava repleta de inebriantes odores.

Orlit, em seu aposento, conformava-se com tudo, mas sentia seu coração apertado, sentia-se pequena, sabia que deveria agradecer a D'us por ter conseguido um segundo esposo, mas estava abalada, amava Dan e no fundo de sua alma não acreditava em sua brusca partida para o mundo dos mortos. Estava meditando quando seu pai penetrou em seu aposento.

– Filha, seu noivo já chegou, deve se preparar, pode olhá-lo da janela de seu quarto por encontrar-se no pátio central, se tiver confiança neste homem entregue-se a ele, pois é a única oportunidade de recomeçar sua vida, ou quer a solidão e o abrigo em casa de sua meia-irmã, como um peso para Elisha?

– Não, senhor meu pai, faça o que lhe aprouver.

E retirando-se Barnabé, Orlit discretamente dirigiu-se à janela olhando-o por entre as frestas, percebeu que se tratava de um homem bem mais velho e que apesar da idade parecia ser educado.

Elad estava entusiasmado com a possibilidade de aumentar os lucros e adquirir novas propriedades. Não demorou para que Barnabé o fizesse sentir-se como em sua casa, foi recebido com uma calorosa saudação:

– *Shalom,* bom amigo.

– *Shalom* – disse Elad surpreso.

– Fez boa viagem?

– Sim.

– Então entre. Sua bagagem irá para a ala dos hóspedes, venha se refrescar.

E pousando as mãos em uma bacia com água, lavando os pés, sentou-se para degustar o bom vinho e as iguarias típicas da região. A conversa girava em torno das propriedades da família, bem como da tragédia que se abateu sobre aquela casa.

Interessado em Orlit, logo Elad falou:

– Porventura sua filha tem rebentos?

– Não, D'us não permitiu que ela os tivesse com o seu esposo.

– Assim está melhor! – exclamou Elad, não medindo palavras – e quando poderei vê-la?

– Agora – disse Barnabé.

E não passou nem cinco minutos Orlit se apresentou, servindo um cálice de vinho a Elad, que se encantou com a formosura de seu corpo e a bela expressão de sua face morena. Sentindo-se atraído pela beleza de Orlit que logo se retirou, disse:

– Pretendo levar sua filha comigo amanhã, nosso acordo está selado.

E Barnabé satisfeito brindou com o noivo.

Orlit tivera uma impressão boa de Elad, achou-o belo para sua idade. Recolheu-se em seu aposento, esperando a resposta de seu pai, que não demorou a comunicar-lhe. Entrou em seu aposento e secamente falou:

– Arrume suas bagagens, amanhã partirá para sua casa, nosso acordo foi selado.

E beijando a filha na fronte desejou-lhe bênçãos divinas.

Orlit ficou a pensar o que seria de sua vida, como seria tudo daquele dia em diante, não mais teria recordações de Dan, partiria para Jerusalém, e lá permaneceria até que a morte a visitasse; começou a chorar, queria muito que tudo fosse um sonho e que ela fosse acordar a qualquer momento.

* * *

A NOITE TRANSCORREU difícil para Mia em casa de Caleb. Elisha ficou de vigília, orava aos pés de sua querida irmã adotiva, sentia-se atraído pela beleza de seu corpo, ele mesmo trocara-lhe as bandagens improvisadas por Nur para que ela não sofresse mais, não tinha febre, às vezes acordava e olhava-o como se não acreditasse. Elisha afagava-lhe os cabelos. Seus seios feridos e expostos lhe impressionavam, nunca sentira tamanho desejo por mulher alguma e ela o estava fascinando, não queria sentir as sensações que ela o fazia sentir.

O dia já raiara, Elisha resolveu sair do aposento, pensou em Marta, em Job, deveria levá-los para Jerusalém, não gostara da forma que Caleb falara deles; pensou em Mia, talvez fosse melhor esperar. Tinha que comunicar a Reina a tragédia, procurou recompor-se e se dirigiu à sala para tomar sua primeira refeição. Surpreso, encontrou Caleb pensativo.

– Bom dia – disse Elisha, despertando-o para o momento em que vivia.

– Bom dia – disse Caleb – e como está Mia?

– Creio que ficará bem, espero que o médico não demore.

– Ele é meu amigo, virá com certeza – e olhando para Elisha disse: – devo me ausentar de Betsaida.

– Como? Por quê? – perguntou Elisha.

– Tenho que resolver assuntos de família.

– Mas retornará?

– Sim, não se preocupe.

– Partirá hoje?

– Não, aguardarei o restabelecimento de sua irmã de criação.

– Sim, fico aliviado, mas agora tenho que levar a notícia a Reina.

– É, vai ser difícil para esta mãe.

– Sim, não sei como falar-lhe, ela o criou só, filho único – disse Elisha.

* * *

EM BETSAIDA A visita do Mestre causara grande alvoroço, era o que corria pelas vilas do mercado. Elisha indignara-se por não ter tido a oportunidade de verificar acerca de tal profeta.

Chegara à casa da mãe de Efrat, Reina já estava apreensiva com a demora de seu filho quando Elisha adentrou. Reina pensou tratar-se de sua denúncia e logo falou:

– Se veio aqui para que eu retire a queixa de sua irmã, perdeu seu tempo.

Elisha, intrigado, retrucou:

– Qual queixa?

– Pois ainda não sabe o que aquela meretriz fez? Ela tomou uma poção para eliminar o filho que trazia em seu ventre.

– O que diz? Sabe que ela poderá ser condenada, mulher? Como ousa fazer tal acusação?

– Eu tenho testemunha e prova do que digo.

E Elisha, confuso, pensou, "talvez tivesse subestimado Mia, ela não era uma doce flor, não, ela era uma mulher perigosa".

E tentando ganhar tempo para compreender o que se passava, disse:

– Reina, não vim aqui falar disto, na verdade trago notícias de seu filho, ele foi morto por uma trupe de saltimbancos.

E Reina, lívida, caiu ao chão, batendo com a cabeça na quina da escada e ficando ferida. Elisha, horrorizado, chamou ajuda apoiando a idosa matrona que, não conseguindo aceitar a notícia, desmaiara de chofre.

Itti, a criada, foi a primeira a presenciar o ocorrido, tratou de auxiliá-lo a colocá-la em cama adequada. Notando que a cabeça sangrava, Elisha pediu que fossem até a casa de Caleb e recordando-se que ele poderia estar na sinagoga da cidade, ordenou para que fossem chamá-lo.

Caleb estava na sinagoga envolto na escrita da mensagem que avisava a prestimoso e leal amigo de sua partida em definitivo para o Egito, junto com a sua amada.

Não demorou para que fosse chamado pelo mensageiro que lhe deu o recado de Elisha, logo, franzindo a testa em sinal de aborrecimento. Foi naturalmente obrigado a ir ao local, antes, porém, despachou a mensagem para o Egito.

* * *

EM JERUSALÉM A escolha de Dan fora feita, não rumaria à procura do Mestre, nada este homem poderia realizar em seu benefício, não queria ser visto, desejava ficar ali, inerte, apenas deixando a vida escoar por entre suas mãos.

Ananias receitava fórmulas a seus doentes quando foi interrompido pela presença de servo estranho que lhe trazia uma mensagem. Deixando temporariamente seus afazeres foi ao encontro do criado que se apresentou exausto com a mensagem em mãos, entregando-lhe. O bondoso Ananias, condoído com o estado do mensageiro, o acolheu dando repouso e alimento para o mesmo. Na mensagem pouco se explicava, apenas dizia que ele deveria comparecer a Betsaida com urgência, pois tratava-se de caso de vida ou morte, e surpreendido foi, pois era de Caleb, amigo querido de jornada evolutiva. Rejubilou-se pensando na possibilidade de levar Dan junto e com certeza encontrar o Mestre para curá-lo, ficaria em casa de Caleb, ora como D'us era bom. Dirigiu-se assim a Dan.

— Caro amigo, deve partir comigo para distante localidade, pois devo atender chamado de urgência.

Dan, ouvindo-o, disse:

— Não irei me expor nestas cercanias.

— Ora, não seja tolo, iremos discretamente e você usa o manto para que ninguém o veja.

— Para qual localidade deve partir?

E Ananias, sabendo-lhe da teimosia, disse:

— Iremos a Damasco.

Dan sentiu-se aliviado e concordou de pronto sem muitos protestos.

Ananias sabia que estava sendo desleal, mas o amigo necessitava romper a barreira que criara em si mesmo para obter a cura do seu mal. Disse ao mensageiro:

— Amanhã partiremos antes da alvorada e você nos guiará até o meu bom e prestimoso amigo.

* * *

Estando Yeshua em Cafarnaum, cidade da Galileia, ensinava na sinagoga e muitos admiravam suas palavras e ensinos, quando um homem que estava presente, tocado pelo espírito de trevas que o acompanhava, falou em alta voz:

— Que temos nós com você, Yeshua Nazareno? Veio para destruir-nos? Bem sei quem é, o enviado de D'us.

E Yeshua, percebendo que se tratava de um espírito das trevas, proferiu palavras carregadas de magnetismo e autoridade espiritual que o atingiram, dizendo:

— Cale-se e sai dele.

E o espírito, sentindo a intensa luz que se projetou, liberou o homem com violência, arremessando-o ao chão, sem lhe fazer mais nenhum mal.

Todos se espantaram com a autoridade do Rabi, enquanto grande círculo de luz se fazia envolta do espírito enfermo, envolvendo-o e adormecendo-o, para que fosse conduzido a campo de orientação e refazimento adequado.

E todos começaram a comentar quem teria este poder, esta força nas palavras. Sua fama se divulgava e Yeshua, saindo da sinagoga, rumou em meio à multidão que o seguia, para casa de Simeão. Ao entrarem em casa de Simeão, Zimra muito solícita foi atendê-los, estava aflita, pois sua mãe Hanna havia dois dias estava com intensa febre.

Simeão então falou:

— Mestre, será que pode intervir? Minha sogra está doente há dois dias sem recuperação.

E Yeshua olhando-o, disse:

— Leve-me até ela.

Zimra conduziu-o ao local onde Hanna estava em fortes delírios. Neste momento, Aristóbulo que se prendia a ela fora tocado pela intensa luz que o Mestre irradiava. Percebendo o intenso cortejo iluminado que o seguia logo caiu de joelhos, pedia misericórdia, enquanto irmãos desatavam os fluidos que Aristóbulo mantinha com Hanna, diminuindo a gravidade da situação e adormecendo Aristóbulo para que seguisse sem demora ao plano espiritual de socorro. Hanna ao contato com o Mestre foi refazendo o equilíbrio, acordando de terrível pesadelo. Ao ver-se de face rosada e bela, encheu-se de graça e no mesmo instante colocou-se de pé pronta a servir a todos como em sinal de gratidão.

* * *

ELISHA RECEBERA CALEB em casa de Reina extremamente aflito. Caleb percebeu a gravidade da situação, utilizou de seus conhecimentos para que Reina não sofresse maiores transtornos, pediu a Itti bandagens e começou a cuidar do ferimento.

Elisha estava indignado com toda a situação, fora falar do passamento de Efrat para o mundo dos mortos e ela revelara acusações sobre Mia. O que fazer se fosse verdade? Ele teria que tomar alguma atitude. Foi quando Caleb o interrompeu dizendo:

— Creio que o pior já passou, estanquei o sangramento e ela ficará bem.

— Ela já abriu os olhos?

— Sim e pede para que você entre.

Elisha sentiu que aquele seria o momento. Ao entrar no aposento, Reina começou a falar:

— Filho, diga-me que meu Efrat ainda vive.

E Elisha aproximando-se falou:

— Não, Reina, eu gostaria de dar-lhe boa notícia, mas ele não está mais conosco.

Reina, sentindo o pranto rolar em sua face, disse:

— E Mia, o que houve com esta infeliz?

Elisha então narrou-lhe os acontecimentos e o padecimento de Mia e aproveitando, ponderou:

— Se a senhora levantar tal queixa com quem ficará a parte de Efrat? Como irá administrar todos os bens? Melhor seria relevar tudo e eu mesmo me encarregaria de velar por você, Reina, e por Mia.

— Mas como? — disse a matrona chorosa.

— Eu desposarei Mia.

— E Marta, Elisha, o que fará com ela?

— Sabe que ela não poderá me dar filhos, portanto creio ser uma solução razoável, aceita-me como filho?

E Reina, olhando-o penalizada, falou:

– Não posso concordar, pelo bem de Marta. Você deve arrumar outro marido para Mia, somente assim não a delatarei ao conselho. Agora me deixe a sós, preciso chorar minha dor.

E Elisha, compreendendo, retirou-se. A casa de Reina era bela e bem situada, seus empreendimentos eram antigos. Ponderou: "quem poderá ser o novo esposo de Mia?" Foi quando olhando para Caleb despropositadamente aduziu com seu olhar astuto: "sim, Caleb poderia desposá-la". E Mia com certeza faria tudo que ele mandasse. Seria fácil administrar os bens de Caleb, se ele pudesse controlar Mia, seria bem lucrativo.

Caleb, olhando o olhar fixo de Elisha, falou, como que estranhando o fato:

– Bem, Elisha, creio que posso retornar para minha casa, acredito que meu amigo deva estar a caminho.

– Sim, é verdade, eu irei com você, desejo ver meu filho e minha esposa amada – disse em tom sarcástico.

Caleb sentiu um aperto no peito, tentou controlar-se ao máximo pelo bem de Marta.

A viagem de retorno seguiu lenta, porém, ao passarem pelo portão principal de Betsaida os rumores das curas do Messias eram exaltados de boca em boca, criando grupos que se dispunham a vir com seus enfermos a Cafarnaum, onde diziam ele estar.

Elisha, não se contendo, falou para Caleb:

– Caleb, devo seguir com estes peregrinos, pois anseio levar ao sinédrio o meu parecer a respeito deste homem. Peço que avise Marta que não me aguarde a estadia em sua casa para hoje, talvez amanhã pela tarde eu retorne.

– Tem certeza? – disse Caleb em tom duvidoso.

– Sim, claro que tenho, Marta não fugiria e Job também não, agora devo seguir.

– Espere e quanto a sua irmã?

– Ela não morrerá e depois você poderia auxiliar Marta a cuidar dela, tenho que realizar meu compromisso – e avançou pela estrada rumando na direção de Cafarnaum.

Caleb respirou aliviado, teria mais um dia com Marta sem a desagradável presença de Elisha. Rumou para casa pensando como os fatos iam sendo tecidos em sua vida, e agora Marta esperava um filho seu, ele deveria salvar a vida de ambos, era sua responsabilidade, sentiu um desejo ardente de fugir naquele momento, de deixar tudo para trás, mas depois ponderou, devo ser cauteloso, tudo deve correr de forma planejada, sem riscos para Marta e meu filho.

* * *

NAQUELA NOITE EM que passou em Corazim, Orlit mal conseguiu fechar os olhos, tinha medo, um medo terrível de como seria sua vida, como seria ser esposa daquele homem. O dia clareava quando finalmente o sono a dominou, mas logo foi desperta por sua serva que veio auxiliar com a bagagem e a ajudá-la a se vestir adequadamente. Sentiu que estava enterrando para sempre os momentos de felicidade que tivera ali, arrumou-se, estava bela, e logo foi chamada pelo seu pai que lhe entregou a Elad dizendo:

– De agora em diante deve respeito a ele, deve obedecê-lo e honrá-lo, que D'us de Abraão os abençoe.

E Elad, com toda a cautela, acomodou Orlit em sua caravana. A viagem seguiu lenta, Elad ia à frente, antes, porém beijou-lhe a face e entregou-lhe pequena caixa dizendo:

– Honre-me com sua presença e será a mulher mais feliz de toda a Galileia.

Orlit ficou em silêncio, ele retirou-se para seguir à frente em sua montaria. Orlit abriu o pequeno baú onde reluzia um lindo bracelete cravejado de esmeraldas e entalhado em ouro, era uma joia digna de rainha. Orlit se encantou e achou por bem usá-la, afinal fora seu novo esposo que lhe dera.

Durante todo o percurso Elad oferecera-lhe assistência, água, frutos, parava sempre para que descansasse. Em uma dessas paradas, quando já estavam próximos a Jerusalém foram abordados por Ananias que seguia em pequena caravana para atender ao chamado de Caleb.

Dan, com seu manto com capuz, olhos baixos, ficou calado, enquanto Ananias reconhecendo Elad, por ser ele mercador conhecido, o cumprimentou:

– *Shalom*, Elad, como tem passado?

– *Shalom*, Ananias, estou rumando para Jerusalém como homem vitorioso.

Ananias, feliz pelo tom entusiasmado do amigo, falou:

– Pode dividir sua alegria com este pobre homem que sou.

– Sim! – exclamou Elad –, é que eu, homem de idade avançada, acabo de desposar a mais bela gazela da Galileia.

– Ora, que D'us os abençoe, poderei conhecê-la?

– Sim, meu caro, desça desta montaria. Minha doce Orlit segue na caravana logo atrás.

Dan, ao ouvir este nome, ficou lívido: "Não! Não, Orlit, deve ser outra, ela jamais faria isto".

E aquietando-se no seu local de assento, baixou a cabeça e aguçou os ouvidos. Quando Ananias a cumprimentou, reconheceu ser a esposa de Dan e lamentou o acontecido em seus pensamentos.

Orlit estava bem, a cor voltara a sua pele e o sorriso também, cumprimentou o médico reconhecendo-o, o qual nenhum comentário fez, desejando alegrias ao casal, deixando que se distanciassem.

Dan, ao perceber que haviam seguido, falou:

– Era ela?

Ananias, condoendo-se do amigo, mas tendo a certeza de que não deveria omitir a verdade falou:

– Sim, era sua esposa.

Dan sentiu o coração em pedaços, a culpa era dele, ele fora o único culpado.

– Diga-me, ela está bem com este homem?

– Sim, estava feliz, corada.

O pranto convulsivo eclodiu e Dan chorou qual criança tocada pela dor da perda da mulher amada. Ananias sentia que nada poderia fazer e Dan, saltando da caravana, correu para o nada, sem rumo, ao sol, desejoso de morrer.

O velho Ananias parou, já não possuía a mesma agilidade em guiar os animais. Lastimou tal sorte, mas sabendo que D'us é o Senhor da vida e que em tudo há que se ter um propósito, entregou-o nas mãos do Pai, seguindo viagem.

16. O perseguidor das sombras

Em Cafarnaum, após o acontecimento em casa de Simeão, Zimra e sua mãe Hanna, encheram-se de luz e fé n'aquele homem que, com sua simplicidade, traduzia o Reino de D'us de forma tão clara, deixando ao alcance de todos, e não discriminava as mulheres.

Yeshua deixara-se ali ficar, mas a multidão logo se fez presente, requisitando sua presença, sua palavra e o seu amor.

Yeshua curou muitas outras pessoas. Naquela tarde estava ele recebendo os enfermos às portas de Simeão quando Elisha chegou a Cafarnaum, e como um cão farejador seguiu os peregrinos e soube que o Rabi estava operando prodígios na casa de um pescador da redondeza de nome Simeão, que também lhe era discípulo. Não podia ser, pensou Elisha, não Simeão, ele não poderia se envolver em tal fraude. Indignando-se que tal fato fosse verdade rumou para casa de Zimra onde se surpreendeu ao ver extenso número de enfermos que se alojavam ali à espera que o Mestre os atendesse e curasse.

Pensou Elisha um pouco e rumou quieto, apenas desejando espreitar o que ocorria, não demorou muito para que a decepção se alojasse em seu íntimo. Ensandecido pela inveja e pelo sentimento de superioridade, longo círculo de espíritos infelizes se associava a ele alimentando os pensamentos inferiores que cultivava. Sim, a retaliação se abaterá sobre a família que der abrigo a feiticeiros, pois só o mal poderia operar tantos feitos como aqueles. Sentindo que deveria aguardar por mais um tempo, manteve-se escondido na espera.

Elisha aguardou por horas na estreita viela enquanto muitos enfermos eram curados, não demorou muito para que reconhecesse Simeão em meio à multidão, ele rumava célere para o porto. Elisha, sem que ele percebesse, o seguiu. Quando ia se aproximando do mercado, Elisha o chamou:

– Simeão, Simeão.

Ouvindo o chamado Simeão virou-se deparando-se com Elisha que vinha apressado ao seu encontro. Simeão, reconhecendo-o, falou:

– Que bom vê-lo, Elisha.

E Elisha, olhando-o, disse:

– *Shalom,* Simeão.

– O que faz por estas paragens? – disse Simeão.

– Venho conhecer o impostor que engana as pessoas com seus malfeitos.

– Como? – disse Simeão, não crendo no que ouvira.

– Isto mesmo, Simeão, está sofrendo de loucura, homem? Como abriga esta serpente em seu lar? Não vê que é um homem sem temor às tradições?

Simeão respirou fundo sentindo a impaciência dominá-lo e disse:

– Elisha, se esta é sua opinião, fique com ela, em minha casa recebo os amigos e você não conhece este homem para falar desta forma, não tem prudência em seu linguajar, este homem é o libertador.

Elisha riu sarcasticamente.

– Está louco? Está sob efeito de fascinação? Ele nunca poderá ser um libertador, ele é um falso Messias, verá quando a mão do Senhor se abater sobre seu lar.

E Simeão, não querendo entrar em atrito, falou:

– Fica com sua paz, irmão, pois devo partir para a pesca.

– Não diga que não avisei, logo verá, seus negócios não prosperarão e digo mais, agora não é bem-vindo em minha casa, enquanto estiver com este falso profeta não adentra em meus portões, nem você, nem sua família – e retirou-se enfurecido.

Simeão ficou entristecido pelas palavras de Elisha que atingiriam a Zimra. Recordou-se de Marta e Orlit, que lástima, seguiu caminhando até o porto onde Zebedeu, Tiago e João o aguardavam, nada revelou a eles e partiram rumo ao mar para mais uma tarde de pesca.

Elisha ficara extremamente nervoso, agora isto para lhe prejudicar, a família de sua esposa apoiando este Messias arruinaria com sua vida em Jerusalém. Como justificaria ele, diante do sinédrio, tal evento?

Rumou para pequena estalagem desejoso de descanso, entrou no ambiente onde todos o reverenciavam, pediu uma refeição e um bom quarto, pensava nas atitudes que tomaria, romperia para sempre com eles, raca, isto sim era o que eles eram.

Zimra estava feliz, algo desabrochara em seu íntimo, sua mãe estava curada, após tantos meses de sofrimento percebeu que tudo estava retornando ao normal. Hanna, após libertar-se dos fluidos que a ligavam a Aristóbulo, estava quase totalmente refeita, não fosse pelo cansaço natural originado da perda física de elementos de valia para o corpo, perdas que seriam recuperadas com alimentação adequada. Naquele dia Zimra ajoelhou-se diante de sua mãe e disse:

– Agradeçamos a D'us pelo seu restabelecimento – e oraram.

Esperei com paciência no Senhor, e ele se inclinou para mim, e ouviu o meu clamor, tirou-me de um lago horrível, de um charco de lodo, pôs meus pés sobre uma rocha, firmou os meus passos, e pôs um novo cântico na minha boca, um hino ao nosso D'us, muitos o verão, e temerão e confiarão no Senhor. Bem-aventurado o homem que põe no Senhor a sua confiança e que não respeita os soberbos nem os que se desviam para a mentira. Muitas são, meu D'us, as maravilhas que tem operado conosco, e os seus pensamentos não podem contar diante de si; eu quisera anunciá-los e manifestá-los, mas são mais do que se podem contar. Sacrifício e oferta não quis, os meus ouvidos abriu; holocausto e expiação pelo pecado não quis. Então disse, 'eis, aqui venho, no rolo do livro está escrito de Mim'. Deleito-me a fazer a Sua vontade, ó D'us, sim a Sua lei está dentro do meu coração. Pregarei a justiça na grande congregação, eis que não reterei meus lábios, o Senhor o sabe. Não esconderei a Sua justiça dentro do meu coração, pregarei a Sua fidelidade e Sua salvação. Não esconderei a Sua benignidade e Sua verdade, não detenha para comigo, Senhor, a Sua misericórdia, guarde-me Sua benignidade e Sua verdade porque males sem número me têm rodeado, as minhas iniquidades me prenderam de modo que não posso olhar para cima, são mais numerosas do que os cabelos de minha cabeça pelo que desfaleceu meu coração. Digna-se, Senhor, livra-me D'us, apressa-se em meu auxílio, sejam confinados e envergonhados os que buscam a minha vida para destruir, tornem atrás e confundidos os que me querem mal. Confundidos sejam em troca de minha oferta os que dizem ah! ah! E alegram-se em Si os que lhe buscam, chega sempre aos que amam a Sua salvação, engrandecido seja o Senhor. Eu sou pobre e necessitado, mas o Senhor cuida de mim, o Senhor é meu auxílio e libertação, não se detenha, ó meu D'us.[80]

A brisa cálida refrescava o ambiente, embevecido pelas luzes que se expandiam daqueles corações.

* * *

Após a retirada de Elisha e Caleb, Marta acordara assustada, pedira a Débora para trazer a refeição em seu aposento, estava aflita com a situação que estava vivendo. Recordou-se de Caleb e decidiu agir de forma tranquila, pelo menos na aparência, desejou saber notícias de Mia, aguardou que Débora retornasse. Débora com cautela inteirou-se que a casa estava vazia, Nur ficara por conta de Mia e Dror fora atrás do médico. Caleb e Elisha estavam ausentes, e retornou dizendo o que se passava. Agora mais segura, Marta libertou o pequeno Job para as devidas brincadeiras e resolveu ver o estado de Mia.

Ao adentrar o quarto condoeu-se pelo estado de sua antiga serva, estava em carne viva, os ferimentos lhe causavam dor intensa e Nur aplicava-lhe as bandagens. Marta então recordou-se da argila e do modo pelo qual algumas ervas poderiam refrescar e auxiliar nos ferimentos. Perguntou a Nur se ali havia tais plantas e a serva imediatamente tudo providenciou. Marta passou boa parte da manhã tratando-a, fazendo que se tirassem pequenas partes de fibra que ela aplicava nas feridas e cobria com a argila fria deixando que Mia se beneficiasse do efeito que lhe causavam. Falou então a Nur:

– Quando a argila secar me chame, eu trocarei quantas vezes for necessário.

E pondo a mão na testa de Mia constatou que estava febril, providenciou então um remédio à base de folhas amargas que baixavam a temperatura, Mia já conseguia abrir os olhos, porém nada falava, estava com medo, muito medo de tudo e do que aconteceu a ela, julgava que todos soubessem de sua atitude ensandecida.

Marta ficou assim ao lado de Mia, em vigilância, até o momento em que Caleb retornou, e sabendo que ela lá estava pediu para chamá-la. Nur se pôs no local de Marta e ela foi ao encontro do seu amado.

---

80 Salmos 40.

A cumplicidade existente entre eles era tanta que bastava um olhar para que ela soubesse o que ocorria. Caleb estava na pequena sala onde guardava seus escritos com ar cansado e um tanto pensativo. Marta adentrou no recinto e percebeu que algo o incomodava e disse:

— Meu amado, o que o preocupa?

Olhando-a com afeto, chamou-lhe para mais perto, abraçando-a como se pudesse perdê-la a qualquer instante, falou:

— Enviei hoje a mensagem para que possamos partir para o Egito.

— Então está aflito por quê?

— Porque temo que Elisha leve ou faça algo com você que nos impeça de fugir, tenho vontade de levá-la hoje, mas sei que não seria conveniente, devemos esperar pelo regresso dele a Jerusalém, aí sim, partiremos sem que ele perceba ou nos persiga.

— Então aguardemos, amado, D'us está conosco – disse ela.

— Eu sei, Elisha só retornará pela manhã, talvez na segunda hora.

— Por quê?

— Está perseguindo o homem que se diz ser o Messias – retrucou Caleb.

— Oh D'us! Que horrível! – exclamou Marta colocando a mão na face.

— Eu sei, mas ele crê que é um falso profeta.

— Temo pela forma como Elisha conduz estes assuntos – disse Marta sentindo um leve arrepio em sua nuca.

— Não devemos nos preocupar com isto, agora me diga, como nosso filho está? Já o sinto, e pondo a mão suavemente no ventre de Marta ficou quieto na esperança de que o pequeno ser se agitasse em sinal de aprovação pela sua presença.

Marta sorriu e disse:

— Ainda é muito pequeno para se agitar, meu amado.

E ele, olhando-a, falou:

— O que fez hoje?

— Ajudei Nur cuidar de Mia.

— E como esta mulher está?

— Creio que vai ficar bem.

— Ótimo, pois temos que nos livrar da presença dela, somente assim tudo correrá bem.

— Calma, Caleb, tudo vai dar certo, não tema.

E sentindo-se compreendido, abraçou-a com amor.

* * *

O SOL IA alto e Dan jazia caído na estrada em meio à confusão que se alojara em sua alma, sentia-se culpado, agora o que restará para ele, nada, para que viver? Chorou deitado com a face enterrada na vegetação, estava cansado, o corpo doía-lhe, mas a alma estava muito ferida. Orlit, sua doce Orlit, já havia sido desposada por outro.

Sentiu-se o homem mais mísero, agora entregava-se ao vício do mundo, nada tinha mais sentido, erguendo-se, rumou trôpego, tateando o caminho, o sol fazia-lhe transpirar abundantemente, estava irreconhecível diante dos maus-tratos que ele se impusera.

Queria de fato morrer, ia cansado, sede e fome já faziam parte de sua jornada, recordou-se do velho Ananias, tão bondoso homem. Sentiu-se tonto, sentou-se quando ouviu barulho que se assemelhava a uma caravana, desejou seguir, mas foi interpelado pelo grupo que seguia, ouviu um homem dizer-lhe:

– Ei, homem, diga-me – e aproximando-se percebeu que ele era cego.

E Dan falou:

– Senhor, senhor, para onde segue?

– Para Samaria.

– Por bondade, leve-me com você, auxiliarei no que necessitar.

E o homem, condoendo-se de Dan, disse:

– Está bem, suba nesta montaria – e o ajudando levou-o consigo.

* * *

Simeão tomara o barco e fora meditando entristecido pelas palavras de Elisha, como ele fizera tal ato, por que ousara repudiar ele e sua família? Passara a noite toda lançando redes e começava a crer nas palavras de maldição de Elisha, pois não conseguiam pescar nada, o dia já se manifestara e Simeão, firmando o leme, rumou para o porto. Intensa multidão se aglomerava e não demorou muito para que percebessem a figura doce de Yeshua se aproximando. Simeão desceu e pôs-se a recolher as redes para que fossem lavadas. Yeshua se achegou a uma das embarcações e penetrando nesta disse:

– Afaste um pouco da terra.

E desta forma ensinava a multidão que o acompanhava e após ensinar disse olhando a inquietude de Simeão:

– Faz-se ao mar alto e lança suas redes para pesca.

E Simeão respondeu:

– Senhor, havemos trabalhado a noite toda e nada pegamos, mas porque manda, lançarei as redes.

E não demorou muito para que grande quantidade de peixes pegasse, a fartura era tanta que quase rompia as redes. E Simeão, vendo isto, lançou-se aos pés do Mestre dizendo:

– Mestre, desista de mim, pois sou um pecador.

Dizia isto, pois o espanto se apoderara dele e de todos os que estavam na embarcação e por que ele se deixava dominar pelas ideias insensatas de Elisha.

E então, Yeshua tomando a palavra falou:
— Não tema, de agora em diante será pescador de homens.

* * *

Débora estava nos jardins da casa de Caleb, era seu costume aguardar a presença de Abed por ali, ele sempre lhe presenteava com flores ou frutos, jamais deixava de mostrar seu afeto sincero. Não demorou muito para que naquela doce manhã o rapazola aparecesse, trazia belo cesto com frutos do mercado, todos os dias fazia o trajeto até a casa de Caleb para obter informações acerca de todos e passar as notícias que corriam no mercado. Seu coração disparou ao vê-la, como sempre na espera de sua presença, sentiu que seu sentimento era correspondido, rumou a passadas largas, as pedras entravam-lhe na sandália, mas sentia-se bem em vê-la qual tâmara madura.

— Olá, Débora!
— Abed, assustou-me.
— Está tudo bem aqui? Trouxe frutos frescos.
— Bem, está mais ou menos – disse ela.
— Como?
— É que Mia está muito enferma, foi uma tragédia que ocorreu.
— Eu sei, mas ela ficará boa, é uma mulher forte.
— É, espero, pois terá que cuidar de Elisha.
— Como assim?
— Ora, Abed, você não sabe que Caleb e Marta se amam?
— Sim, percebo, mas e daí?
— O que acha que Caleb fará, crê que entregará Marta ao seu esposo?
— É verdade, acho que ele a comprará, mas eu quero falar com você, digo, sobre isto.
— O quê?
— Será que se eu pedir sua mão em noivado você me concederia?

Débora sorriu e disse:
— Creio que é melhor aguardarmos.

Não demorou muito para que Caleb o chamasse e o rapazola logo foi ao seu encontro.

— *Shalom*, senhor.
— *Shalom*, Abed! Venha, quero lhe falar, preste atenção, pois de você dependerá a vida de Marta.

O rapazola não compreendeu, mas ficou atento, seguiu-o até a sala onde Caleb guardava seus escritos, de dentro de um baú tirou uma sacola de dinheiro e entregando-o disse:

— Com isto comprará provisões para três montarias, tudo que for necessário para uma longa viagem, entendeu?

— Sim, senhor.

— Deve deixar tudo guardado em local próximo à saída da cidade, tome mais este dinheiro, e agora peça o que deseja e eu o darei a você.

Abed sentiu que aquele era o momento.

— Quero casar-me com Débora.

Caleb ficou surpreso e disse:

— Sabe que é um samaritano, mas o auxiliarei após você me auxiliar, entregar-lhe-ei Débora e mais uma pequena quantia para organizar sua vida.

Abed sentiu-se jubiloso, agradeceu a Caleb de joelhos, o qual o ergueu dizendo:

— Se for fiel até o fim, terá muito mais.

E Abed, retirando-se, foi feliz.

* * *

ANANIAS JÁ ESTAVA próximo à propriedade de Caleb, temia ter demorado tanto, mas a viagem fora conduzida com muita cautela e alguns contratempos. O sol esquentara, a paisagem começou a envolvê-lo, viu o lago e a casa, "que bela propriedade", pensou. Foi entrando pelo portão principal, sentiu como se transportado ao éden, tamanha beleza das árvores frondosas e das flores multicoloridas que à margem estavam. Foi recepcionado por Nur que, solícita informou a Caleb, que ao rever o amigo se emocionou, afinal muito tempo fazia que não se encontravam. Erguendo as mãos rumou ao encontro de Ananias dando-lhe um abraço acolhedor e fraterno, o amigo retribuiu com entusiasmo:

— Que a luz de D'us seja nesta casa — disse Ananias.

— Que a paz de Abraão esteja com você.

— Caleb, bom homem, só você poderia me trazer a estas paragens.

— Sim, creio que nos afastamos, mas é sempre tempo de recomeçar.

— É verdade — retrucou Ananias.

— Vejo que empregou bem os bens de seu pai.

E Caleb, sorrindo, falou:

— É, mas estou prestes a me despedir desta bela casa.

— É verdade, você nunca se prendeu em lugar nenhum, agora diga-me, e a enferma onde se encontra?

— Antes quero que conheça alguém muito especial.

E adentrando o local onde se realizavam as refeições encontrou Marta preparando o alimento para o visitante.

— Esta é Marta.

E Ananias logo simpatizou pela bela mulher que ali estava, o olhar de ternura e acolhimento que Marta lhe dirigiu o cativou.

— Marta, este é Ananias, amigo de longa data.

E Marta, abaixando a cabeça, o cumprimentou.

Ananias logo falou:

— Sua esposa é muito bela.

E Caleb sem jeito falou:

— Não, Marta é uma amiga da família, fomos criados juntos.

— Ah! Desculpe-me, — disse Ananias, não compreendendo o equívoco, pois sentia em Caleb profunda admiração e ternura.

E conduzindo Ananias ao aposento onde Mia se encontrava falou:

— Ela é esposa de Elisha.

E Ananias recordando de Dan e seu amigo Elisha aquietou-se, seria muita coincidência do destino. Ao penetrar na câmara onde jazia Mia, Ananias sentiu um profundo arrepio, ao olhar para ela viu que os hematomas embora profundos já sumiam, mas as queimaduras necessitavam de uma pasta feita à base de ervas. Olhou bem para ela, examinando-a direito notou um arrepio em seu corpo. É que Ananias embora não sentisse com profundidade, recebia sem perceber as emissões dos espíritos aos quais Mia havia se ligado em meio às baixas vibrações. Permanecia junto a ela o espírito Efrat, entre a pouca lucidez e o venenoso ódio de seu coração, ele sentia-se traído em seus sentimentos, vinculando-se a Mia pelas emoções de baixo padrão que ela emitia.

— Caleb, — disse Ananias — farei o possível para que esta moça fique bem, mas antes preciso me recompor.

— Com toda certeza, — aduziu Caleb — venha, vamos nos lavar e comer, pois precisamos descansar.

17. Bondade desconhecida

Dan ganhara um novo rumo em sua jornada. Fora para Samaria, encontrara um bondoso ancião que se condoendo deixara subir em sua carroça. O trajeto ia lento e então o idoso falou:

– Diga-me, homem, qual o seu nome?
– É Dan.
– Tem parentes em Sicar?
– Na verdade meus parentes morreram.
– Que tragédia, e você é cego por acidente?
– Não, sou de nascença.
– Que triste, meu jovem, tem mulher?
– Não, nunca tive, creio que ninguém irá me desejar.

À medida que a viagem transcorria o bom homem ia se afeiçoando a Dan. E Dan ia cada vez mais querendo apagar sua vida, sem deixar rastros.

– Diga-me qual sua profissão, sabe manejar alguma coisa?
– Não, mas posso aprender, sou muito bom com as leis.
– Então pode me auxiliar – disse o velho.
– Como assim? – falou Dan.
– Quando chegarmos em Sicar saberá, eu lhe darei abrigo, se desejar, mas trabalhará para mim.

* * *

Enquanto isto em Jerusalém os preparativos para recepcionar Orlit e Elad eram muitos. A casa fora toda ornada com flores, os móveis estavam impecáveis e o quarto fora totalmente revestido de tapetes e seda.

Na caravana Orlit seguia bem acomodada pela figura sempre solícita de Elad que procurava alegrar a esposa e não media gestos para tal. Orlit sentia-se a cada momento mais segura, sim, ele com certeza seria um bom homem.

A viagem perdurara até a noite, quando já começavam a chegar a Jerusalém. A entrada na cidade encantou Orlit. Foram sendo conduzidos até linda chácara que se alojava entre a vegetação. Orlit ia olhando a sua nova casa, o pomar, o jardim, tudo belo. Ao parar na entrada de sua nova casa foi recepcionada pelos servos. A casa muito bela foi cativando Orlit.

O luxo se espalhava por todos os locais, salas, quartos, enfim, o luxo era a vida de Elad, que ficou satisfeito pela forma que sua esposa fora recebida. Animou-se profundamente ao vê-la se encantar com tudo, e desejando lhe inspirar confiança, beijou-lhe as mãos conduzindo-a até o aposento deles e falou:

– Aqui é rainha de meu coração, tudo o que desejar farei para você, me seja apenas fiel.

E Orlit, olhando-o, corou.

A criada havia preparado um banho para Orlit que logo resolveu se refrescar para que a ceia fosse servida ao recém-casal.

Elad mostrou-se um homem generoso, permitindo que Orlit desfrutasse da ceia ao seu lado. Durante a ceia Elad disse:

– Orlit, desejo fazer-lhe feliz e quero que me tenha amor, não lhe molestarei nesta noite, mesmo sendo meu direito, quero que você sinta desejo por mim, assim me agradará mais.

Orlit, olhando-o, corou, sentindo-se constrangida.

* * *

Elisha em seu aposento na pequena estalagem não conseguia ordenar as ideias, deveria na manhã seguinte ver este Messias de perto, conhecer suas palavras e ver se realmente operava prodígios como todos falavam. Tinha que levar ao sinédrio meios de desmascará-lo, estava suando, inquieto por tudo que se passava nestes dias. Pensava em Mia e na descoberta de seu desejo por ela e suava. Reina e as acusações. Marta, sua intocada esposa, tudo lhe vinha à mente. E quanto a Caleb, tinha que planejar uma forma de se aproximar e sendo astuto poderia ser bem lucrativo.

Como faria tudo? Primeiro dominaria Mia e depois faria com que seu plano entrasse em ação, executaria tudo para que os bens de Caleb fossem para suas mãos, aí sim, teria tradição, prestígio, dinheiro e duas belas esposas para servi-lo, e quanto a Caleb, bem, este teria que sair de seu caminho, logo arrumaria uma forma. Pensou em Reina, a velha tola, ela teria que ser silenciada, não poderia haver incômodos na família, não agora que ele estava sendo reconhecido. Suspirou, pensou em seu filho Job, fazia isto por ele, ergueu-se da cama, olhou para as estrelas, sentiu ímpetos de sair, mas de repente desanimou, melhor recolher-se, a manhã seguinte seria difícil e ele já não sabia se retornaria a Betsaida.

Reina estava muito abatida, a casa estava de luto, pensou nas palavras de Elisha, no escândalo e refletiu: "quem irá cuidar de mim e desta casa, de todos os bens sem Efrat?" Recordou-se do filho, chorou, a saudade doía-lhe na alma, orou a D'us para que Ele lhe mostrasse o melhor caminho, sentia-se só, frágil, então recordando-se dos salmos falou:

– *Os que confiam no Senhor são como o monte Sião, que não se pode abalar, mas permanece para sempre. Como os montes cercam Jerusalém, assim o Senhor protege o seu povo, desde agora e para sempre. O cetro dos ímpios não prevalecerá sobre a terra dada aos justos, se assim fosse, até os justos praticariam a injustiça. Senhor, trata com bondade aos que fazem o bem, aos que têm coração íntegro. Mas aos que se desviam por caminhos tortuosos, o Senhor dará o castigo dos malfeitores. Haja paz em Israel.*[81]

Reina orava emocionada, sentindo a luz de D'us de Israel lhe tocar a fronte, adormeceu confiante de que a solução chegaria.

* * *

Estando Simeão em sua casa meditando junto a André sobre o ocorrido daqueles dias confabulavam ardentemente acerca dos fatos. Simeão sentado à mesa tomou a palavra.

– Irmão, não tenho mais tantas dúvidas de que ele seja o Messias.

– Eu sei – disse André – e confesso estar maravilhado com tudo que este homem fala e faz.

– Porém, já encontramos o desafeto em nossa família – Simeão falou pensativo.

– Como? – disse André.

– É que o marido de Marta nos amaldiçoou e profere contra o Mestre.

– Ele está louco? Como negar as atitudes do Mestre?

– Bem, o fato é que estamos proibidos de nos dirigir a ele e sua família.

– Lamento por Zimra e Marta.

– Ela já sabe?

– Não, estou tentando coordenar as palavras para que não sofra.

De fato, após a cura de sua mãe, Zimra se modificara, procurava acompanhar tudo que ocorria com Yeshua, tentava compreender seus ensinos e sempre que podia ia junto com Salomé às pregações. Não concebia em seu coração que Yeshua se tratasse de um farsante, mas, sim, do Messias que libertaria o seu povo. Estimava o Mestre e confiava em sua palavra.

Elisha, contudo, se tornara um perseguidor e a pretexto de informar ao sinédrio o que se passava aguardou por mais um dia. Até que indo ele ao encontro de Yeshua, encontrou-o assentado em seleta assembleia junto a alguns de seus amigos fariseus e doutores da lei. A multidão cercara a casa onde Yeshua se encontrava, o calor estava causticante, era grande a quantidade de enfermos encarnados e desencarnados que se formara nas redondezas causando uma impressão negativa, pesada. Os irmãos da espiritualidade se revezavam no auxílio aos necessitados, recolhendo e amparando muitos que ali se associavam por afinidade de vibração.

Neste momento, valoroso grupo de homens transportou um paralítico em sua cama e procurava pô-la diante do Mestre a fim de que fosse beneficiado, pois seu sofrimento era intenso, feridas pululavam em suas pernas e entre outras partes. O calor o obrigava a viver sob condições desumanas, magro e fragilizado, e aqueles homens, não encontrando por onde passá-lo, resolveram passá-lo pelo telhado da

---

81 Salmos 125:1-5.

casa. Dois subiram ao telhado enquanto os outros os auxiliavam, erguendo a cama que baixaram até onde Yeshua se encontrava. E diante de tal gesto de fé, Yeshua que já havia sentido a alma daquele homem o libertou dizendo:

— Homem, os seus pecados estão perdoados.

Elisha, que conseguira se infiltrar no grupo de fariseus, erguendo a voz no meio deles falou:

— Quem é este que diz blasfêmias?

E outro aduziu com profundo desprezo.

— Quem pode perdoar pecados, senão D'us?

E erguendo-se para tentá-lo instigavam dúvidas na multidão. Mas, Yeshua percebendo seus pensamentos tomou a palavra dizendo:

— Qual é mais fácil? Dizer os seus pecados lhe serão perdoados ou dizer levanta e anda? Pois para que saiba que o filho do homem tem sobre a terra o poder de perdoar pecados — e olhando profundamente para o paralítico continuou — eu digo-lhe, levante-se, tome sua cama e vá para sua casa.

E levantando-se e firmando sua cama diante deles foi para sua casa glorificando a D'us[82].

* * *

CALEB POUSOU SUAS mãos sobre as de Marta, sentiu um aperto no coração e disse:

— Acha que devemos avisar Zimra?

— Não sei, Caleb, temo que ela não compreenda.

— Mas precisamos dar a notícia antes que Elisha ponha os fatos como lhe apraz.

— Em que isto nos auxiliaria?

— Marta, eu temo por sua vida, farei o que for preciso para você e nosso filho, até mesmo morrerei, se assim D'us o desejar.

— Não diga isto, pois vou com você, minha vida.

— Não pode, deve salvar o fruto do nosso amor.

E olhando-a, demoradamente, como se seus olhos falassem, abraçaram-se sem nada comentar.

* * *

ANANIAS SE DESDOBRARA em cuidados com Mia que já recobrara a consciência, estava aturdida, mas compreendia que não era o momento de fazer alarde, permanecia em silêncio, tudo que Ananias falava ela ouvia quieta sem nada murmurar.

---

[82] Yeshua impõe a sua autoridade e a sua vontade, quando através do influxo de suas palavras a energia se fixa no enfermo, regenerando de forma fluídica todo seu corpo físico e psíquico perispiritual. (Nota do autor espiritual)

Porém, naquela manhã, Reina acordou disposta a ir até a propriedade de Caleb com o propósito de falar-lhe. A boa matrona encontrara a solução para seus problemas, escrevera a seu irmão Elad, narrando a triste história de seu filho e pedindo-lhe ajuda, que ele se responsabilizasse pelos negócios e lhe desse abrigo. A resposta não tardou. Elad ficou feliz, pois teria um aumento em sua riqueza e só teria que abrigar sua irmã, que ficaria sob cuidados de sua esposa, servindo-lhe de companhia e de vigia.

Tudo ocorrera perfeitamente, melhor do que ele planejara, afinal ele conseguira o que sempre desejou. Reina, que não supunha que seu irmão participara de tais fatos, sentiu-se amparada pelo familiar e já estava com a bagagem pronta para partir. Começou a pensar em Débora, preocupou-se, mas logo chegou à conclusão que Marta a estimava e ela confiava em Marta, sabia que lhe daria em casamento a um homem que fosse valoroso, pois Marta gostava de Débora, percebera desde o princípio a afinidade entre elas.

Partiu de sua casa em direção à propriedade de Caleb, pensava em Mia, seu coração se fechara, aquela mulher só trouxe sofrimento a sua casa, talvez se seu filho não a tivesse desposado tudo fosse diferente, a viagem foi sofrida.

A entrada da casa de Caleb era imponente, a brisa benfazeja balançava as flores, o aroma adorável do pomar. Foi recebida por Marta que a acolheu com afeto sincero. Quando entrou na residência percebeu o luxo em tudo, mas sentiu-se feliz por estar junto a Marta, e se dirigindo à sala, com vista majestosa do lago de Genesaré, sentaram-se. Débora não tardou a comparecer trazendo seu sorriso doce e sua presença tímida, afetuosa. A matrona lhe acariciou a fronte, sentiu-se em casa, chorou por ter que partir deixando amigos e uma história de vida para trás. Então, reunindo forças, falou:

– Vim aqui para me despedir, – e segurando nas mãos de Marta disse – querida amiga, deixo a sua disposição meus préstimos, minha fidelidade, sabe que a estimo.

– Sim, Reina, mas por que partir?

– Ora, Marta, não tenho mais forças para prosseguir, entreguei tudo que pertencia a Efrat ao meu irmão, ele irá assumir tudo, sabe que Mia não tendo filhos não participa de nada.

– Compreendo, – disse Marta triste – mas e quanto a ela? – inquiriu Marta.

– Querida, ela buscou os próprios caminhos, não vai comigo para Jerusalém, creio que seu esposo compreende.

– Então não falemos mais nisto, ficarei feliz se for para seu contentamento.

– É sua nova casa, amiga, pois saiba que sua meia-irmã, Orlit, está casada com meu irmão, então fui abençoada – disse Reina.

E Marta sorrindo disse:

– Sim, Orlit é uma boa mulher, será boa companhia.

– E quanto a você, Débora, – prosseguiu Reina – agora Marta e Elisha são seus tutores, o que decidirem a seu respeito será o melhor, confio em Marta e sei que lhe quer bem.

— Nunca duvidei disto, minha tia — disse a jovem.

— Mas antes de partir gostaria de ver Mia.

E Marta, respeitando o pedido de Reina, falou:

— Débora, por favor, leve-a até o aposento onde Mia se encontra.

Mia estava pálida, mais magra, suas olheiras profundas davam um aspecto de doente, embora já estivesse bem recuperada, não conseguia dormir, sentia-se atormentada pela visão da morte de Efrat e de seus servos. Embora estivesse sendo bem acolhida se preocupava com o que iria acontecer e estranhava a ausência de Reina.

Estava assim pensando quando foi surpreendida pela entrada da matrona em seu aposento. Nur permanecia junto ao seu leito ministrando-lhe remédios e auxiliando-a.

Reina olhou-a na cama entre almofadas de seda, sentiu repugnância por ela, mas firme se aproximou, tocou em Nur para que deixasse elas a sós. Sentou-se e a olhou profundamente. Mia a observara, mas manteve-se quieta aguardando suas palavras.

— Está bem, Mia?

— Sim — disse Mia com mansuetude.

— Que bom, pois você já conseguiu o que queria, arruinar com minha vida, você não passa de uma criatura sórdida e leviana, que acolhi em meu lar.

Mia foi ficando lívida, sentiu o coração disparar, sua respiração se alterou, suava frio, seus lábios tremulavam.

— Creio que sabe o que fez, tirou a vida de meu neto, tirou a vida de meu filho, sei que foi você, dentro de meu coração sinto isto — dizia Reina com firmeza.

Neste momento, Efrat que jazia adormecido, entrelaçado ao psiquismo de Mia, despertou como em um pesadelo, ouvindo o lamuriar de sua mãe penetrar-lhe em ondas eletrizantes que lhe caíam como setas venenosas na alma, era como se acordasse dentro de um pesadelo, logo foi sugado para perto de Reina. Enfraquecido, sentindo-se mutilado, sentiu o ódio crescer dentro de si por Mia. Mia ficou apavorada, nenhuma palavra lhe ocorria naquele instante, o mundo parecia rodar.

E Reina em sua dor continuava:

— Eu não a acusarei, não tenho testemunhas, mas já falei com Elisha e ele concordou comigo. Eu vendi tudo, Mia, não terá nada e se erguer qualquer palavra contra a minha, juro que a matarei com minhas próprias mãos. Elad, meu irmão, tomará conta de tudo e a única herança que terá são as amaldiçoadas joias que meu filho lhe deu.

Reina, erguendo-se com altivez e firmeza, retirou-se do aposento e deixou o pranto rolar.

Efrat aproximou-se de sua mãe, queria falar-lhe, não conseguia, foi puxado para junto de Mia, o ódio era crescente, tentou golpeá-la, mas nada conseguia.

Mia, trêmula, tentava coordenar as ideias, como ela descobrira tudo, como? E

Elisha concordara com tudo, por quê? O que seria dela? Lágrimas brotaram em sua face, ela limpava com medo, deixou-se abater sentindo-se só e infeliz.

Reina caminhou para a sala onde Marta encontrava-se, abraçou-a longamente, sabia que não veria mais a amiga. Marta emocionou-se ao vê-la partir.

* * *

Em Jerusalém as notícias acerca do Messias revolucionavam o povo. O comentário a respeito dos prodígios crescia a cada dia. Os fariseus estavam descontentes, muitos dos homens que ocupavam cargos de destaque já se colocavam contra o Messias no sinédrio.

Deoclécio estava estupefato com a ausência de notícias de Elisha, o havia enviado junto com outros e até aquele momento nenhuma notícia, os demais companheiros haviam retornado e ele não. Rumou para seu gabinete decidido a escrever breve mensagem direcionada à sinagoga de Betsaida, onde se inquiria notícias dele e o retorno imediato para traçar novos planos.

O mensageiro partiu célere enquanto o sacerdote analisava o que poderia ser feito para desmascarar tal homem.

Orlit, em sua nova residência, se encantou com o pátio, onde flores cresciam majestosas. Elad mostrava-se um homem afetuoso e prudente, sempre a agradava, deixando-a livre para mudar aquilo que desejasse em sua nova casa, sempre por perto mostrava-lhe toda a propriedade, ela começou a estimá-lo, conversavam por boa parte do dia, e ele era elegante em seus modos. Aos poucos sentia que tinha feito a escolha certa.

Em determinada manhã, Elad chamou-a para um passeio pelas cercanias de sua chácara, andavam calmamente quando ele falou:

– Orlit, sabe que uma tragédia se abateu sobre a vida de minha irmã e meu sobrinho.

– Sim – respondeu Orlit com entendimento de quem já perdera algo precioso.

– Pois bem, minha irmã, Reina, encontra-se idosa e não tem condições de permanecer em Betsaida, para tanto, entregou-me o comando de sua vida e de seus bens, então convidei-a para morar conosco, espero que ela lhe faça companhia.

– Muito me alegro por sua decisão, meu marido, e o que desejar farei à sua irmã que me é pessoa prestimosa a qual já conheço.

Elad se alegrou:

– Que bom, Orlit, que bom, agora sinto-me tranquilo – e pegando em suas mãos sentiu que ela não o repelia em seu olhar e entendeu que aquela noite seria a noite de núpcias para ambos, pois Elad poupara Orlit até sentir que era aceito.

Orlit compreendeu o gesto de afeto do esposo e não o repeliu, deixou que ele falasse:

– Quero os meus direitos de esposo com você, Orlit, espero que não me rejeite.

E a brisa suave balançando as flores fizeram Orlit suspirar dizendo:

– Serei sua esposa quando quiser.

– Então me espere esta noite – e depositando um beijo em suas mãos retirou-se.

Orlit ficou enrubescida, mas ao mesmo tempo feliz, por estar recomeçando sua vida.

* * *

DAN PROSSEGUIA COM seu coração atormentado sua viagem para Sicar. O homem que lhe recolhera, ia com ele conversando, era um velho simples que vivia do transporte de mercadorias.

Narrara que vivia só, tendo apenas uma filha que era sua companhia, pois ficara viúvo, ela disse que nunca se casaria, pois temia pela solidão do pai. Dan ouvia a tudo, mas não queria nada acrescentar, o velho então lhe perguntou:

– É cego de nascença?

– Sim, – aduziu Dan mais uma vez – desde que D'us me fez não tenho luz nos olhos.

E o velho balançou a cabeça como a apiedar-se dele. Estavam próximos da pequena vila, a carroça balançava à medida que se aproximavam de Sicar. Próximo à entrada, o velho tomou o rumo para sua casa, olhou para Dan e perguntou:

– Tem onde ficar, bom homem? Pergunto, pois talvez tenha vindo à procura de alguém.

– É como eu digo, não tenho família, não tenho ninguém, nem para onde ir.

O velho Samuel apiedou-se e desejoso de agradar aquele ser desafortunado disse:

– Então hoje será meu hóspede.

E Dan, não se importando, nada retrucou.

A casa era simples, havia pequeno poço à frente e uma moenda ao lado, as oliveiras cresciam e a bela filha de Samuel estava alimentando as ovelhas, mas não demorou para que corresse em auxílio do idoso.

– Shayna, – dizia o velho chamando a sua filha – Shayna!

– Sim, meu pai.

– Ajude-me, – e descendo da caravana com dificuldade falou – hoje temos um hóspede.

E ela, olhando para Dan, se apiedou e foi socorrê-lo. Dan, ao sentir o toque das mãos de Shayna, sentiu-se indignado e disse rapidamente:

– Não precisa, sou cego, mas consigo andar.

A moça, notando sua indiferença, recolheu-se sem se perturbar. E entraram na simples casa de chão batido, feita de pedras e o telhado de palha; em um canto uma grande jarra de água; em outro, algumas plantas e uma simples mobília que fora feita pelo seu pai. O velho Samuel disse:

– Traga mais água e comida, a viagem foi longa.

Foi logo retirando as sandálias, sentaram-se e logo depois lavaram-se. Dan nada percebia, apenas a sombra bem serena que ali no ambiente refrescava-o. Samuel, embora se apiedasse de Dan, temia que sua filha ficasse mal falada, e meditando um pouco mais pesou os fatos, sentindo profunda compaixão de Dan. Shayna logo adentrou o pequeno cômodo trazendo a comida cheirosa e fresca que inebriou o ambiente, seu pai olhando-a foi o bastante para que se retirasse temerosa, pois não desejava que ele lhe chamasse a atenção. Após se refrescar e se alimentar, o velho Samuel falou:

– Por esta noite poderá aqui permanecer, mas amanhã, meu jovem, terá que tomar seu rumo para que não venham maldizer meu lar.

E Dan, compreendendo, agradeceu e foi para um canto onde acomodou-se e aquietou-se. O velho Samuel, notando sua atitude, retirou-se para o seu aposento a fim de repousar, mas sentia o peso de sua decisão.

18. As pregações

Em Cafarnaum Elisha estava profundamente aborrecido, havia partido há três dias e ficara ali, preso àquele homem. Após o acontecimento que presenciou, sentiu-se mais compelido à minuciosa apuração dos fatos. Quem de fato era aquele homem, com que autoridade ou que amuleto ele trazia que o fazia operar prodígios? Sabia que tinha que regressar. Foi quando alguém bateu à porta da estalagem em que se hospedara, abriu e reconheceu um dos homens que o acompanhara no primeiro encontro com Yeshua e disse:

— O que há?

— Se puder me acompanhar, tenho que lhe dizer algo.

Sentando-se na parte de baixo da estalagem começou a narrar um fato:

— Estava eu próximo ao posto alfandegário quando vi o Messias, ele se aproximou e chamou o publicano dizendo para ele o seguir.

— Então, diga-me, este homem o seguiu? — inquiriu Elisha ansioso pelo desfecho.

— Pois bem, ele ergueu-se, deixou tudo e o seguiu.

Elisha esbravejou:

— O que tem este homem?

— Não sei, nobre fariseu, mas não terminei ainda, devo relatar-lhe o que ocorreu.

— Então diga — disse Elisha.

— Bem, este homem, Levi, fez-lhe um grande banquete em sua casa, e havia ali uma multidão de publicanos e outros que estavam com ele à mesa, e os escribas e os fariseus murmuravam contra seus discípulos.

— O que lhes diziam? — questionou Elisha.

— Não me recordo, mas creio que foi: "por que comem e bebem com publicanos e pecadores"?

— Então o que este homem falou?

— Não necessitam de médicos os que estão sãos, mas sim os que estão enfermos.

— Mas como ousa falar isto? — disse Elisha estupefato.

— Mas não é tudo, senhor, ele completou dizendo: "Eu não vim chamar os justos, mas sim os pecadores ao arrependimento". E ele continuou, pois que perguntamos: "Por que jejuam muitas vezes os discípulos de João em oração, como também os dos fariseus, mas os seus comem e bebem?".

— E o que este homem falou para se justificar? — inquiriu Elisha inquieto.

— Podem vocês fazer jejuar os convidados das bodas, enquanto o esposo está com eles? Dias virão em que o esposo lhes será retirado e então nestes dias jejuarão.

— O que ele quis dizer com isto?

– Eu não sei, mas contou-nos uma narrativa.

– Qual? Diga-me, necessito saber de tudo, – completou Elisha – devo levar todas as informações para Jerusalém.

– Bem, ele falou desta forma: "Ninguém tira um pedaço de uma veste nova para coser veste velha, pois romperá a nova e o remendo não condiz com a veste velha, assim como nenhum de vocês põe vinho novo em odres velhos, de outra sorte o vinho novo romperá os odres e entornar-se-á o vinho, e os odres se estragarão, mas o vinho novo deve ser posto em odres novos, e ambos justamente se conservarão, e ninguém tendo bebido o velho quer logo o novo, por que diz melhor é o velho".

– É preciso analisar, espreitar este homem, fique junto a ele e me conte o que ocorre. Eu devo retornar aqui em alguns dias, pois tenho que ir a Betsaida e logo retornarei para Jerusalém.

E o jovem homem que se aliara a Elisha retirou-se, acompanhado de extremo grupo de espíritos galhofeiros.

A pequena estalagem em que Elisha ficara era próxima ao porto e ele, resoluto, dizia para consigo mesmo, "vou proibir Marta e toda a minha família de qualquer contato com Simeão, não tolerarei tais ideias em círculo familiar". Havia organizado as provisões para o retorno.

* * *

O DIA CORRIA célere, e Abed retornara à casa de Caleb com duas mensagens. Ao ver o rapazola, Caleb se aproximou. Abed havia feito o trajeto rapidamente, sabia que o senhor ansiava por estas mensagens, ao entrar na pequena e organizada sala onde guardava os escritos, olhou nos olhos de Caleb sentindo a agonia que ia em seu semblante.

– O que me traz, Abed? – inquiriu ele.

– Senhor, organizei suas provisões em local secreto, de difícil acesso e próximo à estrada.

– Muito bem e o restante?

– Bem, trago duas mensagens.

E pegando-as logo as leu, a primeira era do amigo egípcio, estava tudo certo, o amigo organizara o local adequado para que ele partisse sem receios. A outra era relativa a Elisha e ele, mesmo sabendo que não lhe pertencia, leu, temendo pela vida de seu filho e de Marta. Tratava-se de mensagem do templo, tranquilizou-se, pois sabia que Elisha deveria retornar, passou as mãos pelos cabelos, alisou a barba e sentou-se, meditou enquanto Abed, de pé, a tudo observava sem nada falar, então pronunciou-se:

– Abed, devo lhe confiar o bem mais precioso de minha vida, lhe pago a peso de ouro se souber me servir.

O rapazola astuto olhou encantado com a possibilidade de riqueza e liberdade:

– Diga-me, senhor, o que deseja que eu faça?

– Preste atenção, partirão comigo Débora e Marta para terras longínquas, se souber guardar este segredo lhe darei sua liberdade e Débora em casamento.

– Diga, senhor, nunca lhe trairei.

– Pois então faça o que digo: no dia de nossa partida, se algo me acontecer, leve Marta para o local que lhe direi, nunca a deixe para trás. Quando lá estiver, o meu amigo lhe recompensará, entendeu?

– Sim, senhor.

– Ótimo, agora vá.

E pegando pequena sacola onde se ouvia o tilintar de várias moedas, entregou-lhe.

– Isto é para você, guarde.

E Abed, olhando-o, saiu sorrindo e feliz, mal podia crer, ele estava alcançando todos os seus sonhos. Na saída da casa encontrou Débora que, sentada em banco próximo à fonte, brincava com Job. Aproximou-se, seu coração rejubilou-se com o sorriso dela.

– Débora – disse ele.

Erguendo os olhos ela disse:

– Sim – olhando-o com afeto.

– Aceita casar-se comigo?

E meio assustada, sorriu-lhe dizendo:

– Sabe que lhe trago afeto e que muito me alegraria se assim fosse.

– Então será minha esposa.

E tomando-lhe as mãos depositou a sacola com moedas e disse:

– Não posso levar este pequeno tesouro comigo, guarde para no momento oportuno utilizarmos – e beijando-lhe na fronte retirou-se.

Débora ouviu-o aturdida, mas ciente de que algo estava para acontecer, guardou o dinheiro.

Marta andava um pouco indisposta, às vezes sentia falta de ar, outras vezes sentia-se enjoada, nestas horas respirava profundamente, acariciava o ventre e conversava com o filho que acolhia em seu ser, orava a D'us pedindo-Lhe forças e coragem.

Estava assim olhando para o lago quando Caleb a surpreendeu. A paisagem era majestosa, as águas mansas, a brisa fresca e o sol no seu poente rosado.

– Caleb! – exclamou Marta.

– Espero não a ter assustado – disse ele.

– Não, estava aqui a orar.

– Que bom, é bom para o pequeno ouvir suas orações.

– Eu sei, e o que tem, está preocupado?

– Estava, agora não mais.

– Então conte-me.

E dando-lhe as mãos Caleb falou:

– Minha amada, está tudo pronto para nossa partida, e o D'us de Abraão nos abençoa, pois, seu esposo terá que se ausentar.

– Que alívio! – disse Marta.

– Eu sei que está aflita como eu.

– Sim, muito.

– Porém, devo ir antes a Cafarnaum falar com os seus, devo dizer a verdade, para que sua honra não seja arranhada nem a minha.

– Caleb, estamos em pecado.

– Não, Marta, não há pecado no amor, não vivemos aqui por puro e simples prazer, não a busco para desonrá-la, para que partilhe comigo e com seu esposo, enquanto esteve comigo nunca ele lhe tocou, e mais, ele já não lhe tinha, há muita diferença do homem vil que se apega aos prazeres da paixão. Se assim não fosse não estaríamos sendo abençoados com a responsabilidade deste filho.

– Caleb, você faz parecer que não pecamos.

– Você me ama?

– Sabe que sim.

– Então onde está o pecado? Está a matar alguém? Está a ridicularizar seu esposo? Expõe a ele?

– Não.

– Então não pecamos, não ferimos, não matamos.

– Mas, Caleb!

E Caleb pondo as mãos em seus lábios como a pedir-lhe para calar-se, passou as mãos em seu ventre apertando como se pudesse sentir o filho e disse:

– Por você faço tudo – beijando-a com ardor.

A noite já vinha revelando-se e as estrelas pareciam apreciar o casal enamorado.

* * *

EM CORAZIM, BARNABÉ estava preocupado com os rumores do Messias, preocupava-se com suas propriedades, com seu ouro, com sua posição na sociedade judaica, temia que este homem viesse a reinar e dilapidasse os seus privilégios.

Após a partida de Orlit, a vida do aristocrata tornou-se ociosa e fútil, passava os dias a contabilizar seus ganhos, seu ouro, suas mercadorias, pensava apenas em ganhar, não gostava de ser generoso, poupava cada moeda em uma economia que em nada lhe acrescentava. Soube da desdita de Reina e da grande oportunidade do esposo de Orlit, pensara em aplicar os seus recursos entrando em sociedade com Elad, afinal, o dinheiro deveria permanecer em família, meditava assim.

* * *

Naquela noite, em Jerusalém, Orlit se preparava para suas núpcias, havia tomado um banho de ervas aromáticas, ungido seu corpo com óleo, estava bela em uma peça de seda que lhe cobria o corpo, deixando à mostra as curvas do mesmo. Deitou em sua cama à espera do esposo que não demorou a se apresentar. Elad não era Dan, e ela nunca estivera com outro homem, sentia temor. Elad foi sutil ao encontro de Orlit, achava-a muito bela, seu rosto o encantava, tocou-lhe a face, os cabelos, beijou-lhe com respeito e tomou-a como sua mulher.

* * *

Estando Marta em seu aposento com Caleb, ele lhe falou:
— Minha amada, ouça com atenção.
E ela virou-se, olhando-o.
— Eu irei a Cafarnaum amanhã bem cedo.
— Não, Caleb, por favor.
— Tenho que ir ter com Simeão e Zimra, devo fazê-lo.
— Mas tenho medo, não me deixe.
— Não lhe deixarei, confia em mim?
E Marta, qual criança, afirmou com a cabeça.
— Então sabe que regressarei, agora abrace-me, devemos descansar.

Eis que adormeceram ambos. Estando desligada pelo sono do corpo, Marta desprendeu-se primeiro, trazia junto a si um foco luminoso que retratava a bela visão de um bebê ao colo, estava ansiosa, quando notou que Caleb também se desprendeu chegando-lhe próximo à pequena luz que a criança emitia. Neste momento uma luz fulgurosa envolveu a todos, e foram como que transportados a local de doces vibrações. Caleb não conseguia acompanhar, mantendo-se em estado de alerta e, às vezes, sonolência, mas Marta fora desperta e acolhida por gracioso grupo de crianças. Sua mãe, Ester, veio ao seu encontro. Tocou-lhe o semblante que a fez recordar temporariamente seu estado, o pranto rolou e ajoelhando-se falou:

— Mãe, mãe querida, que farei, estou perdida, fiz tudo de forma errada – dizia Marta.

— Não tema, filha minha, é preciso aprender com nossos passos, é preciso resgatar os nossos débitos, é preciso aceitar sem medo, mas com alegria aquilo que devemos viver. Prepare-se para seu momento, se você fizer tudo que seu coração mandar, se você souber ouvir as verdades do nosso Messias, já terá a sua libertação. Se converter seu coração em vaso abnegado de serviço e amor, nada lhe faltará; as dores, minha filha, são as flores que perfumam a alma, saiba sorver o néctar sem se importar com os espinhos, somente assim estaremos reunidas novamente. Aceite o que lhe serve sem se queixar, ouça o Messias – e beijando-lhe a fronte, Marta retornou.

Caleb, no entanto, permaneceu em estado de alerta, seu mestre e amigo agora lhe recomendava:

– O homem não pode vencer o mal praticando o revide daqueles que o feriram, o homem, Caleb, só se liberta quando não se atém aos golpes do caminho, sua jornada é longa, não se deixe dominar pela sedução dos maus pendores, as emoções devem ser educadas para que possamos aprender com elas, assim também as necessidades de nosso corpo e do nosso espírito.

Caleb despertou assustado, não conseguira guardar todas as orientações, mas recordaria em breve do que seu mestre falara.

O dia amanhecera e olhando Marta adormecida teve a certeza do amor que lhe tinha. Jamais amaria outra mulher, nunca poderia entregar seu coração a outra, era ela a sua eleita, suspirou, ergueu-se olhando o novo dia, a paisagem fulgurante do lago. Pensou em Simeão, tinha que lhe falar e falaria. Orou:

Oh! O Senhor é meu Pastor, nada deixará faltar, deitar-me faz em verdejantes prados, guia-me mansamente a águas tranquilas, refrigera minha alma, guia-me nas veredas da justiça, pois tenho amor ao Seu nome. Ainda que eu ande pelo vale da sombra e da morte, não temerei mal algum, porque o Senhor está comigo, a Sua vara e o Seu cajado me consolam, prepara uma mesa perante a mim na presença de meus inimigos, unge minha cabeça com óleo, o meu cálice transborda, certamente que a Sua bondade e a Sua misericórdia me seguirão todos os dias de minha vida e habitarei na casa do Senhor de Israel por longos dias.

Ao terminar a prece Caleb estava de joelhos, em prantos, erguia as mãos ao céu como a pedir-lhe a proteção. Após recompor-se da forte emoção que sentiu em sua alma, ergueu-se, olhou para Marta que dormia tranquila e retirou-se do aposento, encontrando na sala onde buscava a refeição matinal, Ananias.

– Ora, *shalom*, amigo, já está de pé?

– Sim, caro amigo, devo partir.

– Então a doente já está bem?

– Sim, está recuperada, nada devo fazer aqui, aguardava apenas que o amigo despertasse.

– Bem, aqui estou.

Abraçando-o desejou que o bom Ananias tivesse uma boa jornada de regresso.

Não se demorando mais, Ananias partiu, estava preocupado com o que havia acontecido a Dan e rumou em sua montaria com várias provisões, pensando em reencontrá-lo no caminho.

Caleb estava começando a alimentar-se quando grande alarde se fez no pátio, tratava-se de Elisha que chegara de Cafarnaum. Adentrou à casa como um homem que vinha da guerra, passos largos, respiração descontrolada e gestos bruscos, vendo Caleb, cumprimentou-o.

– *Shalom*.

– *Shalom* – disse Caleb notando seu descontrole – fez boa viagem, Elisha?

— Sim e não, onde está Marta?

— Creio que ainda repousa.

— Mas o que há, andaste colocando Marta com privilégios desmedidos? Uma mulher deve antes de tudo servir, e bem cedo.

— Elisha, Marta, minha prima, é hóspede e não serva desta casa — disse Caleb tentando dissuadi-lo de qualquer tentativa de importunar Marta.

— É, tem razão.

— Sente-se, amigo, como eu devo partir para Cafarnaum para tratar de assuntos pessoais, deixo-lhe a mensagem que recebi de Jerusalém.

E erguendo-se foi à sala onde estavam os escritos e os entregou, sabendo que Elisha teria que partir, libertando Marta do convívio desagradável, e vendo a impressão de desagrado em seu semblante, falou:

— Está tudo bem?

— Sim, só que devo regressar para Jerusalém. E Mia como está? — disse Elisha.

— Está recuperada.

— Que bom, vou repousar e após irei vê-la.

— Vou pedir a Nur para levá-lo até seu aposento.

— Não precisa, sei onde Marta repousa.

— Creio que está fechada a porta, pois Débora ainda não se ergueu.

— Sendo assim, melhor aguardar aqui.

— Faça como desejar. Se me permite, devo ir ao meu aposento buscar minha bagagem.

E Caleb, usando astúcia, rumou para o aposento onde Marta já se encontrava desperta.

— Amado! — disse ela ao vê-lo entrar.

— Marta, venho lhe dizer que Elisha retornou, portanto, vá para o seu quarto, quando se retirar saia pelo seu aposento, entendeu?

— Sim, mas e você?

— Irei sair pelo lago, vou para Cafarnaum, não permita que ele lhe toque, — e pousando a mão no ventre de Marta falou — cuide de nosso filho.

— Sim, Caleb, eu farei tudo por ele e por você.

Caleb, beijando-a, partiu:

Marta ergueu-se da cama, respirou profundamente a fim de se acalmar para ver Elisha.

* * *

E ACONTECEU TAMBÉM em outro sábado: estando Yeshua a ensinar em uma sinagoga, estava ali um homem que tinha sua mão atrofiada, e certos escribas e fariseus, percebendo-o, ficaram atentos para ver se Yeshua iria curá-lo. Tramavam em seus pensamentos uma forma de acusá-lo, porém Yeshua, sentindo as emanações desequilibradas e ouvindo os seus pensamentos, olhou para o homem e falou diante de todos que ali se encontravam:

– Levante-se e fique em pé no meio.

E o homem ergueu-se e colocou-se no meio em pé, todos se entreolharam na expectativa do que ocorreria, foi quando Yeshua com mansuetude disse:

– Uma coisa vou perguntar, é lícito nos sábados fazer o bem ou o mal? Salvar ou matar?

E grande silêncio se fez, então disse ao homem:

– Estende sua mão.

E ele assim o fez, e a mão aos poucos foi sendo curada, ficando sã como a outra. E o homem, em prantos, caiu de joelhos dando glória ao D'us de Abraão, enquanto os escribas e fariseus se enchiam de raiva, atormentados com a forma que Yeshua se posicionava, buscando uma forma de atingi-lo.

Simeão e André que a tudo assistiam, se enchiam de fé naquele que era o Salvador de seu povo. André era o mais solícito, deixando-se cativar pela beleza das palavras do Mestre, cada palavra caía-lhe na alma como remédio santo a fortalecê--lo e transformá-lo.

* * *

Reina chegou a Jerusalém, a entrada da cidade lhe encantou, há muito não vinha a Jerusalém, suas casas, seu comércio, era tudo tão diferente. Rumou para a propriedade de Elad se encantando com o ir e vir multicolorido de Jerusalém.

Os transeuntes eram muitos, o barulho dos mercadores a impressionava. Foi se distanciando, a chácara se situava em majestoso pomar, era uma bela residência ornada por flores e enormes vasos. Ao entrar no portão principal foi recepcionada pelos servos que avisaram Elad, que estava transformado pelo sentimento que Orlit despertara nele, o seu rosto transbordava alegria, abriu os braços e o sorriso na recepção à sua irmã. Reina sentiu o acolhimento, e emocionada, o pranto começou a jorrar de sua face, sendo consolada, estava abatida pela longa viagem. Orlit logo juntou-se a eles, abraçando-a com sincera ternura.

– Seja bem-vinda a esta casa, que agora também lhe pertence.

E adentraram a bela residência. Reina foi acomodada em confortável cadeira onde peles cobriam o assento. Orlit então disse:

– Conte-nos, Reina, como foi sua viagem?

– Ora, minha querida, cansativa.

– Aceita então um banho de ervas e mais tarde uma farta ceia?

– Muito me confortaria – disse Reina.

E chamando uma serva pediu que conduzisse Reina ao seu aposento. A bondosa matrona ocuparia adorável quarto onde flores brotavam pela sacada, era ornada por vegetação rasteira que emoldurava a visão ampla dos jardins.

Reina pensou em Itti, a serva fiel lhe faria muita falta, suspirou quando ouviu alguém bater-lhe à porta, ergueu-se para abrir e surpreendeu-se com a visão de Itti à sua porta, pôs as mãos na face, e sorrindo Itti lhe falou:

– Seu banho está pronto, seu irmão me trouxe para que eu pudesse continuar a servi-la.

E num impulso de alegria Reina a abraçou, emocionada. Não demorou muito para que a bondosa matrona se recuperasse da fadiga da longa viagem. Após o banho e o descanso necessário, foi conduzida a lindo ambiente onde se realizavam as refeições. Orlit a aguardava.

A decoração daquele local a encantou, sentiu que uma nova vida se descortinava. Orlit deixou que ela se acomodasse e falou:

– Reina, espero que esteja tudo do seu agrado.

– Sim, minha querida, está.

– Que bom, pois passaremos muitas horas juntas, afinal, Elad, meu esposo, passa longas horas fora de nosso lar.

– Eu imagino – disse Reina, pegando uma fatia de pão e passando a pasta de grão de bico nele.

– Então, Reina, aceita chá ou vinho?

– Chá – disse a bondosa senhora.

– Tem notícia de minha irmã, Marta?

– Sim, está bem, pelo menos foi esta a impressão que me causou.

– Fico feliz, – disse Orlit – preocupo-me com Marta, sinto que minha irmã esteja muito só.

– Não se preocupe, Marta tem a companhia de Débora, tenho certeza que lhe auxilia muito.

E passaram a tarde a palestrar.

* * *

ENQUANTO EM SICAR, Dan despertara para a dura realidade de seus dias. O idoso Samuel chamou-o e disse:

– Rapaz, sei que sua vida deve ser uma desdita sem fim, mas não poderei mantê-lo em minha casa, tenho idade avançada e uma filha para proteger. Se você precisar de abrigo, mediante algum infortúnio maior, eu lhe auxiliarei.

Dan, agradecendo, tomou seu cajado e foi pela estrada rumo a uma pequena vila da Samaria.

Caminhava refletindo, o sol o aquecia, ouvia os pássaros e sentia a brisa que lhe refrescava, sentia a solidão em seu coração, agora era muito tarde para lamentar-se de suas escolhas erradas. Pensou em Orlit, amava-a, suspirou recordando-se de quanto o seu orgulho o conduzira àquele momento, talvez se tivesse aceitado tudo aquilo com gratidão por D'us ter-lhe poupado a vida, privando-o apenas da visão, e o seu orgulho não o tivesse cegado, ele estaria sob os cuidados de sua adorável mulher. Agora sentia em seu íntimo que ele próprio se fizera algoz, chorou ao recordar-se.

Ananias, o bom amigo, falara-lhe tantas vezes que precisava ser sincero, pois o que adiantava tudo que ele fizera, sofria terrivelmente e impôs a sua esposa uma nova união. Sentiu sede, mas não tinha água, começou a ouvir um vozerio, talvez estivesse próximo da vila, mas eram apenas caravaneiros falando entusiasmados acerca do Messias. Sim, havia o Messias, ele talvez lhe restituísse a visão, mas de que adiantaria? Orlit casara-se, perdera tudo na vida, sua família, seus bens. Estava chegando ao centro da vila, ouviu o barulho costumeiro dos transeuntes, escorregou e apoiou-se como um mendigo qualquer.

19. A pretensão de Elisha

ELISHA, APÓS RECOMPOR-SE, buscou notícias de Mia. Nur, a serva que ficara em seus aposentos, narrou-lhe a sua recuperação e o estranho abatimento que ela demonstrara após a visita de Reina.

Elisha logo associou que o pior sucedera. Reina privara Mia de seus bens a fim de puni-la, não lhe entregando a governança de suas propriedades e comércio. Mas qual teria sido a saída que aquela tola mulher buscara? Bem, tinha que se entender com Mia a fim de pôr em prática seus escusos planos.

Agradeceu a serva pedindo-lhe que avisasse Mia de sua presença. Nur rumou para o aposento onde Mia permanecia sem a mínima vontade de sair, de sequer olhar a paisagem que se descortinava à sua frente. Entre as belas almofadas estava enfadada e entristecida pelos resultados desagradáveis de suas investidas, pálida e magra, agora tinha mais preocupações em sua vida. Quando Nur entrou, Mia olhou-a e na mesma posição ficou.

— Senhora, seu irmão Elisha quer conversar e deseja saber se poderá atendê-lo.

Mia sente seu coração disparar.

— Elisha, aqui?! — exclamou espantada e aflita.

— Sim, senhora — disse a serva.

E sentindo uma onda de desânimo absorver-lhe qualquer esperança, disse:

— Deixe-o entrar, já espero mesmo o pior.

A serva, sem entender, foi em busca de Elisha. Não demorou quinze minutos e Elisha entra em sua exuberância e arrogância no quarto de Mia. Ela sentiu o peito pulsar, o sangue correr forte, como ele estava belo, como ele era encantador, seus olhos ao examiná-lo brilhavam com o fogo da paixão. Elisha sentiu-se bem ao perceber o olhar de Mia, o seu visível interesse e admiração. Então, como a serpente, preparou-se para o derradeiro golpe, achegou-se e falou em tom calmo:

— Posso sentar?

— Sim — disse Mia sem titubear.

Ajeitando a túnica, sentou-se e pegando em uma de suas mãos falou com tom grave.

— Mia, já sei de tudo que aconteceu.

Mia não respondeu.

— Mas sinto que agora devemos remediar o caso em questão, não permitirei que ninguém leve você ao conselho por acusações inadequadas que possam ferir o bom nome de nossos antepassados, deixa-me cuidar de você?

E Mia, sentindo a inquietude percorrer seus pensamentos e o coração, nada proferiu, desejava apenas beber suas palavras e o olhar.

– Venho aqui expor a minha intenção de desposá-la.

Mia mal acreditava nas palavras de Elisha, ele a desejava como mulher, será que Marta havia morrido? O que acontecia? Estava em estado de completa paralisia, como se entrasse em choque.

– Porém, – prosseguiu Elisha – devemos traçar um plano. Sabe que Caleb é um homem influente e afortunado, pois bem, desejo que você o conquiste e depois disso, daremos um fim a ele, e você Mia, será então rica e poderosa, aí sim eu me casarei com você.

Então não era tão simples, ele desejava que ela tivesse uma posição suscetível a vantagens, nada falou, apenas esperou que ele prosseguisse. E ele, notando seu silêncio, prosseguiu:

– Veja bem, Mia, Reina me parece ter lhe privado dos bens de Efrat, portanto não tem muita escolha. Já possuo um plano bem traçado, você seduzirá Caleb, pondo na bebida uma poção que lhe fará adormecer, e então entrará em seu aposento, simulando diante de Marta e da criadagem que tem algo e eu me encarregarei do restante. Terá que dormir algumas noites em minha companhia a fim de que espere um rebento, que não será de Caleb, mas você dirá que é dele, e o mesmo será forçado a aceitá-la, pois eu o obrigarei. Feito isto, ele me auxiliará a galgar posição nobre no templo, e aí sim, tramaremos o seu fim. Então eu assumirei você e o seu filho que é unicamente meu, compreendeu?

E Mia, olhando encantada, limitou-se a balançar a cabeça.

– Então fará como pedi?

– Sim – disse Mia, fascinada pela possibilidade de ser legítima esposa de Elisha.

* * *

Com a partida de Caleb para Cafarnaum, Marta sentia-se inconsolável, tinha que defrontar-se com Elisha, seu esposo. Temia que ele descobrisse sua falta, sua queda moral diante da sociedade judaica. Marta não conseguiu ter paz, sentia-se angustiada, afagava seu ventre procurando forças para transpor aquela situação que ela mesma criara para si, respirou olhando a linda paisagem do lago que se descortinava diante de seus olhos, agradeceu a D'us por aquela manhã e orou com todo fervor de sua alma inquieta.

D'us de Abraão, ouve meu clamor nesta manhã, apazigua meu coração imprevidente, restaura as minhas forças. Sei ó D'us que sou impura, mas o filho que trago em meu ventre, oh D'us, é obra Sua, clemência para ele, clemência para Caleb, clemência para mim, se lhe aprouver, que caia sobre minha cabeça sua ira, mas liberta desta ira este ser que gero e Caleb que tanto amo.

Pronunciava entre lágrimas a oração que arrancara de seu seio. Sua genitora que sempre a acompanhava não podia intervir, apenas orava junto a ela, tentando confortar sua filha amada de alguma forma. Foi quando de seu ventre tênue luz se formou envolvendo seu coração[83].

Estava assim recolhida em oração quando Débora veio-lhe ao encontro.

— Senhora! Senhora! — adentrou a moçoila aflita em falar com Marta.

— Sim — disse Marta erguendo-se.

— Senhora, está bem?

— Sim, Débora. Diga, o que foi?

— É o senhor Elisha, deseja vê-la.

— Eu irei ao encontro dele assim que me recompor.

E Débora, olhando-a, disse:

— Senhora, não sei o que tem, mas com a senhora estarei para servi-la — e retirou-se.

Na verdade, Débora não compreendia o porquê das lágrimas de Marta, afinal pelo que Abed lhe falara, eles fugiriam para outra cidade, mas por quê? A serva sentia-se inquieta e prosseguiu meditando pela casa até o momento em que ouviu algo no corredor, escondeu-se, era a serva Nur, mas o que seria? Parou para ouvir o diálogo dela com Elisha.

* * *

APÓS ELISHA REALIZAR toda a sua longa explanação acerca de seu plano a fim de lucrar com o consórcio de Mia, iria tê-la como segunda esposa, herdando suas propriedades e se tornando um homem abastado o suficiente. Elisha, paralisado, manteve-se diante de Mia, como a aguardar por suas palavras. Mia olhava-o estupefata, então Elisha não era aquele homem que ela supunha, ele era ambicioso e estava interessado em realizar com ela um bom negócio, sua face estava serena, embora um sorriso discreto se desenhasse em seus lábios carnudos, e falou em tom firme:

— Elisha, livre-se dela.

— Livrar-me de quem? — retrucou Elisha.

— Como de quem? De Marta! — exclamou sem cautela.

— Ora, Mia, por quê? Ela é minha esposa e depois você, minha querida, não está em condições de escolher nada, tenha ciência de que a proposta que lhe faço é a melhor.

— Como assim? — disse Mia nervosa.

E Elisha erguendo-se passou a falar pausadamente, andando pelo aposento.

— Veja, Mia, sabemos que cometeu erros, que aquela tola velha já levantou o assunto diante do Conselho, se você não me atender, quem poderá cuidar de você?

---

[83] Espíritos em estados evolutivos mais avançados conseguem perceber qualquer situação e trabalhar em benefício dos seus, mesmo em estado de reencarnar. (Nota do autor espiritual)

Saiba que tive que falar com aquela velha tola que você abria mão de tudo que Efrat possuía em benefício dela, contanto que não a delatasse, promovendo o escândalo, se eu a livrei disto, não foi em vão – e pousou as mãos no queixo dela, olhando profundamente em seus olhos disse: – Fará o que mando, e aí sim, desposar-lhe-ei e serei um homem abastado e você minha esposa, entendeu?

Mia olhou com ardor e disse:

– Está bem, mas qual garantia terei que será desta forma?

E Elisha olhando-a falou:

– Bem, primeiro terá o auxílio da serva que ficou junto a você, eu a comprarei, e depois seduzirá Caleb, se ele resistir eu mesmo lhe darei o motivo, já tenho tudo bem planejado. Terá que confiar em mim ou será obrigada a me servir novamente, é o que deseja?

E Mia recordando-se do tempo em que era sua serva, falou firmemente:

– Não! Sua serva não, concordo com tudo.

E Elisha, aproximando-se, beijou-lhe as mãos dizendo:

– Não se arrependerá – e retirou-se do aposento.

* * *

Nur aguardava do lado de fora do aposento, Elisha chamou-a:

– Nur, este é seu nome?

– Sim – disse a idosa serva.

Neste momento Débora ouvia a tudo com cautela.

– Pois bem, de hoje em diante servirá a esta senhora de nome Mia, tudo que ela pedir fará, e eu pagar-lhe-ei o dobro pelo seu silêncio.

E retirando uma sacola de tecido onde as moedas tilintavam, entregou-lhe. A serva, olhando-o, pegou a sacola guardando entre as vestes e retirou-se apressada.

Mia, agora refeita da surpresa, sentia-se a mulher mais abençoada, afinal teria o que sempre desejou, Elisha. Seu coração encheu-se de uma furiosa paixão, e seria fácil depois ver-se livre da tola Marta, mas primeiro teria que cativar o anfitrião daquela casa, com certeza seria fácil, ainda mais agora que podia contar com o auxílio de Elisha.

Sim, agora tudo seria como ela imaginara, mas o que ela não percebia era a figura disforme de Efrat preso a ela. Ele se debatia em angustiosa onda de emissões deletérias a emitir para ela, desorganizando pouco a pouco suas faculdades psíquicas. Além da triste figura de Efrat, contava ainda com o concurso de antigos parceiros do passado, inescrupulosos, que se lhe afinizavam pela simpatia das ideias, levando-a, gradativamente, à nova queda moral. Mas, Mia acolhia bem essas impressões, como se fossem suas próprias ideias. Ela se achava esperta, inteligente e jamais seria enganada. Olhava-se no pequeno espelho d'água, adorando-se como uma estátua de pedra. Pousou as mãos na bacia, esfregando-as como a pensar em qual etapa iria se dedicar[84].

* * *

NA ACONCHEGANTE SALA onde Caleb guardava seus escritos, Marta encontrava-se como que a desejar resguardar-se de Elisha, que penetrou no recinto com sua túnica e seu manto, como um perfeito doutor da lei.

– E então, não me recepciona? Onde estão seus modos de esposa? – disse ele agressivo.

– Marido, – disse Marta com olhos baixos – estava adoentada e Job também – falou baixo com voz trêmula.

– Espera que eu creia nisto? – exclamou ele. – Marta, ouça bem, se eu sentir que me evita, vendo-lhe e Job ficará comigo.

– Não, marido, não estou a rejeitá-lo, está precisando de algo?

– Sim, venha cá, chamou-a com as mãos, lave meus pés, cuide de suas funções de esposa.

---

[84] "– A obsessão campeia na Terra, em razão da inferioridade de alguns espíritos que nela habitam. Mundo de provas e expiações, conforme esclareceu Allan Kardec, é também bendita escola de recuperação e reeducação, onde se matriculam os calcetas e renitentes no mal, que crescerão no rumo da felicidade mediante o contributo das aflições que se lhes fazem indispensáveis...

... No entanto, aqueles que se tornam descuidados dos compromissos de autoiluminação e de paz enveredam pelas trilhas do abuso das faculdades orgânicas, emocionais e mentais, comprometendo-se lamentavelmente com as soberanas Leis da Vida através da agressão e do desrespeito aos irmãos de marcha evolutiva. Não é, portanto, de estranhar que a inferioridade daqueles que sofrem injustiças e traições, enganos e perversidades, os arme com os instrumentos covardes da vingança e da perseguição quando desvestidos da indumentária carnal, para desforçarem-se daqueles que, por sua vez, foram motivos do seu sofrimento. Compreendessem, porém, a necessidade do amor e superariam as ocorrências nefastas, desculpando os seus adversários e dando-lhes ensejo para repararem o atentado praticado contra a Consciência Divina. No entanto, porque também primários nos sentimentos, resolvem-se pelo desforço, atirando-se nas rudes pugnas obsessivas, nas quais, por sua vez, tornam-se igualmente presas das paixões infelizes que combatem nos seus desafetos. A inteligência e o sentimento demonstram que é muito mais fácil amar, ser fiel, construir a paz, implantar o dever, realizar a própria e contribuir em favor da felicidade alheia, do que semear dissabor, cultivar amargura, distender o ódio e o ressentimento. Não obstante, o egoísmo e a crueldade que ainda vigem nas criaturas humanas quase em geral respondem pela conduta doentia, impulsionando-as para os desatinos e descalabros que se tornam responsáveis pela sua futura desdita. Negando-se aos sentimentos elevados, o ser transita pelos sítios tumultuados do desespero a que se entrega, quando poderia ascender aos planaltos da harmonia que o aguardam com plenitude. Enquanto permanece esse estado no comportamento humano, as obsessões se transformam em verdadeiro flagelo para todos aqueles que se deixem aprisionar nas suas amarras. ... Podemos dizer, portanto, que a obsessão pode ser considerada como o choque de retorno da ação infeliz perpetrada contra alguém que enlouqueceu de dor e de revolta, necessitando de tratamento adequado e urgente."

Tormentos da obsessão, Divaldo Pereira Franco, pelo espírito Manoel Philomeno de Miranda, "Introdução".

E Marta, buscando a bacia e o óleo, ajoelhou-se retirando as sandálias empoeiradas que lhe machucavam os pés, lavou-os com delicadeza. Elisha, olhando-a, achava-a mais bela, sua face serena, seus cabelos caindo-lhe nos ombros, sentiu um forte desejo de tê-la, mas recordou-se da velha Reina e das palavras amaldiçoadas, irritou-se empurrando-lhe com as mãos com grosseria e disse:

— Basta! Você não presta para nada.

E Marta, assustada, ergueu-se recolhendo os apetrechos, ia se retirando quando ele falou:

— Espere, ainda não disse que podia ir, fique, temos que conversar.

— Sim, meu senhor.

— Marta, devo partir para Jerusalém a fim de me unir ao sinédrio, você permanecerá aqui, mas quero que tenha toda cautela com Mia, sabe como é, ela é muito bela e Caleb, bem, é um homem só, temo por sua integridade.

Marta não percebia a maledicência sendo plantada nas palavras de Elisha, mas estranhara tal preocupação.

— Senhor, meu primo nunca molestará Mia.

— Acho bom que não, mas por via das dúvidas tome conta, entendeu?

— Sim, meu senhor.

— Agora devo alertá-la que quando regressar iremos para nossa casa a fim de rumarmos para Jerusalém. Farei o possível para adquirir uma propriedade, afinal Job em breve ficará sob meus cuidados[85]. Bem, vou me recolher, pois devo partir amanhã.

E erguendo-se, retirou-se sem cerimônias. Marta sentou e chorou copiosamente. Temia por Caleb, temia por ela e por Job, temia pelo filho que trazia no ventre, chorava sem parar até que Débora, buscando por sua senhora, encontrou-a em prantos e abraçando-a levou-a ao jardim.

— Senhora, confie em mim, nada revelarei.

E Marta, sentindo-se só, falou:

— Espero um filho de Caleb, estou perdida.

Débora com sua doçura e simplicidade abraçou-a sem nada falar, apenas afagou seus cabelos e secou suas lágrimas e quando seu pranto cessou, disse:

— D'us nos abençoa de formas diferentes, tenha fé, senhora, tenha fé.

* * *

A VIAGEM TRANSCORRIA lenta, a brisa parecia envolver os pensamentos secretos de Caleb que marchava com uma angústia no peito, pensava em Job, em Marta, o que fazer em tais circunstâncias, não conseguia raciocinar, só desejava prosseguir com seus planos.

---

85 Na cultura judaica o filho homem fica até os quatro anos sob total controle da mãe, quando completa quatro anos passa a ficar sob a tutela incondicional do pai. (Nota do autor espiritual)

Embora soubesse dos riscos a que eles se exporiam, era melhor do que ver sua amada sendo apedrejada com seu filho. Não, ele não conseguiria dormir com essa culpa, não deixaria que este fato horrível ocorresse. Pensou nas palavras de João Batista, pensou em seu mestre essênio, nos sonhos que tivera, talvez tudo fosse um aviso da tragédia que se emoldurava. Por que não calou seu coração? Por que não agiu como um homem comedido? Desrespeitou as leis, cobiçou tudo que pertencia a Elisha, e teve Marta como sua mulher, sabia o tempo todo que ela não o rejeitaria, que ela o amava, e foi cruel obrigando-a a conviver com ele, estava se culpando quando percebeu que já se achava a poucos metros da entrada de Cafarnaum.

Teria que ser sincero e falar a verdade a Zimra, ela teria que ter o conhecimento dos fatos, ela poderia auxiliar Marta, caso algo desse errado, não poderia ocultar os fatos, eles falariam por si mesmos à medida que o tempo passasse.

Cafarnaum continuava a mesma, bela e barulhenta, caminhou por mais um período até vislumbrar a casa de Zimra. Foi recepcionado por Omar, que lhe notando o semblante sério e o olhar vago falou:

— Senhor, está se sentindo bem?

Como se despertasse de um transe, Caleb sorrindo-lhe falou:

— Sim, Omar, apenas um pouco cansado, minha adorável prima se encontra?

— Sim, senhor, vou anunciá-lo.

Zimra palestrava com sua mãe Hanna acerca dos fatos que envolviam o Mestre, estava convencida de que ele era o Messias e admirava-o em suas parábolas, quando Omar falou:

— Senhora, seu primo acaba de chegar.

— Ora, Caleb está aqui? Que bom! — exclamou ela entusiasmada. — Traga-o aqui, Omar, por favor.

E logo Caleb adentrou o recinto com um sorriso nos lábios, Zimra saudou-o e ele ficou satisfeito uma vez que Hanna estava curada.

— Caleb, diga-nos o que o traz aqui, veio só nos visitar, tem algum recado de Marta?

— Sim, trago notícias de Marta.

— Que bom, venha, pedirei a Minar que prepare uma refeição e assim palestraremos acerca dos assuntos.

Caleb sentiu certo incômodo, pois sentia que o assunto era delicado, por mais que ele tentasse encontrar palavras não sabia como iniciar. Minar preparara uma bela mesa e após lavar-se adequadamente, sentou-se. Caleb, olhando para Zimra que continuava em pé como mandava a tradição, falou:

— Prima, sente-se comigo, entre nós nunca haverá esta distância.

E acolhendo e chamando Zimra, sorriu pondo-se à mesa.

— Vejo que minha tia se encontra bem-disposta.

— Sim, Caleb, o Messias transformou nossas vidas.

– Conte-me como é este homem, e Simeão onde está? – indagou Caleb, pois não havia observado sua presença na casa.

A brisa da tarde invadia o ambiente trazendo um cheiro adocicado de cedro, a casa arejada deixava a sala fresca e acolhedora. Zimra pousando as mãos sobre a mesa começou a dividir o pão e a falar com sua meiga voz:

– Caleb, meu esposo agora segue o Mestre, e todos nós sentimo-nos transformados por este homem, ele curou minha mãe e cura todos os que são cegos, os que não andam, ele traz paz em seu coração, fala de D'us com bondade e me sinto feliz em poder segui-lo, mesmo de longe, confesso que ele nos trata como se trata aos homens, compreende?

Zimra falava com os olhos úmidos de emoção.

– Então crê que ele é mesmo o Messias que nos libertará?

– Eu creio, se a palavra de uma mulher tiver valor para você, meu primo, saiba, eu sinto em meu coração, Yeshua é o Messias.

E Caleb, sentindo que aquele seria o momento falou:

– Zimra, confio em você, mais do que imagina, venho aqui hoje dividir minhas angústias, não quero que as tome para si, mas apenas se precisar, que me auxilie.

Zimra sentiu uma tristeza em seu íntimo, pensou em Marta e falou:

– É Marta, Caleb? O que fez seu coração impetuoso?

– Ela espera um filho meu.

Zimra começou a chorar, não tinha palavras, sabia que a lei era clara.

– Por que fez isto? Não a amava? Como deixou que seu egoísmo dilapidasse seu coração se enganando, se fazendo crer que era amor. Caleb, o amor sabe esperar, sabe entender o limite do outro, sabe preservar o ser que ama de qualquer dor ou vergonha, por que pôs sua verdade acima do seu amor por Marta?

E Caleb, olhando-a com lágrimas nos olhos, disse:

– Porque não consigo viver sem a presença dela, porque me sufocavam os dias sem ela, porque para me sentir satisfeito tenho que tê-la, porque ainda sou egoísta e não quero partilhar a doçura desta mulher com ninguém. Porque sou um tolo que não consegue fechar o coração que chama por esta mulher, e eu a amo e não vou deixar que a machuquem, que a sacrifiquem por nada, nem que eu mesmo morra em seu lugar. Zimra, ajude-me!

– Como? O que posso fazer?

– Zimra, nós fugiremos, já planejei tudo, não lhe direi para onde iremos, temo que Elisha venha aqui.

– Não, Elisha proibiu-nos de falar com Marta, pois Simeão segue o Messias, ele não virá.

– Entendo, mas prefiro não falar, apenas saiba que se algo acontecer de errado, pedirei ao servo leal que tenho que a traga para cá, pode escondê-la, pode enviá-la ao Egito, lá ela terá o abrigo necessário.

— Caleb, tenho que falar com Simeão, não posso lhe prometer, o meu coração diz que sim, mas devo seguir o que meu esposo decidir.

— Então aguardarei por ele, não regressarei até que tudo esteja decidido.

Zimra concordou e olhando-o com afeto perguntou para quando seria a chegada do pequeno.

— Creio que daqui cinco meses.

— Então deve correr, logo Elisha perceberá, D'us tenha misericórdia de vocês – disse Zimra com lágrimas nos olhos.

* * *

A NOITE INICIAVA trazendo as doces vibrações das constelações do céu, Yeshua com seus discípulos subiu ao monte para orar.

Simeão e André iam quietos, meditando nos acontecimentos que transformavam suas vidas. O ar refrescante trazia as emanações de serenidade do doce Mestre, que a passos lentos envolvia a todos com sua prece silenciosa e seu magnetismo de amor.

A brisa movia as flores, as árvores balançavam-se como se uma sinfonia celeste ali pairasse. Yeshua expandia suas irradiações. Espíritos diversos se arrastavam em busca de sua luz, almas sofridas se amontoavam em um gemido de dor, o qual ao toque da intensa luz era sanada, os Caravaneiros Celestes os socorriam, era o cortejo do Pai a erguer, a salvar aqueles que se transviaram do amor.

* * *

EM JERUSALÉM, ANANIAS, após sua busca por Dan, sem encontrá-lo, passava os dias em fervorosas orações por ele, o bondoso ancião não conseguia estabelecer a paz em seu coração. Sentia-se como que fracassado, às vezes perguntava nas vilas de Jerusalém se os comerciantes o haviam visto, chegava a passar horas em busca daquele a quem se afeiçoara como a um filho.

Estando neste dia próximo à estalagem onde Dan adoecera, percebeu grande aglomerado de pessoas, todos falavam admirados do milagre ocorrido. Ananias, abrindo espaço entre as pessoas, ficou admirado, o dono da estalagem, Tibeio, falava em voz alta e entusiasmada:

— Veja este rapaz, ele era mudo e agora fala, foi o Messias que o curou.

O humilde rapazola, olhando o aglomerado, começou a narrar com alegria sua ventura, ele podia falar e agradecia com fé fervorosa ao Messias que o libertara da escravidão em que vivia.

Ananias, comovido, achegou-se de Tibeio e o bondoso homem ao reconhecê-lo relatou o fato em detalhes e o idoso, num ímpeto, perguntou:

— Viste o cego que eu cuidava? Creio que tenha ocorrido algo com o coitado.

E o bondoso dono da estalagem parou como a meditar, buscando em sua memória um fato.

– Eu sei onde se encontra este cego – disse risonho.

– Então, diga-me.

– Bem, estava eu regressando de Sicar quando no caminho bem próximo à entrada vi-o a esmolar, era ele com certeza.

– Ele está em Sicar? Está com saúde?

– Pelo que pude perceber, bem magro e envelhecido, parecia adoentado.

– Obrigado, muito obrigado.

E saindo do aglomerado rumou a passos firmes para sua casa, partiria ao encontro de Dan. Procurou organizar pequena bagagem, não dispunha de muito tempo, e se ele estivesse doente, D'us! Orava enquanto organizava os apetrechos de sua viagem a Sicar.

O vento era forte, balançando a vegetação. Dan ficava à beira da entrada para a cidade, conseguira um pequeno abrigo entre as pedras. Suportava o pó das caravanas, os transeuntes enfurecidos que ali passavam. Havia pessoas que se apiedavam dando-lhe esmolas, outras vezes chutavam-no blasfemando contra ele.

Dan estava pálido, abatido e fraco. Sobrevivia pela bondade de Samuel que sempre lhe enviava a comida que sua filha fazia e muitas vezes ela mesma ia ao encontro levar-lhe o alimento.

Shayna era bondosa com Dan, mesmo ele, às vezes, sendo orgulhoso com ela. Ela deixava o alimento próximo, sentia que aquele coração sofria. Naquele dia em especial, Shayna chegou cedo, viera andando, seu véu cobrindo a face sofrida, não escondia a preocupação com seu velho pai, estava febril e delirava. Ela punha-se a caminho para comprar ervas no pequeno mercado da vila, ao notar Dan, empoeirado e pálido a pedir, aproximou-se:

– Senhor – disse ela com sua voz meiga.

Dan, reconhecendo, falou mal-humorado:

– Sim – erguendo a testa em sinal de desagrado.

– Senhor, não tenho com quem partilhar minha tristeza.

– Então vá à sinagoga ou a qualquer lugar, eu não quero ouvir – disse ele orgulhoso.

– Senhor, meu pai adoeceu, e não sei o que fazer. Há três dias a febre lhe consome.

– E o que eu tenho com isto – disse Dan arrogante.

– Nada, senhor, mas mesmo assim trouxe seu alimento.

Retirando da sacola de pano muito simples o pão, deu nas mãos de Dan, e ergueu-se com lágrimas nos olhos.

Dan, em seu orgulho, achava uma lástima ter que se alimentar da oferta de uma samaritana, pegou o pão e cheirou, sentia a dor da fome atravessar-lhe o estômago. Não, mais uma vez teria que comer aquele pão, blasfemou.

A cada dia Dan parecia mais distante de D'us, culpara-O pelas dores que o acometera, sentiu-se mal por ter se alimentado e por ter tratado aquela criatura de forma tão grosseira, mas ele era um doutor e eles eram samaritanos, que D'us era este que lhe enviara ao inferno, resmungava, gritava.

– D'us de injustiça, o que fiz?

Muitos o viam como um cego lunático. Shayna marchou lamuriosa até a pequena tenda, onde um idoso vendeu-lhe uma erva que ela deveria macerar e dar ao seu querido pai.

Regressava assim sem esperança quando percebeu que Dan estava sendo chicoteado por rapazolas que se riam dele, aplicando-lhe golpes qual fosse jumento bravo. Dan gritava impropérios, falava que ia matá-los. Shayna, condoendo-se daquele ser, falou com autoridade para aqueles jovens rapazolas, recém-saídos da infância:

– Parem, parem ou eu mesmo entrego-lhes.

E os meninotes assustados, pensando ser ela algum parente de Dan, fugiram entre gritos e algazarras. Dan estava com o rosto sangrando, as mãos machucadas e os joelhos cheios de pedregulhos, feridos e arranhados de tanto correr dos pequenos algozes.

– Senhor, por favor, deixe-me conduzi-lo.

E Dan, sentindo a doçura daquela voz, deixou-se ser tocado por aquelas mãos.

– Não devia ficar à beira do caminho, deixe-me auxiliá-lo – dizia Shayna.

Dan estava revoltado, mas aceitou o auxílio da bondosa samaritana, que se ajoelhou e apoiando-o em um de seus ombros, ergueu-o dizendo:

– Venha, venha comigo, consegue caminhar?

E Dan, balançando a cabeça qual criança, respondeu que sim. Caminharam por um pequeno trecho, Dan gemia pela dor das chibatadas, sua face macerada e o joelho incomodavam-no. Shayna suportou o peso de levá-lo até sua propriedade sem nada lamentar, estava aflita com a situação de seu pai e condoía-se do pobre homem que parecia enlouquecer de tanta dor. Shayna não compreendia o porquê do sofrimento de Dan, mas achava-o um homem belo, de traços firmes e nobres, nutria grande simpatia por ele, apesar de ser sempre ignorada ou maltratada pelas suas atitudes grosseiras. Não demorou muito até que a sua humilde propriedade se mostrasse. Ao entrar na casa deixou Dan amparado em singela cadeira e rumou aflita ao aposento onde seu pai jazia.

Samuel transpirava muito e respirava com certa dificuldade, achegando-se de seu pai percebeu que ele dormia, estava quente e por vezes parecia tremer, rumou para o local onde preparava os alimentos, macerou as ervas em pequena quantidade esfregando o sumo esverdeado, colocou a mesma medida de vinho, misturou pondo um pouco de água, deixou descansando, encheu uma bacia, pegou bandagens e foi socorrer Dan.

Deu-lhe a devida atenção, ajoelhando-se, retirou suas sandálias gastas, lavando os pés feridos, pousou suas mãos na bacia, esfregando-os, foi com calma e cautela retirando os espinhos e pedras do seu joelho até chegar em sua face, com delicadeza limpando-lhe e pondo remédio, depois de feito, deu-lhe um copo de vinho acompanhado de bolinhos de peixe e pão. Dan alimentou-se com grande apetite, deixando transparecer toda a sua gratidão por ela ter lhe dado a devida acolhida. Shayna a tudo observava. Após cuidar do cego, levou-o até estreito cômodo onde havia sido feita uma cama improvisada com palha e alguns pedaços de tecido e deixou-o ali, dizendo:

— Repouse, o senhor precisa dormir.

E Dan, sem nada blasfemar, deixou-se cair em profundo sono como há muito não conseguia.

Shayna, saindo do aposento, rumou para o local onde seu pai se encontrava, recordou-se da multidão que acompanhava o Messias, ficou pensativa, será que ela conseguiria levar o pai e o estranho homem até ele? Respirou profundamente, falavam que ele realizava prodígios, talvez se ela no dia seguinte se colocasse na caravana poderia conseguir esta bênção, uma luz do D'us de Abraão. Embora não seguisse os costumes como os demais judeus, Shayna acreditava no Messias, em suas curas e neste Reino que viria.

* * *

Em Jerusalém, os fatos do Messias corriam como fel no clero do templo, muitos estavam preocupados com suas posições, mas em casa de Elad, as preocupações eram outras.

Reina seguira sua vida junto a Orlit, confortada pela pessoa doce e generosa que ela era. Mas sentia uma profunda tristeza em seu coração, a matrona idosa havia se curvado sob o peso de seu luto, pouco se preocupava com o rumo dos negócios da família. Sua serva, Itti, que lhe acompanhava, era um doce anjo que lhe fazia companhia nas caminhadas pelo jardim. Sempre ao fim da tarde, Reina se prostrava em uma banqueta olhando as estrelas que surgiam, suspirava com tristeza e lamentava a dor de sua perda, nutria profundo ódio por Mia, sentia em seu coração que ela era a causadora de todo seu infortúnio.

Elad, porém, rejuvenescera, Orlit o cativara, ele agora gozava de visível bem-estar, sentia-se rico, próspero e amado, estava assim pensativo quando o mesmo homem, que o visitara na época em que Mia hospedara-se em sua casa, retornou ao seu lar para conversação acerca de seus negócios delituosos. O homem, embora bem trajado, não passava de uma alma doente, cativa dos vícios e da posse do ouro transitório, achegou-se ao local onde Elad refletia.

— Senhor, sei que não gosta que eu aqui venha, mas temo que nossos negócios sejam prejudicados.

— Mas por quê? — disse o comerciante.

— Bem, é que agora que o Messias surgiu, muitos homens já não desejam mais realizar algumas práticas que nos propiciem os lucros.

— Mas que despropósito. Então o Messias está me prejudicando? Diga a estes infelizes que aquele que permanecer fiel a mim, ganhará o dobro.

– Mas, senhor...

– Dobre a oferta, não me ouviu?

– Sim, mas...

– Sem mas, pois quando quis interromper este negócio vocês não me permitiram, agora vou até o fim, desejo lucro para todos.

– E o grupo de Barrabás, como faremos?

– Ignoro, ele me foi útil, agora já não é mais, tenho negócios com outros, os assaltos às comitivas devem continuar.

E olhando-o, o homem concordou:

– Sim – e não tendo nada mais a dizer, retirou-se.

Elad lucrava com os assaltos e as emboscadas que eram patrocinadas por ele e por um grupo de homens inescrupulosos que compravam os produtos do furto e facilitavam assim a sua venda. Após a rápida conversa ele despediu-se do seu sócio e rumou para o interior de sua casa, estava atravessando o jardim quando percebeu sua irmã ali pensativa, aproximou-se então e notou que ela chorava, achegando-se e olhando-a disse:

– O que fazer para seu pranto sanar, querida irmã? Diga, que seu irmão fará – disse Elad com sua mão gorda erguida aos céus. Reina olhando-o, falou:

– Sabe que a causadora desta desdita em minha casa está viva e impune.

– Como assim, ela não morreu? Não estava com meu sobrinho? Não ficou doente?

– Sim, mas o mal, – disse Reina chorosa – tem raízes. Antes de aqui vir estive com aquela víbora, continua a mesma.

– Não, Reina, ela não ficou com o dinheiro de seu filho.

– Não, mas meu Efrat jaz morto e ela está viva.

– Não chore, não chore, D'us saberá como atingi-la – e apertando o ombro de Reina, retirou-se.

"Se aquela mulher ousar atravessar meu caminho, corto sua garganta", pensou Elad enquanto rumava para seu aposento.

* * *

A NOITE CAÍRA e Caleb estava inquieto por Marta, temia que Elisha desejasse tê-la como mulher. Zimra percebia o sofrimento de seu primo e tentando confortá-lo falou:

– Caleb, repouse. Amanhã será um novo dia, tenho certeza que Simeão regressará.

– Não sei se devo Zimra, temo por minha Marta e pelo pequeno que está com ela.

– Não tema, ore ao nosso D'us, confie, seria tão bom se você conhecesse Yeshua, ele teria a palavra certa para você, primo.

– Será que não me condenaria?

– Como sabê-lo, Caleb, como? Agora venha, repouse, precisa descansar.

Caleb foi para o aposento destinado a ele. Sentiu falta de Marta, orou ao D'us de Abraão para que Ele a guardasse de Elisha.

* * *

As estrelas cintilaram no céu de Betsaida, Marta com o pequeno Job ao colo punha-o para dormir, o pequeno ser negava-se a deixar o colo de sua mãe, parecia pressentir a chegada do irmão.

Elisha observando ficava imponente, andava de um lado para outro, talvez devesse ignorar as tolices de Reina e ter Marta como sua mulher, seria melhor. Mas e se ela ficasse grávida? Não, melhor não. Então esperaria que ela dormisse e rumaria ao aposento de Mia para traçar os planos.

Alegando cansaço, Elisha despediu-se de Marta rumando para o aposento onde dormiria. Após a saída de Elisha, Marta trancou a porta segurando Job em seus braços, agradeceu intimamente a D'us por ele ter saído do quarto, sentiu-se frágil. Por onde andaria Caleb, por que não havia retornado? Job adormeceu, colocou-o em seu leito e deitou-se, sentia-se cansada e amedrontada diante de toda aquela situação, o que faria? Foi sendo envolvida pelo sono reparador, não tinha forças e adormeceu.

Elisha não demorou muito em seu aposento, mil ideias passaram por sua mente, pensara em uma forma de eliminar este Messias, acreditava que ele não era o Messias. Embora este assunto o incomodasse, outro chamava-lhe a atenção, era Mia. Sim, seguiria para o seu aposento, afinal ela teria que fazer tudo o que ele havia planejado. Bateu a sua porta. Mia, sentada, observava o jardim quando ouvindo a voz de Elisha à sua porta, estremeceu de euforia. Elisha ali, à sua porta? Tratou de arrumar os cabelos, foi direto para a porta e abrindo-a viu que era ele, o homem que fazia seu coração pulsar.

– Entre Elisha – disse ela. – O que houve? – perguntou com voz manhosa.

Elisha desprezava esse tipo de mulher e ao mesmo tempo ela incomodava-o.

– Seduza-me, Mia.

– Como? – disse Mia com voz rouca.

– Como? Como uma mulher faz, faça, quero ver se saberá dominar Caleb.

E Mia, olhando-o, falou:

– Bem, creio que isto será entre Caleb e a minha pessoa, portanto não o farei para você.

E Elisha, aborrecido, disse:

– Não lhe peço nada mulher, obedeça-me, eu quero ser tentado por você, faça.

E Mia, olhando-o, pôs-se a dançar, mexia o corpo com graça e sua túnica transpassada deixava ver as formas atraentes de seu corpo, os cabelos esvoaçavam e Elisha sentia-se atraído por ela.

— Agora está melhor – disse Elisha.

Mia então tirou o véu dos cabelos para que ele visse melhor seu rosto, olhava-o como se o fogo estivesse em seu olhar, pegou um copo de água e ofereceu a Elisha, antes, porém molhou em seus lábios, passando os dedos nos lábios dele. Elisha segurou suas mãos tomando-lhe o corpo esguio, abraçou-a apertando-a e depois empurrando-a, disse:

— Se quer seduzir Caleb terá que ser melhor que uma dançarina. Ele é um homem que se move pela sabedoria, não é como um jumento ou um cavalo. Pense, Mia, use a doçura, use sua cabeça, faça como minha mulher – e olhando-a com desejo e desprezo completou: – Você é bela, mas só isto não basta, nem para ele e tão pouco para mim, durma bem – e retirou-se.

Mia, enfurecida pelas palavras duras de Elisha, jogou o copo no chão blasfemando contra ele e D'us, jogou-se na cama chorando e recordando-se de Efrat que se encantava por ela, chorou mais ainda.

A recordação de Efrat fez com que ele, ali ligado a ela, se sentisse satisfeito pelas lágrimas que ela derramava.

Então, com mágoa profunda de Elisha pensava em quem era ele para compará-la a Marta. "Este Caleb, que espécie de homem daria valor a uma mulher doce e sábia? Os homens são sempre homens", pensou ela aborrecida.

* * *

Débora encontrava-se com Abed no jardim, as estrelas enfeitavam a noite e as flores perfumavam aqueles corações.

— Débora, – disse Abed – sabe que se tudo ocorrer da forma que o senhor Caleb quer, nós nos casaremos.

— Sim – disse Débora rindo – eu sei, tenho confiança que tudo dará certo.

— Eu sei, Débora, digo isto para animá-la, sabe que é tudo muito perigoso.

— Eu sei, Abed, e imagino que você também saiba.

— Sim, Débora, estamos ajudando na fuga de uma mulher compromissada.

— Pois bem, hoje eu vi e ouvi algo muito estranho.

— Do que se trata? – perguntou Abed.

— É a Nur, a serva do senhor Caleb.

— Sim, prossiga – falou ele curioso.

E Débora fez uma pausa como a meditar.

— Conte-me, o que foi? – insistiu Abed.

— Bem, eu vinha no corredor quando ouvi Elisha falando que ela seria a criada de Mia, que teria que fazer o que ela pedisse e não mais servisse a casa – disse Débora.

— Acho que devemos falar isto ao senhor Caleb, afinal não sabemos de fato o que estão tramando – disse Abed.

Débora olhou assustada, mas concordou.

Nos aposentos da criadagem onde a idosa Nur e Dror repousavam, a conversa ia animada, com o servo ouvindo-a preocupado.

– Pois então Dror, agora poderemos gozar de conforto, este homem me deu uma boa quantia em dinheiro para servi-lo.

– Mas, Nur, isto não está correto – disse o idoso. – Somos servos do senhor Caleb, não deste homem e desta mulher.

– Ora, Dror, que mal há nisso? Talvez eles apreciam o meu serviço.

– Duvido e digo que algo ruim há nisto.

– Pois eu nada temo, afinal o que temos, homem?! – exclamou Nur. – Somos um casal de idosos, servos em final de vida, logo seremos imprestáveis, este dinheiro deve ser utilizado, veio em boa hora, e retirando de sua veste a pequena fortuna, lançou-a.

Dror, olhando-a, falou:

– Mulher, se arrependerá disto.

E erguendo-se, como que não desejoso de participar desta situação, saiu do aposento entristecido.

* * *

A NOITE TRANSCORREU em vigília para Yeshua, que em oração permaneceu. Muitos espíritos vinham atraídos pela sua luz buscar o alívio. Suas orações os envolviam sendo recolhidos pelas equipes que acompanhavam o Mestre. Assim que o dia raiou, chamou seus discípulos e disse:

– De hoje em diante serão chamados de apóstolos e serão doze.

Yeshua volveu seu olhar para Simeão e disse:

– Você será chamado de Cefas (Pedro).

Chamou também André, seu irmão, Tiago e João, Felipe e Bartolomeu, Mateus e Tomé, Tiago, filho de Alfeu e Simeão, chamado Zelote, Judas, filho de Tiago e Judas Iscariotes.

Os discípulos sentiram-se tocados pelo amor de D'us e sentindo no Mestre a confiança que sua presença transmitia, desceram com ele para um local plano onde a multidão o cercava. O sol brilhava, as pessoas esbarravam-se, amontoavam-se para ouvi-lo. Eram velhos, estropiados, mulheres, crianças que choravam, todos desejavam tocá-lo, muitos haviam vindo da Judeia e de Jerusalém, pois ouviam os prodígios que Yeshua realizava e as curas milagrosas. Ele expulsava os espíritos imundos, extinguia as dores que dilapidavam a alma daquele povo. Os espíritos que ali se prostravam, ao toque das emanações, se rendiam implorando pela presença Divina, muitos irmãos desencarnados eram encaminhados em multidões aos campos de refazimento.

20. O sermão do amor

Caleb decidiu ir até onde Simeão se encontrava. Acordou assustado e preocupado, não poderia regressar a Betsaida sem ter a certeza de que Marta seria socorrida caso algo lhe acontecesse, não poderia deixá-la sem o devido amparo, ergueu-se decidido, falaria com Simeão, não o esperaria, iria até ele, seria fácil encontrá-lo, afinal, a cidade estava em festa com tantos transeuntes. Começara a organizar sua pequena bagagem, rumou para o salão principal, Minar já estava acordada, cumprimentou-o. Caleb, então, falou:

– Devo partir, não aguardarei por Simeão, Minar. Por favor, avise a Zimra que lhe agradeço.

– Senhor, alimente-se.

– Não, devo seguir.

Então a bondosa serva pegou um pão, enrolando-o em um pano e entregou-lhe.

– Obrigado, Minar, que D'us lhe ampare.

Caleb saiu pelas ruas em desespero, o tempo era curto, tinha que regressar. Não demorou a encontrar o Messias, a multidão se alastrava qual formigueiro humano. Caleb ia olhando aquelas pessoas, rostos desfigurados pela dor agora reluziam com um brilho de esperança. "Como?", pensava ele, "quem seria este homem?". Viu uma criança chorando, percebendo que sentia fome, deu-lhe o pão. Seguia em meio ao odor de suor, o cheiro de doença, havia velhos e mulheres. Ao longe percebeu homens, foi aproximando-se, eram os discípulos que acercavam o Mestre, figura esguia, imponente, o vento balançava as árvores, porém quando o Mestre começou a falar, grande quietude se fez.

– A você que me ouve digo: ame a seus inimigos, faça o bem aos que lhe aborrecem, bendiga os que lhe maldizem e ore pelos que lhe caluniam. Ao que lhe ferir numa face, ofereça-lhe também a outra e ao que houver tirado a capa, nem a túnica recuse. E dê àquele que lhe pedir, e ao que tomar o que é seu, não lhe torne a pedir. E como você quiser que os homens lhe façam, da mesma maneira faça você também.

E Caleb, encantado, assentou-se a um canto para ouvir sua narrativa que tocava não só a sua alma, mas a de todos. A brisa banhava o local refrescando a todos, as árvores bailavam e o sol era interrompido pelas nuvens silenciosas. Yeshua prosseguia a cada momento mais doce, mais firme e manso em suas palavras.

– E se amar aos que o amam, que recompensa terá? Também os pecadores amam os que os amam. E se fizer o bem aos que lhe fazem o bem, que recompensa terá? Também os pecadores fazem o mesmo. E se emprestar àqueles a quem espera tornar a receber, que recompensa terá? Também os pecadores emprestam aos pecadores para tornarem a receber outro tanto. Ame, pois, os seus inimigos, faça o bem e empreste sem nada esperar e será grande o seu galardão e será filho do Altíssimo, porque Ele é benigno até para com os ingratos e maus. Seja, pois, misericordioso como também seu Pai é misericordioso. Não julgue e não será julgado, não condene e não será condenado, solte e soltar-lhe-ão, dai e ser-lhe-á dado, boa medida, recalcada, sacudida e transbordando lhe darão, porque com a mesma medida com que medir também será medido.

E olhando, falou-lhes uma parábola:

– Pode porventura um cego guiar outro cego? Não. Cairão ambos na cova. O discípulo não é superior ao seu mestre, mas todo aquele que for perfeito será como seu mestre. E por que atenta você no argueiro que está no olho de seu irmão e não repara na trave que está no seu próprio olho? Ou como pede a seu irmão – irmão deixa-me tirar o argueiro que está no seu olho, não atentando você mesmo na trave que está no seu? Hipócrita, tira primeiro a trave que está no seu olho e verá bem para tirar o argueiro que está no olho de seu irmão, porque não há boa árvore que dê mau fruto, nem má árvore que dê bom fruto, porque cada árvore se conhece pelo seu próprio fruto, pois não se colhem figos dos espinheiros nem se vindimam uvas dos abrolhos. O homem bom, do bom tesouro do seu coração tira o bem, e o homem mau, do mau tesouro do seu coração tira o mal, porque da abundância do seu coração fala a boca. E por que me chamam Senhor, Senhor e não fazem o que eu digo? Qualquer que vem a mim, ouve as minhas palavras e observa-as, eu mostrarei a quem é semelhante: é semelhante ao homem que edificou sua casa, cavou e abriu bem fundo e pôs os alicerces sobre a rocha e vindo a enchente, bateu com ímpeto a corrente naquela casa e não a pôde abalar, porque estava fundada sobre a rocha. Mas o que não pratica é semelhante ao homem que edificou uma casa sobre a terra e sem alicerces na qual bateu com ímpeto a corrente, logo caiu e foi grande a ruína daquela casa.

Caleb, estupefato, ouviu como aquele homem falava, as palavras pareciam entrar em sua alma. Começou a sentir certo desconforto, queria poder ficar ali, mas não poderia, tinha que falar com Simeão, tinha que chegar a ele. Simeão que estava atento ao movimento, olhou a multidão como se esperasse encontrar alguém, quando sentiu ser tocado, era Caleb, sorriu surpreso por vê-lo.

– Caleb, que bom vê-lo – saudou Simeão.

– Preciso falar-lhe – disse Caleb apreensivo.

– Não posso deixar o Mestre, ele está ministrando a palavra – disse Simeão.

– Simeão, é fato importante.

E Simeão, temendo ser algo sobre sua família, afastou-se com Caleb da multidão. Estavam embaixo de frondoso cedro, a brisa era refrescante, a paisagem indescritível, centenas de sofredores se uniam como em coro de almas sedentas de luz, e com o sol ao céu, o cenário belo. Caleb meditou nas palavras e então disse:

– Venho aqui para pedir não por mim, mas por Marta.

– O que há, por que você pede por ela, e não Elisha? – disse Simeão ansioso.

– Marta tornou-se minha mulher e carrega em seu ventre meu filho.

As palavras pareciam queimar o coração de Simeão, que não tolerava faltas diante da Lei.

– Ela será apedrejada, é a lei – disse ele duramente.

– Que lei é esta, homem? Veja e escute o que seu Mestre falou. Ele não lhe ensina de modo diferente? Por que está julgando Marta e a mim?

– Entenda como quiser, Caleb, mas não irei comprometer minha família por você e por seus atos insanos. Não vê o que fez? Destruiu uma casa, aniquilou com vidas, e não porei culpa naquela mulher, pois sei que você foi até ela, você a buscou onde ela estava. Então não me peça favores que não posso oferecer.

Simeão estava triste por Marta, mas não poderia se comprometer, embora em seu coração fosse afetuoso, seus ímpetos eram maiores.

Caleb nada disse, virou-se como se flechas atravessassem seu coração, lágrimas doídas rolavam de sua face. Sua culpa, sua culpa, e caminhou desorientado em busca de sua casa e dos braços confortantes de Marta.

* * *

Naquela manhã Elisha acordara decidido a pôr uma pedra em cima dos assuntos que Reina havia semeado na sinagoga, não queria que ninguém suspeitasse de Mia, afinal não seria bom para ele. Preparou-se, pôs uma túnica e rumou para a sala onde encontrou Marta aguardando-o.

– Pois bem, meu marido, sua refeição está posta como lhe agrada.

– Sim, Marta, aproxime-se, quero falar-lhe. Veja bem, eu irei até Betsaida, na sinagoga, resolver assuntos pertinentes a nossa família e de lá partirei para Jerusalém. Espero, contudo, regressar com boas notícias.

E Marta, olhando-o sem compreender, falou:

– Como assim, meu marido?

– Marta, acha que ficará aqui por quanto tempo mais? Eu providenciarei sua partida para estar comigo, ou quer ficar na guarda do seu primo?

– Não – disse Marta.

– Então em breve ficará melhor ao meu lado e próximo a sua irmã Orlit.

Marta sentiu um aperto no peito, não queria crer que iria para Jerusalém com o filho de Caleb no ventre. "D'us, temos que fugir", pensou aflita.

E comendo, apressadamente, Elisha completou:

– E não esqueçamos de Mia, ela está sob nossa responsabilidade, agora. Não convém deixá-la a sós com Caleb – disse propositalmente.

Marta apenas acenou com a cabeça. A dor em seu peito parecia sufocá-la. Elisha erguendo-se, saiu com pressa. Marta sentou-se e chamou por Débora que, notando sua palidez, trouxe-lhe água.

– Está melhor, senhora?

– Sim – disse Marta.

– Deve ser o calor – aduziu Débora – por que a senhora não vai caminhar próximo ao lago, eu irei com Job para fazer-lhe companhia.

E Marta, olhando-a, falou:

– Sim, seria muito bom.

E desceram pela passagem sem que ninguém notasse. O lago estava majestoso, sereno e a brisa refrescava o ambiente. Marta caminhava pensativa. Job corria a brincar com as pedrinhas molhando os pés pequenos e firmes. Job chamava-lhe de mãe, seus olhos vivos traduziam um amor profundo a Marta, que brincava com o pequeno beijando-lhe o narizinho. Débora observava-os até o momento em que foram surpreendidos com a chegada de Caleb.

Parecia completamente desorientado, sentou-se em um canto chamando por Marta, que, notando sua voz cortada, foi ao seu encontro, estava ofegante. Após seu encontro com Simeão retornara às pressas para casa, não tinha mais como aguardar, estava nervoso e angustiado sentindo o peso das circunstâncias caírem-lhe sobre os ombros.

Marta, solícita, foi ao seu encontro, sentia que algo muito ruim acontecera, aproximou-se com cautela, temerosa de causar mais transtornos, deixou que ele falasse. Sentado em uma pedra por debaixo de um arbusto ergueu os braços como a chamá-la:

– Vem minha luz, vem, por favor – disse ele com a voz trêmula de exaustão, e abraçando-a com lágrimas nos olhos disse: – Teremos que partir, não devemos nada aguardar.

– O que houve? – perguntou Marta.

E Caleb, querendo poupá-la, passou os dedos sobre os lábios dizendo com ternura:

– Não houve nada amada, nada.

Marta sentiu certo medo e ele percebendo falou:

– Não tema, confia em mim?

– Sim – disse Marta com firmeza.

– Então tenhamos fé.

– E Zimra e Simeão?

E Caleb, olhando-a, disse:

– Não devemos pedir-lhes nada, eles não poderão auxiliar.

– Entendo – disse Marta entristecida.

– Mas se posso dar-lhe alguma alegria, digo a você minha luz, que vi o Messias e ouvi os ensinamentos de sua palavra.

E Marta, de olhos vivos, perguntou:

– Conte-me, como ele é? Você chegou a falar com ele? E os prodígios são verdadeiros? Poderei ir até lá?

– Calma – disse Caleb com um sorriso meio entristecido. – Eu o vi e ouvi, mas não pude falar-lhe, e sabe que não poderemos nos aproximar, quem sabe um dia, está bem? Agora me conte o que Elisha fez, como se comportou, tocou-a?

– Não, ele não me tocou, estava muito aborrecido, mas disse que quando regressar me levará com Job para Jerusalém, estou com medo.

– Ele não conseguirá, partiremos logo, preciso apenas assegurar que ninguém saiba de nosso destino e aí, sim, iremos.

– Mas quando, Caleb?

– Amanhã lhe direi, agora preciso me trocar e descansar, eu não dormi e estou muito cansado.

– Eu irei – disse Marta.

– Não, fique com Job, pedirei a Nur que prepare uma refeição e o meu banho.

E Caleb subindo adentrou em sua casa, requisitou de sua serva os devidos cuidados, e Nur imediatamente foi informar a Mia da chegada do seu senhor.

Mia estava por demais aborrecida com as palavras de Elisha, quem ele pensava que era, "qual o homem que ela não dominaria?", pensava enfeitando-se, quando Nur trouxe-lhe a notícia.

– Senhora – disse a serva idosa.

– Sim, fale.

– Meu senhor retornou e está para cear.

– Que bom! – exclamou Mia – agora irei conhecer este homem, me leve até o local de sua preferência, ande serva, o que espera?

– Sim, minha senhora – disse Nur.

Mia analisava cada canto da casa, era a primeira vez que via a casa, afinal passara a maior parte do tempo recolhida no quarto.

– Parece que este homem é bem abastado.

– Sim, minha senhora.

– Que bom, assim será mais fácil tolerá-lo.

Nur deixou Mia na sala principal, ela usava uma túnica de linho no qual suas curvas eram realçadas, deixou o véu quase que displicentemente caído em seus ombros, e sentou-se mostrando parte de seu tornozelo.

Caleb em seu quarto refazia-se da viagem, sabia que tinha pouco tempo, mas devia ir à sinagoga dar a devida satisfação aos seus superiores. Improvisaria uma visita a um amigo distante que adoecera e pediria para ser substituído. Sim, ficaria escondido por dois dias e aí Marta iria ao seu encontro, ninguém suspeitaria. Já havia pensado em simular sua morte, sim, Abed se encarregaria de fazê-lo, seria fácil. Quanto a Marta, ela teria ido ao encontro do Messias e se perdera, essa seria a desculpa, seria convincente e assim a livraria da perseguição de Elisha. Agora que suas ideias haviam se alinhado iria comer, sentia-se bastante fraco. Erguendo-se de seu leito foi até a sala onde se serviam as refeições, estava tão absorto em suas ideias que notando a figura exuberante de Mia apenas ocorreu perguntar-lhe quem era.

– Senhora, quem é você? – inquiriu Caleb sem maior intenção.

– Sou Mia – disse ela sem nenhuma timidez.

E como se de repente recordasse, Caleb falou:

– Ah! Sim, havia me esquecido, você é a irmã adotiva de Elisha. Está bem?

– Sim, e você é Caleb, meu bondoso benfeitor.

Caleb sorriu com certa timidez, mostrando a simpatia de sua alma, que atraiu Mia.

– Não, não sou benfeitor, apenas socorri, tenho certeza que a senhora agiria da mesma forma, agora se me permite quero me alimentar, me acompanha?

– Eu posso sentar-me com o senhor? – perguntou Mia espantada.

– Por que não? Não costumo desprezar nenhuma criatura.

– Sendo assim, aceito.

E Caleb, sem perceber, abria a porta para que Mia levasse seus dardos venenosos. Mia parecia ser a anfitriã, não mediu esforços para parecer-lhe gentil e agradável, falava da viagem a Jerusalém, da tragédia com seu esposo. Caleb ouvia a tudo, embora cansado, achava interessante que uma mulher bebesse como um homem e se portasse com toda desenvoltura. E em pequeno momento achara-a até bela, mas um pouco vulgar. Sentindo-se enfadado da conversa, que se situava na maior parte acerca da sociedade e das frivolidades ia se retirando quando Marta apareceu.

Marta ouviu a voz de Mia e resolveu ver o que ocorria, chegando à sala ficou surpresa de vê-la com Caleb em diálogo tão eloquente. Saudou a ambos, quando Mia falou:

– E então, Marta, como estou?

– Parece-me bem – disse Marta com timidez.

– E você, Caleb, o que acha? – disse Mia com tom de arrogância.

– Bem, diria estar normal, – e olhando para Marta falou – a senhora não deveria ficar tanto tempo ao sol e sim alimentar-se.

O olhar de Caleb transbordava uma ternura e Mia notando sentiu-se enfurecida. Como poderia ser? Ela, linda ali e Marta aquela mulher apagada, sem graça, cativava a atenção daquele homem. Sentiu raiva, não poderia ser. Aquele homem parecia estar seduzido.

Marta, que percebeu o olhar inescrupuloso de Mia, falou:

– Não se preocupe, meu primo, estou bem, assim que puder me alimentarei, agora devo cuidar de meus afazeres.

– Quais? – inquiriu Mia.

– Ora, você não sabe, Mia? É que minha adorável prima cuida desta casa, em tudo ela que toma as decisões, como sabe, sou um homem ocupado e Marta é a pessoa que confio em minha casa.

Mia ficou estupefata, até ali ela exercia influência e baixando os olhos de profunda irritação falou com tom de suavidade forçada:

– Marta é uma mulher primorosa, agora tenho que repousar se me permite – e erguendo-se saiu irritada tendo atrás de si uma fileira de alguns amigos desencarnados que lhe influenciavam os pensamentos. Foi só adentrar em seus aposentos para começar a tecer a teia de maldades que eram lançadas em seu coração desavisado. A inveja lhe corroía da mesma forma que a raiva que sentia por Marta. Aniquilaria com ela, era sempre ela em seu caminho, maldita mulher. Mas por que ele a olhava com tanta ternura, será que eram amantes? Se fossem, descobriria.

E assim tramava a derrota deles. Ah! Sim, Elisha saberia a mulher vil que o desonrara, seria bom vê-lo sofrer, e sorriu ironicamente.

Seu pai, que ali estava, entristecia-se da atitude desvairada. Os irmãos infelizes a cada dia se compraziam mais e Mia, era como uma corte, de um lado os antigos amigos de queda e do outro os antigos verdugos lhe estimulando a inveja, a vaidade, tramando a sua derrota moral. Seu pai ficava sem muitos recursos, só lhe restava aguardar o desfecho das atitudes enlouquecidas a que Mia se associava.

Caleb, erguendo-se, pegou as mãos de Marta e beijou.

– Venha, vamos para nossos aposentos, preciso de sua companhia, preciso conversar, pegue o que deseja para se alimentar e venha, temos muitos planos que traçar.

Marta obedeceu sem nada falar.

* * *

ANANIAS CHEGARA A Sicar. A pequena vila possuía poucas casas, não foi difícil saber notícias do cego que por ali ficava a esmolar. Algumas pessoas disseram que ele agora estava sob o abrigo de Samuel, o idoso comerciante. Ananias dizia ser parente dele, e não foi difícil chegar à propriedade onde Shayna morava com seu pai. A bondosa moça estava sempre cuidando da casa e dos animais. Agora cuidava também de Dan, que não lhe recusava mais as atitudes, chegando até mesmo a chamá-la para ajudá-lo. Foi já pela nona hora que Ananias chegara à propriedade. Shayna foi ao seu encontro, achou que se tratava de algum amigo de seu pai, já que se abeirava da noite.

– Senhora, *shalom*.

– *Shalom*, meu senhor.

– Venho procurar por parente meu de nome Dan, conhece?

– Sim, ele se encontra aqui – abrindo a cancela que dava entrada à sua casa.

Ananias ficou satisfeito ao perceber que a casa, embora humilde, possuía donos acolhedores.

– Bem, minha senhora, eu sou Ananias.

– E eu me chamo Shayna.

Shayna dirigiu-se ao interior de sua casa, conduziu Ananias a estreito cômodo onde Dan jazia e então disse-lhe:

– Dan, trago alguém que lhe procura.

Dan ficou lívido, pensou tratar-se de Orlit, por um breve segundo esqueceu-se que ele mesmo havia se encarregado de apagar sua existência. Ficou em silêncio. Ananias ao contrário condoeu-se da figura magra, pálida e sombria que ali se encontrava, muito pouco recordava aquele jovem e culto doutor da lei, estava com sua face ressequida, envelhecido pelo sol, pelas aflições de sua vida. Foi Ananias que se pronunciou quebrando a triste impressão e resgatando Dan de seu breve esquecimento.

– Que bom, meu amigo, que o encontrei! – exclamou o gentil idoso em tom de sincera fraternidade.

E Dan, reconhecendo a voz, retrucou intrigado:

– Como me encontrou aqui?

– Ora, Dan, D'us que tudo sabe guiou meus passos até aqui.

Dan refletiu por alguns momentos, emocionado com aquelas palavras. E Ananias prosseguiu em suas colocações dóceis:

– Vim buscá-lo, meu amigo, esquece que tem que encontrar o Messias?

E Dan, virando-se em todas as direções, como que desejoso de tocá-lo, ergueu suas mãos em sinal de gratidão aos céus. Ananias ajoelhou-se e abraçou Dan como se ele fosse seu próprio filho. E Dan, então, disse:

– Amigo, me recordo de nossa viagem, mas antes, contudo, devo retribuir todo bem que aqui recebi, e venho pedir-lhe pelo nosso querido Samuel que nunca me negou o pão e o abrigo. Eu, que sou apenas um cego estranho, aqui fui acudido – disse Dan com lágrimas a banhar sua face ainda machucada.

Ananias compreendendo que o amigo se afeiçoara àqueles que lhe auxiliaram, disse firme:

– Vou fazer o possível.

E voltando-se para Shayna, perguntou:

– O que tem Samuel?

– Meu pai jaz muito enfermo há alguns dias.

– Poderia vê-lo?

– Sim, me acompanhe.

E atravessando estreito corredor de pedras chegaram ao local onde Samuel estava. Tudo era muito simples naquela casa. O idoso Samuel gemia baixo, estava amarelo, os olhos já não abriam, a febre o devorava. Ananias, examinando-o, notou que lhe restavam alguns breves dias de vida. Preparou uma infusão de folhas a fim de aliviar o mal que naquele ser se instalara, mas sabia em seu íntimo que o pobre não sobreviveria. Ananias notou que a circulação já se tornara difícil, as pontas dos dedos estavam azuladas, olhou para a doce jovem que ali permanecia na expectativa de uma palavra salvadora, e disse:

– Filha, confia em D'us?

E Shayna, olhando-o, disse com firmeza:

– Vivo por D'us, senhor.

– Então deixe que Ele decida o melhor para seu pai, o que pude fazer eu fiz, não tenho outros recursos a fim de libertá-lo deste malefício, oremos.

E Shayna, compreendendo que seu estimado pai não sobreviveria, ergueu ao Alto doce melodia provinda de sua alma angustiada.

Eu te amei do coração, oh, Senhor, fortaleça minha fé. O Senhor é o meu Rochedo, oh meu D'us, a minha Fortaleza em quem confio o meu Escudo, a Força da minha salvação.

E não contendo mais o pranto de sua alma, chorou copiosamente aos pés de seu pai. Ananias que observava a tudo com emoção, ajoelhou-se junto a Shayna e secou suas lágrimas dizendo:

– D'us ouviu sua oração!

Samuel deu seu último suspiro, entregando sem resistência a sua consciência física ao malefício que libertara sua alma.

Dan apenas ouviu aquele clamor, sentiu que aquela mulher era muito mais que uma simples samaritana, era como ele, uma filha de D'us, que sofria tanto quanto ele, que sentia a dor da perda como ele sentia. Pensou em sua vida simples, como viveria, será que ela teria algum parente próximo? Sem notar, afeiçoara-se àquele coração que nem via, mas sentia que era doce e bom.

* * *

ELISHA RETORNARA A Jerusalém, seus pensamentos estavam revestidos de ódio e luxúria, teria que tomar decisões cabíveis pertinentes àquele ser que se intitulava o Salvador, o Messias.

Entrara em Jerusalém notando o calor dos diálogos eufóricos sobre o Messias. Em cada vila ele era motivo de conversa. Rumou para a estalagem na qual Dan se hospedara, logo Tibeio o recepcionou.

Elisha percebeu que o Messias, prodígios ali realizara, pois para ele o pior se constatava, o rapazola que antes era mudo falava, erguendo louvores àquele homem. Elisha sentia-se ultrajado, mas não desejoso de percorrer à procura de outra hospedagem, aceitou ali permanecer, estava agitado, rumou para o aposento, sentia-se sufocado, libertou-se de seu manto pesado, deixou-se cair a um canto olhando o movimento na viela, passou as mãos pelo rosto.

Como procederia, será que deveria visitar sua cunhada Orlit e inteirar-se da situação? Afinal, Elad era um homem promissor e influente, não convinha criar desavenças. Pensou em Marta, teria que trazê-la para Jerusalém, não mais deveria deixá-la sob o teto de Caleb, não abriria mão dela, Marta era sua propriedade, era fiel, onde mais poderia encontrar conforto, ela era obediente e tinha Job, dera-lhe um rebento varão. Não daria o gosto de Caleb se apoderar dela, ele era seu esposo, deveria mantê-la e depois, estava inclinado a casar com Mia, não seria difícil convencer o conselho da necessidade especial que tinha, afinal sua esposa era impossibilitada de cumprir com suas funções de mulher junto a ele. Sim, tudo daria certo, Mia era astuta e bela, saberia seduzir Caleb e logo ele teria que lhe honrar, afinal não poderia ter o nome de sua família manchado. Suspirou e ergueu-se, buscou o copo de vinho, de repente espessas nuvens negras começaram a pairar sobre seu pensamento. Pensou no Messias, teria que desferir o golpe final naquele impostor. Sombrias figuras se aproximaram de Elisha, irmãos desfigurados pelo ódio, onde a luz e a bondade sequer penetravam, com inteligência aguçada e percebendo seu intento maldoso foram sugerindo-lhe ideias:

"Ele deve ser testado na lei, induza-o ao erro, faça com que seja ridicularizado diante do povo." – diziam os irmãos infelizes.

E acolhendo o fruto da maledicência, Elisha se enredava nas trevas espirituais, onde as sombras açambarcam o viajor desprevenido. Resoluto, pediu para que o rapazola levasse uma mensagem a Elad, na qual pedia-lhe uma audiência de cortesia.

* * *

ORLIT AGORA GOZAVA de relativa felicidade, sentia que poderia constituir uma família feliz. Estava assim cuidando do jardim quando o servo anunciou a inesperada visita de seu pai. Barnabé estava extremamente abatido, trazia o semblante carregado de expressões dolorosas.

Orlit foi recepcioná-lo e notando sua frieza aquietou-se na esperança de alguma palavra que justificasse sua atitude diante dela. Barnabé desmontara da caravana, olhou Orlit como se não a enxergasse. Orlit se aproximou calorosa, na expectativa de beijar-lhe as mãos, mas Barnabé apenas com um gesto de mão fez com que parasse, como que a empurrá-la suavemente, disse-lhe:

– Estou por demais cansado, se oferecer-me um confortável abrigo, me sentirei melhor.

E Orlit, silenciando apenas, perguntou:

– O que o traz aqui, senhor meu pai?

E dando um profundo suspiro, respondeu-lhe:

– Negócios, não sabe que me preocupo com o seu patrimônio e da sua irmã?

– Confiamos em você, querido pai.

– Não me interrompa, Orlit, sabe que aqui venho por obra deste homem que se intitula o Filho de D'us, este corruptor de corações, estou muito inclinado a fazer as devidas doações de seu patrimônio a fim de que não venha a cair em miséria, este povo que se levanta com este homem é capaz de dilapidar os homens nobres e de bem, como os de nossa família.

E Orlit, calando-se, tratou de acomodar seu pai em amplo salão até que a serva preparasse as acomodações. Buscou a bacia com água a fim de seu pai se refrescar, porém, ele disse:

– Deixe que no aposento me refrescarei.

E notando que seu pé estava enfaixado questionou:

– O que houve?

E Barnabé endurecendo o rosto, ríspido falou-lhe:

— Nada que seja de seu interesse, pois será que não possuo um minuto de tranquilidade?!

— Meu pai, apenas me preocupo com o senhor.

Logo Reina surgiu no salão, cumprimentando a todos, seguida de sua serva, Itti, que sempre lhe acompanhava. Estava mais magra, não possuía a mesma vivacidade, a vida parecia ter perdido o sentido. Reconhecendo Barnabé, cumprimentou-o retirando-se silenciosamente. Barnabé, olhando para Orlit, comentou:

— Percebo que aqui tem companhia por demais.

— Fala de Reina? Ora, meu pai, ela é uma boa senhora.

— Não, Orlit, falo de gastos e pessoas que não deveriam partilhar conosco do mesmo telhado, veja esta mulher, entregou os bens a seu esposo, mas é um peso para ele, trabalho para você, gastos com servos, a vida tem que ser comedida, entendeu Orlit?

E Orlit, olhando o pai, mal o reconhecia, o que ocorrera com ele? Por que estava tão diferente?

Logo a serva surgiu para conduzi-lo ao aposento. Erguendo-se com dificuldade caminhou, Orlit quis auxiliá-lo, mas ele não permitiu sequer que ela o tocasse.

Em seu aposento Barnabé certificou-se se tudo estava trancado, sentando-se ao leito, pôs-se a chorar, ele, logo ele, homem austero e digno, dono de tantas terras, um homem afortunado estava ali, como um mísero, sentiu uma onda de revolta tomar-lhe a alma.

Na verdade, fugira de Corazim às pressas, antes que a notícia se espalhasse. Rumara para Jerusalém, suas filhas deveriam vê-lo como ele sempre fora, batia em seu peito. Sentia forte desejo de apunhalar-se, não toleraria as humilhações. Que D'us era este que o punira? E agora, o que fazer? De que adiantava todo o dinheiro, que lhe adiantava a pompa e os títulos se ele, com seu ouro, nada poderia fazer em proveito próprio? Olhou para o pé, respirou, não poderia demorar-se por ali, era só o tempo de acertar a situação, aí sim, poria fim ao seu tormento.

Olhou o aposento como a procurar algo, a luz do sol penetrava pela janela formando desenhos nas paredes, as frestas ornadas em flores davam um toque suave, pensou em Marta, em como faria para que suas propriedades fossem resguardadas por Elisha. Sim, havia realizado uma boa escolha para Marta, Elisha era um homem honrado, um verdadeiro fariseu, sentiu-se confortado e sentindo uma melancolia, recordou-se de seu irmão Aristóbulo, em breve ele estaria junto a ele na terra dos justos, pois ele, Barnabé, era justo, recostou-se e deixou-se ficar no silêncio das horas.

Orlit ficara intrigada com as atitudes de seu pai, recusou-se a hora do almoço alegando desejar alimentar-se em seu aposento. Elad não retornara e Orlit sentia-se insegura. Será que algum mal o acometera? Por que a visita inesperada? Estava assim reflexionando quando um mensageiro lhe trouxe recado de seu esposo, que a ceia fosse farta, pois Elisha seria convidado a participar com a família. Ficou mais intrigada, o que Elisha estava a querer? Por que visitá-los? Resoluta, rumou para a área onde estavam os servos dando-lhes as devidas ordens.

* * *

SIMEÃO, AGORA CHAMADO Pedro, retornara ao convívio com os apóstolos, atordoado com a situação que fora apresentada por Caleb. Por que Caleb fora pedir-lhe auxílio? Por que testava sua fé? Ele não concordava em burlar a lei, e a lei era clara, contudo se angustiava, afinal o que ele ouvia naquele momento anterior, deixava-o confuso. Será que estava a cumprir a lei? Será que o Mestre faria o mesmo? As dúvidas assolavam-no. André, percebendo o olhar angustiado, falou:

— O que passa, Pedro?

E o impetuoso discípulo retrucou:

— Nada, nada que deva saber.

E calando-se, dirigiu-se à multidão que adorava o Mestre. O cerco espiritual era constante, principalmente em torno da multidão, já que muitos irmãos trevosos incitavam a desordem, insuflando energias deletérias nos menos avisados, gerando tumultos descabidos. Muitos gritavam e outros blasfemavam tentando aproximar-se do Messias. Caminhavam lentamente quando um grupo se acercou de Yeshua e um ancião manifestou seu desejo de ofertar, porém, calando-se, passou a observar um centurião que, abrindo caminho pela multidão, rogou ao Mestre:

— Senhor, meu criado jaz em casa paralítico e atormentado.

E Yeshua, olhando-o, disse:

— Irei a ele dar-lhe saúde.

Porém o centurião falou:

— Senhor, não sou digno que entre debaixo do meu teto, mas dizendo somente uma palavra meu criado terá saúde, pois também sou homem de autoridade e tenho soldados sob minhas ordens e digo a este vai, e ele vai e a outro vem e ele vem, e ao meu servo faz isto e ele faz.

E, surpreendido por tais palavras, o Mestre dirigiu-se aos que o seguiam e disse-lhes:

— Em verdade, em verdade lhes digo, que nem mesmo em Israel encontrei tamanha fé, mas eu lhes digo, muitos virão do oriente e do ocidente e encontrar-se-ão à mesa com Abraão, Isaac e Jacó no reino dos céus e os filhos do reino serão lançados nas trevas exteriores, ali haverá pranto e ranger de dentes.

E voltando-se ao centurião disse:

— Vá e como crê seja feito!

E naquela mesma hora, seleto grupo de espíritos benfazejos, afastando-se do local adentraram a morada do centurião e buscando o servo enfermo, imprimiram-lhe influxo de intensa regeneração nas células perispirituais e multiplicando-lhe o influxo energético, curavam-no segundo a vontade de Yeshua.

* * *

A TARDE CHEGARA na humilde casa onde Dan abrigara-se. Ananias, após ministrar a infusão de ervas no enfermo moribundo, percebeu que ele perdia pouco a pouco os sentidos como se estivesse emergindo em sono profundo, cerrando os olhos para o mundo, sua respiração era difícil e lenta, já não murmurava, as mãos estavam frias. Shayna tentava aquecê-lo, mas sentia em seu coração que era chegada a sua hora. Lágrimas de profunda tristeza rolaram em sua bela face, a dor em seu peito era profunda, a sensação de abandono sufocava-a, tentava coordenar as ideias, começou a orar uma prece entrecortada.

— D'us de Abraão, auxilia-me, mostra-me qual o caminho devo seguir, pois sem meu pai, o que será de mim?

E, querendo encontrar uma solução, ergueu-se do banco enxugando as lágrimas e na tentativa de não pensar, rumou para a estreita cozinha a fim de preparar algum alimento. Recordou-se que não tinha parentes e o único bem que possuía eram alguns poucos animais. "Como seriam seus dias", pensava, "por que não se casara?"

Dan como que tocado por íntima afeição chamou por Ananias, o amigo ouvindo-lhe o chamado foi ao pequeno cômodo escuro e úmido.

— Ananias, — disse Dan — está aqui?

— Sim — disse o ancião.

— Como se recupera Samuel?

E o bondoso ancião falou-lhe:

— Bom amigo, creio que pela manhã ele terá sido chamado ao mundo dos justos.

E Dan, triste, disse-lhe:

— Partiremos somente após realizarmos a cerimônia.

— Estou de acordo, mas preocupa-me a situação desta jovem mulher, será que tem alguém que por ela vele?

— Não sei, mas foi-me sempre zelosa, nunca me deixou sem alimento ou sem abrigo se eu necessitasse.

Neste momento, Shayna adentra ao cômodo com a bacia para lavar as feridas de Dan. Ananias acompanha os gestos delicados dela e a forma doce como olha para Dan, ele nada fala, quieto permanece ao contato com o suave toque de suas mãos. Shayna então diz:

— Em breve trarei a refeição, não temos muito esta noite, mas pelo menos não nos privaremos do alimento — e erguendo-se saiu.

Ananias sente que, ao contato com a moça, Dan se modifica e compreende que talvez este fosse o momento de Dan tentar refazer sua vida. Procura então sondar seu coração falando:

— Shayna é uma bela jovem.

— Verdade? — diz Dan intervindo. — Diga como ela é.

E Ananias narra sua aparência atendo-se aos detalhes.

— É uma mulher clara, pele sedosa, curvas sinuosas, tem olhos profundos e boca rosada, seus cabelos se parecem marrons, seu busto é pequeno e suas pernas parecem-me roliças, seu sorriso é cativante e suas mãos suaves.

– É, realmente parece-me bela – completa Dan interessado.

– O que você acha de levarmos ela conosco? – arrisca Ananias.

Dan sente-se surpreso, mas fica quieto, como a medir as palavras, depois fala:

– É uma samaritana, não convém nos misturarmos.

E Ananias, balançando a cabeça, diz-lhe:

– Dan, como pode menosprezar quem lhe acolhe sem nada pedir? Por acaso esta singela família perguntou-lhe se era judeu ou se podia ver, ou se tinha ouro? Filho, recolhe a lição que a vida lhe dá sem tentar ser melhor que os ensinos de D'us, põe em sua palavra a sabedoria, mas não se esqueça que o sábio trilha o caminho do aprendiz antes de ser sábio, reflete em sua situação e recolhe o que de melhor lhe venha ao caminho. D'us nos conduz por caminhos diversos, uns por belas trilhas onde flores cativam-lhe o olhar, outros por pedras que lhe firmam o caminho, outros por paragens desertas a fim de os testar na fé, o homem sempre caminhará só, mas só permanecerá solitário se não souber olhar o que vem na sua direção, abra seu coração e compartilhe sem exigir, pois, nada nesta vida conquistamos revoltando-nos.

E naquele momento Dan sentiu que D'us estava o tempo todo despindo-o do tolo orgulho, e silenciosas lágrimas banharam a sua face. Foi então que Shayna adentrou o cômodo com a refeição singela e notando suas lágrimas secou-as, dizendo-lhe:

– Tenha fé, você não está só.

As palavras disseram-lhe mais que qualquer circunstância, tateando tocou em sua mão e falou-lhe:

– Se por vontade de D'us seu pai sucumbir e você não tiver ninguém, ofereço-me como seu fiel amigo e se desejar-me, como servo, a fim de zelar por seus dias. Sou cego, mas tenho pequena reserva que Ananias não me negará, parta conosco para Jerusalém.

E a mulher, olhando-o silenciosamente a fim de meditar, saiu do aposento confusa, mas confiante de que alguém lhe guardava e estimava sua vida.

A noite já vinha e as estrelas com brilho suave embalavam os últimos momentos de vida carnal de Samuel, que ao toque da brisa noturna deixou o seu leito de moribundo para o gozo celestial.

* * *

Em Betsaida Mia estava inquieta, afinal como cativar aquele tolo homem? Parecia fácil, mas notara que ela não despertara o devido interesse nele, lastimava a empreitada que perdera, andava de um lado ao outro na esperança de que algumas das ideias pudessem ser postas em prática, teria que compartilhar mais um momento com ele. Não seria tão má ideia ser-lhe a esposa, era belo e poderia ser a dona daquela casa, pensou, até que em sua mente o quadro se firmou. Sim, faria desta forma, e agitando sua túnica deixou que a sensualidade lhe aflorasse. Foi quando Nur, a serva, adentrou em seu aposento.

– Senhora, deseja cear?

– Claro, – disse Mia displicente – estou enfeitando-me para tal evento. E o senhor Caleb, já me aguarda?

– Não, senhora, o senhor Caleb não participará da ceia.

– Como não? Eu sou sua visita, ele deve ter a honra de me cortejar, por que não irá cear?

– O senhor está muito cansado, prefere alimentar-se em seu aposento.

– E Marta? – perguntou Mia nervosa.

– Ela nem saiu do aposento, parece que já se recolheu com o filho.

E Mia, sentando-se a um canto, disse com rispidez:

– Quando eu for dona desta casa, tudo será diferente, farei grandiosos banquetes e todos me admirarão, verá se me for fiel, agora traga-me o que comer, tenho fome.

No aposento de Caleb a lua já iluminava trazendo a beleza de seus raios para o ambiente. Caleb, embora abatido pelas duras palavras de Simeão, conversava com Marta explicando-lhe o que fariam:

– Minha amada, – dizia ele – apesar de tudo o que aconteceu em Cafarnaum não ter sido como eu supunha, temo que Elisha regresse e ainda aqui nos encontre, isto dificultaria nossa retirada, e creio que não há nada que nos prenda mais a este local, afinal, fiz a minha parte solicitando o auxílio a uns parentes, mas creio que não nos auxiliarão em nada.

Marta a tudo ouvia sem nada falar, não desejava dar nenhuma opinião acerca das atitudes dos seus parentes, sentia que ela não era merecedora da compaixão deles, afinal ela era uma pecadora e deveria aceitar as consequências de suas atitudes apaixonadas.

Caleb, notando seu silêncio, questionou:

– O que há, sente-se mal?

– Não, – disse ela docemente – apenas não quero comentar acerca dos meus parentes.

E ele, compreendendo que isto a aborrecia, pegou em suas mãos e beijando-as disse:

– Tem razão, D'us nos ampara!

E Marta, abraçando-o, falou:

– Diga-me, como fugiremos?

E Caleb, retendo-a no abraço, começou a falar:

– Já pedi para Abed comprar a montaria, afinal, tudo deve parecer como um viajante, nunca como fuga. Pegaremos a seguinte rota: iremos pela costa, passando por Ascalam até a região do delta do rio Nilo; lá meu amigo nos aguardará, e esta região dificilmente será cogitada por Elisha, afinal todos os eventos levarão ele a crer que desejasse seguir o Messias, não a mim. Eu aparecerei como morto, já que Abed trará minhas vestes manchadas de sangue – finalizou ele, olhando-a com ternura.

– O que você acha? – inquiriu.

– Parece-me que vai dar certo, quando partiremos?

– Amada, esqueceu que temos Mia a nos vigiar, temos que realizar tudo em secreto, e temos que fazê-lo de preferência quando o Messias estiver na cidade, para que tudo ocorra como se fosse real, compreende?

– Então, como saberemos o momento e como despistaremos Mia?

E Caleb, silenciando por breves momentos, retrucou:

– Comece a falar do Messias próximo a ela, diga que ele realiza prodígios, e que você tem curiosidade em vê-lo.

– Mas isto despertará a fúria de Elisha.

– Não amada, ele aqui não está, esqueceu?

– Sim, é verdade, então devo convencê-la que irei ao encontro deste homem?

– Sim, deve demonstrar que deseja muito estar próxima dele, principalmente porque ele é o Salvador.

– Tenho medo, Caleb, o que estamos fazendo não é correto.

– E o que é correto? Deixar que Elisha a apedreje, e que nosso filho morra em seu ventre pela ignorância deste homem?

– Mas, Caleb, nós é que somos culpados.

E ele, pousando as mãos em seus lábios, disse:

– Não fale isto, sinto-me profundamente atormentado por toda esta situação, a única pessoa em quem confio é você, então não me faça sentir mais culpa do que a que já carrego em meu coração.

– Está arrependido por me amar? – perguntou Marta.

– Jamais, se voltasse no tempo, eu faria tudo o que fiz novamente, só que fugiria com você antes, antes mesmo que nos tocássemos, – e abraçando-a, falou baixinho – você é meu bem maior.

Débora, em seu aposento com Job, notara que o pequeno não estava bem, parecia febril, gemia e resmungava. Buscou Marta para que pudesse vê-lo, batendo à porta do aposento que unia os quartos.

Logo Caleb atendeu e Débora explicou o que ocorria com o pequeno. Marta ergueu-se do leito e apressada atravessou o local da fonte para ver o pequeno, que ao notar sua presença, choramingou pedindo-lhe colo.

Caleb surgiu no aposento e constatou que o filho de Elisha estava com febre, solicitou a Nur que preparasse algumas ervas para que a febre fosse tratada. Marta, com o pequeno ao colo, refrescava sua fronte com bandagens, sentia que ele melhorava, seu coração de mãe estava aflito, pediu a Débora:

– Débora, nesta noite eu ficarei com Job e você deve auxiliar-me, temo que algo pior aconteça.

– Não diga isto, senhora, Job é forte.

E o pequeno, abrindo os olhos, gemia pequenas palavras:

– Mãe, mãe.

Marta abraçou-o com todo amor. Caleb percebendo que não estava auxiliando, achou por bem repousar no jardim, e beijando a fronte de Marta, saiu do aposento.

Estava angustiado com todos os acontecimentos, temia o retorno de Elisha. E agora, o que o pequeno tinha? Saiu pelo extenso corredor de pedras até a fonte onde estrelas cintilavam, e a brisa fresca aliviou seu intenso calor. Mas seu coração estava sufocado, "será que seus planos dariam certo?", meditava.

Nur, logo que terminou de auxiliar Débora e Marta, foi sorrateira até o aposento de Mia contar-lhe que Caleb estava no jardim, solitário.

A serva retirou-se do aposento com um sorriso malicioso na face. Mia, erguendo-se de seu leito, vestiu-se de forma displicente, sem o véu, deixou seus cabelos castanhos ao ombro, abriu a túnica até a altura do joelho e deixou seu colo à mostra.

– Duvido, – disse ela – que ele não me deseje.

E retirou-se do aposento indo ao jardim como que displicentemente.

Caleb olhava o céu perguntando o porquê de tudo aquilo, não percebia a figura exuberante que se aproximava silenciosa. Mia prostrou-se a um canto fingindo olhar as flores, começou a cantarolar.

Caleb, assustado, olhou em sua direção, viu Mia que parecia uma formosa visão do éden, achou estranho aquela mulher ali. Mia fingiu não perceber a presença de Caleb, sentiu seu olhar sobre ela, deixou que a brisa balançasse seus cabelos e como quem estivesse só, olhou para o céu como a suspirar.

– Bela noite – disse Caleb à distância.

Mia olhou procurando demonstrar que estava assustada, ensaiou um breve gritinho, que calou quando Caleb chegou mais perto. Ele era muito bonito, seu olhar firme e misterioso encantou-a. Querendo passar uma boa impressão, disse:

– Desculpe-me, eu não o vi aqui, por favor, não me olhe, estou sem meu véu – disse ela com voz chorosa.

– Não se preocupe, eu nem havia notado, estava apenas sendo educado – e saindo com certa firmeza, ouviu Mia chamá-lo.

– Senhor, senhor, por favor.

E voltando-se, ela disse:

– Sinto-me tão só nesta casa, seria muito incômodo se palestrasse comigo?

E Caleb meditando um pouco disse:

– Não me sinto disposto.

– Só um pouco, quem sabe sua indisposição passe, está muito quente esta noite.

– Mas não quero ofendê-la, está sem seu véu.

– Eu sei que o senhor saberá me respeitar.

E Caleb, ainda indeciso, aceitou o convite, quem sabe falando com outra pessoa sua angústia o deixasse. E Mia, percebendo que ele cedia, sentou-se vitoriosa, recordou-se de Elisha e procurou ser dócil.

– Então, percebo que aceitou, agora diga-me o que faz, também é comerciante, como meu esposo? – e simulando tristeza pôs a mão na face, como a conter a emoção fingida.

– Não, sou apenas mais um dos herdeiros das famílias do templo.

– Então sempre morou em Jerusalém?

– Não, morei em Corazim, depois fui para Damasco e, por fim, Egito.

– Parece-me que viajou muito, gostaria de conhecer o Egito, dizem ser muito belo – e sorriu mostrando toda a sua graça e alegria.

E Caleb, achando alegria em sua companhia, começou a narrar sua vida no Egito. As horas passavam e Marta se desdobrava em zelo com Job, a febre demorava a ceder, castigando o frágil ser. Em dado momento o pequeno adormeceu e a angustiosa febre foi se esvaindo. Chamando Débora, Marta falou:

– Estou cansada e percebo que as horas já estão avançadas, vou ao aposento deitar-me. Qualquer mudança me chame, creio que Caleb já deve ter repousado, vou vê-lo e descansar.

E rumando para o aposento, despreocupada, estranhou ao vê-lo vazio e sentindo sede foi até o jarro beber água, mas constatando que estava vazio resolveu ir até a cozinha buscar outra jarra. Sua boca estava sedenta e saindo do aposento, próximo ao jardim, ouviu risos e vozes que palestravam animadamente, estranhando o fato pensou: "será que algum amigo de Caleb por aqui se encontra?", e aproximando-se, viu Mia despojada de qualquer bom costume a tomar vinho com Caleb, que parecia extremamente alegre naquela companhia. Sem nada falar, sentindo-se como uma tola, voltou para seu aposento. Débora, ao vê-la, disse:

– Senhora, não vai repousar?

– Sim, Débora, irei aqui mesmo, creio que é aqui o meu lugar.

E, deitando-se em seu leito, começou a refletir: "por que Caleb não estava ali? Por que naquele momento em que precisava dele, ele fora trocar risos com Mia naquela forma tão íntima? Será que ele havia se cansado dela? Ou talvez ela tivesse sido apenas uma aventura?" Não queria pensar, tocou em seu ventre, sentiu medo. O que seria dela e daquele ser? Pôs-se a chorar silenciosa.

Caleb permanecia junto a Mia, estava um pouco alegre pelo efeito do vinho, desejou recolher-se, pois sentia que já era o momento. Mia, então, percebendo seu estado um pouco alterado, disse:

– Você poderia guiar-me até meu aposento?

E Caleb, olhando-a com espanto, disse:

– Creio ser melhor não, pois não convém a uma mulher tal comportamento.

Sem desejar ser grosseiro, chamou Nur para que a acompanhasse. Mia vendo-o sair sentiu profunda raiva e empurrando a serva falou grosseiramente:

– Eu conheço o caminho, suma daqui.

E Nur saiu assustada. Mia estava transtornada, e sem perceber, suas companhias aproveitavam-se de seu estado emotivo insuflando-lhe sugestões. Então, pegando a jarra de vinho, levou até seu aposento e tomando todo seu conteúdo sentiu seus sentidos entorpecerem, seu corpo foi tombando lentamente até seu espírito se soltar, saindo do seu invólucro.

Percebeu que sombras enegrecidas emergiam em sua direção, luxuriosas figuras dotadas de viscoso fluxo aproximaram-se. Semiconsciente, Mia reconheceu suas afinidades do pretérito culposo, vinculando-se a elas, foi levada à zona de estranha paisagem, onde várias outras se encontravam.

As roupas pomposas não escondiam os rostos desfigurados e alguns traziam a face animalizada. Temendo, mas se comprazendo nas emissões que estes fatos lhe causavam, foi abordada por uma em especial, que lhe disse:

– Venha para cá, precisamos nos alimentar dos prazeres, precisamos sentir a luxúria, veja as sensações que compartilha conosco, está sentindo o bem que lhe trazemos?

E Mia, hipnotizada, via-se como que em um palácio cercada por escravos, joias, luxo. O que na verdade ela não via era a extensa zona de dor em que se encontrava, o palácio não passava de ilusão mental, pois achava-se presa a grudento charco onde espíritos trocavam energias com os encarnados desajustados. Mia em sua loucura se aprofundava mais e mais nas dores da alma.

Caleb fora perturbado para seu aposento, sentiu vontade de ver Job, porém acreditando ser tarde demais rumou para seu quarto, encontrou-o vazio, sentiu um aperto no coração. E Marta, será que estava com Job? Sentiu-se mal, fora egoísta, não ficara junto a ela, e sentindo que falhara com a mulher que amava foi cautelosamente até o aposento de Marta e encontrou-a adormecida, com as mãos sobre o ventre, seus olhos pareciam inchados, aproximando-se, beijou-a.

Marta acordou assustada, e vendo-o ali disse:

– O que quer?

– Saber de Job.

– Pensei que fosse mais agradável ficar com Mia, afinal você aqui não esteve, por que a preocupação? Não significamos nada para você – disse ela com mágoa.

E Caleb, sentindo o peso daquelas palavras, retirou-se sem nada falar. Marta estava certa, deixou-se cair na cama, sentira que falhara. Como pôde magoá-la, e adormeceu, angustiado com suas atitudes.

21. O pacto

As RUAS DE Jerusalém faziam profundo movimento, Elisha fora para o templo, em seu pensamento mil ideias passavam. Como faria, como se justificaria perante o sinédrio? E foi organizando sua fala e ações.

A assembleia era composta por vários anciãos e membros do templo. Elisha apresentou-se e com voz embargada de emoção e começou a realizar seu discurso:

– Hoje vivemos tempos de difíceis decisões, o povo volta-se a este embusteiro que burla o templo, que realiza pregações e faz absurdas curas. Não será este homem um endemoniado, um ser imundo que vem trazer a desordem e a dúvida ao povo? Como pode ele falar com autoridade a espíritos imundos? Só pode ser se for um deles. Como explicar que desafia nossos costumes?

E a assembleia ouvia-o.

– Devemos desarmá-lo pela lei, devemos tentá-lo a cometer erros e diante do povo mostrar sua heresia, sua farsa, então o que sugiro caros e nobres fariseus, sugiro que comecemos a persegui-lo, vamos cercá-lo e tentá-lo em todas as questões da lei.

Grande alvoroço se fez, e todos comentavam, até que os anciãos decidiram que Elisha estava correto e talvez esta fosse a melhor forma de unir o povo ao templo. Todos conversavam e após a seleta assembleia, Elisha foi convidado por Deoclécio a uma conversa particular. Percebendo que Elisha era habilidoso na fala e no raciocínio, disse:

– Muito nos alegra a sua companhia, doutor, cremos que deve ficar à frente desta tarefa árdua, porém tem que morar em Jerusalém.

E Elisha, aproveitando do ensejo, disse:

– Caro doutor, tenho na verdade este anseio, porém não conheço bem a cidade, e creio ficar muito difícil encontrar uma propriedade para abrigar minha família, tenho filho e esposa, necessito dar a eles o devido conforto.

E o ancião, meditando, disse:

– Tenho bela propriedade próximo ao templo, é uma casa bela, embora não seja um palácio, oferece conforto, se o amigo fariseu se interessar, posso vendê-la.

– Que ótimo! – disse Elisha – posso visitá-la?

– Amanhã pedirei a meu servo que vá a estalagem conduzi-lo até ela.

E Elisha, feliz, rumou para a hospedaria, lá chegando encontrou a mensagem de Elad que o convidava para jantar. Por um breve momento pensou em Marta, sim, sua Marta, agora tudo ficaria sob seu controle. E Mia, "será que já conseguira seduzir Caleb?", pensou e começou a se preparar para a ceia da noite, pôs bela túnica, colocou seu manto listrado e foi para a casa de Elad.

* * *

Em casa de Elad, Elisha foi recebido com grande alegria e logo Elad falou:

— Que bom que aqui está Elisha, seu sogro Barnabé também aqui se encontra, veio ter com Orlit a fim de tratar de assuntos de partilha.

Elisha, sentindo grande interesse, disse:

— E onde se encontra meu estimado sogro?

— Estou bem aqui – disse Barnabé com certa aspereza no linguajar.

Trajava bela roupagem, embora sentisse dificuldade de caminhar.

Elisha, notando sua dificuldade, disse:

— Está enfermo?

E Barnabé, olhando-o com firmeza, apenas retrucou:

— Sinto decepcioná-lo, mas trata-se apenas de ferimento superficial.

E Orlit entrando no ambiente, chamou todos para cear.

As apetitosas iguarias, que compunham uma mesa farta, eram servidas acompanhadas de vinho. Elad animou-se a falar da feliz aquisição que fizera com a administração dos bens que sua irmã passara às suas mãos.

— Pois bem, agora ampliei os negócios, antes comprávamos apenas de Jope, agora, Tiro e Jope nos fornecem as especiarias, frutas e o vinho da Grécia.

— Foi muito bom que tocou neste assunto, visto que tenho um pequeno acerto a fazer com Elisha, se me permite Elad – disse Barnabé.

— Claro, Barnabé, saiba que minha casa é sua casa – e sorrindo pediu a Orlit que o servisse.

— Bem, caro fariseu Elisha, tenho pensado muito acerca de meus negócios e em meu neto, e justamente por isto quero entregar-lhe o dinheiro do meu comércio, assim como a minha casa de Corazim, que deveria ser de Marta, caso algum mal súbito ocorra comigo e consequentemente com você, rogo que aceite tal oferta para que eu seja justo com minha amada filha.

Elisha mal cabia em si de júbilo. A bela casa de Corazim e o comércio?! Estava rico, e sem titubear disse:

— Aceito de todo meu coração, mas devo adverti-lo que muito pouco sei sobre seu comércio.

— Não se preocupe, já acertei tudo com antigo amigo que cuida da compra e transporte das mercadorias, eu lhe entregarei um papel oficial para que se inteire de tudo, e saiba, tal amigo é de valorosa confiança. Deve apenas saber que da Ásia Menor vêm as especiarias, do Egito trago escravos e os tecidos são provenientes da China, da cidade de Elate sobe a seda, é um bom comércio.

— Espero com o tempo ser um bom mercador – disse Elisha.

— Ensine o ofício a Job para que possamos manter a linhagem.

— Sim, eu ensinarei. E acaso o meu sogro permanecerá por lá?

— Creio que D'us reservou outra morada para mim – disse Barnabé melancólico.
— Então pretende mudar-se? – disse Elad.
— Sim, irei ainda esta semana para meu novo lar.

E Elisha, olhando-o, falou:
— Então a casa está vazia?
— Sim, apenas um servo permaneceu para cuidá-la, espero que Marta assuma o comando daquela propriedade como sua mãe o fez. Deixei ordens expressas para que só ela possa dirigir a casa, se é que me entende. Não quero minha única filha do meu primeiro matrimônio ao relento como folha seca.
— Não se preocupe, Marta jamais será vendida ou desamparada por mim – disse Elisha.
— Bem, se agora me permitem, gostaria de me recolher, pois já estou deveras cansado, a idade já pesa em meus ombros.

E erguendo-se foi rumando para o aposento.

Elad, olhando para Elisha, falou:
— Parece que o amigo terá maiores lucros daqui para frente.
— Sim, bebamos em comemoração, hoje sinto-me o homem mais próspero de toda a Galileia – e rindo comeram e beberam até altas horas.

* * *

PREOCUPADA COM SEU pai, Orlit foi vê-lo, adentrou o aposento onde apenas a luz de fraca lamparina jazia acesa, encontrou-o sentado a um canto do aposento.
— Senhor meu pai – disse Orlit docemente.
— Sim – respondeu ele.
— Está a precisar de algo?
— Filha, aproxime-se – e retirando duas caixas pequenas de cores diferentes disse: – aqui está tudo que pertenceu a sua mãe, quero que fique com estas peças.
— Mas, meu pai, o senhor nunca quis se desfazer destas joias.
— Sim, mas agora é o momento, e aqui estão as que pertenceram à mãe de Marta, dê somente a ela, são dela.
— Mas, pai.
— Filha, seu pai tem-lhe amor e sabe o que faz, agora vá descansar, nada tenho, vá, deixe-me a sós.

E Orlit, ouvindo o pedido de seu pai, retirou-se.

* * *

ELISHA HAVIA PARTIDO para a hospedaria e Elad estava bêbado a dormir entre as almofadas de sua cama. Orlit guardou secretamente a caixa de Marta, estava sentindo-se aflita, como na noite que antecedera os acontecimentos com Dan. Procurou deitar-se, fechou os olhos, mas não conseguia dormir, passaram-se algumas horas, ouviu um grande barulho, como se algo tivesse caído, ficou em silêncio, nada mais ouviu, achou ter adormecido e sonhado, virou-se e adormeceu.

* * *

BARNABÉ, APÓS A saída de Orlit, passou horas a pensar, sentia que nada mais restava a fazer. Olhou o céu, pensou em sua família. Seria uma vergonha para todos, ele não toleraria aquele constrangimento. Respirou profundamente, caminhou até a sua bagagem, pegou um pedaço de corda, fez uma volta no pescoço, deu o nó... Sim, era a única saída. Subindo em uma banqueta, atormentado pela dor da vergonha, pelo medo, lançou uma das pontas no madeiro do teto. Pensou em sua família, na linhagem que possuíam, e saltou rumo ao vazio. Debateu-se, o ar lhe faltava. Pensou em D'us, sentiu-se arrependido, mas os sentidos foram se apagando... Logo espessas sombras o envolveram sufocando seu espírito atormentado[86].

* * *

EM CAFARNAUM, PEDRO sentia-se sufocado pela forma que a situação se conduzia em sua casa. Zimra embora aceitasse sua decisão em não auxiliar Caleb, lamentava a sorte de Marta e não querendo perturbar o esposo, calava-se entristecida.

Certa tarde, quando a brisa refrescava o ambiente do lar, doces vibrações envolveram seu coração, não demorou muito para que a serva Minar viesse ao seu encontro avisar da chegada do Mestre em sua casa.

Pedro estava com André no porto e Yeshua estava acompanhado de Tiago e João. Adentrando o ambiente do lar, Zimra e Hanna passaram a servir o Mestre com zelo e afetuosa atenção. Em dado momento, o Mestre, percebendo sua inquietação, começou a narrar com voz branda e chamou-a:

— Zimra, assenta-se e asserena seu coração.

E falou por parábolas:

— Qual de vocês terá um amigo e se for procurá-lo a meia-noite dizendo-lhe, "empresta-me três pães, pois que um amigo chegou a minha casa vindo de caminho e não tenho o que lhe apresentar". E ele respondendo de dentro dizer, "não me importune, já está a porta fechada e os filhos estão comigo na cama, não posso erguer-me para dar-lhe". Digo-lhe que ainda que não se levante a dar-lhe por ser seu amigo, levantar-se-á, todavia, por causa da importunação e lhe dará tudo o que

---

[86] "943. Donde nasce o desgosto da vida, que, sem motivos plausíveis, se apodera de certos indivíduos? – Efeito da ociosidade, da falta de fé e, também, da saciedade.

944. Tem o homem o direito de dispor da sua vida? – Não; só a Deus assiste esse direito. O suicídio voluntário importa numa transgressão desta lei." (*O Livro dos Espíritos*)

houver mister, e eu digo a você, pedi e dar-se-lhe-á, busca e achará e a quem bate abrir-se-lhe-á. E qual o pai que se o filho lhe pedir pão, dar-lhe-á pedra? E também se pedir-lhe peixe, dar-lhe-á por peixe uma serpente? Ou também se pedir-lhe um ovo dar-lhe-á um escorpião? Se vocês sendo maus, sabem dar boas dádivas aos seus filhos, quanto mais dará o Pai celestial àqueles que lhe pedirem?

E volvendo seu olhar para Zimra que chorava silenciosa, ouviu o pedido secreto de seu coração, que por Marta pedia com afeição. E no silêncio daquelas lágrimas, o Mestre falou:

– Assim seja feito conforme a sua fé.

E Zimra, beijando-lhe as mãos, ergueu-se servindo-lhe, até que Pedro retornasse do porto.

* * *

NAQUELA MANHÃ EM Sicar, o pranto conformado de Shayna revelava a morte de seu pai, Samuel. Ananias já esperava que o fato se consumasse, avisando a Dan do passamento do pai de Shayna.

Providenciaram o sepultamento que ocorreu nas cercanias da propriedade. Shayna, sem nenhum parente e sem ter como se manter, aceitou a proposta de Dan e naquele dia, na terceira hora, partiu de Sicar rumo a Jerusalém. A pequena bagagem que tinha fora rapidamente acomodada à carroça. Dan sentia seu coração jubiloso, afinal teria a companhia de Shayna. O que mais poderia desejar, ele um mísero cego, de que serviria o seu orgulho, já não era o nobre doutor e sim um cego, um inútil ser. Agradeceu a D'us por enviar-lhe aquela mulher samaritana que com sua bondade preencheu o seu coração árido.

Ao lado de Ananias ia fazendo alegres comentários, enquanto a casa de pedra e chão batido ia ficando para trás. Ananias ia feliz, finalmente poderia fazer algo por aquele homem, ajudá-lo-ia a se estabelecer. Em dado momento do percurso, Dan falou:

– Caro Ananias, estou pensando em provisoriamente, com sua permissão, estabelecer-me em sua casa, até que possa adquirir a propriedade conveniente a minha pessoa e a de Shayna. Será que o amigo pode me auxiliar?

E Ananias, olhando-o admirado, retrucou:

– Será meu hóspede e tudo que puder fazer farei.

Shayna a tudo ouvia em silêncio, não passava em seu coração que Dan a desejasse como esposa, não achava que seria digna de tal merecimento, afinal, embora cego, era um homem sábio. As horas iam passando e Dan, com seus pensamentos, animara-se para a nova etapa de sua vida.

* * *

Elisha, naquela manhã, fora conhecer a bela casa de que Deoclécio lhe falara. Nas primeiras horas do dia o servo enviado fora até a hospedaria em busca de sua companhia para levá-lo até lá. Caminharam por algum tempo, a casa ficava perto do templo, era acolhedora. Em sua entrada gracioso jardim erguia-se, vegetação rasteira cobria toda a entrada, árvores frondosas e belas flores a margeavam dando a impressão de acolhimento e suavidade. A porta de madeira maciça era simples, porém pesada, e ao abrir, deparou-se com grande salão adornado de peles, tapetes, cetim, seda e almofadas. Os quartos envoltos em espesso véu eram aconchegantes, as janelas graciosas impediam que se observasse a casa do lado de fora, a tênue luz penetrava através das frestas que continham desenhos florais. Estreito corredor levava até a porta extensa, onde de bela fonte jorrava água cristalina. Havia espaço para os animais no pátio dos fundos. Elisha adorou a bela casa que era adornada por grandes vasos de prata. Satisfeito pela localização, disse ao servo:

– Vá e diga que comprarei a casa, pois muito me agradou.

Elisha agora só teria que buscar Marta, afinal tudo havia se resolvido. Ao chegar à hospedaria, uma mensagem aguardava-o, onde lia-se "assunto urgente, favor retornar à casa de Elad". Intrigado pensou, "será que meu sogro desistiu de passar a propriedade?", suspirou como que contrariado e rumou para lá.

22. A tragédia familiar

Logo ao portão ouviu intensa gritaria, desmontando apressadamente.

Elad gritava aos seus criados:

– Limpem tudo, levem este infeliz de minha casa. Leproso! Leproso!

Orlit, a um canto consolada por Reina, chorava copiosamente. Elisha, espantado com o que ocorria, logo notou a tragédia. Elad, descontrolado, não dizia coisa com coisa, suas palavras desconexas eram faladas pela metade. Elisha então, seguindo um dos criados, adentrou o aposento de Barnabé, que jazia dependurado no teto, seu pé corroído pela lepra era motivo do escândalo de Elad. Elisha, horrorizado pela visão, rumou para a sala onde Elad exasperava-se e disse:

– Retirem tudo do aposento, incluindo o corpo e queimem.

– Não! – disse Orlit em desespero.

– Cale-se, mulher, quer que todos sejamos expulsos para o vale dos imundos? Não percebe a gravidade do assunto, seu pai estava leproso, por vergonha, enforcou-se. Devemos agir com sabedoria, – disse Elisha – nada de pânico.

– Sim, tem razão – disse Orlit.

E acolhendo a ideia de Elisha, fizeram tudo em silêncio, prometendo punição para aqueles que divulgassem o fato.

Orlit agora compreendia o afastamento de seu pai, suas decisões. D'us, que aflição deveria ter sentido em sua alma, não poderia sequer dar um funeral digno a seu pai.

Elad e Elisha trataram de forjar uma história longa a fim de não despertar suspeitas sobre o caso. Orlit estava triste, sentia-se só e infeliz. Reina tentava aconselhar, mas não poderia interferir nas decisões de seu irmão.

Elisha pensou em Marta, como dar-lhe a notícia? Talvez mais à frente... Faria o possível para que a notícia não se espalhasse.

O quarto fora isolado, as roupas queimadas, naquela manhã ninguém se ausentou daquele lar.

* * *

Em Betsaida, Marta acordou indisposta, mas feliz por ver seu filho bem melhor, sentiu que tudo retornaria ao normal. Pensou em Caleb, observou que não dormira em seu aposento, deixou que ele se fosse, afinal, ele buscara tal situação. O que estava acontecendo com ele, por que se ausentou daquela forma? Tentava entender suas atitudes, mas no fundo estava magoada, procurou não pensar, erguendo-se, desejou olhar o lago, estava belo, sim, seria um belo dia. Débora estava ao lado de Job ministrando-lhe os cuidados. Então Marta disse:

– Vou refrescar-me – e rumou para a fonte.

No entanto, não notou a presença de Caleb, que se encontrava em uma das tinas. Estava tão absorvida com seus pensamentos, em seu coração sentia-se sozinha como se Caleb não fizesse parte de sua caminhada. Tirou a túnica e notou a pequena saliência que se formava em seu ventre, tocou com as mãos como se desejasse transmitir todo amor para aquele pequeno ser. Caleb observava-a sem nada falar, não queria assustá-la, em seu íntimo sentia que errara, amava Marta e vendo-a ali, em sua fragilidade, disse com mansuetude:

– Você está mais bela.

E Marta, despertando de seus pensamentos, notou sua presença. Caleb já havia se erguido.

– Perdoe-me se a assusto, não é minha intenção – e aproximando-se, pegou em suas mãos.

Marta olhou-o, estava magoada.

– Marta, – disse Caleb – sei que não agi corretamente com você, peço que me desculpe, sei reconhecer meu erro e não quero feri-la, pois nada fez para merecer isto.

E Marta deixou as lágrimas rolarem em sua face. Caleb a abraçou com ternura e medo de perdê-la.

– Tenho tanto medo, meu amado, tenho tanta aflição, não me deixe só.

E Caleb, apertando-a contra o peito, falou com voz entrecortada:

– Nunca, minha luz, nunca. Agora olhe para mim.

E Marta, olhando como que a buscar em seus olhos o brilho do amor, viu neles a inquietude que lhe dilacerava o coração.

– Vamos fugir! Job, meu filho, está melhor? – disse Caleb.

– Sim, está.

– Pois bem, até o fim desta semana partiremos, hoje enviarei outra mensagem ao meu amigo comunicando-lhe tudo. Sente-se aliviada?

– Sim – disse Marta, sentindo o bebê mexer em seu ventre.

Pegou as mãos de Caleb passando-a em seu ventre nu, a emoção era tanta que naquele momento Caleb se deu conta de que uma vida nova se formava e ele era o tutor daquele ser que já amava.

* * *

A CARAVANA PARTIA de Sicar. Shayna olhava sua pequena moradia ficar para trás, sentia-se insegura, mas confiante em um futuro que parecia incerto. Dan, sentindo o silêncio que era intenso, falou.

– Dê-me sua mão.

Então Shayna, temerosa, deu-lhe a sua mão e Dan, que há muito não sentia o toque de uma mão acolhedora, sentiu um intenso desejo por ela, e falou:

– Estou com você Shayna, sei que não passo de um inútil, mas farei o possível para que se sinta feliz.

Shayna, compreendendo a alegria no coração de Dan, disse:

– Não diga que é inútil, pois para D'us tudo tem um tempo e um propósito, se assim não fosse, hoje não estaríamos aqui.

E Ananias, que acompanhava o diálogo do casal, sentia-se feliz por perceber que embora ela fosse samaritana, trazia em seu coração a luz da sabedoria. A viagem transcorria lenta, mas muito proveitosa para Shayna e Dan, que a cada momento se afeiçoavam mais.

* * *

EM JERUSALÉM, APÓS a aquisição da propriedade, Elisha já tocara seus planos. Aguardava o sinal que Mia enviaria a ele. Embora preocupado com o desenrolar dos últimos acontecimentos, estava satisfeito, agora tinha a casa de Corazim e a casa de Jerusalém, contratara servos para que tudo ficasse limpo e organizado, estava eufórico com a possibilidade de conviver com Marta, ela estava mais bela, parecia uma flor com suas pétalas perfumadas e sua pele acetinada. Sim, ali ele seria mais feliz e retomaria a sua intimidade conjugal, que se fizesse a vontade do D'us de Abraão, se ela concebesse, seria a decisão de D'us poupar-lhe a vida ou não.

Retornou lentamente pelas ruas de Jerusalém a meditar nas medidas que tomaria junto ao sinédrio e a sua família. Ia calmamente até chegar à estalagem e verificou que uma mensagem o aguardava, era de Mia. O mensageiro relatou a Elisha acerca do pouco progresso com Caleb e a suspeita de que ele fosse apaixonado por Marta.

Elisha enfureceu-se diante de tais fatos e respondeu-lhe que dentro de três dias sairia de Jerusalém rumo a Betsaida, que ela deveria agir da forma que ele havia sugerido, e entregou a mensagem ao pobre mensageiro que se retirou apressado.

Elisha agora começava a sentir um estranho sentimento, sentia-se revoltado, se Marta o traíra ela pagaria, ele a apedrejaria, acabaria com a vida de Caleb. Quanto a Mia, se tudo não passasse de falcatrua ela pagaria com a própria vida pela sua insensatez.

* * *

ORLIT VAGAVA PELO jardim de sua casa, estava entristecida com a ocorrência dos fatos, jamais suspeitara que seu pai fosse vítima da lepra, não conseguia atinar o porquê de seu ato.

Reina estava sentada a um canto do jardim, então Orlit sentiu vontade de caminhar até ela, de confortar-se com sua presença sábia:

– Olá – disse Orlit timidamente.

– Sente-se, – disse Reina – estou aqui refletindo nos fatos ocorridos.

– Ah, Reina, não compreendo o que levou meu pai a tal atitude.

— Filha, como podemos avaliar a dor de um homem? Só D'us poderá fazê-lo.

— Sei que meu pai era orgulhoso.

— Então isto já é o bastante, como ele, nobre homem poderia sair a gritar para todos que estava com lepra, se havia orgulho, havia uma dor profunda, maior que a lepra.

— Reina, como poderei viver sem a presença dele, agora sou eu e Marta.

— Filha, pergunto-me todos os dias como vivo sem meu Efrat. Só posso dizer-lhe que tem esposo e o afeto de sua valorosa irmã, ela já sabe desta desdita?

— Creio que Elisha vai a Betsaida para avisá-la, ele se mudará com ela para Jerusalém, está à frente de valoroso cargo no sinédrio.

— Isto é muito importante, uma esposa deve seguir seu marido.

— Sinto tanto em não poder conceber um rebento para meu esposo — disse Orlit, baixando os olhos úmidos de tristeza.

Reina, percebendo a dor, disse:

— Filha, os filhos verdadeiros são os que tocam nossa alma, D'us proverá um para você; e Elad não é um homem que se afeiçoa a uma mulher por causa de filhos, ele é justo, tenho certeza que meu irmão a ama.

E Orlit, sentindo-se confortada, encostou sua destra no ombro de Reina. E elas deixaram as horas passarem ouvindo os cantos dos pássaros e sentindo a brisa cálida.

* * *

EM CAFARNAUM, ZIMRA está confortada pelas palavras do Mestre e tinha a certeza que Marta se salvaria. Ela fora invigilante deixando-se envolver pela paixão de Caleb, pobre Marta, como pôde ceder, sempre temeu tal fato, sabia que ela amava Caleb e sabia o quanto seu primo era impetuoso. Suspirou. Se Simeão concordasse ela acolheria, mas não podia ir contra seu esposo, tinha que aceitar sua decisão.

* * *

MIA ESTAVA AVISADA da presença de Caleb. Enviou a mensagem a Elisha e tinha certeza que conseguiria forjar toda a trama até ele retornar. Sim, aquela casa seria sua, tudo ali pertenceria a ela, mulher bela e sedutora que era. Arrumou-se de forma impecável a fim de logo pela manhã surpreender Caleb. Sim, ele sentira a sua beleza, olhava para ela com interesse, não seria tão difícil. Aproximou-se com cautela a fim de espreitar a conversa de Caleb que, imponente, ministrava ordens a Abed.

— Abed, envie esta mensagem a meu amigo, partirei até o fim da semana.

— Sim, senhor — disse Abed.

— Todas as provisões estão prontas? — perguntou Caleb.

— Sim, meu senhor.

– Fico mais tranquilo, agora vá, preciso ter a certeza de que tudo se fará de forma ordeira.

Mia mal podia crer, ele se afastaria, não teria tempo para o flagrante que Elisha daria, então teria que executar o plano de outra forma. Cautelosamente se afastou procurando por Nur, sua serva, encontrou-a próxima à fonte do jardim.

– Nur, – disse Mia – venha.

– Sim, minha senhora.

– Preciso que adquira esta erva que faz dormir, você conhece?

– Sim, a temos em nosso jardim.

– Ótimo. Preciso de boa quantidade para pôr no vinho de Caleb, ele deverá dormir em meu aposento na próxima noite, quero que cuide de tudo a fim de que Marta veja a ousadia dele. Você me auxiliará, compreendeu?

– Mas como, senhora?

– Deixe que na hora propícia lhe digo.

* * *

O PEQUENO JOB estava melhor, seu rosto voltava a ter a cor rosada de sempre, Débora estava feliz com sua recuperação. Graças a D'us o pequeno se recuperava e Débora, vendo sua face já corada, falou a Marta:

– Senhora, posso ir ao jardim com ele?

E Marta, olhando-a, aduziu:

– Sem demora, afinal temo que tenha uma recaída.

– Não demorarei com Job, é só para que sinta o frescor das árvores e veja a beleza das flores.

– Está bem, Débora, mas não o deixe ao sol.

– Claro, senhora – disse ela feliz.

Pegou o pequeno com a manta e foi para o jardim, as árvores moviam-se como a bailar com a brisa matinal, as flores exalavam um doce perfume. Débora sentou-se à sombra de belo cedro, pássaros cantarolavam, Job se entretinha com os pequenos cavalinhos de madeira brincando feliz, o barulho da fonte trazia àquele local reconforto. Débora suspirou, que linda manhã! Estava assim distraída quando subitamente ouviu:

– Débora, é uma primorosa flor do éden.

Era Abed que se aproximava sorrindo, seu coração descompassou-se, sentia tanta alegria em vê-lo.

– Você me assustou – disse com delicadeza.

– Não foi minha intenção, gazela, mas digo-lhe, prepare-se.

– Para quê? – disse Débora.

– É que até o final desta semana partiremos.

– Tenho medo, Abed – disse ela.

— Não se alegra em poder nos casarmos? – disse ele.

— Sim, alegro-me em poder ser livre para juntos ficarmos.

— Então confie em mim, tudo dará certo com nossa fuga.

Ali próximo, Nur a tudo ouvia, colhendo ervas para Mia. Próximo ao frondoso cedro, a serva invigilante meditava no que ouvia, recolhendo algumas ervas a mais. Saiu sorrateira sem que ninguém notasse. "Contarei tudo a minha senhora, isto não está correto, Mia tem que saber e quem sabe não serei recompensada", sorriu feliz. Ia célere à cozinha quando Dror, notando seu estado de êxtase, falou:

— O que tem?

— Interessa-se em me ouvir?

— Ora, mulher, diga.

— É que ouvi o casal de servos tramando uma fuga para casarem-se e delatá-los-ei – disse ela.

— Nur, o que tem em seu coração? Sementes de pedra? Como pode desejar prejudicar tais criaturas, servos como nós?

— Cale-se, Dror – falou.

— Para quê?

— Certamente serei recompensada.

— Por quem? – disse o servo.

— Pela pessoa que será dona desta casa.

— Não seja invigilante mulher, vende pessoas em troca de ganhos que lhe causarão maiores males.

— Não concordo – disse ela, e altiva, retirou-se.

Dror no entanto sentiu uma tristeza em sua alma e calado rumou para o pátio.

23. Astúcia e destemperança

Nur rumou apressada, estava eufórica, não percebendo as sombras que sintonizavam com sua língua, bateu à porta do aposento e Mia, ouvindo, mandou que entrasse.

– Senhora, trago as ervas e notícias más.

Mia, sentindo-se inquieta, falou:

– Diga, vamos, vai ficar como vaso a me olhar?

E Nur narrou-lhe o fato que ouvira. Mia teceu em sua face um sorriso cruel, dos seus lábios saíram dardos de peçonha. Então o samaritano ousa fugir com a judia, como pode?

– Preste atenção, mulher, repasse esta mensagem secretamente a Elisha, ele retornará no prazo certo para o desfecho desta história e claro, Abed, aquele insolente, será punido, todos serão, menos os que me forem fiéis.

E, olhando com astúcia para a serva, tirou de seu dedo valioso anel e depositou nas suas mãos.

– Continue observando tudo, principalmente Marta, quero saber se ela desonra meu irmão, entendeu?

– Sim – disse a serva feliz com o presente.

* * *

A viagem transcorria, Dan sentia grande ternura pela companhia de Shayna, agora tinha alguém em quem confiar, mesmo sendo uma samaritana e mulher.

Ela se revelava uma criança dócil e leal. Ananias, em seu coração, agradecia a D'us pelo fato de Shayna ter aparecido na vida de Dan, ajudando-o a perceber o quanto sua vida tinha valor. Ananias orava para que ele pudesse, de alguma forma, contribuir para que eles recomeçassem suas vidas.

O sol fustigava sua pele, mas em certo momento, como se a brisa soprasse em seus ouvidos, ele pensou, "não deveria regressar para Jerusalém com eles, pois deveriam recomeçar longe daquela cidade onde o passado fora tão duro com Dan". Recordou-se de antiga propriedade humilde que herdara de um doente que insistira que com ela ficasse, sim, eles iriam para Jericó, lá seria o local para eles, agradeceu a D'us pela inspiração e mudando o roteiro da caravana, rumou para Jericó. A fim de que tudo se tornasse agradável surpresa, nada falou.

* * *

EM MEIO à multidão, um casal trouxera seu filho, era mudo, debatia-se e espumava, seus olhos arregalavam-se e tudo quebrava. Era mantido acorrentado, a mãe chorosa e frágil implorava a D'us, enquanto o pai tentava conter os empurrões e chutes do filho. Foram afastando-se da multidão. Pedro e João, percebendo o doloroso quadro, se colocaram à disposição, amparando o delirante enfermo. Muitos se amontoavam, mas Yeshua a todos atendia com paciência e boa vontade.

– Afastem-se, – clamava João – é um enfermo.

E o pai, puxando-o, aproximou o rapazola que se contorcia. Yeshua, notando o algoz pelo qual o rapaz era subjugado, ergueu-se e tocando-o orava com amor.

Era um demônio imundo, diziam muitos. Quando ele ordenou que o libertasse, o mudo acalmou-se e falou, e vendo tal prodígio, a multidão maravilhou-se.

O irmão enfermo se libertara da dívida pretérita por mérito, enquanto o espírito infeliz fora conduzido a campo de refazimento diante do estado enfermiço que se encontrava.

Alguns outros espíritos das trevas, notando o júbilo da multidão, se aproximaram dos fariseus excitando dúvidas e conflitos no povo, e um deles, erguendo a voz, proclamou:

– Ele expulsa o demônio por belzebu, príncipe dos demônios.

E outros, desafiando-o, incitavam-no dizendo:

– Mostra-nos o Reino do Céu.

Yeshua, com toda sua ampla visão, sabia o que ali ocorria e vislumbrando as consciências enegrecidas que dominavam os ignorantes do amor do Pai, emitiu intensa luz para os irmãos das trevas mostrando-lhes o caminho do Pai. A multidão se agitava na expectativa da resposta do Mestre. E Yeshua, conhecendo-lhes os pensamentos, disse:

– Todo reino dividido contra si mesmo será assolado e a casa dividida contra si mesma será caída.

E prosseguiu o raciocínio.

– E se também satanás está dividido contra si mesmo, como subsistiria seu reino? Pois dizem que expulso por belzebu, por quem expulsam os seus filhos? Eles, pois serão os seus juízes, mas se eu expulso o demônio pelo dedo de D'us, certamente a vocês é chegado o reino dos céus.

E a multidão calou-se, os fariseus encegueiros e mudos permaneceram atordoados diante das emissões de energia, eram como que obrigados a absorver os benefícios salutares. Yeshua prosseguia:

– Quando o valente guarda armado sua casa, em segurança está tudo o que tem, mas sobrevindo a ele outro mais valente do que ele, vence-o, tira toda a armadura em que confiava e reparte os seus despojos. Quem não é comigo, é contra mim e quem comigo não ajunta, espalha. Quando o espírito imundo tem saído do homem, anda por lugares secos buscando repouso e não achando diz: "tornarei para a minha casa de onde saí", e achando-a varrida e adornada, então vai e leva consigo outros sete piores do que ele. Entrando, habitam ali e o último estado deste homem é pior do que o primeiro.

E aconteceu que, dizendo ele estas coisas, uma mulher erguendo a voz na multidão, disse:

– Bem-aventurado o ventre que lhe trouxe e os peitos em que mamou.

E Yeshua, compreendendo sua fala, exaltou-a dizendo:

– Antes mulher, bem-aventurados os que ouvem a palavra de D'us e guardam-na[87].

* * *

ELISHA ESTAVA CONFIANTE nas situações que ele tramava, agora sim, tudo seria como ele desejava, traria Marta para Jerusalém, Mia se casaria com Caleb. Tudo estava sob seu controle, procurou adormecer, pois teria um dia cheio, seu corpo estava cansado, mas a mente ansiosa, o sono veio-lhe ao encontro.

Não demorou muito para que as sombras do seu passado achassem seu espírito leviano, três criaturas de porte robusto e sarcástico entreolharam-se na expectativa de seu desprendimento. Logo lançaram no seu campo perispiritual energias de isolamento, cortaram parcialmente os vínculos com seu corpo físico.

– Elisha – disse um deles transmutando suas feições cadavéricas a de nobre egípcio de roupagem elegante. Como em um sonho, quase real para Elisha, ele reconheceu-o, a princípio alegrou-se, mas logo questionou:

– O que quer?

– Venho tratar com você de assunto do seu interesse.

– Diga, o que pode me interessar?

– Ora, não quer se filiar a poderoso senhor que abomina este falso profeta?

Elisha, achando-se esperto, falou:

– Mas o que este homem poderia me oferecer?

– Por que não pergunta você mesmo?

E neste momento, espírito de forte potencial energético se mostrou no recinto, absorvendo das emissões terrenas as forças psíquicas necessárias a sua visualização que fora quase perfeita. Exceto pelas desagradáveis garras que se punham como mãos, os quais o triste senhor tratou de escondê-las sob artefato antigo e sacrossanto que trazia às mãos como forma de impressionar Elisha.

– Desejo que sua inteligência nos sirva à causa da justiça, sabemos que está à frente das perseguições a este homem e queremos promover-lhe o fatal apoio, pois muito nos incomoda este Rabi. Apenas terá que ser fiel em nossa causa.

---

[87] O trecho ressalta a necessidade de nos transformarmos em verdadeiros cristãos, assim como Maria, mãe de Jesus, o fez quando o anjo Gabriel lhe trouxe a anunciação: "Eis a serva do Senhor: faça-se em mim segundo a tua palavra" (Lc, 1-38).

Elisha meditou, mas seu espírito de interesse falou mais alto e encantado pela impressão magnética do senhor com o qual dialogava, tratou de aceitar seu apoio. E nesse momento, como se o selamento fosse automático, espesso jato obscuro acoplou-se na nuca de Elisha, onde várias informações foram sendo passadas pelo senhor das trevas, o qual dominava-o com a impressão do poder.

* * *

Mia tratou de providenciar tudo o que precisaria para pôr seu engenhoso plano em ação. Agora faltava pouco para que ela se tornasse finalmente a mulher daquela casa, senhora do coração de Elisha.

Iria espreitar Marta o máximo que pudesse. Sim, ela venceria, sentiu uma tontura enquanto pensava, estava tão eufórica para que tudo corresse bem que não percebia Efrat ali, ao seu lado absorvendo-lhe as ideias, julgando-a uma víbora a qual ele teria que exterminar.

Efrat, imprimindo vontade foi se ligando ao seu campo mental, acoplando seu corpo fluídico pouco a pouco aos órgãos certos, como que a sugar-lhe as energias, se restabelecendo, para logo em seguida lançar na corrente fluídica de Mia grande carga de revolta e ódio que lhe atingiam as regiões mentais, causando-lhe dores e tonturas inexplicáveis. Ele a odiava, ela teria que sofrer, era tudo que ele desejava, sua morte, seu perecer; quando absorvia seus pensamentos maldosos, maior era seu ódio por perceber que em nada ela se modificara. Sendo assim, a cada emissão que Efrat lançava, Mia ia pouco a pouco absorvendo sem nada notar.

Marta estava sentada no jardim quando viu um mensageiro partir, crendo ser assunto de Caleb foi ao seu encontro na sala onde guardava suas escrituras, ao aproximar-se ouviu a criada Nur falar-lhe.

– Senhor, sua visitante Mia deseja uma hora para conversar com o senhor amanhã ao cair da tarde, o senhor poderia comparecer ao encontro?

E Caleb ouvindo a rogativa de Nur aduziu intrigado:

– O que esta mulher deseja? – pronunciou em voz alta o pensamento e voltando-se para Nur aduziu com ênfase em suas palavras. – Diga que irei.

E a serva, esboçando um pequeno sorriso, disse:

– Sim, meu senhor.

Marta que próxima ouvia o diálogo escondeu-se para não ser notada, em seu coração sentiu uma grande tristeza e pensava: "por que Caleb iria ao encontro de Mia? O que estaria havendo?" Não desejando alimentar aquelas dúvidas que a atordoavam adentrou a sala na esperança que ele explicasse sua atitude. Caleb estava absorto com seus manuscritos, quando erguendo a fronte vislumbrou Marta em sua sala a observá-lo.

– Amada, – disse ele surpreso – o que faz aqui?

E Marta em sua timidez falou:

– É que vi um mensageiro partir e achei que se tratava de nossa viagem.

– Bom, nada recebi, tem certeza que não se enganou?

– Talvez – disse ela entristecida. – Caleb tem algo que deseja me falar? – aduziu Marta.

E Caleb, não percebendo seu apelo, disse:

– Sim, você é a pessoa mais importante para mim, – e tocando em suas mãos prosseguiu – temos mais uma noite e um dia juntos, depois deve mostrar-se disposta a conhecer o Messias, nada devemos demonstrar além do que combinamos.

– Está bem – disse Marta, confusa com as palavras de Caleb.

Mas no íntimo de seu coração ansiava que ele lhe contasse a respeito do convite de Mia, por que nada dissera? Será que ele fugiria com ela? Tantas dúvidas assaltavam seu coração inquieto. Retirou-se sem nada mais falar, sentiu uma tristeza, foi para o jardim, ali sentia-se mais tranquila vendo o lago e o pôr do sol.

* * *

O SOL JAZIA escaldante quando chegaram às cercanias de Magdala, a notícia corria célere, o Messias ali estava adentrando a cidade.

Rogou-lhe um dos fariseus que comesse com ele, e entrando em casa deste fariseu, assentaram à mesa.

Eis que uma mulher da cidade, uma pecadora, sabendo que ele estava à mesa em casa deste fariseu, levou até lá um vaso de alabastro com unguento e entrando à casa prostrou-se aos seus pés, chorando começou a lavar seus pés com suas lágrimas, sua alma sentida e sofrida soltara o pranto de suas dores aos pés de Yeshua e enxugando seus pés com os cabelos o beijava, ungindo-os com unguento. Quando isto assistiu, o fariseu que o havia convidado pensou consigo mesmo, "se ele fosse profeta, bem saberia que aquela mulher que lhe tocou os pés é uma pecadora". E Yeshua, percebendo seu pensamento, disse-lhe:

– Simeão, uma coisa tenho a dizer-vos.

– Diga, Mestre.

– Certo credor tinha dois devedores, um devia-lhe quinhentos dinheiros e outro cinquenta dinheiros, e não tendo eles com o que pagar, perdoou a ambos. Diga, pois, qual deles o amará mais?

E o fariseu respondeu-lhe:

– Tenho para mim que é aquele a quem mais perdoou.

E Yeshua falou:

– Julgou bem.

E olhando para a mulher, falou ao fariseu que o convidou:

– Vê esta mulher? Entrei em sua casa e não me deu água para os pés, mas esta mulher lavou-me os pés com lágrimas e enxugou com seus cabelos; não me deu um ósculo, mas ela desde que entrou não tem cessado de me beijar os pés; não me ungiu a cabeça com óleo, mas esta ungiu-me os pés com unguento. Por isto lhe digo, os seus muitos pecados lhe são perdoados, por que muito amou, mas àquele a quem pouco é perdoado, pouco ama.

E, olhando-a, disse:

– Os seus pecados lhe são perdoados.

E os que estavam à mesa conversavam entre si.

– Quem é este que até perdoa pecadores?

E olhando ainda, Yeshua falou:

– A sua fé a salvou, vai-se em paz.

Maria Madalena ergueu-se, sua alma estava em paz, seu coração sentiu-se amparado por um amor que jamais sentira.

Muitas mulheres seguiam o Mestre, ele jamais as rechaçava, ao contrário, sabia que naqueles corações havia sementes que germinariam e em árvores frondosas se tornariam, abrigando a muitos de geração em geração, era assim que muitas o seguiam e o auxiliavam.

Zimra, esposa de Simeão, Joana, Suzana, Maria Madalena, as filhas de Felipe, eram elas que em tudo se mostravam prestimosas, acolhendo e dividindo o pão de cada dia, embora muitas se dobrassem ao serviço junto ao Mestre, outras ainda não haviam despertado para o sublime momento de aprender, aceitar, renunciar e renovar.

***

ERA ASSIM A hora de uma dessas mulheres. Orlit não aceitara a morte de seu pai. Após o diálogo com Reina começou a notar que seu esposo a evitava como se ela fosse a causadora de toda a desdita que ocorrera. Sentia-se só quando seu esposo adentrou em sua majestosa casa acompanhado de Elisha.

– Venha, – disse ele a Elisha – assente aqui, precisamos conversar.

– Pois bem – disse Elisha.

– Meu caro doutor, temo pela reputação de minha casa, embora ninguém saiba dos fatos verdadeiros, devo aconselhá-lo a vender a propriedade de Corazim, pois foi lar de um leproso.

– Talvez tenha razão – disse Elisha refletindo.

– Mas a casa está sob zelo de antigo servo, que só deverá entregá-la a Marta, como prescrito, afinal ele não tinha filho homem, sendo assim, logo que eu assuma a propriedade, creio que a venderei.

– Ótimo – disse Elad – pois tenho comprador para esta casa.

– Bem, se pagarem um preço justo.

– Tudo será feito de forma justa, creia-me.

– Sendo assim, entrego em suas mãos a negociação, pois retorno para buscar Marta amanhã bem cedo.

– Que bom, será muito bom que ela venha fazer companhia para Orlit.

– Bem, – agora devo partir – *shalom*, amigo.

– *Shalom* – disse Elad satisfeito.

Assim que Elisha retirou-se, Elad tratou de agilizar os fatos, ele estava endividado, havia se envolvido em negociações ilícitas e deveria pagar o preço pelo prejuízo causado aos seus comparsas. "Não daria nada errado" pensou, venderia a casa por um preço superior e daria a outra parte a Elisha, esta seria a solução. Estava meditando quando Orlit achegou-se:

– Marido – disse de olhos baixos.

– Sim, Orlit.

– Estou a desagradá-lo?

– Não.

– Então por que não vem conversar mais comigo?

– Ora, mulher, não me aborreça com queixumes inúteis, estou muito ocupado, mas sou complacente, saiba que sua irmã em breve aqui estará, e entenda, estou muito ocupado.

– Sim – disse ela com lágrimas nos olhos.

– Agora vá, deixe-me e não me espere para a noite, devo repousar em outra propriedade.

– Sim – disse Orlit triste.

Recordou-se de Dan, um sentimento de saudade afligia seu coração, Elad estava distante e ela nada poderia fazer.

* * *

Elisha saíra da casa de Elad um tanto entusiasmado. Recebera a mensagem de Mia e tudo sairia a contento. Pensava no sinédrio. O templo era controlado pelas duas famílias mais poderosas de Israel, as de Anás e Caifás, era o braço político, sistema de poder que havia em torno do templo de Jerusalém.

Era o sinédrio que se responsabilizara por todas as tradições legais ou rituais. Sua autoridade incontestada se estendia às populações judaicas que viviam longe da Palestina, mas embora tivesse total poder não era apreciado pelo povo devido a sua colaboração com os romanos.

Era composto por setenta membros escolhidos entre os homens mais ilustres, eram saduceus, doutores da lei, escribas e fariseus, por isso Elisha se orgulhava tanto de estar à frente das caravanas. Ele só não percebia que o sinédrio estava envolto por forças ocultas, as quais ele acabara de ceder seus impulsos na busca da glória que se adquire com a dívida do espírito invigilante das leis de amor e bondade do Pai.

Assim, Elisha marchava para um abismo de tormentos e dores morais. Adentrou o grande pátio, estavam todos aguardando-o. As notícias acerca de Yeshua eram como dardos venenosos a insuflar naqueles corações o temor pela perda do monopólio do poder. Elisha fora designado a nomear e coordenar os grupos que vigiariam o Messias, todos estavam de acordo em desmoralizá-lo diante da população a fim de que ele se contradissesse com as leis.

Este era o plano com que todos concordaram. Após a breve assembleia, Elisha rumou para a estalagem, já havia providenciado sua mudança para a casa confortável que ficava próximo ao templo.

Quando retornou à estalagem certificou-se de que já haviam transferido sua bagagem para a propriedade. Os novos servos já haviam sido contratados, sendo desnecessária qualquer preocupação, a casa era ampla e acolhedora, suas candeias estavam acesas, o aroma de peixe fresco cozido inebriava a casa. Pensou em Marta e seu filho, tudo ficaria bem a partir daquela noite, sentou-se nas almofadas e deixou-se adormecer.

* * *

A CHEGADA A Jericó se deu de forma tranquila, a propriedade ficava próxima à entrada da cidade, estava abandonada, mas encontrava-se em boas condições. Shayna, que não conhecia, achou se tratar de Jerusalém e Dan, que não enxergava, nada comentou, estranhava o silêncio. A casa, bem arejada, situava-se entre as pedras, era fresca e acolhedora. Shayna ocupou-se da organização e limpeza da casa enquanto Ananias foi à cidade de Jericó comprar provisões necessárias a todos.

A noite ia chegando e Shayna já havia arrumado toda a pequena e agradável casa, o fogo aceso exalava um odor de ervas aromáticas que acompanhava o simples jantar daqueles amigos.

Agora já refeito, Dan estava feliz, acreditava estar em Jerusalém, contudo, durante a ceia Ananias revelou sua intenção.

– Caro Dan, sei que tem a presente necessidade de reconstruir a sua vida e louvo sua decisão – disse o bom amigo. – Contudo, tenho que lhe dizer que partilho de sua ventura, – e pigarreando prosseguiu – não estamos em Jerusalém.

– Como assim? – disse Dan espantado.

– É que ponderei os fatos e creio que o amigo necessita de um lugar onde possa ter tranquilidade. Estamos em Jericó, é uma propriedade próxima à cidade e aqui ninguém os importunará, se é que me entende.

– Mas esta propriedade é de quem? – disse Dan.

– A partir de hoje, meu amigo, é sua, tem uma boa terra onde pequenas árvores frutíferas lhe fornecerão alimento e tem a companhia de Shayna, ela deve ter seus dons, poderá auxiliá-lo.

Shayna, que a tudo ouvia calada, ficou na expectativa da resposta de Dan.

– Sim, eu aceito a oferta do amigo.

Shayna sentiu-se confortada, gostava da companhia de Dan, e ele não a molestaria. Ananias, contudo, disse:

– Dan, gostaria de formalizar sua união com Shayna?

Dan, como que surpreso pela pergunta do amigo, aduziu:

– Primeiro devo saber se ela me aceitaria.

– Creio que sim – disse Ananias vendo que Shayna estava ruborizada pela ideia de se tornar a esposa de Dan.

– Por que não pergunta a ela? – falou Ananias.

– Já o fiz e ela aceitou-me a companhia, mas creio que eu sendo cego ela não iria me aceitar como esposo – disse Dan, sentindo uma grande tristeza em seu coração.

Então Shayna, tocada de profundo amor, disse:

– Aceito ser sua esposa, pois você vive em meu coração, mesmo em meio a sua dor.

E naquele momento, Dan percebeu que ela o amava, lágrimas rolaram em sua face, ele então falou:

– Que D'us seja bendito para todo o sempre, pois que me achava no vale das dores e Ele enviou-me um anjo para aliviar minhas tormentas.

Shayna, aproximando-se, tocou em sua face e com o coração cheio de graça, disse-lhe:

– Que D'us seja bendito, pois trouxe-lhe para mostrar-me o verdadeiro sentimento do homem.

Dan então pegou em suas mãos beijando-as e falou com júbilo de quem reencontrava forças para seguir:

– Será minha esposa.

Ananias erguera as mãos aos céus, se alegrava com as bênçãos que recaíam sobre aquele lar.

* * *

A NOITE VINHA, Job estava melhor e Marta, após a ceia, buscou o reconforto dos braços de Caleb em seu aposento. Ele estava inquieto e falou:

– Minha amada, vá descansar, já é tarde e não quero que fique cansada. Temos uma longa viagem e precisa estar bem para que tudo corra como combinamos. Mais tarde eu venho repousar.

– Aonde vai? – questionou Marta. – Posso acompanhá-lo?

E ele, olhando-a com ternura, aduziu:

– Melhor não. Entenda, os servos podem notar, volto logo.

Marta sentiu como se uma punhalada fosse cravada em seu coração, ele iria ao encontro de Mia. Ela não o agradava, era um peso para ele, sentiu-se infeliz, mas não quis falar nada, sabia que sua situação era muito delicada, ela fora uma tola em crer nas juras de amor que lhe fizera. Lágrimas começaram a rolar. Tão amargas que a sufocaram. Tudo foi um grande engano e agora ali, com um filho em seu ventre, pensava: "por que, Caleb? Por quê?".

* * *

CALEB RETIROU-SE DO aposento sentindo-se sufocado com toda circunstância que ele mesmo causara. Não queria ferir Marta com preocupações descabidas, melhor poupá-la e a seu filho, amava-a e não desejava que ela ficasse preocupada com Mia. "Afinal, o que aquela mulher exuberante queria com ele? De certo era uma cilada de Elisha a fim de desmoralizá-lo. Será?", pensava ele enquanto caminhava para o jardim. Seu coração parecia preso, angustiado, como se algo fosse acontecer. Começou a suar nas mãos, seu coração ficou pesado.

O ar fresco da noite embelezava as feições de Mia, sua pele dourada pelos raios da lua davam-lhe um aspecto de "ninfa". Estava adornada por pedras preciosas em seu busto, a transparência de uma túnica de linho deixava à mostra a bela silhueta. Sentada à beira de frondosa árvore, já havia planejado tudo, seria um golpe mortal, nada daria errado.

Caleb estava sério. Embora sua face estivesse dura, seus olhos possuíam um brilho magnetizante, era como se o fogo estivesse saindo de suas entranhas.

Mia, assim que o viu, sentiu certo prazer. Sim, ela "o dominaria e ele faria suas vontades, obedeceria a seus caprichos", pensava à medida que ele se aproximava.

– Senhora – disse Caleb.

– Senhor, por favor, dê-me a honra de sua companhia.

– Não poderei permanecer aqui, pois não convém a minha pessoa ficar a sós com uma viúva.

– Ora, Caleb, ninguém nos notará e eu tenho me sentido tão só. Por favor, ao menos tome um pouco de vinho comigo.

– Não posso, não devo.

– Por favor! – disse Mia com voz doce e os olhos úmidos de expectativa.

Caleb então cedeu à rogativa e ali naquele momento traçou sua desdita.

Mia colocou o vinho e junto ao mesmo a erva entorpecente. Logo Caleb começou a sentir-se mais leve, mais solto, começou a sentir-se alegre e eufórico. À medida que ia bebendo, Mia ia aproveitando-se.

– Acho você um belo homem – disse ela atrevidamente.

– Não me faça elogios – disse ele já bem alterado.

E Mia, insinuando-se, pegou em suas mãos e disse:

– Quer ver-me dançar?

Caleb rindo, como se estivesse a sonhar, falou:

– Não creio ser uma boa ideia.

– Ora, vamos até meu aposento, tenho uma surpresa para você.

– Surpresa? – perguntou Caleb, sem atinar para os malefícios.

– Venha.

E puxando-o, ergueu-se. Caleb, sem ter o controle de suas vontades, deixou-se conduzir, iam alegres entre risadas que despertaram a atenção de Débora e Marta.

No aposento, tudo estava preparado, Mia havia providenciado um músico que tocasse cítara e um flautista. Estavam na antessala, que já estava preparada com almofadas e mais vinho com a erva maléfica misturada.

Nur, a serva, ali estava a deixar tudo conforme Mia havia lhe pedido. Logo a música invadiu o ambiente. Caleb, entre as almofadas, deslumbrava-se com os movimentos do corpo sedutor de Mia, que bem próximo a ele dançava, a dança era como um vinho para Caleb, ele estava enfeitiçado pela força sedutora dela, desejou tê-la, estava alegre, sem controle.

* * *

A MÚSICA CHEGAVA ao aposento de Marta que, olhando para Débora, disse:

– O que é isto?

– Creio que estão comemorando – disse Débora assustada.

– Comemorando? Quem?

– Senhora, melhor aguardar o senhor Caleb.

– Não, vou ver o que é isto.

E resoluta saiu do aposento. Marta estava trêmula, seu coração apertava, não queria crer, mas devia saber o que era aquilo. Será que Elisha retornara? Foi à sala principal, nada havia, a música vinha de local oposto do aposento, ao lado do aposento de Débora. Ali estava Mia, aproximou-se com o coração disparado, a porta estava entreaberta e a cena que visualizou foi a pior de sua vida. Caleb estava com Mia em seus braços, ela beijava-o quase seminua.

O golpe fora duro por demais. Afastou-se com uma profunda dor no peito, era muito forte, sua alma fora atingida. Tudo em que acreditava estava lhe sendo tirado, o homem que ela julgava amá-la. Sentiu suas pernas tremerem, foi para o aposento onde Job e Débora estavam. A serva, notando sua palidez e a mão no peito, correu a acudi-la.

– Senhora! Senhora!

A voz não saía, sentia-se uma tola, uma adúltera sem valor. E o filho que trazia em seu ventre, fruto do amor que derramara de sua alma por aquele homem que sempre acreditou que a amava. Tudo um engano, tudo falso, uma blasfêmia. Como ele divertia-se com ela, deitou no leito, as lágrimas não cessavam. Débora consolava-a, embora nada soubesse.

– Senhora, vou pegar um pouco de água.

E levando água a Marta, a mesma tentou refazer-se e olhando para Débora, disse:

— Deixe-me a sós aqui, fique com Job.

Então Débora compreendendo, saiu.

Era como se ela tivesse morrido, era a morte de tudo em que acreditava, recordou-se dos momentos de amor, mentira, tudo mentira. Ficou apenas uma angústia, estava desolada, desesperada, começou a orar:

— D'us, meu D'us, cuida de mim, das minhas dores, ergue-me, salva-me.

Sua súplica era ouvida por sua mãe que, ao seu lado, punha-se em prece e foi ministrando-lhe fluidos tranquilizantes a fim de que o bebê não sofresse com as perturbações.

Naquela noite Caleb morrera para ela, o vazio de sua alma só era menor pela presença do filho que trazia em seu ventre. Com o passar das horas foi ficando ameno, era quase manhã quando conseguiu adormecer, ela sabia que ele tivera uma noite de amor com Mia, tudo fora perdido.

Caleb deixara se envolver pela dança sensual de Mia, a cada gole de vinho mais alucinado ficava. Mia, usando de astúcia, envolveu-se nos braços de Caleb provocando-lhe os instintos sensuais, logo ele se viu em sua cama e naquela noite selou seu destino nos braços de Mia.

* * *

Elisha partira de Jerusalém pela madrugada, tinha pressa em retornar a Betsaida. Ele teria Caleb em suas mãos. A viagem foi rápida, em nenhum momento ele fez paradas ao longo de seu percurso, desejava chegar rápido ao seu destino. Já se aproximava da sexta hora quando Elisha adentrou os portais da propriedade de Caleb. Sua recepção foi feita por Débora que brincava com Job no pátio central da casa. Ao ver seu filho correu ao seu encontro, abraçou e perguntou:

— Onde está Marta?

— Dorme, meu senhor.

— Como dorme, já é tarde.

— Ela passou muito mal, creio que teve febre como Job.

— Está doente, D'us, onde está Caleb?

E Débora, baixando os olhos, disse:

— Não sei, não vi o senhor Caleb.

— E Nur, a serva desta casa?

— Arrumando a cozinha.

— Fale para ela preparar-me uma refeição, vou ao encontro de minha esposa, talvez precise de algo.

Caminhou pela casa e quando estava aproximando-se do aposento de Marta, voltou-se propositadamente para o aposento de Mia. Notou que a porta estava aberta, que Caleb dormia nu nos braços de Mia, o efeito das ervas fê-lo dormir.

Mia estava refeita e já desperta aguardava apenas a chegada de Elisha para a farsa ser notada. Então Elisha começou a encenar o escândalo:

– Maldito, maldito seja você.

E Caleb despertou sem nada compreender, até que se deu conta de estar despido junto a Mia que simulava um choro falso de desespero.

Caleb então se deu conta da gravidade da situação, ergueu-se zonzo, apoiou-se e disse:

– Não é isso, Elisha.

– Como não, minha irmã Mia a seu lado, você a molestou! Veja como ela está, D'us, a desonra caiu nesta casa!

Naquele momento Marta despertara, olhos inchados, boca ressequida, coração partido, ouvia os gritos. Saltou da cama, era um sonho ruim que tivera, Caleb não teria feito o que fez. Ergueu-se sentindo o bebê que mexia em seu ventre, pôs a túnica e o manto, rumou para o local onde tudo ocorria. A cena era dolorosa, Mia chorava aos pés de Caleb, enquanto Elisha discutia com ele:

– Temos que honrar minha irmã.

Marta olhou Caleb envolto no lençol que cobria as partes íntimas. Amava-o, seu coração se apertou, "como fora tola, ele nada sentia", pensava.

Naquele momento Caleb viu o olhar de decepção e dor de Marta. Não! Ela tinha que crer nele. Então Elisha, notando sua presença disse:

– Mulher, não falei para vigiar seu primo? Veja, ele molestou Mia.

– Não, – disse Caleb – não o fiz.

E Mia chorava.

– Diga, Marta, que não fiz – disse Caleb, como a suplicar confiança.

E ela falou secamente, com uma mágoa que era maior que sua dor.

– Meu primo, a cada homem cabe o dever de honrar suas atitudes. Você desonrou Mia, que se faça como Elisha desejar.

E Elisha, admirado do tom de autoridade de sua esposa, falou:

– Você é testemunha disto, Marta?

– Sim, – disse ela, – sou. Ontem ouvi a música que enchia o ambiente e quando aqui cheguei vi, com meus olhos, Caleb com Mia em seus braços – disse ela com voz fria.

Caleb, naquele momento, compreendeu o que fizera, ferira Marta, a mulher que amava, por conta daquela meretriz. Recordou-se naquele instante de suas atitudes impensadas e erguendo Mia, falou:

– Mulher maldita, você acabou com minha vida – empurrando-a, retirou-se enfurecido do aposento rumando para seu quarto.

Elisha, olhando para Mia, falou:

– Arrume-se, mais tarde conversaremos – e pegando Marta pelas mãos, sentindo-as frias, preocupou-se:

– O que tem? Débora disse que se sentia mal.

– Sim, Job adoeceu e acho que eu também.

– Esta casa está lhe fazendo mal, mas já resolvi tudo, assim que se sentir melhor iremos para Jerusalém, adquiri uma bela casa, digna de você, mulher – disse Elisha feliz. – Contudo, trago notícias de seu pai.

Marta, naquele momento, rejubilou-se:

– Meu pai? Que bom! Diga-me.

– Bem, – disse Elisha – primeiro recupere-se, fique de repouso, Débora cuidará de mim e ao cair da noite conversaremos. Tenho que descansar e você também, quero-a forte! – e acariciando suas mãos falou – vai repousar, você sempre foi boa esposa.

E Marta, agradecendo-lhe, voltou para seu aposento.

Elisha estava preocupado, Marta estava pálida, mãos geladas, isto não era um bom sinal. Pensou em Job, "que D'us a libertasse de qualquer peste".

Ao penetrar em seu aposento, Caleb lá encontrava-se. Estava tenso. Marta, ao vê-lo, apenas disse:

– Saia.

– Não vou sair. D'us! Não percebe que foi uma trama?

– Sim, deve ter sido uma trama suja esta que você fez comigo – disse ela com raiva.

– Marta, por favor, ouça-me, eu nunca a trocaria por ela.

Marta sentiu uma dor no peito, não iria suportar, mas apertando suas mãos, olhou duramente para Caleb e disse:

– Foi por isto que não mencionou o seu encontro com Mia, ontem, para mim?

E Caleb, surpreso, disse:

– Como sabia?

– Eu ouvi Nur convidando-o.

– Está dizendo que me vigiava, que duvidava do meu sentimento?

E, aproximando de Marta, segurou em seu queixo e disse:

– Eu nunca amei nenhuma mulher como amo você.

– Chega de brincar comigo, Caleb – disse com lágrimas nos olhos. – Não creio em você, eu fui uma tola crendo no seu amor, crendo que havia sentimentos leais em seu coração.

– D'us! Pelo amor de D'us, eu te amo.

– Por isto dormiu com Mia?

– Não, ela embebedou-me.

– Então basta beber para se atirar em qualquer lugar com qualquer mulher.

– Marta, está com ciúmes, ouça-me.

– Não quero, Caleb, e se tem um pouco de dignidade, esqueça-me.

– Nunca! E nosso filho, nossa fuga, está louca?

– Não sei, não tem fuga, não há filho seu em meu ventre.

E Caleb, tentando conversar com Marta, puxou-a de encontro ao seu peito.

– Marta, eu te amo, perdoe-me se a feri, eu te amo, por D'us, ouça-me, eu sempre a quis como esposa, não faria isto.

– Tire as mãos de mim ou gritarei pelo meu esposo.

E Caleb, irritado, disse:

– Ele nunca foi seu esposo! E tem um rebento meu em seu ventre.

E Marta, olhando-o com desprezo e raiva, disse:

– Não existe nada seu em mim.

Caleb estava desesperado, respirou com profundidade e retirou-se, nada que dissesse ela ouviria, foi para seu aposento, deixou-se cair em um canto e chorou por algumas horas tentando compreender o que fizera com sua vida e com a vida de sua amada.

Tudo por culpa daquela odiosa mulher! Não conseguia se recordar se havia realmente feito algo a ela, a última lembrança que lhe vinha à mente era a dança sedutora e o trágico momento em que ela se atirou em seus braços segurando sua face a fim de beijá-lo. Ele não conseguiu desvencilhar-se, depois, tudo se apagou.

– D'us, o que fiz para merecer isto? – disse.

Erguendo as mãos pensou, "por que tudo aquilo estava acontecendo?" Seu coração estava aflito, tinha que mostrar a Marta a verdade.

Marta estava fria como o mármore, nada importava-lhe a não ser o bebê que crescia em seu ventre. Deitada em seu leito deixou-se ficar, estava cansada e temerosa do futuro incerto. Job estava bem e Débora cuidava dele. Foi sentindo uma sonolência, um torpor que a fez adormecer.

* * *

ELISHA DESFRUTAVA DA farta ceia, agora sorria feliz, Caleb estava em suas mãos, nada poderia sair errado.

Logo Mia se apresentou no recinto a fim de fazer-lhe companhia, estava bela, orgulhosa pelas maldades que fizera.

Efrat, ligado a ela, sentia cada vez mais repulsa daquela que para ele fora a vida. Agora observando-lhe o caráter hediondo se desgostava mais ainda, estimulando o ódio e a revolta que estava em sua alma ferida. Tentando castigar, imprimiu energias fluídicas a fim de causar-lhe dores abdominais. Não tardou para que as dores se manifestassem em seu corpo, embora sentisse, procurou respirar e prosseguiu rumo ao diálogo com Elisha:

– Meu querido, – disse ela com voz doce – posso aqui ficar?

Elisha então, olhando-a com prazer, chamou-lhe com as mãos:

– Venha, – disse ele – sente-se aqui – apontou o lugar ao seu lado.

Mia, embora sentisse dores desconfortantes, sentou-se:

– Estou alegre pelo que fez. Agora, diga-me, deitou-se com ele?
– Não, não sou tola.
– Então como fez?
– Fácil! – disse ela sorrindo. – Eu coloquei uma erva para dormir no vinho, e embebedei-o.
– Então me provou que é digna de confiança.
– Esta noite me espere em seu aposento.
E Mia, sentindo-se extremamente feliz, falou:
– Quando serei sua esposa?
– Em breve, basta fazer como mando. Agora saia de minha companhia, deve permanecer triste e arrependida.
– Porém, – disse ela – tenho algo a falar-lhe.
– Diga – disse Elisha impaciente.
– É que descobri que Abed planeja fugir com Débora.
– O quê? Você está falando que meu criado pretende atraiçoar-me.
– Sim! – disse Mia com ênfase. – Você deve vendê-lo, não é de confiança.
– Mas é claro, ele é indigno de minha bondade, farei o possível para que sofra, só assim ele servirá de exemplo.

24. Tormento e dor

Nur estava inquieta, enquanto Dror anunciava:

— Eu irei falar desta trama sórdida — dizia ele na cozinha enquanto Nur preparava a refeição de Caleb.

— Não, você não dirá nada, ou me quer vendida?

— Mulher, quantas vezes lhe pedi para não se envolver nisto. Veja o que fez! O dinheiro não lhe dará a paz.

— Ora, Dror, você não percebe que teremos o bastante para nossa liberdade?

— Eu direi a verdade para o senhor desta casa.

— Se falar, tiro a própria vida! Você nunca me deu nada e agora que tenho quer me tirar?

— O que tem, mulher? Sabe o que tem? É a alma manchada pela dor dos outros.

Dror olhava para Nur com revolta, pois em seu coração não compreendia as atitudes da mulher. Então, enchendo-se de ira, exclamou:

— Mulher sem fé, agora que o Messias aqui se encontra, parece disposta a vender sua alma por meros devaneios, irei agora mesmo dizer tudo ao meu senhor.

— Pois faça isto e abandoná-lo-ei extraindo-me esta vida.

O silêncio era angustiante e Dror a fim de não causar furor maior, calou-se.

— Pois bem, agora está a pensar e a julgar-me, mas em breve agradecer-me-á — disse Nur retirando-se.

Eis que Dror em sua angústia começara a blasfemar:

— D'us, amaldiçoa-me se for obrigado a conviver com tal feito! — exclamou ele.

Abed que chegava em silêncio ouvindo-lhe as lamúrias, tocou em seu ombro e disse:

— Bom homem, não peça a D'us o que não pode suportar.

E Dror, num lampejo de lucidez, falou:

— Foi o Próprio que lhe enviou. Agora tenho que lhe falar e você deve agir sem que Nur tome conhecimento. É sobre a trama que se desenrola nesta casa. Venha! Aqui estamos expostos, deve me ouvir em secreto.

E, olhando para os lados, caminhou na direção do cômodo mais distante onde se guardavam os cereais a serem consumidos pela casa. Empurrando a porta, trancou-a por dentro e acendendo as lamparinas, puxou duas banquetas de couro e com gestos apressados, disse:

— Venha, meu bom rapaz, sente-se aqui — tocou na banqueta.

E, percebendo que Abed permanecia em pé, chamou-o com as mãos e disse:

– Esta casa está repleta de tramas das trevas, vou falar-lhe o que aqui se passa para que pessoas bondosas não venham a sofrer.

– Então fale-me.

– É sobre nosso senhor, saiba que foi envenenado com uma erva que causa sonolência e alucinação em quem dela faz uso, foi a própria serpente que colocou em sua taça, como que a lançar sua peçonha do mal – dizia Dror esfregando as mãos.

– Conte-me melhor, homem, quem é a serpente e por que faria isto?

– Sinto-me enojado, mas a minha mulher ajudou a senhora Mia a realizar tal feito com a intenção de que ela seja a dona desta casa. Ela enganou o senhor Caleb embebedando-o, dizendo que a molestou, mas minha esposa a auxiliou a despi-lo e a colocá-lo na cama como se a tivesse molestado. E o pior é que o tal Elisha é homem ambicioso que trama com elas e com sombrios propósitos. Minha esposa recebeu muito dinheiro. Ah!, sinto-me impuro com esta tola mulher – falava Dror a balançar a cabeça.

Abed estava estático com os fatos.

– Deve, bom rapaz, avisá-lo e logo, antes que a tragédia possa cair sobre esse teto. Agora precisa correr, pois minha esposa sabe de sua fuga e delatou-o para Mia, que promete puni-lo horrivelmente. Avise meu senhor e fuja.

Abed agradeceu a Dror e retirou-se sorrateiramente até o aposento de Marta. Batendo à porta, Débora veio atender, empurrando a porta com pressa, trancou-a dizendo:

– Estamos perdidos!

– O que foi, Abed? – disse ela abalada.

– Mia sabe da fuga, preciso avisar o senhor Caleb.

– D'us, então não sabe o que houve?

– Não – disse ele espantado.

– O senhor Caleb molestou Mia, e o senhor Elisha quer que ele se case com ela.

– D'us! Então tudo não passou de uma trama sórdida.

– Como assim?

– Não tenho tempo, leve-me até o senhor Caleb.

– Sim, eu o levarei.

E saíram pela porta que interligava os quartos. Abed ficou encantado com a fonte e a beleza daquele local que ninguém suspeitava existir. Logo estava diante da porta do aposento de Caleb.

Ali, sentado, Caleb encontrava-se diante da linda paisagem do lago. Estava triste consigo mesmo, com sua conduta desleal e pior, com o resultado dos fatos, tentava entrever uma saída. Amava Marta e Mia seduzira-o, não se recordava da noite de prazer, nem entendia o porquê se deixara levar por aquela situação obscura e irritante. De repente batidas à porta. Animou-se! "Seria Marta? Será que ela o perdoara?", rumou célere para lá, mas ao abrir caiu em decepção.

— Abed — disse ele.

— Senhor! Senhor, temo que estejamos todos em perigo — disse o rapazola aflito.

— Conte-me por quê — disse Caleb em tom de desprezo e despreocupação, como se nada o atingisse.

— Senhor, tudo que ocorreu foi tramado.

— Como tramado? — exclamou ele nervoso e segurando Abed pela túnica. Furioso, falou: — Conte-me!

— Senhor, calma, nada tenho com isto.

E Caleb, percebendo seu impulso nervoso, largou o rapaz e passando a mão pela barba disse:

— Desculpe-me! Agora conte-me.

E Abed revelou pausadamente tudo que Dror havia falado, o rubor era nítido na face de Caleb, o ódio corrompia-o. Então pensou: "era o maldito dinheiro, era essa maldição que atraíra a ambição daqueles corvos".

Respirou pausadamente e no seu íntimo agradeceu a D'us.

— Está bem, Abed, obrigado por ser-me leal. Quero que fique de prontidão para a fuga, se eu não for, vá você com Débora, apenas desejo que fique tudo esclarecido.

— Mas, o que o senhor irá fazer?

— Apenas ser mais atento que estes corvos devoradores de homens.

Abed retirou-se em silêncio. Caleb permaneceu em seu aposento a refletir nas medidas que tomaria. A primeira seria mostrar a verdade a Marta e recuperar sua lealdade e amor; a segunda seria vingar-se de Elisha e daquela pavorosa criatura que ele desprezava.

Elisha estava ansioso em conversar com Caleb. Aquela noite tomaria Mia como sua mulher como havia acertado, tudo estava transcorrendo como ele desejava. Enviaria Marta a Jerusalém pela manhã. Ele teria que permanecer nas cercanias, pois era ali que a fraude messiânica se instalara. Rumaria para Betsaida a fim de vender sua pequena propriedade e tudo iria encaminhando-se. Estava meditando sem notar que as sombras espessas o envolviam cativando seus pensamentos e direcionando para o objetivo que lhes aprazia.

* * *

EM CAFARNAUM, ZIMRA estava a conversar com Simeão. À medida que o tempo passava Simeão tornava-se menos impetuoso, mais coerência passava a fazer parte de suas ações. Estava assim sentada próxima ao pequeno jardim:

— Meu marido, tenho pensado muito em Marta, soube através de Orlit que meu querido tio Barnabé se foi.

— É Zimra, sei que a situação de sua prima é delicada, mas como poderemos auxiliá-la? Sabe que as escrituras são claras, ela cometeu adultério, junto com seu primo Caleb, ambos devem responder por isto.

— Sim, mas ainda assim penso que foram vítimas de suas emoções, não se pode separar o que D'us uniu.

— Como fala isto, mulher? D'us uniu Marta a Elisha.

— Não, Simeão, o pai de Marta a uniu a Elisha, D'us fez o amor nascer nos corações de Marta e Caleb, foram os interesses de meu tio que os uniu, não os de D'us.

E Simeão, analisando as palavras de sua esposa, disse:

— Talvez suas palavras tenham profundidade.

— Meu marido, não querendo contrariá-lo atrevo a dizer que enquanto o homem tentar interferir nas causas de D'us, ele sempre ferirá seu próximo. Mesmo hoje quando vejo as multidões a seguir nosso Mestre, sinto uma dor em meu ser.

— Mas por quê? — inquiriu Simeão.

— Talvez porque o povo costuma se contradizer em suas preferências.

— Não diga tolice, ele é nosso Messias, o nosso Rei.

Naquele instante chegavam Tiago e João, acompanhados de Felipe.

— O que está acontecendo? — indagou Simeão.

— É que o Mestre perdoou os pecados de uma mulher de má vida. E agora, aonde vamos, esta mulher nos acompanha — disse Tiago.

— Não diga isto, — aduziu Simeão — se o próprio Mestre assim o permite é por que não há pecados.

E todos entreolharam-se e disseram:

— Mas, Simeão, você estava lá, você viu e ouviu.

— Sim e eu vi que ela foi mais solícita que o julgamento de seus corações.

Naquele momento todos se calaram.

— Vamos! O Mestre nos aguarda — e resolutos rumaram para fora de sua casa a fim de encontrá-lo.

* * *

E AJUNTANDO-SE A ele havia grande multidão, eram pessoas de todas as cidades. Então, ele erguendo com suavidade a sua firme voz, falou de muitas coisas por parábolas, dizendo:

— Eis que o semeador saiu a semear. E, quando semeava, uma parte da semente caiu ao pé do caminho, e vieram as aves, e comeram-na; e outra parte caiu em pedregais, onde não havia terra bastante, e logo nasceu, porque não tinha terra funda; mas, vindo o sol, queimou-se, e secou-se, porque não tinha raiz. E outra caiu entre espinhos, e os espinhos cresceram e sufocaram-na. E outra caiu em boa terra, e deu fruto: um a cem, outro a sessenta e outro a trinta. Quem tem ouvidos para ouvir, ouça.

E, acercando-se dele os discípulos, disseram-lhe:

— Por que lhes fala por parábolas?

Ele, respondendo, disse-lhes:

– Porque a vocês é dado conhecer os mistérios do reino dos céus, mas a eles não lhes é dado. Porque àquele que tem, se dará, e terá em abundância; mas àquele que não tem, até aquilo que tem lhe será tirado. Por isso lhes falo por parábolas; porque eles, vendo, não veem; e, ouvindo, não ouvem nem compreendem. E neles se cumpre a profecia de Isaías, que diz: ouvindo, ouvirás, mas não compreenderás, e, vendo, verás, mas não perceberás. Porque o coração deste povo está endurecido, e ouviram de malgrado com seus ouvidos, e fecharam seus olhos; para que vejam com os olhos, e ouçam com os ouvidos, e compreendam com o coração, e se convertam, e eu os cure. Mas, bem-aventurados os seus olhos, porque veem, e os seus ouvidos, porque ouvem. Porque em verdade lhes digo que muitos profetas e justos desejaram ver o que vocês veem, e não o viram; e ouvir o que vocês ouvem, e não o ouviram.

"Escutem vocês, pois, a parábola do semeador. Ouvindo alguém a palavra do reino, e não a entendendo, vem o maligno, e arrebata o que foi semeado no seu coração; este é o que foi semeado ao pé do caminho. O que foi semeado em pedregais é o que ouve a palavra, e logo a recebe com alegria, mas não tendo raiz em si mesmo, é de pouca duração e, chegada a angústia e a perseguição, por causa da palavra, logo se ofende. E o que foi semeado entre espinhos é o que ouve a palavra, mas os cuidados deste mundo, e a sedução das riquezas sufocam a palavra, e fica infrutífera. Mas, o que foi semeado em boa terra é o que ouve e compreende a palavra; e dá fruto, e um produz cem, outro sessenta, e outro trinta."

E olhando-o com espanto, João falou:

– Mas Mestre, como pode ser isto?

– É pela dureza de seu coração que muitas ovelhas se transviaram, o homem não é mais do que vai em seu coração, se seu coração é puro seus pensamentos permanecem sãos e se seu coração é adúltero, seus pensamentos são maléficos e por mais que ele creia, acaba por deixar o velho corromper o novo se não tem firmeza no coração.

*　*　*

Os DIAS DE Orlit se tornaram sombrios com o distanciamento de Elad. Ela passou a sentir-se vazia, às vezes passava horas vagando pela bela propriedade, sentia a cada dia que seu esposo estava se cansando dela, já não permanecia as noites com ela.

Reina tornara-se sua companheira, quase sempre passavam as tardes a conversar, falavam do tempo passado quando tudo parecia feliz, pois o seu coração não poderia jamais revelar o descontentamento que sentia. Recordava-se de Dan com mais frequência, chegava a sonhar com o tempo em que viveram juntos, a melancolia parecia querer dominá-la, a saudade do passado feliz doía-lhe. Por mais que Elad tivesse demonstrado certo apreço por ela, ele jamais preencheu o lugar de Dan.

Após o falecimento de seu pai, Elad passara a ignorá-la. Recordava-se de Dan, de como a compreendia, sentiu certo arrependimento, mas logo o medo assaltou-a, não deveria conservá-lo na memória, sofria, nestes momentos pedia a D'us que sua vida fosse abreviada para que junto a ele pudesse ficar.

Lamentava a ausência de filhos, sentia-se frustrada, suspirava. A brisa da tarde trouxe-lhe a recordação de Marta, sua adorável irmã, como seria bom tê-la por perto, seria como antes, amigas inseparáveis. E Job? Sim, ela poderia cuidar dele, esperava ansiosa pela sua vinda, havia auxiliado na organização de sua nova casa, que era adorável e nestes instantes acalmava-se.

Elad estava preocupado com suas dívidas, principalmente com as pessoas a quem devia, homens influentes que não titubeariam em arruiná-lo. Procurava sempre conviver com eles, não desejava abrir mão do que já tinha ganho, acreditava que tendo os seus inimigos próximos, poderia melhor proteger-se de seus ataques traiçoeiros. Participava dos banquetes regados a orgias, era desta forma, com atitudes promíscuas que levava sua vida, não percebendo que para seu lado atraía companhias espirituais desagradáveis, que se alimentavam de suas vísceras e órgãos sexuais, estimulando-o a permanecer nestes recintos de promiscuidade.

* * *

Após o diálogo com Abed, Caleb em sua raiva tentou conter-se, buscou o servo que era o esposo de Nur e encontrando-o nas tarefas rotineiras, chamou-o com firmeza para conversar.

Dror notou no semblante de Caleb que ele já sabia da verdade e rumou em oração para o local onde Caleb dirigiu-se. Foram para o pátio onde os animais ficavam e Dror falou, sem cerimônias e com humildade:

– Senhor, rogo-lhe, ouça-me por Abraão, fui eu que alertei o servo Abed.

E Caleb, tendo ligeira surpresa pela atitude do servo, falou:

– Continue.

– Sei que o que minha esposa fez foi motivado pela falta de humildade e pela cobiça desmedida, sou grato pela sua generosidade em ter me procurado, mas peço-lhe que nos deixe partir, servos idosos, eu e minha esposa jamais conseguiremos servir em outra casa, tenha misericórdia, nós só desejamos um local onde repousar.

Caleb ouviu com compaixão e aduziu:

– Bom servo, a você confiarei sua esposa, pois que é seu jugo, mas o dinheiro que ela ganhou, este deve entregar-me, para que ela seja punida pelas atitudes descabidas.

E Dror, olhando-o com admiração, falou:

– Isto senhor que faz, eu agradeço, por sua sabedoria.

E rumou para sua casa pegando pequeno baú e entregando-o.

— Pois bem, servo, agora quero que peça a sua esposa que vá a meu aposento, pois preciso falar-lhe com urgência.

Com passadas largas e firmes, Caleb rumou para o aposento de Marta e lá adentrou sem bater à porta. Marta encontrava-se recostada com Job, há horas tentando fazê-lo adormecer.

— Marta, preciso falar-lhe.
— Nada tem a me dizer — disse ela secamente.
— Não deseja a verdade?
— Que verdade, Caleb? Chega de brincar, de fazer-me de tola.
— Marta, se não me der esta chance de provar que nada fiz, irei a seu esposo e provocarei o escândalo.
— Está a delirar, o que quer?
— Que a verdade seja revelada — e estendendo-lhe a mão pediu: — Por tudo que vivemos, se tem compaixão em seu coração, por favor, estou pedindo.

Marta, notando a firmeza em seus olhos, deixou o pequeno Job com Débora que a tudo observava quieta a um canto, e foi junto com Caleb para seu aposento. Quando lá adentrou, Marta sentiu-se inquieta, não havia ninguém ali, o que ele queria, afinal?

Caleb, notando sua ansiedade, disse:
— Sente-se e espere, tudo será esclarecido.

Não demorou muito para que Nur se apresentasse. Entrou estranhando o fato de Marta ali se encontrar. Caleb, olhando-a com raiva, foi logo dizendo:
— Mulher, prestou-se ao serviço de cobra peçonhenta, por que tramou contra quem lhe acolhe?

E Nur, estremecendo, com voz fingida, disse:
— Nada sei, meu senhor.

Marta assustada a tudo ouvia.
— Nur, creio que você tem algo a dizer-nos acerca da trama da qual participou.
— Senhor, nada sei — disse Nur com o coração acelerado.

E Caleb, apertando o braço com raiva, disse:
— Fale, mulher, pois tudo já sei.
— Senhor, disse Nur, por misericórdia deixe-me ir.
— Caleb — disse Marta — solte esta pobre mulher.

E Caleb, olhando a serva com raiva, disse:
— Não — empurrando-a com força ela caiu ao chão.

E Marta, tentando acudi-la, ouviu Caleb dizer:
— Solte esta imunda, afaste-se dela, veja mulher, reconhece isto?

E Nur, olhando o baú com o seu dinheiro, gritou:
— Não! Por favor, não.

Marta, assustada, ergueu-se dando passos para trás sem nada entender.

— Diga agora para minha prima a verdade.

E chorando disse:

— Foi por medo que eu ajudei, senhora, seu primo nada fez, foi tudo tramado por seu esposo e por sua ex-serva, Mia, eles queriam que o senhor Caleb se casasse com ela. Por dinheiro eu ajudei a despi-lo e a pô-lo na cama, e preparei uma erva que o fizesse adormecer, ele nada fez.

Marta tremia, sentou-se sem crer em tal fato e em tanta maldade.

— Pois bem, senhor, devolva-me o baú – disse Nur com um brilho egoístico no olhar.

Mas Caleb, desejoso de puni-la, disse:

— Não terá este baú, pois você mesma disse que foi por medo que fez isto, agora suma de minha propriedade ou eu levá-la-ei a julgamento.

E Nur, erguendo-se, sentindo-se humilhada e ludibriada, saiu sem nada falar.

Caleb correu até Marta abraçando-a com ternura.

— Minha amada, eu jamais a trairia.

— Perdoe-me, meu amado, por não ter acreditado em você – disse Marta com lágrimas nos olhos.

— Está tudo bem, estamos juntos, isto é o que importa.

* * *

Nur saiu com ódio, então estava tudo perdido, rumou para o aposento de Mia a fim de pedir sua ajuda. Lá chegando, encontrou-a feliz a se preparar para suas núpcias com Elisha. Notando a palidez e o tremor de Nur, falou:

— O que tem?

— Senhora, uma tragédia caiu sobre nosso teto.

— Como assim?

E Nur relatou o acontecido entre lágrimas.

— Então Caleb pediu para que você confessasse isto na frente de Marta? Pois bem, se ele pensa em destruir-me, eu o destruirei, se ele tem tanto apreço por Marta, falarei o que vai em meu íntimo. Agora vá, mulher, vá para a sua casa e não saia de lá até que lhe diga, pois você não sairá desta casa, isto eu juro – disse Mia altiva.

* * *

Caleb beijava a face de Marta como se a qualquer momento pudesse perdê-la.

— Agora temos que fugir, amanhã partiremos, aguardarei você no lago, caso eu não compareça, fuja com Abed, entendeu-me?

— Não, eu não vou sem você, meu amado.

– Marta, deve pensar em nosso filho, deve pensar em você, eu não quero ser o culpado de sua morte ou qualquer malefício que venha a lhe atingir.

– Mas não quero lhe perder, meu amado, não conseguirei sem você.

– Você conseguirá, é forte, é brava, pense em mim todas as vezes que desejar desistir, por favor.

E abraçando-a com ternura, Caleb continuou:

– Procure arrumar o necessário para a viagem, eu tenho que realizar alguns ajustes.

E olhando-a nos olhos, segurando sua face meiga, beijou-lhe com amor.

25. Desencontros

DAN ESTAVA FELIZ com sua vida, o amigo Ananias partira há dois dias deixando o casal provido de cereais e com alguns denários para qualquer necessidade. Shayna era meiga e com zelo e dedicação provia a arrumação da singela moradia, o preparo do alimento, e com algumas sementes se dedicava à pequena cultura de hortaliças na propriedade. A brisa fresca tocava-lhe a face enquanto cuidava da pequena horta.

Dan, sentado perto de pequeno regaço, sentia seu coração renovado, embora ainda não a tivesse tocado como sua mulher, sentia como se a ventura lhe banhasse a alma, então falou:

— Shayna, poderia eu com você falar?

E a bondosa samaritana, ouvindo-lhe a solicitação, respondeu-lhe:

— Estou terminando de semear, aguarde um pouco.

Após a primeira fileira semeada, a moça ergueu-se da terra em busca do regaço e da sombra das figueiras.

— Diga-me, meu marido — pronunciou com tímida expressão.

— Dê-me suas mãos.

E Dan, sentindo o calo que feria suas mãos, condoeu-se dizendo:

— Você é minha esposa, ajude-me a auxiliá-la, não a desejo em esforço que lhe cause prejuízo — e beijou suas mãos com ternura.

— Não se preocupe, estou habituada ao serviço, é que ainda preciso saber manusear as ferramentas.

— Eu faço isto, por favor, deixe-me ser útil.

— Está bem.

E com delicadeza ergueu Dan e levando-o até o cesto onde havia sementes, disse:

— Auxiliará carregando o cesto enquanto eu semeio.

E Dan, sentindo-se útil, sorriu. Seu sorriso franco encantou Shayna, sua face parecia se iluminar. O coração daquela moça, a partir de então, encheu-se de amor, um amor que fazia seu coração bater acelerado, o dia transcorria.

Após tratar da horta, Dan auxiliou-a com os animais, alimentando-os. Após as tarefas, enquanto Shayna preparava a ceia, observava Dan. Com certeza sabia em seu íntimo que estava destinada a amá-lo. Dan agradecia a D'us por cada momento, sem a revolta que o assolara antes.

* * *

Em Jerusalém, Elad viajara para Corazim a fim de selar a venda da casa que pertencia a Marta, mas que Elisha inadvertidamente colocara sob sua tutela. Estava angustiado, pois, embora seus negócios tivessem dado grandioso impulso, seus débitos foram se tornando infindáveis com os inescrupulosos comerciantes que lhe eram sócios das empreitadas que realizava com furtos e assassinatos.

Orlit acompanhara toda a agitação de Elad, não entendia o que o fazia estar tão distante e aborrecido, não dormia em sua casa, sempre aparecia ao fim da tarde sem muitas palavras amistosas, dirigia-se para o seu aposento dando-lhe pequena atenção, a não ser na hora que lhe cobrava as obrigações rotineiras.

Partira assim de Jerusalém com pequenas provisões a fim de retornar antes de Elisha. Fora cedo, estava perturbado, pois necessitava quitar seus débitos. Embora seus negócios estivessem bem, sua dívida com suas tramas era maior. Torturava-se pensando em como tudo seria resolvido, afinal, não poderia deixar que aqueles corvos dilapidassem seu patrimônio, e depois de quitada toda sua dívida deixaria este tipo de negócio, já lucrara o suficiente.

A viagem transcorreu rápida, os dois dias passaram célere, sua mente ocupada com tantas preocupações não deixou que seu corpo sentisse a necessidade de fazer paradas. Pensou em Elisha, foi realmente muito bom ele ter concordado com a venda da propriedade, assim ver-se-ia livre de sua dívida, tudo correria conforme planejado.

Ao visualizar Corazim, sentiu-se bem aliviado. Entrou na cidade, o barulho, as ruas, o movimentado comércio, buscou a propriedade a fim de visitá-la e quem sabe vendê-la por um valor maior. Teria objetos de valor? Não se recordava, mas sim, poderia vendê-los, Elisha nada saberia. Rumou apressado pelas vielas, mas a surpresa o fez parar como que estupefato diante das ruínas da casa, tudo queimado. Elad não conseguia crer no que via, recordou-se da visita quando pediu a mão de Orlit. Deixando sua montaria, caminhou por entre os escombros, até que um homem passando no local falou:

– Procura por alguém?

– Sim, o que houve aqui?

E o homem, aparentando tranquilidade, falou:

– Era de um nobre, mas após a declaração de que estava com grave enfermidade e com ele negando-se a deixar a cidade, o povo reuniu-se, apedrejou e incendiou a propriedade. Estavam todos leprosos.

Elad, ouvindo a terrível história, nada aduziu, apenas perguntou:

– O senhor o conhecia?

– Sim, eu era seu servo leal. Deixou-me a escritura alegando que a casa pertencia a uma de suas filhas, mas, infelizmente, o rabi delatou a todos que ele se negava a deixar sua propriedade e nada pude fazer, o fato era que os demais estavam doentes, pois viviam sob o mesmo teto, foi terrível, ouço ainda os gritos.

E Elad, sem nada dizer, retirou-se. Sua cabeça doía, havia prometido que quitaria seu débito no regresso... "Maldito sogro! Por isto apareceu às pressas, afoito e aflito. Que possa arder nas chamas do inferno", pensava Elad, que, preocupado, rumara para a estalagem onde sentando-se em uma mesa, ficou a se embebedar pelo resto do dia.

* * *

"Caleb não estragará minha noite, eu estragarei a dele", pensava Mia arrumando-se vaidosamente. Então devia satisfação a Marta? Pois bem, agora era o momento de vê-la sofrer, sim, com certeza eram amantes, mas ela saberia como conduzir tudo isto, saberia sim, e erguendo-se, saiu do aposento resoluta a pôr um fim naquela história descabida.

Caleb estava absorto com seus papéis, tentando retirar alguns trechos das escrituras e levá-los em pequeno baú. Estava ansioso, não poderia aguardar por nada, fugiriam sem importar-se com mais ninguém, estava com pressa quando notou a bela figura de Mia adentrar sua sala, seus olhos sentiram profundo desprezo por ela, odiava aquela mulher.

– O que deseja? – disse ele ríspido.

Mia sorriu e falou firme e indiferente:

– Como pode tratar sua futura esposa assim?

– Nunca, jamais lhe desposarei, mulher, saia daqui, pois sei quem você é.

– Sabe? Então diga quem sou?

– Uma mulher vil e mesquinha a quem abriguei sem desejar.

– Pois bem, e você quem é?

– O dono desta casa, saia.

– Não, Caleb, você é o amante de Marta, que trai meu querido Elisha bem debaixo de seu teto, quem é vil aqui? Quem é mesquinho aqui? Diga ou não tem palavras?

Caleb sentiu-se tonto. Como ela soubera? A cor fugira de sua face.

– Como eu sei, é o que deseja saber? Não foi difícil, o amor está nos olhos de vocês, mas eu sei ser generosa, faça o que eu mandar e eu pouparei Marta e você.

– O que deseja? – disse ele sem nada mais questionar.

– Desejo que peça a Elisha para me desposar e que seja nesta noite.

– Não farei isto nunca.

– Então terei que entregar Marta, você suportaria vê-la ser julgada junto a você?

E, olhando-o com firmeza, falou:

– Só mais um detalhe, não diga a ela que eu sei do caso amoroso de vocês, quero que ela sofra, afinal, agora você será meu marido.

E saiu rindo, porém, voltando antes de retirar-se definitivamente da pequena sala, aduziu:

– Devolva o baú de Nur, pois ela continuará a servir-me, senão você sofrerá as consequências, e nem tente molestar-me, se o fizer, Elisha saberá a verdade.

A sala tornara-se pequena, tudo rodava. Caleb sentia-se sem chão, como se em um minuto tudo fosse roubado da sua vida. Se ele tentasse qualquer atitude, Marta e seu filho morreriam e se ele aceitasse o que aquela sórdida mulher impunha a ele, perderia o amor de Marta para sempre.

– D'us! D'us! – Caleb ajoelhara-se, pedia misericórdia, que o auxiliasse o Senhor.

"Tenho que tirá-la daqui", ergueu-se resoluto, rumou apressado para o aposento onde Marta estava separando sua pequena bagagem. Entrou intempestivo, Marta assustou-se.

– O que foi? – disse Marta.

Caleb tomou-a em seus braços apertando-a contra o peito, beijando-lhe a fronte enquanto chorava. Marta, ao vê-lo assim, tentava secar o pranto.

– Amado, diga-me o que há.

– Marta, você deve partir sem mim.

– Como? Por quê?

– Marta eu não vou com você.

– Por que não? Diga-me o que houve? Caleb, Elisha sabe? – inquiriu Marta perplexa.

– Não, Marta, ele não sabe.

– Então me diga o que foi.

– Eu não posso, apenas saiba que, aconteça o que acontecer, eu te amo – e, abraçando-a com força, deixou-a.

Caleb retirara-se abatido diante das circunstâncias que o compeliam a abandonar Marta. Sentia-se mal pela dor que causava, em seus pensamentos pairava a certeza de que Mia jamais deixaria Marta viver, caso eles fugissem; não titubearia em denunciá-los a Elisha. Caminhando desalentado, olhava o céu entre lágrimas copiosas, tendo a certeza de que poupara a vida de seu filho e de sua amada, mesmo que para isto tivesse que viver como um pária.

Marta sentiu-se só, sem compreender o que estava acontecendo, tentou se conter e aguardar pelo seu amado.

Elisha erguera-se próximo da ceia, estava disposto, sentiu-se refeito. Pousou as mãos em sua longa barba, cobriu-se com seu manto, lavou as mãos e o rosto a fim de alimentar-se, porém, ao sair de seu aposento, deparou-se com grande movimento. Nur, à frente de tudo, ordenava aos demais criados onde pôr a bebida, os pratos que iriam ser consumidos e onde o noivo ficaria. Elisha, aprumando-se, falou:

– Teremos uma festa?

– Sim – disse a serva risonha – parece que a senhora Mia ficará noiva.

Elisha sentiu-se feliz. "Então Caleb se curvara e aceitara Mia, que bom!", pensava ele.

– Onde está minha esposa?

– Creio que no aposento, eu não a vejo há muitas horas.

– Está bem – disse Elisha saindo.

Indo ao aposento de Marta, ao adentrar percebeu que ela estava sentada em um canto olhando o lago, quieta, meditava acerca dos últimos fatos sem nada entender. Caleb não retornara.

Elisha, vendo-a distraída, tocou em seu ombro e ela, virando-se, deparou-se com seus olhos brilhantes de felicidade.

– Marido – disse ela receosa.

– Marta, está melhor?

– Sim – disse meiga.

– Que bom, pois hoje devemos muito nos alegrar.

– Por quê? – disse ela ingenuamente.

– Bem, não vê o movimento nesta casa? O cheiro de comida e o ir e vir.

– Não, estava a descansar, não me retirei daqui, mas o que está havendo?

– Caleb irá desposar Mia e está preparando um pequeno banquete.

As palavras de Elisha caíram-lhe como gotas venenosas. Caleb abandonara-a por Mia, ele não a queria. "Mia, ele estava envolvido com ela", Marta sentiu-se tonta, suas pernas tremiam, então era este o motivo pelo qual ele falara que ela deveria fugir, seus pensamentos ficaram confusos, sua face empalidecera. Elisha, notando seu tremor, aproximou-se e percebendo que suava frio, correu à porta chamando Débora:

– Débora! Débora!

A fiel serva compareceu com Job nos braços.

– Corra, peça ajuda – Marta desmaiou.

O choque fora profundo, Marta em sua fragilidade não conseguira suportar a angústia de seu coração. O alarde foi geral. Nur correu, solícita, em busca de algum remédio, porém Caleb, que estava recolhido em sua sala, notando o corre-corre procurou inteirar-se. Ao saber do ocorrido, seu coração se abalou, rumou a passadas firmes encontrando-a ainda desmaiada sobre o assento em que estava. Débora, segurando-a com dificuldade, tentava reanimá-la, enquanto Elisha blasfemava impropérios contra os servos.

Caleb não teve dúvidas, pegou-a em seus braços e levou-a ao leito. Sua face estava pálida, a respiração parecia fugir-lhe. Pediu que aquecessem as mantas e olhando para Débora, solicitou uma erva.

– Traga mirra e vinho.

Macerou rapidamente e molhou seus lábios, não demorou muito para que Marta recobrasse os sentidos, ainda fraca ao abrir os olhos viu a face de Caleb, lágrimas espessas brotavam de sua alma angustiante.

Por que ele fizera aquilo, era o que afligia Marta, desejava não o julgar. Ao perceber as lágrimas, Caleb apertou suas mãos com respeito e retirou-se. Elisha que a tudo observava, aproximou-se do leito e disse:

— Você está fraca, este homem não lhe deu de comer durante minha ausência; eu que me privara de sua companhia; repouse, eu mesmo pedirei a Débora que lhe traga o que comer, precisa estar forte, não chore, irá para nossa casa em breve — e ordenou que a serva ao lado de Marta permanecesse.

Saiu do aposento aborrecido, pois em seu coração era Caleb o culpado por tudo. Ele não cuidara de Marta e muito menos de seu filho, estava pronto a interpelá-lo, quando Mia o encontrou no corredor. Elisha, notando seu semblante interrogativo, falou:

— Este alarde todo foi Marta que se sentiu mal.

— O que ela teve?

— Desmaiou. Isto por que este homem priva minha mulher do conforto ao qual está habituada, ela e Job estão adoentados, mas isto irá ser solucionado, amanhã partiremos.

E Mia, fingindo interesse, disse:

— Mas você a levará à ceia desta noite? Creio que já tem a boa notícia.

— Sim — disse Elisha satisfeito.

— Posso aguardá-lo em meu aposento? — perguntou Mia inquieta.

— Sim, quero-a bela nesta noite venturosa — disse Elisha sem esconder seu desejo.

* * *

MARTA, EM SEU luto, chorava dando vazão à dor de seu coração, Débora abraçava consolando-a.

— O que farei, Débora?

— Senhora, acalme-se. Confie em D'us, nada irá lhe acontecer, tenha confiança.

— Mas por que Caleb fez isto?

— Não sei, senhora, mas ele a ama, tenha certeza. Ele a ama.

* * *

CALEB, EM SUA fúria, esmurrara a rústica mesa entalhada de sua pequena sala. Ele odiava Elisha e aquela cruel mulher, ele a mataria se pudesse. Pensou em Marta, fugiria, sim, tinha que fugir, ele estava fazendo-a sofrer, sentiu-se impotente, não suportava sentir a dor que causava em Marta e ao filho que ela gerava. Sentiu-se um covarde, não havia saída, estava nas mãos daquela infeliz.

* * *

ESTANDO YESHUA COM seus apóstolos, navegavam para a terra dos gadarenos que ficava defronte à Galileia. Enquanto a viagem seguia, os discípulos questionavam-se quanto ao fato ocorrido, pois enfrentavam uma forte tempestade e o barco enchia-se de água. Embora Pedro e André tentassem conter a situação, os demais afligiam-se e sentindo que iam perecer, achegaram-se ao Mestre dizendo:

— Mestre! Mestre! Estamos perecendo.

E Yeshua, erguendo-se, pois descansava, repreendeu o vento e a fúria da água, e fez-se a bonança. Olhando para os discípulos inquiriu:

— Onde está a sua fé?

Estava Pedro a meditar com os demais apóstolos, cochichavam maravilhados, quem é este que até os ventos e as águas lhe obedecem?

Foi quando chegaram e desceram para ir à cidade. Veio-lhe ao encontro um homem que há muito tempo estava possesso de espíritos imundos e os espíritos não o deixavam andar vestido, nem ter um teto para repousar, dormia nas catacumbas. Quando os espíritos que o subjugavam sentiram a presença de Yeshua prostraram-se diante dele falando em voz alta:

— Que temos nós consigo, Yeshua, filho de D'us? Peço-lhe que não nos atormente.

Na verdade, muitas vezes haviam prendido aquele homem com grilhões a fim de que os espíritos que o dominavam deixassem-no, mas eis que o infeliz partia os grilhões e ia para o deserto.

E Yeshua, percebendo sua influência maléfica, perguntou:

— Qual o seu nome?

— Legião — respondeu-lhe — pois somos muitos.

E temendo que fossem mandados para o abismo, pois muitos destes infelizes sentiam as vibrações e a intensa presença dos espíritos que acompanhavam Yeshua, rogaram-lhe que permitisse que se transportassem à forma animalizada, pois era assim que se encontravam os espíritos que subjugavam tal homem. Yeshua, em sua benevolência, permitiu e eles correram do infeliz afastando-se.

E aqueles que o aguardavam, vendo o que ocorria, foram anunciá-lo na cidade e nos campos. E muitos vieram ver o que acontecera e encontraram o homem, de quem havia saído os espíritos, vestido e em seu juízo perfeito, assentado aos pés de Yeshua. Toda a multidão da terra dos gadarenos tomou-se de grande temor. E o homem que havia sido curado, aproximando-se, falou:

— Mestre, deixe-me ir com o senhor.

E Yeshua, olhando-o, respondeu:

— Torna para sua casa e conta quão grandes coisas fez D'us.

Quando Yeshua regressou, a multidão já o aguardava, pois as notícias de suas curas corriam toda a Galileia e a multidão o adorava.

Eis que do meio do turbilhão humano de crianças, idosos, mulheres e homens, um varão de nome Jairo acercou-se do Mestre em desespero, prostrou-se aos seus pés e implorando, rogava-lhe que fosse a sua casa, pois sua única filha de quase doze anos estava à beira da morte. E Yeshua segurou-o com dificuldade, pois a multidão o apertava em meio ao sol intenso.

Foi então que uma mulher extremamente debilitada, magra, com face pálida, esforçava-se para tocá-lo, seu coração acelerado e sua vontade firme faziam-na espremer-se em meio à massa humana que o cercava, e no seu desespero pela cura de seus males atirou-se em meio ao intenso movimento de transeuntes tocando-o por trás, na orla de sua veste, e seu fluxo de sangue que há doze anos a consumia estancou na hora. E Yeshua, sentindo que de si saíra magnetismo, perguntou:

– Quem me tocou? Alguém me tocou, pois vi que de mim saiu virtude.

Então, a mulher que não podia ocultar-se, aproximou-se tremendo e prostrando-se entre lágrimas diante dele, adorou-o declarando diante de todo o povo o motivo que a levou a tocá-lo e como logo sarara. E Yeshua, vendo a sinceridade de seu coração, falou:

– Tem bom ânimo, filha, a sua fé a salvou, vai em paz.

Estando ele ainda falando, eis que chega um dos parentes de Jairo trazendo-lhe a triste notícia dizendo:

– A sua filha jaz morta. Não importune mais o Mestre.

Yeshua, percebendo o que ocorrera, falou:

– Não tema. Crê somente e ela será salva.

E rumando para a casa, a ninguém foi permitido entrar senão Pedro, Tiago, João e os pais da menina. Todos choravam e pranteavam e Yeshua, vendo aquilo, disse:

– Não está morta, apenas dorme.

E todos riram dele dizendo:

– Ela está morta.

E Yeshua, pegando-lhe a mão, chamou:

– Levante-se, menina.

E seu espírito voltou e ela logo ergueu-se e Yeshua falou:

– Deem de comer.

E seus pais, jogando-se aos pés do Mestre, choraram maravilhados.

E ele lhes falou:

– Que ninguém fale do que se passou aqui.

E Pedro, Tiago e João, enchendo-se de fé, o adoraram.

* * *

ELAD, APÓS A sua desdita, resolveu retornar, sabia que deveria enfrentar seus sócios e conceder-lhes-ia parte de seus bens, afinal, teria que quitar a dívida que contraíra por ganância desmedida. Ia desanimado, em seu coração não aceitava o fato de se desfazer de seus bens materiais, blasfemava contra Barnabé, amaldiçoando-o e culpando-o pela tragédia que o acometera.

O regresso foi mais rápido, ao chegar a Jerusalém providenciou o encontro com seus sócios, sem mesmo ir até a sua casa. Rumou célere à propriedade, onde o luxo era percebido em tudo. Foi recebido por homem de semblante distinto, conduzido à sala reservada, sentou-se em uma bela cadeira revestida de peles, enquanto o homem em silêncio aguardava sua palavra. Elad então começou a sua palestra:

– Caro amigo, sei que causei um grande dano aos negócios e anseio quitar meu débito, como havia dito, cá estou.

E o homem, olhando-o com desprezo, ergueu a mão como a dizer-lhe: "continue".

– Embora minha empreitada não tenha sido satisfatória, venho aqui abrir mão de alguma propriedade minha que possa interessar ao amigo.

O homem fechou o semblante e pesado silêncio se fez. Então, por alguns minutos meditou e aduziu:

– Muito me interessa seus negócios de Betsaida, contento-me com este comércio para quitar parte de sua dívida, apenas assumindo tal termo diante de minhas testemunhas.

E homens, de aspecto menos confiável, surgiram no recinto. Elad sentiu certa contrariedade, mas diante de tal atitude, concordou. Então o homem em posse do comércio de Betsaida, disse:

– Agora só me deve a metade.

E Elad, concordando, ergueu-se para sair. Após retirar-se da casa bem situada ia dizendo impropérios até ser cercado pelos homens que serviram de testemunhas. Estranhando tal fato, mas crendo ser alguém a mando de seu sócio, parou na expectativa de algum comunicado.

Um dos homens ao aproximar-se, agarrou-o pelo braço segurando-o, enquanto o segundo rapidamente cravara-lhe um punhal no peito. Elad sentiu o pavor da morte envolvê-lo.

– Não – disse ele.

Tentava agarrar-se à veste do estranho homem desejando emergir das profundezas das sombras que o acolhia.

Os homens abandonaram-no cuspindo-lhe na face e lançando impropérios. Recolheram os pertences de valor e retiraram-se para a casa do sócio, que sabendo do feito, regozijava-se, pois cobraria tudo que lhe era de direito da viúva, dilapidando-a e alijando-a ao relento.

Orlit nem imaginava o quanto sua vida mudaria, acostumada com o luxo e as facilidades, não supunha que a fatalidade alcançava o seio de sua família.

A tarde se esvaía e a noite sorrateira chegava trazendo o frescor para a Galileia e o alvorecer de um novo dia para aquela casa.

26. Misérias e ilusões

MARTA SENTIA-SE DOENTE tamanho o golpe desferido por Caleb em seu coração. Sabia que tinha que ter forças para seguir em frente e buscava em suas orações coragem para suportar as provações que suas escolhas lhe trariam. A solidão era sua amiga, pensou em D'us e com o coração magoado ergueu o pensamento ao céu.

O Senhor é minha luz e a minha salvação, a quem temerei? O Senhor é a força de minha vida, de quem me recearei? Quando os malvados, meus inimigos, investirem contra mim para comerem as minhas carnes, tropeçarão e cairão. Ainda que um exército me cercasse, o meu coração não temeria, ainda que a guerra se levantasse contra mim, no Senhor, D'us, confiaria. Peço ao Senhor, ó D'us, possa eu morar na casa do Senhor todos os dias de minha vida para contemplar a Sua formosura e aprender em Seu templo, porque nestes dias de adversidade me escondia em Suas asas, no oculto do tabernáculo me esconderei, pôr-me-á sobre uma rocha e firme estarei no coração. A minha cabeça será exaltada sobre meus inimigos que estão em meu redor, pelo que oferecerei sacrifícios de júbilo. No Seu tabernáculo cantarei, sim cantarei louvores ao meu D'us, com minha alma O louvarei. Ouve D'us minha voz, meu clamor, tem piedade de mim e responda-me. Quando o Senhor disse, busca o Meu rosto, o meu coração disse, o Seu rosto Senhor eu buscarei, pois é minha luz, minha força, no Senhor estarei. Não esconda de mim a Sua face e não rejeite Sua serva com ira, o Senhor é minha ajuda, não me deixe, nem me desampare, ó D'us de minha salvação, pois quando meu pai e minha mãe me desampararem, o Senhor me reconhecerá. Ensina-me, ó D'us, o Seu caminho e guia-me pela Sua vereda, por causa dos que andam me vigiando, não me entregue à vontade dos meus adversários, pois que levantavam falsos testemunhos contra mim e os que inspiram crueldade me cercam. Pereceria se não cresse que veria a Sua benevolência na terra dos viventes, pois o Senhor é justiça. Fortalece D'us o meu coração.[88]

Assim que terminou a oração, luzes radiantes envolviam todo aposento de Marta, eram multicoloridas, vieram pelo cântico de sua alma se alojar em seu coração. Sua mãe mostrou-se banhada de pranto enquanto formosa figura se formou em sua direção, era o espírito que se preparava para reencarnar, que preso ao ventre de Marta se transfigurava em singela serva de D'us. Trazia em suas mãos e em sua fronte, auréola de intensa luz esverdeada, saudou a matrona e com singela prece ergueu sua voz em um canto perene ao céu. Em seu canto exaltou a bondade e a misericórdia de D'us com tanta profundidade que Marta

---

[88] Salmo 27.

adormeceu profundamente e com sua filha foi levada ao encontro de paisagens celestiais.

* * *

Mia estava eufórica em seu traje sedutor, não percebia a triste figura de Efrat colada a ela. O pobre enfermo a tudo assistia, ora revoltando-se, ora odiando-a.

Agora mais consciente das maldades de sua esposa, sentia intenso desejo de vingança, pois entendia que ela merecia a dor e o sofrimento, alojara-se na pélvis e na área abdominal, entrelaçava fluxos viscosos de larvas corrosivas na criatura esquecida das verdades imortais. Mia pouca ou nenhuma importância dava às tradições, muito menos a D'us, o que ela desejava era riqueza, poder e beleza. Estava ansiosa para ver o sofrimento de Marta, era tudo o que mais ansiava. Sim, ela teria Caleb, já o teve em suas mãos. Sorria feliz!

Nur logo adentrou trazendo-lhe a notícia de que todos a aguardavam, exceto Marta que caíra em profundo sono e Elisha não desejoso de atormentá-la, deixou-a em seu aposento. Embora isso a irritasse, por outro ângulo a agradava, pois teria Elisha sem interrupções. Seguiu a caminho do banquete, Caleb ali já se encontrava totalmente desanimado; logo que Mia chegou ele ergueu-se em sua direção e falou:

– Elisha, quero desposar sua irmã adotiva.

Elisha, sorridente, aduziu:

– Que seja, agora comeremos.

Porém, Caleb abandonando-a, recolheu-se sem dar qualquer satisfação. Mia sem se importar falou:

– Deixe-o ir, ainda não se habituou com minha presença, vamos comemorar, afinal conseguimos! – exclamou eufórica.

Elisha, no entanto, não gostou de tal acontecido. Olhando para Mia replicou:

– Espero que o domine, caso contrário, difícil se tornará nossa aliança.

– Não se preocupe, eu sei como dominá-lo – e rindo passou a beber e a comer com Elisha.

Caleb recolheu-se ao lago, a noite se apresentava repleta de estrelas que envolviam o ambiente. Em sua dor, desejava assassinar Mia e Elisha, ver-se liberto deles, angústias assolavam sua alma inquieta. Recordou-se de seu mestre essênio, do sonho que tivera, recordou-se de João Batista, sentiu-se infeliz. Resoluto, começou a beber a jarra de vinho que trouxera, não queria viver ou se recordar daquele dia, o pior dia de sua vida.

* * *

Embora a noite estivesse convidativa, Zimra estava em seu aposento pensando em Pedro, estava a meditar em como suas vidas haviam se modificado com a chegada do Mestre. Todo trabalho passara às suas mãos, ela se desdobrava para auxiliar nas despesas junto a Pedro que contribuía para o grupo que acompanhava o Messias. Eram dias agitados onde muitas vezes chegava à exaustão.

Não era diferente para Maria Salomé e Zebedeu, pois sem seus filhos os negócios ficaram sob a responsabilidade do casal, o labor era recompensado com a doce presença do Mestre que, com suas palavras, enchia de bom ânimo a todos.

Servir sim, servir era o mais importante, pois na casa de meu Pai todos servem, do menor ao maior e todos são irmãos, eram essas as palavras que ficaram guardadas em seu coração. Amava Yeshua, sua bondade acolhedora que a todos recebia, nunca o vira responder ao doente ou reclamar; às mulheres ele estava sempre a ensinar. Muitos fariseus e doutores o repudiavam por sua postura, mas o Mestre lia nos semblantes femininos a súplica de luz e a vontade sincera do serviço na grande seara da boa nova.

Era assim a vida de Zimra, servindo aos discípulos, cultuando a fé solícita, amparando a quantos lhe batiam à porta, pois muitos lhe pediam auxílio para estarem próximos do Messias.

Hanna, sua mãe, rejuvenescera. Era como se o toque do Mestre lhe descortinasse nova vida, era grata aos céus pelas messes infinitas que se derramavam em seu lar.

Foi assim, neste meditar, que Zimra foi adormecendo, súbita luz surgiu no ambiente requisitando de Zimra o despertar para o mundo espiritual. A mãe de Marta, Ester, vinha-lhe ao encontro, não demorou muito para que a jovem se apercebesse da necessidade de se ausentar por breves momentos e envolta na luz que Ester espargia de sua fronte, foi levada à esfera espiritual onde Marta estava amparada por sua futura filha. Sentindo as vibrações de afeição e simpatia reconheceu o espírito que ali se encontrava, tratava-se de antiga irmã das esferas superiores que pedira o ensejo encarnatório para quitação de débitos antigos, os quais, por vontade de consciência, desejava quitar diante de seu coração valoroso nas obras do eterno.

Zimra, aproximando-se, notou que Marta encontrava-se como que em transe, sua consciência poucas vezes se expressava, sentindo a necessidade de saber sobre os acontecimentos, indagou:

– O que deseja? Por que Marta encontra-se aqui?

– Concessões, querida irmã, as quais foram solicitadas por você. É chegado o momento do testemunho para sua prima, já não é mais compatível que aqui neste ambiente permaneça. Sua migração foi necessária, mas agora que já consegue externar o dom da bondade é necessário recolhê-la após o sacrifício maior.

– Como assim? – perguntou Zimra.

– Nossa irmã conquistou, com esforço próprio, o retorno à pátria da qual foi exilada, mas para que tanto ocorra, deverá passar pelas provações necessárias ao seu depuramento.

Neste momento, Marta sentiu-se como que em um sonho real, vendo Zimra como se a reconhecesse.

– Sendo assim, caríssima irmã, rogo a você para que me receba como sua filha após a partida de minha genitora.

Zimra, olhando-a com afeto e simpatia, respondeu:

– Será minha filha com o mesmo amor que tenho por Sara.

Ao declarar isto foi como se Zimra selasse sua vida, surgindo intenso fluxo de luz aureolada sobre todos, e cada qual recolheu-se ao seu local de origem.

Marta despertou refeita, como se estivesse despertada após longas horas de sono, não compreendia o que ocorrera por não trazer nenhuma recordação do sonho, apenas a paz e a serenidade recebidas.

* * *

ANANIAS, APÓS RETORNAR a Jerusalém, estava empenhado na causa de se acercar do Mestre, muitos relatos ele ouvira nos últimos tempos acerca de suas curas. Embora Dan houvesse lhe ocupado o tempo, tudo valera. Estava assim convicto de que o homem que operava prodígios era o Messias; resoluto, aguardava o ensejo de segui--lo, as curas intrigavam-no, jamais ouvira em toda Galileia relatos tão expressivos da presença Divina. Partiria para as cidades mais próximas onde o Mestre, como era chamado, sempre pregava.

Estava de partida para Corazim quando ouviu certo alarido próximo a sua propriedade, tratava-se de um diálogo nada amistoso entre três homens. Escondendo-se sob a vegetação, observou quando o golpe fora desferido no homem e como ele tombara enquanto a dupla se afastava sob risos sinistros e impropérios.

Ananias então aproximou-se notando a quantidade de sangue que jorrava do ferimento certeiro, notou que balbuciava umas palavras. Tentando auxiliar, agachou-se virando-o, quando para sua triste surpresa visualizou a face de Elad que vomitava golfadas de sangue, não conseguindo externar o nome do algoz que cometera tal fato. Desencarnou rapidamente cerrando os olhos para o mundo, os quais Ananias fechou com delicadeza, proferindo algumas frases em hebraico. Erguendo-se, constatou que a tragédia se instalara.

Agora Dan casara-se e Orlit enviuvara, que estranho caminho eles percorriam, teria que levar a triste notícia à família.

Logo a multidão se aglomerou. Ananias solicitou que servos o ajudassem a transportar o corpo até sua propriedade a fim de limpá-lo para o devido encaminhamento à família. Ananias tratou de Elad segundo as tradições e logo rumou para a propriedade onde seus familiares com certeza o aguardavam.

No caminho ia meditando nas melhores palavras para que não causassem uma aflição maior, mas sabia que de nada auxiliaria, pois, a dor seria a mesma. Não demorou visualizar a bela chácara, foi recebido pelos criados que logo o fizeram adentrar e aguardar na sala principal.

Orlit surgiu serena e bela, mas trazia no olhar uma interrogação, afinal por qual motivo ele estaria ali? Envolta em seu manto, e com sincera delicadeza, aduziu diante da serva Itti, já que não era permitido que mulheres ficassem a sós com homens.

– *Shalom*, meu senhor, meu esposo não se encontra, posso ajudá-lo?

E Ananias, com pesar, replicou:

– Venho a fim de lhe informar que seu esposo passou para o repouso dos justos.

As palavras pareciam estar em outro dialeto. Orlit foi sentindo as pernas fraquejarem, o silêncio foi envolvendo-a até ficar com a visão embaraçada e privá-la da luz, desmaiara. A queda só não fora pior, pois Itti estava próxima e amparou-a. Os gritos começaram a despertá-la, era Reina que rasgava o véu batendo no peito e chorando.

Orlit, ao despertar, não conseguia raciocinar, a única pessoa que lhe veio à mente foi Elisha, sim, ele a auxiliaria. Pediu ao servo que solicitasse um mensageiro a fim de comunicar-lhe a triste desdita de sua vida.

Ananias auxiliou-a a recompor-se dizendo que havia preparado o corpo a fim de que se realizasse o funeral. Orlit estava sem muita reação, como que adormecida pela intensa dor que toda a situação lhe causava.

* * *

A NOITE PARA Mia foi como que um sonho, após o banquete rumou alegre para o seu aposento a fim de aguardar Elisha. Estava radiante em uma alegria desmedida, sim, ela estava maravilhosa, ungiu o corpo com óleo perfumado, preparou sua túnica e aguardou-o ansiosa, o coração célere, as mãos suavam, respiração ofegante.

Elisha adentrou em seu aposento, esguio, alto, trazia o brilho de fogo em seus olhos. Ao ver Mia, encheu-se de paixão, puxando-a sem delicadeza para seus braços, beijando-a com ardor, deixando que todos os instintos reprimidos aflorassem naquele momento.

Efrat a tudo observava, enojado com a promiscuidade de ambos. Sentia-se atraído irresistivelmente para Mia, um fluxo de energia o tragava. Embora ele se debatesse aturdido, como que inconsciente, fora tragado pelos jatos de energia que o enlaçavam.

* * *

O SOL COMEÇAVA a despertar sobre Betsaida. Caleb, embriagado, adormecera às margens do lago. Estava combalido, olhos marejados de angústia, boca ressequida, a cabeça doía-lhe, mas no coração a dor era maior. Ergueu-se notando estar sujo e com forte odor de álcool, com dificuldade subiu, tropeçando, as escadas para sua casa, seu estômago enjoava. Sentia falta de Marta. Resolveu banhar-se a fim de se recompor, o banho gelado recobrar-lhe-ia o ânimo, a fonte cristalina estava convidativa para seu banho. Após refrescar-se, Caleb vestiu-se recordando que Marta deveria fugir. Foi ao aposento onde ela se encontrava. Ela estava à janela olhando o lago e ao vê-la falou:

– Marta.

E Marta, olhando-o com os olhos úmidos, disse:

– Por que Caleb? Por que está a me ferir? O que lhe fiz?

– Marta, ouça-me, você deve partir com Abed e Débora. Mia sabe que somos amantes por isto me forçou a ficar com ela.

E Marta, perplexa com a situação, sentou-se.

Caleb, aproximando-se, tocou em sua face, pegou em suas mãos e disse:

– Não acredite que não a amo. Ela jamais terá meu coração, pois ele já se encontra com você, doce Marta, minha vida inteira vivi um sonho, e este sonho era tê-la como minha esposa.

As lágrimas rolavam em sua face.

– Tem um rebento em seu ventre, deve realizar o possível para que esta criança veja o sol, para que sinta o quanto a amo, Marta. Não vale a pena se sacrificar por mim, eu nada sou, sem você minha vida está fadada ao esquecimento.

– Não diga isto, Caleb, D'us é bom e você é um homem reto e leal.

– Não, Marta, sou egoísta e desleal, desrespeitei sua casa, seu enlace, subjuguei você com intenção única de satisfazer este amor impulsivo que trago em minha alma, se D'us me toma você, é para me punir pela minha insensatez.

– Caleb, se for para viver sem você, quero morrer, pois se você errou, eu errei junto, fui eu que cedi, por desejá-lo, por não honrar minha casa.

– Nada mais importa, apenas me dê um último abraço. Abed espera-a, – e beijou-a com amor – apresse-se.

– Venha comigo, amado, por favor – suplicava-lhe Marta.

– Não posso, tenho que deter Mia.

* * *

Não demorou muito para que o alarde fosse dado na casa. Nur fora chamar Caleb, bateu à porta e não o encontrando bateu à porta de Mia e logo quem atendeu foi Elisha. A serva então disse-lhe:

– Meu senhor, um mensageiro chegou aflito e extremamente combalido.

Elisha pensou ser um assunto pertinente ao sinédrio, porém deparou-se com a triste notícia acerca do passamento de Elad. O mensageiro cavalgara dois dias ininterruptos a fim de trazer-lhe a notícia.

Elisha rumou para seu aposento e pediu audiência urgente com Caleb.

Caleb, percebendo o movimento em sua casa, foi informado que Elisha desejava lhe falar. Dror veio avisá-lo e Caleb o atendeu fora do aposento.

– Senhor Caleb, Abed aguarda-o para partir – disse Dror.

– Ainda não é o momento, vou falar com Elisha antes – falou rumando para a sala luxuosa onde ocorrera o banquete.

Elisha, impaciente, logo esbravejou:

– Tenho que seguir viagem hoje com Marta, preciso que você nos acompanhe, uma grande tragédia se abateu sobre nossa família.

– O que há? – disse Caleb com indiferença.

– Elad faleceu deixando Orlit e Reina sem ter um varão em que possam se firmar.

– Mas eu nada tenho com isto – disse Caleb.

– Preciso de seus préstimos, pois Marta tem bens em Corazim e não poderei providenciar tudo só.

Caleb meditou por alguns instantes, talvez seja pertinente acompanhá-lo, afinal seria uma forma de fugir com Marta, sem levantar suspeitas, em Jerusalém tudo seria diferente.

E olhando para Elisha, disse:

– Está bem, mas que sejamos breve, pois a viagem é longa.

– Mandarei Marta preparar tudo.

Elisha saindo da sala foi a passos firmes ao encontro de Marta, enquanto Caleb se dirigia a Dror em sigilo solicitando que Abed escondesse todo material de viagem de Marta.

Marta foi subitamente surpreendida pela entrada de Elisha em seu aposento. Ele logo foi falando sem grandes explicações.

– Arrume-se, partimos agora, sua irmã está viúva.

Marta sentiu profundamente por Orlit, pobre irmã, pois agora só lhe restaria a solidão.

– Antes que me esqueça, seu pai também morreu, eu deveria ter lhe falado, mas desejei lhe poupar, porém agora eu vejo que já se encontra bem e deve saber.

E olhando para Marta, que começava a chorar, disse, insensível:

– Nenhuma lágrima sua devolverá a vida de seu pai, mesmo porque já faz algum tempo.

E retirou-se, deixando Marta com sua dor.

* * *

EM JERUSALÉM TODOS os ritos foram seguidos. Orlit encontrava-se fragilizada, se não fosse pela solicitude de Ananias sua vida estaria pior.

A casa tornara-se grande demais para ela e Reina, que sempre se lamuriava pelo irmão. Ela não conseguia compreender o que de fato Elad fizera para merecer aquele trágico fim. Onde estaria a justiça de D'us, ele era um homem honrado, bondoso, nestas horas a serva Itti era consoladora, distraía-lhe a mente convidando-a à arte da tapeçaria ou trazendo-lhe chá para aliviar sua angústia.

Já fazia quatro dias da partida de Elad e nada, nenhuma notícia de Elisha. "Será que o mensageiro o avisara?", suspirava a matrona. E agora ela teria que viver sob o abrigo de Elisha, isto não lhe agradava, pois o achava ambicioso e arrogante, principalmente quando foi lhe falar acerca da morte de seu adorado filho, Efrat... ficou com olhar perdido no tempo como se pudesse rever seus olhos, sua face alegre e jovial.

27. O encontro

ANANIAS, O ANCIÃO, sentindo que tudo se ajeitara, não se prestou ao papel de dono da verdade, procurou cuidar de sua viagem entregando nas mãos de D'us a família de Elad. Afinal, ele nada poderia realizar ali, havia cumprido com sua parte, agora era com os familiares. Foi assim que resolveu partir de Jerusalém na busca do Messias, sim, já havia perdido muito tempo cuidando da vida alheia, agora era sua vez de cuidar-se, buscou orientar-se pelo burburinho das massas, pois onde houvesse multidão, Yeshua estaria por perto.

Rumou para Betsaida e lá chegando, logo que passou pelas portas da cidade, após três dias de viagem, inteirou-se que a multidão seguia o Messias, pois todos falavam que dele saíam virtudes que curavam.

Ananias tratou de abrigar-se em modesta estalagem local, onde todos comentavam dos feitos do Mestre. Percebendo o movimento de vários transeuntes, resoluto, procurou seguir a multidão em direção ao Mestre. Em seu coração muitas perguntas cediam lugar aos infinitos anseios que guardara em sua alma. Por breves momentos Caleb veio-lhe à mente, sim, o amigo querido deveria estar ali presenciando aquele momento jubiloso para sua alma, caminhava como que em devaneios.

* * *

YESHUA, CONTUDO, RETIRANDO-SE para um local mais afastado da cidade, começou a falar para a multidão acerca do reino de D'us. Sua voz plena de amor, seus olhos cheios de mansuetude traduziam ao povo indescritível beleza.

À medida que falava, muitos que se prostravam em derredor, ao contato com o magnetismo do Mestre eram curados pelo seu olhar virtuoso e suas palavras salvadoras. Podia se sentir os irmãos em êxtase, o odor do cedro misturado às figueiras, a brisa que tocava os cabelos do Mestre fazendo com que suavemente se movessem, e os corações encarnados sedentos de luz.

Era indescritível a luz que ali se expandia tocando nos espíritos alienados que acompanhavam os transeuntes e expectadores desta bela paisagem.

Ananias, como que hipnotizado pelas emoções, prostrou-se a ouvi-lo. As horas passavam sem serem percebidas e o sol já começava a declinar. Mulheres, homens, crianças, doentes e aflitos ali estavam, e os discípulos percebendo o avançar das horas acercaram-se do Mestre. Pedro, tomando a palavra, disse-lhe em tom ameno e preocupado:

– Mestre, dispensemos a multidão para que retornem ao povoado a fim de alimentar-se, pois aqui estamos em local deserto e sem abrigo.

Tiago e Felipe também falaram:

– É o melhor a fazer.

E Yeshua, olhando-os com compaixão, falou:

– Deem a eles o que comer.

E os apóstolos entreolharam-se com assombro.

– Não temos senão cinco pães e dois peixes, como iremos comprar comida para este povo? – disse Felipe.

E olhando-os, Yeshua aduziu:

– Façam assentar os grupos de cinquenta em cinquenta.

Grande era a multidão e logo os discípulos puseram-se a separar os homens e as mulheres, sendo colocados juntos as crianças e mulheres. Muitos famintos, maltrapilhos, outros feridos e doentes se empilhavam e à medida que os apóstolos as organizavam foram todos assentados.

E Yeshua, tomando os cinco pães e os peixes, olhando para o céu abençoou, espargindo de suas mãos focos de intensa luz que irradiavam ondas magnéticas de grande vibração, e partindo-os deu aos discípulos para que distribuíssem para a multidão. À medida que eram distribuídos os cestos, todos saciavam sua fome. Ananias sentia em seu coração intenso amor, era como se a sua busca houvesse chegado ao fim. Sim, era ele o Abençoado, o Salvador. E Yeshua, olhando com compaixão para todos, ergueu a voz e falou[89]:

– Se alguém quer vir após mim, negue-se a si mesmo e tome cada dia o seu fardo e siga-me, porque qualquer que quiser salvar a sua vida perdê-la-á, pois aquele que por amor a mim perdeu a sua vida a salvará, pois que aproveita ao homem ganhar o mundo todo, perdendo-se ou prejudicando-se? Pois qualquer que de mim ou de minhas palavras se envergonha, dele se envergonhará o Filho do Homem quando vir na sua glória e na do Pai e dos anjos. Em verdade em verdade lhes digo que dos que aqui estão alguns há que não provarão a morte até que vejam o Reino de D'us.[90]

---

[89] A passagem denota a precaução de Jesus no sentido de alertar os discípulos para a necessidade de algo apresentar à Providência Divina como base para o socorro que suplicamos. Em verdade, o Mestre conseguiu alimentar milhares de pessoas, mas não prescindiu das migalhas que os apóstolos lhe ofereciam.

Palavras de vida eterna, Chico Xavier, pelo espírito Emmanuel, cap. 9.

Allan Kardec considera a possibilidade de ter Jesus eliminado a sensação de fome, não por materialização de pães e peixes, mas pela irradiação de suas energias magnéticas sobre a multidão. Não podemos esquecer, contudo, que em outras oportunidades, Jesus agiu sobre as propriedades da matéria, modificando-a, tal como aconteceu na transformação de água em vinho, nas bodas de Caná (Jo 2:1-2).

A Gênese, cap. 15, item 48.

Cairbar Schutel, assim como André Luiz, defende a ideia de materialização de pães e peixes, da mesma forma que espíritos e objetos são materializados, até porque sobraram cestos contendo pedaços desses alimentos.

Mecanismos da mediunidade, Chico Xavier e Waldo Vieira, pelo espírito André Luiz, cap. 26.

O espírito do cristianismo, Cairbar Schutel. cap. 12.

[90] A parábola diz claramente que o homem, na avidez das conquistas terrenas, que se empenha para o "bem" de sua vida a "perderá" se agarrando ao transitório e esquecendo-se dos bens imperecí-

A cada frase de Yeshua, a alma de Ananias se sentia tocada em sua fé. Ansiava conhecer Yeshua, ansiava seguir seus passos. E percebendo os apóstolos ao término das parábolas, aproximou-se de Felipe, o helenista.

– Meu senhor, por favor – disse Ananias.

E Felipe se voltando, olhou-o com toda simplicidade de sua alma.

– Como poderei fazer parte das bem-aventuranças deste grupo? Que deseja seu Mestre?

Felipe silenciou e sorrindo-lhe fraternalmente com indescritível brilho no olhar, falou:

– Arrependa-se de suas faltas, deixe as coisas deste mundo, tome seu fardo e siga o Mestre.

Ananias então meditou na frase expressiva de Felipe e disse:

– E onde se reúnem?

Felipe, em tom ameno, disse:

– Onde os necessitados estão, aí estará o Mestre.

E Ananias, sorrindo, falou:

– Bom homem, eu voltarei.

Tocando a mão de Felipe sentiu o fluxo energético daquela doce alma.

– Seja bem-vindo, irmão – disse Felipe.

Retirando-se com o coração repleto de D'us, sentiu que a sua vida jamais seria a mesma. A noite vinha tecendo um arco cheio de estrelas sobre os céus de Betsaida.

* * *

ABED AGUARDAVA ANSIOSO por Marta no local planejado, estranhara o fato de Débora não ter comparecido, as horas corriam céleres e ele estava ficando preocupado quando vislumbrou a doce presença de sua flor perfumada. Débora viera ao seu encontro, chegou afoita, saíra às escondidas.

– Meu D'us, Débora, o que está acontecendo? – disse Abed.

– Não iremos mais, o senhor Caleb mudou os planos, pois chegou uma triste notícia da morte do esposo de Orlit, então teremos que ir para Jerusalém. Esconda a montaria melhor, o senhor Caleb disse para misturá-la aos demais animais, para que viajem sem levantar suspeitas. Vamos partir logo, apresse-se. Eu vou retornar, pois saí escondida.

– Entendi – e segurando as mãos de Débora, Abed beijou-as com ternura.

---

veis, na colocação da vergonha das leis de D'us. Yeshua deixa claro que a consciência do homem se envergonhará, pois, as leis imortais estão gravadas na consciência, sendo natural o processo de dor, após o período terreno. "Aqueles que não provarão da morte até que vejam o Reino de D'us", claramente se refere às messes do espírito à vida imortal. (Nota do autor espiritual)

Abed deu a volta na propriedade e quando chegava ao pátio central foi abordado por Dror.

– Abed – disse o servo.

– Sim, Dror.

– Vá para dentro, o senhor Elisha quer lhe falar.

E estranhando tal fato, mas crendo ser algo pertinente à viagem, entrou. Elisha estava enfurecido o bastante para derramar sua ira sobre Abed, afinal, Mia falara-lhe de sua fuga apaixonada.

Elisha ainda parecia ouvir Mia na noite de núpcias dizer-lhe que deveria punir Abed, pois que estranhava a amizade deste com Caleb. Sim, Mia era astuta e ele agora sentia-se o dono da situação, saberia puni-lo. Ele gostava de Débora? Pois bem, o servo veria do que ele era capaz. O rapaz entrou no salão com total mansuetude.

– Senhor – disse Abed.

– Abed – falou Elisha em tom irônico – estou aqui pensando onde meu servo estaria, pois eu o procurei por mais de uma hora.

– Estava por aí na propriedade.

– Fazendo o quê, seu servo inútil?

– Senhor, eu só caminhava.

– Mentira – disse Elisha encolerizado. – Seu inescrupuloso, já sei que pretendia uma fuga.

– Não, meu senhor, como poderia eu fazer isto?

– Mentiroso! Eu o punirei – e avançando na direção dele com o chicote o atingiu na face, lesando um dos olhos.

Abed gritou profundamente, seu grito agonizante ecoou por toda a casa. Caleb logo rumou a passos firmes a fim de ver o que se passava. A cena que viu foi horrível, Abed sangrava enquanto Elisha se preparava para atingi-lo mais uma vez. Caleb, tomando uma das mãos de Elisha, falou em tom áspero e aborrecido:

– Em minha casa não.

– Mas como se atreve em deter-me?

– Elisha, não admito estas punições em minha propriedade.

– Ora, você é um tolo, – e soltando-se aduziu – este escravo maldito quer fugir com uma das protegidas de Marta, vou matá-lo – disse encolerizado.

– Não, você não irá fazê-lo, se não o deseja como escravo, eu compro-o.

E Elisha, soltando uma gargalhada, falou:

– Caleb, você é mesmo mais tolo do que imaginava, acha que eu venderia ele para livrá-lo das devidas punições?

– Pago, peça o que desejar.

– Bem, sendo assim, quanto me oferece?

E Caleb, vendo que Abed permanecia no chão imóvel e chorando pela dor, retirou de seu baú duas sacolas de moedas e deu a Elisha que, aceitou dizendo:

— Não é um bom negociante, mas se este lhe serve, fique com ele — e retirou-se.

Caleb correu auxiliá-lo, olhou e para sua tristeza notou que Abed perdera uma das vistas. Ergueu-o e chamando Dror, conduziram-no ao aposento dos servos onde o colocaram.

— Dror, — disse Caleb — por favor chame Marta, ela saberá o que utilizar, não desejo que Débora aqui adentre.

Abed continuava contorcendo-se de dor.

Mia estava inquieta quando Elisha adentrou em seu aposento.

— E então, o que fez?

E lançando as sacolas de dinheiro em cima de sua cama, falou:

— Vendi o mau servo.

— Mas é muito pouco — disse ela.

— Não, é o suficiente. Seu futuro esposo comprou-o para o seu deleite, minha bela, agora poderá puni-lo como desejar.

E Mia, sentindo-se feliz, já planejava como humilhá-lo, o sorriso sinistro se desenhou na sua face.

— Que ótima ideia, meu querido.

— Viu como penso em tudo? Agora me acaricie, partirei e você deverá aqui permanecer, comece a vasculhar a respeito dos bens deste homem, temos que ter tudo sob controle.

— E Marta, o que fará com ela?

— Ora, Marta é a mãe de meu filho, é útil, ou deseja fazer os deveres dela?

— Não, disse Mia, desejo ser sua esposa.

— Será! — disse Elisha acariciando os cabelos de Mia e apertando sua face com as mãos, empurrou-a contra a parede do aposento beijando-a com avidez e paixão, requisitando-lhe as carícias e a sexualidade sem pudor.

* * *

MARTA FOI AFLITA socorrer Abed. Ao vê-lo em sofrimento seu coração apertou, por que Elisha agira daquela forma? O que fizera o pobre rapaz para merecer isto? Olhou para Caleb com lágrimas nos olhos como a requisitar-lhe a assistência. Caleb, notando o que lhe ia à alma, aproximou-se segurando em suas mãos e disse:

— Peça o que for, farei o possível por ele.

— Por favor, traga-me ervas e novas bandagens.

Assim que Dror foi providenciar o pedido de Marta, Caleb aproximou-se e disse:

— Ele agora é meu servo.

— Mas por que, Caleb, por que toda esta maldade?

E Caleb, abaixando os olhos, disse:

– Marta, minha doce Marta, – e tocou em sua face – foi por que Abed nos auxiliaria, foi pela nossa fuga... Mia, ela contou a Elisha.

E Marta, pondo as mãos no rosto de Caleb, sussurrou:

– D'us, o que fizemos?

– Nada, minha doce amada, nada.

E abraçando-a tentou acalmá-la, porém, Caleb sentiu que a gestação estava avançando, antes ao abraçar Marta não sentia como agora a saliência de seu abdômen. Olhando-a com aflição e amor, falou:

– Marta, temos que fugir, nosso filho desponta e o tempo é curto.

– Eu sei, – e tocando no ventre falou – eu porei faixas para que ninguém saiba.

Logo Dror retornou e Marta em prece silenciosa começou a cuidar de Abed.

* * *

A MANHÃ SURGIRA bela e cativante para Dan que estava muito satisfeito com sua esposa Shayna. Sentia-se um novo homem e embora ela tudo fizesse para que não faltasse a dignidade para ambos, Dan sentia que deveria contribuir e então falou:

– Minha esposa, peço a você que me deixe à saída de Jericó, hoje.

– Mas para quê, meu esposo?

– Sei das tentativas que vem fazendo e do labor árduo a que se submete, mas quero voltar a esmolar.

– Não precisa, Dan, eu tenho entregado as mercadorias nas tendas do mercado.

– E quando acabar a época dos frutos? – e segurando em suas mãos falou – está escrito que cabe ao homem o sustento de sua casa.

– Mas não deve.

– Sei o que sou Shayna e se D'us me pôs como cego é para que eu aprendesse a ser humilde, hoje eu sei, deixe-me fazer o que tem que ser feito.

Shayna não tinha palavras, sabia em seu coração que ele estava certo.

– Está bem, eu o levarei.

Aproveitando que iriam a Jericó, arrumou algumas provisões para entregar na tenda onde comercializavam as frutas do pequeno pomar. À medida que caminhavam Dan sentia o frescor da brisa matinal, os pássaros cantando, sim D'us o privara da visão, mas não de sentir o sol, de ouvir, apoiou-se em seu cajado e falou para Shayna:

– Cante para mim, cante.

– *Ó Senhor, ó Senhor perfuma os campos onde o trigo doura. Ó Senhor, que ilumina a noite no céu repleto de luminárias brilhantes. Ó Senhor de nosso povo, que semeia a fartura, que cativa a nossa vida, junto aos Seus desígnios queremos caminhar, louva minha casa a Si, D'us de Abraão, louva, louva minha casa a Si, D'us de Abraão.*

A voz de Shayna adocicada de amor enchia o coração de Dan de alegres emoções. Em seu íntimo agradecia ao Senhor. Não demorou para que chegassem a Jericó, Shayna dirigiu-se ao mercado entregando os frutos ao mercador Missael que, com sorriso, pagou algumas moedas pelo produto recebido. Ao sair daquele local, Shayna conduziu o esposo ao fim da vila, sentando-o em frondoso cedro.

– Meu esposo, estou com o coração entristecido, ficarei aqui, próximo a você.

– Não! – disse Dan. – Não quero que me veja assim esmolando, por favor, minha esposa, deixe-me e retorne quando o sol declinar e juntos regressaremos para casa.

Shayna, com o coração apreensivo, obedeceu-lhe. E Dan, tomado de emoção, fez singela oração.

– *D'us, Senhor da minha vida, concede-me forças e a Sua misericórdia para suster minha casa e minha esposa.*

* * *

EM BETSAIDA, APÓS cuidar de Abed, Marta retirou-se para seu aposento encontrando Débora com Job. Falou o que ocorrera e a jovem chorou profundamente.

– Senhora, – disse Débora – quero vê-lo.

– Débora, ele me pediu para que você não fosse lá, respeite este momento.

E Débora, olhando Marta, disse:

– O que será dele, senhora?

– Agora é servo de Caleb, nenhum mal o acometerá, tenho certeza.

E abraçando a serva, disse:

– Vamos, Elisha deve estar impaciente.

De fato, Elisha encontrava-se muito aborrecido, afinal, Marta estava atrasando a viagem, andava altivo de um lado para outro, ao vê-la, logo disse com aspereza:

– Vamos, não tenho todo o tempo ao seu dispor, ande mulher.

Caleb, notando o comportamento arrogante e grosseiro de Elisha, aproximou-se dela e auxiliou-a a se acomodar com Job e Débora.

Mia chegou ao pátio de surpresa e ao notar a gentileza de Caleb com Marta, encheu-se de ironia e desprezo por ela.

Aproximou-se segurando o braço de Caleb o qual se virou deparando-se com Mia que se atirou em seus braços em um abraço impulsivo que o desarmou.

– Meu futuro esposo, sentirei muito sua falta.

Disse em tom alto e olhando para Marta, que empalidecera e abaixara o rosto. Caleb se desviou dos braços de Mia e saindo de perto dela buscou sua montaria. Mia, que notara a palidez de Marta, aproximando-se disse:

– Logo serei eu a dar um filho para ele, eu serei a esposa dele, Marta – e saiu sorrindo.

Marta se encolheu o máximo que pôde, sua dor era extrema, o homem que amava estava nos braços de outra. As lágrimas rolaram como que queimando seu coração. A caravana começou a seguir viagem. O ar fresco fez com que recuperasse a cor na face, mas o brilho do olhar se apagava pouco a pouco dando lugar à tristeza.

Nota ao primeiro volume: a partir deste ponto da trajetória de Marta, veremos os efeitos das novas claridades do cristianismo nascente sobre ela, e as transformações que vivenciará, passagens retratadas no segundo volume deste livro *Aconteceu na Galileia,* cujo subtítulo é *O Nazareno.*